Günther J. Wolf – Malefiz

Mit den besten Wünschen

Herzlichst

Günther J. Wolf

September 2013

Günther J. Wolf

MALEFIZ

Erinnerungen

BUCHER

Bibliografische Information der Deutschen Nationalbibliothek:
Die Deutsche Nationalbibliothek verzeichnet diese Publikation
in der Deutschen Nationalbibliografie; detaillierte bibliografische
Daten sind im Internet über http://dnb.d-nb.de abrufbar.

1. Auflage

Hohenems – Wien – Vaduz
www.bucherverlag.com

Umschlaggestaltung Günter Bucher
Druck BUCHER Druck & Verlag, Hohenems

Printed in Austria

ISBN 978-3-99018-209-3

Für alle, die den Verrücktheiten
unserer stets zu hinterfragenden Gesellschaft,
sowie den Andersdenkenden und außer der Norm Stehenden
gegenüber offen sind,
mit gelebter Zwischenmenschlichkeit,
Toleranz und Verstehen zu begegnen,
eingedenk der eigenen Schwächen und Unvollkommenheit …

Inhalt

Es ist so, wie es ist

Erst wenn er sich bewusst aus allen Bindungen jeglicher Tradition sowie der ihn einengenden Ordnung des alltäglichen Lebens und einer stets zu hinterfragenden Gesellschaft gelöst hat und mit der Unordnung sowie den Katastrophen seiner Zeit vertraut ist, sich also mit den ihn auf Erden begleitenden Dingen oder Undingen, nämlich mit Gott, der Sünde und dem Teufel, aber auch den Mitmenschen auseinandergesetzt hat, kann der Mensch Bilanz aus den von ihm durchschrittenen Gezeiten ziehen.

Eine, so finde ich, aufregende Erkenntnis für unser Dasein. Sie bestätigt, dass das Leben, das Erleben, das Lebenwollen und das Lebenmüssen, verbunden mit der steten Frage nach seinem Sinn, eine einzige Herausforderung ist.

Eine Herausforderung, die antreibt, belastet, fasziniert und in ständiger Unruhe hält und schlussendlich auf diverse Abschnitte zurückblicken oder manchmal scheitern lässt.

Dieses Zurückblicken auf ein Leben ist zugleich ein Festhalten von Erlebtem, das erzählt sein will; in Geschichten, die das Ungewöhnliche, das Pittoreske, das Faszinierende, aber auch das Schockierende und Nachdenklichmachende und die für die durchlebten Zeiten herausragend erscheinenden Begebenheiten und besonderen Erlebnisse aufzeigen.

Und was ist mit der Seele? Wer beschäftigt sich mit ihr, die in jedem Augenblick des Lebens und des Sterbens mit einbezogen ist? Sie soll, ja muss im Mittelpunkt stehen und sie tut es auch. Denn sie ist das Einzige, was, entgegen der Ansicht vieler vom Menschen geschaffener und deshalb alibifunktioneller Religionen, wirklich frei ist!

Deshalb sollen die nachfolgenden Erzählungen weniger autobiographisch gesehen werden, sondern vielmehr als ein

Kaleidoskop, dessen schnell wechselnde Bilder wiedergebenswerte, aber auch teilweise bewusst verdrängte Vergangenheit gegenwärtig machen und die verschiedensten Akteure vor bisher unbekannten Kulissen auftreten lassen.

Es war auch weniger die Sensibilität oder der innere Drang eines Sich-mitteilen-müssens, die mich bewogen, Erlebtes und Durchlebtes aus einem durchaus bewegten, von Besonderheiten, Höhen und Tiefen gekennzeichneten Leben an der Schwelle zu dessen Endphase schriftlich festzuhalten.

Es war, beziehungsweise es ist vielmehr das Bedürfnis, zu einem Zeitpunkt, an dem ich noch Herr meiner Sinne und in der Lage bin, alles um mich klar wahrzunehmen, den Dialog zu suchen und mit dem Ausschütten des Inneren, des Geistes und der Seele beim fiktiven Gegenüber wie auch immer anzukommen.

Es ist so, wie es ist und so ist es gerade recht.

Was ich nachstehend betreibe, ist ein Versuch in Sachen Spurensuche, nichtalltägliche, schöne und weniger schöne Begebenheiten und Zusammenhänge meines und des Lebens anderer mit den unergründlichen Empfindungen der Seele und deren ruhelosen Wanderungen durch ein unendliches Land ohne Horizont nicht in Einklang, jedoch in einen möglichen Zusammenhang zu bringen. Zu beurteilen, wieweit dieser Versuch gelingt und ob ich der Richtige bin, solches zu tun, sei dahingestellt und bleibt dem Gegenüber beziehungsweise der Um- oder Nachwelt überlassen.

Vielleicht oder wahrscheinlich bin ich verrückt. Ja, ich bin es. Weil ich aus der Norm bin. Ich war, seit ich denken kann, noch nie in der Norm, mit einem Wort, ein »Malefiz«. Wie mein Vater. Der hasste im Grunde die Norm, weil sie ihn nicht das sein ließ, was er sein wollte. Er wurde schon seit Kindheit gezwungen, in der Norm zu sein.

Zuerst nach den Wirren des Ersten Weltkrieges, die in Wien herrschten und seine Familie aufgrund ihrer politischen Zugehörigkeit gesellschaftlich in eine Ecke drängte, in der er sich deshalb nicht wohl fühlte, weil er sich nicht mit jenen Zeitgenossen identifizieren durfte, die sich mehr oder weniger ständig auf der Straße aufhielten und in den Tag hineinlebten.

Ihre Väter malochten – wenn sie überhaupt Arbeit hatten – von der Früh bis spät in die Nacht und kamen dann todmüde nach Hause. Da gab es nicht viel Zeit, sich noch lange um den Nachwuchs zu kümmern. Das taten, wenn sie es überhaupt konnten, die Mütter.

Als »Proleten« pflegten sein Großvater und sein Vater diese Leute mehr oder weniger abfällig zu bezeichnen. Eine Bezeichnung, die ich ablehne, wie ich es ablehne, Menschen aufgrund welcher Abstammung auch immer in irgendeine Ecke zu stellen.

Doch damals waren solche Urteile an der Tagesordnung. Besonders in Wien nach dem Ersten Weltkrieg, der die Weltstadt, das damals noch große Österreich und folglich Teile der Welt aufgrund so unglücklicher wie hirnverbrannter Politik eines starrsinnigen Monarchen, seiner Arschkriecher, Kriegsgewinnler und geistig minderbemittelten, gleichgelagerten Verbündeten in Elend und Armut stürzte.

Die Armut war damals groß und überall sichtbar. Und Vater und Großvater, deren Vorfahren angeblich einem niederen, früh verarmten Donauadel angehörten, zählten sich selbst, obwohl sie politisch eher dem linksgerichteten Lager angehörten, nicht zu den Armen, obwohl sie auch nicht viel hatten. Und sie wollten auch nicht arm sein oder werden.

Deshalb wurde mein Vater auch dementsprechend streng erzogen, gesellschaftlich in ein Korsett gedrängt und hatte wenig Kontakt zu jenen Kindern, die sich den ganzen Tag unbeaufsichtigt auf den Straßen und Plätzen des damals als etwas anrüchig bezeichneten Wiener Bezirks Simmering herumtrieben.

Er konnte dieses gesellschaftliche Korsett auch später nicht ablegen. Im Gegenteil, als die Nationalsozialisten die Macht ergriffen und Adolf Hitler Österreich als die »Ostmark« ins Deutsche Reich einverliebte, wurde er als junger Mensch wieder in eine Norm gedrängt und konnte so seine Persönlichkeit nie entfalten, obwohl er als hochintelligent und visionär galt.

Er hasste es über alle Maßen, gerade so in eine Norm gepresst zu werden, wie es in der damaligen Zeit die Nazis mit Akribie, ja einem förmlichen Fanatismus betrieben und alle jene, die sich nicht fügten, auf ihre menschenverachtende Art aus dem Verkehr zogen.

Mein Vater und ich diskutierten stundenlang darüber und ich muss eines sagen: Mein Vater ließ mir, obwohl ich eine strenge Erziehung genoss, schon als Kind viel Spielraum, um meine Persönlichkeit zumindest gedanklich zu entfalten. Es kam mir besonders in der Schulzeit nicht immer zugute, doch es bewahrte mich davor, einer wie alle anderen zu werden. Und dafür danke ich meinem Vater und ich vermisse ihn und seine Gespräch mit ihm sehr.

Das Schreiben und mein Beruf als Journalist und Schriftsteller sind das Ergebnis solchen freien Denkens, meines mich nicht in eine Norm pressen zu lassen, aus der Norm gerückt, im wahrsten Sinne des Wortes ver-rückt zu sein.

Wenn ich heute zurückdenke auf meine mehr als 50jährige Tätigkeit in der Zunft der Schreibenden als stets engagierter und dem Humanismus zugetaner Mensch und dabei nicht immer angenehmer Zeitgenosse, finde ich, dass man diesbezüglich doch irgendwo außer jeglicher Norm und in der Tat ver-rückt sein muss.

Eines möchte ich gerne wissen, nämlich den Umfang des bisher Geschriebenen beziehungsweise die Anzahl der in über 50 Jahren vollgeschriebenen Seiten.

Ich ziehe jedenfalls den Hut vor allen, die außerhalb jeglicher Norm schreiben und ihren Mitmenschen etwas vermitteln, was deren oft grauen Alltag erhellt und das Leben bereichert.

Deshalb nehme ich mir auch die Freiheit, meine Mitmenschen einzuladen, nachstehend an meiner Verrücktheit teilzuhaben – einer Verrücktheit, für die ich als sogenannter »Malefiz« stehe, den man früher auf dem Scheiterhaufen verbrannte hätte.

Denn wie es ist, so ist es, und es ist gut so ...

Asche und Eis

Bewegende Geschichten werden vom Leben geschrieben. Vielfach, ja sogar öfter als man denkt auch von jemandem, der dem Leben und der Geschichte ein durch nichts und niemanden zu verhinderndes, abruptes Ende setzt – vom Tod.

Und der ist, wo und wie auch immer er auftritt, unser steter Begleiter und ausschlaggebend für den Abgang unserer Seelen mit ihren mehr oder weniger skurrilen Wanderungen auf verschlungenen Wegen des sich ständig wandelnden Kosmos.

Grund genug, Seelenwanderungen und ihre sich im unendlichen Raum des Universums verlierenden Wege zu beobachten und zu versuchen, diese zu deuten.

So geschehen vor einiger Zeit in der faszinierenden Gletscherwelt des die österreichischen und schweizerischen Alpen verbindenden Hochgebirgsmassivs der Silvretta.

Dort, wo bekanntlich die amerikanischen Kult-Schriftsteller Ernest Hemingway und sein jahrzehntelanger engster Freund John Dos Passos anlässlich ihrer feuchtfröhlichen Winteraufenthalte im Montafon in den 1920er-Jahren ihre ausgedehnten Skitouren machten und der liebeshungrige junge Eros Hemingway mit der lebenslustigen, steinreichen Vogue-Redakteurin Pauline Pfeiffer der schönsten aller Sünden frönte und eine für sein späteres Leben schicksalhafte Liebesaffäre hatte, seinen ersten Welterfolgs-Roman »Fiesta« schrieb und das Montafon in seiner weltberühmten Afrika-Novelle »Schnee am Kilimandscharo« weltbekanntt machte.

Hemingways Ostafrika-Abenteuer, die krassen geografischen wie klimatischen Gegensätze zwischen dem ewigen Gletschereis der Silvretta und den glutheißen Niederungen der Massai-Mara mit dem schneebedeckten Gipfel des Kilimandscharo faszinierten Zeit seines relativ kurzen Lebens auch einen Mann aus dem süddeutschen Raum, der sich als leidenschaftlicher Pilot und Hemingway-Fan dem Fliegen im Gebirge als auch der abenteuerlichen Buschfliegerei in Afrika verschrieben hatte.

Wie das Leben so spielt und das Schicksal sich einstellt: Eine schlimme, nicht mehr heilende Beinverletzung, resultierend aus einem Flugzeugabsturz, und die damit verbundene Aussichtslosigkeit, ein weiteres abenteuerliches Leben weiterführen zu können, ließen in diesem Manne den Entschluss reifen, seinem von Unruhe geprägten abenteuerlichen Dasein, ähnlich wie Hemingway 1961 in Ketchum, Idaho, kurzerhand vor seinem Haus, in einem Gartenstuhl sitzend, mit einem Kopfschuss ein Ende zu bereiten. Jedoch nicht, ohne zuvor testamentarisch veranlasst zu haben, dass seine Asche über dem ewigen Eis der Silvretta verstreut werde.

Die Liebe, die seine Schwester, eine Schauspielerin, mit ihm verband, und die Bekanntschaft derselben mit Andreas, einem mit mir befreundeten, als »Buschhüpfer« und »Bourbon-Flieger« bekannten Buschpiloten und Safaribegleiter, schafften die Voraussetzungen zu einer besonderen Bestattungsart, nämlich einer nicht alltäglichen, sogenannten alpinen Freiluft-Urnenbeisetzung in der von Hemingway so geliebten fantastischen Gletscherlandschaft der Silvretta.

Andreas schilderte mir kurz und prägnant diese außergewöhnliche Begebenheit:

»Ich steuerte meine Maschine im herrlichsten Sonnenschein über die glitzernden, eisbedeckten Gipfel hinweg und zog sie dann, den Piz Buin und die Dreiländerspitze hinter mir lassend, über dem früher aufgrund seiner tückischen Gletscherspalten gefürchteten Jamtalgletscher in eine steile Kurve, in der die mitfliegende Schauspielerin neben mir aus dem Fenster die geöffnete Urne ihres Bruders so hinaushielt, dass seine Asche kaum sichtbar im Flugwind zerstob.«

Andreas war ob diesem nicht alltäglichen Geschehen innerlich wohl etwas aufgeregt, hatte jedoch den Flugapparat und dessen Navigation gut im Griff und genug Zeit, die Frau bei ihrem nicht alltäglichen Tun zu beobachten.

»Ich sah ihr schönes, tränennasses Gesicht, hörte das laute Schluchzen und hatte aufgrund der Situation, welche die Szenerie dieser ausgefallenen Beisetzung für mich darstellte, ein Gefühl im Magen, wie nach meinem ersten Looping. Ich machte dabei die Entdeckung, dass es nicht nur schöne, sondern in jeder Beziehung faszinierende, ja großartige Frauen gibt …«

Diese Geschichte über eine so besondere, ausgefallene, ja verrückte Art, den letzten Wunsch eines geliebten Menschen zu erfüllen, seine Asche über dem ewigen Gletschereis auszustreuen und so seiner Seele zu gedenken, ging mir nicht aus dem Sinn. Ich suchte und fand einen, wenn auch weit hergeholten, mit dieser nicht alltäglichen Totenaschen-Beisetzung herzustellenden Zusammenhang:

Unter den rätoromanischen, konfessionell großteils reformierten Bewohnern der auf Tiroler Seite der Silvretta gelegenen Dörfer herrschte der Überlieferung nach früher ein alter Brauch, der darin bestand, die Verstorbenen bei ihren Vorfahren in der auf der anderen Seite der Silvretta gelegenen rätoromanischen Engadinergemeinde Ardetz in der Schweiz zu beerdigen.

Einige Dörfer des Tiroler Paznauntales waren nämlich aufgrund der hohen Schneelage und der ständigen gefährlichen Lawinenabgänge im Winter nicht erreichbar. Deshalb wurden die Verstorbenen, die infolge der eisigen Kälte und des vielen Schnees in dieser Region nicht beerdigt werden konnten, über den Winter steif gefroren vorübergehend in alten Scheunen aufbewahrt, um dann im Frühjahr für den Transport über die Silvretta und für die anschließende endgültige Beerdigung im Engadin eingesargt zu werden.

Ernest Hemingway hat nach seiner letzten Skitour in der Silvretta im Frühling 1926 mit seinem Freund John Dos Passos in seinem Buch »Men without women« (»Männer ohne Frauen«) eine treffliche Story mit dem Titel »Ein Gebirgsidyll« geschrieben, die sich mit der eigenartigen Beerdigung einer über den Winter notgedrungen eingelagerten und eingekühlten Frauenleiche in Galtür literarisch befasst.

Darin wird beschrieben, wie ein Bauer im Frühling am Friedhof in Galtür seine Frau beerdigt, die er über den harten und schneereichen Winter im Holzschuppen aufbewahrt hatte, und die der Ortspfarrer aufgrund ihres arg verzerrten Gesichtes nicht zur Beerdigung freigeben wollte. Die Tote wies nämlich eine schlimm anzusehende Entstellung ihres Unterkiefers auf, die er sich nicht erklären konnte und er stellte den Witwer darob zu Rede.

Dieser gestand ihm, dass er jedes Mal, wenn er abends in den Schuppen ging, um Brennholz zu holen, der steif gefroren neben der Türe stehenden Leiche seiner Frau regelmäßig die Laterne in das offenstehende Unterkiefer gehängt hatte. Davon rührte die Verzerrung des Gesichtes her. Aber, beteuerte er unter Tränen, er habe seine Frau trotzdem über alles geliebt.

Nun, die harten, entbehrungsreichen Winter prägten diese Alpenregion und besonders deren Bewohner. Diese schufen auf ihre Art auch einen fast logischen, wenn auch eigenartigen Totenkult, der im Frühling in einem abenteuerlichen, safariähnlichen Transport der im Winter Verstorbenen in die Heimat ihrer Ahnen gipfelte.

Dabei mussten die Toten in ihren Särgen mühsam mit Maultieren und den begleitenden Verwandten über die hohen gefährlichen Pässe der Silvretta transportiert werden.

Die Menschen in dieser Region erzählten sich später noch ehrfurchtsvoll von den gespenstischen kleinen Karawanen der mit Särgen beladenen Maultiere, die oft mit letzter Kraft über die Pässe zogen, wobei es zu tragischen Unfällen kam, wenn sich plötzlich ein Sarg löste und in die Tiefe polterte, ein Maultier ausrutschte und mit dem Sarg auf dem Rücken in eine Schlucht stürzte oder eine riesige, herunterdonnernde Lawine eine Truppe samt Führer, Maultieren und Särgen in die Tiefe riss.

Für die Seelen dieser Toten wurde dann unter allgemeinem, ehrfürchtigem Schaudern und resignierender Trauer diesseits und jenseits der schönen, aber auch rauen Silvretta unter dem Motto »Friede ihrer Asche« gebetet und gehofft, dass der nächste Winter nicht mehr so hart ausfallen möge.

So ist es nun einmal in unserer Welt, in der nichts von Dauer und alles vergänglich ist, selbst die vielfältigsten Spuren.

Spuren eines Ichs

Das Leben ist voll von diesen mannigfaltigen Spuren, die von Menschen aller Art und deren Schicksalen stammen. Spuren, die in Verbindung zu einem außergewöhnlich erscheinenden Seelenleben interessieren und faszinieren und wert sind, dass man ihnen nachgeht – auch wenn es die eigenen sind.

Und so habe ich mich, wenn auch reichlich spät, daran gemacht, über solche Spuren zu berichten, auf die ich im Laufe meiner Beobachtungen gestoßen bin.

Bei dieser Gelegenheit, so finde ich, ist es übrigens auch an der Zeit, mich vorzustellen: Mein Name ist Wolf. Günther Josef Wolf. Manche, die mich besonders mögen und mir nahestehen, nennen mich Wolferl. Das kommt daher, dass ich in meinen Jugendjahren, angeblich wegen der langen Haare und der Zartheit, laut einiger Vertreterinnen des weiblichen Geschlechts dem Wolfgang Amadeus Mozart geglichen habe.

Mein Familienname Wolf, so einmal ein Gymnasiumsprofessor, der sich mit Ahnenforschung beschäftigte, rührt angeblich aus längst vergangenen Zeiten her, angeblich aus der Zeit der Welfen. Ob dies stimmt oder nicht, war mir lange Zeit egal, weil ich keinen Wert auf Ahnenforschung legte. Als sich dann im höheren Alter bei mir doch Interesse für meine Vorfahren zeigte, war es reichlich spät, denn jene Leute, die etwas gewusst hätten, waren schon gestorben und selbst nachzuforschen, schien mir zu aufwändig. Der Name Wolf, auf den ich jedoch in der Vergangenheit, zufällig oder auch nicht, wiederholt an verschiedenen geschichtsträchtigen Orten der seinerzeitigen österreichischen Monarchie stieß, war sowohl unter Vertretern des Adels zu finden als auch unter den Repräsentanten revolutionären Gedankengutes.

Nachdem das hier Niedergeschriebene autobiografische Züge aufweist, rang ich lange Zeit damit, nicht meinen richtigen Namen als Autor zu nennen, sondern ein für meine Aufzeichnungen bewusst gewähltes Pseudonym.

Bewusst gewählt deshalb, um der Freiheit, Echtheit und Realität des Geschriebenen jenen Raum zu geben, den es ohne jegliche Einschränkung braucht.

Mich jedoch als »Urösterreicher« fühlend, gelangte ich zu der Entscheidung, für meine Aufzeichnungen kein Pseudonym zu verwenden, da dies einem Versteckspiel gleichkommen würde, das ich nicht nötig habe.

Außerdem ist der an und für sich deutsche Name Wolf mit einer in die Wiege gelegten, besonderen diplomatischen Rückgratgelenkigkeit ausgestattet, verbunden mit Alt-Wiener Charme, pannonisch verbindlicher Schlitzohrigkeit und einem Schuss von gehobenem, aus Zeiten der Monarchie ererbten und mit manchmal ätzendem, jedoch typischem Austro-Masochismus gepaartem Sarkasmus.

Von diesen Attributen her gesehen fühle ich mich durchaus zu einer Tätigkeit als Spurensucher und Spurenleger prädestiniert. Aber auch zum überlegt vorgehenden, behutsamen Spurenentdecker und gleichzeitigen Einsammler dabei entstandener Seelenasche.

Wie dem auch immer sei, meinen Ursprung als sogenanntes »Kind der Liebe« verdanke ich, wie ich später in Erfahrung bringen konnte, der mehr oder weniger gewollten Zeugung durch meine aus verarmtem, jedoch redlichem Adel stammenden Eltern. Und das auf einer Wiese im Wienerwald, nahe dem aus einem alten Wienerlied bekannten romantischen »Wegerl im Helenental«, ausgerechnet im Jahre der »Heimholung« Österreichs ins angeblich immerwährende Deutsche Reich durch einen gewissen Herrn Schicklgruber aus Braunau.

Dank dieser Fügung erblickte ich an einem sonnigen Mittwoch im Mai des Folgejahres noch vor dem Zweiten Weltenbrand ganz im Fortpflanzungssinne der auf Konfrontationswachstum ausgerichteten Deutschen Nation an den Gestaden des Bodensees in Friedrichshafen das trügerische Licht der Welt.

In Friedrichshafen und nicht in Wien deshalb, weil die Nazis und ihre raff- und geldgierigen Rüstungsindustrie-Bonzen meinen Vater als Flugzeugmodellbauer kurzerhand dorthin zwangsverpflichtet hatten, andernfalls er an die sich damals bildende Ostfront gekommen wäre.

Traumatische Kindheitserlebnisse in den turbulenten letzten Kriegsjahren und dem von furchtbaren Gräueln gekennzeichneten Zusammenbruch der Nazidiktatur, die nachfolgende harte Rückkehr in die Heimat Österreich und eine von psychisch negativen Einflüssen gekennzeichnete Schulzeit ließen an und besonders in mir Spuren zurück, die äußerlich nicht für jedermann zu erkennen, jedoch innerlich unumstößliche, nachhaltige Akzente setzten und mein späteres, unruhig verlaufendes Leben kennzeichneten.

Durch eine stets wache geistige Hellhörigkeit und eine trotz täglich erlebter, harter Realität stark wuchernde Phantasie entwickelte ich mich zu einer Art grenzüberschreitendem Traumtänzer.

Eine jener bedeutenden Frauen, die später meinen Weg kreuzten, bezeichnete mich einmal als »Jo auf dem Seil«, der ich schließlich bleiben sollte, egal ob als Filou, Flaneur, Voyeur, Ketzer oder bourgeoiser Lebemensch und trotzdem Revoluzzer.

Ob durch meine turbulent verlaufene Kindheit und Schulzeit oder aufgrund meines Berufes und der Erfahrung mit dem Leben: Ich wurde früh zum besagten Spurensucher, Spurenleger, Spurensammler aber auch Spurenverwischer, der ich je nach Lage dann mehr oder weniger zu bleiben beliebte, mit einem Wort ein »Malefiz«.

Ich lernte, Dinge zu sehen, aufzunehmen, zu überdenken, zu verarbeiten und dann je nach Aussicht entsprechend zu verwerten, zu verbergen oder auch zu verwischen. Wobei ich stets bemüht war, im Sinne des Erfolges, aber auch des Überlebens, so perfekt wie nur möglich zu sein.

Ich hatte mir dazu eine für mich heute noch geltende, angeblich alemannische Weisheit in Form des geflügelten Spruches »Luaga und losna« (Sehen und Hören) zum steten Leitmotiv gemacht, aufgrund dessen ich auch manchmal mehr oder weniger, jedoch nie zu meinem persönlichen Nachteil unterschätzt wurde.

Wie weit »Luaga und losna« eine alemannische und nicht eine Jahrtausende alte asiatische Weisheit ist, sei dahingestellt. Sie ist und bleibt für mich jedenfalls eine stets aktuelle Lebensweisheit, die sich engagierte Menschen, vor allem jedoch Politiker, angehende Karrieristen und besonders Wirtsleute hinter die Ohren schreiben sollten.

Sich am Abend eines bewegten Lebens und ausgerechnet auch noch nach einem glücklich überstandenem Gehirnschlag mit Lebensweisheiten zu beschäftigen und im Grunde doch erkennen zu müssen, dass alles damit Verbundene relativ und vergänglich ist, sorgt für entsprechende Bodenhaftung oder unübersehbare Selbstüberschätzung.

Die im Raum stehende Akzeptanz dessen und die damit verbundene Realität bestätigen, dass es eben so ist, wie es ist. Und das ist gut so.

Ich war stets darauf bedacht, aus meinem Leben etwas zu machen, die Vergangenheit beizeiten abzuhaken, soweit sie nicht sonderlich verlaufen war, die Gegenwart und die Zukunft positiv beziehungweise zum eigenen Vorteil mit zu gestalten.

Doch war und verlief das alles wirklich so mit mir, mit meinem Leben?

Musste alles wirklich so verlaufen, so sein?

Was und wer bin ich eigentlich?

Woher komme und wohin gehe ich?

Nun, ich will alles über mein Leben und seinen eigentlichen wahren Sinn wissen. Und damit verbunden: Was ist mit der nie zu ergründenden, jedoch stets präsenten großen Unbekannten, meiner zerrissenen Seele und deren unendlichem Raum, den ich mit ihr versuche zu durchschreiten, zu durchmessen, jedoch nicht zu ergründen vermag?

Unwillkürlich fällt mir dabei Arthur Schnitzlers berühmter Satz »Die Seele ist ein weites Land« aus seinem berühmten Drama »Das weite Land« ein.

Bin ich wirklich jener hinterfragenswerte Mensch, jener »vermaledeite Malefiz«, als den mich im noch zarten Schulalter ein ob seines tyrannischen Direktors frustrierter Gymnasialprofessor gegenüber meiner in Tränen ausbrechenden Mutter bezeichnete? Jener »Malefiz«, der ich offenbar schon mit meinen kindlichen fünf Jahren für eine schwäbische Bäuerin war, weil ich ihrer Tochter mit unverhohlener, spitzbübischer Freude in Gegenwart anderer das Höschen vom Popo gestreift hatte.

Und wie war das später, als ich manchmal als professioneller Spurenfinder und Spurenleger sowie bisweilen verwirrender Spurenverwischer meine Umwelt narrte?

Ich muss es wissen, jetzt und hier. Und vor allem, ich muss endlich damit beginnen, zu versuchen, in dem Spiegel, in den meine Seele mir Einblick gewährt, wirklich alles zu sehen. Nicht nur all jenes, was ich bisher für mich selbst wollte, sondern wirklich alles, darunter auch das, was ich bisweilen nicht sehen wollte. Also nicht nur das Angenehme und Schöne, sondern auch das Verdrängte und Ignorierte, das Unangenehme, das Hässliche, Perverse und Böse.

Denn auch das interessiert mich. Zumal es im Leben oft wie in einem Spielfilm zugeht, in dem sogar der Bösewicht faszinierend sein kann.

Ein durchaus triftiger Grund also, sich einmal einer nicht alltäglichen, anderen Sichtweise zu bedienen.

Was ich damit betreibe, ist auch der Versuch, einer Zeit Raum zu geben, die ich als Elaborat einer scheinbar unergründlichen Schöpfung – genauer betrachtet und buchhalterisch gesehen – als nicht sonderlich ins Gewicht fallender Durchgangsposten durchwandert und hinter mir gelassen habe.

Man kann es auch als den Versuch jener Art Vergangenheitsbewältigung betrachten, die unsere, sich zivilisiert nennende Gesellschaft immer wieder vergeblich, weil im Grunde nicht ehrlich, in den Griff zu bekommen versucht. Und weil Werden, Sein und Vergehen von angeblich höherer Seite bestimmt, sich nirgends einreihen lassen.

Was gestern geschah, ist mehr oder weniger manipulierte Geschichte. Was heute geschieht, ist dieselbe Geschichte und was morgen geschieht, wird sich in der Geschichte von übermorgen bisweilen schmerzhaft zeigen.

Die Zeit, in die ich hineingeboren und ohne mein grundsätzliches Einverständnis zum Er- und Überleben bestimmt wurde, ist zu einer der größten Epochen der Geschichte geworden.

Die Veränderungen der Welt haben dabei in rasender Geschwindigkeit zugenommen, wobei ernstlich zu befürchten ist, dass die Menschheit in ihrer immer größer werdenden sinnlosen Maßlosigkeit über kurz oder lang den Erdball aus seiner Umlaufbahn katapultiert. Alles bewegt sich, nichts ist mehr greif- und haltbar, nichts mehr fix.

Das Leben und seine Ansprüche haben im Laufe der Jahre eine Intensität erreicht, die, einer drohenden Springflut gleich, mit Sorge zu betrachten ist. Und der Mensch versucht wie ein Ertrinkener einen Strohhalm aus der katastrophal ausufernden und dabei wegbrechenden Materie zu erhaschen, anstatt entschlossen gegenzusteuern. Es scheint nicht nur so zu sein. Es ist so, wie es ist.

Es ist nicht zuletzt deshalb unmöglich, das bewegte Geschehen aus einem intensiv gelebten Dasein vollständig wiederzugeben. Man kann lediglich versuchen, es in Abrissen oder Bruchstücken zu erzählen. Schon allein aufgrund der Tatsache, dass es ja noch nicht vollständig zu Ende gelebt ist. Doch was bedeutet es, gelebt zu haben, zu leben, zu Ende zu leben?

Die Vergangenheit lässt sich erzählen, die Gegenwart lässt sich empfinden und beschreiben. Die Zukunft jedoch lässt sich nicht voraussagen oder deuten, auch wenn es immer wieder versucht wird. Sie ist die große Ungewisse im Leben, verbunden mit den kleinen und großen Hoffnungen einerseits, den schlechten Dingen und zahlreichen Sorgen und Ängsten um den weiteren Verlauf des Daseins andererseits. Und dazu kommt, je älter man wird, die zunehmende, sich nicht verdrängen lassende Skepsis, ja Angst vor der großen Unbekannten, dem vorbestimmten und unausweichlichen eigenen Ende und dem allen Seins.

»Die Welt ist, was sie ist. Menschen, die nichts sind, die sich erlauben, nichts zu sein, haben keinen Platz in ihr.«

Dieser harte, provokante, je seelenlos unbarmherzige Ausspruch stammt von dem einer begüterten Familie entstammenden, in Trinidad geborenen und in England beheimateten Vidiadhar Surajprasad Naipaul, seines Zeichens ein im Jahre 2001 mit dem Literatur-Nobelpreis ausgezeichneter eigenwilliger Kosmopolit.

Sein für mich verbittert klingendes, unbarmherziges Zitat über die Welt und die Menschen, das als durchaus kritisch hinterfragenswert bezeichnet werden kann, schockierte und faszinierte mich zugleich.

Es kommt mir unwillkürlich in den Sinn, wenn ich mit jemandem, in dessen Ich-sein sich selbst anerzogener Pessimismus und kleinlaut gehaltene Hoffnungen die Waage halten, über das Leben und dessen vielfältige Situationen spreche.

»Es ist, wie es ist, und so ist es gerade recht«, pflegte »Reini«, einer meiner Mitwegelagerer aus meinem Stammcafé zu bemerken, wenn wir uns, über alles Mögliche und Unmögliche philosophierend, nach etlichen Drinks in einer Art Überlebenstraining am Tresen festhielten, um nach einem letzten Glas noch eine allerletztes, in Form eines sogenannten »Herrengedecks« – bestehend aus Bier und Sekt – zu bestellen. Es ist eben, wie es ist.

Gelegentlich ertappe ich mich dabei, gedankenverloren diesen banal klingenden und doch die jeweilige Situation kennzeichnenden Satz in einem Anflug von lediglich kurz versuchter Selbstverachtung fast wie eine Ausrede, gepaart mit einer Mischung naiver Selbstbeschwichtigung, von mir zu geben. Als Beispiel einer im Unterbewusstsein gepflegter, typisch österreichischen Resignation, auch Austro-Masochismus genannt.

Und dann, unwillkürlich darüber nachdenkend und damit verbunden, wehre ich mich intuitiv dagegen, gerade jenen Passus des eingangs zitierten, erschreckend seelenlosen Ausspruch Naipauls zu akzeptieren, der besagt, dass Menschen, die sich erlauben, nichts zu sein, in dieser Welt keinen Platz haben. Das stimmt einfach so nicht, ist und kann auch niemals gut sein.

Denn ich finde, dass genau jene Menschen, die es sich ohne Scheu und frei von allen Zwängen erlauben, nichts zu sein, in unserer materialistischen, geltungssüchtigen, öffentlichkeitsgeilen und immer pervertierter und seelenloser agierenden Gesellschaft einen besonderen und beachtenswerten Platz einnehmen.

Nichts zu sein, sich dazu zu bekennen und gleichzeitig ohne jeglichen Zwang, ohne Scheu und Scham wirklich alles, auch Verbotenes, Perverses und Böses, im Leben zu tun, zu betrachten und zu analysieren, das Menschsein und den Sinn des Daseins, ja selbst Gott in Verbindung mit dem vergänglichen Leben und dem unendlichen Weltall zu hinterfragen, dieser Gedanke faszinierte und beschäftigte mich immer schon.

Auch wenn ich mich dann und wann, meinen angestrebten Erfolg nicht aus den Augen verlierend, mehr oder weniger elegant Spuren verwischend durchs Leben schwindelte. Und dieses ist offensichtlich dazu da, gelebt, geliebt und manchmal auch hintergangen zu werden, wobei der Begriff »Freiheit« und das, was man sich mit oder von ihr nimmt, eine besondere, unumgängliche wie unumstößliche Rolle spielt. Denn mein ist das Leben, die Liebe und damit die Herrlichkeit der Freiheit! Nämlich jene Freiheit zu ergreifen, die sich der Mensch nehmen sollte, von der er sich jedoch durch die vielen, von einer morbiden Gesellschaft, in der vielfach der Schein vor dem Sein dominiert, aufgestellten Barrieren abhalten lässt.

Gerade deshalb mit ein Grund, Bilanz zu ziehen, sich mit dem Nichtssein, den eigenen Unzulänglichkeiten im Leben auseinander zu setzen, die ausgetretenen Trampelpfade eines zwischendurch brachliegenden, nichtssagenden Scheinlebens zu verlassen und beispielsweise auf den Spuren eines proletarisch-freigeistig intellektuellen Existenzialismus zu lustwandeln. Und das auch wenn man bei der Umsetzung Gefahr läuft, von historisch und gesellschaftlich hoffnungslos konservativ eingefahrenen Andersdenkenden im abwertenden Sinne apostrophiert zu werden.

Nun, wenn man als Mensch mit all seinen Schwächen die Schwelle zum letzten Lebensabschnitt überschritten hat und auf ein bewegtes Leben zurückblicken kann, das stets im Zeichen einer unbändigen Sehnsucht nach Glück, bewusst gelebter Zwischenmenschlichkeit, sowie viel Zärtlichkeit und Liebe stand, haut einen so schnell nichts mehr um. Zumindest wenn man im Zuge angeborener Lebenslust und Freiheitsliebe im bewussten Umgang mit mehr oder weniger schillernden Menschen gelernt hat, Spuren zu suchen, zu sichten, zu legen, aber auch zu verwischen.

Selbst dann, wenn man erkannt hat, dass die anscheinend greifbar nahe und trotzdem ungewisse Zukunft, verbunden mit den beginnenden und stets immer mehr auftretenden Unzulänglichkeiten des Alters und den Sorgen um geliebte Menschen eher als durchzogen und manchmal auch als wirklich beschissen einzuschätzen ist.

Nun, das Leben, das mich unter anderem in absolute Höhen, andererseits jedoch aufgrund schwerer Krankheiten, Enttäuschungen und Schicksalsschläge auch in unliebsame Tiefen geführt hatte, ist im Laufe der vielen Jahre nicht zimperlich mit mir umgesprungen.

Es hat dafür gesorgt, dass sich an und in mir mit dem Fortlauf der Zeit ein Wandel hin zu einem Menschen mit einem Hang zu einem proletarisch-freigeistigen Existenzialismus freilich in einem für mich akzeptablen Auskommen vollzog, für den mehr oder weniger nur noch das realistisch empfundene eigene Erleben, das seelische, aber auch geistige und körperliche Empfinden jetzt und damit von heute auf morgen zählt.

Es begann mit dem kindlichen Er- und Überleben einer seit Jahrhunderten chronisch kranken, morbiden Gesellschaft und deren durch sinnlose, weil die Seele zerstörende, von historisch zwangsvererbter Gottesfurcht ausgelösten Glaubensproblemen. Daraus erwuchs eine durch perversen, physisch-psychisch vollzogenen Missbrauch mehrfach belastete Kindheit und Schulzeit in meiner späteren Heimatstadt.

Seelisch in einem ständig wechselnden Engpass, körperlich und psychisch mit den später aufgetretenen Problemen einer durch entartete Pädagogen und verbohrte, fanatische Glaubensleute fehlgeleiteten Pubertät konfrontiert, durchlebte ich, notgedrungen eine gewisse, von geraubter Unschuld und aufgedrängter Opferrolle gezeichnete jünglingshafte Gerissenheit entwickelnd, in einer Art selbstrettender Traumtänzerrolle die Wechselbäder dieser schweren Zeit.

Dies und das Erleben eines vom Schicksal oder von Gott sinnlos ungerecht schwer geprüften Elternhauses, aus dem ich trotzdem unendlich viel Zuwendung und Liebe erfuhr, formten meine, von den vielen negativen, aber auch zwischendurch erhebenden und bereichernden Einflüssen geformte, heranwachsende Persönlichkeit, sofern man von einer solchen überhaupt ausgehen konnte.

Nach dieser, an Wellentälern reichen Kindheit folgte in einer anderen Stadt eine von wechselnden Erfolgen getragene Schulzeit unter ordensgeistlichen, vorbildlich neuzeitlich ausgerichteten jesuitischen Einflüssen.

Im Gegensatz zu meinen traurigen Erfahrungen mit einigen alibichristlichen, fehlorientierten, sadistischen Pädagogen und ähnlich abartig veranlagten »Seelsorgern« in der Stadt meiner Kindheit eignete ich mir dank der bedeutenden pädagogischen Zuwendungen dieser, ein berühmtes Kolleg erfolgreich leitenden Ordensleute einiges an wertvollem Grundwissen zu Überlebenstechniken für mein zukünftiges Leben an.

Nachdem an ein von meinen Eltern für mich vorgesehenen Studium aufgrund meiner erlittenen seelischen Blessuren nicht mehr zu denken war, sollte schließlich eine berufliche Ausbildung im Bauschlossergewerbe erfolgen, aus dem schon aufgrund meiner körperlichen Zartheit und meiner filigranen Hände nichts wurde.

Schließlich versuchte ich mich auf Anraten meines späteren Lehrmeisters im Grafischen Gewerbe, das im Bereich des künstlerischen als auch literarischen Gestaltens lag, was mich faszinierte und nach meinem hervorragenden Abschluss einige Verlagsleute auf mich aufmerksam machte.

Das Ergebnis war ein beruflicher Wechsel vom grafischen Gewerbe zu einer Zeitung im Ausland, bei der ich als Metteur und Umbruchredakteur erfolgreich Fuß fasste und meinem künstlerischen Gestaltungsdrang freien Lauf lassen konnte.

Das war schließlich verbunden mit einem bemerkenswerten Aufstieg und einer damit verbundenen Karriere als

Journalist und Autor. Dies alles mit der allgemeinen sprichwörtlichen Erkenntnis, dass der Prophet im eigentlichen Heimatland – wo der älteste Alemanne in Gestalt von Neid und Missgunst zuhause ist – nichts gilt, noch dazu ohne einschlägige Referenzen, Mittel und Titel. Letztere sollten sich jedoch später einstellen.

Wie das Leben so spielt, kam eine Heirat, verbunden mit einer glücklich durchlebten Zeit des Weines und der Rosen und zwei daraus erwachsenden, viel Freude bereitenden lieben Kindern.

Was wollte man mehr, man war jemand, hatte Ansehen und eine Familie und viele Freunde. Dazu kam eine berufliche Karriere im Ausland, verbunden mit abenteuerlichen Reisen und Aufenthalten in aller Herren Länder, mannigfachen Kontakten und Bekanntschaften mit prominenten Persönlichkeiten und zunehmenden beruflichen Würdigungen und öffentlichen Auszeichnungen.

Einer der größten Feinde des Menschen ist die Gewohnheit, die sich in sein Leben einschleicht und mit einer gewissen Berufsbesessenheit und dem Zeitmangel füreinander für manche Lebensgemeinschaft die verhängnisvolle Basis eines Auseinanderlebens bildet, das dann vielfach zu spät erkannt wird, nämlich erst, wenn man neben anderen Schräglagen in zu vielen fremden Betten aufgewacht ist.

Man versucht dann in der ersten Erkenntnis wohl, das Steuer noch herumzureißen, doch das schlechte Fahrwasser, in das man geraten ist, erweist sich durch seine tückischen Strudel plötzlich als bodenloser Abgrund.

So geschehen durch einen, nach 20 Jahren auch durch mein Zutun hervorgerufenen Zusammenbruch meiner Lebensgemeinschaft und einen damit verbundenen Familienriss mit tiefen seelischen Wunden, die zwar nach außen scheinbar heilten, deren Narben jedoch heute noch alle Beteiligten unsichtbar tragen.

Doch damit nicht genug. Ein tückischer Anschlag des Schicksals oder der sogenannten »Vorsehung« – oder war es etwa der alles sehende und daher auch meine Sünden strafende »Liebe Gott«? – auf eine neue, offenbar zu glückliche partnerschaftliche Lebensverbindung verdunkelten erneut das Firmament und führten zu einem Absturz.

In diesen furchtbaren Absturz mischte sich die Erkenntnis, als menschliches Nichts erneut mit Gott und der Welt zu hadern, an nichts mehr zu glauben und das Leben zukünftig aus der Sicht des bereits erwähnten freigeistigen Proletariats zu sehen, auch wenn dies heute manche und besonders jene nicht verstehen, deren gewohnheitsgeordnetes, ereignisloses alltägliches Leben ohne wirklich erlebte und empfundene Höhen und Tiefen in unbedeutenden seichten Gewässern einfach so dahindümpelt.

Ist eine solche Lebenseinstellung vertretbar? Sind es das Hinterfragen und die Zweifel an der Gerechtigkeit und der Allmacht Gottes sowie das ewige Sehnen nach Liebe und Zärtlichkeit mit anderen Menschen, der Wunsch nach trotzdem stattfindendem Glücklichsein und die damit verbundene Erfüllung eines unbeschwerten Lebens im ewigen Wechselspiel zwischen dem Guten und dem Bösen? Sie sind es mehr denn je, meine ich. Der Mensch ist trotz aller möglichen Bildungswege den Launen der Natur ausgesetzt.

So wie es ist, ist es eben, und ich nehme mir die Freiheit, darüber zu erzählen.

Valleu – Landschaft der Sinne

Es war jener wilde Gesell, der berüchtigte Föhn, der tolldreist über die braunen Bergmatten brausende Fallwind, der mich immer schon faszinierte, den viele in dieser Talschaft ob seiner überfallsartigen Tücken nicht mochten, ja sogar fürchteten, weil sie sich ihm ausgeliefert fühlten und glaubten, dass er ihre Gehirne beeinflusse und ihr zwiespältiges Wesen von einer Stunde zur andern unberechenbar mache.

Es war seine große Zeit, sein Szenario, wenn er sich, mächtig tosend, fast konzertant gleich Bachschen Orgelklängen über die unnatürlich nah erscheinenden Felsen in die Tiefe stürzte, durch die Baumkronen brauste, um dann in wildem Stakkato über die Dächer und durch die morschen Balkenwände der alten Heuhütten fegend über die gelbbraunen Flanken der Berghänge dem Talgrund näherte, um dort dann Hüte, lose Kleidungsstücke und nicht sorgfältig befestigte Gerätschaften von den Fensterbänken durch die Luft zu wirbeln und Fensterscheiben zu zersplittern.

Er war der absolute Herrscher, wenn er überfallsartig alles vereinnahmend von den Bergen und der Talschaft Besitz ergriff, die Landschaft innerhalb von Stunden bisweilen chaotisch veränderte, ihr seinen Stempel aufdrückte oder im wahrsten Sinne des Wortes aufblies und in seinen Auswüchsen sogar von vielen Abergläubischen und Leuten mit schlechtem Gewissen mit dem Leibhaftigen und manchmal sogar der scheinbar nahenden Apokalypse verglichen wurde.

Er hatte, obwohl er die Luft reinigte und faszinierend würzig machte, wenige Freunde. Im Herbst und im Frühjahr, wenn er alles austrocknend die Gefahr von Brandfällen mit sich brachte und im Winter, wenn er den Tourismusunternehmen und Skiliftbetreibern insofern mächtig zusetzte, als er mit der plötzlichen, durch ihn eintretenden Wärme hohe Lawinengefahr brachte und den schönsten Pulverschnee innert Stunden auffraß, auch wenn sein nicht immer voraussehbares Ende dann doch neuen Schnee ankündigte.

So war er eben, der wilde Gesell, dieser »Malefiz«, wie ihn eine betagte Bäuerin hintergründig lächelnd genannt hatte, der sich, in seiner unberechenbaren Art mal als leibhaftiger Teufel und dann in seiner Tücke wieder als eine temperamentvolle, verführerisch flötende, jedoch launische Geliebte gebärdete.

Joel und ich liebten ihn jedenfalls, wie wir auch dieses Tal liebten, das er sich von Zeit zu Zeit auf seine unwiderstehliche Art einverleibte, indem er es willkürlich heimsuchte.

Wie an diesem Tag, als er die ersten, von seinem lauen Hauch getragenen zarten Tropfen als Vorboten des nahenden Regens vor sich hertrieb, um dann urplötzlich in überfallsartigem heulenden Stakkato durch die alten schmiedeeisernen Grabkreuze des einsamen Bergfriedhofs und die Dachrinnen der alten Barockkirche von Bartholomäberg, einem Juwel des Barockkirchenbaus in den Alpen, zu fegen.

Hier hatte Joel, der für mich zu einer Art geliebtem väterlichem Freund geworden war und dem im letzten Abschnitt seines bewegten Lebens nahe gestanden zu sein ich glaubte, seine letzte Ruhestätte gefunden, mitten am Sonnenbalkon seines geliebten Montafons, für dessen Geschichts- und Brauchtumsforschung er jede freie Stunde mit unerschöpflicher Akribie, ja Besessenheit verwendete, seitdem er sich vor vielen Jahren hier niedergelassen hatte.

Mit einigen wenigen Zeitgenossen, darunter einer von mir als »Grande Dame« des Montafons bezeichneten betagten Gräfin aus Böhmen, hatte er, obwohl er im Grunde ein erklärter Einzelgänger und beileibe kein bigotter Mensch war, mit dafür gesorgt, dass der hier agierende Verein zum Schutz der Heimat zu einem Begriff wurde. Das heutige Montafoner Heimatmuseum in Schruns verdankt seiner detailverliebten Basisarbeit in Sachen überlieferter Brauchtums- und Geschichtsforschung viel.

Joel, trotz seiner weltoffenen Art ein bisweilen kauziger Typ, war ein aus dem einstigen habsburgischen Siebenbürgen stammender Weltenbürger, der sich nach den Wirren eines abenteuerlichen Lebens, darunter als Kontaktmann der US-Army auf Sizilien, nach dem Ende des Zweiten Weltkrieges im Montafon niedergelassen hatte, um hier Land, Leute, Brauchtum und Geschichte kennen zu lernen und darüber authentisches Material in den von ihm verfassten schriftlichen Aufzeichnungen zu sammeln und für die Nachwelt abzulegen.

Es war schon eigenartig. Joel, die Gräfin aus Böhmen und ich waren, wenn wir uns auch erst viel später kennenlernten, fast zur gleichen Zeit in diese für uns schicksalhafte Region gekommen. Dabei hatten wir auch, was den Lebensraum eines Teils unserer Vorfahren betraf, einige gemeinsame Wurzeln.

Während Joel aus Sizilien nur das mitbrachte, was er an und bei sich trug, hatte die Gräfin, nach Kriegsende von einem Tag auf den anderen völlig verarmt, mit ihren kleinen Kindern auf Nimmerwiedersehen große Güter in Böhmen zurücklassen müssen und auch unsere Familie durfte damals lediglich mit 30 Kilogramm Gepäck pro Person die deutsch-österreichische Grenze passieren.

Ja, es waren ziemlich wechselhafte und manchmal auch unliebsame Zeiten, die an sogenannte »Zuagroaste« – wie man zugereiste Flüchtlinge oder andere kriegsbedingt »Ausquartierte« mehrheitlich abwertend bezeichnete – gerade in dieser Region mitunter große und vor allem psychische Anforderungen stellten. Zu diesen »Zuagroasten« zählten Joel, die mittellose Gräfin mit ihren Kindern und meine ebenfalls mittellosen Eltern mit meiner schwerbehinderten Schwester und mir.

Dennoch wurde ein Sohn der Gräfin schließlich einer der einflussreichsten Kardinäle Österreichs und man sagt ihm nach, zu noch Höherem berufen und prädestiniert zu sein.

Das alles fiel mir ein und zog wie ein Film an mir vorüber, als ich an diesem herrlichen Herbsttag inmitten steiler, gelbbrauner Bergmatten auf einer ausgehängten, grau gebleichten, verwitterten Holztüre vor einer zusammengebrochenen ehemaligen »Heubarge« (Heuhütte) hockte und einmal mehr dem wilden Konzert des Föhns lauschte, der hier heroben besonders zu toben beliebte, wie mir Joel damals geschildert hatte, als ich mit ihm zum ersten Mal in diese abgelegene wildromantische Montafoner Bergregion des Valleu aufgestiegen war.

Diese befindet sich weit oberhalb des Ortes St. Anton und war in früheren Zeiten auch von genügsamen, zähen Bergbewohnern besiedelt, die in den wärmeren Jahreszeiten von der Holz- und Landwirtschaft lebten, jedoch im Winter ein kärgliches und gefährliches Dasein fristeten. Denn die früher harten und besonders schneereichen Winter waren in dieser Region vor allem durch besonders starke Lawinenabgänge gefürchtet, die immer wieder Todesopfer forderten und regelmäßig Behausungen zerstörten. Deshalb der aus dem Rätoromanischen stammende Flurname »Valleu«, was soviel wie »Val Leu« also Lawinen-Tal bedeutet.

Die ständigen, gefürchteten Lawinenabgänge, das karge Leben in dieser Bergregion und die fortschreitende Industrialisierung im Tal sorgten für die einsetzende Entvölkerung dieser Bergregion, deren Landschaft heute durch etliche zusammengebrochene, dem Verfall preisgegebene Vieh- und Heuhütten gekennzeichnet ist und in der jetzt nur noch wenige Holzhäuser und eine kleine, lawinengeschützte Kapelle sowie eine alte Säge stehen.

Erreichbar ist das Valleu in der schneefreien Zeit lediglich durch einen Fuhrweg. Im Winter verlegen diverse Lawinenabgänge aus den langen steilen Bergwiesen den Zugang.

Inzwischen war das Valleu mit seinem wildromantischen Reiz, den bizarren, zerklüfteten Felsen, den steil abfallenden

Wiesen und dem aromatischen Geruch der Natur, seiner Stille, und der herrlichen Aussicht auf die stolzen Gipfel des Rätikons neben der sogenannten »Bündner Herrschaft« (an das Fürstentum Liechtenstein angrenzende Graubündner Weinregion am Oberrhein) und Stresa am Lago Maggiore zu einem meiner liebsten Aufenthaltsorte in den Bergen geworden. Das Valleu war etwas, was in mir Platz ergriffen und ein ständiges Feuer in meiner Seele entfacht hatte. Dazu trugen auch unvergessliche Erlebnisse mit mir nahestehenden Menschen bei, mit denen ich hier oben manch schöne, jedoch viel zu kurze Zeit verbrachte.

Mit dem Valleu verbinden mich wildromantische Naturschauspiele zu allen Jahreszeiten. Den faszinierenden Bergfrühling und die anfangs zögernde, dann jedoch unaufhaltsame Kraft des Wachsens und Blühens. Da war der Sommer mit seiner Hitze und den wilden Gewittern, die die unzähligen Blitze wie in einem Netz am Boden kriechen ließen, den heftigen Sturmböen, die den sintflutartigen Regen über die grünen Matten peitschten und die sonst sanften Bächlein in braune Sturzbäche verwandelten.

Da gab es auch noch eine andere Verbindung zum Sommer auf Valleu. Es waren die herrlichen Düfte und Gerüche von unverfälschter Natur, besonders zu den Zeiten, als das frühmorgens, noch vor Sonnenaufgang auf den steilen, taufeuchten Wiesen mühsam gemähte Gras später in der Gluthitze des Tages trocknete.

Mit dem würzigen Duft des Bergheus verbanden sich frühe Erinnerungen an die erste Heuernte und an eine der gutgelaunten, fleißigen Helferinnen vom Berg, deren sonnengebräuntes Gesicht und die hellen, stets freundlich blickenden Augen faszinierten und deren im Blusenausschnitt sichtbare Brüste unwillkürlich an gewisse begehrliche Dinge denken ließen.

Und da war diese trockene Hitze eines herrlichen Spätsommernachmittags. Das Heu war in großen Ballen eingebracht, das Stillen des Durstes und die zünftige Jause vorüber. Es roch nach Heu, weggeworfenen Rinden von verzehrtem Räucherspeck und verschüttetem Most. Aber auch nach Frau und Mann und dem frischen, erregenden Schweiß zweier in einem leidenschaftlichen Kampf miteinander ringender, dann ineinander verschmolzener, zuckender Körper, aufgelöstem, verschwitztem Haar und schließlich nur noch nach Liebe.

Es war nur dieses eine Mal und doch blieb es durch seine besondere Intensität in Erinnerung und flackerte jedes Mal bei einer der wenigen zufälligen Begegnungen im Tal kurz auf, um dann wieder alltäglichen Gedanken Raum zu geben. Wie in einem Film zogen diese Bilder der Erinnerung vorbei. Obwohl das alles lange vorbei war, fühlte es sich wie gestern an und ich dachte jedes Mal daran, wenn ich meine Schritte, die jetzt langsamer und bedächtiger geworden waren, den steilen Bergweg empor lenkte. Und wenn zufällig frohes Gekreische spielender Kinder an meine Ohren drang, dachte ich mit einer gewissen Wehmut an die Unbekümmertheit und an die unverdorbene Wollust, in der man damals als junger Mensch gierig nach dem Leben mit dieser begehrenswerten pulsierenden Weiblichkeit verschmolzen war. Nicht umsonst tollten um die Häuser unterhalb von Valleu Kinder herum, Lebewesen, die aus einem solchen unbekümmerten Miteinander entstanden.

Ich liebe diese Landschaft, die meine Sinne noch mehr belebt und meine Erinnerung an eine Vergangenheit wachruft, die ich trotz manchen Ungemachs nicht missen möchte, weil die schönen Dinge stets überwiegen.

Unwillkürlich sehe ich, wenn ich darüber nachdenke, auch meine bildhübsche Tochter vor mir, mit ihrem ansteckenden hellen Lachen, den strahlenden blauen Augen und ihrem vollen, vom Wind zerzausten weizenblonden Haar, das, von der Sonne durchleuchtet, ihr schönes weiches Antlitz umspielt.

Jenes Antlitz, das zur Zeit eine interessante und faszinierende Veränderung vom jugendlich mädchenhaften in einen, begehrenswert fraulich reifen Ausdruck erfährt.

Und plötzlich im nächsten Augenblick ändert sich dieses Bild. Vor mir sitzt jetzt nicht mehr meine geliebte Tochter, sondern ein anderes, mich faszinierendes Wesen, nämlich jene Frau, die heute meine langjährige Lebens- und Weggefährtin ist. Jene Frau, die vor vielen Jahren wie ein plötzlich aufgezogenes Sommergewitter in mein Leben hereingebrochen war und dieses schlagartig verändert hatte. Ihre großen dunklen, sehnsuchtsvollen, zärtlichen Augen sehen mich fragend an, während sie ihr kastanienrotes Haar mit ihren schlanken Fingern mit einer ihr eigenen, mich so sehr faszinierenden Geste aus ihrer Stirn streicht und ihr Gesicht für mich so begehrlich macht. Ist sie es? Ist sie jetzt wirklich da? Oder narrt mich das Schicksal?

Gleichzeitig mit diesem Gedanken fährt plötzlich ein starker Schmerz durch meine Brust und meine Kehle wird eng. Es ist die schlimme Erkenntnis, dass diese über alles geliebte Frau jetzt nicht bei mir inmitten dieser herrlichen Landschaft sein kann und wahrscheinlich auch in Zukunft nicht. Ein tückischer Unfall hat uns beide der Möglichkeit beraubt, hier wie früher gemeinsam herauf zu steigen und uns in Glück und Liebe nahe zu sein.

War früher der Weg hier herauf von befreienden Gedanken begleitet, so haben sich seit einiger Zeit auch Wehmut und Verzweiflung dazu gesellt, die mich aufs Valleu begleiten und in der St. Wendelinskapelle vergeblich Trost suchen lassen. Das Leben kann manchmal hundsgemein sein.

Ich war froh, dass meine Tochter sich einige hundert Meter von mir entfernt hatte, um Pilze zu suchen. Denn so musste sie nicht das plötzliche verzweifelte Schluchzen mit anhören, das mich durch jähen Schmerz, ohnmächtige Hilflosigkeit und Verzweiflung schüttelte. Nun, es war ja nicht das erste Mal, dass ich hier oben in meinem Schmerz hilflos weinte und es wird auch nicht das letzte Mal sein.

Doch schnell weg mit den trüben Gedanken, dachte ich. Denn da kam sie schon in ihrem jugendlichen Elan den Hang herunter gesprungen und ihr Lachen verscheuchte alles Trübe.

Ich liebe dieses sonnige Wesen über alles und danke jener Frau, die sie mir geboren hat.

Heute ich bin froh darüber, dass sie die damalige schwere Zeit meiner Trennung von der Familie und damit auch von ihr hinter sich gelassen hat, wenngleich – wie ich wusste – doch tiefe Narben in ihrer Seele geblieben sind.

Ich bin ihr auch unendlich dankbar, dass sie die nunmehrige Frau an meiner Seite auf ihre sonnige, stets aufgeschlossene und nachsichtige Art nicht nur akzeptiert, sondern in ihrer ureigensten Herzensgüte angenommen hat. Frauen können so großartig sein.

Ich bin auch froh, dieser, meinem Blut entstammenden, großartigen, jugendlich gebliebenen Frau jenen Ort gezeigt zu haben, den ich über alles liebe und an dem ich oft über mein bisheriges Leben und über in diesem erlebte gravierende Geschehnisse nachdachte.

Eines dieser Geschehnisse berührte mich ganz besonders, obwohl es eigentlich nach außen hin gar nicht so gravierend schien, mir jedoch als Erlebnis stets in Erinnerung blieb.

Es war ihr vierzigster Geburtstag, den sie im Beisein ihrer Mutter und ihres Lebensgefährten zusammen mit ihren Freundinnen und Arbeitskolleginnen in einem hochgelegenen Berggasthaus feierte und bei dem auch ich dabei sein durfte.

Es war ihr Fest, wirklich ein großes Fest, gekennzeichnet von einer starken, fröhlichen Stimmung und von einer Ausgelassenheit, die alle Beteiligten angesteckt hatte. Ich glaubte in dieser fröhlichen Ausgelassenheit den Abschied eines liebenswerten Menschen von seiner Jugend zu erkennen, nicht in einer wie auch immer gelagerten und absichtlich scheinenden übergangenen Wehmut, sondern in einer glücklichen Art.

Denn niemand hätte ihr dieses Alter auch nur im Entferntesten angesehen. Sie war schon als Kind die Fröhlichkeit in Person und hatte sich diese bewahrt, wie ihre Jugendlichkeit, die mit ihrer Schönheit gepaart war.

Ich wurde mir dessen anlässlich ihres Geburtstages gewahr, so richtig bewusst aber erst Tage danach, als ich darüber mit großer Freude und Genugtuung nachdachte. Eigenartigerweise erinnerte ich mich immer daran, wenn ich hier oben im Valleu weilte und in seiner Abgeschiedenheit in meinen Erinnerungen schwelgte.

Ich verbrachte in der Tat sehr viel Zeit in dieser fast unberührten Gegend hier heroben. Besonders dann, wenn ich allein mit mir und meinen Gedanken sein wollte oder wenn ich hierher flüchtete, weil ich gewisse Teile einer gleichgültig dahinlebenden, von Neid und Missgunst durchsetzten Gesellschaft, die ich heute noch als »Füdlabürger« bezeichne, nicht mehr auszuhalten glaubte.

Ich mochte die Berge hier immer schon. Ja, ich liebte sie und vertraute mich ihnen in allen meinen Stimmungen an. Ich ging viel in die Berge, um mich dort eines anderen, ehrlichen Lebens zu erfreuen, bisweilen auch als ein nach Gott und der Wahrheit Suchender.

Manchmal ging ich auch in die Berge, um zu weinen, über mich und meine Unzulänglichkeit, und wenn ich glaubte, einsam und verlassen zu sein. Gott ist immer in den Bergen anzutreffen und meistens auch dann, wenn du dich am einsamsten fühlst.

Und so war es auch an einem weiteren Nachmittag, an dem ich hier oben auf einem alten Balken hockte, dem brausenden warmen Fallwind lauschte, der über die dunkelgrünen Fichten herunterdonnerte und das rote Laub der alten Bergkirschbäume und das zarte gelbe der Birken hier neben der zerfallenen Hütte zerzauste.

Ich vermeinte, immer schon zur Träumerei neigend, daraus die faszinierende, durch die Seele brausende Suite Nr. 2/1, aus Sergej Prokofievs Ballett »Romeo und Julia« herauszuhören und war gleichzeitig dabei, alle auf mich hereinstürzenden Eindrücke und Erinnerungen in mich hineinzusaugen.

Im damit verbundenen, erst fein-zarten, dann wieder wilden, an- und abschwellenden Rhythmus dieser unter die Haut gehenden Musik des warmen Föhns begannen die Bilder der Erinnerung weiter wie in einem Film an mir vorüber zu ziehen und eine lange Geschichte zu erzählen.

Blick in die Vergangenheit

Es war im Mai des Jahres 1939, als ich noch einige Monate vor dem Beginn des Zweiten Weltenbrandes in Friedrichshafen am Bodensee zur Welt kam. Meine Eltern, beide aus Wien hierher gezogen, waren nicht unbedingt begeistert dem Ruf des kometenhaft aufgestiegenen Führers gefolgt. Nun, meinem Vater war keine andere Wahl geblieben. Als junger Mitarbeiter beim Sportflugzeughersteller Messerschmitt in Wien war er der mehr oder weniger unmissverständlichen Aufforderung gefolgt, seine Fachkraft dem Rüstungsbetrieb Dornier in Friedrichshafen am Bodensee zur Verfügung zu stellen oder sich möglicherweise als Soldat bei der Deutschen Wehrmacht wiederzufinden, die gerade aufgerüstet hatte und einen Blitzangriff auf Polen plante.

Außerdem war das nicht gerade sonderlich gute Verhältnis zwischen meiner, keiner echten Wiener Traditionsfamilie entstammenden Mutter und der Familie meines Vaters sowie den Lagern beider Verwandtschaften mit entscheidend für den Abschied aus Wien und den Umzug an das reichsdeutsche Bodenseeufer.

Der Name Wolf hatte trotz seines deutschen Ursprungs bei den Nazis in Wien seit der Einverleibung Österreichs unter dem Motto »Heim ins Reich« keinen guten Klang.

Es gab mit der zunehmenden Deutschnationalisierung an der Donaustadt nämlich Leute, die hinter jedem Besserverdienenden, der nicht lauthals »Heil Hitler« brüllte, einen versteckten Juden sahen.

Vater Wolf, ein erfahrener und erfolgreicher Mühlenbauer, aufgrund seiner adeligen Abstammung und seiner gemäßigt sozialistischen Gesinnung im damaligen Simmering als der »Rote Baron« bekannt, hatte sich beim Einmarsch Hitlers als dessen Gegner bei den an Einfluss immer mehr zunehmenden Nazis unbeliebt gemacht.

Er hatte nämlich am Tag des Einmarsches in Wien während des Führer-Defilées laut und demonstrativ aus dem Fenster im ersten Stock seiner Wohnung gerufen: »Jetzt haben wir den Dreck, jetzt sind wir braun!«

Was ihm einen Tag nach dem Einmarsch, ausgelöst durch eine Denunziation liebenswerter Nachbarn, prompt den Besuch der Polizei und seine Verhaftung einbrachte. Auf Vermittlung eines einflussreichen Freundes war er dann wieder freigelassen worden, reiste dann jedoch einige Tage später mit unbekanntem Ziel ab, um angeblich einem geschäftlichem Auftrag im hohen Norden nachzukommen.

Später stellte sich heraus, dass er auf Anraten seiner Freunde in Finnland untergetaucht war. Was bei einigen seiner von Missgunst erfüllten Nachbarn den offenen Verdacht bestätigte, dass er doch ein Jude war. An die bittere Tragik seiner durch die Trennung leidenden Familie dachte niemand. Seine durch einen Unfall schwer invalide Frau und seine vier Kinder – mein Vater und drei Schwestern – lebten fortan, von den Nazis ständig beobachtet, ohne ihn in Wien weiter. Menschliche oder gar zwischenmenschliche Gefühle waren ab der Machtübernahme der Nazis nicht mehr gefragt und offiziell auch nicht erlaubt. Hatte doch der Führer selbst erklärt, dass fortan jegliche »Sentimentalitätsduselei« zu unterlassen sei.

So war es bis zum bitteren Ende. 1946 kehrte dann mein Großvater, selbst leidend und seelisch durch die lange Trennung von seiner Familie gebrochen, aus dem Exil in seine geliebte Heimatstadt zurück, um hier kurze Zeit später zu sterben. Ich erinnere mich gerne an ihn und auch mit Wehmut daran, wie ich meinen Vater anlässlich der Kunde von seinem Ableben das erste Mal weinen sah. Erst später erfuhr ich, dass er nicht allein wegen des allzu frühen Todes seines Vaters weinte, sondern auch deswegen, weil dieser als stets gerechter, ausgleichender Mensch, die früh entstandenen Risse und Antipathien ausgleichend zu überbrücken versuchte, die zwischen meiner Mutter und seinen Schwestern sowie seiner Mutter herrschten.

Nach dem Tod des Großvaters war mit Ausgleich und Vermittlung jedenfalls Schluss und es brach eine verwandtschaftliche Eiszeit aus, unter der meine Mutter, besonders jedoch mein Vater sehr litten. Es war auch mit ein Grund, weshalb meinem Vater seinerzeit der Weggang von Wien und der Umzug nach Friedrichshafen etwas leichter gefallen war.

Der Auftrag der neuen, rüstungsorientierten Nazi-Behörden an meinen Vater, sich als Flugzeugbauer für den Rüstungsbetrieb Dornier zur Verfügung zu stellen und sich mit seiner mit mir schwangeren Frau Anna in Friedrichshafen niederzulassen, war auch mit dem Pflichteintritt in die allmächtige Nationalsozialistische Deutsche Arbeiterpartei, die NSDAP verbunden und dem allgegenwärtigen »Deutschen Gruß«. Dessen Ausführung mit merkwürdig versteiftem Ellenbogengelenk hatte mein emigrierter Großvater mehrmals als eine schlimme Volkskrankheit bezeichnet. Wie auch immer, mein Vater teilte eines der vielen Schicksale, auf diese Art zwangsverpflichtet zu einem Auslandsösterreicher zu werden. Das wirkliche Österreich, von den damaligen Schutzmächten verschachert, hatte als nunmehrige »Ostmark« aufgehört zu bestehen.

Es gab neue völkische Richtlinien. Nur eine Rasse zählte, jene der sogenannten Arier. Hier wirkten offenbar nur »deutsche« Namen. Mein Vater hatte Glück. Ihm wurde in seinem Arier-Ausweis laut dem arischen Namen Wolf bescheinigt, rassisch »einwandfrei« zu sein. Wahrscheinlich auch schon deshalb, weil er weizenblondes Haar hatte und deutsch aussah.

Was man von meiner Mutter nicht unbedingt behaupten konnte, wie ein brauner Magistratsbeamter in einem Wiener Standesamt süffisant festgestellte, als er nach ihrem ledigen Namen und ihrer Abstammung gefragt und ihrer Papiere kontrolliert hatte.

Sie hatte es wirklich nicht leicht gehabt. Ihr leiblicher Vater, ein Kaufmann aus Odessa, in den Balkankrieg verwickelt und seither verschollen, entstammte einer Familie des weitläufig verästelten altrussischen Fürstengeschlechtes der Nicolej.

In Wien zur Welt gekommen, lebte sie während des Ersten Weltkrieges bei Verwandten ihres deutsch-böhmischen Adoptivvaters namens Maloch in der Nähe von Prag. Ihre leibliche Mutter war früh gestorben und ihre Geschwister waren bei verschiedenen Familien untergebracht worden. Sie bekam in der Folge den geballten Deutschenhass der Tschechen zu spüren, als sie mutterseelenallein im Alter von erst acht Jahren kahlgeschoren, familien- und mittellos mit einer Schmähtafel um den Hals in einem Viehwaggon über die tschechische Grenze nach dem darniederliegenden Rest des Habsburgerreiches abgeschoben wurde.

Lediglich der glücklichen Fügung, dass ihr Adoptivvater einen mazedonischen Freund namens Lazar Miklos in Wien hatte, verdankte sie ein neues Zuhause. Dieser betrieb mit seiner Frau eine kleine Schuhfabrik in Hernals. Ihm verdankte sie ihr schnelles Unterkommen in ihrer Heimatstadt Wien. Sie verlebte dann eine glückliche Zeit. Doch die damaligen Behörden bestanden schließlich darauf, dass sie den Namen ihres Stiefvaters tragen musste.

Es war für mich immer sehr berührend, wenn ich mit meiner Mutter später über diese nicht sehr erfreulichen Erlebnisse sprach. Besonders, wenn sie auf ihre leibliche Mutter zu sprechen kam, weinte sie immer bitterlich, weil sie diese kaum richtig kannte und nie in den Genuss einer richtigen Elternliebe gekommen war.

Meine Mutter war eine ausgesprochen schöne Frau. Sie erschien auch aufgrund ihrer Abstammung, ihres dunklen

Haares und ihrer leuchtenden schwarzen Augen als ein ausgesprochen slawischer Typ, was auch der Wiener Magistratsbeamte am Standesamt feststellte. Die Tatsache, dass ihr leiblicher Vater zwar Adeliger, aber eben doch ein Russe, war und der Pflegevater ein Mazedonier, entsprachen nicht sonderlich den durch die nationalsozialistischen Behörden neu eingeführten arisch-rassischen Vorgaben.

Dazu kam noch, dass meine Mutter eine Zeitlang als Empfangsdame bei einer bekannten jüdischen Sängerin gearbeitet hatte, die später emigrierte. Außerdem stand sie einige Zeit bei einem ehemaligen Militärberater in Diensten, der den Wiener Nazis ein Dorn im Auge war und schließlich früh genug ins Schweizer Exil ging. Dennoch wurden ihr nach der Heirat mit meinem Vater dann doch die entsprechenden Papiere ausgestellt und das Leben nahm weiter seinen Lauf.

Meine frühen Erinnerungen an Wien beschränken sich lediglich auf einige Urlaubs-Aufenthalte meiner Eltern, wobei ich einmal an Diphterie erkrankte und mich an die netten Schwestern im Spital erinnere. Doch das liebliche Wien von einst war nicht mehr. In die schöne Donaustadt war eine schlimme Zeit der menschlichen Kälte und der steifen Ellenbogen beim Grüßen eingezogen.

Fratze des Krieges

Die ersten Jahre in unserem neuen Domizil Friedrichshafen verliefen trotz des mit aller Gewalt ausgebrochenen Zweiten Weltkriegs relativ ruhig. Der Kampfflugzeugbau bei Dornier boomte und man feierte nach Bekanntwerden der Erfolge im Luftkrieg und an der Front viele feuchtfröhliche Feste. Bis zu den beginnenden Bombardements der Alliierten, die Friedrichshafen nach und nach in Schutt und Asche legten und meinen Vater bewogen, im nahegelegenen ländlichen Raum, und zwar in Meckenbeuren, eine Wohnung zu beziehen.

Man liest und hört viel über die Lebensphase, in der man den Eintritt der Sexualität bzw. das Gefühl für den eigenen Körper feststellt. Ich weiß nicht, wie es bei anderen Kleinkindern war oder ist, bei mir trat das Gefühl einer Art Sexualität recht früh ein oder ich bilde mir dies ein. Es war in Form eines analen Lustgefühls.

Ich war etwa drei Jahre alt und lag mit Diphtherie im Wilhelminen-Spital in Wien. Eine Schwester maß bei mir die Temperatur und zwar, wie es damals der Gründlichkeit halber üblich war, im Darm. Ich erinnere mich deshalb so gut, weil es eine besondere Prozedur war. Sie strich das Ende des Fiebermessers mit Butter und Honig ein; Butter als Gleit- und Honig wahrscheinlich als Zugmittel für die Körpertemperatur.

Jedenfalls tat es mir immer wohl, wenn sie regelmäßig zu den gewissen Zeiten kam, mich mit irgendeinem Spruch zur Seite drehte und mir den eingeschmierten Fiebermesser in meinen After steckte. Ich bildete mir ein, dass sie das mit Genuss tat, und weil sie merkte, dass auch ich einen gewissen Genuss dabei empfand, machte sie diese Aktion zu einer regelrechten Zeremonie und sparte weder vor, während und nach der Messaktion nicht mit entsprechenden Bemerkungen. So kam sie ins Zimmer, hielt das mit Butter und Honig präparierte Fieberthermometer hoch und trällerte mit lustvollem Grinsen: »Da schau mal, mein Bübchen, was ich da Schönes habe, das wird dein Popscherl freuen und dir gut tun, mein Kleiner.« Dabei war sie schnellen Schrittes an mein Bett getreten, hatte die Decke weggezogen, mich zur Seite gerollt und schwupps befand sich ein Teil des Fiebermessers in meinem zusammengezwickten Popo, auf den sie mir zur Entspannung einen freundlichen Klaps gegeben hatte.

Sie war dann bei mir stehengeblieben und wie ich mir später zusammengereimt oder in meiner Fantasie vorgestellt habe, ergötzte sie sich daran. Ich jedenfalls empfand dabei regelmäßig ein anales Lustgefühl, aber auch ein Lustgefühl in meinem Glied, das sich damals schon jedes Mal wenn die Krankenschwester auf diese Art meine Körpertemperatur maß, kaum merkbar versteifte. Dieser war das natürlich nicht entgangen, denn sie flötete unüberhörbar dabei: »Schau, schau, das gefällt sogar deinem Spatzerl schon so, dass es steif wird. Da wird einmal ein richtiger Malefiz draus.« Sie kam in der Folge regelmäßig viermal am Tag, am Morgen, zu Mittag, am Nachmittag und am Abend. So wiederholte sich dieses Intermezzo, das ich später als ein typisch sado-masochistisches bezeichnete, solange ich krank im Spital lag.

Von da ab begann ich die Versteifung meines Gliedes, so klein und unbedeutend es auch war, jedes Mal, wenn sich eine einstellte, mit wachsender Lust und Genuss an und in mir festzustellen, was zur Folge hatte, dass ich regelmäßig mit ihm spielte und dabei höchste Befriedigung empfand. Meine Mutter, die mich dabei des Öfteren ertappte, war weniger erfreut, doch mein Vater und unser Hausarzt, zwei gestandene Männer, beruhigten sie diesbezüglich und ihr Herr Sohn spielte weiter und der Spieltrieb ist mir bis heute ins hohe Alter geblieben.

Dass ich wegen meiner Diphtherie ins Wilhelminen-Spital in Wien eingeliefert wurde, lag daran, dass meine Mutter mit mir zu Besuch in Wien weilte, derweilen mein Vater in Friedrichshafen arbeitete, nicht weg konnte und in der ländlichen Umgebung eine sicherere Wohnung für uns suchte, die er in Meckenbeuren auch in Form eines halben Hauses fand.

Dieses lag zwar direkt an der Eisenbahnlinie nach Biberach, auf der die Flugabwehr mit vier großen Langrohrgeschützen gegen die fast täglichen Luftangriffe auf Friedrichshafen stationiert war, doch dies gab uns das wenn auch trügerische Gefühl einer gewissen Sicherheit. Doch was war damals in dieser unsicheren Zeit der Regentschaft des Herrn Schicklgruber aus Braunau nicht trügerisch? Es war, wie es war, allerdings nicht gut so.

Soweit meine erste infantile Bekanntschaft mit der Sexualität oder besser eines ihrer Vorläufer, die, wenn sie auch damals lediglich analer Natur war, nach der Pubertät und was das Geschlecht und die Lustorientierung betraf, vorwiegend auf den vaginalen Bereich umschlagen sollte und das recht deutlich und oft recht früh versuchte ich nicht zuletzt deshalb mit dem weiblichen Geschlecht Kontakt aufzunehmen. Die Luftschutzkeller in Meckenbeuren boten dazu manche Gelegenheit.

Da war Evelyn, ein gleichaltriges Mädchen aus der Nachbarschaft. Blond, von ihrer selbstbewussten Mutter mit einer eigenwilligen Frisur versehen und immer adrett gekleidet. Der erste Versuch, mich ihr zu nähern, schlug gründlich fehl. Sie hatte nämlich nur Augen für einen dunkeläugigen und dunkelhaarigen Bauernbuben. Ein blondgelockter, schwächlich wirkender Junge aus Wien, noch dazu verarmter niederadeliger Abstammung mit dem Namen Günther Josef Wolf hatte bei ihr keine Chance. Sie ließ mich auch einmal richtig abblitzen und ich revanchierte mich auch postwendend bei ihr. Ich hatte ihr schon früher einmal in einer Anwandlung von Übermut, gepaart mit Hinterlistigkeit ihr Höschen von hinten überraschend von ihrem zierlichen Mädchenpopo heruntergezogen, worauf mich ihre darob erzürnte Mutter einen »vermaledeiten Malefiz« gescholten hatte und ich logischerweise bei Evelyn in Ungnade gefallen war. Ich gab jedoch nicht auf. Um mich ein- und nachdrücklich doch noch bemerkbar zu machen, schlich ich mich eines Tages leise hinter sie, während sie mit anderen Mädchen und Buben im Kreis stand und tratschte. Sie wusste, dass ich hinter ihr stand, nahm mich jedoch bewusst nicht zur Kenntnis. Das machte mich derart wütend und dreist, dass ich kurzerhand meinen Pimmel aus dem Hosenladen hervorholte und ihr von hinten auf ihr schönes Kleid pinkelte. Eine schallende Ohrfeige eines älteren Burschen und ein vernichtender Kommentar ihrerseits waren das Ergebnis dieser Missetat.

Aber ich war darüber nicht erschüttert, sondern im Gegenteil innerlich erfreut. Ich hatte mich auf für mich eindrückliche Art bei ihr in Erinnerung gebracht. Meine Mutter hat von dieser Lausbüberei erfahren und entschuldigte sich bei Evelyns Mutter. Dabei konnte ich einen Blick von ihr erhaschen und stellte zu meiner Verwunderung fest, dass er gar nicht so vernichtend und unfreundlich war, wie ich erwartet hatte. Ich hatte mich also doch bei ihr nachhaltig bemerkbar gemacht, was praktisch einen Teilgewinn für mich bedeutete. In der Folge wollte es der Zufall, dass wir des Öfteren zusammen kamen und ich durfte sie sogar auf ihrem Weg in den Kinderhort begleiten. Und wehe dem, der ihr zu nahe kam, der bekam es mit mir zu tun. Trotz meines zarten Wuchses hatte ich die Art eines Terriers, der sich zum Kampf stellt.

Mit ihrem dunkelhaarigen Verehrer verbündete ich mich und ich hatte das Glück, dass dieser bei den Hitlerjugend-Bimpfs einen Führungsposten bekam, sich Evelyn nicht mehr so sehr widmen konnte und mich damit beauftragte, auf sie zu schauen, was ich natürlich mit Begeisterung tat.

In diese Zeit fiel auch ein Teil meiner vermeintlichen Aufklärung darüber, wo die Kinder bei ihrer Geburt tatsächlich herkommen. Die Frau eines Arbeitskollegen meines Vaters bekam ein Baby und war kurz vor ihrer Niederkunft. Helge, ihr Sohn lud mich zum Spielen zu sich ein, als es bei seiner Mutter mit dem Gebären losging. Eine herbeigerufene Hebamme und meine Mutter hatten alles vorbereitet und warteten am Bett der Hochschwangeren. Helge und ich waren sehr neugierig, was da wohl passierte, denn das Märchen vom Storch erwies sich plötzlich als Seifenblase. Nun, nachdem ich sowieso nicht mehr an den Storch geglaubt hatte, wurde ich endlich realistisch aufgeklärt. Ich sah, wie die Hebamme der Gebärenden die Schenkel auseinanderspreizte und erblickte dabei offensichtlich einen Teil des Kindskopfes zwischen den Beinen, der aus dem blutenden Schoss der schreienden Frau hervorlugte. Mehr sah ich nicht, denn die Hebamme verjagte Helge und mich aus dem Zimmer. Ich hatte jedoch vermeintlich genug gesehen, war jedoch dabei einem Irrtum aufgesessen, der nun bei mir eine falsche Aufklärung hervorrief. Da ich zu bemerken glaubte, dass das Baby, das zwischen den Schenkeln aus dem Schoss der Frau hervorlugte, aus dem Popo komme, lag ich fehl. Ich wusste ja nicht, dass es in Wirklichkeit aus der Vagina gepresst wurde. Doch das genügte, um am nächsten Tag großkotzig zu erzählen, dass die Kinder nicht der Storch bringt, sondern dass sie aus dem Popo kommen. Und damit es ja alle Kinder im Umkreis glaubten, nannte ich Helge als eifrigen Zeugen. Natürlich klärte ich gleich stolz auch Evelyn auf, die mich groß und verwundert über so viel Wissen anstarrte und mich fortan noch lieber an ihrer Seite sah.

Dann kam die Zeit der vermehrten Bombenangriffe und der damit verbundenen Flugüberfälle durch die sogenannten »Jabos«, so nannte man die englischen Spitfire-Flugzeuge, die im Tiefflug über den Bodensee her das schon zerbombte Friedrichshafen und die angrenzende Region anflogen und alle Ziele mit großkalibrigen Bordwaffen angriffen und beschossen.

Ein solcher Angriff beendete auf tragische Art die zart keimende Freundschaft zwischen Evelyn und mir und zeigte die wahre, furchtbare Fratze des unsinnigen Krieges. Ich weiß noch, wie wir in der Ortsmitte von Meckenbeuren ahnungslos miteinander spielten, während unsere Mütter einkauften. Plötzlich ertönte das Geheul der Sirene und schon ratterte und krachte es rundherum. Ich sprang zu meiner Mutter, die im Geschäft war und wir legten uns sofort instinktiv auf den Ladenboden, wo auch Evelyns Mutter lag. Draußen ratterten die Einschläge der Geschosse auf der Straße und im Geschäft waren nur die hysterischen Rosenkranz-Litaneien der ebenfalls am Boden liegenden Frauen zu hören, die mir mit ihrer panischen Hysterie auf die Nerven gingen.

Ich sah hinaus auf die Straße, wo es von den Einschlägen staubte, welche die Geschosse der Bordkanonen in den Asphalt rissen. Evelyn versuchte, ihre Puppe an die Brust gepresst, über die Straße zu uns ins Geschäft zu gelangen. Vergeblich – eine MG-Garbe aus einem tief fliegenden Jabo fegte über die Straße und teilte ihren zarten Körper in zwei Teile. Ich schrie und wollte zu ihr hinausspringen, stürzte jedoch zu meinem Glück, musste jedoch zusehen, wie meine Evelyn samt ihrer Puppe in zwei Teile geschossen wurde. Dazwischen hörte ich die hysterisch herausgeplärrten Rosenkranz-Litaneien »Heilige Maria bitte für uns«. Seit diesem Vorfall kann ich keine kollektiven Rosenkranzgebete mehr hören und auch keine gemeinsam laut betenden Frauen. Für mich brach damals erstmals eine Welt zusammen.

Unser Hausarzt Dr. Bexen und mein Vater als sein amtierender freiwilliger Notassistent inspizierten die Stellen, an denen der plötzliche Fliegerangriff Opfer gefordert hatte. Ich stolperte wie in Trance mit. Ich konnte nicht weinen, der Schock saß zu tief. Unter einer Brücke befand sich ein zertrümmertes Fuhrwerk, dessen beide Pferde erschossen werden mussten, weil sie schwer getroffen worden waren und zu verbluten drohten. Nie werde ich die furchtbaren Schreie vergessen, welche die sterbenden Pferde in ihrem Todeskampf ausstießen. Der Kutscher saß noch weit zurückgelehnt auf dem Kutschbock. Seine Schädeldecke war zusammen mit seiner Schirmkappe zurückgeklappt wie ein Toilettendeckel. Das bloßgelegte blutige Gehirn rauchte noch, als Dr. Bexen die Schädeldecke samt Mütze wieder zuklappte. Man hörte nur die furchtbaren Schreie der sterbenden Pferde und das Weinen und Jammern der Frauen rundherum. Der Doktor schüttelte den Kopf, mein Vater verfluchte laut diesen Krieg einmal mehr. Wenn jemand von der Gestapo die Einstellung der beiden gekannt hätte, wären sie beide in irgendeinem Konzentrationslager gelandet. Doch wenn es irgendwo lichterloh brannte, waren solche Typen nie da.

In der Nacht erfolgte ein erneuter Bombenangriff auf das längst größtenteils zerstörte Friedrichshafen und seine Umgebung. Die früher dichten und schönen Wälder gab es längst nicht mehr, es waren nur noch Holzstoppelfelder anzutreffen. Die Luftminen hatten ganze Arbeit geleistet und alle Bäume in einer gewissen Höhe über dem Boden abgerissen und nur noch die untersten Teile der Stämme übrig gelassen. Die Fliegerabwehr schoss zwar mit ihren großen Geschützen was das Zeug hielt, Treffer hatte sie jedoch kaum zu verzeichnen.

Man kann sich vorstellen, wie die Stimmung war, als ein britischer Pilot mit seinem Fallschirm über dem Meckenbeurer Ried dahergeschwebt kam und landete. Seine Maschine war in Brand geschossen worden und es war ihm nicht gelungen, das brennende Flugzeug über den Bodensee hinweg in die neutrale Schweiz zu retten. Es stürzte in den See und er wurde, als er über diesem ausstieg, mit seinem Fallschirm auf das deutsche Ufer und weit ins Land hinein abgetrieben, wo ihn dann die Männer des Volkssturms in Empfang nahmen.

Nur einigen besonnenen Männern hatte er es zu verdanken, dass er nicht gelyncht wurde. Ich sehe ihn heute noch vor mir, wie er käseweiß und schlotternd vor Angst mit erhobenen, zitternden Händen von den Stummeln des einstigen Waldrandes hergestapft kam und festgenommen wurde. Es gab sogar Leute, die Mitleid mit ihm hatten, obwohl er und seine Kameraden im Laufe der Angriffe die ganze Gegend mit Bomben und Luftminen in Schutt und Asche gelegt hatten.

Ich weiß nicht, wie viele Bombenangriffe auf die Stadt Friedrichshafen und den Raum um die Stadt niedergingen. Ich erinnere mich lediglich an die vielen Nächte im Luftschutzkeller. An dieses ständige nächtliche Auf und Ab und heraus aus dem warmen Bett und der heimeligen Wohnung und hinunter in die Luftschutzkeller. Diese waren vollgepfropft mit ängstlichen Menschen und mit jenen hysterischen Frauen, die mir mit ihren gestammelten und gewimmerten Rosenkranzlitaneien auf die Nerven gingen und alles nur noch schlimmer machten, als es ohnehin schon war. Außer meinem Vater und einigen alten Pensionisten waren kaum Männer da. Die sogenannten Wehrfähigen waren an den viel zu vielen Fronten. Hitler hatte es sich in seinen wirren Kopf gesetzt, einen Mehrfrontenkrieg zu führen, denn sein Reich musste ja ständig wachsen.

Dass dieses verfluchte Treiben schon von der Idee her scheitern musste, ging in seinem kranken Gehirn nicht auf und die Mastdarmakrobaten von Generälen um ihn herum wagten keine Gegenargumente, um ihre Meriten nicht zu verlieren und um jeden Preis am NS-Futtertrog zu bleiben. Derweilen zitterten die Wände in den Kellern der bombardierten Städte während der Einschläge der Sprengbomben und Luftminen und dazwischen gab es die monotonen Rosenkranz-Litaneien »Bitt für uns« in allen Formen der Angst und Hysterie.

Später, als dann alles ausgebombt und wir nach Meckenbeuren gezogen waren, nahm mich mein Vater manchmal bei den Angriffen in der Nacht mit hinaus ins Freie. Es war für mich, der ich damals die Situation nicht begriff, jedes Mal ein grandioses Schauspiel. Hinter unserem Haus war auf dem Bahngeleise die Fliegerabwehr installiert und ich war fasziniert davon, wie die schweren Langrohrgeschütze beim Schießen auf und ab schwenkten. Es wurden mit Leuchtgeschossen regelrechte Christbäume am Himmel gezündet, um damit die feindlichen Bomber zu sichten. Hie und da tauchte einer hell beleuchtet auf, es krachte dann rundherum.

Von der Fliegerabwehr getroffen wurden wohl manche Flugzeuge, doch ich erlebte keine Abschüsse. Zumeist retteten sich die in Brand geschossenen Maschinen auf ihre Ausgangsflugplätze, die mit Fortdauer des Krieges immer näher gerückt waren. Es war für mich immer ein Abenteuer, mit meinem Vater draußen zu stehen, das für mich faszinierende Schauspiel zu erleben und diese Christbäume zu bestaunen. Auch die Einschläge der Bomben gehörten dazu. Vor allem die Brandbomben, deren hell brennender Phosphor über die Hauswände der getroffenen Objekte rann. Dass es ein furchtbares Erleben für die betroffenen Menschen war, daran dachte ich in meiner Kindlichkeit nicht. All das Grauenhafte des Krieges war mir kaum bewusst. Krieg war für mich eine abenteuerliche, faszinierende Sache. Ich kannte all die Flugzeuge von Dornier, aber auch von den anderen reichsdeutschen Flugzeugfirmen.

Am meisten beschäftigte mich die Do 217, die mein Vater mitbaute und bei der er auch mit Modellarbeiten beschäftigt war. Was man mit diesem unseligen Flugapparat alles an Unglück und Elend anrichten konnte, ahnte und wusste ich nicht und ich dachte auch nicht daran. Genauso wie mein Vater anfangs, der ja damals in Wien mit dem Modellieren von Sportflugzeugen beschäftigt war und den die Nazis nach Friedrichshafen zu Dornier verpflichtet hatten. Mein Vater war im Grund ein eingefleischter Pazifist und verfluchte den

Krieg, doch beim Festziehen der ersten Schraube am schönen verkäuflichen Modell der DO 217 dachte auch er nicht daran, was dieser Flugapparat anrichten würde.

Man schrieb das Jahr 1944 und im eilig ins Leben gerufenen Volkssturm kursierten immer mehr die Durchhalteparolen. Mein Vater und einige Arbeitskollegen wiederholten immer öfter den vielsagenden Spruch: »Genieße den Krieg, denn der Frieden wird fürchterlich.«

Bei Dornier wurde es immer hektischer und es verging kein Tag, an dem nicht ein oder mehrere Männer als Saboteure und Volksschädlinge am Arbeitsplatz verhaftet und gleich hingerichtet oder in ein Konzentrationslager geschickt wurden. Dornier war dabei, einen Düsenkampfjet zu entwickeln, der besser und schneller war als die bereits eingesetzten Typen von Messerschmitt und Heinkell. Doch mit der Konstruktion und dem speziellen sogenannten Katapultdach, das sich beim Abspringen mit dem Fallschirm selbst absprengen sollte, funktionierte es einfach nicht. Das Dach wurde wohl per Sprengkapsel weggesprengt, doch dem Piloten riss es jedes Mal dabei den Kopf ab.

Und draußen herrschte Finsternis

Am Anfang des Krieges wurden die Siege der Deutschen Wehrmacht gefeiert und das »Heil Hitler« schallte laut und begeistert durch die Lande. Auch am deutschen Bodeseeufer war die Euphorie riesengroß. Bis dann die ersten Bombenangriffe der Alliierten stattfanden und Friedrichshafen zur Zielscheibe wurde. Da begann auch die Leidenszeit für meine schwangere Mutter. Am meisten setzten ihr die Nachtangriffe und der damit verbundene Weg in den Luftschutzkeller zu. Dort herrschte das organisierte Chaos und das Schlimmste waren die hysterischen Frauen mit ihren heruntergeleierten Rosenkranz-Tiraden, die ich bis heute nicht mehr ertrage. Ich besuche manchmal mit Freude eine Barockkapelle in der Umgebung und halte dort meine Zwiesprache mit dem Schöpfer. Allerdings wenn dort Rosenkranz-Andachten sind, suche ich das Weite. Ein Defekt aus dem Krieg macht sich da bemerkbar.

Auch habe ich heute noch einen anderen Tick. Immer, wenn in der Nacht infolge Feuer- oder Wasseralarms eine Sirene aufheult, ziehe ich unwillkürlich blitzschnell die Decke über den Kopf. Jahrelang schrie ich dazu »Fliegeralarm« und meine Eltern mussten mich schweißgebadet aus dem Bett holen. Nun, die Bettdecke ziehe ich mir heute noch bei irgendeinem Alarm über die Ohren, bis ich überrissen habe, was los ist. So wie es ist, ist es eben.

Nach den ersten Bombenangriffen zogen wir ins benachbarte Meckenbeuren, wo eine alte Frau mit ihrem invaliden Sohn in einem Zweifamilienhaus wohnte. Wir mieteten eine Hälfte des Hauses und fühlten uns dort recht wohl. Doch dann begann der Krieg für uns von neuem. Die Luftangriffe blieben zwar aus, dafür gab es unangekündigte Angriffe von alliierten Tieffliegern. Friedrichshafen war flach gebombt.

Luftminen, Spreng- und Brandbomben hatten das ihre dazu beigetragen. Inzwischen war meine Schwester Charlotte zur Welt gekommen. Man schrieb das Jahr 1942 und wusste damals noch nicht, dass sie geistig behindert war.

Hätte die Gemeindebehörde das gewusst, hätten die Nazis sie gnadenlos weggeschafft, wie den behinderten Sohn der Nachbarin, Frau Scharpf. Der 16jährige Bursche war geistig behindert und auch körperlich zurückgeblieben. Ortsarzt Dr. Bexen, ein hervorragender Arzt mit Herz, verheimlichte den Behörden den Zustand unter Lebensgefahr. Denn man wusste, dass andere Ärzte dafür ins KZ kamen.

Doch eines Tages wurde der junge Bursche aufgrund einer Denunziation von Leuten der Gestapo von zuhause weggeholt. Ich erinnere mich, als ob es gestern gewesen wäre. Ein Auto fuhr vor. Zwei Männer sprangen heraus, holten den Burschen aus dem Garten und warfen ihn in das wartende Auto. Seine Mutter lief kreischend hinterher, wurde jedoch brutal zurückgestoßen. Die Autotür knallte zu und der Wagen brauste davon. Zurück blieb die zusammengebrochene, weinend am Boden liegende Frau. Meine Mutter versuchte vergeblich, sie zu trösten. Eine Woche lang hörte man nichts von dem behinderten Burschen. Dann auf einmal Geschrei und Wehklagen aus dem Nachbarhaus. Frau Scharpf kam händeringend und schreiend aus ihrem Haus, einen Brief in der Hand. Meine Mutter nahm den Brief an sich.

Darin stand, dass der Sohn von Frau Scharpf leider an den Folgen einer Lungenentzündung gestorben sei und am Schluss das übliche »Heil Hitler«. Das war alles. Frau Scharpf, deren Mann an der Ostfront war, erholte sich nie mehr ganz von diesem Schicksalsschlag. Das war die Fratze des Nationalsozialismus in seiner typischen menschenverachtenden Art.

Dr. Bexen, der den Zustand des Burschen jahrelang verheimlicht hatte, konnte nur Dank eines hohen Nazi-Tieres seinen Job weiterhin ausüben, bekam jedoch einen Rüffel von der Behörde, die allerdings auch davon wusste, jedoch ein Auge zugedrückt hatte, weil der Arzt allerorts und über die Gemeindegrenzen hinaus bekannt und beliebt war.

Man kann sich die Todesängste meiner Eltern und speziell meiner Mutter vorstellen, als diese merkten, dass bei meiner Schwester im Kopf etwas nicht stimmte. Dr. Bexen, der das als zuständiger Ortsarzt feststellte, hätte es der Behörde melden müssen. Der damalige Bürgermeister war ein linientreuer Nazi und scharf drauf, bei den NS-Behörden gut da zu stehen. Doch Dr. Bexen beruhigte meine Eltern und versprach, den Fall meiner Schwester unter den Teppich zu kehren, was auch bis Kriegsende geschah. In diesem grausamen Regime gab es also doch Leute, die noch Menschen geblieben waren. Ansonsten verlief kaum etwas menschlich und von Gott durfte man nicht mehr offen reden. Da gab es nur noch die Vorsehung und Adolf Hitler.

Bezüglich meiner Schwester war sich die Ärzteschaft im Spital in Friedrichshafen nicht im Klaren, ob die geistigen Defekte, die man damals bei meiner Schwester feststellte, von den Geburtskomplikationen herrührten oder schon vom Heranwachsen im Mutterleib. Meine Mutter musste viele Tage und Nächte in den Luftschutzkeller, was eine Tortur für sie war.

Andererseits verlief die Geburt meiner Schwester mit Komplikationen. Sie war unter anderem blau angelaufen, bekam zu wenig Sauerstoff im Gehirn, wie die Ärzte später festzustellen glaubten.

Mein Vater kam während der Arbeit oft mit Situationen in Berührung, die mit seiner Tätigkeit eigentlich nichts zu tun hatten. Obwohl er nie ein strenger Katholik war, fand er es eigenartig, wie die Leute bei Dornier von den NS-Aufsichtsbehörden darauf gedrillt wurden, sich vom Glauben an Gott und der Kirche abzuwenden. Die Schwaben als Alemannen waren mehrheitlich sehr religiös und die noch amtierenden Geistlichen auch, wenn sie auch linientreu waren, ja sein mussten. Das NS-Regime hatte in dieser Region offensichtlich nur eines zum Ziel, nämlich die bewusst durchzuführende Trennung von Mensch und Gott. Anstelle von Gott hatte die Hitlersche Vorsehung zu treten, derer sich der Führer stets bediente und der Führer selbst war der Stellvertreter Gottes, also von Gott ausersehen, die Welt von den Volksschädlingen und vor allem den Juden zu befreien, die einst Gott ans Kreuz gebracht hatten. Wie auch immer, mit dem Führer wurde eine neue Epoche eingeläutet und wer sich den Vorgaben des Regimes nicht beugen wollte, wurde eben als Volksschädling betrachtet und eliminiert.

Mit den Rückschlägen an den diversen Fronten kamen auch die ersten Zweifel am Dritten, am tausendjährigen Reich. Es wurde den nüchtern Denkenden immer klarer, dass dieses Regime den Krieg an so vielen Fronten niemals gewinnen konnte, obwohl Goebbels Propaganda-Maschinerie das Gegenteil behauptete. Je stärker diese jedoch eingesetzt wurde, umso mehr ahnten die Menschen, dass nicht mehr alles mit dem Reich stimmte. Auch bei Dornier wusste man immer mehr. Immer mehr DO 217 Kampfbomber kamen nicht mehr oder schwer havariert in die sowieso schon von den alliierten Fliegerangriffen ramponierten Hangars.

Es mehrten sich vor allem die Fälle von deutlicher Sabotage oder absichtlich verzögerten Arbeiten an beschädigten Kampfflugzeugen. Wie mein Vater berichtete, verging kein Tag, an dem nicht irgendein Mitarbeiter von den berüchtigten Schlapphutleuten am Arbeitsplatz aufgesucht, verhaftet und abgeführt wurde. Manchmal erfuhr man auf Anfrage, dass der eine oder andere wegen Sabotage vor Gericht gestellt worden, als Volksschädling abgeurteilt und nach München gebracht worden sei, wo er dann unter dem Fallbeil endete.

Dornier, so erzählte man sich, baute in den letzten Kriegsmonaten für den immer mehr in die Ferne rückenden Endsieg an einem Düsen-Kampfjet, der DO 8 oder wie so heißen sollte. Er sollte einen weiteren Aktionsradius erhalten als die bereits eingesetzte Messerschmidt »ME 110« und galt als kommende Geheimwaffe für den Endsieg. Manche sprachen davon, dass er mit einer Superbombe, gemeint war die im Entstehen begriffene Atombombe, nach den USA fliegen und dort diese Bombe abwerfen könne. Mehr oder weniger ein Trugschluss der Endsiegverfechter.

Die Maschine war größtenteils fertig, Probleme gab es nur mit der Pilotenkanzel. Dabei kamen die NS-Funktionäre angeblich darauf, dass hier Sabotage im Spiel sein könnte und das war es auch. Nach mehreren tödlichen Unfällen wurde die Gestapo eingeschaltet und mehrere Mitarbeiter und auch Konstrukteure sprangen über die berüchtigte Klinge. Je länger das Nichtfunktionieren andauerte, um so nervöser wurden die Verantwortlichen. Die Angriffe der alliierten Jabos vom Typ »Spitfire« und der drei- und viermotorigen Bomber vom Typ »Globemaster« oder »Rochester« wurden immer heftiger und das bewies, dass die Westfront immer näher rückte. Die Ostfront hatte sich ja schon der Hauptstadt Berlin genähert. Unter der Bevölkerung wurde die Durchhalteparole vom Endsieg immer mehr ins Lächerliche gezogen und kaum einer, der realistisch dachte, gab auch nur einen Pfifferling dafür. Man fragte sich nur noch, auf welche Art und Weise die Alliierten einfallen und alles erobern würden, ob mit Fallschirm- oder mit gewöhnlichen Bodentruppen.

Die Kehrseite der Medaille

In den letzten Wochen vor dem »Endsieg« ging es noch recht turbulent her. Der Volkssturm war vermehrt in Aktion getreten und mit ihm die Gestapo. Der Volkssturm setzte sich aus Leuten zusammen, die nicht für die Front tauglich waren oder es auf irgendeine Art oder eine krumme Tour geschafft hatten, den Frontdienst zu umgehen. Meistens waren es Typen, die mit allen Wassern gewaschen waren, also auch viele kaputte, teils mit wenig Charakter versehene Menschen. Dementsprechend benahm sich auch ein Teil davon. Auch Frauen machten mit und zwar auch solche, die einer schlecht beleumundeten Sorte angehörten. Elsa war so eine. Sie machte zuerst auf Marlene Dietrich. Als diese jedoch im Kurs fiel und schließlich in den USA Stimmung gegen die Nazis machte, spielte Elsa auf Lale Andersen.

Sie war schlank, hatte ein herbes, von Pockennarben übersätes Gesicht und wasserhelle Haifischaugen. Ihre Hängebrüste verbarg sie geschickt unter einem raffinierten Büstenhalter und einem schwarzen Pullover. Dafür streckte sie ihren runden Po aufreizend heraus. Sie war kein unbeschriebenes Blatt und für ihre schnell wechselnden Männerbekanntschaften berüchtigt. Sie trank und rauchte wie ein Seemann und hatte auch sonst Gewohnheiten, die andere Frauen ablehnten. Elsa war stets schwarz gekleidet: Schwarze Hose, schwarzer Pulli und schwarze Knobelbecher. Wo etwas los war, war sie auch und sie hatte einen schwarzen HJ-Finnendolch mit Hakenkreuz umgeschnallt. Im Gasthaus sang sie bei Bier und Korn die zotigsten Lieder am lautesten mit. Man musste sich vor ihr in jeder Beziehung in Acht nehmen, denn sie war ein besonderer Spitzel der Gestapo. Sie hatte übrigens schon manchem, der ihr gefiel, mit ihr jedoch nicht schlafen wollte, Schwierigkeiten bereitet. Doch von der Gestapo der Region waren schon alle, wie man zu sagen pflegte, über sie drübergestiegen.

Sie war eine ausgekochte Parteimutter, wie die Dorfbewohner sie bezeichneten, jedoch ohne Skrupel. Denn nachdem die Westfront und damit die Alliierten immer näher rückten, büffelte sie fleißig Englisch und Französisch. Sie wusste warum. Der Volkssturm machte sich immer öfter durch Übungen bemerkbar. Ein Zeichen, dass der Feind, manche sprachen hinter der vorgehaltenen Hand bereits von den »Befreiern«, nahe war. Umso mehr wütete der Volkssturm und so mancher, der nicht an der Front war, wurde schließlich dorthin geschickt, weil er so unvorsichtig war, das Wort »Befreier« laut in den Mund zu nehmen. Einer, so erinnere ich mich, wurde sogar wegen Wehrkraftzersetzung standrechtlich erschossen.

Elsa stolzierte ganz in Schwarz mit ihrem Finnendolch provokant durch die Gegend. Alle sahen ihr nach und fragten sich, was wohl geschehen würde, nachdem die Alliierten das Land besetzt haben. Denn man hörte, dass sie schon ziemlich nahe herangerückt seien, ja man hörte schon entferntes Geschützfeuer. Alle Dorfbewohner haben sich in ihre Keller geflüchtet und wieder hörte ich diese nervenaufreibenden, hysterischen Rosenkranz-Litaneien. Mein Vater stand vor uns, meine Mutter hatte meine Schwester fest an sich gedrückt, als die Kellertüre durch einen Tritt aufflog.

»Ouh Autriche«, hörte ich eine Stimme rufen. Der Soldat, ein Farbiger, zeigte sich erstaunt über die rot-weiß-rote Kokarde, die er im Knopfloch des Ledermantels meines Vaters erblickte. Mein Vater nickte nur zu dieser Bemerkung und die eingedrungenen farbigen Soldaten, offensichtlich französische, bemühten sich, die weinenden Frauen und schreienden Kinder zu beruhigen. Der farbige Wortführer konnte ein paar Brocken Deutsch. Er rief »Krieg aus« und dann verteilte er Schokolade an die Kinder und es wurde gleich ruhiger im Keller.

In der Folge gesellte sich ein Elsässer dazu und es wurde über ein Nachtquartier der Besatzer verhandelt, die zum Teil in unserem Haus und im benachbarten Bauernhof Unterkunft fanden. Meine Mutter kochte sofort Tee und im benachbarten Bauernhof fand ein reges Treiben statt.

Die ganze Ortschaft war durch französische Soldaten besetzt. In unserem Haus hatte sich der Kommandeur mit seiner vollbusigen rothaarigen Freundin einquartiert, Jacques hieß er, der rothaarige nervöse Colonel. Man nannte ihn »Jaki« und sie hieß Maria. Jaki hatte es das moderne Radio angetan, das Vater trotz des NS-Verbotes in der Wohnung hatte, um die deutschen Nachrichten von BBC London regelmäßig abzuhören, was ja damals strengstens verboten war.

Gleich am nächsten Tag gab es einen riesigen Auflauf. Zwei Marokkaner jagten und vergewaltigten zwei Mägde des Nachbarbauern. Mein Freund Helge, Joseph, der Sohn des Bauern und ich waren Zeugen der Szene, die uns besonders schockte. Die zwei Mägde mit ihren weißen Schürzen wollten die Hühner im großen Stall füttern, als ihnen die zwei Marokkaner dort auflauerten. Die Mädchen flüchteten kreischend in den Hühnerstall und das wurde ihnen zum Verhängnis, denn sie konnten nicht mehr flüchten. Die Marokkaner, mit ihren Gewehren bewaffnet, trieben sie durch den Stall in eine Ecke. Es flogen die Federn, Schreie tönten und dann sahen wir nur noch, wie sich ein Soldat auf eine am Boden liegende Magd setzte, deren Schürze und Rock hoch zerrte, während der andere ihr die Unterhose vom Leib riss, ihr die Beine auseinander drückte und sich auf sie warf. Ich sah nur noch seinen blanken Hintern, der hin und her wackelte und hörte die herzzerreißenden Schreie der unter ihm liegenden, sich vergeblich wehrenden Magd.

Die andere Magd kauerte verängstigt in der Ecke des Gitters und kam als nächste dran. Inzwischen war Jaki aus dem Haus gestürzt und die Militärpolizei im Jeep vorgefahren.

Letztere macht nicht viel Federlesens. Zwei Mann sprangen aus dem Jeep und schlugen dem Vergewaltiger ihre Gewehrkolben derart über den Kopf, dass er bewusstlos über seinem Opfer zusammenbrach, was diesem neue Panikschreie entlockte. Der andere Missetäter ließ sich widerstandslos festnehmen und abführen, während die kreischenden Mägde ins Haus flüchteten.

Der ganze Ort war auf den Beinen und die Besetzung von Meckenbeuren hatte einen traurigen Auftakt genommen. Am Abend, als Vater, Jaki und Maria zusammensaßen und darüber sprachen, bekam ich mit, dass die beiden Marokkaner mit der Todesstrafe zu rechnen hatten. Jaki meinte, dass sie schon am nächsten Morgen erschossen würden. Ich erfuhr auf Umwegen von meiner Mutter, dass die beiden Vergewaltiger am nächsten Tag bei Morgengrauen am Damm zum Friedhof füsiliert würden. Sie sind im Schnellverfahren standrechtlich zum Tod durch Erschießen verurteilt worden. Gnade gab es für beiden nicht, denn dazu war ihre Tat zu schwer und in der Armee der »Grande Nation« hatte man für Farbige in solchen Dingen nicht viel übrig.

Die Böschung zum Friedhof lag hinter dem Riedstück, das an unser Haus grenzte und das ich direkt von meinem Kinderzimmerfenster einsah. Die Entfernung zum Ort der Erschießung war nicht sehr weit weg und morgens war es trotz eines dünnen Nebels möglich, das Geschehen zu verfolgen. Ich hatte deshalb meine Freunde zu mir kommen lassen und wir konnten die Vorbereitungen zur Hinrichtung von meinem Zimmer aus beobachten. Mit einem gewissen Schaudern sahen wir, wie einige Soldaten zwei Holzpfähle am Fuß der Böschung in den Boden rammten. Die beiden zum Tode verurteilten Marokkaner wurden nicht am Friedhof direkt erschossen, weil sie Moslems waren. Sie durften auch deshalb nicht auf dem Friedhof beerdigt werden. Ich brachte in Erfahrung, dass die Erschießung um fünf Uhr früh stattfinden sollte. Meine Freunde Helge und Josef kamen deshalb schon früh und wie ich meinte unbemerkt zu mir auf mein Zimmer und wir warteten, bis es so weit war. Über dem Ried war inzwischen Nebel aufgezogen, doch nicht so viel, als dass wir nichts gesehen hätten.

Pünktlich um fünf Uhr morgens ertönten Stimmen und militärische Befehle. Eine Gruppe von Soldaten stellte sich vor den Holzpfählen auf und dann sahen wir, wie die beiden Delinquenten herbeigeführt und an die Pfähle gebunden wurden. Das Ganze lief aufgrund des Frühnebels in etwas diffusen Lichtverhältnissen ab. Doch auch an den hörbaren Befehlen war der Ernst der Lage erkennbar. Nochmals ertönte ein Befehl, dann waren zwei Gewehrsalven zu hören und vorbei war der Spuk. Ich selbst sah nur, wie die Köpfe der beiden Marokkaner seitwärts heruntersanken und ein Mann, wahrscheinlich ein Militärarzt, zu den Erschossenen hinging, um sich vom inzwischen eingetretenen Tod der Beiden zu vergewissern. Einige Stunden später schlichen wir uns zur Stelle, an der die Exekution stattgefunden hatte. Die Pfähle waren entfernt worden. An der Stelle quoll noch etwas Rauch aus einem Aschenhaufen, in dem Kleiderreste zu erkennen waren. Daneben, am Fuß des Dammes zum Friedhof ragten zwei kurze Holzpfähle aus dem Boden, an denen die Turbane der Hingerichteten angebracht waren.

Für uns Buben war das Geschehen an jenem Tag ein tiefgehendes Erlebnis und allein die Gedanken daran ließen mich lange Zeit erschaudern. Eigenartigerweise hatte ich bei der düsteren Szene der Hinrichtung keinerlei Rührung oder Mitleid mit den Delinquenten empfunden, genauso wenig wie damals beim Beobachten der Vergewaltigung. Im Gegenteil, die Brutalität der Ereignisse hatte in mir lediglich einen eigenartigen starken Nervenkitzel und ein seltsam erregendes Gefühl in meinen Genitalien hervorgerufen, soweit ich ein solches überhaupt mit meinen damals sechs Jahren verspüren konnte. Nun, das war, wenn es so war, eine andere Seite der Sexualität, die den Menschen berühren kann. Ich verspürte dieses eigenartige Gefühl übrigens Jahrzehnte später bei den blutigen Stierkämpfen in Spanien wieder.

Doch zurück zum Geschehen. Am Abend dieses ereignisreichen Tages saßen wir alle in unserem Wohnzimmer zusammen, mein Vater, Colonel Jacques, dessen Freundin Maria und meine Mutter, die Wein und Brötchen anbot. Jaki brachte immer etwas mit, Büchsenwurst, Corned Beef, Leberpastete etc. und dazu Original französischen Weiß- und Rotwein sowie herrlich schmeckende, in Büchsen eingelegte Pfirsiche und Aprikosen. Es ging uns im Gegensatz zu manch anderen Familien zu dieser Zeit recht gut. Vaters modernes Radio stand dabei oft im Mittelpunkt. Dieses Radio und die rot-weiß-rote Kokarde, die ihn als österreichischen Widerstandskämpfer auswies, hatte zur Folge, dass Colonel Jacques, der Befehlshaber der französischen Besatzungstruppen im Raum Meckenbeuren-Tettnang bei uns sein Quartier aufgeschlagen hatte.

Jaki war uns allen lieb geworden, obwohl er fürchterlich nervös und launisch war. Er war gertenschlank, der kurze Bürstenschnitt seines feuerroten Haares und sein ebenso roter Schnauzbart ließen ihn noch fahriger und nervöser erscheinen, als er ohnehin schon war.

Er brüllte andauernd mit seinen Untergebenen, die hauptsächlich Farbige aus Nordafrika und Schwarze aus Senegal waren und wenn er Befehle erteilte, pflegte er mit seinem dünnen Bambusrohrstab, den er ständig bei sich trug, gegen seine glänzend gewichsten, bordeauxfarbenen Hochglanzstiefel zu schlagen. Einmal sah ich auch, wie er einem schwarzen Soldaten, der nicht gleich spurte, das Bambusrohr mit voller Wucht über dessen Popo zog, sodass dieser vor Schmerz aufjaulte und anstatt zu gehen, in die Luft sprang.

Jaki konnte aber auch völlig ruhig agieren. Beispielsweise wenn es darum ging, mit seiner großkalibrigen Pistole auf etwas zu schießen. Er war ein guter Schütze und freute sich immer, uns allen seine Schießkünste zu demonstrieren, z. b. an einer leeren Blechbüchse, die er von einem seiner Untergebenen aufstellen ließ, um sie dann zielsicher wegzuschießen. Meinen Vater mochte er sehr. Er rief ihn immer »Ernest«, weil er Ernst hieß, nach dem amerikanischen Schriftsteller und damaligen Kriegsberichterstatter Ernest Hemingway, den er von Paris her durch seinen Vater, einen General, kannte. Mein Vater erzählte mir später einmal, dass Jaki mit seinem Vater Hemingway gemeinsam mit dem späteren französischen Kulturminister André Malraux im renommierten Hotel Ritz in Paris besucht hatte, wo Hemingway wie ein Fürst zu residieren und sich mit Absinth, Champagner, Whisky und Cognac zu betrinken pflegte.

Einmal war die große Katze der Nachbarin auf einen hohen Kirschbaum nahe des Hauses geklettert. Die Nachbarin stand davor und wollte sie mit ihren Rufen herunterlocken. Jaki stand dabei und amüsierte sich, weil die Katze auf die Rufe ihrer Besitzerin nicht im Geringsten reagierte. Daraufhin zog Jaki seinen großen Revolver aus dem Halfter, entsicherte ihn und schoss kurzerhand in die Baumkrone des Kirschenbaumes. Es machte einen Plumpser und die Katze lag tot am Boden, während die Nachbarin schreiend in Tränen ausbrach und sich über das tote Tier beugte. Jaki grinste nur etwas verlegen, drückte ihr mehrere Geldscheine in die Hand und meinte auf Französisch, sie solle sich eine neue, folgsamere Katze kaufen. Wir waren alle während der Schießaktion von seiner plötzlichen Ruhe überrascht. Nichts war von seiner sonstigen Nervosität zu bemerken. Nun, so war er eben.

Unsere Familie hatte er jedenfalls ins Herz geschlossen, auch wir pflegten mit ihm und seiner polnischen Freundin Maria eine besondere Freundschaft. Maria, die wiederum mich, den feingliedrigen, aufgeweckten, blondgelockten Jungen sehr mochte, drückte mich gerne an sich. Und ich mochte es liebend gerne, abends auf ihrem weichen Schoss zu sitzen und mich von ihr an ihre vollen Brüste drücken und küssen zu lassen. Ich musste für sie immer am Radio herumdrehen und Musik suchen. Sie und Jaki freuten sich, dass mein Vater ein damals so modernes Radio, es war ein »Minerva«, hatte. Beide wussten, dass es unter den Nazis verboten war, neben dem damals üblichen Volksempfänger noch andere Radiosender zu hören. Denn so konnte man die Auslands-Feindsender empfangen, darunter den britischen BBC, der durch das berühmte Sendezeichen »Ba-ba-ba-bam« des Big Ben in London zu erkennen war. Mein Vater hörte als verstecktes Mitglied des Widerstandes regelmäßig BBC, obwohl es ihn in große Gefahr brachte. Jaki, dessen Vater in Paris unter der verhassten Nazibesatzung der Résistance, dem französischen Widerstand angehörte, schätzte ihn darob sehr.

Also saß ich – ja ich thronte – fast jeden Abend auf dem weichen einladenden Schoß von Jakis Freundin. Neben dem angenehmen Gefühl, von ihr gemocht und verhätschelt zu werden, kam da noch ein anderes, neues Empfinden dazu, das mich Zeit meines Lebens nicht mehr loslassen sollte, nämlich der Genuss aus dem heimlichen Konsum von Zärtlichkeit, verbunden mit wachsender Wollust. Ich mochte damals schon und nach wie vor auch heute Zärtlichkeit über alles, in allen Variationen und bei jeder sich bietenden Gelegenheit. Das rührte zum Teil daher, dass ich von meinen Eltern, die selbst zu einander immer zärtlich waren, viel Zärtlichkeit erfuhr, namentlich von meiner heißgeliebten Mutter. Mein Vater mahnte sie oft ironisch lächelnd: »Tu mir unseren Buben nicht so verdutteln.«

Jakis Freundin Maria war ähnlich wie meine Mutter. Kunststück, rann doch in den Adern beider Frauen das leidenschaftliche Blut des Ostens. Wenn ich auf Marias Schoß saß, herzte und küsste sie mich mit ihrem sinnlichen Mund und drückte mich an ihre vollen, festen Brüste, sodass ich ihre großen Brustwarzen spürte, die sich, wenn sie mich an sich drückte, für mich spürbar versteiften und sichtlich abstanden. Am liebsten hätte ich mit meinen neugierigen Fingern daran herumgespielt, sie in meinem Mund genommen und daran herumgenuckelt, so sehr war ich davon angetan. Dabei war in mir wieder jenes Gefühl erwacht, das sich in meiner Zeit im Wiener Spital beim Fiebermessen durch die tolldreiste Krankenschwester bei mir bemerkbar gemacht hatte, nämlich ein Ziehen in meinem Bauch in Verbindung mit einem wundersamen Kribbeln in meiner Geschlechts- und Analregion. Ich erinnere mich noch vage, dass ich dabei sogar schon eine, wenn auch kaum merkliche Erektion an meinem Glied verspürte. Jedenfalls genoss ich dieses Gefühl jedes Mal und ich suchte förmlich Jakis und Marias Nähe, wenn sie unser Wohnzimmer in Beschlag nahmen und sich von meiner Mutter mit leckeren Dingen verwöhnen ließen. Maria war offenbar in mich vernarrt. Sie rief mich nicht bei meinem deutschen Namen Günther, sondern »Albino« wegen meiner weißblonden Haare. So saß der weißblonde Junge bei jeder sich bietenden Gelegenheit auf ihrem weichen Schoß und rieb seinen Kopf genüsslich an ihren Brüsten.

Bis zu jenem Sommernachmittag, an dem für mich eine Welt zusammenbrach. Mein Vater arbeitete im Magazin der Franzosen und meine Mutter war mit der Nachbarin nach Ravensburg gefahren. Ich konnte praktisch den ganzen Tag über tun und lassen, was ich wollte. Also spielte ich mit meinen Freunden wie üblich in der angrenzenden Heide. Zu Mittag mussten meine Freunde zum Essen nach Hause gehen. Also machte auch ich mich auf den Weg, um zu sehen, was mir Mutter Gutes zu Mittag gerichtet hatte. Dabei wollte ich zuerst in mein Zimmer, um nach anderen Spielsachen zu suchen. Wie üblich schlich ich mich leise über die Stiege hinauf und machte leise die Zimmertüre auf.

Wir waren es gewohnt, in der Wohnung leise zu sein. Das war in diesem Falle der Auftakt eines peinlichen Geschehens. Denn als ich die Türe geöffnet hatte, traute ich meinen Augen nicht. Auf meinem breiten Bett lagen nackt und innig verschlungen Jaki und Maria. Jacques lag auf dem Rücken und Maria saß rittlings auf ihm. Beide waren offenbar in ihrem Element und ihr Gestöhne und ihre mehr gestammelten als geredeten französischen Wortfetzen ließen sie nicht bemerken, dass jemand den Raum betreten hatte und so sah ich völlig entgeistert zum ersten Mal in meinem Leben zwei Menschen beim Geschlechtsverkehr. Ich blieb wie erstarrt stehen und sah gebannt dem für mich gewaltigen Schauspiel zu. Es war wie ein Erdbeben. Das Bett ächzte im Gleichklang mit den hektischen Bewegungen und dem Gestöhne und Gewimmer der beiden miteinander Beschäftigten. Sie saß auf ihm. Ich sah ihren nackten ausladenden Popo, der sich auf und nieder bewegte. Sie ritt wie wild, wimmerte und schrie, als wenn sie jeden Moment sterben müsste. Ich starrte weiter gebannt auf die sich mir bietende Szene und es musste den beiden große Lust, Freude und Spaß bereiten, denn sie wollten nicht aufhören. Sie ritt immer schneller auf ihm herum und schließlich schrien beide.

Das war schließlich zu viel für mich. Ohne dass ich von den Beiden bemerkt wurde, machte ich auf der Schwelle kehrt und rannte in das elterliche Schlafzimmer nebenan. Hier warf ich mich aufs Bett, grub mein Gesicht in das Nachthemd meiner Mutter, das auf dem Kissen lag und heulte los, was das Zeug hielt. Man muss sich vorstellen, was das für ein Kind bedeutete, so etwas bisher Unbekanntes aus nächster Nähe nicht nur ansehen zu müssen, sondern auch in seinen Geräuschen und Begleiterscheinungen zu erleben.

Das Parfum in dem Nachthemd und der Geruch nach meiner Mutter beruhigten mich schließlich und ich fing mich wieder. Dennoch war in mir etwas gebrochen, ja geborsten.

Schließlich hatte ich mich wiedergefunden und von dem Schock erholt. Doch die Folgen blieben nicht aus. Maria war jedenfalls für mich erledigt.

Ich hasste sie von diesem Augenblick an, auch wenn es mir wehtat. Einzig hatte ich mitbekommen, was Mann und Frau im Bett miteinander tun konnten. Aber ausgerechnet in meinem Zimmer und in meinem Bett. Meine Mutter musste geahnt haben, was da in meinem Zimmer stattgefunden hatte. Denn das ganze Zimmer roch nachher plötzlich nach dem aufdringlichen Parfüm von Maria und mein Bett war zerwühlt und nur hastig gerichtet worden.

Jedenfalls wurde es ein Abend in eisiger Stimmung. Ich war ins Wohnzimmer gekommen, wo Maria schon vor dem Radio saß, währen Jaki mit Vater redete. Sie haschte wie gewohnt nach mir und wollte mich zu sich auf ihren Schoß ziehen. Doch ich entwischte ihr, wobei ich ihr einen vernichtenden Blick zuwarf und sprang, die Türe laut zuknallend hinaus und hinauf in mein Zimmer. Maria schüttelte den Kopf, Vater sprang auf und wollte mir nach, um mich zur Raison zu bringen. Doch Mutter hielt ihn zurück und deutete ihm, dass er mich in Ruhe lassen sollte. Alle blickten sich verdattert an, einzig Maria, Jaki und Mutter ahnten den eigentlichen Grund.

Von diesem Abend an verhielt ich mich zu Maria und Jacques reserviert und die Abende auf dem Schoß Marias gehörten der Vergangenheit an. Diese Bilder von dem eindeutigen Geschehen an jenem Nachmittag schwebten mir jahrelang vor den Augen und auch später, wenn ich mit einer Frau Liebe machte und sie sich dabei auf mich setzte, sah ich unwillkürlich diese Bilder vor mir und ich erregte mich dabei so sehr, dass ich spontan vorzeitig ejakulierte.

Ich hatte mit dieser Sache lange sehr zu kämpfen. Einerseits mit dem innerlichen Wunsch, die Zärtlichkeit von Maria, die mir nun fehlte, weiter zu genießen, andererseits verabscheute ich sie, weil ich sie mit Jacques in meinem Zimmer und ausgerechnet in meinem Bett erwischt hatte und sie dabei meinen ursprünglichen Eindruck von ihrer Reinheit verloren hatte. Maria war bis zu diesem Vorfall außer meiner Mutter der zärtlichste Mensch für mich gewesen. Ihre Zärtlichkeit, speziell ihr Streicheln und Küssen, durchrieselte jedes Mal meinen Körper und ließ in mir schon im damaligen kindlichen Alter sexuelle Lustgefühle wach werden. Ich fühlte damals schon so etwas wie eine Erektion. Und mit einem Mal war das nun vorbei. Doch bei allem innerlichen Sehnen danach blieb ich konsequent. Meine Eltern ahnten alles, doch es blieb, aus welchen Gründen auch immer, stets unausgesprochen.

Doch das Leben ging weiter. Just zu jener Zeit tauchte Elsa, das Flintenweib, wieder öfter im örtlichen Geschehen auf. Jetzt nicht mehr in Bridgershosen, sondern in schwarzen Hosen, allerdings ohne hakenkreuzverzierten Finnendolch am Gürtel, dafür mit einem blau-weiß-roten Halstuch und einer schwarzen Baskenmütze auf ihrem Blondschopf. Sie war stets von einer Schar Besatzungssoldaten umgeben. Ihr blondes Haar war ihr geblieben und in der Eile hatte sie ein paar Brocken Französisch gelernt, unter anderem »Voulez-vous coucher avec moi cette nuit?«

Das Geschäft mit der Liebe blühte und lief gut, sogar besser als zu Hitlers Zeiten. Jetzt gab es nicht nur Geld, sondern manchmal zusätzlich Corned Beef, französischen Wein und amerikanische Zigaretten, nicht mehr die billigen, stinkenden »Rothändle«. Die Besatzungssoldaten behandelten Elsa entsprechend ihrem Auftreten. Es hatte da die eine oder andere Frau im Ort gegeben bzw. es gab sie auch jetzt noch, die vor dem sogenannten Reichszusammenbruch mit Männern des Volkssturmes oder von der Gestapo ihre mehr oder weniger intensiven Verhältnisse hatte. Nur spielte sich das alles hinter den Kulissen ab.

Doch dem Ortstratsch war auch das nicht verborgen geblieben. Dann gab es wieder solche, die hätten gerne bezüglich des Fremdgehens über die berühmte Schnur gehauen, trauten sich jedoch nicht und waren dafür mit ihrem pharisäischen Schandmaul umso mehr und umso nachhaltiger zur Stelle. Jedenfalls konnte fast jeder Besatzer, der einigermaßen intelligent war, gut aussah, Geld und gewisse Naturalien freimachen konnte, ohne viele Probleme zu seiner Sache kommen.

Das Verhältnis meiner Eltern zu Colonel Jacques und seiner Konkubine Maria blieb trotz meiner persönlichen Kratzbürstigkeit gegen die beiden recht gut. Nun, wer scherte sich schon um die Eigenheiten eines kleinen Jungen. Vater hatte allerdings einen Freund gefunden, einen Algerier namens Albert. Albert war Chef im Verpflegungslager der Besatzer. Er hatte ihn durch Jaki kennengelernt, der ihm einen Job im Magazin verschafft hatte. Weiter rechnete der Colonel insgeheim damit, Vater für den französischen Kriegsflugzeugbau gewinnen zu können, bei dem sein Vater als hoher Militär wiederum in der Rüstungsindustrie großen Einfluss hatte.

Albert war ein sehr netter, feinfühliger Mensch, der die Franzosen nicht unbedingt mochte. Er war Mischling, das heißt seine Mutter stammte aus Marseille und sein Vater war ein waschechter Algerier. Vater und Albert verbrachten viel von ihrer Freizeit zusammen. Vater hatte eine glückliche handwerkliche Hand und war außerdem ein Organisations- und Ordnungstalent, sodass das Verpflegungsmagazin sich immer mustergültig präsentierte. Jaki sagte einmal schmunzelnd dazu, dass Hitler, hätte er solche Leute an seiner Seite gehabt, den Krieg nicht verloren hätte und lachte dann schallend dazu.

Für Vater war das eine Ehre und Albert freute sich, so einen Mann zur Seite zu haben.

Doch am Horizont tauchten bereits Schatten in Form einer baldigen Verlegung von Jakis Truppe in Form von Umsiedlung der französischen Truppen zurück nach Frankreich und nach Algerien auf, wo es immer mehr politisch zu gären begonnen hatte. Schon waren Teile der französischen Truppen von Europa in Marsch gesetzt worden. Aber noch war es nicht soweit und ein neues Problem kam auf meine Eltern zu, und zwar in Form des Gesundheitszustandes meiner Schwester Charlotte. Man sah ihr nichts an. Sie war ein adrettes kleines Mädchen, lieb und zierlich. Doch sie redete mit fast vier Jahren kein einziges Wort. Unser Hausarzt Dr. Bexen, der die Gestapo-Greuel am Kriegsschluss glücklicherweise unbeschadet überlebte, bestätigte den Eltern, dass meine Schwester wohl immer geistig behindert bleiben würde.

Meine Mutter brach ob dieser Nachricht zusammen und Vater wollte es nicht glauben. Dieser verdammte Krieg! Doch was nützte alles Verfluchen und Zetern darüber. So wie es war, so war es eben, und so blieb es.

Mutter widmete sich nach dieser Hiobbotschaft fast ausschließlich meiner Schwester. Vater war immer mehr mit Albert unterwegs, um Abstand zu den Dingen zu bekommen, die ihn aber trotzdem nicht losließen. Jaki und Maria machten sich auch rar und waren nur noch an wenigen Abenden bei uns. Ich war stets mit meinen ebenfalls herangewachsenen Spielkameraden unterwegs. Eigenartigerweise mied ich neuerdings die Gesellschaft von Mädchen. Der Tod von Evelyn und die Sache mit Maria und Jaki hatten mein Innerstes verändert.

Ich war ins schulreife Alter gekommen und die Eltern überlegten, ob ich hier in Deutschland in die Schule eintreten sollte oder ob sie nicht, da der Krieg ja vorbei war, wieder in die Heimat ziehen sollten, zurück nach Österreich, wo ich auch einschulen hätte können. Es erwies sich jedoch als ein schwieriges Unterfangen. In Wien, wo wir vor unserem Wohnungswechsel nach Friedrichshafen den Wohnsitz hatten, war alles ausgebombt und auch in der elterlichen Wohnung meines Vaters war kein Platz. Außerdem gab es in Wien keine

Arbeit für meinen Vater. Andererseits machten die Franzosen meinem Vater Angebote, in französische Rüstungsbetriebe zu kommen. Doch mein Vater war Pazifist durch und durch und hatte sich während des Krieges geschworen, nie mehr in einem Rüstungsbetrieb zu arbeiten. Wenn man heute die neu entstandenen Rüstungsbetriebe rund um den Bodensee betrachtet, hätte man sich damals vielleicht anders entschieden. Der Bodenseeraum ist heute alles eher als eine industriell friedlich ausgerichtete Landschaft.

Andererseits war da auch noch die enge Freundschaft mit Albert, die Vater zögern ließ, von hier wegzugehen. Ich wusste darüber nichts und Mutter auch nicht. Sie war mit dem Zustand ihrer Tochter mehr als beschäftigt. Doch man munkelte, dass Albert schwul sei. Nun, er hatte trotz seines guten Aussehens keine Frau oder Freundin, obwohl ihn manche Frauen förmlich anhimmelten. Er suchte auch die Nähe zu Frauen nicht. Ich wusste in meinem Alter nichts von Schwulen und so war mir auch nie etwas bezüglich Albert aufgefallen. Nur in der Zeit, in der die Eltern vom Übersiedeln zurück nach Österreich sprachen, fiel mir auf, dass Vater wenig zuhause und oft mit Albert zusammen war. Mutter mochte Albert sehr, weil er zuvorkommend und nett zu ihr war. Als sich die Eltern endlich entschlossen hatten, so oder so wieder nach Österreich zu ziehen, war mir jedoch aufgefallen, dass Albert sichtlich unter diesem Entschluss litt, während sich Vater nichts anmerken ließ. Vielleicht hatte er sich nur besser in Gewalt als Albert. Er hatte durch Zufall erfahren, dass ein Deutscher, der in einer Vorarlberger Stadt wohnte, mit seiner Familie wieder nach Deutschland wollte. Er wollte einen Wohnungstausch, der auch zustande kam.

Somit war unser Lebensabschnitt in Deutschland zu Ende und auch die enge Zusammenarbeit und Freundschaft mit Colonel Jacques und Maria, allerdings auch jene von Vater und Albert. Albert hatte es jedenfalls so geregelt, dass er

Meckenbeuren vor uns verließ. Er hatte sich nach Nordafrika versetzen lassen. Bei seinem Abschied von uns und speziell von Vater kam es zu einer herzzerreißenden Szene und ich registrierte, wie sich Albert und Vater lange und innig umarmten und auf den Mund küssten, wie es sonst Männer nicht tun. Was mich dabei so berührte war, dass die beiden weinten, ja schluchzten. Erst später, als ich schon erwachsen war, sagte mir mein Vater, dass er Albert wie einen Bruder geliebt habe und dieser ihn. Das war auch alles, mehr nicht und ließ höchstens vage Mutmaßungen zu. Es wurde dann auch nie mehr darüber gesprochen.

Seelenvergiftung

Es war Spätsommer 1945, als wir buchstäblich mit Sack und Pack ins sogenannte gelobte »Ländle« Vorarlberg, nach Bludenz zogen. Sack und Pack ist der zutreffende Ausdruck. Denn mehr hatten wir nicht dabei. Eine Regelung der Besatzungsmächte besagte, dass bei einem international abgewickelten Wohnungstausch die jeweiligen Tauschpartner nicht mehr als 30 Kilogramm Gepäck pro Person mit über die Grenze nehmen durften. Meinen Eltern, die froh waren, wieder in ihre Heimart Österreich zu kommen, machte das vorerst nichts aus. Erst als sie die Tauschwohnung in Bludenz betraten, sahen sie die Bescherung. Sie waren beim Tausch einem waschechten Gauner aufgesessen. Die Vier-Zimmerwohnung sah schlimm aus. Einzig und allein das Wohnzimmer war ordentlich mit altdeutschen Möbeln bestückt. Alles andere war kaum brauchbares, altes Mobiliar. Mutter bekam einen Weinkrampf, Vater fluchte und ich starrte entgeistert auf das, was in Zukunft mein Bubenzimmer sein sollte.

Der deutsche Wohnungsinhaber, ein ehemaliger SS-Major namens Schneider, hatte sich in unserer schönen Wohnung in Meckenbeuren eingenistet und meine Eltern schändlich übers Ohr gehauen. Doch er sollte sich nicht lange dieses Coups erfreuen. Besagter Herr Schneider war, wie sich einige Tage später herausstellte, als SS-Offizier mit arger Vergangenheit in der von ihm betrügerisch getauschten Wohnung verhaftet und drei Wochen später zum Tode verurteilt und erschossen worden.

Für meine Eltern hieß es, so gut es eben ging, sich häuslich einzurichten, wobei in dankenswerter Weise einige Nachbarn halfen. Ich wurde in der Volksschule angemeldet und bezüglich meiner geistig behinderten Schwester stellt ein beherzter Arzt ein Attest aus, wonach sie bei ihrer Mutter bleiben konnte. Ursprünglich wollte man sie in eine berüchtigte Anstalt sperren. Denn es stellte sich bald heraus, dass Vorarlberg trotz der Besetzung durch die Franzosen gesinnungsmäßig immer noch eine heimliche Nazihochburg war, in der für behinderte Menschen wenig oder gar kein Platz war.

Ein Lebensmittelhändler, ein Schweizer Staatsbürger, ließ uns, da wir mittellos waren und mein Vater noch keine Arbeit hatte, sozusagen die Lebensmittel, die es nur auf Marken gab, anschreiben. Er half uns, wo er konnte und er wollte meinem Vater einem Job in Altenrhein bei einer schweizerischen Flugzeugfirma zuschanzen. Dort wurde nämlich gerade der erste Schweizer Düsenkampfjet, die P 16, gebaut. Doch mein Vater lehnte das Angebot vehement ab, obwohl es finanziell und wohnungsmäßig verlockend gewesen wäre. Der Krieg und die Erlebnisse bei Dornier in Friedrichhafen hatten bei ihm den Pazifistenstandpunkt erhärtet.

Also musste er den erstbesten Job annehmen und so stellte er als ursprünglicher Flugzeug-Modellbauer artenfremd Aschenbecher mit Steinbockmotiv und Laternen her und fertigte nebenbei auch für einen kleinen Händler Küchenwaagen an.

Für meine Mutter war es schwer, in dieser provinziellen Region Fuß zu fassen. Vor allem sprachlich hatten sie und Vater immense Schwierigkeiten mit dem heimischen Dialekt. Meine Eltern und ich sprachen zuhause ein sogenanntes Schriftdeutsch, wie es in Wien in gehobenen Kreisen üblich war. Das hatten wir auch im Schwabenland so gehalten. Lediglich ich hatte den dortigen Dialekt gleich angenommen und kam so gut damit zurande. Das war auch in der neuen Heimat Vorarlberg so. Der Dialekt machte meiner Mutter öfters Probleme. Es gab Frauen, die waren gut zu ihr und halfen, wo es ging, andere wiederum waren weniger freundlich. Manchmal gab man ihr und Vater ohne Scheu zu verstehen, dass sie »Zuagroaste«, also keine Einheimischen wären. Manche bezeichneten uns offen als unerwünschte Ausländer, die den Einheimischen alles wegnehmen, vor allem die knappen Lebensmittel, die es nach wie vor zum Teil nur auf zugeteilten Bezugberechtigungsmarken gab. Jedenfalls waren wir zum ungünstigsten Zeitpunkt nach Österreich zurückgekehrt und vor allem in eine Region, in der es nach wie vor immer noch viele eingefleischte Nazis gab, in der es schwierig war, sich als Heimkehrer, noch dazu mit Wiener Abstammung, häuslich niederzulassen. Ich wurde hier in die Volksschule eingeschult und fand mich eigentlich schnell zurecht, zumal mir der alemannische Dialekt sehr entgegenkam. Ich war halt ein halbes Jahr für meine Mitschüler ein »Sauschwabe«, wie sie mich riefen.

Das erste Volksschuljahr war gut. Doch das änderte sich bald. Meine Eltern waren alles, nur keine Kirchengänger und speziell Vater hatte mit dem katholischen Glauben nicht viel am Hut. Im Gegenteil, ihm waren die Geistlichen hier infolge ihrer, seiner Meinung nach scheinheiligen, Gläubigkeit suspekt. So kam es, dass man mich am Sonntag schlafen ließ, statt mich in den Gottesdienst zu schicken. Und als mein Religionslehrer meinen Vater darauf ansprach, gab ihm dieser unmissverständlich zu verstehen, dass er sich nicht in familiäre Angelegenheiten einzumischen hätte und noch weniger in die Erziehung seines Sohnes. Das war damals im strengkatholischen Ländle nicht gefragt und wie sich später herausstellte, ein großer Fehler. Denn von da ab hatten mich sowohl der Klassen- als auch der Religionslehrer auf dem »Kieker« und es regnete bei jeder Gelegenheit, bei der meinen Eltern und mir eine vermeintliche Gottlosigkeit nachgewiesen wurde, Strafen. Ich überstand jedoch das zweite Volksschuljahr relativ unbeschadet. Schlimm wurde das dritte Jahr.

Ich hatte mit einem gleichaltrigen Mädchen der Hausmitbewohner Freundschaft geschlossen. Auch unsere Eltern waren sich nähergekommen und verbrachten oft ihre Freizeit miteinander.

Wir wohnten in einem Haus in der sogenannten Gartenstraße, einer damals sehr geachteten Wohnstraße mit Mehrfamilienhäusern in der Nähe eines großen Textilbetriebes. Der Hausbesitzer, so erinnere ich mich, war der initiative und sehr beliebte Chef des regionalen und später sogar landesweiten Tourismus- und Verkehrsbüros. Er war ein wirklich menschlich denkender und immer sehr freundlicher Hauseigentümer. Die zweite Mieterfamilie wohnte im Erdgeschoss. Es war ein Ehepaar mit einem Mädchen. Der Mann arbeitete als Schichtmeister im außerorts gelegenen Zementwerk, war ein bekannter Bergsteiger und mehr oder weniger bekannter Wilderer aus Leidenschaft, während seine Frau eine beliebte Bedienung im damals bekannten Gasthaus »Rössle« in Bludenz war, das einen über der Hauptverkehrsstraße liegenden, landesbekannten Biergarten aufwies, zu dem die Bedienungen das Bier über die Straße tragen mussten, um es den vielen Gästen aus nah und fern servieren zu können.

Die schnell geschlossene Freundschaft zwischen uns Hausbewohnern wurde mit der Zeit immer enger. Und wie so üblich, wurde meine Freundschaft zu Gerda, so hieß das Mädchen. immer enger und für unser kindliches Alter eigentlich recht intim. Wir verbrachten fast ausschließlich unsere gesamte Freizeit miteinander. Was ich damals noch nicht wusste, was jedoch bereits fast stadtbekannt war und schließlich dann auch meine Eltern erfuhren, war das durch Affären gekennzeichnete, offensichtlich stark ausgeprägte Liebesleben der beliebten Rössle-Bedienung. Während ihr Mann in der Nachtschicht arbeitete, trafen sich hie und da in der gemeinsamen Wohnung unter uns bisweilen untertags im »Rössle« einkehrende männliche Stammgäste mit seiner Frau, einer offensichtlich liebeshungrigen, in ihrer Ehe unbefriedigten Frau. Nachdem ihr Verhalten bei den unerlaubten Schäferstündchen alles eher denn lautlos war, wie wir im oberen Stock feststellen mussten und sie das selber wusste, gab sie ihrer Tochter Gerda sogar Schlafpulver, damit sie nicht durch das nächtliche erotische Spektakel der Mutter erwachte. Natürlich sprach sich diese Art ihres heimlichen Liebeslebens herum, unter anderem am Arbeitsplatz ihres Mannes, der die Gerüchte vernahm und sie zur Rede stellte. Dabei kam es mitunter zu richtigen Szenen und handfesten Auseinandersetzungen.

Einmal erwischte er, als er überraschend nach Hause kam, einen jungen, öfters ihr beischlafenden Liebhaber im Ehebett und jagte ihn halbnackt über die Gleisanlage des nahen großen Bahnhofs, ehe der Bursch ihm glücklicherweise entkam, denn sonst hätte er ihn wahrscheinlich in seiner Wut erschlagen. Die Folge davon war, dass es dann in der Wohnung unter uns kräftig rumpelte und seine untreue Frau einige Tage nicht aus dem Hause und nicht ins »Rössle« gehen konnte. Ihre Tochter Gerda sagte zu den Spielgefährten, dass ihre Mutter Mumps und folglich ein geschwollenes Gesicht hätte und von ihrer schon älteren, ledig geborenen Tochter gepflegt werden müsse. Gerda hatte trotz ihres eher noch kindlichen Alters und der fallweise verabreichten Schlafmittel doch recht viel, für sie viel zu viel mitbekommen und war auch deshalb relativ weitgehend aufgeklärt.

Entsprechend war auch unsere gemeinsame Freundschaft keine unbedingt sehr kindlich praktizierte, aber dafür eine innige, um nicht zusagen erotische für dieses Alter. Das bedeutete, neben den üblichen Spielen zweier Heranwachsender, gab es natürlich auch die berüchtigten Doktorspiele, die jedes Mal mit einer gründlichen gegenseitigen Untersuchung und dem manchmal schon recht fortgeschrittenen gegenseitigen Spiel mit den Genitalien endete. Den verbotenen Spielen wäre eigentlich nach außen hin nichts entgegenzusetzen gewesen, wenn mich nicht der Übermut zu einer Tat hingerissen hätte, die mir von der pädagogischen Obrigkeit nie verziehen wurde und mich mit Repressalien eindeckte.

Ich war ein Zeichentalent, was mir die Bewunderung sowohl meiner Mitschüler als auch das Lob meines Klassenlehrers einbrachte. Doch mit alldem war es schnell vorbei, als ich eines Tages eine Eisenbahnlokomotive zeichnete, aus deren Fenster nicht der Lokführer blickte, sondern ein Penis mit den dazugehörenden Hoden. Einige Mitschüler amüsierten sich darüber, andere jedoch liefen mit der Zeichnung sofort zum Klassenlehrer und dem Katecheten, um diesen meine Verfehlung zu zeigen.

Der Klassenlehrer, offensichtlich ein verklemmter Mensch mit versteckten und nicht ausgelebten sexuellen Neigungen, nahm sich in der Folge mich vor und erpresste beim Nachsitzen nach dem Unterricht förmlich mit Gewalt und psychischem Druck Geständnisse, die nicht stimmten. Ich erzählte ihm aus Angst vor Strafen von nie stattgefundenen frivolen Spielen mit meiner Freundin Gerda, allerdings in jener Art, wie er sie hören wollte und wie sie dabei seiner offensichtlich perversen Fantasie entgegenkamen. Die Folge davon war, dass ich eine Zeitlang jeden Tag nachsitzen und ihm von angeblich schweinischen Spielen mit Gerda berichten musste, die er mir unter physischem und psychischem Druck einredete. Dann nahm er mich übers Knie und versohlte mir meinen Po und zwar so lange, bis ich in die Hose urinierte. Das brachte ihn so in Rage, dass er sich dabei höllisch erregte und dabei höchste Befriedigung empfand, wie ich heute zu wissen meine. Dabei zischten aus ihm jene Worte heraus, die ich nie vergessen werde und auf die ich dann in meinem späteren Leben bei irgendwelchen Recherchen mehrfach stoßen sollte: »Dich werden wir schon katholisch machen!«

Das machte er längere Zeit und was ich dabei psychisch an Höllenqualen erlebte, ist kaum zu beschrieben. Dazu kam noch bedeutend Erschwerendes dazu. Anstatt zuhause meinen Eltern von meinem fürchterlichen Zustand zu erzählen, schwieg ich und trug alles wie einen riesigen Stein mit mir herum. Auch mit Gerda sprach ich nicht darüber. Das war jedoch noch nicht alles. Der erzieherisch fehlorientierte Lehrer tat sich mit meinem Religionslehrer, einem sogenannten Kooperator zusammen, der offenbar von der gleichen verklemmten Gattung war. Einmal, als es mir zuviel wurde, regte ich mich auf. Doch man drohte mir lediglich mit der Einweisung in die berüchtigte Erziehungsanstalt Jagdberg und ich muckte dann nicht mehr. Es war bekannt, dass es in der Erziehungsanstalt jeden Tag Prügel und Repressalien gab. Später stellte sich heraus, dass die jugendlichen Insassen nicht nur geprügelt und gefoltert, sondern regelmäßig von Aufsehern auch vergewaltigt wurden. Erst in den Siebzigerjahren endete dieses frevelhafte Treiben.

Beide »Pädagogen« zusammen bestraften mich, indem sie mich in die sogenannte »Eselsbank« verbannten. Das war eine einzelne Schulbank an der Rückwand des Schulzimmers. Die brutalste Erschwerung der Strafe war jedoch, dass ich die Religionsstunde mit dem Gesicht zur Wand in der Schulbank sitzend verbringen musste. Interessanterweise verständigte keiner der beiden meine Eltern und ich war völlig eingeschüchtert lange Zeit diesen pervertierten Repressalien ausgesetzt. Auch Gerda passierte eigenartigerweise nichts, was mich insgeheim sehr wunderte. Andererseits war ich froh darüber, denn eine Ausweitung dieser Affäre hätte ich nicht ausgehalten.

Heute weiß ich um die perverse Veranlagung sowohl des Klassenlehrers als auch des Kooperators. Beide trieben ein schlimmes Spiel auf Kosten einer Kinderseele. Eigentlich wunderte mich später, wie und dass ich überhaupt diese Zeit überstand, ohne mich irgendeinem Menschen mitzuteilen. Es war lediglich eine Art Flucht nach innen, die mich vor sofortigen Schäden bewahrte. Die daraus entstandenen Folgeschäden holten mich dann später beim Eintritt verschiedener neuer Probleme und Krisen ein und wurden schließlich zu einer Lebensbegleitung, die ausschlaggebend für meine Persönlichkeitsbildung war. Rettend für mich waren jedoch, wie ich mich erinnere, meine steten Ausflüge, die ich allein in die Natur unternahm, um mit mir und den mich bedrückenden Problemen annähernd, jedoch nie ganz, ins Reine zu kommen. Was ich übrigens heute noch tue, denn ganz bin und werde ich nie über diese Sache hinwegkommen.

Es war jedenfalls eine sehr schlimme Zeit, die ich damals zu überwinden hatte. Bis der Klassenlehrer erkrankte und durch einen anderen Kollegen ersetzt wurde, der glücklicherweise erzieherisch normal gelagert war, mich aus dieser misslichen Lage schließlich befreite und die Sache sogar dem Direktor vorbrachte, der jedoch, wie es damals vielfach üblich, darüber den Mantel des Schweigens breitete. Jenes Schweigens über eine oft pervertierte Pädagogik, die damals an etlichen Orten praktiziert wurde, die lange Jahre danach erst zum Vorschein kam und heute noch kommt, wie beispielsweise bei dieser Gelegenheit hier.

Dieses dritte Volksschuljahr nenne ich ein Jahr der totalen Seelenvergiftung. Es prägte jedenfalls meine Schulzeit und meine heranwachsende Persönlichkeit als Mensch, der lernte, sich auf irgendeine Art aus der Affäre zu ziehen, um mit ungemütlichen Situationen fertig zu werden, Spuren zu suchen, wenige zu hinterlassen und mitunter zu verwischen. Einzig und allein einem strengen, jedoch gerechten Lehrer und einem auswärtigen, aus Wien stammenden Salesianer-Pater hatte ich es damals zu verdanken, dass ich das vierte Schuljahr einigermaßen gut überstand und dann sogar in das Realgymnasium aufstieg, wo ich allerdings aufgrund meiner Erlebnisse schulisch einfach nicht entsprach und man schließlich meiner Mutter, die meinen längere Zeit abwesenden Vater vertrat, riet, mich aus der Schule zu nehmen.

Das Kuriose an dieser Sache war, dass ich im vierten Schulklassenjahr einen bedeutenden Film sah, nämlich über Papst

Pius XII., der mich so faszinierte, dass ich spontan Priester und schließlich einmal Papst werden wollte und daheim auf der Veranda sogar einen Alter aufbaute und dabei in die Rolle des Heiligen Vater schlüpfte, ein Vorhaben, das mein Vater, ein erklärter Antiklerikaler, mir austreiben wollte und lediglich von Mutter beschwichtigt werden konnte. Diese kindliche Schwärmerei wurde schließlich von einem weiteren Kinoereignis abgelöst, nämlich von einem amerikanischen Historienfilm über Christoph Columbus, der mich damals ebenfalls gefühlsmäßig außer Rand und Band brachte.

Nie werde ich jene Szene vergessen, in der Columbus das spanische Königspaar und dessen Hofstaat von seiner Entschlossenheit, die neue Welt zu entdecken, überzeugte, wobei er es schaffte, und es ihm entgegen anderen gelang, ein ihm in die Hand gegebenes hartgekochtes Hühnerei ohne lange Spielerei insofern zum Stehen zu bringen, indem er es mit einer etwas heftigen Bewegung auf der unteren Seite eingedrückt auf den Tisch stellte. In diesen für mich erfreulichen Zeitabschnitt rückte auch die Bekanntschaft meiner Eltern mit einer Familie aus dem Trentin, die unterhalb der schön gelegenen, altehrwürdigen früheren Barock-Pfarrkirche und des malerischen Renaissance-Schlosses wohnte. Die Freundschaft zu den Eltern Gerdas war durch die Vorfälle in deren Ehe nicht etwa zu Ende, doch etwas abgekühlt, und Vater hatte infolge einer Magenoperation das Oberhaupt einer Trentiner Familie als Zimmergenossen im Spital von Bludenz kennengelernt und sich mit ihm angefreundet.

Dieser wohnte übrigens nicht weit weg vom Hotel Löwen, wo Vater immer zum Stammtisch pilgerte, an dem sich prominente Bürger trafen, wie die Frau Possenig, die damalige Verlegerin des »Bludenzer Anzeigers«, jener Bezirkswochenzeitung, die ich später dann 30 Jahre lang als Chefredakteur leiten sollte, dann ein bekannter und beliebter Arzt, ein Friseurmeister und ein beliebter, aus dem Trentin stammender

Gemischtwarenhändler sowie etliche andere. Am Sonntag kehrte er dann immer noch schnell bei der Trentiner Familie zu, die wir dann auch des Öfteren besuchten. Das kinderlose Ehepaar hatte zwei Kinder adoptiert, einen Burschen, der schon als Friseur ausgelernt hatte und später dann eine Tochter, die etwas jünger war als ich.

Mit dem Sohn hatten sie damals große Sorgen. Er war als Friseur zum Arbeiten nach Zürich gegangen, war dort in homosexuelle Kreise gekommen und hatte sich seinen erschütterten Zieheltern gegenüber als Schwuler geoutet. Er war dann kurze Zeit später in eine verzwickte und unglückliche Liebschaft zu einem anderen Mann geraten und schließlich zur Fremdenlegion gegangen. Dort hatte man ihn sofort nach der Ausbildung in den Indochinakrieg geschickt. Das Schicksal war weder ihm noch seinen leidgeprüften Adoptiveltern hold. Er wurde schwer verletzt und verlor beide Füße, ehe er bei einem weiteren Angriff von einer Granate getötet wurde. Man kann sich den Gram der Zieheltern vorstellen, die ihn wie einen Sonn geliebt und vor allem über seine hervorragend abgeschlossene Berufsausbildung gefreut hatten. Umso mehr widmeten sie sich nun ihrem zweiten Adoptivkind, der Tochter, die drei Jahre jünger als ich und sehr hübsch war. Sie hatte bezaubernde blaue Augen, in die ich nicht oft genug sehen konnte und vor allem war ich von ihren dunklen, schönen Zöpfen angetan.

Als ich sie das erste Mal sah, verliebte ich mich Hals über Kopf in sie und ich glaube, dass auch sie mich gerne sah. Auch unsere Eltern sahen uns gerne beieinander. Unser stetes Beieinandersein brachte das Auseinanderleben mit Gerda. Bis der Tag kam, an dem mein Vater für längere Zeit nach Wien fuhr, nicht nur, um seine Mutter und Verwandten zu besuchen, sondern dort auch einer neuen, besser bezahlten Arbeit nachging. Ich kam ins Gymnasium und ich weiß, so sehr ich mich auch anstrenge, bis heute nicht, wie und warum wir beide uns aus den Augen verloren. Jedenfalls war das abrupte Weggehen meines Vaters von Bludenz und der Wechsel in eine am anderen Ende des Ortes gelegene Schule mit für mich gewaltigen Lernaufgaben nicht ganz unschuldig. Wenn ich mich auch bemühte, stets der nette, freundliche, zarte Junge zu bleiben, irgendwo schlug doch, wahrscheinlich aufgrund der schon erlebter Tiefen des Lebens der sogenannte »Malefiz« durch.

Ich war damals elf Jahre alt und bereitete meinen Eltern, vor allem meiner sich stets sorgenden Mutter, große Sorgen. Vater, der beruflich noch immer nicht das gefunden hatte, was er sich vorstellte, ließ sich durch gewisse Dunkelmänner der damaligen Kriegsschrott-Szene, die als eine USA-nahe sogenannte »Aktion Todd« getarnt war, in heikle, ungute Situationen bringen. So ließ er sich durch eine Gruppe von zweifelhaften Typen dazu überreden, in Wien am Westbahnhof und anderen Punkten des früheren Kriegsschauplatzes kaputte Panzer und andere Kriegsfahrzeuge zu zerlegen, was schon wegen der Waffenblindgänger sehr gefährlich und außerdem unterbezahlt war und lediglich dubiosen Kriegsgeräte-Schrotthändlern Gewinne einbrachte.

So kam Vater in Kontakt mit Leuten, die damals gesetzesumgehend clever im Trüben fischten und ihn als in solchen Dingen Unerfahrenen und Unbescholtenen für ihre Vorhaben vor den Karren spannten, was ihn schließlich mit der Justiz in negative Verbindung und für einige Zeit ins Gefängnis brachte. Für meine Mutter war das eine harte Zeit. Sie hatte sich ohne Mann mit einem schulischen Tunichtgut als Sohn und einer geistig schwerbehinderten Tochter durch das Leben zu bringen. Lediglich dem damaligen Bürgermeister von Bludenz, der ebenfalls einen geistig behinderten Sohn zur Familie zählte, war es zu verdanken, dass unsere angeschlagene Familie in dieser Zeit einigermaßen über die Runden kam. Ich erinnere mich, wie mich eine Nachbarin fragte »Ist dein Vater eingesperrt, weil man ihn nicht mehr sieht« und ich dann weinend zu Mutter lief.

Meine schulischen Leistungen waren im Gymnasium unterschiedlich. In einigen Fächern teilweise sogar vorzüglich, stürzte ich in Latein und Mathematik total ab und weigerte mich dazu noch, hier mit Anstrengungen den guten Willen zu beweisen. Im Gegenteil, ich sagte meinem Lateinprofessor sogar unverfroren ins Gesicht, dass mich Latein nicht interessiere, wie ich auch andere Pädagogen vor den Kopf stieß. Ein Professor, den ich eigentlich sehr mochte und dem ich noch später hie und da begegnete, ließ dann meine Mutter kommen und meinte zu ihr, dass ich das Zeug zu einem guten Schüler hätte, jedoch ein vermaledeiter Malefiz sei, ein intelligenter Lump, der eines Tages ein schlimmes Ende nehmen würde. Worauf Mutter schockiert, tränenüberströmt und verzweifelt von dannen lief.

Nachzutragen wäre jedoch, dass dieser Professor, damals lediglich frustriert und genervt von seinem ungeliebten, despotischen Direktor, seiner harschen Kritik über meine Person freien Lauf ließ, die er dann später doch irgendwie bereute. Denn er scheute sich davor, mit mir persönlich zusammenzutreffen, als ich Jahrzehnte später als Chefredakteur der Bezirkszeitung und kultureller Förderer zu einer Persönlichkeit der Region wurde.

Besagter Direktor führte an diesem Gymnasium in der Tat ein Regiment, das zwar von den üblichen Mastdarmakrobaten sadomasochistisch erduldet, von einigen anders gelagerten Professoren und einem Teil der Schüler gefürchtet war, und dem ich mich selbst als Schüler natürlich vergeblich zu widersetzten versuchte. Er, ein despotisch veranlagter, massiger glatzköpfiger Mann aus Wien, der keinen Widerspruch duldete, pflegte mit seinen Professoren, aber auch innerhalb seiner duckmäuserisch gehaltenen Familie, lediglich herumzubrüllen und zu poltern. Für die Schule war er damals ein absoluter Gewinn, nicht jedoch für sensible Pädagogen. Und er war noch dazu korrupt, was viele nicht wussten.

Mein Bankkollege war durchwegs schlechter in seinen Leistungen als ich. Doch sein Vater, ein Lokführer bei der Bahn, schmuggelte regelmäßig Zigaretten, Butter und Schokolade über die naheliegende Schweizer Grenze und ließ dies dem Direktor, dem die Korruption schon ins Gesicht geschrieben stand, mehr oder weniger diskret zukommen. Das wirkte sich natürlich in der Benotung meines Bankkollegen entsprechend aus, der zudem eine eigenartige Gewohnheit hatte, nämlich damals schon auf Kosten seiner Mitkameraden zu leben. Denn er hatte die Angewohnheit, alle Utensilien, die er zum Schreiben und überhaupt für den Unterricht benötigte, von seinem Nachbarn in der Schulbank, in dem Fall zuerst von mir, zu benützen, bevor er seine eigenen nahm. Das ist ihm übrigens bis ins hohe Alter geblieben, indem er seine Gasthaus-Zeche gerne und bewusst von andern zahlen ließ.

Doch das Leben ging weiter. Durch eine Indiskretion aus Wiener Kreisen erfuhr meine Mutter, dass besagter Direktor in der NS-Zeit kein unbeschriebenes Blatt war und sich nach dem Zusammenbruch des Reichs schließlich nach Vorarlberg abgesetzt hatte, um der Verhaftung durch die Besatzer und einem drohenden Kriegsgericht zu entgehen. Sie sagte ihm dies auch ins Gesicht, als er ihr in seiner Art von oben herab empfahl, den ungeratenen Sohn aus der Schule zu nehmen. Die Folge war, dass ich total in Ungnade fiel. Nun, ich mochte ihn sowieso nicht ob seiner grobschlächtigen, diktatorischen Art, wenn er sich vor jemandem wie »King-Kong« drohend aufbaute und diesen mit seinen affenartigen Grimassen und nassen Aussprache »befeuchtend« niederbrüllte. Am wohlsten fühlte er sich in der Umgebung junger Mädchen, die kurz vor dem Abitur standen und denen er gönnerhaft und scheinliebenswürdig auf den strammen Popo tätscheln konnte.

Ich habe ihm dann Jahrzehnte später schlussendlich seine pharisäischen Entgleisungen zurückgezahlt, als ich ihn und seine widerliche Art nach der Einweihung der Bludenzer Handelsakademie in einem sozialdemokratisch ausgerichteten Magazin entsprechend skizzierte, was ihm als ehemaligen Nazi und Sozialistenhasser stark gegen den Strich ging. Ich war trotz seiner Antipathie gegen meine Mutter und mich und der schlimmen Beurteilung seines devoten Professors jemand geworden, nämlich ein im In- und Ausland durchaus anerkannter Journalist, der sich kein Blatt vor den Mund nehmen musste.

Vom Regen in die Traufe

Ein Jahr Realgymnasium mit der Erfahrung, dass Verbindungen zur rechten Zeit und am richtigen Platz bei entsprechenden Personen Probleme aus der Welt schaffen können, lag hinter mir. Nicht dass es ein versäumtes Jahr gewesen wäre. Im Gegenteil, ich hatte mir Wissen und eine eigene Meinung zum Leben angeeignet, das mir beim Schulwechsel in die Hauptschule sehr behilflich war. Allerdings hatte ich dabei etwas sehr Wertvolles verloren, ein Stück meines Glaubens an die Menschheit und an Gott. So war es nun einmal. Doch nicht alles scheinbare Wissen und das Vertreten einer eigenen Meinung waren nützlich, wie sich bald herausstellen sollte.

Nachdem ich schon in der dritten Klasse Volksschule mit der Scheinmoral und der Pervertiertheit eines Pädagogen im Verein mit einem Geistlichen als Religionslehrer Bekanntschaft gemacht hatte, hatte ich nach der problemlosen Absolvierung der ersten beiden Hauptschulklassen in der dritten erneut eine schlimme, folgenschwere Zeit zu durchleben.

Wie schon bisher in meinem Leben, wurde ich elterlicherseits bezüglich des Glaubens recht locker, um nicht zu sagen freigeistig erzogen. Besonders meinem Vater war die für die damalige Zeit fast devote Unterwürfigkeit mancher Leute vor klerikalen Kreisen in diesem Bundesland Österreichs zuwider. Meine Mutter hielt sich dabei eher heraus. Folglich waren auch mein Denken und meine Einstellung zum katholischen Glauben nicht sonderlich stark und daher recht salopp. Ich wurde keineswegs von den Eltern angewiesen, am Sonntagvormittag wie andere Schulkameraden regelmäßig den Gottesdienst zu besuchen. Ich ging, wie und wann ich am Sonntagfrüh erwachte oder nicht, zur Messe oder eben nicht.

Ich hatte damals schon meine eigene Einstellung zum Glauben. Kein Wunder bei dem bisher Erlebten. Der Glaube und die Religion waren für mich etwas Schwammiges geworden und jene, welche die Religion lehrten, etwas Dubioses. Im Gegensatz dazu interessierte mich der Religionsunterricht wiederum stark und ich war sogar, was das Alte und Neue Testament betraf, sehr belesen. Das rührte davon her, dass ich eine alte Bibel, die die Mutter von ihrem Stiefvater erhalten hatte, mehrmals gelesen hatte und das mir manchmal im wahrsten Sinne des Worts wunderliche Geschehen im Alten und Neuen Testament kannte.

Interessanterweise diskutierten wir zuhause auch oft darüber. Beispielsweise über Dogmen, jene angeblich tatsächlichen Vorkommnisse, die man laut Kirche einfach zu glauben hatte, auch wenn sie alles eher als logisch schienen und als angeblich tatsächlich stattgefundene Begebenheiten von einem gesunden Menschengehirn einfach angezweifelt werden konnten, aber zu jener Zeit und auch jetzt öffentlich nicht durften.

Die Lehren der Katholischen Kirche beziehungsweise des Vatikan sprachen in diesem Falle von sogenannten Wundern und Dogmen, die man als Christ einfach zu glauben hatte. Nicht alle Christen waren dieser Meinung und das beste Beispiel war die Evangelische Kirche, die sich im 16. Jahrhundert unter Martin Luther abgespalten hatte und heute eine beachtliche Gruppe von Christen ohne den Marienglauben der Katholiken darstellt. Also zeigte ich am Religionsunterricht, der damals im »Gelobten Ländle« eine absolut wichtige Rolle in den Schulen einnahm, trotz meiner lockeren Art des sonntäglichen Gottesdienstbesuches eine sehr großes Interesse am schulischen Religionsunterricht. Obwohl es immer wieder hieß, dass es noch idealer wäre, wenn ich meine biblischen Kenntnisse durch einen regen und pünktlichen sonntäglichen Gottesdienstbesuch unterstreichen würde.

Ich hatte anfangs des Schuljahres mit dem Religionslehrer noch eine Art »Gentlemans Agreement«, das hieß, wir fanden einander nicht unsympathisch und tolerierten einander sogar anfänglich. Doch wie's der Teufel haben wollte, tappte ich mit einer Bemerkung, wenn auch außerhalb des Religionsunterrichtes, voll ins Fettnäpfchen, weil ich mich in einer Gesprächsrunde durch die Anzweifelung der jungfräulichen Schwangerschaft Mariens, entstanden durch die befruchtende Beiwohnung des Heiligen Geistes, öffentlich unbeliebt gemacht hatte und praktisch ein Ketzer war.

Ein weiteres Mal bekam ich es mit dem Pädagogen zu tun, der offenbar mit seiner sexuellen Anschauung beziehungsweise mit der Sexualität überhaupt Probleme hatte und sich auf einer Ebene bewegte, die für etliche Schüler eine schiefe war. Er war über meine Bemerkung, dass man mit dem Begriff »Heilig« in der Kirche anders umgehen sollte und über meine Anzweifelung der »Unbefleckten Empfängnis« sehr aufgebracht. So sehr, dass er mich nach dem Unterricht persönlich nachhause begleitete. Dort las er meiner erschrockenen Mutter in harschem Ton die Leviten. Gleichzeitig machte er sie darauf aufmerksam, dass sie mich am Sonntagvormittag regelmäßig zum Gottesdienstbesuch anzuhalten habe und mich auch wöchentlich zur Heiligen Beichte schicken solle. Vater war nach seinem Heimkommen am Abend darüber so aufgebracht, dass er am nächsten Tag in die Schule gehen und dem Religionslehrer seinerseits gehörig die Meinung sagen wollte, was Mutter beschwichtigend abwenden konnte. Damit die Kirche im Dorf blieb, wurde ich von den Eltern angehalten, am Sonntagvormittag zum offiziellen Gottesdienst zu gehen.

Das mit der regelmäßigen Beichte war und wurde zeit meines Schulbesuchs allerdings nicht aktuell. Damit war die Sache für den Religionslehrer, einen damals so genannten Kooperator, nicht erledigt. Denn offenbar hatte mich dieser nach dem Vorfall auf dem berüchtigten Kieker und es begannen für mich folgenschwere Repressalien. Wie ich dann nämlich mitbekam, hatte der Kooperator, der offenbar durch seine pervertierte Neigung, Schülern nachzustellen und sie psychisch zu belästigen, sowohl in der Schule als auch außerhalb richtiggehend ein gut funktionierendes Netzwerk errichtet, in das ich geraten war. So wurde ich nach dem sonntäglichen Gottesdienst regelmäßig von ihm blind ergebenen Mitschülern, die er um sich geschart hatte, regelrecht verprügelt. Man warf mir dabei vor, ich hätte mich während des Gottesdienstes ungebührlich verhalten, was wirklich nicht zutraf. Nicht genug damit. Mehrere Tage in der Woche wartete er dann selbst am Ende des Unterrichts auf mich und ich musste mit ihm an einen stillen Ort in der Kirche oder anderswohin gehen, an dem er sich mich wegen meiner Zweifel am Begriff »Heilig« und an der »Unbefleckten Empfängnis« Mariens eingehend vorknöpfte.

Meine Einstellung nahm er auch zum Vorwand, mich eines Tages nachhause zu begleiten und meiner Mutter einen Vortrag darüber zu halten und sie anzuhalten, ihrem Sohn eine ordentliche glaubensorientierte Erziehung zu gewährleisten, was sie ihm jedoch nicht versprach und ihn schließlich hinausschmiss. Denn auch für meine Eltern gab es keinen Anlass, an diese »Unbefleckte Geburt« zu glauben und so blieb in dieser Hinsicht alles beim Alten. Heute noch weigere ich mich, an sogenannte Dogmen zu glauben und beispielweise an den Begriff »Heilig« durch Menschen, die anderen Menschen vorschreiben, was sie zu glauben haben.

Der Kooperator ließ sich von seinem abnormen Missionierungsdrang nicht abbringen und verknüpfte seine zwiespältige Tätigkeit mit einem regelrechten fanatischen Sendungsbewusstsein. Er verknüpfte alle Gesprächsansätze mit Themen zum sechsten Gebot, das anscheinend sein Lieblingsthema war und das er mit anderen Schülern, vorwiegend männlichen Geschlechtes, oft so intensiv behandelte, dass unter diesen der empfundene, jedoch unausgesprochene Eindruck entstand, er wäre vom »anderen Ufer«. Besonders schlimm war die Art, wie er mir nach dem Unterricht des Öfteren auflauerte, um mich auf dem Heimweg aufzuhalten und mich über das sechste Gebot auszufragen und wie ich es damit hätte, besonders dann, wenn ich des Morgens eine naturbedingte Versteifung am Glied feststellen würde. Er nötigte mich dann förmlich dazu, zu gestehen, dass ich dann Unkeuschheit trieb, indem ich mich selbst befriedigte. Dann setzte er die psychische Keule insofern ein, als er mir eine Todsünde einredete und mich zur Beichte zwang, auch von Dingen, die ich nie getan hatte, die er mir einredete, die sich jedoch in perversen Wunschvorstellungen in seinem offenbar kranken Gehirn abspielten. Man muss sich vorstellen, das passierte nicht nur mir, sondern viele andere Jungs waren solchen Bedingungen ausgesetzt, ohne sich hilfesuchend an irgendjemanden wenden zu können.

Ich erinnere mich mit großem seelischem Unbehagen an diese Beichten in der schönen Heilig-Kreuz-Kirche, die für mich dadurch schließlich zu einem Horror-Ort wurde, den ich heute noch meide. Ich betrat schon mit einem schlechten Gefühl in meiner Brust den Beichtstuhl, von dem ich wusste, dass er von seiner Person besetzt war. Er hielt sich ein Tuch vor sein Gesicht und fragte immer wieder die gleichen Dinge bezüglich meines angeblichen unkeuschen Tuns. Dabei fiel mir auf, dass er schwer atmete und sich auch sonst eigenartig verhielt.

Erst viele Jahre später wurde mir bewusst, dass er sich wahrscheinlich während dieser Phase selbst befriedigte. Nicht genug damit. Nach meiner Beichte, als ich den Beichtstuhl verwirrt und schockiert verließ, eilte mir nach, um mir zusagen, dass er mich im Grunde möge und mich vor schweren Sünden bewahren wolle. Und ich könnte nur auf dem geraden Wege bleiben, wenn ich mich ihm vollends anvertrauen würde, besonders was meine Probleme mit dem sechsten Gebot angingen. Ich müsse keine Angst haben, er sei verschwiegen wie ein Grab. Ich könne ihm auch Dinge über meine Phantasien in Bezug zu meiner sich gerade entwickelnden Sexualität erzählen, er könne das verstehen. Heute weiß ich, dass er darauf wartete, dass ich mich von mir ausgehend mit ihm auf irgendeine Art sexuell einlassen würde. Nachdem ich niemandem davon erzählte, ja mit niemandem darüber sprechen konnte, staute sich das Ganze in mir bis zur Unerträglichkeit auf. Ich lebte nicht mehr das mehr oder weniger unbekümmerte Leben eines Schülers. Ich lebte das schlimme Leben eines jungen, heranwachsenden Menschen, der immer im Zweifel lebte, und dessen Seele total vergiftet worden war.

Ich bekam mit, dass der Kooperator auch mit anderen Klassenkameraden seine eigenartigen Spielchen trieb und die meisten auch in der Hand hatte. Deren Gespräche, die ich erlauschte, zeugten vom Erfolg seiner eigenartigen, offenbar perversen Aktivitäten. Jedenfalls brachte er damit einige dieser Schüler und auch mich auf die Realisation der Möglichkeit, sich vermehrt der Masturbation zu widmen und er erkundigte sich auch immer, wie wir es damit hätten. Und es fehlte auch nicht an recht durchsichtigen Ratschlägen und Anzüglichkeiten. Diese waren jedoch immer so gehalten, dass ihm niemand darob an den Karren fahren konnte. Außerdem war er bei der Lehrerschaft und den Bürgern sehr angesehen und verfügte als Kleriker über eine nicht zu unterschätzende Hausmacht, mit der ich etliche Jahre später zu meinem Erstaunen nochmals Bekanntschaft machen sollte.

So stand es damals mit der Pädagogik, die nur eines kannte, eine gewisse Art des Kadavergehorsams. Das Aufmucken kam erst später und die verschiedenen Affären wurden erst Jahrzehnte später bekannt und auch gerichtlich geahndet. Der guten Ordnung halber sei erwähnt, dass es Gott sei Dank mehrheitlich gute Pädagogen gab und auch Priester und

Ordensleute, die ihren Beruf ordentlich und vorbildlich ausübten und ein Segen für die Gesellschaft waren. Doch es gab eben auch diese schwarzen Schafe und darunter fiel auch jener Geistliche, der an der Schule, die ich besuchte, sein Unwesen trieb, das er blendend kaschierte. Heute, am Abend meines Lebens, bin ich ihm, der nicht mehr unter den Lebenden weilt, nicht mehr böse. Er war eben ein Mensch, der offenbar eine gewisse Veranlagung hatte, die man damals gar nicht, aber auch heute, trotz gefallener Tabus und psychotherapeutischer Möglichkeiten nicht, und darum geht es, ausleben kann.

Mir hat dieser Mensch offenbar für mein ganzes späteres Leben arg zugesetzt. Seine anzüglichen Aufklärungsgespräche machten mich schlussendlich entsprechend neugierig, was zur Folge hatte, dass ich früh mit der Sexualität Bekanntschaft machender Pubertierender regelmäßig zu masturbieren begann und mich glücklicherweise lüsternen Gedanken über die Möglichkeit eines Geschlechtsverkehrs mit einem Mädchen und nicht mit einem Kerl beschäftigte. Diese bot sich eines Tages in Form von Gerda, meiner Nachbarsfreundin. Sie war sowieso aufgrund des ausschweifenden Lebenswandels ihrer Mutter frühreif und aufgeklärt und niemand war sich sicher, ob sie nicht schon den einen oder anderen sexuellen Kontakt gehabt hat.

Auf jeden Fall ergab sich an einem Abend die Gelegenheit dazu. Unsere Eltern waren miteinander ins Kino und dann auf einen Hock gegangen. Wir hatten schon des Öfteren über die Möglichkeit gesprochen, uns bald einmal näher zu kommen, wenn wir miteinander Vertraulichkeiten austauschten. Ich hatte jedoch trotz meiner Neugierde und einer gewissen Begierigkeit nicht den Mut zu einem geschlechtlichen Kontakt. Sie war da eher dazu geneigt. Und darüber unterhielten wir uns, als unsere Eltern fortgegangen waren. Dabei hatten wir eine Art Haustelefon, über das wir unsere geheime Konversation führten, nämlich das offene Klo, durch das wir miteinander sprachen.

Also verabredeten wir uns im Keller des Hauses. Wir stiegen aus unseren Veranden über die Äste eines großen Apfelbaumes in den Keller. Dort trafen wir uns, betasteten und küssten einander. Sie zog gleich ihr Höschen aus und führte meine neugierige Hand zwischen ihre Beine. Ich erinnere mich an ihren Körper und die unheimliche Erregtheit, die mich ergriff, als sie mein steif gewordenes Glied anfasste und mich zu sich zog, damit ich es ihr zwischen die Beine stecken sollte. Und da passierte es. Es war gut, dass es so passierte. Denn ich hatte meinen ersten Samenerguss, noch bevor ich mein Glied an den eigentlich gedachten Ort gebracht hatte, vorzeitig und durch eine fremde Hand. Wir staunten deshalb beide darüber. Und wir stoben auch erschrocken auseinander und kletterten in der Folge zurück in unsere Wohnungen. Ich konnte die halbe Nacht nicht schlafen. Es war irgendwie ein Glücksfall, dass ich einen so frühen, in diesem Fall eben Orgasmus außerhalb ihrer Vagina gehabt hatte. Nicht auszudenken, es wäre mir in ihrer Scheide gekommen und ich hätte sie, eine knapp Vierzehnjährige, geschwängert.

Interessanterweise war dieser Vorfall unsere erste und gleichzeitig letzte geschlechtliche Beziehung. Denn obwohl ich es in meinen Vorstellungen immer wieder mit ihr treiben wollte, kam es nicht dazu und sie hatte sich ziemlich bald anders orientiert, das heißt, sie hatte einen anderen gefunden, mit dem es offenbar klappen musste, denn ich war für sie plötzlich nicht mehr wichtig, was mir eigenartigerweise gar nichts ausmachte.

Es war dann sowieso eine Zeit des Auseinanderlebens zwischen ihren und meinen Eltern gekommen. Grund war das Hobby ihres Vaters, der nicht nur das Bergsteigen liebte, sondern auch das Wildern, das er mit einem Freund betrieb. Meine Eltern wollten damit nichts zu tun haben und als er auf frischer Tat ertappte wurde, versteckte er sein Gewehr bei einer Razzia durch die französische Militärpolizei, die einer anonymen Anzeige nachgegangen war, auf dem gemeinsamen Dachboden bei den Sachen meines Vaters. Das war damals wirklich eine heiße Sache, weil noch die französische Besatzung die polizeilichen Interessen in Sachen Waffenbesitz wahrnahm. Eines Tages, als Vater nicht zuhause war, holte er sich das Gewehr von meiner Mutter mit Gewalt. Womit eine Freundschaft abrupt endete.

Auch ich hatte mich anders orientiert. Eigenartigerweise trotz meiner eingetretenen Pubertät nicht bei den Mädchen, sondern an den zunehmenden Streichen mit anderen Jungs. Einzig eine Begebenheit erotischer Natur ist mir heute noch als wäre sie gestern geschehen in Erinnerung. Wir hatten Besuch von entfernten Verwandten bekommen, die übers Wochenende blieben. Das war damals in unserer Bludenzer Wohnung insofern ein Problem, als wir zu wenig Betten hatten.

Also kam auch ich neben meinen Eltern zum Handkuss. Ich musste nämlich mein Bubenzimmer und mein Bett mit der Tochter des Besucherehepaars teilen. Diese war in einem Alter, in dem es nicht ungefährlich ist, das Bett mit einem heranreifenden Jungen zu teilen. Doch es war eben kein Platz vorhanden, getrennt zu schlafen. Unsere Eltern einigten sich darüber, dass wir das Bett verkehrt teilen sollten. Sie lag oben und ich unten und lagen somit Kopf an Fuß.

So dachten sich zumindest unsere Eltern. Denkste, gegen Morgen machten sich meine Beine oder besser, meine neugierigen Zehen auf Wanderschaft. Ich war nämlich mit diesen unruhigen Gliedmaßen mehr oder weniger zufällig zwischen ihre Schenkel geraten, was sie jedoch zu keiner negativen Reaktion bewegte. Ich fühlte mit meinem großen Zehen, dass sie wohl ein knappes Höschen an, aber nichts dagegen hatte, dass ich daneben in ihr Allerheiligstes gelangte und plötzlich ihre feuchte Scheide fühlte und spürte, wie sehr sie mein Getue erregte. Und es ging nicht lange, da erwiderte sie meine Fußarbeit, indem sie sich, sexuell offensichtlich sehr erregt. mit ihrem in Aufregung geratenen Unterleib meinen neugierigen Zehen entgegenstemmte und plötzlich unter heftigem Geschnaufe und verhaltenem Gestöhne zum Höhepunkt kam. Wie es begonnen hatte, so endete das Spiel auch. Sie nahm meinen Fuß zwischen ihren Beinen heraus, drehte sich zur Seite und schlief schließlich weiter. Mir blieb schließlich auch nichts anderes üblich. Wäre ich allein gewesen, hätte ich jetzt masturbiert. Das traute ich mich nicht. Deshalb schlief ich trotz meines steifen Gliedes wieder ein. Wir trafen uns dann später beim gemeinsamen Frühstück mit unseren Eltern und warfen uns lediglich verstohlene Blicke zu und ich masturbierte dann später auf der Toilette. Aufgeschoben ist nicht aufgehoben.

Das war eigentlich für längere Zeit meine letzte erotische Episode. Ansonsten orientierte ich mich an anderen Dingen meines jungen Lebens. Wir hatten in unserem erweiterten Wohnviertel eine Art »Gang« gegründet, die einen Teil des am südlichen Ortsrand gelegenen, teils steppenartigen, teils bewaldeten Gebietes beherrschte und in dem wir in der Freizeit unser Unwesen trieben.

Meine Zugehörigkeit zu dieser »Gang« dauerte jedoch nicht lange. Mein Vater hatte in einem international bekannten klerikalen Kolleg, das von den Jesuiten geführt und verwaltet wurde, eine gute Anstellung gefunden und nach einiger Zeit wurde ihm auch eine Betriebswohnung angeboten, die er annahm. Es war einiges passiert, von dem ich persönlich nichts wusste, über das mich jedoch Vater, der für mich ein großartiger Mensch war und immer bleibt, später aufklärte und mich über die Menschen im Allgemeinen grundsätzlich anders denken ließ.

Die Judenstiege

Meine Eltern wären eigentlich gerne in Bludenz wohnhaft geblieben, wie ich auch. Hatte ich doch in der Stadt, in der ich aufgewachsen war, in all den Jahren trotz der großen Probleme an den Schulen viele Freunde, die ich jetzt verlassen musste. Doch die alles eher als erfreulichen Erlebnisse und negativen Erfahrungen mit verschiedenen Leuten hier, die sich als besonders menschenfreundlich gebärdeten, in Wirklichkeit jedoch Pharisäer waren, ließen meine Eltern den Umzug in die nahegelegene Stadt Feldkirch planen und durchführen. Außerdem hatte mein Vater aufgrund einer persönlichen Bekanntschaft mit dem damaligen Landesgerichtspräsidenten eine gute Anstellung in der Stella Matutina, einem international renommierten Gymnasium der Jesuiten, bekommen.

Dazu trug auch ein Vorkommnis bei, von dem ich nichts ahnte, über das ich nichts wusste und über das mir Vater erst viel später erzählte, als er mich über Machenschaften von ehemaligen Nazi-Leuten in der Region aufklärte. Von da ab war mir der Nationalsozialismus noch mehr suspekt, weil er als Netzwerk auch nach seinem lediglich augenscheinlichen Niedergang im Untergrund unverhältnismäßig lang weiterfunktionierte und ich viel später noch bei diversen Recherchen seine Auswirkungen in diesem Lande erfahren sollte.

Mein Vater, wenn auch aus der pannonischen Tiefebene stammend, liebte die Berge über alles und besonders jene des Rätikons, der sich mit achtunggebietenden Gipfeln südlich von Bludenz ausbreitet. Besonders die Zimba, als »Vorarlberger Matterhorn« bezeichnet, dann die Scesaplana, der höchste Berg des Rhätikons, der mächtige Hüttenkopfstock sowie die Drei Türme am Ende des Gauertals machten auf ihn wie auch auf mich einen großen Eindruck und ließen etwas wie eine Liebe zu ihnen in uns entstehen. Durch seine Freundschaft mit dem zweiten Hausmieter, dem Vater meiner Freundin Gerda, der neben seinem Wilderer-Hobby ein passionierter Bergsteiger und Kletterer war, kam er des Öfteren in den Genuss außergewöhnlicher Bergtouren.

Sein handwerkliches Geschick, kurz nach dem Krieg aus Alteisenresten kunstvolle Aschenbecher, verziert mit einem Steinbock, anzufertigen und dann für Butter, Speck und Eier in den umliegenden Berggebieten einzutauschen, brachte ihm die Bekanntschaft und manchmal auch die Freundschaft mit Bewohnern der Berggemeinden und auch mit Leuten ein, die sozusagen eine Art Geheimnisträger darstellten, was den verbotenen, aber in dieser Region immer noch wachen und unter der Decke der Verschwiegenheit pulsierenden Nationalsozialismus betraf.

Auf diese Art lernte er einen Mann kennen, der lange Jahre Hüttenwirt der bekannten Sarottla-Hütte unterhalb des Zimba-Massivs am Ende eines wild zerklüfteten Nebentales des Brandnertales und vis-à-vis der Gemeinde Bürserberg gelegen.

Während des Zweiten Weltkrieges waren diverse Schutzhütten im Süden Vorarlbergs, vor allem im Rätikongebiet, unter dem Naziregime als Grenzstützpunkte mit Wehrmachtsangehörigen der Deutschen Armee besetzt. Nachdem es sich herumgesprochen hatte, dass viele Juden aus Deutschland, Polen und anderen von den Nazis besetzten Gebieten des Ostens unerkannt nach Vorarlberg reisten und im Rätikongebiet über die sogenannte »Grüne Grenze« in die Schweiz flohen, stationierten die Nazis verlässliche, dem Antisemitismus zugetane Vertreter ihrer Wehrmacht als Grenzwächter neben den ihnen unverlässlich erscheinenden einheimischen Alpenjägern in den Hütten des Deutschen Alpenvereins an der Grenze zur Schweizer Eidgenossenschaft.

In der Folge wurden relativ viele jüdische Flüchtlinge vor ihrem illegalen Grenzübertritt in die Schweiz gefasst, vorerst gefangen gesetzt und dann als »Volksschädlinge« abgeurteilt, in die nächstliegenden Konzentrationslager gebracht, wo sie der brutalen Nazi-Tötungsmaschinerie zum Opfer fielen und vergast wurden. Dennoch wagten manche weiterhin ihre Fluchtversuche in die nahegelegene Schweiz, die sie von Bludenz aus im Montafon und im Brandnertal realisierten.

Sowohl in der Bevölkerung des Montafons als auch des Brandnertales wussten manche darüber Bescheid, doch alle schwiegen, denn Mitwisserschaft bedeutete in der Nazi-Zeit Gefahr für Leib und Leben. Dieses Schweigen merkte ich sogar noch Jahrzehnte später bei meinen Recherchen über gewisse damalige Vorfälle. So erzählte man sich unter anderem die tragische Geschichte zweier junger jüdischer Schwestern, die in Gargellen bei einem Fluchtversuch erwischt und in St. Gallenkirch im Gemeindegefängnis eingesperrt wurden. Ihre Flucht, die bis nach Gargellen funktionierte, war offensichtlich doch zu wenig gut organisiert. Sie wussten in ihrer Not und übermächtigen Verzweiflung nicht aus und ein und in letzter Konsequenz nichts anderes, als sich schließlich in der trostlosen Aussicht auf den drohenden Vergasungstod in einem Konzentrationslager selbst das Leben zu nehmen. Sie erhängten sich qualvoll an den Verschluss-Schnüren ihrer Rucksäcke.

Der heutige Pfarrer von St. Gallenkirch und Gargellen sowie eine Zeitzeugin bestätigten mir das später selbst. Doch etliche Zeitzeugen, die damals einiges mitbekamen, schwiegen weiterhin. Auch der bekannte jüdische Schriftsteller Jura Soyfer erfuhr auf seiner Flucht in Vorarlberg ähnliches und endete auf tragische Weise im Konzentrationslager. Wesentlich besser und aussichtsreicher waren die Fluchtversuche mit Hilfe und unter der umsichtigen Regie des Sarottla-Hüttenwirtes im Raume Bludenz-Brandnertal-Scesaplana organisiert.

Hier war der langjährige Sarottla-Hüttenwirt die zentrale Person, der mit einem Tiroler Hotelier im Oberinntal ein gut funktionierendes und unentdeckt bleibendes Netzwerk in Hitler-Deutschland und den von den Nazis besetzten Ostländern aufgezogen hatte und vielen Juden zur Flucht übers Rätikon-Gebirge in die benachbarte Schweiz verhalf. Eingeweihte sprachen hier wissend von der Fluchtroute über das Scesaplana-Massiv mit dem sogenannten »Brandner Ferner«, einem tückischen Gletscher, von der »Judenstiege«. Dieser Begriff hatte sich insofern unter den Fluchthelfern eingebürgert, weil er aufgrund der gewaltigen Gebirgsüberschreitung vom Talschluss des Brandnertales in Etappen einer Stiege gleich über schwieriges felsiges Gelände zum Brandner Ferner an der Straßburger Hütte vorbei an die Schweizer Grenze führte, die dann überschritten wurde, sofern die Flüchtlinge nicht von Grenzposten der Deutschen Wehrmacht vorher entdeckt wurden.

Die Fluchtwilligen erfuhren durch verlässliche Mittelsmänner die Adresse des Tiroler Hoteliers im Oberinntal und reisten oft kreuz und quer durch Europa ins Oberinntal.

Dort wurden die Fluchtpläne für den erfolgreichen Abschluss entwickelt, die folgendermaßen aussahen: Die Flüchtlinge reisten über den Arlberg zuerst nach Bludenz und dann in die Nachbargemeinden Bürs, Bürserberg und Brand, wo sie dank einiger beherzter Leute in einem Gasthaus oder in Privatunterkünften einige Tage unerkannt wohnten. Schon allein die Anreise mit der Bahn war ein gefährliches Unterfangen, wimmelte es doch in den Zügen von uniformierten aber auch zivil gekleideten Polizisten und die Angst fuhr in diesen Zügen immer mit. Inzwischen besorgte der Hüttenwirt entsprechende Kleidung und Schuhwerk, denn die Flüchtlinge waren für die schwierigen Gebirgsüberquerungen kleidungsmäßig nicht ausgerüstet, geschweige denn auf die körperlichen Anstrengungen vorbereitet.

Diese Aktionen hinsichtlich der Flucht und der Beschaffung von bergtauglicher Kleidung und Ausrüstung für die

Flüchtlinge waren echte Todeskommandos. Denn man musste dabei stets mit einer Entdeckung rechnen und Denunzianten gab es damals viele. Hätte man sowohl den Tiroler Hotelier als auch den Bludenzer bzw. Brandner Hüttenwirt bei ihrem an und für sich menschlichen Tun erwischt, wären sie entweder gleich an die Wand gestellt worden oder als Volksschädlinge abgeurteilt zur Vergasung in ein Konzentrationslager geschickt worden. Die Nazis kannten keine Menschlichkeit und noch weniger Gnade.

Eine dieser halsbrecherischen Aktionen schilderte mir mein in solchen Angelegenheiten nicht sehr mitteilsamer Vater und viele Jahre später die Witwe und die Tochter des selbstlos handelnden Hüttenwirtes, der darüber kaum mit den Seinen sprach. Diese hatten erst lange nach dem Kriegsende offiziell vom heimlichen Tun ihres Mannes bzw. ihres Vaters erfahren. Davon geahnt hatte seine Frau jedoch schon damals etwas. Ihr Mann sprach eigentlich nie über diese Aktionen, was die menschliche Größe dieses Mannes im Gegensatz zu den Dampfplauderern des Zweiten Weltkrieges, die auf prominenter und auch privater Ebene über ihre »Heldentaten« berichteten, unterstreicht.

Doch zurück zum aktuellen Geschehen. Der Oberinntaler Hotelier informierte eines schönen Tages den Hüttenwirt, dass sich bei ihm ein ungarisches Ehepaar jüdischer Abstammung, das in Budapest bisher eine Schuhfabrik betrieben habe, melden würde, um über die Scesaplana und den Brandner Ferner in die Schweiz zu flüchten. Der Hüttenwirt war erstaunt, als er die beiden am Bludenzer Bahnhof abholte. Der Fabrikant, ein schmächtiger, gutaussehender Mann, trug einen teuren Anzug und dünne Straßenschuhe und seine ebenfalls zarte hübsche Frau ein modisches Kostüm und Stöckelschuhe. Sie waren ungarische Juden und daher typische Kandidaten für die Gasöfen der Konzentrationslager. Beide verfrachtete er ins Gasthaus Rosenegg in Bürs, das heute noch ein gutes beliebtes Gastronomieunternehmen ist, nachdem er ihnen mitgeteilt hatte, zuerst bergtaugliche Kleidung für sie besorgen zu wollen.

Dann machte er sich auf, im ganzen Land nach dieser Kleidung zu suchen. Nachdem es für alle Artikel sogenannte Bezugsscheine und Marken für den Erwerb gab und die Geschäftsinhaber wohl dem Geld gegenüber sehr aufgeschlossen, jedoch mehrheitlich führerhörig, ängstlich und misstrauisch waren, war die Aktion recht schwierig. Denn Denunzianten aus Neid und Missgunst gab es viele. Doch der unerschrockene, menschlich großartige und in seinem hilfsbereiten Bestreben unermüdliche Hüttenwirt schaffte auch dies.

Nachdem sowohl die Sarottla-Hütte als auch die an der Schweizer Grenze liegende Straßburger Hütte von deutschen Wehrmachtsoffizieren und SS-Leuten belegt waren, die von den Fluchtaktionen Bescheid wussten, war es schwierig, Flüchtlinge über die Grenze in die Schweiz zu schleusen. Also musste man den Fluchtweg bei schlechtem Wetter und unter der Woche wählen. Der Hüttenwirt machte sich diese Voraussetzungen zunutze, obwohl er dem zarten Ehepaar aus Budapest eigentlich die Strapazen dieser Flucht nicht zutraute.

Bei regnerischem Wetter, in der Höhe schneite es sogar, wählte er die bewährte Route der sogenannten »Judenstiege« von Brand aus durch gefährliches felsiges Gelände über den durch Spaltengefahr tückischen Brandner Ferner, an der Straßburger Hütte vorbei, über die naheliegende Schweizer Grenze. Der Weg war sehr anstrengend, schwierig und lang, verlangte den Leuten absolut das Letzte ab und stellte jede Aktion von Anfang an in Frage.

Schon beim Aufstieg, mitten in der »Judenstiege«, Richtung Brandner Ferner, kam es zu einem Zwischenfall, der die ganze Aktion zu beenden drohte.

Das jüdische Ehepaar war den physischen und psychischen Anforderungen, die die Flucht an sie stellte, in keiner

Weise gewachsen. Der ungarische Industrielle hatte außerdem einen Koffer dabei, den er trotz dessen Unförmigkeit unbedingt mitnehmen wollte. Der Hüttenwirt hatte das Ehepaar wie üblich ans Seil genommen. Die Frau ließ sich die aufkommende Erschöpfung kaum anmerken. Der Mann machte jedoch bald schlapp und begann in ungarischer Sprache laut zu verzweifeln und als er glaubte, nicht mehr weiterzukönnen, wollte er mit einem plötzlich in seiner Hand befindlichen Revolver sich und seine Frau erschießen. Der Hüttenwirt wagte alles am Seil und fiel ihm in den Arm. Es begann eine regelrechte Rauferei. Schließlich setzte der Hüttenwirt der Balgerei am Seil ein Ende, indem er den ungarischen Fabrikanten mit einem Faustschlag außer Gefecht setzte. Dabei stürzten jedoch beide in die Tiefe und der ungarische Industrielle verlor die Pistole, aus der sich ein Schuss löste, der glücklicherweise im Schneetreiben nicht von anderen wahrgenommen wurde. Beide Stürzenden landeten auf einem Felsvorsprung und konnten wieder zu der zurückgebliebenen, weinenden Frau aufsteigen. Der Hüttenwirt ohrfeigte wütend über diesen gefährlichen Zwischenfall den verwirrten, nun kreischenden Flüchtling und brachte ihn einigermaßen zur Raison. Inzwischen hatte es ganz dicht zu schneien begonnen, was der Fluchtaktion entgegen kam. Denn es ließen sich keine Grenzwächter blicken und das letzte Stück über den Brandner Ferner konnte ohne Zwischenfall geschafft werden.

Auch die Schweizer Grenze konnte mit letzter Anstrengung glücklich überschritten werden und alle drei lagen sich, auf Schweizer Staatsgebiet angekommen glücklich in den Armen.

Der Fabrikant öffnete dann den Koffer. In diesem lagen gebündelt Pakete von Dollarnoten. Insgesamt, wie er sagte zehntausend. Er bot, glücklich über den Erfolg der Flucht, dem Hüttenwirt an, sich zu bedienen. Doch dieser lehnte ab, wie er es bisher immer so gehalten hatte. Denn zwischen ihm und dem Oberinntaler Hotelier gab es ein Übereinkommen über die Höhe der Spesen solcher Aktionen. Bereichern wollte sich der Brander nicht an dem Elend der Flüchtlinge, auch wenn diese oft sehr vermögend waren. Denn was wog jegliches noch so hohe Vermögen gegen einen drohenden Gastod? Außerdem wusste der Hüttenwirt um tragische Begebenheiten, die den Flüchtlingen nach gelungener Flucht in der so ersehnten, oft nur angeblich völkerrechtlich so entgegenkommenden Eidgenossenschaft manchmal widerfuhren. Man nahm ihnen nämlich bisweilen teilweise, das ist nach behördlichen Recherchen nachgewiesen worden, das mitgebrachte Geld einfach ab und stellte sie in Rheineck oder einem anderen Grenzposten zum Deutschen Reich an die Grenze, wo sie die Gestapo für die Konzentrationslager in Empfang nahm.

Die Überraschung für den Sarottla-Hüttenwirt, viele Jahre nach dieser Flucht, war groß. Denn einige Zeit nach Kriegsende meldete sich das jüdische Ehepaar, das der Brandner Hüttenwirt so erfolgreich über die Grenze in die Schweiz gebracht hatte, brieflich mit einer Einladung in die USA beim beherzten Fluchthelfer. Es war nicht der einzige Dank von Flüchtlingen, die der Hüttenwirt über die Grenze brachte und ihnen damit das Leben rettete.

Doch im eigenen »Gelobten Ländle« schätzte man seine Menschlichkeit offenbar wenig und die Missgunst durch missliebige Menschen war nach dem Zusammenbruch des »Dritten Reichs« oft noch größer geworden. Er hatte nach Kriegsende lange um sein Ansehen zu kämpfen, wo er auch in der Öffentlichkeit hinkam. Man ließ ihn sogar behördlicherseits spüren, dass man, immer noch nazifreundlich, für solche hilfsbereiten Menschen trotz der neuen Zeit nicht viel übrig hatte und außerdem noch von Neid und Missgunst gezeichnet war. Und er hatte wirklich kein leichtes Leben nach seinem vielfach bewiesenen Einsatz für die Menschheit. Ihm gegenüber machten sich die ewig Gestrigen der im Untergrund immer noch wachen Nazikolonie in Vorarlberg und besonders deren Vertreter in der Region Bludenz/Brandnertal immer wieder negativ bemerkbar. Vor allem jene, die nach dem Krieg ein grünes Jäckchen trugen, das nach wie vor ein braunes Futter hatte und die sich auf einem Super-8-Film vom Einmarsch der Nazis in Bludenz, den mir Bürgermeister Hermann Stecher bei meinen Recherchen einmal privat vorspielte, deutlich mit dem Hitlergruß wiedererkannt hätten.

Bludenz erwies sich wie auch Schruns lange genug als Nazihochburg. Hier hatten die Nazis ein regelrechtes Netzwerk geschaffen, in dem sich viele Andersdenkende hoffnungslos verstrickten. Zu den Verbrechen, welche die Nazis auch hier verübten, passte eigentlich die ursprünglich christliche Gesinnung im Ländle nicht. Doch das Christentum hat, wie die Geschichte lehrt, bekanntlich viele Gesichter, gerade während solcher Zeiten und speziell auch in ländlichen Gebieten.

Doch es gab im Ländle nach wie vor auch Menschen, die sich als Christen ohne viel Aufhebens gerade in dieser bösen Zeit um andere bedrängte und verfolgte Mitmenschen kümmerten und verdient machten. Zu diesen gehörte der beherzte Sarottla-Hüttenwirt, der zu dieser furchtbaren Zeit der angestrebten Endlösung etliche Flüchtlinge über die sogenannte, nur den Eingeweihten als Begriff bekannte »Judenstiege« in die Freiheit brachte. Dass manche dabei vom Regen in die Traufe und anstatt in die heißersehnte Freiheit wiederum zurück an die Grenze kamen, von wo sie dann in die nächstgelegenen Todeslager verschleppt wurden, habe ich schon erwähnt. Die Eidgenossenschaft war eben nicht nur ein Hort der Freiheit und des Völkerrechtes, sondern auch hier tummelten sich Typen, für die es statt des Glaubens an die christliche Nächstenliebe nur den damals wie heute noch weitverbreiteten Glauben an den Franken gab.

Das beste Beispiel für Menschlichkeit war der Schweizer Polizeihauptmann Paul Grüninger, der währen des brutalen, menschenverachtenden Naziregimes Tausenden jüdischen Flüchtlingen das Leben rettete, indem er sie über die Grenze in die Eidgenossenschaft ließ.

Ihm wurde von der Eidgenossenschaft der Prozess gemacht und er wurde verurteilt, in aller Form degradiert, in Festungshaft genommen und jegliche bürgerlichen Rechte inklusive Sold und Pensionsrecht wurden ihm abgesprochen. Sogar seine Frau wusste nicht, wovon sie leben sollte, lediglich beherzte Leute halfen ihr. Die ganze Herzlosigkeit der Behörden, an die sich etliche Begnadigungsansuchen von Andersdenkenden richteten und abgewiesen wurden, zeigte sich im Fall Grüninger. Die Schweizer Eidgenossenschaft hat eben auch andere Gesichter. Es dauerte lange, bis man sich entschloss, den Fall Grüninger neu aufzurollen und den beherzten Menschen zu rehabilitieren. Er hatte nichts mehr davon, er war inzwischen verstorben. Lediglich seine Witwe hatte die Genugtuung, die man keineswegs als solche bezeichnen kann, seiner Rehabilitation erfahren.

Auf Initiative von Vorarlberger und St. Galler Politikern der Grünen benannte man in einem späten Akt im Mai des Jahres 2012(!) die Rheinbrücke zwischen Hohenems und Diepoldsau im Rheintal nach ihm und montierte eine Gedenktafel. Zehn Monate danach rissen Unbekannte gewalttätig diese Gedenktafel ab und warfen sie in den Rhein. Die zuständige Kantonspolizei stellte dazu fest, es gebe keine Hinweise auf einen Akt Rechtsextremer. Aber darauf kann sich beim ständigen Anwachsen Rechtsgerichteter sowohl in Vorarlberg, in der Schweizer Eidgenossenschaft, im Fürstentum Liechtenstein und in Süddeutschland jedermann einen Reim machen.

Wiener Madeln zuckersüß

Nach den ein- und nachdrücklichen Jahren in Bludenz musste ich mir in der alten Montfortstadt Feldkirch sozusagen ein neues Terrain erarbeiten. Denn ich verließ nicht nur Bludenz, das trotz der wenig erbaulichen Erlebnisse zu meiner geliebten Heimatstadt geworden war, sondern auch einen weiten, ebenso geliebten Freundeskreis. Das Ebnen des neuen Terrains begann mit einem nicht gerade vorzeigenswürdigen Schulabschluss. Einzig und allein der zeitweilige Aufenthalt unter den Fittichen gelehrter Jesuiten bewahrte mich vor dem totalen Absturz. Vater wollte, da ich mich weigerte, weiter in die Schule zu gehen, dass ich Bauschlosser werde und steckte mich in einem vorsintflutlichen Betrieb in die Lehre. »Wenn du schon nicht in die Schule willst, musst Du einen Beruf lernen«, war sein Kommentar dazu. Aus und Ende.

Schulisch hervorragend, jedoch aufgrund meiner körperlichen Zartheit völlig ungeeignet, musste man mich aus der Lehre entlassen. Was meine Eltern nicht wussten: Ich war psychisch am Ende und versuchte mich mit fünfzehn Jahren zur Fremdenlegion zu schwindeln. Ein Brief mit falscher Altersangabe brachte mir wohl ein kurzes Interview mit einem Legion-Werber in der Schweiz im Bahnhof Buchs ein, jedoch auch eine Zugfahrt per Schub mit der österreichischen Zollwache nach Feldkirch und einer Übergabe an die dortige Gendarmerie inklusive der Abholung durch meinen Vater ein. Der Rest war eine Ohrfeige und Schweigen.

Wenn ich auch in meiner Vergangenheit mit gewissen klerikalen Personen meine Schwierigkeiten hatte, es waren die Jesuiten, denen ich es zu verdanken hatte, dass ich wieder Boden unter meine Füße bekam. Ich werde das nie vergessen und lasse über diesen Orden, der aus politischen Gründen eigenartigerweise in der Schweiz nicht aktiv sein darf, nichts kommen. Denn die Jesuiten, die in aller Welt auch Interesse an der Politik zeigen, haben der Katholischen Kirche nach den Zeiten der weltweiten Inquisition wieder viel an Reputation gebracht. Erfreulich, dass der neue Papst Franziskus ein Jesuit aus Argentinien ist.

Mein Vater hatte in der »Stella Matutina« einen interessanten, vielfältigen Job als »Mädchen für alles« gefunden, indem er Geräte reparierte, die ordenseigene Schlosserei leitete und sogar die prominentesten Schüler sportlich in der Funktion eines Präfekten auf Vordermann brachte.

Also wurde ich in der Hausdruckerei fündig und mein Zeichen- und Gestaltungstalent wurden dort entdeckt. Als Liebkind namhafter Jesuitenpatres, darunter der Pater-Rektor und Pater-Minister, führte ich ein flottes Leben im Kolleg und im angeschlossenen Exerzitienhaus, das sich im alten, fast maurischen Stil nahe der Schweizer Grenze befand. Dort hielt ich mich mehrheitlich im großen Garten auf, wo ich öfters dem Gärtner half, der mir immer Blumen für meine Mutter mitgab.

Wie es der Teufel so wollte, stand eines Tages beim Johannisbeeren-Abnehmen mitten in den Büschen mein ehemaliger Religionslehrer, der zudringliche Kooperator aus Bludenz vor mir und fragte mich, wie es mir ginge. Scheinheilig erkundigte er sich im gleichen Atemzug, wie ich es mit dem sechsten Gebot hätte und unterstrich nachdrücklich mit einer typischen, unübersehbaren Handbewegung das Ganze. Ich sah den eigenartigen Ausdruck in seinen Augen und wieder begann das alte Leiden. Er wollte offensichtlich, dass ich mich ihm auf irgendeine Art offenbarte, vielleicht mit ihm auf sein Zimmer ging, zu einem Gespräch, das er mir antrug. Er sagte, er sei gerade hier auf Exerzitien und das wäre eine gute Gelegenheit, wieder einmal ausführlich miteinander zu reden. Ich spürte an seinem Drängen, dass dies lediglich ein Vorwand von ihm war. Den Gefallen tat ich ihm nicht. Alles sträubte sich in mir. Dabei kam mir jemand zur Hilfe, nämlich der schon etwas ältere Hausgärtner, der mich durch meinen Vater kannte, mochte und mit dem ich, wie auch die anderen Jungs, ein gutes Auskommen hatte, weil er ein toller, lockerer Typ war. Der Gärtner hatte nämlich irgendwie bemerkt, was hier vorging und wies den zudringlichen Besucher unmissverständlich mit nicht gerade salonfähigen, jedoch eindeutigen Empfehlungen aus dem Garten. Ich sah dann auch den aufdringlichen Kooperator nie mehr wieder.

Dafür wollte der Gärtner, der offenbar seinen Neigungen nach derselben Fakultät wie der Kooperator angehörte, zum Zug kommen und ich musste eines Tages in seiner Wohnung nach einigen mich völlig berauschenden Gläsern Rotwein feststellen, wie es ist, von einem in dieser Veranlagung erfahrenen älteren Herrn sexuell belästigt zu werden. Die Opferrolle war mir offenbar auf den Leib geschrieben. Ich war eben ein gesuchter Typ für solche Männer. Wahrscheinlich rührte dies daher, dass ich mich aus anerzogenem Gehorsamsdenken nie getraute ein klares »Nein« auszusprechen. Jedenfalls ist auch dieser Vorfall nicht spurlos an mir vorüber gegangen. Denn jedes Mal, wenn ich irgendwo eine Gärtnerei betrete, muss ich automatisch daran denken. Nun, das Leben hat eben so seine Macken.

Das kam auch nicht von ungefähr, hatte ich doch niemanden, dem ich mich mit meinen Sorgen und Nöten anvertrauen konnte und der Hausgärtner war wirklich der einzige, der mich immer anhörte und mir das Gefühl gab, von jemandem ernst genommen zu werden, leider mit besonderen Hintergedanken, wie sich schließlich herausstellte. Meine Eltern wollte ich nicht mit solchen Problemen belasten. Es kam schließlich so weit, dass ich aufgrund eines gewissen Abhängigkeitsverhältnisses, hervorgerufen durch die plötzlich unliebsame Beziehung zu dem älteren Mann, weg wollte, einfach weg von allem. Das bewirkte auch, dass ich eines Tages den Entschluss fasste, zur Fremdenlegion zu gehen. Dass das nicht ging, weil ich noch viel zu jung war, merkte ich spätestens, als mich die Schweizer Zöllner am Grenzbahnhof in Buchs aufgriffen und ihren österreichischen Kollegen übergaben, die mich dann wieder nach Feldkirch zurückbrachten und meinem Vater übergaben, der darüber nicht sehr glücklich war.

Meine berufliche Laufbahn bestimmten Gott sei Dank die Jesuiten, die mich unter ihre Fittiche nahmen. Jede freie Stunde suchte ich die Gesellschaft eines dieser Ordensleute. Das hatte nichts mit der beendeten Beziehung zu dem Gärtner zu tun, der übrigens nicht dem Orden angehörte und wie ich hörte, sich auch an anderen Jungs schadlos hielt. Ich bezog von den Jesuitenpatres der »Stella Matutina« jedenfalls Bildung und Wissen aus erster Hand.

Das kam auch nicht von ungefähr: Ein Adenauer, ein von Brentano und andere große Persönlichkeiten waren hier in dieser Kaderschule, die später leider in finanzielle Schwierigkeiten geriet und die sogar der sozialistische Bundeskanzler Bruno Kreisky mit einer Finanzspritze vor dem Zusperren bewahren wollte. Eigenartigerweise wollten dies ein namhafter Vorarlberger Landespolitiker und diverse Privatpersonen nicht und sahen lediglich als Pseudo-Befürworter aus dem Ländle zu, wie das Ganze in die Binsen ging. Schwamm drüber, sonst kommt mir noch die Galle hoch.

Jedenfalls verbrachte ich bei und mit den Jesuiten eine schöne, unbeschwerte Zeit und schuf mir für meinen zukünftigen Beruf eine solide Basis an Allgemeinbildung und anderen Vorbereitungen für das Leben. Nachdem es mit einem Studium nichts geworden war und ich in einem metallverarbeitenden Betrieb, dessen Inhaber mein Vater gut kannte, als auszubildender Bauschlosser aufgrund meiner körperlichen Zartheit ungeeignet war, kamen erneut Schwierigkeiten auf mich zu. Weil ich einfach nicht mehr in eine Schule gehen wollte, steckte mich mein Vater in eine Druckerei. »Wenn du schon nicht in mehr die Schule gehen willst, eine Berufsausbildung musst du haben«, lautete sein Kommentar. Mein gutes Deutsch, mein zeichnerisches und gestalterisches Talent waren die besten Voraussetzungen zur Ausbildung in einem grafischen Beruf, den ich erlernte und mit vorzüglichem Erfolg abschloss.

Mein gutes Fortkommen sowohl im Geschäft als auch in der Gewerbe- und Berufsschule brachten mir in den sommerlichen Urlaubswochen regelmäßige Aufenthalte in Wien ein, wo ich bei einer Tante wohnen und, da sie berufstätig war, ungestört meiner vielen Freizeit nachgehen konnte. Tante Anny, eine der Schwestern meines Vaters, hatte an mir einen Narren gefressen, wie alle anderen Tanten und weiblichen Verwandten. Ich war der zwar zarte, jedoch sympathische blondgelockte Junge, genau der Typ, den man gerne an sein vollbusiges Herz drückte und abschmusen konnte, obwohl mir das persönlich zuwider war und ich es nur widerstrebend geschehen ließ. Aber dennoch, ich wurde bei meinen Ferienaufenthalten verwöhnt und umhätschelt, was mir sehr gefiel. Tante Anny, eine resolute Frau, die von meinem Taufpaten Onkel Joschi geschieden worden war, weil er zuviel trank, nahm mich gerne zu sich. Sie arbeitete noch im gemeinsamen Schneiderbetrieb und so war ich mehr oder weniger den ganzen Tag mir selbst überlassen, beziehungsweise ich besuchte die anderen Verwandten. Doch eines Tages machte ich die Bekanntschaft einer Nachbarin, eine bekannte, gutaussehende Sängerin der Volksoper.

Sie hieß Mimi Buchtig, bewohnte eine wertvoll eingerichtete Wohnung unter meiner Tante. Sie war trotz ihrer Molligkeit eine sehr schöne Frau, dunkelhaarig, mit großen schwarzen Augen und lebhaftem Temperament, wie ich später feststellte. Nur ihre Gesangsübungen am Vormittag, die mich früher als vorgehabt, aus dem Bett jagten, behagten mir weniger. Irgendwo träumte ich wie viel andere Jungs, die noch mit keiner Frau geschlafen hatten, davon, mit einer vollbusigen, etwas Vulgäres ausstrahlenden Frau Sex und richtigen geschlechtlichen Verkehr zu haben, nicht das Petting mit irgendeiner einer Freundin, das wohl aufregte, jedoch keine geschlechtliche Befriedigung brachte. Und die Masturbation, wenn sie auch regelmäßig vorkam, war mit der Zeit auch nicht das Wahre. Da musste es doch mehr, etwas anderes geben. Mimi Buchtig vermittelte zumindest meinem Eindruck nach so etwas. Und sie musste etwas Besonderes sein, denn sonst wären nicht im 10. Wiener Gemeindebezirk, mitten in Favoriten, dann und wann große Autos vorgefahren, aus denen meist ältere, pikfein eingekleidete Herren, manchmal mit Blumensträußen, ausstiegen, um dann erst nach einer gewissen Zeit wieder mit loser Krawatte das Haus zu verlassen und eilig davon zu fahren.

Das war mir nicht entgangen und ich erzählte es Tante Anny, über deren Gesicht ein wissendes Lächeln huschte. »Wart nur, Burli, wenn du älter bist, wirst Du den Grund begreifen, warum die Herren zu der Buchtig kommen«, hat sie mit einer vielsagenden Gestik zu mir gesagt, nicht wissend, dass ich schon mehr wusste und durch meine alemannische Lebensorder »Luaga und losna« auf der richtigen Fährte war. Denn auch zu ihr kam fallweise ein netter älterer Herr auf Besuch, der seinen schönen Mercedes unten in der Gasse parkte.

Dabei fiel mir eine Redewendung ein, die mein Vater, als er mich nach Wien begleitet und bei seiner Schwester abgeliefert hatte, in einem lustigen Gespräch mit Tante Anny von sich gab.

»Kommt der Schneider immer noch zu dir? Hat er noch seinen Wachen.« Tante Anny hatte dann herzhaft gelacht und hinzugefügt: »Natürlich kommt er mit'n Wachen, den er unten abstellt. Hie und da kommt er mit zwei. Einen, den er unten parkt und einem zweiten Wachen, mit dem ich mich dann in Geduld hier oben abmühen kann.« Und beide – Vater und Tante Anny – hatten dabei ihr Amüsement. Der besagte Herr Schneider, Tante Annys Freund, hätte darüber nicht gelacht. Er war Deutscher, hatte einen gut gehenden Friseursalon und war verheiratet. Mit seiner Frau konnte er den ehelichen Verkehr nicht mehr vollziehen. Bei meiner Tante, seiner Freundin, ging das offenbar hie und da noch, aber auch nicht immer.

Nachdem er hochdeutsch sprach, sagte er immer, dass er mit dem »Wachen«, wie er seinen Wagen, den Mercedes nannte, gekommen sei. Nachdem er fallweise unter seiner Impotenz litt, war dieser Ausdruck geradezu treffend, denn in Wien sagt man zu weich oft »waach« und die Bezeichnung »Wachen« wurde eben von Tante Anny und meinem Vater zur Belustigung für Herrn Schneiders Penis gewählt. Das Leben kann oft hart und boshaft sein.

Mein Leben während des Ferienaufenthaltes in Wien-Favoriten war allerdings ein strahlend schönes. Jedenfalls gefiel mir die hübsche Sängerin und wenn ich ihr auf der Stiege begegnete, versuchte ich sie wie in einem Hollywoodfilm weltmännisch zu grüßen, was sie mit einem freundlichen, ja verführerischen Lächeln quittierte. Ich kam mir dann jedes Mal vor wie Hollywoodstar William Holden, den man gerade im Gartenbaukino mit der atemberaubenden Kim Nowak in dem Film »Picknick« bewundern konnte.

Wir trafen uns des Öfteren auf der Stiege und ihre Grußerwiderungen wurden immer freundlicher und wir unterhielten uns auch manchmal kurz. Offenbar gefiel ich ihr, denn sie lud mich eines Tages zum Mittagessen ein und ich wusste dann am selben Abend, wie Liebe am Nachmittag, man spielte gerade den gleichnamigen Film mit Audrey Hepburn und Gary Cooper in den Wiener Kinos, aussah und wirkte. Sie war übrigens die erste Frau, die »Wolferl« zu mir sagte. Sie kochte auch gut und aß auch gerne, wie man ihrer Molligkeit ansah. Nachdem ich noch nie mit einer Frau geschlafen hatte,

hatte sie mit mir leichtes Spiel. Schon während des Essens, es gab den von mir heißgeliebten Tafelspitz, verguckte ich mich hoffnungslos in diese Frau, die mir offen ihre Avancen machte, die sie nach dem Essen auf dem Sofa in die Tat umsetzte.

Da es ein heißer Sommertag war, hatte sie nicht allzu viel an und ich kam nicht umhin, sie ständig anzusehen. Es war ihr dies nicht entgangen und sie nützte meine Erregung geschickt aus und bugsierte mich vom Esstisch weg auf ein großes Sofa, auf dem sie mich dann küsste. Dann entblätterte sie sich dementsprechend und ehe ich mich versah, spürte ich ihre flinke Zunge an meinem Gaumen und plötzlich waren wir beide nackt und ich wusste wahrlich nicht, wie und wo ich meine aufgeregten Hände und neugierig tastenden Finger überall hintun sollte, so erregt war ich. Es gefiel ihr sichtlich, einen Jungen, der noch nie etwas mit einer Frau gehabt hatte, nach allen Regeln der ihr offenbar eigenen Liebeskunst zu verführen und sie tat es auch.

Ich war nicht mehr da und schwelgte plötzlich vor Lust bei Betrachten ihres nackten Körpers, von dem ein herrlicher Duft ausging, der mich fast wahnsinnig machte und alles um mich versinken ließ. Sie hatte herrliche pralle Brüste, deren große Warzen steif und hart abstanden und in die ich mich, unheimlich erregt und sichtlich verwirrt im wahrsten Sinne des Wortes vergrub. Sie ergötzte sich zugleich an meiner Ungeschicktheit und meinem Entdeckertrieb, wurde jedoch dabei ziemlich erregt und bezüglich ihrer Lustgewinn-Vorstellungen recht deutlich. Sie erfasste meine Hand und führte sie an das schwarze haarige Vlies zwischen ihren gespreizten Schenkeln. Meine neugierigen Finger waren gleich feucht und ich spürte, wie sie erregt zuckte, als ich mit meinem Mittelfinger wie in Trance in ihre feuchte Öffnung eindrang und herumspielte. Wir waren beide heftig erregt und ich stöhnte laut, als sie mein steinhartes Etwas in ihre wissenden Finger nahm, drückte und massierte.

Ich hatte zwar noch nie etwas mit einer Frau gehabt, schickte mich jedoch automatisch an, ihre Schenkel weit auseinander zu drücken, um mich mit ihr zu vereinigen.

»Na so schnell geht das nicht«, fauchte sie mich erregt an. »Zuerst musst du mir ein Bussi auf meine Muschi geben, das hat sie nämlich gerne«, und ehe ich mich versah, war sie mit ihrem nackten Unterleib nach oben gerückt und hielt ihn mir zum Liebkosen entgegen. Der intensive, von Parfüm und ihrem Lustsekret stammende Geruch machte mich fast wahnsinnig und ich verspürte erstmal eine höllische Erregung, die mich zwang, alles was sich mir bot, zu küssen. Ich war wie ein Verdurstender in der Wüste. Zumindest benahm ich mich so, als ich zwischen ihren gespreizten Schenkeln kniete, meinen Kopf in ihr weiches, feuchtes Vlies grub und meiner gierigen Zunge freien Lauf ließ.

Es kam wie ein Unwetter über uns. Ich küsste und leckte wie besessen und sie ließ immer schneller ihre Hüften kreisen und drückte dabei mit beiden Händen meinen Kopf an ihren aufgeregten Körper. Ich fühlte mit meiner Zunge die aufgeschwollene Erhebung oberhalb ihrer klaffenden Öffnung und spürte die wilden rhythmischen Zuckungen, wenn ich sie berührte. Ich erschrak direkt, als sie plötzlich wilde und laute Schreie von sich gab und meinen Kopf zwischen ihren Schenkeln mit aller Kraft einklemmte, sodass ich das Gefühl hatte, dass er zerdrückt werden könnte.

So schnell diese Phase gekommen war, so schnell endete sie auch. Mit einem Seufzer fiel sie zurück, öffnete ihre Schenkel und zog mich zu sich empor, um mich zärtlich zu liebkosen.

»So, nun darfst du dir nehmen, was du willst«, sagte sie und hatte dabei fast etwas Mütterliches. Ich nahm es mir auch. Wie ein wildes Tier fiel ich über sie her. Ich war so heftig erregt, dass sie mir helfen musste und es dauerte nicht lange, da fühlte ich, wie ich explodierte. Es war fast so, als würde jemand ein glühendes Eisen, das allerdings wohl tat, aus meinem Unterleib herausziehen und ich fühlte, wie ich das erste Mal in einer Frau kam.

Wir lagen wortlos nebeneinander. Ein unwahrscheinliches Gefühl hatte mich übermannt. Ich war nun durch diese großartige Frau ein Mann geworden. Ein richtiger Mann und ich blickte stolz und selbstbewusst in eine Auslagenscheibe, in der sich mein Konterfei spiegelte, als ich später ausging, um Tante Anny von der Straßenbahn abzuholen. Sie merkte sofort, dass mit mir etwas passiert war und etwas später, als wir beim Abendessen in einem Wirtsgarten saßen, sagte ich ihr, dass ich von der Buchtig eingeladen gewesen wäre und dann mit ihr geschlafen habe. Sie war darob gar nicht verwundert, sondern meinte nur, wie ich mir diese Beziehung weiter vorstellte, dann die Sängerin würde viele Bekanntschaften mit Männern pflegen, die sehr splendid und außerdem einflussreich wären. Aber nachdem ich sowieso bald wieder nach Vorarlberg zurückfahren würde, werde sich die Affäre ziemlich bald von selbst erledigen. Und sie erledigte sich auch auf ihre Art.

Ich schlief mit Mimi fast jeden der wenigen Tage, in denen ich noch in Wien war, denn ich war regelrecht verrückt nach ihrer Zärtlichkeit und ihrem Körper und außerdem hatte ich mich hoffnungslos in sie verliebt, war sie doch die erste Frau, mit der ich intim geworden war. Sie jedoch nahm es offenbar weniger ernst, genoss zwar unsere Schäferstunden, hatte jedoch weiterhin ihre Rendezvous mit ihren männlichen Besuchern, die regelmäßig in ihren großen, teuren Autos vorfuhren. So saß ich schließlich gedankenverloren in dem Schnellzug, der mich wieder ins Ländle zurückbrachte in den normalen Alltag. Was mir geblieben war, war die Erinnerung an die Frau, die mich zum Mann gemacht hatte und die ich nicht vergessen konnte und die ich nach wie vor liebte.

Ich hätte es mir bei unserem Abschied ja denken können, dass diese Liebe lediglich von meiner Seite da war, denn sie hatte sich im Gegensatz zu ihrem normalen Temperament recht zurückhaltend verhalten. Doch so etwas spürt ein verliebter junger Mann ja im ersten Moment nicht. Dennoch musste ich lange Zeit daran denken und es tat es furchtbar weh.

Dennoch sagte ich erfreut sofort zu, als Tante Anny mich nach fast einem Jahr einlud, meinen Urlaub wiederum bei ihr zu verbringen. Ich fragte sie nach der Mimi Buchtig und sie sagte mir nur, dass sich bezüglich ihrer Lebensgewohnheiten nichts geändert habe. Es kämen immer noch dieselben Männer, die regelmäßig ihr Sperma und ihre Geldscheine bei der gutaussehenden Sängerin ließen, statt bei ihren angetrauten Frauen. Die Tonart, in der sie das am Telefon sagte, gefiel mir nicht, war jedoch aus irgendwelchen fraulichen Konkurrenzgründen verständlich. Ich freute mich jedenfalls über die erneute Einladung nach Wien. Wien präsentierte sich natürlich wieder als die pulsierende, charmante Weltstadt und mein Herz schlug mir bis zum Hals, als ich Mimi Buchtig im Treppenhaus begegnete.

Auf meine Frage, ob ich sie wieder besuchen dürfe, kam eine Einladung über ihre Lippen, doch es war mir, als hätte ich dabei keine außerordentliche Herzlichkeit herausgehört. Nun, in einem Jahr konnte sich viel ändern. Und es hatte sich viel geändert. Ich bekam bei meinem Besuch wohl meinen geliebten Tafelspitz vorgesetzt und wir gingen anschließend miteinander ins Bett, doch zum Oralverkehr meinerseits, wie beim ersten Mal, kam es nicht.

Das rührte daher, weil ich mir x-mal ausgemalt hatte, eine zwar schöne Muschi zu küssen, in der sich aber andererseits etliche andere Herren vergnügten. So gern ich es getan hätte, ich hatte plötzlich eine Hemmschwelle, die sie wiederum nicht verstand, weil sie diese Praktik auch mit diesen anderen Herren pflegte. Schließlich blieb es beim Üblichen, das zumindest für mich ein Erlebnis war, für sie jedoch offenbar nicht das Gelbe vom Ei, weil ich das Gefühl hatte, dass ihr Orgasmus glänzend vorgespielt, jedoch nicht echt war. Ich war wohl jung, jedoch auch junge Männer sind wohl in der Liebe mitunter sensibel genug, um festzustellen, was im Bett gespielt wird und dabei echt und unecht ist. Noch am selben Abend sprach ich mit Tante Anny darüber. Sie war eine großartige Frau, mit der man über alles reden konnte und so schüttete ich ihr mein Herz aus. Sie erzählte mir ihr Leben und ihre zumeist negativen Erfahrungen mit Männern. Sie war eine eigenwillige Frau, nicht schön, doch interessant und strahlte irgendwie Sex aus. Sie erzählte mir, dass wohl alle Männer, mit denen sie Kontakt hatte, mit ihr geschlafen hätten, doch wenige hätten sie tatsächlich befriedigt.

Alle hätten sie gefickt, doch wenige hätten das getan, nach dem sie sich am meisten gesehnt hatte und immer noch sehnen würde, nämlich zärtlich liebkost zu werden. Ein Mann kann oft mit zärtlichen Fingern bei einer Frau sexuell mehr erreichen, als mit einer überragenden Potenz. Diese Aussage überrascht mich damals als junger Mann, doch gemäß meiner alemannischen Lebensweisheit »Luaga und losna« machte ich sie mir zueigen.

Und ich konnte alles wenige Tage später am eigenen Leib erfahren und genießen. Tante Emma, eine weitere Schwester meines Vaters, lud mich ein, einige Tage bei ihr und ihrem Mann Franz in Simmering zu verbringen. Onkel Franz und ich waren ständig unterwegs. Er war pensionierter Gaskassier, sah trotz seiner Schmächtigkeit sehr gut aus und hatte vornehmlich bei Frauen stets einen Stein im Brett. Mein Vater hatte früher bei »Ostbahn XI« Fußball gespielt und Onkel Franz war ständiger Gast im Vereinslokal. Manchmal zu viel, denn er trank mehr, als er vertrug. Als ich ihn darauf ansprach, meinte er nur, dass er trinke, um seinen Geschlechtstrieb zu betäuben, was nicht ganz abzuweisen war. Denn als gutaussehender Gasmann hatte er genug Gelegenheit, etwas mit Frauen anzufangen und er nützte es auch eine Zeitlang weidlich aus, bis seine Frau dahinterkam. Nachdem er seine Frau trotz seiner zahllosen schnellen Affären liebte, versuchte er, seinen Sextrieb einzudämmen und ertränkte ihn im übermäßigen Trinken.

Wir besuchten eines Abends unter der Woche das beliebte Fußballer-Lokal. Tante Emma war zum gemeinsamen Sohn gefahren und übernachtete dort. Also brauchten wir keine Rücksicht auf irgendjemanden zu nehmen. Wir aßen dort gemeinsam eine Haussulz, von der man sagte, sie wäre die beste von Wien. Onkel Franz sprach seinen Vierteln mehr zu als er vertrug. Dabei erzählte er einiges über seine Sex-Abenteuer als Gaskassier und schielte andauernd zu der Bedienung. »Mit der möchte ich einmal eine ganze Nacht verbringen und so richtige geile Schweinereien treiben, die ganze Nacht, bis mir am Morgen vor ihr graust«, lallte er mehr als er sprach und bestellte noch ein Glas Wein. Ich trank nur »Spezi« – eine Art Limonade – und schließlich war ich um Mitternacht mit Onkel Franz und der Bedienung allein in dem Lokal.

Onkel Franz war so betrunken, dass er nicht mehr gehen konnte und ich wusste nicht, wie ich nachhause kommen konnte, geschweige denn Onkel Franz Wohnung zu finden. Hertha, die Bedienung, kannte Onkel Franz innen wie außen und wusste sofort, was zu tun war. Wir schleppten den Betrunkenen in ein Nebenzimmer, Hertha deckte ihn mit einer Decke zu und meinte lachend, dass das des Öfteren passiere. Ansonsten war er ja ein ganz passabler, hilfreicher und warmherziger Typ. Doch heute Abend hatte sich wieder einmal volllaufen lassen. Doch was war mit mir? Ich kannte den Weg zu Onkel Franz' Wohnung nicht und allein wollte mich Hertha nicht gehen lassen. In meiner Hilflosigkeit trank ich mit Hertha noch ein Viertel Wein, der mir gleich in den Kopf stieg, weil ich ihn zu schnell trank.

Sie machte mir schließlich den Vorschlag, dass ich bei ihr schlafen könnte. Sie sagte, dass sie das normalerweise nicht mache, doch da ich ein Verwandter von Franz sei und dazu ein armer »Gsiberger« – so nennt man in Ostösterreich spaßhaft die Vorarlberger – mache sie eine Ausnahme. Sie hätte hier im Vereinslokal ein zwar kleines Zimmer, doch für eine Nacht würde dies reichen. Mir blieb nichts anderes übrig. Hertha hatte mich von der Lage überzeugt. Sie war zwar keine ausgesprochene Schönheit, jedoch eine durchaus interessante Frau um die vierzig, die schon einiges hinter sich hatte, wie mir Onkel Franz erzählt hatte. In ihrem kleinen Zimmer waren lediglich ein Kleiderkasten, eine Waschkommode mit einer Waschschüssel und ein breites Bett. Nachdem ich noch ein Viertel sozusagen als Schlummertrunk hinuntergestürzt hatte, zog ich mich aus und legte mich aufs Bett. Auch sie entkleidete sich völlig ungeniert bis auf T-Shirt und Höschen, schaltete das Licht aus und legte sich neben mich ins Bett und ich merkte, dass sie trotz der Sommernacht etwas fror. Kunststück, die Bettdecke war klein und sie wenig bekleidet.

Die Situation war eindeutig. Da die gemeinsame Decke zu klein und wir beide keine Nachtkleidung anhatten, blieb uns nichts anderes übrig, als näher zusammen zu rücken. Die schnell getrunkenen Viertel spürte ich in meinem Kopf. Ich verspürte plötzlich aber auch das herrliche Gefühl, eine warme, weiche Frau zu fühlen.

Es war nicht das rein Geschlechtliche, an das wir beide gar nicht dachten. Aber etwas war plötzlich da, das uns aneinander kettete. Es war ein Gefühl der Geborgenheit und des Gefühls, als würden wir uns schon lange kennen. Die Tatsache, dass ich sexuell eigentlich nichts von ihr wollte und mich zu schlafen anschickte, ließ sie schließlich ganz nahe an mich rücken und es war herrlich, diese Zutraulichkeit zu fühlen. Und dann ging alles auf einmal natürlich und fast ohne Worte vonstatten. Meine zärtlichen Finger fanden wie von selbst das angestrebte Ziel und auch die ihren wussten, was mir wohl tat und fast von selbst ging der herrliche Akt der Vereinigung vonstatten und es dauerte gar nicht so lange, da waren wir miteinander vereinigt eingeschlafen.

Das Erwachen am nächsten Tag war wie aus einem Traum. Hertha war schon aufgestanden und trank mit dem verkaterten Onkel Franz Kaffee. Ich setzte mich zu den beiden, rieb mir die Augen und konnte das Geschehen dieser Nacht immer noch nicht fassen. Es war schön, unvergesslich schön. Hertha, ein echtes Wiener Madel, wenn auch älteren Datums, hatte mich in die Welt der echten Liebe geführt und mir gezeigt, was Liebe eigentlich ist. Und deshalb ist Onkel Franz, er weilt inzwischen nicht mehr unter den Lebenden, mein Lieblingsonkel. Denn ohne seinen »Granaten-Dulliö« hätte ich das Ganze nie erlebt. Auf einmal war auch die dumpfe unterschwellige Sehnsucht nach der Mimi nicht mehr da. Obwohl ich es mit ihr wesentlich wilder getrieben hatte, war mir der Beischlaf mit Hertha, die ich dann nie wieder sah, mehr in Erinnerung geblieben.

Jedermann

Ich erlebte noch einige durchwegs glückliche Aufenthalte in der Donaustadt, ehe ich während meiner Militärzeit Salzburg entdecken, kennen und lieben lernte und in dieser Zeit zu einem Mann heranreifte. Zu einem Mann, der langsam erkannte, dass das Leben nicht aus Träumen und Sehnsüchten bestand, die man sich wohl fallweise erfüllen konnte, jedoch nicht, ohne zwischendurch an die Finanzen und die Zukunft zu denken.

Das tat ich während meiner Militärzeit in Salzburg. Ich war mit anderen »Gsibergern« in der früher amerikanischen Kaserne Siezenheim eingerückt. Einer davon war der Sohn eines der früher bekanntesten Zuckerbäcker Vorarlbergs vom Alt-Bludenzer Café Dörflinger, mit dem ich schon in die Schule gegangen war und ein anderer ein aus Brand stammender Spitzenkoch. Beide versüßten meinen Militärdienst bis zu ihrem vorzeitigen Abrüsten. Ich denke oft an sie. Dass ich ausgerechnet bei den Pionieren landete, hatte ich der Stellungskommission in Feldkirch anlässlich meiner Musterung zu verdanken.

Ich wollte mich eigentlich vor dem Bundesheer drücken und für untauglich erklären lassen. Mit meiner zarten Figur und den noch zarteren Fingerchen fiel ich einem offensichtlich Ewiggestrigen auf, der mich mit sadistischem Grinsen für die Pioniere ausmusterte, zu denen ich dann auch kam, allerdings zum Dienst ohne Waffe. Ich erinnere mich lediglich an die große Vereidigungsszene. Sie war pompös aufgezogen worden. Wir mussten tagelang bei altösterreichischer Militärmusik in Sechserreihen marschieren und ich hatte beinahe den »Drehwurm« davon. Dann kam die Vereidigung. Der damalige Landeshauptmann Josef Klaus hatte sie vorgenommen und ich hatte zum ersten Mal das Gefühl, jemand zu sein. Denn ich hatte als einer von wenigen die Gelegenheit, von Dr. Klaus die Hand gedrückt zu bekommen. Um ihm etwa zehn Jahre später wiederum zu begegnen, allerdings auf anderer Ebene und bei einem völlig anderen, für mich trotzdem unvergesslichen Anlass.

Ein Verleger aus Liechtenstein, der mich schätzte, hatte mich eingeladen, in einer illustren Runde im wallisischen Saas Fee in einem dortigen Hotel mit dem berühmten Schriftsteller Carl Zuckmayer und Dr. Josef Klaus Silvester zu feiern. An drei Dinge von damals erinnere ich mich: An den greisen Zuckmayer, der den berühmten Roman »Des Teufels General«, später verfilmt mit Curd Jürgens, geschrieben hatte; an Josef Klaus, jenen österreichischen Bundeskanzler, der als Finanzminister ehrenhaft mit den Worten zurückgetreten war: »Ich kann nicht mehr ausgeben, als ich einnehme …« und an das extravagante, hervorragend mundende Fondue, dass damals im zirbenholzgetäfelten Zimmer serviert wurde, nämlich ein Käsefondue nicht wie üblich mit Brot, sondern mit Williamsbirnen, die man im flüssigen warmen Käse eintunkte. Ich war damals offensichtlich noch zu jung, um mir der großen Ehre bewusst zu sein, die mir dabei widerfuhr.

Doch zurück zu meiner Bundesheerzeit in Salzburg. Mein »Spieß« war mit einer Vorarlbergerin verheiratet. Ich wurde von ihm einmal nachhause beordert, um in seinem Haus etwas zu helfen. Bei seiner Frau stieß ich sofort auf Sympathie, die sich insofern auswirkte, als ich dem Chef der Bekleidungskammer, einem ebenfalls sympathischen Unteroffizier vorgestellt wurde, der gerade einen Mann für die Bekleidungskammer suchte. Da ich immer einigermaßen gut gekleidet war, fiel ich diesem Mann angenehm auf. So wurde ich in die Bekleidungskammer gesteckt, wo ich mich recht geschickt anstellte und trotz meines niederen Ranges als »Pionier Arsch« bald zu einer gefragten Person wurde, wenn es um das Ausfassen von neuer Wäsche und Bekleidung ging. Aufgrund dieser Funktion wurde ich durch das Wohlwollen eines Oberstleutnants, der eine resolute, jedoch gebildete und humorvolle Salzburger Wäschereibesitzerin zur Freundin hatte, fallweise zu jenen Freiwilligen beordert, die während der Salzburger Festspiele bei allen möglichen Veranstaltungen Dienst taten, nicht nur militärisch, sondern auch unter dem Motto »Zur besonderen Verwendung« als Gläser- und Tellerwäscher. Denn nachdem ich zu jenen Rekruten zählte, welche die zweite Generation nach der Gründung des österreichischen Bundesheeres darstellten, musste ich mich auch dem Jargon sowie den Sitten und Gebräuchen anpassen, die von Berufssoldaten der ehemaligen Deutschen Wehrmacht diktiert wurden.

Dabei gab es eine Menge sogenannter »Schleifer«, die ihre sadistische Ader an den Grundwehrdienern auslassen konnten. Mir blieb der damalige harte Drill erspart und ich genoss auf einmal das Wohlwollen der Wäschereibesitzerin, die jeden Montag die Wäsche abholen kam und mit mir mehr als rustikal zu schäkern beliebte. »Na, Wolferl, du Obergeilist, schaust heut wieder blass aus. Entweder hast wieder die ganze Nacht g'wixst wia a Aff oder warst in der Almau, bei die deutschen Weiber. I waß, die stehn auf die Österreichischen Alpennudeln.«

An jedem Montagmorgen wartete sie bei ihrem Besuch mit solchen Sprüchen auf und brachte dadurch Stimmung in den grauen Militäralltag. An einen solchen Montagmorgen erinnere ich mich noch heute. Ich war damals richtiggehend blau und hatte eine Aschermittwoch-Stimmung, die man mir förmlich ansah. Ihr war dies nicht entgangen und sie lud mich nach dem berüchtigten Wäscheauszählen, bei dem ich wiederholt auf die Toilette rannte, um mich zu übergeben, in die Kantine auf ein Cola ein und fragte mich, was mir über die Leber gelaufen sei. Sie hatte dabei einen fast mütterlichen

Ausdruck angenommen und ich erzählte ihr, was mir am Vortag passiert war und warum es mir so schlecht ging.

Einige Kameraden und ich hatten beschlossen, einmal eines der Bordelle von Salzburg aufzusuchen. Es gab derer zwei, das »Maxim« hinter dem Domplatz unterhalb der Festung Hohen-Salzburg, und das »Stein« in der Linzergasse am linken Ufer der Salzach. Wir beschlossen, dem Puff über der Salzach unseren Besuch abzustatten. Es war unser allererster Bordellbesuch und gleichzeitig auch mein letzter in Salzburg.

Geld hatten wir nicht viel, denn mit 160 Schilling Sold im Monat konnte man nicht viel anfangen, im für uns teuren Salzburg schon gar nicht. Wir hatten uns vorher schon Mut angetrunken. In dem Etablissement gab es auch eine Bar, an der wir ebenfalls etwas konsumierten und uns die Damen ansahen oder besser gesagt, sie uns Grünschnäbel musterten. Sie wussten natürlich sofort, dass wir zum ersten Male hier waren. Dementsprechend machten sie sich an uns heran und alles nahm seinen Lauf. Eine etwas fülligere Dame hakte sich bei mir unter und wir suchten ihr Zimmer auf. Sie hatte berufsmäßig sowieso schon wenig an, stand rasch nackt vor mir und half mir beim Ausziehen. Obwohl sie für meine Begriffe gar nicht schlecht aussah und einiges an mir probierte, regte sich bei mir nichts. Der viele Alkohol vorher und die Aufregung, zum ersten Mal in einem Puff zu sein, hatten ihre Wirkung nicht verfehlt.

Ich brachte, wie man so schön zu sagen pflegt, keinen hoch. Postwendend folgte die Abfuhr. Ich zog mich unverrichteter Dinge wieder an. Sie war nicht einmal wütend, grinste mich an und ich höre heute noch die Worte, mit denen sie mich hinauskomplimentierte: »Himbeerbubi, geh ham wix'n und des nächste Mal kummst net an'gsoffen!« Schon war ich draußen und mein ungenützter Liebeslohn war auch weg.

Was dann folgte, war ein ausgedehnter Wirtshausbesuch mit meinen Kameraden, denen es offenbar auch nicht besser ergangen war, die dies jedoch nicht zugaben. Es war mir auch gleichgültig.

Ich beendete diesen denkwürdigen Tag, in dem ich mein letztes Geld in Alkohol umsetzte und mich sternhagelvoll betrank. Die Wäschereibesitzerin hatte mir beim Erzählen zugehört und ihr trockener Kommentar dazu war: »Oft amol hast halt a Pech.« Doch gleichzeitig tröstete sie mich, indem sie mir erzählte, dass es vielen so geht und dass ihr »Alter« auch nicht mehr immer einen hochbrächte und deswegen die Welt nicht untergehe. »C'est la vie – so ist das Leben«, meinte sie dabei und für mich begann die Welt wieder in den gewohnten Bahnen zu laufen.

Ich mochte diese Frau und auch sie hatte offenbar einen Narren an mir gefressen. Ich war ihr »Wolferl« und wir freuten uns beide, wenn wir unseren sogenannten Schmäh laufen lassen konnten. Sie war ziemlich betucht und auch bei den Festspielen eine gern gesehene Person. Das verschaffte mir Ehre, fallweise bei Veranstaltungen zugegen sein zu dürfen, bei denen die wirtschaftliche, kulturelle und militärische Prominenz sich versammelte.

So lernte ich unter anderem den »Normannischen Kleiderschrank« kennen, wie die berühmte Brigitte Bardot den nicht minder berühmten Curd Jürgens nannte, der sich damals als »Jedermann« mit dem bekannten Bierfabrikanten und Kultursponsor Mautner-Markhof darum stritt, welches Bier bei den Salzburger Festspielen ausgeschenkt werden durfte. Curd Jürgens, ein Gösser-Bier-Fan konnte, so viel ich mich erinnern kann, den Sieg davontragen. Ich sah ihn dann auch auf der Bühne als geradezu idealen »Jedermann«. Allerdings war seine Stimme im Verhältnis zu seiner Statur und seiner Schauspielkunst eher etwas leise, was vielleicht von den durchzechten Nächten, den zahlreichen Whiskys und

Zigaretten herrührte. Dennoch waren seine Auftritte für die damalige Zeit ein Erlebnis.

Lediglich Klaus Maria Brandauer, den ich viele Jahre später als »Jedermann« auf der Bühne des Domplatzes sah, imponierte mir aufgrund seiner ausgefeilten Bühnensprache und seiner Schauspielkunst mehr. Wie auch immer, »Jedermann« hatte mich in den Bann gezogen und machte Salzburg vor zum Erlebnis, das ich später Dank eines großzügigen Sponsors aus der Wohnungsbaubranche noch öfter erleben konnte.

Wenn ich das Wort »Salzburg« höre, kommen mir unwillkürlich jene sonnen- wie regendurchfluteten Tage in den Sinn, in denen aus vielen Ecken und Nischen der schaurig schöne Ruf »Jedermann« erklingt. Mit »Jedermann« – allerdings auf andere Art – brachte ich auch unseren Kompagnie-Kommandanten Leutnant Eckstein in Verbindung. Dieser war der junge Sprössling einer angesehenen, reichen Salzburger Familie. Er sah gut aus, aber war ein Angeber und Weiberheld bis zum Geht-nicht-mehr. Stets in seiner Ausgeh-Uniform, gestriegelt und geschniegelt, tauchte er auf und stauchte seine Untergeben zusammen, um sie nachher wieder scheinheilig und kumpelhaft zum Bier in die Kantine einzuladen. Ich hatte bei ihm einen Stein im Brett, weil er mich, der ich ja bei der Kulturtruppe war, gerne für seine Botengänge benützte. Bis zu dem Tag, als er mit seinem Jeep vorfuhr, nicht ohne eine hübsche Frau am Beifahrersitz. Er hatte immer die schönsten Frauen in seiner Begleitung, sorgte aber auch dafür, dass man das bemerkte – unter dem Motto: »Mache es mit Schönen und sprich darüber …«

Er war schon beim Spieß und beorderte mich, mit ihm nach Golling mitzufahren. Was ich dort tun sollte, wusste ich nicht. Doch spätestens zwei Stunden später wusste ich es. Er war mit einer seiner Schönen in die Stadt gegangen und ich durfte im Jeep geschlagene zwei Stunden auf seine Wiederkehr warten. Er und seine Freundin waren angesäuselt. Er fuhr trotzdem und bremste weithin sichtbar und hörbar, damit ja alle schauten. Dann ließ er mich aussteigen, griff in die Seitentasche seines Waffenrocks und drückte mir 50 Groschen in die Hand. »Da Wolferl, kannst dir a Semmel kaufen«, und schon war er davongebraust. Ich stand da, blickte betreten auf die schäbigen 50 Groschen und plötzlich kam mir Hofmannsthals »Jedermann« und sein Geiz in den Sinn, wenn es galt, anderen etwas zu kommen zu lassen. Das war bezeichnend für den smarten Leutnant und schäbig zugleich. Aus besseren Kreisen stammend und doch kein Benehmen und noch weniger Niveau.

Auch so eine Partie, dachte ich mir und ging schnurstracks in die Kantine, um mich dann höllisch anzusaufen. Die ewige Geschichte vom Leben und Sterben des reichen Mannes hat etwas an sich. Nachdem ich oft die Gelegenheit hatte, den Aufstieg und den Niedergang berühmter und reicher Leute aus mittelbarer und unmittelbarer Nähe mitzuerleben, ist diese Geschichte für mich Realität.

Durch meinen Kontakt mit der Kultur während des Militärdienstes reifte in mir immer mehr die Entscheidung, mich nach der Absolvierung meines Bundesheerdienstes beruflich dem Medium Zeitung zuzuwenden, das mich aufgrund meiner Ausbildung im graphischen Gewerbe immer schon interessierte.

Doch erst musste ich das Bundesheer hinter mich bringen. Ich hatte noch das Glück und die Gelegenheit, beim großen Empfang der weltpolitischen Berühmtheiten John F. Kennedy und Nikita Chruschtschow auf Salzburger Boden dabei zu sein. Beide hatten sich hier zu einem politischen Rendezvous verabredet, das auch auf größtes Echo stieß.

Mein Bestreben, mich beruflich in Richtung Printmedien umzusehen, war nun ausgereift und war nur noch in die Tat umzusetzen. Darin bestätigte mich ein Salzburger Kinobesitzer. Ich war ein leidenschaftlicher Kinobesucher und Salzburg war bekannt dafür, in der Festspielzeit die neuesten und besten Filme in den drei Kinos der Stadt zu zeigen. Ich erinnere mich noch an Filme wie Federico Fellinis »Dolce Vita« mit Anita Ekberg und Marcello Mastroianni und »Wenn das Blut kocht « mit Gina Lollobrigida und Frank Sinatra sowie den darstellerischen Glanzleistungen von Steve MacQueen und Charles Bronson.

Dem Kinobesitzer, einem sehr gepflegten Herrn, gehörte das in der Nähe der Felsenreitschule gelegene Kino. Wenn man von diesem Kino sprach, fingen manche Zuhörer eigenartig zu grinsen an und stießen sich gegenseitig. Ich wusste lange Zeit nicht warum, bis ich an einem verregneten Sonntag draufkommen sollte.

Ich löste eine Kinokarte und betrat das Kino. Es war trotz des groß angekündigten Films schlecht besucht und halbleer. Die Vorschau hatte schon begonnen, da setzte sich ein Mann neben mich, packte, was ich sowieso nicht mochte, raschelnd Süßigkeiten aus und bot mir welche an. Der Film war einigermaßen spannend und mein Nachbar bot mir unentwegt seine Süßigkeiten an, bis ich ihm etwas grob dieses Getue abstellte. Ich hatte an anderen Orten schon solche Geschichten erlebt. Meistens steckten Anbandelungen homosexuell veranlagter Männer dahinter. Eigenartigerweise hatte ich mich oft mit solchen Dingen zu beschäftigen. Offenbar kam wiederum in mir der Typ durch, der homosexuelle Männer ansprach. Mein Vater bestätigte mir dies in einem Gespräch darüber.

Es gab da nämlich, wie sich später herausstellte, einen homosexuellen Mann aus England, der meinem Vater gegenüber sein starkes Interesse für meine Person immer wieder bekundete. Er war sehr vermögend, denn sonst hätte er nicht seinen dauernden Wohnsitz in einem teuren Hotel in Feldkirch wählen können, in dessen Bar ich ständig verkehrte. Er bezahlte oft meine Drinks und ließ mir, obwohl ich es nicht wollte, ständig teure Zigaretten der Marke »Pall Mall« zukommen, die ich gerne rauchte. Er war in aller Augen ein untadeliger Gentleman und trat auch mir gegenüber nie negativ in Erscheinung, im Gegenteil, er war allen gegenüber ein hervorragender Gesellschafter.

Nun, ich konnte als offensichtlich beliebter Typ für solcherart veranlagte Menschen nichts machen und musste mich daher mit dieser mich selbst keineswegs erbaulichen Anziehungskraft abfinden und hatte mir im Laufe der Zeit auch einige Abwehrhilfen zugelegt.

Doch zurück zu der Geschichte. Am Ende des besagten Films sprach mich beim Hinausgehen mein Nachbar an. Ich wusste sofort, dass ich an den bekannten Kinobesitzer geraten war. Doch nachdem ich mich bestens fühlte, nahm ich die Einladung zum Abendessen in den »Goldenen Hirschen« an und dinierte ausgezeichnet mit dem gut gekleideten, offenbar sehr gebildeten und belesenen Herrn. Es war ein sehr interessanter Abend und fast hätte ich aufgrund seines untadeligen Benehmens und seiner interessanten Erscheinung seine unmissverständliche Einladung angenommen, bei ihm zuhause noch einen Kaffee zu trinken.

Doch nachdem es Sonntagabend war und deshalb für mich in der Bekleidungskammer ein arbeitsreicher Montag wartete, musste ich diese Einladung absagen. Außerdem stellte ich ihm gegenüber deutlich klar, dass ich trotz bisher etlicher Kontakte mit derart veranlagten Menschen keine homosexuellen Gefühle in mir verspürte und deshalb in Ruhe gelassen zu werden wünsche. Es war ein klärendes Gespräch, das er akzeptierte, mich jedoch dennoch bat, ihm dann und wann Gesellschaft zu leisten, denn es gäbe wenige Menschen, mit denen man so diskutieren könne. Was ich ihm auch zusagte, da er wirklich ein angenehmer, sehr gebildeter Gesprächspartner und offensichtlich gefühlvoller Mensch war. Bei unseren regelmäßigen Treffen stellte sich heraus, dass er früher eine Zeitung herausgegeben und als Herausgeber auch viel geschrieben hatte. Ich erzählte ihm dann von meinem Vorhaben, mich journalistisch zu betätigen und mich bei einem Verlag zu bewerben. Er freute sich sehr darüber und riet mir, diesen Weg einzuschlagen.

Wie auch immer, Salzburg war ein guter Boden, auf dem ich manche Begegnung hatte, die mein Leben in erfolgreiche Bahnen lenkte. Inzwischen hatte ich bei einem liechtensteinischen Zeitungsverlag und dessen Druckerei erfolgreich vorgesprochen und man wartete dort nur noch auf meine Zusage. Diese gab ich ab und mit dem Stellenantritt im Ausland änderte sich mein Leben gewaltig. Ich hatte durch den neuen Job und einige mich in Erkenntnis meiner Fähigkeiten fördernde Menschen plötzlich Zutritt zur sogenannten Society und deren Spielwiesen, die mir, einem zielstrebigen, plötzlich karrieresüchtig gewordenen jungen Mann ein umfangreiches Tätigkeitsfeld eröffneten.

Meine erste Handlung bestand darin, mich mit der Frau, die ich liebte, aber eigentlich nicht wirklich kannte, zu verheiraten. Ob es eine gute Entscheidung war, wusste ich damals noch nicht und heute, viele Jahre danach, inzwischen von Tisch und Bett getrennt, ist es müßig, darüber nachzudenken. Es war eine ausgesprochene Liebesheirat, die auf meine stete Sehnsucht nach Liebe und Zärtlichkeit zurückzuführen ist.

Sie war eine waschechte Kärntnerin, nach außen ruhig, jedoch innerlich etwas zerrissen und leidenschaftlich. Sie war eine tolle Frau. Sie schenkte mir zwei Kinder, einen Sohn und eine Tochter, auf die ich heute sehr stolz bin und es war eine schöne, gute Zeit, die wir zusammen verbrachten. Sie begleitete mich und meine steil bergauf führende Karriere, bis mich diese in andere Gefilde führte und einem dauernden Zusammenleben einen Schlusspunkt setzte und wir uns schließlich unter wirklich seelenmörderischen Zuständen trennten.

Ich bin ihr jedoch heute noch zu großem Dank verpflichtet, kam ich doch in den Genuss von Vaterfreuden und dem

Gefühl, lange einer intakten, glückliche Familie angehören zu dürfen, auch wenn es meinerseits schließlich nicht mehr ganz so war.

Schließlich war auch ich unbemerkt in die Spuren des »Jedermann« getreten: Nur ans bunte schöne Leben und niemals ans Sterben denkend. Ich war plötzlich überall beliebt und gefragt, der Liebling aller, was ich weidlich genoss. Ich rückte in den Rang eines Kommentators und darauf folgend für mehrere Jahre in den Job als Chefredakteur und Verlagsleiter eines von den etablierten Zeitungen zu Unrecht bekämpften sogenannten Gratisanzeigers wie des »Rheinkurier«, der in der Ostschweiz Furore und der eingesessenen erzkonservativen Presse das Leben schwer machte. Dem folgte ein Chefredakteursjob in der Liechtensteiner Wochenzeitung »Wochenspiegel« und schließlich eine interessante freie Mitarbeiterschaft als Kommentator in liechtensteinischen und Ostschweizer Tagszeitungen. Und plötzlich wollte jeder mit mir Whisky trinken, Abendessen und konferieren. Besonders stolz war ich darauf, einem Vizeregierungschef des Fürstentums Liechtenstein einige Reden für kulturelle Anlässe zu schreiben, was sich zu meiner Freude herumsprach.

Doch schließlich endete mein Gastspiel im Fürstentum, da ich mich politisch nicht vor den Karren spannen ließ. Ich trachtete stets danach, unabhängig zu bleiben und nahm nie die berüchtigten dicken gelben Postumschläge an, die damals beliebt waren. Das brachte mir schließlich den Job eines Pressereferenten der Stadt Feldkirch ein und gipfelte mit der Schaffung der ersten Vorarlberger Stadtzeitung und deren Auszeichnung durch das österreichische Bundeskanzleramt just zu einem Zeitpunkt, zu dem ich wieder in liechtensteinische Steueroasen-Gefilde übersiedelt war.

In der damals weltbekannten Steuerflüchtlinge-Hochburg Bürotel des in Liechtenstein ob seiner Cleverness und seiner Visionen von der Konkurrenz gehassten Konsuls Werner

Walser trat ich als Medienfeuerwehrmann meinen arbeitsintensiven Job als Pressechef des Bürotels, des Europäischen Wirtschaftsinstitutes in Liechtenstein, als Pressesprecher der afrikanischen Konsulate der Republik Tschad und der Zentralafrikanischen Republik an. Ich war für meinen Chef stets mit den verschiedenen deutschsprachigen Zeitungen, den Magazinen »Spiegel«, »Capital«, »Stern«, etc. in Kontakt. Meistens war ich durch Gegenartikel bezüglich diverser Behauptungen zur Steuerflucht nach Liechtenstein erfolgreich tätig und genoss auch außerhalb des Bürotels Wertschätzung als Journalist und gefragter Insider. Wie es manchen erfolgreichen Journalisten ging, so ging es auch mir. Ich verdiente mir neben meinem Gehalt noch zusätzlich durch freiberufliche Medientätigkeit schnelles, gutes Geld, gab es jedoch wieder entsprechend schnell aus.

Auf den Spielwiesen der internationalen Society in Liechtenstein, im Tessin und in der Ostschweiz ließ sich das Geld schon damals leicht einnehmen, aber auch schnell ausgeben. »Jedermann«, noch blutjung und trotz eines recht turbulenten Lebens noch unerfahren, war stets in Aktion.

Reisdorf

Schon beim Gedanken an diesen Namen werden unauslöschliche Erinnerungen wach: Leichte Nebelschwaden über einer lieblichen Flusslandschaft und der Duft von Gras, Erde, Obst, Mais und Gemüse, besonders Sellerie und Liebstöckl steigen in meine Nase und verraten nicht nur die Gegenwart Kärntens, sondern jenes Landstrichs zwischen den Gemeinden Brückl, Klein St. Veit und Philippen und des an der Gurk gelegenen Dorfes Reisdorf.

Reisdorf war und bleibt das Dorf, zu dem ich trotz meiner späteren, jahrzehntelangen Absenz eine starke Zuneigung, ja Zugehörigkeit fühle. Ich habe während meiner berufsbedingten Reisetätigkeit in der Schweiz, in Deutschland, Frankreich, den Benelux-Staaten, in Spanien, Italien, Ungarn, der damaligen Tschechoslowakei, in Polen, am Balkan und in Afrika kein solcherart seltsames, mich auf ganz eigenartige Weise faszinierendes Dorf vorgefunden und in seiner Ureigenheit erlebt, wie dieses Unterkärntner Dorf. Vielleicht, weil ich dort in den 1960er- bis Anfang der 1980er-Jahre gut 20 Jahre lang aufgrund des auf mir lastenden unruhigen Lebens stets die Ablenkung und den Frieden fand, die ich als damals suchte.

Eigentlich macht auf mich die gesamte Landschaft Unterkärntens einen solchen Eindruck. Wenn man hierher kommt, verlässt man eine Welt, um eine andere zu erleben, in der die Zeit manchmal stillsteht, und die unwillkürlich jenen wohltuenden Einhalt gebietet, den man sich im Unterbewusstsein wünscht.

Es gab beim Kennenlernen dieser Region nämlich etwas, das einem besonders auffiel: Ich fühlte mich beim ersten Kontakt mit Reisdorf um hundert Jahre zurückversetzt. Das ist jedoch nicht abwertend zu verstehen, sondern aufgrund einer sich urplötzlich auftuenden nischenartigen Lebensart, weit weg von jener alltäglichen hektischen Unruhe, die ich zuhause gewöhnt war. Interessant dazu ist auch die Tatsache, dass weltberühmte Leute wie der Weltschriftsteller Peter Handke aus Griffen, der Sänger Udo Jürgens aus Otmanach und andere Persönlichkeiten aus dieser Region stammen, auch wenn die Vorfahren ihre Wurzeln irgendwo anders hatten.

Es waren schöne Zeiten, die ich hier in Reisdorf erlebte. Meine inzwischen von mir getrennt lebende Frau kam von hier. Sie stammte aus einer großen, einfachen und wenig begüterten Familie, die in einer sogenannten »Keuschen«, einem typischen einfachen Kärntner Haus wohnte, von dem man noch über einen Fuhrweg in ein kleines, zügiges Bretterhäuschen musste, um seine Notdurft verrichten zu können. Doch auch das hatte seine Eigenheit, die davon zeugte, dass längst nicht alles mit jener Selbstverständnis der Moderne aufwartete.

Das Dorf, das in einer Senke zwischen bewaldeten Bergrücken direkt an einem romantischen Fluss namens Gurk liegt und das man als Ortsunkundiger von der Straße von Klagenfurt nach Brückl eigentlich gar nicht sah, bestand lediglich aus dem alten Bauern-Gasthaus Oswald, den zwei dominierenden Bauerhöfen des »Jakse- und des Modre-Bauern« und vier weiteren Häusern, deren Bewohner damals fast ausschließlich in der Chlorfabrik in der nahegelegenen Gemeinde Brückl arbeiteten, wie mein Schwiegervater auch.

Das Gasthaus Oswald, das von einem eher schmuddelig erscheinenden Ehepaar neben einer Bauernschaft betrieben wurde, befand sich ganz am Ortseingang und vermittelte dem Besucher sofort den Eindruck, in einer längst untergegangen Zeit gelandet zu sein. Dies jedoch nicht im negativen Sinne gesehen, sondern in einer Art, die man früher fast überall im ländlichen Ostösterreich antraf, nämlich ein nach außen hin nicht immer ganz ordentlicher Eindruck, hinter dem die liebenswerte altösterreichische Schlamperei herrschte, die selbst auch die Prominenz in der sogenannten Sommerfrische suchte. Lediglich wenn es länger regnete, verwandelte sich die Gegend hier in eine Schlammlandschaft und die Straße, eher ein Fuhrweg, wurde teilweise fast unpassierbar.

Doch ich erlebte lediglich einmal im Herbst eine solche Wetterlage. Ansonsten herrschte in den Jahren, in denen ich im Sommer hier weilte, viel Sonnenschein und eine Bullenhitze, die lediglich von extrem starken Gewittern mit den gefürchteten trockenen Blitzen unterbrochen wurde. Während solcher Gewitter zündeten die Bewohner dann die zu Ostern geweihten und für solche Anlässe aufbewahrten Palmzweige an und ich hörte dann wieder die mir aus den Bombenangriffen der Kriegsjahre in unangenehmer Erinnerung gebliebenen Rosenkranz-Tiraden.

Ich wurde damals von der großen, sympathischen Familie meiner Frau herzlich aufgenommen und war sofort der Liebling derselben. Mit dem Schwiegervater, einem herzensguten Mann, der mit seinen vielen Falten im Gesicht an Charles Bronson erinnerte, verbrachte ich viel Zeit in der lieblich-liederlichen Gaststube beim Oswald, dessen Wirt, wenn er betrunken war, am liebsten vom »Vögeln« sprach, weshalb ihn seine mehr als vollschlanke Frau, stets mit einem Kopftuch über dem fettigem Haar und einer glänzenden schwarzen Schürze bekleidet, kichernd schalt.

Die Bevölkerung setzte sich vornehmlich aus deutschstämmigen und slowenischen Abkömmlingen, sogenannten Windischen, zusammen, die sich zwischendurch in den Haaren lagen und sich bisweilen recht handfeste Wirtshausraufereien und Messerstechereien lieferten.

Die beiden Weltkriege taten das ihre dazu und so ging nach Meinung vieler von den Windischen immer eine gewisse Gefahr aus, die meiner Meinung nach stark übertrieben wurde.

Mein Vater, der sich mit dem Schwiegervater bestens verstand, erzählte mir, dass man auch in Wien die sogenannten Windischen nie mochte. Die Habsburger Kaiser schworen hingegen auf die Windischen und ihre »Windische Garde« war lange Zeit die treueste Leibgarde, aber im Kriegseinsatz auch die wildeste und brutalste. »Hüte dich vor dem Kartenspielen und jeglichem Streit mit Windischen, bei denen sitzt immer das Messer locker und sie stechen wie die Bienen«, sagte er einmal. Dass sie gerne zuschlugen und manchmal auch mit dem Messer ziemlich schnell zur Hand waren, erlebte ich einige Male bei den wilden Kirchweihfesten in umliegenden Dörfern.

Meist jedoch gingen entsprechende, politisch motivierte Provokationen der Deutschtümler voraus, von denen es einige, als streitsüchtige bekannte, Scharfmacher gab. Nicht umsonst wurde der streitbare Deutschtümler Jörg Haider zu einer Art Landespatron. Ansonsten lebte das Völkerkonglomerat mehrheitlich friedlich miteinander und das Windische, ein Sprachgemisch aus wenig deutsch und viel slowenisch, wurde viel und gern gesprochen, vor allem dann, wenn nicht alle verstehen sollten, was man gerade sprach.

Es ging in dieser Region halt zu wie in anderen Grenzgebieten Europas, wobei man hier bisweilen sehr temperamentvoll war. Ich zog beim Kennenlernen der für mich liebenswerten Menschen in dieser besonderen Ecke Europas sofort Vergleiche zu den Eigenarten der rätoromanischen, ladinischen und friulischen Bevölkerungsgruppen und finde es heute mehr denn je wichtig, diese in allen Belangen zu unterstützen und in ihrer Eigenart zu erhalten. Aus diesem Konglomerat der windischen Region, die Unterkärnten darstellt, entstammten viele deutschsprachige Bewohner, die sich als echte Kärntner sahen, dem Temperament nach jedoch typisch für diese Gegend waren.

So auch meine blutjungen Schwager, die ich vom ersten Augenblick an mochte und die auch an mir einen Narren gefressen hatten und mit denen ich alles Mögliche unternahm, von diversen informativen Ausflügen in die Umgebung angefangen, über herrliche Bergtouren bis hin zu ausgedehnten Wirtshaus- und Kirchtagsbesuchen. Sie spielten traditionell wie ihr Vater glänzend die steirische Harmonika, tanzten wie der Teufel und waren der Weiblichkeit, eine typische Kärntner Eigenschaft, nicht abhold.

Man trank viel in dieser Gegend. Aus purer Lust, aber auch aus melancholischen Anflügen. Zur Ehrenrettung der Leute sei erwähnt, dass eigentlich nicht viel los war. Nachtlokale gab es weit und breit nicht, das nächste Kino war in Klagenfurt oder Völkermarkt. Lediglich die Kirchtagsfeste und andere öffentlichen Tanzveranstaltungen boten eine willkommene Abwechslung und dabei ging dann die Post ab. Kein Wunder, dass es hier auch die wildesten Sauf-, Tanz- und Liebesexzesse gab und viele ledige Kinder. Hansi, der ungehobelte, stets mit mehr als seichten Sprüchen aufwartende Oswald-Wirt bemerkte dazu lachend: »Des kummt vom Lafn-lossn« (dem zweideutig gemeinten Laufenlassen).

Obwohl in dieser Gegend eher viele Arme lebten und die Großbauern das wirtschaftliche und politische Sagen hatten, herrschte überraschende Eintracht, die nicht zuletzt durch die weitverbreitete Pflege des gemeinsamen Singens, vornehmlich durch exzellente Männerchöre gepflegt wurde. Ich habe selten so unter die Haut gehende Chorgesangskunst erlebt wie in Kärnten und besonders an diesem Fleck. Man sagt ja oft mit Augenzwinkern, dass zwei Kärntner schon einen Gesangsverein bilden.

Auch die Frauen dieser Region strahlten eine eigene Anziehungskraft aus und wollten trotz oder gerade wegen ihrer, in dieser von Männern dominierten Welt scheinbar untergeordneten Rolle, erobert werden. Je mehr Männer um die Gunst einer Frau buhlten, umso stärker wurde die erotische Ausstrahlung, wobei der slawische Einfluss oft auch eine

Rolle spielte. Nicht umsonst hatte ich mich damals in meine Frau verguckt, ein waschechtes Kärntner »Dirndle«, das damals allerdings schon einige Zeit in der Ostschweiz und Vorarlberg gelebt, aber nichts von seiner Unterkärntner Mentalität verloren hatte.

Es war sowohl der Wunsch meiner zukünftigen Frau wie meiner leiblichen Eltern, unserer standesamtlichen Eheschließung in Vorarlberg die kirchliche Hochzeit in Kärnten nachfolgen zu lassen. Meine Eltern wünschten sich, gleichzeitig ihre Silberne Hochzeit hier zu feiern und dabei ihr Hochzeitsgelübde zu erneuern. Ich hatte noch beruflich in Vorarlberg zu tun, deshalb flog ich erst kurz vor der kirchlichen Hochzeit nach Klagenfurt. Es war übrigens mein erster Inlandsflug mit einer Maschine der British Airways, einer Maschine, die einige Wochen später aufgrund eines Navigationsfehlers am sogenannten Glungetzer bei Innsbruck zerschellte und alle Passagiere in den Tod riss.

In Reisdorf erwarteten mich meine Eltern, meine Frau, ihre Brüder und der Schwiegervater mit seiner wesentlich jüngeren Frau Luzia. Nach einem gemeinsamen festlichen Umtrunk machte ich mit der Braut einen Spaziergang in die romantische Aulandschaft an der Gurk. Sie nannten diese idyllische, jedoch eigenartige Fluss- und Aulandschaft liebevoll »Die Halt«. Diese Bezeichnung rührte aller Wahrscheinlichkeit von der Tierhaltung her. Die Luft war feucht und voller Düfte und benebelte fast die Sinne. Weit und breit war niemand und nachdem wir uns einige Zeit nicht gesehen hatten, war es mehr als naheliegend, dass wir uns ins duftende Gras legten und uns spontan liebten. Alles versank um uns und wir merkten vor lauter inbrünstiger Zuneigung gar nicht, dass einige Schritte weiter die Pferde des Hiele-Bauern grasten.

Später, als ich nach meinen Afrikareisen wieder diese Aulandschaft aufsuchte, vermeinte ich hier ein Stück des

Schwarzen Kontinentes zu riechen. Die feuchte Luft, mit ihren leicht modrigen Spätsommerdüften und dem unverwechselbaren Geruch reifenden Maises war ähnlich, lediglich die duftende Würze des Mostobstes und die Wohlgerüche von Sellerie und Liebstöckl brachten eine besondere, für Kärnten typische Note dazu.

Das mit dem Liebstöckl-Duft hatte seine eigene Bewandtnis. Liebstöckl, auch als Maggikraut bekannt, wurde hier in großen Mengen angepflanzt und für allerlei typische Kärntner Gerichte zum Würzen verwendet. Der starke Geschmack war aus den beliebten Suppen herauszuschmecken – dem Kärntner »Ritschat«, einer mit geselchtem Fleisch gekochten Gerstensuppe und der »Sauren Suppe«, auch »Klachelsuppe« (mit Schweins-Unterstelzen gekocht) genannt. Liebstöckl war überhaut ein beliebtes Universalgewürz.

Hochzeiten waren in dieser Region ein besonderes Fest und eine mehr als willkommene Art, eine unbändige Lebensfreude zu zeigen und auch auszuleben. Unsere Hochzeit und die Silberhochzeit meiner Eltern wurden zu einem wahren Dorffest. Die ganze Gemeinde war auf den Beinen. In der alten Barockkirche des nahen Ortes Klein St. Veit gaben wir uns unter dem Segen eines hier niedergelassenen Jesuitenpaters das kirchliche Ja-Wort. Anschließend an die Messe gab es vor der Kirche reichlich Wein und Brot und dann wurde bis in die Morgenstunden im Gasthaus Kordesch gefeiert.

Ich werde diesen Rummel nicht vergessen und auch meine Eltern waren von der herzlichen Art, wie hier gefeiert wurde, sehr angetan. Es war rührend, wie die Frauen und Kinder des Dorfes alte Bräuche wie die Hochzeits-Maut aufleben ließen, während die Männer das Brautstehlen als ihre Domäne betrachteten. Vor allem auch vom mehrere Unterkärntner Gemeinden betreuenden Jesuiten-Pfarrer, der sich seine jesuitischen Eigenheiten sehr zu meiner und meiner Eltern Freude bewahrt hatte.

Eine für mich typisch kärntnerische Episode mit ihm wurde mir dann später von einem lustigen, liebenswerten Mesner mitgeteilt:

Der Pfarrer lud eines Sonntags seine Köchin zum Essen im nahegelegenen Wirtshaus ein. Er war dagegen, dass sie auch am Sonntag kochen musste und schätzte die Wirtshausatmosphäre sehr. Nach dem Essen war er gewohnt, sich gemütlich ein Pfeifchen anzuzünden, fand jedoch seine Pfeife nicht. Er schickte deshalb die Köchin ins Pfarrhaus, um die Pfeife zu holen. Sie kam dienstbeflissen eiligst zurück und sagte: »Herr Pfarrer, i hab die Pfeif'n net g'fund'n.« Er fragte sie dann: »Hast' auf mein Nachtkastl nachg'schaut?« Sie antwortete: »Ja, aber da war sie net.« Er meinte dann zur Belustigung aller am Tisch: »Wann sie net auf mein Nachtkastl liegt, dann schau'st halt auf'n deinigen ...«

Es war allgemein bekannt, dass der Pfarrer und seine Köchin schon länger ein Verhältnis hatten und es störte sich keiner der Gläubigen daran. Im Gegenteil, er und seine Köchin waren überall beliebt und gerne gesehen und auch ich war von beiden angetan.

Sehr angetan war ich auch von den zwei Brüdern meiner Frau, Pauli und Franzi, und deren Freund Elmar mit dessen Frau Maria. Wir verstanden uns blendend und es gab keinen Abend, an dem wir uns nicht trafen, um zu singen und zu feiern. Die Brüder spielten auf ihrer Harmonika wie der Teufelsgeiger Paganini auf seiner Stradivari-Geige und dazu wurde viel gesungen. Auch die heimischen kulinarischen Spezialitäten wie würziger Kärntner Speck, hausgeräucherte Würste, Saure Suppe, Ritschat, Haussülze, Eiersalate von Schwiegervaters Frau Luzi zubereitet und viele Krüge echten Landmostes genossen wir. Unsere Frauen Mathilde, zwei Marias, Paulis polnische Frau Gina und die anderen Mädchen feierten zusammen mit unseren Kindern wacker mit.

Es waren wirklich sehr schöne Stunden hier in Reisdorf. Ganz besonders genoss ich die Stunden mit meinem Schwager Pauli. Dieser junge Mann hatte schon damals etwas an sich, aus dem man bereits seine spätere große Karriere erahnen konnte. Stundenlang spazierten wir philosophierend und diskutierend durch die idyllische Au an der Gurk und schlossen eine wirklich besondere Freundschaft. Er, der von Beruf Maschinenschlosser war, wechselte später in die Baubranche, ,baute die Brenner-Autobahn mit und wurde schließlich nach seinem Umzug nach Deutschland ein allerseits beliebter, versierter Versicherungsagent, der es im Kreis Schwäbisch-Gmünd bis zum Regionaldirektor brachte und hohes Ansehen genoss und dann später in Ingolstadt wiederum sehr erfolgreich und beliebt war.

Ein altes griechisches Sprichwort lautet: »Jung stirbt der, den die Götter lieben.« Dies scheint auf meinen Schwager und Freund Pauli zuzutreffen. Er starb bei einem Autounfall und ich konnte bei seiner Beerdigung in Klein St. Veit, wo er sich ein schmuckes Haus gebaut hatte, leider nicht dabei sein. Sein Tod traf mich wie ein Keulenschlag; ich habe ihn bis heute nicht überwunden. Ich denke viel an Pauli und unsere gemeinsamen, von philosophischen Diskussionen begleiteten Spaziergänge in der Reisdorfer »Halt«. Er war ein Freund, wie man ihn sich wünscht und ich widme ihm stets liebe Gedanken.

Wie es jedoch im Leben ist, kommen auch Zeiten, die weniger schön sind und das Leben von heute auf morgen verändern. So geschehen ausgerechnet im Jahr meines vierzigsten Geburtstages. Wieder weilte ich mit meiner Familie, die inzwischen um einen Sohn und eine Tochter angewachsen war, auf Urlaub in Kärnten.

Es erwischte mich gleich in der ersten Ferienwoche. Mit Paulis Bruder Franzi, einem waschechten Vertreter dieser Region, den ich auch sehr schätze, und unserem gemeinsamen Freund Elmar machten wir eine Bergtour ins landschaftlich wunderschöne Nockgebirge. Ausgerechnet auf dem Gipfel des Königstuhls ereilte uns ein heftiges Gewitter und ein furchtbarer Eisregen, der im Nu die Temperaturen von plus 25 Grad auf kalte Minusgrade sinken ließ. Ich verkühlte mich dabei, wollte dies jedoch nicht wahrhaben. Starke Oberbauchschmerzen trieben mich dazu, zwei Ärzte zu konsultieren, wobei deren Diagnosen von einer Gallen- bis zur Nierenkolik reichten.

Nach vier Tagen konnte ich mich nicht mehr bewegen und wurde mit Blaulicht ins Landeskrankenhaus nach Klagenfurt gefahren, wo man mich vorerst fast einen ganzen Tag liegen ließ. Mein Bauch war aufgeschwollen und steinhart. Ich hatte fürchterliche Schmerzen und nahm meine Umgebung schon nicht mehr war. Eine Schwester fragte, ob man nicht lieber einen Geistlichen holen sollte, so stand es um mich. Eine Ärztin sah mich im Vorübergehen an und meinte, dass ich dringender als einen Priester einen Chirurgen bräuchte. Ich bettelte fast winselnd darum, dass man mich endlich aufschneiden sollte, denn mein Bauch drohte zu platzen.

Schließlich nahmen drei junge Turnusärzte unter der Leitung eines Oberarztes um neun Uhr abends eine Notoperation an mir vor, die meine Rettung war. Als sie meinen Bauch öffneten, kam ihnen schon alles entgegen. Sie wussten schließlich nicht mehr weiter und telefonierten mit dem Primar. Der hatte damals schon Erfahrung mit Pankreaspatienten und riet ihnen, sich meine Bauchspeicheldrüse genau anzusehen. Diese hatte sich seit mehreren Tagen stark entzündet und ich litt deshalb an einer sogenannten nekrotisierenden Pankreatitis. Das heißt, meine Bauspeicheldrüse hatte sich so akut entzündet, dass sie sich in einem Stadium der Selbstverdauung befand, die mit dem sicheren Tod endet, wenn nicht chirurgisch eingegriffen wird. Man schnitt also den angegriffenen, sich selbst verdauenden Teil der Pankreas weg, säuberte meine ebenfalls angegriffenen Gedärme, nähte mich zu und steckte mich in die Intensivabteilung, in der ich einige Tage regelrecht mit dem Tod kämpfte, jedoch schließlich überlebte. Schon während der Operation hatte ich kurz einen Herzstillstand, doch die engagierten Ärzte holten mich wieder ins Diesseits zurück.

Viele lächeln, wenn Menschen, die einen Herzstillstand erlebt haben, davon reden, dass sie sich nach dem Aufenthalt in einem langen, finsteren Tunnel plötzlich wieder im grellen Licht wähnten. Dass es mir ebenso erging, machte mich nachdenklich und auf irgendeine Art unsicher. Ich sah aus wie ein Astronaut. Überall lugten aus meinem Bauch Schläuche hervor und ich hing regelrecht am Tropf.

Am vierten Tag wäre ich beinahe gestorben. Ein Oberarzt kam an mein Bett, erklärte mir meinen absolut ernsten Zustand. Allerdings ohne jedes, manchen Chirurgen einfach fehlende psychologische Feingefühl. Er erklärte mir, dass ich von nun an nicht mehr wie ein normaler Mensch leben könne, nichts Anständiges mehr essen und trinken und mich als Totalinvalide betrachten könne. Dann ging er und ließ mich mit dieser tristen Zukunftsaussicht allein.

Neben mir in der nächsten Koje lag ein zwölfjähriger Junge, der mit dem Fahrrad in einen Autobus gefahren war und dabei schwere Kopfverletzungen erlitten hatte. Man hatte ihm seinen Kopf so geöffnet, dass sein angeschwollenes Gehirn aus diesem herausragte und von einem Netz zusammengehalten wurde und deshalb wie ein Rollschinken aussah. Er war an eine Herz-Lungen-Maschine angeschlossen, die plötzlich ihre Tätigkeit eingestellte hatte. Ich nahm dies sofort wahr, schrie nach den Schwestern und drehte fast durch. Dabei riss ich mir die Schläuche aus dem Bauch, sodass das Blut spritzte und schrie, bis ich schließlich das Bewusstsein verlor.

Als ich wieder erwachte, stand ein älterer Arzt an meinem Bett und sprach beruhigend auf mich ein. Ich hörte auch wieder das Funktionieren der Herz-Lungen-Maschine, an der der Junge angeschlossen war. Der Arzt sagte, dass sowohl der Junge als auch ich nach einiger Zeit das Spital verlassen und wieder am normalen Leben teilnehmen würden. Er versicherte mir, dass alles gut wird und er sich fortan um mich kümmern werde. Ich war daraufhin etwas beruhigt und merkte schließlich, dass es mir von Tag zu Tag besser ging.

Den Oberarzt, der trotzdem noch ab und zu in die Intensivstation kam, würdigte ich jedoch fortan keines Blickes mehr. Lediglich einige Jahre später besuchte ich ihn im Krankenhaus und fragte ihn, ob er sich an mich und meinen Fall, dessen Ausgang mit meinem Überleben einem Wunder glich, noch erinnern könne. Denn damals überlebten nicht wenige eine nekrotisierende Pankreatitis. Nachdem er dies tat, sagte ich ihm, dass ich gerade zu Mittag eine stark gewürzte Leberknödelsuppe und einen fett durchzogenen Kärntner Schweinsbraten mit Sauerkraut gegessen, dazu zwei große Gläser Bier und dann sogar noch zwei Kärntner Enzianschnäpse getrunken habe, also lauter mir von ihm streng verbotene Dinge, und immer noch am Leben sei. Er schüttelte darob nur den Kopf. Ich war für ihn ein Wunder und er wünschte mir auf meinem weiteren Lebensweg viel Gesundheit und meinte, ich sollte es ja nicht übertreiben. Er wünschte mir viel Glück, das ich auch fortan wohl gesundheitlich hatte, jedoch familiär weniger, denn meine Ehe war damals im Scheitern begriffen und die Urlaube in Kärnten gehörten schließlich nach der Trennung von der Familie der Vergangenheit an. Reisdorf jedoch und die schöne Zeit von damals werde ich nie vergessen.

Begegnungen

Das Leben ist voller Begegnungen. Begegnungen, die erfreuen, überraschen und auch solche, die man am besten gleich abhakt, oder solche, die man nie vergisst. Und gerade diese möchte man auf irgendeine Art festhalten, um sich später einmal daran zu erinnern, indem man sie wieder aufleben lässt.

Manchmal wären sie es wert, auch für Andere festgehalten zu werden. Literarisch zum Beispiel. Gedanken daran, solche allgemein interessanten Begegnungen schriftlich festzuhalten und mich als Journalist auch literarisch zu betätigen, beschäftigten mich schon längere Zeit. Nicht nur mancher interessanten Begegnungen wegen, sondern auch allgemein. Ich hatte auch schon mehrere Versuche gemacht, nur der feste Wille, etwas zu beginnen und dann auch kontinuierlich fortzusetzen, fehlte mir. Ich wollte ja nicht für die Schublade schreiben, sondern mich als Schreibender bemerkbar machen.

Doch so einfach ist Schreiben auch wieder nicht und es braucht schon mehr als nur das reine Wollen. Es braucht Ausdauer, ja Besessenheit und jenes gewisse Etwas an Anreiz, das einen so weit interessant macht, dass das Geschriebene auch Leser findet.

Es war eine Reihe von durchaus prädestinierten Leuten wie der unvergessliche Historiker Golo Mann, den ich in Vaduz kennenlernte und der mir seine stille Liebe zu Bludenz und dessen weit herum bekanntem Hausberg, dem Muttersberg gestand, dann der einstige deutsche Wehrmachts-Wetterflieger und spätere Erfolgsschriftsteller C. C. Bergius, der schrullige Philosoph Manfred Schlapp, seines Zeichens Begründer und Präsident des Internationalen PEN Club Liechtenstein (der einige meiner Texte in der PEN-Club-Zeitschrift »Zifferblatt« veröffentlichte), die literarischen Erzfeinde Hans Habe und Frank Arnau und der Herder-Initiative-Verleger Gerd Klaus Kaltenbrunner, die österreichischen Bundeskanzler Josef Klaus und Bruno Kreisky, mit dem ich zu frühstücken ich einige Male Gelegenheit hatte, dann der Schriftsteller und Weltenbürger Gregor von Rezzori, die unvergessliche Hildegard Knef sowie etliche andere, die mich zum Schreiben animierten. Und ich tat es schließlich nach so vielen Ermunterungen dann auch und es wurden schließlich etliche Erzählungen und immerhin mehrere Bücher daraus.

Wenn man wie ich in seinem bisherigen Leben dazu noch das unverschämte Glück hatte, als Journalist und Autor, aber in erster Linie als stets wacher, besonders aber auch sensibler Mensch vielen anderen interessanten Menschen zu begegnen oder auf deren Spuren wandeln zu dürfen, dann sollte man dies festhalten, um es in zusammengefassten Betrachtungen und Erkenntnissen anderen zugänglich zu machen. Dies zumal der Mensch – der eine mehr, der andere weniger – mit der Neugierde auch ein gewisses positives oder negatives Mitteilungsbedürfnis in die Wiege gelegt bekommt.

Nun, bei mir schien dies, wie mir meine Eltern später erzählten, offensichtlich etwas mehr gewesen zu sein: Von Kindheit an in Form eines überschwänglichen und manchen auf die Nerven gehenden Erzählens, das sich dann mit Fortdauer der schulischen Bildung und einem unbändigen Hang zur Literatur im Schreiben niederschlug und schließlich zum Beruf wurde.

So kam es, dass mir meine Arbeit, das Schreiben, nicht nur die Bekanntschaft und Freundschaft, die kritische Auseinandersetzung mit interessanten Menschen einbrachte, sondern auch viele Reiseabenteuer in andere Länder mit anderen Menschen.

Ein Zusammentreffen mit dem bereits kurz erwähnten, in den 1960er-Jahren bekannten Schriftsteller Hans Habe (»Das Netz«) in der bekannten Galerie Haas in Liechtenstein und im Vaduzer Waldhotel meines lieben alten Freundes Peter Prasch sowie der in den Magazinen »Stern«, »Spiegel«, »Capital« und »Profil« oft genannten »Steuerflucht-Hochburg« Bürotel meines Freundes Konsul Dr. Werner Walser in Liechtenstein, bewog mich, nachdem mich Hans Habe dazu ermuntert hatte, mich neben dem Journalismus auch der Schriftstellerei zu widmen.

Habe bestätigte mir ein »besonders Talent« und so legte ich meine ersten Texte einem anderen, sehr kritischen deutschen Schriftsteller, nämlich Frank Arnau (»Kunst der Fälscher – Fälscher der Kunst«) vor, den ich ebenfalls in Liechtenstein kennenlernte, und dem ich voll Freude erzählte, dass mir Hans Habe ein gutes schriftstellerisches Talent bescheinigt hätte.

Was ich nicht wusste: Frank Arnau, linksorientiert und Hans Habe, eher im rechten Lager zu finden, aber beide jüdischer Abstammung, waren erbitterte Todfeinde und bekriegten sich bis aufs Messer; Habe in der »Bildzeitung« und Arnau im »Stern-Magazin«, bis zur letzten Konsequenz in Sachen »Neofaschismus und NS-Vergangenheitsbewältigung« allgemein und bezüglich einer umstrittenen Inszenierung am Zürcher Schauspielhaus.

Kein Wunder, dass Arnau meine Texte im Jargon und Stil eines Reich-Ranicky gnadenlos und fast sadistisch zerriss und mir, weil ich damals über die Erfolgsbücher des in Liechtenstein lebenden Bestsellerautors C. C. Bergius schrieb und Rezensionen über dessen Romane verfasste, zu meinem Entsetzen jegliches literarisches Talent absprach.

Von der wahren Erkenntnis, dass sich viele Menschen, darunter auch viele prominente, selbst viel zu ernst nehmen und bisweilen an den Rand der Lächerlichkeit geraten, war ich als echt erfolgsgeiler, junger Mensch noch weit entfernt. Wie sollte es auch anders sein?

Kein geringerer als der berühmte amerikanische Schriftsteller Ernest Hemingway brachte mir dann zu meiner Überraschung doch noch meine Anerkennung durch Arnau ein. Frank Arnau traf nämlich im Spanischen Bürgerkrieg als Berichterstatter auf der Seite der Kommunisten mit Ernest Hemingway zusammen, der mit dem russisch-jüdischen Schriftsteller Ilja Ehrenburg im gleichen politischen und an der Front kämpfenden Lager zu finden war.

Ich hatte diese Begebenheit zufällig bei meinen Erkundigungen auf Reisen nach und in Spanien entdeckt, die ich damals schon als Hemingway-Fan angestellt hatte. Ich baute dann diese Facts in eine Zeitungs-Story ein, die recht gut ankam und Arnau überraschte. Als ich sein autobiografisches Buch »Gelebt, geliebt, gehasst« – das Hans Habe seinerseits wiederum in Bausch und Bogen zerriss – als Kritiker in Schweizer und Liechtensteiner Zeitungen für interessant erklärte, hatte ich den etwas kauzigen, vielfach ätzend bissigen, bisweilen als einsamen Menschen lebenden, doch liebenswürdigen Arnau zum Freund.

Der legendäre Vaduzer Galerist Albert Haas, mit allen großen Künstlern Europas bekannt und befreundet, wollte seine erklärten Freunde Arnau und Habe zusammenbringen, wobei er mich als seinen »Postillon d'amour« zwischen den beiden installierte. Ich war bei beiden gerne gesehen und musste jeweils dem einen vom anderen berichten, doch einen Friedensschluss gab es bis zum Tod der beiden nicht.

Ich lernte dann auch den weltbekannten englischen Schriftsteller Graham Greene kennen; einen in seiner Persönlichkeit gespaltenen, sehr hintergründigen, jedoch begnadeten Erzähler, der leider schon damals zu viel trank. Er stieg zeitweilig auch in Triesen in Liechtenstein ab und traf zwischendurch seinen Intimfreund und Kollegen Norman Douglass, der durch einen Ansitz der schottischen Grafendynastie der Douglass in Thüringen im Vorarlberger Walgau auch in der Rheintal-Bodenseeregion fallweise anzutreffen war. Beide waren – wie man damals schon munkelte und wie sich später auch durch eine Biografie über Graham Greene herausstellte – erklärte Lebemänner mit einem besonderen Hang zu damals verpönten, das eigene Geschlecht betreffenden erotischen Abenteuern mit ausnahmslos sehr jungen Burschen.

Greene trieb sich auch gerne in Flagellanten-Kreisen herum, verstand es jedoch ausgezeichnet, seine besonderen Neigungen zu bagatellisieren und zu kaschieren und gewisse Spuren zu verwischen.

Nun – die Wahrheit muss nach gewissen Recherchen im Milieu erlaubt sein, auch wenn sie manchen gutgläubigen Biografen, Historikern und anderen Leuten nicht willkommen ist.

Manche, in diesem Fall journalistische »Maulwürfe« sehen eben die Dinge des Lebens anders und fallweise kommen bei näherem Hinsehen dann und wann auch weniger schöne Dinge zum Vorsch(w)ein. So auch durch die Begebenheit, dass eines schönen Morgens der junge Chefredakteur einer der beiden liechtensteinischen Landeszeitungen in die Redaktion kam und uns Mitarbeitern ein Päckchen zeigte, das er von einem Bekannten erhalten hatte, um es einem, im Lande (in Triesen) weilenden prominenten englischen Schriftsteller zu übergeben. Der Absender war als ein Typ bekannt, der viele Laster sein eigen nannte und wirklich alles tat, was verboten war. Deshalb war das Päcklein verdächtig genug und wurde sorgfältig geöffnet.

Zu unser aller Überraschung befand sich darin eine Peitsche mit sieben metallbesetzten Riemen darin. Es war eine sogenannte »Siebenschwänzige Katze«, jenes Bestrafungsinstrument, das früher in Großbritannien für die Auspeitschung von Sexualtätern verwendet wurde.

Der britische Schriftsteller Graham Greene hatte bekanntlich Verbindungen zu Flagellanten und deren Etablissements in aller Welt. Und nachdem er damals gerade wieder einmal im liechtensteinischen Triesen abgestiegen war, beauftragte ein hier lebender Freund den Chefredakteur, ihm dieses Päcklein zu überbringen. Da wenige davon wussten, war diese Episode schnell vergessen. Graham Greene war in jeder Beziehung eine schillernde Persönlichkeit und konnte, so liebenswürdig er war, oft sehr ätzend in seinen mündlichen wie schriftlichen Schilderungen sein.

So sorgte er übrigens damals in einem Interview mit der Zürcher »Weltwoche« über das Fürstentum Liechtenstein mit einem Ausspruch für großes Aufsehen, den ihm viele Liechtensteiner krumm nahmen, obwohl er, wie sich später herausstellte, damit nicht ganz Unrecht hatte. Er sagte unter anderem, dass Liechtenstein wirtschaftlich die Präzision der Schweiz verkörpere, doch allgemein würde bei näherem Hinsehen im Land die liebenswerte österreichische Schlamperei herrschen.

Im Fürstentum Liechtenstein, das in den Sechziger- und Siebziger-Jahren mit diversen Berichten über internationale Kunst und Kultur, aber auch über Probleme mit Steuerflüchtigen die Spalten der Weltpresse füllte, kam ich auch in den Genuss, bei einem internationalen Hintergrund-Magazin mitzuarbeiten, das sich »CODE« nannte. Die Bezeichnung war eine Abkürzung der Anfangsbuchstaben einer international tätigen, politisch in der Nähe der Paneuropäischen Union angesiedelten Organisation, die sich »Conföderation organisch denkender Europäer« nannte und Redaktionen in Paris, Madrid, Zürich und Vaduz hatte.

Diese Organisation war bemüht, politische und wirtschaftliche Hintergrundinformationen an eine ausgesuchte Leserschaft zu bringen, was gut funktionierte und auf relativ großes Interesse stieß. Meine Arbeit in der Vaduzer Redaktion, wo das Magazin zusammengestellt wurde, war recht interessant und aufschlussreich.

Allerdings brachte sich die Organisation nach Aufnahme einiger stark rechtsgerichteter Mitglieder in den Ruf einer rechtsgerichteten politischen Untergrundorganisation und in die Kritik linksgerichteter Zeitungen.

Nachdem ich mich als Journalist weiterhin einer liberalen Haltung gegenüber allen politischen Lagern befleißigen wollte, nahm ich meinen Abschied von diesem Magazin. Außerdem bestanden in Liechtenstein und in der Schweizer Nachbarschaft sowie in Vorarlberg gute Möglichkeiten, mit bedeutenden multikulturell tätigen Menschen zusammen zu kommen, die immer eine gute Story wert waren.

So war auch der berühmte Wiener Burgtheaterschauspieler Oskar Werner oft in Liechtenstein anzutreffen, wo er in Triesen auch wohnte. Der ewige Bubenhaftigkeit verkörpernde Werner, mit Will Quadflieg einer der größten deutschsprachigen Schauspieler, hielt sogar die Festrede anlässlich der Eröffnung des später international bekannten »Theaters am Kirchplatz« in Schaan, kurz TaK genannt.

Dabei war er – jedoch nur für Eingeweihte zu erkennen – so betrunken, dass er, wie ein jüdischer Rabbi beim Gebet an der Bühnenkante wippend, in Gefahr geriet, vom Podium hinunter mitten in die Ehrengäste zu stürzen, wo die charmante, im Land und darüber hinaus beliebte Landesfürstin Gina von und zu Liechtenstein und ihr regierender Gatte Franz Joseph II. mit den Mitgliedern der Regierung saßen.

Ich stellte mir jenen ominösen Augenblick schon vor, wie Werner, aufgrund seiner Trunksucht und seiner Räusche »Oskar der Schreckliche« genannt, plötzlich in den Schoß der Landesfürstin fällt und dann selig schnarchend entschlummert.

Doch das, obwohl von einigen der zahlreich anwesenden Reporter aus Sensationssucht vielleicht heimlich herbeigesehnt, trat nicht ein und es ging glücklicherweise alles glatt über die Bühne. Oskar Werner wippte zwar gefährlich an der Bühnenkante, verlor jedoch weder seine Contenance noch sein Gleichgewicht.

Als ich dann später einmal die Ehre hatte, der sozial vielseitig und beispielhaft engagierten Landesfürstin Gina überraschend einen Koffer ihres Vaters, des Grafen Wilczek, aus dessen Aufsehen erregenden, noch vor dem Ersten Weltkrieg stattgefundenen Spitzbergen-Expedition, bei einem Besuch auf Schloss Vaduz zu überreichen, unterhielten wir uns über diese amüsante Begebenheit. Sie erzählte mir hinsichtlich unserer gemeinsamen Erinnerung an den großen Wiener Burgschauspieler auf ihre charmante Art, dass sie damals durchaus darauf gefasst war, den »steuerlosen« Oskar Werner aufzufangen, sollte er während seiner Rede tatsächlich abstürzen. »Ich hätt' ihm aber dann auch a richtige Watsch'n geb'n« sagte sie lachend, uns Journalisten zugewandt. »Des schreibt's mir aber bitte net«, meinte sie lachend, dann mir zugewandt, augenzwinkernd, aber bestimmt: »Wolferl, des gilt auch für dich!«

»Wolferl« – diese damals von ihr überraschend und einmalig gebrauchte vertrauliche Anrede ging bei mir hinunter wie Öl. Ich verfasste damals, unter »Chasseur notiert«, eine bisweilen satirisch-kritische, viel gelesene Gesellschaftskolumne im »Rheinkurier«, der von mir geleiteten, in der Region durchaus beliebten Wochenzeitung. Außer dem ihr bestens bekannten damaligen Chefredakteur des »Liechtensteiner Volksblattes« und Präsidenten des Internationalen Liechtensteiner Presseclubs, den sie nach langer Bekanntschaft dann und wann duzte, wurde kein Journalist von Ihrer Hoheit mit »Du« angesprochen, wobei jedoch trotzdem eine gewisse, noble Distanz gewahrt blieb. Wenige Frauen hatten mich bisher »Wolferl« genannt und ich wäre ihr dafür am liebsten um den Hals gefallen, so verehrte ich diese Frau.

Für mich war Fürstin Gina nicht nur die erste Frau in dieser Monarchie, die eine viele Menschen herzlich vereinnahmende Landesfürstin darstellte, sondern auch eine ungemein starke, eine faszinierend natürliche Erotik ausstrahlende Frau und Mutter und dazu noch eine in jeder Phase aufmerksame Zuhörerin und für viele Dinge prädestinierte Ratgeberin. Fürstin Gina von Liechtenstein verkörperte für mich jedenfalls noch jenen Adel, vor dem man den Hut ziehen konnte. Sie würde heute noch ein Aushängeschild für den internationalen Adel sowohl menschlich als auch vom Stand her bedeuten.

Wir hatten uns einmal unter vier Augen über das Thema »Adel« unterhalten und nachdem meine Eltern durch ihre Vorfahren dem sogenannten verarmten Donauadel angehörten und meine Mutter sogar einer Verästelung aus der Linie des russischen Fürstenhauses Nikolej – das einst, jedoch mit wenig Erfolg, einen Anspruch auf den Zarenthron stellte – entstammte und in Böhmen aufwuchs, waren wir uns nähergekommen. Dies, obwohl ich damals – wie auch heute noch – den Schicki-Micki-Adel als solchen und manche Monarchien als längst überholt ansah und weiter ansehe, mit einer Ausnahme, der Fürstin Gina von und zu Liechtenstein, die für mich als »Grande Dame« des europäischen Hochadels eine besondere Persönlichkeit war.

Großartig und liebenswert präsentierte sich im Zusammenhang mit meiner Verehrung für die liechtensteinische Landesfürstin Gina während meiner Tätigkeit als Journalist und Literat auch meine langjährige künstlerische und literarische Muse Christine Nyirady.

Die Nyirady war für mich lange Zeit eine treue und teure, mich in meinen literarischen Vorhaben stets bestätigende und an mich glaubende, geistige Wegbegleiterin. Heute lebt sie in Wien. Sie ist ein Begriff für seriöse Kunst- und Literaturliebhaber und als intellektuell und kulturell herausragende Künstlerin in der Wiener Künstlerszene beheimatet. Sie schaffte aus meiner Sicht den alles eher als mit Rosen bedeckten Weg von der Rolle der nebenbei künstlerisch begabten Ehefrau zur anerkannten Künstlerin und Autorin. Die weltberühmte Collagistin Hannah Höch, eine legendäre Repräsentantin des Dadaismus und kritische Künstlerpersönlichkeit, sprach Nyiradys Arbeiten nicht nur technische Perfektion, sondern auch ein absolut hochwertiges Kunstschaffen zu.

Nicht zuletzt deshalb erfüllt es mich mit besonderer Freude, dass Christine Nyirady mit außergewöhnlich starken Texten immer mehr literarischen Erfolg hat. Es wurde viel und wird auch weiter viel über die Emanzipation der Frauen und über deren Selbstverwirklichung geschrieben.

Christine Nyirady ist eine jener Frauen, die diese nicht nur ihrer fraulichen Bedürfnisse wegen geschafft hat, sondern mehrheitlich aufgrund ihres Mutes zu einem selbst gewählten, viele Verzichte beinhaltenden Weg in eine künstlerisch-literarisch-intellektuelle Reinkarnation. Sie ist und bleibt, nicht nur für mich, eine großartige, starke Frau und Künstlerin.

Auch Reinhold Schmidt, ein hervorragender Berufsschulpädagoge und äußerst begnadeter, sensibler Vertreter der Vorarlberger Kreativen, zählt seit einigen Jahren als gefragter Künstler zu meinen intellektuellen Wegbegleitern, die ich nicht missen möchte, genauso wenig wie die Gespräche mit etlichen weiteren Freunden, die mir zeigten, wie wichtig gerade in der heutigen, immer gefühlsärmer werdenden Zeit das Gespräch unter Freunden ist: nämlich unverzichtbar.

Besondere Zusammentreffen und Bekanntschaften mit wertvollen Menschen kennzeichneten offenbar immer schon und wie von unbekannter Hand gelenkt meinen Weg. Begegnungen stehen eben immer wieder unter verschieden zu betrachtenden Konstellationen.

Dennoch, ein besonderes Zusammentreffen war für mich, um weiter zu erzählen, auch jenes mit dem von mir verehrten Schweizer Schriftsteller John Knittel (»Via Mala«, »El Hakim«, »Therese Etienne«), der auf einem herrlichen, von Weinbergen umgebenen, sonnigen Ansitz in Maienfeld nahe des Heidibrunnens mit seiner adeligen Frau aus dem früher berühmten Adelshaus Benningsen-Furtwängler wohnte.

Aufgrund seines fortgeschrittenen Alters und seiner angegriffenen Gesundheit stand er sozusagen unter »Ärztlicher Kuratel«, und sollte eigentlich strenge Diät halten. Dies umging er jedoch fallweise geschickt, indem er sich der Kontrolle der Seinen entzog und per Autostopp nach Bad Ragaz gelangte, um dort einzukehren und alles zu essen und zu trinken, was ihm der Arzt streng verboten hatte.

So kam ich per Zufall zu der Ehre, John Knittel nach Bad Ragaz mitzunehmen, auch von mir zunächst nicht erkannt und alles eher als gut gekleidet. Er beliebte dabei wie ein heimischer Weinbauer aufzutreten, mit einer fein gestreiften grau-weißen Drillich-Hose, einer alten Jacke und einer schwarzen Zipfelhaube bekleidet, um Autos aufzuhalten, die ihn nach Bad Ragaz mitnehmen sollten.

In die Restaurants der dortigen Nobelhotels wollte er nicht mehr, weil man ihn kannte und bezüglich seiner ihm streng verbotenen kulinarischen Neigungen nicht immer dicht gegenüber Nachfragenden war. Also musste ich ihn im Städtchen absetzen, wo er sich, wie ich später erfuhr, in einem Feinkostgeschäft mit Champagner und getrüffelter Gänsestopfleber eindeckte und sich mit Genuss beides inklusive einer guten Zigarre an einem versteckten Platz einverleibte, bis er wieder per Anhalter nach Maienfeld zurückkehrte, wo ihn ein kleines »Donnerwetter« erwartete, ehe er sich wieder in sein Domizil, einen geräumigen, mit schwarzen Tüchern verhängten Pferdestall zurückzog, einige Kannen schwarzen Kaffees zum Arbeiten mitnehmend.

Böse Zungen behaupteten sogar, dass er in den Pferdestall Whisky hineinschmuggelte, was mich persönlich nicht wunderte, weil auch ich, wäre ich in John Knittels Haut gesteckt, dies genauso gehandhabt hätte.

Jedes Mal, wenn ich in die von mir über alles geliebte Bündner Herrschaft mit den idyllischen Weinbauorten Malans, Jenins, Fläsch und damit auch nach Maienfeld komme, besuche ich nach einem »Zweier« (Glas) »Maienfelder Beerli« im heimeligen, Turm-Restaurant des Schlosses Brandis am stillen Maienfelder Friedhof das schlichte Grab dieses großen international bekannten Schweizer Schriftstellers und sehe ihn dabei jedes Mal vor mir, einen listig blinzelnden Mann und Genießer, der stets den besonderen Dingen des Lebens zugetan war.

Es sind die Dinge des Lebens, mit denen ich mich auch heute noch gerne auseinandersetze und ihnen einen besonderen Platz einräume, mit dem Gedanken an die gottbegnadete Landschaft der Bündner Herrschaft, deren Betreten wie Verlassen ich stets mit einem »Zweier« aus deren unerreichten Landwein »Riesling Sylvaner« würdige. Dass diese Dinge nicht immer an der Sonnenseite des Lebens stattfinden, ist selbstverständlich, das liegt in der Natur der Sache.

Ich begegnete vielen Prominenten, die manchmal wie Götter verehrt oder zumindest als solche angesehen wurden, die sich jedoch dann und wann stets auch als Menschen offenbarten, wenn es ihnen nicht mehr so gut ging.

Es waren derer viele und es sei mir gestattet, einige Namen zu nennen, wie den des ehemaligen deutschen Bundeskanzlers Helmut Kohl, den ich im Kurhotel Schruns interviewte, den österreichischen Kanzler Bruno Kreisky, Josef Klaus, Franz Vranitzky, Victor Klima und die späteren Bundespräsidenten Waldheim, Klestil und Fischer, den senegalesischen Staatschef und Dichter Leopold Sédar-Senghor und einige Potentaten der westafrikanischen Staaten Gabun, Elfenbeinküste, Togo, Tschad und Zentralafrika, den belgischen König Baudouin, Frankreichs Staatspräsident Giscard d'Estaing, Italiens Präsident Giuglio Andreotti, der mir 1975 über den römischen »Centro Europeo per il progresso e economico« die Ehrung als »Leader d'Opinone« und »Commentatore« zukommen ließ, die Künstler Salvador Dalí, Jean Cocteau und die Repräsentanten der Wiener Schule des Phantastischen Realismus Ernst Fuchs, Rudolf Hausner und Regschek, die bekannten Filmschauspielerinnen Hildegard Knef, Gina Lollobrigida, Marianne Koch und Deborah Kerr, die Schauspieler Sean Connery, der noch nicht »James Bond« war und in St. Moritz drehte, Burgschauspieler Oskar Werner, Hollywood-Rauhbein und späterer Oscar-Preisträger Lee Marvin, Curd Jürgens, genannt der »Normannische Kleiderschrank«, Kommissar »Schimansky« Götz George, Klaus Maria Brandauer, Helmut Berger, Filmschönling und Visconti-Muse, Frauenliebling Ivan Desny, »Jason King« Peter Wyngarde und die Entertainer Udo Jürgens, Reinhard Fendrich, Konstantin Wecker, Roy Black, Ivan Rebroff und viele andere.

Alles Namen von Leuten, die zu Lebzeiten eine große Ausstrahlung hatten und deren Namen mit ihrem Tod dann in Vergessenheit zu geraten drohten, hätte man Begegnungen mit ihnen nicht schriftlich festgehalten.

Besonders gerne erinnere ich mich an ein Zusammentreffen im Herbst 1967 mit Hildegard Knef im Rahmen einer ARD-Musiksendung, die im Saarländischen Rundfunk in Saarbrücken unter der Moderation von Marianne Koch und der Regie von Truck Branss aufgezeichnet wurde. Ich hatte die Ehre, mit der Knef und Marianne Koch ein Interview zu führen.

Der Höhepunkt war dann der Gesangstauftritt von Hildegard Knef, der damals als Novität in der Farbe Grün ausgestrahlt wurde. Schon am Nachmittag hatte ich Gelegenheit, mit der Knef in Gegenwart ihres damaligen Mannes David Cameron über ihr bewegtes Leben zu sprechen. Nachdem ich ein Fan von Ernest Hemingway war und sie mit Gregory Peck und Susan Hayward den späteren Kultfilm »Schnee am Kilimandscharo«, nach Hemingways gleichnamiger Novelle gedreht hatte, wollte ich einiges darüber und über ihr Zusammentreffen mit Hemingway wissen.

Denn die internationalen Zeitungen und Magazine hatten damals berichtet, Hildegard Knef habe mit dem berühmten Schriftsteller und Frauenliebhaber ein ziemlich heißes Liebesverhältnis gehabt. In der Tat kümmerte sich Hemingway, der während der Dreharbeiten in Tansania dabei war, besonders um den deutschen Star. Hildegard Knef war durch einige Filme in den USA bekannt geworden und hatte dadurch eine Hauptrolle in »Schnee am Kilimandscharo« bekommen.

Sie war damals von Ernest Hemingway angetan, der sehr gut aussah und ihr natürlich den Hof machte, was für die Medien ein gefundenes Fressen war, insbesondere nachdem Hemingway auch mit der berühmten Marlene Dietrich in enger Beziehung stand. Ich weiß auch nicht, was Marlene Dietrich damals dazu sagte. Hildegard Knef erwies sich als Dame von Welt und gab in diesem Gespräch mit mir keinerlei Details bekannt. Tatsache war, dass der amerikanische Literatur-Nobelpreisträger durch sein Interesse für die deutsche Schauspielerin und Sängerin beste Reklame für den Film in Europa und besonders im deutschsprachigen Raum machte.

Das Gespräch mit Hildegard Knef, die trotz des für eine Schwangerschaft ziemlich fortgeschrittenen Alters noch eine Tochter geboren hatte, fand übrigens im Schminkraum des Saarländischen Rundfunks statt und einige Leute wollten mich nicht zur Knef lassen, weil sie gerade zum Schminken vorbereitet wurde, beziehungsweise frische Gurkenscheiben als Maske auf die Augen gelegt bekam. Sie forderte mich trotzdem auf, in die Schminkkoje zu kommen, was ich ihr sehr hoch anrechnete, denn andere Stars hätten das nicht getan. Hildegard Knef nimmt jedenfalls in der Galerie der bedeutenden Menschen, denen ich begegnen durfte, einen besonderen Platz ein.

Völlig unkonventionell verhielt sich auch eine andere Dame der Society, die weltbekannt war, allerdings schon bessere Zeiten gesehen hatte. Es handelt sich um Erni Carise, die einst als „Frau mit den schönsten Beinen“ der weltberühmten Tanzgruppe der »Ziegfeld-Girls« angehört hatte. Ich lernte diese Frau anlässlich einer Party kennen, die mein späterer Chef Konsul Dr. Werner Walser Ende der Sechzigerjahre für den Schlagerstar Roy Black gab.

Inmitten der Prominenz, unter der sich unter anderen der Komponist Michael Jary, Konsul Stieler aus München, der FC-Bayern-München-Präsident Dr. Schwan mit etlichen der damaligen Stars des Vereins, Wienerwaldchef Jahn, der Vaduzer Nobel-Galerist Albert Haas, die liechtensteinischen Paradegastronomen Peter Prasch und Felix Real vom renommierten Vaduzer Hotel Real befanden, war auch Erni Carise, die gerade mit ihrem Buch über die Punkte-Diät in aller Munde war.

Erni Carise war früher ob ihrer Beine bekannt als Konkurrentin der berühmten Marlene Dietrich und stand dieser in prominenten Männerbekanntschaften in nichts nach. Im Gegenteil, sie war mehrmals mit finanzstarken Männern verehelicht, besaß in Kitzbühel ein bei vielen beliebtes »Open-House« und logierte als »platonische« Freundin des Galeristen Albert Haas regelmäßig in einer Suite des Vaduzer Hotels Real, das unter Gourmets als Gourmet-Nobel-Adresse zwischen Paris und München genannt wurde.

Erni, als eine in früheren Jahren wirklich atemberaubend weibliche Erscheinung bekannt, war inzwischen in die Jahre gekommen, war aufgrund ihres Gewichtes nicht mehr wieder zu erkennen, hatte jedoch nichts von ihrem Temperament verloren, im Gegenteil. Nach der beschwingten Party durfte ich sie ins Hotel Real chauffieren. Diese Fahrt verlief sehr stürmisch und glich eher einem Nah- und Abwehrkampf, denn die mehr als champagnergelaunte Carise versuchte andauernd, mir beim Fahren an eine gewisse Stelle zu fassen, an der ich es sonst nicht ungern, aber in diesem Falle nicht gerne hatte.

Im »Real« angekommen, hatte ich Mühe, die Dame auf ihre Suite zu schaffen, wo sie dann augenblicklich einschlummerte. Ich erfuhr von ihrer Betreuerin, dass sie jeden Tag einen Doppelliter Rotwein plus einigen Bierchen konsumierte und logischerweise dann abends wie weggetreten war. Dazu kam dann oft die Enttäuschung, dass junge, gutaussehende Männer, welche die Carise fürs Leben gerne sah, auch für Geld nicht mehr so zu haben waren wie früher.

Alles hat eben einmal sein Ende. Die Frau tat mir leid, wie ich sie so daliegen sah, schnarchend und wenig »ladylike«. Dennoch hielt ich meinen Termin am nächsten Spätnachmittag pünktlich ein. Die Carise empfing mich stilvoll mit Lachs und Champagner für mich und Südtiroler Rotwein für sich. Leider war sie nicht mehr ganz nüchtern und unser Interview war von Anzüglichkeiten mir gegenüber gespickt. Sie erzählte mir ihr bewegtes Leben.

Unter anderem, wie sie aus den »Ziegfeld-Girls« infolge eines bösen Unfalls ausscheiden musste. Schuld daran sei ein an der Rücklehne des Vordersitzes angebrachter Zigarettenautomat im Auto eines berühmten deutschen Schauspielers gewesen, der ihr bei einem Unfall, bei dem sie im Fond des Wagens saß, die Beine und ihre Karriere zertrümmerte. Die Beine konnten einigermaßen wiederhergestellt werden, die hohe Versicherungssumme stimmte, nicht aber die Psyche der Trägerin dieser einstmals schönsten Beine der Welt.

Was dann folgte, waren wohl medienwirksame Eheschließungen und Scheidungen und daraus resultierender Reichtum, jedoch nicht jene Beziehungen, die sich jede Frau vom Leben eigentlich erwartet.

Der Erfolg ihres Buches über die Punktediät wurde dann insofern ad absurdum geführt, als ich sie notgedrungen verließ, weil der Alkohol und ihre mir offen gezeigte Körperfülle in mir eine Art Panik auslösten und mich bewogen, ihr Appartement fast fluchtartig zu verlassen.

Ich verließ jemanden, der sich mit Geld alles kaufen konnte, nur eines nicht – nämlich Liebe und Geborgenheit. Erni Carise, für mich trotzdem eine bedeutende Frau, hatte vieles erreicht, das sie sich einfach kaufte. Doch das Wichtigste, ehrliche Menschlichkeit und echte Liebe anderer zu erfahren, war mit Geld nicht zu erwerben.

Damals, als junger Journalist registrierte ich dies mit wechselnden Gefühlen, heute rückblickend, schmerzt es mich. Das hämische Grinsen einiger Partyteilnehmer am nächsten Tag war mir in jeder Hinsicht zuwider und ich fragte mich, wo der Mensch beginnt und wo er aufhört.

Nun, der Mensch hört bisweilen dort auf, wo sich die menschlichen Konturen mit den künstlerischen vermengen, kurzum, wo das Genie beginnt.

Salvador Dalí, den eigenwilligen surrealen, narzisstischen Künstler, der sich selbst seinerzeit eigentlich unwidersprochen als größter lebender Künstler bezeichnete, kann man als Genie bezeichnen. Wie auch immer, er gehört zu den größten Künstlern des 20. Jahrhunderts. Und er war, wie mein Freund Albert Haas mit einem amüsierten Augenzwinkern immer zu sagen pflegte, ein sprichwörtlicher »Malefiz«, nicht nur im Sinne des heutigen Begriffes »Teufelskerl«, sondern auch als jener »Malefiz«, der im Mittelalter in der Inquisition ob seiner ketzerischen Ansichten auf dem Scheiterhaufen verbrannt worden wäre.

Salvador Dalí war für mich eine außergewöhnliche Erscheinung und es war ein absoluter Höhepunkt, dieses Genie mit seinem dattelhoniggewichsten Schnurrbart und seinen eindringlich blickenden Kulleraugen dank Albert Haas anlässlich seiner Ausstellung in Vaduz persönlich kennenlernen zu dürfen. Doch anstatt einen sich als künstlerisches Enfant terrible gebenden Narziss zu sehen, lernte ich einen eher ruhig wirkenden Mann kennen, der eigenwilligerweise keine Presse bei seinem Besuch wollte, aber sonst recht umgänglich und sehr höflich war.

Nie werde ich seinen Auftritt vergessen, im eleganten Outfit mit schwarzweißem Hahnentritt-Sakko, schwarzer Seidenhose, Silberschnallenschuhen und einem schwarzen Gehstock mit einem Silbergriff, der einen nackten Frauenkörper darstellte. Jeder Zoll ein Mode-Geck nach seinen eigenen Vorstellungen.

Verwunderlich dünkte mich, dass das streng katholische spanische Königshaus diesem, für mich eher als in einem durchaus positiven Sinne ketzerisch zu nennenden Künstler 1964 sogar den höchsten Orden des Spanischen Königreiches verlieh. Ich fragte ihn danach, doch er gab mir in salomonischer Art keine Antwort darauf. Ich ahnte damals nicht, dass ich ihn einige Jahre darauf in Figueras, seinem Geburtsort, in seinem künstlerisch-theatralisch eingerichteten Haus in Port Lligat an der wildromantischen Costa Brava wiedersehen würde.

Ja, es war wirklich eine schöne Zeit mit vielen Begegnungen, die ich damals in den wilden Siebziger Jahren mit prominenten Persönlichkeiten erlebte und ich denke dabei an den wirklich initiativen Vaduzer Galeristen Albert Haas, der mir viele Türen öffnete.

Mit einer gewissen Bitterkeit denke ich dabei aber auch an meinen wohl liebsten Freund Peter Prasch, der leider nicht mehr unter den Lebenden weilt. Peter Prasch war ein ausgesprochener Lebe- und Lebensmensch, der das Leben in vollen Zügen genoss und dabei viel andere großzügig daran teilhaben ließ.

Wir lernten uns durch den mit ihm schon seit frühester Jugend befreundeten Chefredakteur des »Liechtensteiner Volksblatt« kennen. Peter entstammte einer steinreichen Familie.

Sein Vater war ein bekannter Kabarettist in München und seine Mutter Jüdin. Nicht zuletzt deshalb hatten sich seine Eltern zu Beginn der Nazizeit in Liechtenstein niedergelassen. Ihnen gehörten einige Gastronomiebetriebe in Liechtenstein, in der Schweiz und überseeischen Ländern, die Peter lange Zeit mit seiner Schwester zusammen führte, ehe er nach einer Gütertrennung die liechtensteinischen Betriebe allein übernahm.

Peter Prasch tat viel für Liechtenstein und speziell für Vaduz. Der »Vaduzerhof« mit seiner Tagesbar und ganz speziell die »Kanne«, eine Bar, in der die besten Jazzbands Europas aufspielten, und das »Waldhotel«, in dem die Größen des damaligen Showbusiness abstiegen, waren in den Sechziger- und Siebzigerjahren ein Begriff.

Vaduz war zu dieser Zeit, was die Treffen der Prominenten – ob Politiker, Schauspieler, Künstler, Komponisten und Musiker sowie internationale Steuerflüchtlinge – betraf, ein beliebter Treffpunkt. Es gab damals nichts Begehrteres, als untertags oder am Abend im renommierten Hotel-Restaurant Real bei Felix Real zu speisen und anschließend im Garten zu sitzen und dem Treiben auf der Flanier-Meile durch den Ort zuzusehen. Die Gastgärten des »Real«, des »Café Wolf«, des Hotel »Engel« und des Hotel »Vaduzerhof« sowie der anderen Restaurants waren stets überfüllt und wer Kunst liebte, traf sich in der Galerie Haas und im »Zentrum für Kunst« sowie in den Museen.

Mit Wehmut denke ich an jene Zeit zurück und an die Abende und Nächte mit Peter Prasch, der immer für eine Überraschung gut war, allerdings auch hie und da in seinem Übermut und seiner Lebenslust über die Stränge schlug.

Er kannte Hinz und Kunz und ermöglichte mir so manche Bekanntschaft mit wirklich prominenten Leuten wie den Komponisten Peter Kreuder, Michael Jary, Peter Schwann, den damals blutjungen Stars des FC Bayern München wie Franz Beckenbauer und Ulli Hoeness, dem Musikmanager Stefan von Baransky und dem Münchner Oberbürgermeister Vogel, seinem späteren Kompagnon für den »Vaduzerhof« und andere Gastronomiebetriebe.

Nachdem ich als Society-Journalist bei verschiedenen Blättern der Regenbogenpresse immer wieder gewisse Highlights unterbrachte, nahm sich Peter immer mehr meiner an und fütterte mich mit Neuigkeiten aus der Society sowohl in München wie in Vaduz. Schließlich ermöglichte er mir mehrere Aufenthalte in der Münchner Society, wo ich im Winterquartier des Zirkus Krone des Öfteren bei der Show »Stars in der Manege« dabei war und die vielen Stars interviewte.

In diese Zeit fiel auch das erste Zusammentreffen mit dem Weltstar Udo Jürgens, den wir nach einem Konzert in Chur mit einer Blondine überraschten und für die Illustrierte »Quick« fotografierten. Damals war ja sein Song »Siebzehn Jahr, blondes Haar« ein Renner und das Foto in der »Quick« ebenfalls. Ich begegnete Udo Jürgens dann immer wieder und konnte deshalb seine gigantische Karriere als absoluter Weltstar mit besonderem Niveau erfreut mitverfolgen.

Peter Prasch war damals auch die rechte Hand des berühmten Wienerwald-Chefs Jahn und ließ mich an seinem Erfolg teilhaben. Leider ging es mit Wienerwald dann bergab, doch Peter wurde davon nicht betroffen. Im Gegenteil, die musikalische Entertainer-Society, darunter auch der berühmte Bandleader Hazy Osterwald, war ständig bei ihm in Liechtenstein anzutreffen und es vergingen in der Woche wenige Tage, in denen wir nicht abends bei Felix Real anzutreffen waren.

Felix Real war in der Tat einer der besten Köche in Europa. Er kochte beispielsweise als Leitender Koch mit einigen Spitzenköchen aus Frankreich, Italien, Österreich und Deutschland für den Schah von Persien anlässlich der 2500-Jahrfeier von Persien im ehemaligen Persepolis. Peter brachte mich mit Felix Real zusammen und ich hatte als begeisterter Hobbykoch die Gelegenheit, diesem begnadeten Kochkünstler, der auch ein großartiger Mensch war, beim Zubereiten seiner erlesenen Gerichte öfters über die Schulter zu gucken und so manches zu lernen.

Doch auch Felix Real, der inzwischen im hohen Alter von 94 Jahren leider inzwischen verstorben ist, der in seinem Hotel eine großartige Brigade von Küchen- und Service-Personal beschäftigte, hatte mit seinem Hotel seine Sorgen und musste das berühmte Gourmet-Hotel schließen, wie auch mein Freund Peter den »Vaduzer Hof«.

Die Zeiten waren anders geworden. Peter verlor durch die finanzielle Bruchlandung der Fluggesellschaft »Swissair«, an der er beteiligt war, fast 70 Prozent seines Vermögens. Der Rest ermöglichte ihm jedoch weiterhin ein gutes Auskommen, wenngleich er all seine Gastronomiebetriebe in Liechtenstein veräußerte. Er verlagerte seine Geschäftstätigkeit nach Brasilien und Uruguay und wir sahen uns in der Folge ein- bis zweimal im Jahr. Bis ihn seine angegriffene Gesundheit zwang, in Vaduz zu wohnen und ständig Ärzte zu konsultieren.

Dann ging es auf einmal schnell. Er musste wiederholt das Krankenhaus aufsuchen. Wir verabredeten uns dann auf ein Treffen. Doch es kam nicht mehr dazu. Sein Sohn Peter rief mich eines Mittags an und teilte mir seinen überraschenden Tod mit. Ich hätte nie gedacht, dass mir der Tod eines Freundes so zusetzen würde und ich bin noch immer nicht ganz darüber hinweggekommen und werde es wahrscheinlich auch nicht, genauso wie über den Tod von Felix Real.

Ein Freund von damals ist mir noch geblieben. DDr. Werner Walser, Präsident des Europäischen Wirtschaftsinstitutes EWI, Konsul der Republik Tschad und von Zentralafrika und Verwaltungsrat zahlreicher in Liechtenstein befindlicher Briefkastenfirmen.

Werner Walser, sein Vater war Direktor der Länderbank in Bludenz, war mit seinen Visionen der Zeit voraus und hatte sich in Liechtenstein mit dem Bürotel einen Namen, leider jedoch auch viele Neider gemacht.

Das Fürstentum Liechtenstein war ein beliebtes Land für Steuerflüchtlinge aus allen Ländern, besonders jedoch aus Deutschland. Die deutschen Medien hatten sich auf diesen Umstand eingeschossen und besonders auf das Bürotel und dessen Inhaber Werner Walser.

Ich war lange und für mich interessante Jahre sein PR-Manager, Pressechef des EWI und Pressebeauftragter seiner Konsulate. Diese Tätigkeit, von ihm großzügig unterstützt, brachte mir nicht nur zahlreiche Reisen und Aufenthalte in aller Herren Länder ein, sondern viele Begegnungen und Bekanntschaften mit prominenten, Politikern, Diplomaten, Wirtschaftsfachleuten und Entertainern.

Bei meiner Tätigkeit als PR-Manager hatte ich es auch laufend mit bekannten Medien zu tun, wobei ich mir oft wie ein Feuerwehrmann vorkam, der so manchen Brand verhüten oder löschen musste. Doch mit viel Geschick und Routine löste ich manche Aufgabe. Auch ich hatte etliche Neider, weil niemand Dr. Walsers und meine Ideen bezüglich der für ein solches Unternehmen wichtigen Public Relations verstehen konnte und wollte.

Nachdem die Zeiten schließlich auch andere wurden und ich in meinem Herzen nach wie vor ein von seinem Beruf begeisterter Journalist geblieben war und mich neben dem Kulturschaffen auch der Literatur zugewandt hatte, trennten sich unsere Wege und die stets gute Zusammenarbeit endete, nicht aber unsere besondere Freundschaft.

Es waren lauter faszinierende Dinge, die ich im Laufe meiner bewegten 50 Jahre als Journalist und Autor in aller Welt wirklich erlebte und aufzeichnete. Jetzt möchte ich sie mit der gewissen nötigen Distanz zu ihnen stehend und im Bestreben, mich und alles andere nicht allzu tierisch ernst zu nehmen, interessierten, lesefreudigen Mitmenschen näherbringen.

Nachdem ich die Gelegenheit hatte, mehrfach Afrika, den nach wie vor abenteuerlichen, brutalen, und gleichzeitig sensiblen und geheimnisvollen Schwarzen Kontinent kreuz und quer zu bereisen, beinhaltet dieses Niederschreiben auch einige Erzählungen über Afrika, dem meine erklärte Liebe gilt, seine Menschen und vor allem seine Frauen.

Frauen, die wie kaum anderswo so an einem schicksalhaften und derzeit wenig aussichtsreichen Scheideweg stehen wie in Afrika. Darüber sollten viele weiße Frauen einmal nachdenken, wirklich nachdenken.

Frauen in Afrika sind Frauen, die vom Leben etwas anderes erwarten, als unterwürfig zu arbeiten und dienen zu müssen und dann noch sexuell ausgebeutet zu werden. Und das alles unter dem Druck des fundamentalistischen, terroristischen, gewalttätigen Islam, der die genannte Einstellung der vielfach nicht sehr arbeitswilligen und wenig engagierten Männer noch stärkt.

Die in diesem Buch beschriebenen Schicksale von kenyanischen Frauen, die heute und auch noch morgen auf dem Straßenstrich des Shanzu Village bei Mombasa und an den vielen anderen Schauplätzen Afrikas anzutreffen sind, sprechen für sich. Sie sprechen aber auch für einige mutige Afrikanerinnen, darunter auch für Ayaan Hirsi Ali, die in ihrem aufrüttelnden Buch »Ich klage an« mit dem frauenfeindlichen fundamentalistischen Islam abrechnet. Frau sein in dieser Art Islam heißt für sie: Bedingungslose Unterordnung unter Gott, Vater, Bruder, Familie und Clan.

Meine Einstellung zum christlichen Glauben in Verbindung mit den anderen Weltreligionen war und ist sowieso eine differenzierte und sie wurde nach meinem Austritt aus der Katholischen Kirche, die sich in der Vergangenheit nicht besser als gewisse andere Glaubenseinrichtungen verhielt, immer differenzierter, weil ich merkte, dass hinter vielen Religionen ein gewaltiges Bestreben nach Macht und Einfluss steht und nicht selten Gott in den Hintergrund gedrängt oder als Vorwand benützt wird.

So hatten sowohl die Katholische Kirche als auch der Islam lange »ihren« Glauben mit Feuer und Schwert verbreitet, die einen bei der Fastausrottung der südamerikanischen Indianer mit Hilfe des Kaiserhauses Habsburg, die anderen heute noch im Orient und Afrika.

Während sich die Katholische Kirche inzwischen zurücknahm, ist der Islam – und da können von seinen teilweise fanatischen Schriftgelehrten noch so viele gegenteilige Einwürfe kommen – weiterhin bestrebt, durch seine terroristischen Fundamentalisten sich mit nackter Gewalt und Ausrufung von sogenannten Gottesstaaten breitzumachen.

Denkende Menschen kommen nicht umhin, ihre Religionen dann und wann nötigen Reformen zu unterziehen, zumal sie, wie die Katholische Kirche bezüglich ihrer päpstlichen Dogmen, einen starken Nachholbedarf in dieser Richtung haben.

Mein Austritt aus der Kirche erfolgte nicht allein durch meine schlechte Erfahrung im Schulalter mit einigen fehlgeleiteten Pädagogen, sondern auch weil ich nicht gewillt war, an gewisse unbewiesene Dinge glauben zu müssen, die ich nicht verstehen kann.

Zum Beispiel die sogenannte »Jungfrauengeburt Mariens« bezüglich ihres Sohnes Jesus Christus, der als Sohn Gottes in Menschengestalt zur Welt kam und dann als Mensch leidend am Kreuz endete. Die historische Tatsache über diese »Geburt Jesu« ist durch nichts bewiesen und ist nur einfach zu glauben. Ich weigerte mich schon in meiner Schulzeit, daran zu glauben, genauso wie ich mich gegen den meines Erachtens von der Kirche arg strapazierten Begriff »heilig« wehre.

Wer gibt der Kirche das Recht, ihr Oberhaupt als »heilig« zu bezeichnen und es »Heiliger Vater« zu nennen und diesem glaubensbezogen auch noch absolute »Unfehlbarkeit« zu attestieren? Seine Feststellungen sind deshalb als Dogmen zum Glauben verpflichtend. Das akzeptiere ich als Mensch einfach nicht.

Des Weiteren finde ich es als ein Diktat, wie die Kirche den Menschen in ihren Glaubens-Schoß aufnimmt, indem sie ihn nach seiner Geburt sofort nach ihrem Gutdünken einfach einer Taufe unterzieht, wenn seine Eltern der Kirche angehören. Gott hat bekanntlich dem Menschen seinen freien Willen gegeben. Dieser wird hier in Frage gestellt.

Wäre es nicht angebrachter, den Menschen als Wesen zuerst heranwachsen und dann erst selbst entscheiden zu lassen, wie er sich glaubensbezogen zu orientieren gedenkt?

So gibt es manche Dinge, die berechtigte Zweifel aufwerfen und die nicht einfach nur mehr mit basislosen Dogmen untermauert werden können. Denn wie heißt es zudem oft so schön: »Des Menschen Wille ist sein Himmelreich.«

Meine vorliegenden autobiographisch gefärbten Erzählungen unter dem Titel »Malefiz« sehen manches aus einem eigenen und nicht immer schönen Blickwinkel, wobei es den Lesern überlassen ist, sich darüber eine entsprechende eigene Meinung zu bilden, die Dinge zu goutieren oder auch nicht.

Es sind literarisch aufbereitete Texte eines grundsätzlichen Menschenfreundes und Lebemenschen, die aus »Erkenntnissen« bestehen (die freilich nicht bewiesen sind und deshalb auch nicht geteilt werden müssen) und Erzählungen, deren Handlungen tatsächlich stattfanden und die ich abwechslungsweise als mehr oder weniger stiller Beobachter und auch Zuhörer aufzeichnete und dabei lediglich aufgrund der persönlichen Diskretion manche Namen änderte. Dass hier der bekannte amerikanische Schriftsteller Ernest Hemingway und dessen Leben zwischendurch mehrfach erwähnt werden, liegt daran, dass ich einige Jahre auf dessen Spuren in Europa und Afrika wandelte und versuchte, ihn und sein schillerndes Dasein, mit dem vieldeutigen Begriff

»Malefiz« in Verbindung zu bringen. Da führte mich zur Erkenntnis, dass Hemingway ein wild konsumierender Lebemann und Abenteurer war, dabei jedoch größtenteils aufgrund seiner Egozentrik und Lebensgier am eigentlichen Leben vorbei lebte.

Nach meinem 2000 erschienenen Buch »Paradies ohne Wiederkehr«, das die bisher nicht oder kaum aufgezeichneten schicksalhaften Winteraufenthalte von Ernest Hemingway im Montafon behandelte und mit dem ich erstmals an der Frankfurter Buchmesse vertreten war, versuche ich nun, mit dem Buch »Malefiz« auf meine Art darauf hinzuweisen, dass es vielfach die einfachen und kleinen Dinge des Lebens sind, die unser Dasein lebenswert machen.

Dem ebenfalls an der Frankfurter Buchmesse 2008 vorgestellten Buch »Silvretta Connection«, das die schicksalhaften Aufenthalte der beiden Weltschriftsteller Ernest Hemingway und John Dos Passos im Montafon sowie die, von mir initiierte, kurios verlaufende Erstellung eines Hemingway-Denkmals in Schruns im Montafon behandelt, folgt nun das autobiographische Züge aufweisende Werk »Malefiz«, das zugleich mein letzter Versuch sein soll, über Stationen eines Lebens, die vielen Begegnungen mit mehr oder weniger großartigen Menschen und deren Spuren zu erzählen.

Der gelbe Narrenhut

Eigentlich sollte diese Geschichte »Bildertransport auf verschlungenen Umwegen« heißen.

Nachdem jedoch Rudolf Hausners weltbekannter »Narrenhut« beim nicht alltäglichen Bildtransport von Wien nach Bludenz in Vorarlberg mit dabei war, ist dieser Titel der seltsamen Geschichte gewidmet. Beruhigend ist auch, dass Rudolf Hausner und der bekannte Vaduzer Galerist Albert Haas, beide leider schon verstorben, von mir über den abenteuerlichen Bildertransport unterrichtet wurden, sonst würden sie heute noch in ihren Gräbern rotieren.

Nachdem ich 1978 aus Liechtenstein auszog, um einen Job als Leitender Redakteur beim »Anzeiger für die Bezirke Bludenz und Montafon« anzutreten, machte ich mir meine Freundschaft zu Albert Haas und Rudolf Hausner mitsamt einschlägigen künstlerischen Erfahrungen zunutze, in Bludenz, wo ich ebenfalls mit dem mächtigen Bürgermeister Hermann Stecher befreundet war, eine große Rudolf-Hausner-Ausstellung zu veranstalten.

Meine Idee war sowohl in Vaduz als auch in Bludenz sofort auf fruchtbaren Boden gefallen, zumal man in Bludenz dadurch die Gelegenheit hatte, als erste Vorarlberger Stadt diese Ausstellung noch vor der Landeshauptstadt zu zeigen, denn der Bregenzer Kulturchef Oskar Sandner hatte sich bisher vergeblich bemüht, Hausners Ausstellung nach Bregenz zu bekommen.

Ich lernte Rudolf Hausner, einen der berühmten Vertreter der Wiener Schule des Phantastischen Realismus, bei Albert Haas kennen und schätzen und wir schlossen im Haus Real auch gleich Freundschaft. Meine Idee der Ausstellung in Bludenz kam gut an und der Bludenzer Bürgermeister, der im Hotel Real bei der feuchtfröhlichen Bestätigung der Ausstellung mit dabei war, zeigte sich hoch erfreut. Ich natürlich auch, denn meine neue Position in Bludenz war damit bereits »kulturell untermauert«. Also ging es lediglich darum, einen Termin für die Ausstellung zu fixieren, der in Anbetracht dessen, dass diese einen Tag vor der Festspieleröffnung in Bregenz stattfinden sollte, recht hinterlistig arrangiert war.

Stellte sich nur noch die Frage, wie die Bilder von Wien nach Bludenz kommen sollten. Bürgermeister Stecher stellte ganz unbürokratisch seinen gelben Mercedes mit seinem Fahrer Karl-Heinz Martin zur Verfügung und die Sache war besiegelt.

Also fuhren Karl-Heinz Martin und ich an einem Freitagmorgen von Bludenz los und holten mehrere Originalbilder, den berühmten »Gelben Narrenhut« und »Eva Fundamental«, von denen mir Hausner und Albert Haas später einen wertvollen handsignierten Druck schenkten, und noch zwei Kunstwerke bei Hausner ab und machten uns auf den Rückweg, jedoch auf verschlungenen Umwegen. Denn wir hatten noch vor, bei dieser Gelegenheit einen in Bisamberg wohnhaften früheren Freund Walter Fetz, genannt »Fetz Domino«, zu besuchen.

In Bisamberg war gerade ein großes Musikfest im Gange und »Fetz Domino«, der bei der Musik war, lud uns dazu ein. Wir stellten das Auto mit den Hausner-Bildern im Kofferraum, die einen Wert von umgerechnet eineinhalb Million Schilling hatten, am Waldrand ab. Das Fest verlief turbulent und recht feucht und wir verließen Bisamberg am nächsten Vormittag mit einem typischen Brummkopf. Aber auch wiederum nicht in Richtung Vorarlberg, sondern in die Stadt Wien zu einer meiner Tanten. Die Bilder waren noch im Kofferraum. Nicht auszudenken, wenn jemand das Auto samt den Bildern geklaut hätte.

Nachdem mein Freund Karl-Keinz auch der Stadtfotograf war, gab es zuerst noch einen Fototermin, direkt beim Girardi-

Denkmal, wo wir das Auto falsch parkierten und ich mich neben Girardi in das frische Blumenbeet setze und so die Aufmerksamkeit der Polizei auf uns zog. Ein Glück, dass wir Vorarlberger waren, denn wir kamen ohne Strafe davon und die beiden Polizisten hatten etwas zu lachen. Wenn die um den Restalkohol in uns gewusst hätten, wäre es nicht so lustig ausgegangen. Aber, wie sagt man immer? Kinder und Besoffene haben Glück. Tante Gusti in St. Margarethen stellte uns mit einem scharfen Wurstsalat wieder auf. Wir gingen noch ein bisschen mit ihr aus und schliefen dann bei ihr, um am Sonntagmorgen nach Bludenz zurückzufahren.

Ich weiß nicht, wer die Idee hatte, über die Autobahn nach Salzburg, die Grenze am Walserberg und dann über das Deutsche Eck nach Kufstein zu fahren. Jedenfalls taten wir es, obwohl wir gar nicht wussten, ob und wie die Hausner-Bilder versichert waren.

Jedenfalls gab der Bürgermeisterchauffeur die teuren Bilder weder am Zoll in Walserberg noch bei der Wiedereinreise in Kufstein an. Mit dem treuen Blick aus seinen bergseeblauen Augen ging das blendend und ich stellte mich tot beziehungsweise schlafend. Eigentlich erst anschließend an unseren Grenz-Wiedereintritt war uns bewusst worden, in was für Schwierigkeiten wir hätten kommen können. Wir hatten noch einmal Glück gehabt und spülten das ungemütliche Gefühl mit einem Bier in einer Raststätte hinunter. Abends in Bludenz angekommen, übergaben wir die Bilder der Polizei zur Aufbewahrung.

Am nächsten Morgen klingelte das Redaktionstelefon und auf der anderen Seite meldete sich sehr laut der Bürgermeister mit der Bitte, ich möge doch einen Sprung ins Rathaus kommen.

Ich betrat sein Büro. Er saß hinter dem Schreibtisch und brüllte mich an: »Geht's euch noch, drei Tage mit den teuren Bildern im Kofferraum durch Österreich zu kutschieren und dann noch damit undeklariert und unverzollt zweimal über die Grenze. Seid ihr wahnsinnig! Von Karl-Heinz' Blödheit sehe ich ab, doch von dir hätte ich mehr Intelligenz erwartet. Natürlich waren die Weiber und die Sauferei wieder einmal wichtiger. Stellt euch vor, man hätte die Bilder geklaut!«

Ich ließ die Standpauke über mich ergehen. Als er geendet hatte, konnte er selbst das Lachen nicht verbeißen. »Ihr seid's schon wilde Hunde«, schüttelte er den Kopf. Eine Stunde später war jedoch der Termin der Ausstellung festgelegt. Leider hatte sich Rudolf Hausner in der Zwischenzeit einen Beinbruch zugezogen und die Ausstellung fand einen Monat später in einem besonders festlichen Rahmen im Bludenzer Rathaus statt und auch der Ärger in der Bregenzer Kulturabteilung über die Ausstellungs-Erstlingsrolle war schnell verraucht.

Manchmal ist man eben in der Provinz schneller im Handeln, auch wenn es mitunter abenteuerlicher zuging, so wie bei diesem Bildertransport.

Frauen – ein ewiges Rätsel

Frauen sind das gewisse Etwas, um das sich seit Menschengedenken alles dreht, über das es Mannigfaches zu berichten gibt, über das sich immer lohnt nachzudenken, ohne jedoch auf ein nennenswertes Ergebnis zu kommen, ein nicht und niemals zu erklärendes Phänomen. Die Christliche Lehre beweist dies mit einer ihrer vielen Geschichten, indem sie der Menschheit weiszumachen versucht, der liebe Gott hätte das Weib geschaffen, indem er seinem Adam eine Rippe aus der Seite genommen habe und ihm daraus so eine Partnerin gemacht habe.

Und dem wird dann noch die Krone der Lächerlichkeit mit der Story von der Erbsünde, der Vertreibung aus dem Paradies nach dem Apfelessen und der plötzlichen Erkenntnis der Nacktheit danach und der damit verbundenen Scham aufgesetzt.

Wie auch immer, seit Anbeginn der Menschheit dreht sich jedenfalls alles um das Weib als solches. Es war und ist es weiter, ein unentbehrliches Wesen, das Farbe und Verlockung in jeglicher Art in unser Leben bringt. Und ewig lockt das Weib, nicht erst, seit im gleichnamigen Spielfilm Brigitte Bardot mit ihren verführerischen Rundungen den »Normannischen Kleiderschrank« Curd Jürgens in die erotische Mangel nahm.

Es ist eine der schönsten Erfahrungen, wenn ein Mann und eine Frau sich begegnen und der Mann, ehe er sich dessen bewusst wird, seinen plötzlich auftretenden Gefühlen für die Weiblichkeit erliegt. Es gibt nichts Schöneres und Aufregenderes als dieses Erlebnis des erotischen Erliegens.

Es wird zwar von den meisten Männern nach außen hin aufgrund der Wahrung der angeblichen Männlichkeit immer wieder bestritten und die Frauen lassen die Männer gerne in ihrem Glauben, denn nichts ist schlimmer, als einem Kind seinen Luftballon wegzunehmen.

So gingen mehr oder weniger alle Männer, die meinten, die Frau ihres Herzens erobert zu haben, der ewig lockenden Weiblichkeit wie die Fliegen auf den Leim, angefangen von den historischen Eroberern der Antike über die weibstollen Renaissance- und Barockfürsten, dem berühmt-berüchtigten Giacomo Casanova bis in die Zeit der sogenannten »Playboys« mit Porfirio Rubirosa, Ali Khan und dem belächelten greisen Hugh Hefner. Alle sind sie auf ihre Art erlegen und die Nachwelt schmunzelt im Grunde milde darüber, weil durchwegs Macht und Geld und nur in den wenigsten Fällen Herz und Seele im Spiel waren und weiter sind.

Je älter die Welt wird, umso mehr ändert sich die Szenerie und das Pendel schlägt mehr und mehr zugunsten der Frau aus, drängt den Mann in die Reserve und eröffnet ihm wohl oder übel einen Handlungsbedarf, sich nämlich nach einer neuen Identität umzusehen.

Ja, langsam aber sicher zeichnet sich zwischen Mann und Frau ein Rollentausch ab, der eine neue Ära auch für die Liebe bringen wird. Ob Letztere davon profitieren wird, bleibt dahingestellt.

Ich jedenfalls erinnere mich an eine schöne Zeit, in der man als Mann noch vermeinte, ein weibliches Wesen zu erobern und jedes Mal aufs Neue das berüchtigte Rieseln im Bauch verspürte. Schade war bei mir nur, dass es sich ausgerechnet dann einstellte, als ich eigentlich schon vergeben war. Doch das ist vielfach der Fall, wenn man als Mann in jungem Alter einer gewissen Torschluss-Panik erliegt, in der man aus einem unerklärlichen innerlichen Zwang heraus meint, dass das Heiraten verboten wird. Dabei mangelt es keineswegs an gereiften Leuten, die einen darauf aufmerksam machen. Doch wie auch immer, man ist eben immer viel gescheiter als alle anderen.

Bei mir war allerdings eine gewisse Sehnsucht ausschlaggebend, die so stark war und angeblich vererbt, wie einige aufmerksamen älteren Verwandten mir später bescheinigten, nämlich eine fast unheimliche Sehnsucht nach Zärtlichkeit. Und zwar nicht nur danach, von einer Frau Zärtlichkeit entgegenzunehmen, sondern vielmehr Zärtlichkeit zu geben, unendlich zärtlich zu sein. Dieses Bestreben war in mir so ausgeprägt, dass es mich beinahe um den Verstand brachte und mir in der Folge auch einige Schwierigkeiten in meinem Leben einbrachte.

Da war Ingrid, die Frau des Zeitungsverlegers, bei dem ich arbeitete. Sie war wohl eine der schönsten Frauen, die ich jemals sah. Ich war siebenundzwanzig und sie siebenunddreißig. Eine Konstellation, die in einem Frau-Mann-Verhältnis sexuell ideal ist, jedoch sonst wenig Chancen aufweist.

Wie es immer so ist, es begann anlässlich eines Verlagsfestes und ich dachte mir nichts dabei. Was wollte eine schöne, von allen begehrte Frau von einem Mitarbeiter ihres Mannes, der körperlich eher schwächlich und auch sonst keineswegs attraktiv war. Aber ich war eben ihr Typ, man nannte mich, den blondgelockten, träumerischen, eher schmächtigen und feingliedrigen Typ »Mozart« und in Abwandlung meines Familiennamens »Wolferl«. Ich genoss es, dass sie mir aus ihren bernsteinfarbenen Augen unmissverständliche Blicke zuwarf. Und ich genoss es noch mehr, an diesem ersten Abend mehr als alle anderen mit ihr zu tanzen und als wir uns das »Du« antrugen und uns küssten, wusste ich, dass ich diese Frau haben und zu ihr zärtlich sein wollte.

Ich war ihr vom ersten Augenblick an verfallen und es war mir gleich, was daraus Gefährliches entstehen konnte. So begann ein folgenschwerer Seitensprung. Interessanterweise war sie, obwohl sie alle Männer in der Region begehrten, ihrem Mann nicht untreu geworden. Ich konnte das gar nicht begreifen, doch es tat auch nichts zur Sache, zumindest vorderhand nicht. Ihr ging es gleich, wie sie mir später bestätigte. Dennoch war es die Hölle für uns. Wir waren beide verheiratet. Ich schlief mit ihr in ihrem Haus, während ihr Mann fast jeden Abend weg war und meistens erst in den frühen Morgenstunden heimkam.

Ich wohnte fünfzehn Kilometer entfernt, hatte kein eigenes Fahrzeug und nachdem kein Zug und kein Autobus mehr fuhren, marschierte ich meistens nach unserem Schäferstündchen die fünfzehn Kilometer zu Fuß nachhause. Je öfter wir uns sahen, umso mehr begehrten wir uns und sie machte mir die Hölle heiß, in dem sie betonte, es wäre ihr gleich, ein Kind von mir zu bekommen. Ihr ständig im Vordergrund stehender Satz »Ich spiele für mein Leben gerne«, wenn sie mich berührte, beflügelten meine Freude und Lust, ihr Zärtlichkeit zu geben, noch mehr. Doch dass sie ein Kind von mir bekommen könnte, konnte und wollte ich mir nicht vorstellen. So gesellte sich zu einer abgöttischen Liebe und Hörigkeit zu dieser Frau die ständige Angst, erwischt zu werden, die Angst vor einer drohenden Schwangerschaft meiner Geliebten. Dies umso mehr, als sich bei ihr die »Tage« mehrere Male nicht zum erwarteten Datum einstellten.

Das ging so über ein Jahr. Im Dorf tratschte man schon darüber. Doch der eigene Mann lachte nur. Bis er eines Nachts eines Besseren belehrt wurde. Anlässlich eines großen Volksfestes schlief ich in einem Zimmer ihres Hauses. Sie verließ wahnwitzig das eheliche Bett und ihren neben ihr schlafenden Mann und kam zu mir. Ich war aufgrund des Festes alkoholisiert und sie völlig süchtig nach meinen Zärtlichkeiten. Das war unser Unglück.

Ich höre heute noch mit Gänsehaut die polternden Tritte ihres Mannes über die Stiege. Sie hatte blitzschnell das Zimmer durch das Fenster verlassen, war aber im Nachhemd. Wir trafen uns alle drei vor meinem Zimmer und der Fall war klar.

Was sich dann abspielte, werde ich nie vergessen. Sie war außer sich, sagte ihm, dass sie ihn verlassen und mit mir gehen wolle. Er war geschockt darüber und ich sagte ihm, dass ich das nicht wolle und eigentlich froh darüber wäre, dass das Ganze jetzt aufgeflogen sein.

In der Tat war die Belastung dieses Verhältnisses im Grunde zu viel für mich. Gott sei Dank hatte er die Nerven und trotzdem die Übersicht behalten und wir trennten uns in dieser Nacht gütlich.

Aufgrund des drohenden Skandals wurde ich dann nicht gefeuert, sondern behielt meinen Job. Die Mutter des gehörnten Verlegers, die das Leben und seine manchmal negativen Seiten aus eigener Erfahrung kannte, mochte mich übrigens sehr und meinte zu dem dramatischen Vorfall mit eigenartiger nachdenklicher Miene, dass ich ein richtiger Malefiz sei – ein Malefiz wie er ihr noch nie untergekommen sei.

Aber dieser Malefiz hatte Blut geleckt und einige Monate später, als sich scheinbar alles beruhigt hatte, ich hatte jedoch inzwischen gekündigt und bei einem anderen Verlag einen Chefredakteursjob angenommen, kam Ingrid wieder zu mir und wir schliefen auf der Redaktionscouch. Es war jedoch nicht mehr das, was es vorher gewesen war und nach einer Aussprache, die sich insofern ergab, dass wir beide bei unseren erneuten Treffen nicht mehr jenes uns vorher fast verzehrende Feuer in uns spürten, sahen wir uns schließlich nicht mehr, obwohl noch Gefühle füreinander da waren.

Was dann folgte, war ein Hineinsteigern in die Arbeit und zwei oder drei eher als ablenkende Abenteuer zu bezeichnende kurzfristige Beziehungen. Bis ich dann den Job eines Pressechefs und Marketingmanagers in einem international tätigen Wirtschaftsinstitutes in Liechtenstein antrat und gleichzeitig für die dort ansässigen afrikanischen Konsulate auch in diplomatischer Funktion als Pressebeauftragter tätig war.

Das brachte mir viele Kontakte und Reisen in ferne, besonders afrikanische, Länder ein und auch Begegnungen mit interessanten Frauen. Nicht dass ich den erotischen Kontakt mit diesen suchte, doch es war einfach die Verlockung, die allgemein von Frauen ausging und mich wie magisch anzog. Es war keineswegs das reine Verlangen nach sexuellem Kontakt, der vielen Männern beim Anblick einer Frau vorschwebt, sondern vielmehr der Wunsch, einer Frau im Gespräch näherzukommen, ihr den Wunsch nach Zärtlichkeit näherzubringen, zu ihr schließlich zärtlich zu sein.

Ich war in dieser Beziehung sonderbar, weil ich nicht das rein Sexuelle wollte, sondern den Kontakt über das Gespräch suchte und dann erst die körperliche Kontaktnahme. Ich beneidete Männer, die ohne lange Umschweife mit ihrer Eroberung ins Bett gingen und ihre Potenz deutlich unter Beweis stellten. Ich versuchte diese Art einige Male und erlebte damit insofern eine Pleite, indem mich meine Potenz im Stich ließ, was sehr peinlich war.

Da entwickelte ich eine gewisse Strategie, die lediglich auf Gefühlsbasis aufbaute und dann auch durchwegs von einem überzeugenden, nachhaltigen Erfolg gekrönt war. So gab es für mich zwei Frauenbilder, eines der ausgesprochen schönen Frau und eines jener Frau, die ich interessant fand.

***

Das zweite Frauenbild brachte mir nicht nur vom Typ her vieles, was sich ein Mann wünschen konnte, sondern auch eine Beziehung, die auch »nachher« aufrecht erhalten werden konnte.

Eine Romreise bescherte mir schließlich eine Bekanntschaft mit einer Frau, die ich mir damals nicht zu erträumen gewagt hätte. Es dauerte allerdings ein gutes Jahr, bis diese Bekanntschaft Früchte trug. Eine Bekanntschaft, von der niemand bisher etwas wusste. Mein Chef hatte als Präsident des Europäischen Wirtschaftsinstitutes EWI im Fürstentum Liechtenstein vom renommierten römischen Nobelclub »Centro Europeo per il Progresso e Economico«, dem er angehörte, eine Einladung zur Verleihung des begehrten »Ercole d'Oro« im Capitol von Rom erhalten.

Präsident Angelo Santori und Generalsekretär Giuseppe Dessi hatten für unsere liechtensteinische Abordnung Suiten und Zimmer im römischen Nobelhotel »Excelsior« reserviert. Unserer Abordnung gehörten unter anderem Prinz Emanuel von Liechtenstein, der Bruder des Fürsten und der junge Baron Hektor von Trauttmannsdorf, ein Verwandter der Fürstin Gina an. Ich hatte die Ehre, nicht nur als EWI-PR-Chef, sondern auch als Protokollchef von Prinz Emanuel von und zu Liechtenstein mit dabei zu sein. Außerdem hatte ich im Auftrag von EWI-Präsident Konsul Werner Walser eine große, prächtig gestaltete Ehren-Urkunde für die EWI-Mitgliedschaft anfertigen lassen, die bei der Preisverleihung als attraktives Gegengeschenk überreicht wurde. Allerdings hatte es damit eine eigene Bewandtnis. Ich erinnere mich noch, wie Prinz Emanuel einem kranken Pferd gleich eine Nacht lang überredet werden musste, seine Unterschrift unter die Urkunde zu setzen.

Dabei hatte er die Ehre, vom damals mächtigen wie international geschätzten, die »Democrazia Christiana« anführenden italienischen Staatspräsidenten Giuglio Andreotti und dessen vatikanischen »Einflüsterer« und Papst-Intimus Kardinal Traglia empfangen und geehrt zu werden. Doch der liechtensteinische Prinz, sonst die Verbindlichkeit in Person, hatte in diesen Tagen die historisch überlieferte typische Habsburger Sturheit an sich und es brauchte all meine Überredungs- und Überzeugungskunst und arg strapazierte Diplomatie, ihn von der Wichtigkeit seiner Unterschrift auf der Urkunde zu überzeugen.

Es waren ansonsten herrliche Tage für uns. Wir fuhren mit Autos durch den herrlichen italienischen Frühling, machten

Halt in Florenz, wo wir in der berühmten »Villa Medici« abstiegen, uns von den Annehmlichkeiten dieses renommierten Hauses und besonders von dessen erlesener Küche und den Feinheiten eines bestgeführten, mit weltbesten italienischen Weinen bestückten Kellers verwöhnen ließen und Florenz besichtigten, ehe wir nach Rom weiterfuhren.

Konsul Werner Walser war damals einer der Großen, die über den San Bernardino angereist kamen und als Gourmet im Gegensatz zu manchen Super-Neureichen über dem Weißwurst-Äquator die kulinarischen Annehmlichkeiten eines solchen, allerdings nicht billigen Welthauses zu schätzen wusste.

Das nicht minder nobel bestallte römische Hotel »Excelsior« präsentierte sich uns als Edelherberge nicht nur der internationalen Politik- und Wirtschaftsprominenz, sondern der römische Frühling mit seiner weltberühmten Modeschau auf der Spanischen Treppe hatte weltbekannte Filmstars wie Sophia Loren, Claudia Cardinale, Catherine Deneuve, Liz Taylor mit Richard Burton, den damals vergötterten Helmut Berger, die Rauhbeine Charles Bronson und Lee van Cleef, Rex Harrison, Scheusal Klaus Kinski, Franco Nero, Lex Parker, Bud Spencer und viele andere, darunter die Weltregisseure Federico Fellini, Luchino Visconti, den Entdecker von Helmut Berger und Alain Delon, dann die damaligen großen Modeschöpfer Emilio Schuberth, Valentino und die besten Models angelockt.

Ich hatte mit Hektor von Trauttmannsdorf sofort Freundschaft geschlossen, nachdem sich ja schon unsere Väter von der Stella Matutina in Feldkirch bestens kannten. Er sprach fließend Italienisch und ich hatte einen Dolmetsch, denn wir wurden etlichen noblen Leuten, davon vielen schönen Damen der römischen Gesellschaft vorgestellt, die gerne unsere Bekanntschaft machten und sich mit uns unterhalten wollten.

Kunststück, denn meine Erscheinung war damals nicht die schlechteste. Ich trug einen royalblauen Anzug mit scharlachroter Krawatte und meine fast schulterlangen blonden Locken unterstrichen meinen Auftritt, der alles eher als der eines blonden Teutonen war, sondern eines feingliedrigen, blonden Jünglings mit grünen Augen, dem die Sehnsucht nach viel Liebe und Zärtlichkeit von seinen sinnlichen Lippen abzulesen war.

Der Festabend des »Centro Europeo« war natürlich großartig. Luchino Visconti hätte ihn nicht besser und aufwändiger inszenieren können. Hier machte ich die Bekanntschaft einer interessanten Frau.

Sie hieß Signora Elena, Marchesa di Maschera und war eine piemontesische Adelige. Sie war eine sichtlich reife Frau, mit vielen kleinen Lebensfältchen, doch gerade deshalb eine sehr interessante Erscheinung, und ich trachtete danach, beim Festbankett in ihre Nähe zu kommen. Ihr als typisch italienisch zu bezeichnendes Antlitz mit den interessanten Fältchen war von einer üppigen graumelierten Haarpracht umgeben und ihre Figur wies jene Rundungen auf, die eine gewisse Gattung von Mann auf sündige Gedanken bringen. Es war ihr aufgefallen, dass ich irgendwie in ihrer Nähe war und unsere Blicke trafen sich des Öfteren.

Wo sie auftrat, bemerkte ich, wie verschiedene Leute die Köpfe tuschelnd zusammensteckten, um über sie zu reden, jedoch trotzdem um ihre Gunst buhlten, nach kurzen Versuchen jedoch erstaunlicherweise wieder auf noble Distanz gingen.

Ich hatte neben der Absicht auch das Glück, beim Festbankett vis-à-vis von ihr zu sitzen und neben mir Hektor, der fallweise an unserem Gespräch teilnahm. Auch ihre Stimme, für eine Frau relativ sonor, zog mich in den Bann. Sie sprach erstaunlich gut deutsch. Kunststück, war sie doch länger in Deutschland tätig gewesen. Einzig ihre dominierende, fast befehlsgewohnte Art zu sprechen, störte mich ein wenig, denn sie gab ihr zugleich etwas Matronenhaftes, doch das gehörte irgendwie zu ihrer nicht zu übersehenden Erscheinung.

Ich erfuhr, dass sie große Besitztümer in Form von international bekannten Weinanbaugebieten in der Nähe von Alba und hier in der Toskana ihr Eigen nannte und als Managerin selbst aktiv mitarbeitete. Darum also ihre dominierende Art.

Aus einer ihrer Weinfirmen stammte übrigens ein bekannter Lambrusco, der hier gerne von den Touristen getrunken wurde und sich besonders auch in vielen deutschen Pizzerien großer Beliebtheit erfreute. Kein Wunder also, dass die Marchesa ein großes Interesse an Deutschland hatte und ein relativ gutes Deutsch sprach.

Bezüglich des Lambrusco ist zu sagen, dass es hier mehrere Sorten gibt und auch wie überall gute und weniger gute. Ich trank diesen Wein aufgrund seiner nicht ungefährlichen Lieblichkeit selten, weil ich meistens zu viel von ihm trank. Doch heute zählt er zu jenen Weinen, die ich, richtig serviert, gerne mag.

Mein Freund Hektor, die geborene Neugierde, entlockte ihr anlässlich des langen Festabends geschickt einige persönliche Dinge. So unter anderem, dass sie verheiratet war, mit ihrem Mann jedoch seit einiger Zeit nicht mehr zusammenlebte. Er war offenbar ein typischer Springinsfeld, jedoch mehr am Dolce Vita als an Arbeit interessiert und das führte schließlich zur einvernehmlichen Trennung mit Güterteilung. Eine Scheidung wurde trotz guter Kontakte zum Vatikan und Einschaltung der berüchtigten päpstlichen »Sacra rota« ausgeschlossen. Man ging dann eben so seiner Wege.

So lebte sie schließlich allein in einem alten Schloss, ließ jedoch, das Leben liebend, nichts anbrennen und war stets bei irgendwelchen Festivitäten anzutreffen. Wie wir so nebenbei aus Gesprächen der Society an diesem Abend entnehmen konnten, haftete ihr der Ruf einer Frau an, die gegenüber gewissen, angeblich abwegigen erotischen Abenteuern nicht abgeneigt war. Warum sollte sie auch. Sie war in die Jahre gekommen, in denen eine Frau wie sie sich Absagen für aussichtsreiche Abwechslungen schon gut überlegt. Einen schlechten Ruf hatte man in dieser Society, deren Gesprächsstoff bekanntlich stark von spitzzüngigen Damen bestimmt wurde, schnell.

Die mit beiden Beinen im Leben stehende Marchesa di Maschera hatte dazu noch ein für eine italienische Frau seltenes Hobby. Sie war nämlich auch in der Politik tätig und aufgrund ihres politischen Interesses und ihrer Engagiertheit sowie ihres dominierenden Wesens im Regionalparlament bei den Männern nicht immer beliebt und von manchen sogar gefürchtet. Einer ihrer Onkel war übrigens ein enger Vertrauter des berüchtigten Duce Benito Mussolini und ihr Vater ein einflussreichen Sympathisant der Neofaschisten, denen sie im Regionalparlament zwar angehörte, jedoch einen umstrittenen anderen Kurs verfolgte. Politisch bewandert und intelligent war sie, Geld hatte sie viel und reden konnte sie auch.

Davon konnte ich mich an jenem Abend im »Excelsior« ausführlich überzeugen. Ich nahm mir vor, die eben geschlossene Bekanntschaft zu dieser Frau möglichst zu vertiefen, nicht wegen ihres Geldes, das bei mir, obwohl ich alles eher denn reich war, eine untergeordnete Rolle spielte, sondern wegen dieser eigenartigen Wirkung, die diese interessante Frau auf mich ausstrahlte.

Wir entdeckten etliche gemeinsame Interessen. So hatten wir einen Hang fürs Außergewöhnliche im Leben. Darunter auch, dass wir beide einen begnadeten piemontesischen Musiker verehrten, nämlich den ebenfalls adeligen, international bekannten Chansonnier Paolo Conte, der viele Musikstücke und Texte für Stars wie Milva, Adriano Celentano und andere Troubadoure geschrieben hatte. Conte war übrigens auch einer von jenen wenigen Entertainern, deren stets ausverkaufte Konzerte in den großen internationalen Tageszeitungen lediglich in kleinsten Inseraten angekündigt wurden.

Der Abend verlief recht unterhaltsam und wir verabredeten uns an unserem Tisch gleich für den nächsten Tag, an dem die Preisverleihung im Capitol angesetzt war.

Am nächsten Tag, einem Sonntag, war fast die ganze römische Prominenz auf den Beinen, zumindest die vielen Mitglieder des »Centro Europeo«. Das altehrwürdige Capitol zu Rom platze aus allen Nähten. Auf dem Podium thronten Italiens Staatspräsident Giuglio Andreotti, Kardinal Traglia, der Vertreter des Vatikans, Centro-Europeo-Präsident Angelo Santori, dessen umtriebiger Generalsekretär Giuseppe Dessi, welche die zahlreichen Ehrungen vornahmen. Unten saßen die zu Ehrenden mit ihren Angehörigen, flankiert von einer bunt betressten römischen Ehrengarde. Es war fast so wie eine kleine Oscar-Verleihung. Ich hatte so etwas noch nie erlebt.

Die größte Schau boten die römischen Paparazzi mit ihren Kameras und Stehleitern, ein wahres Blitzlichtgewitter veranstaltend.

Endlich wurde mein Chef, Konsul Werner Walser, ausgerufen, der sichtlich stolz aus der Hand von Staatspräsident Giuglio Andreotti im Beisein vom damaligen Papst-Intimus Kardinal Traglia unter viel Applaus den »Ercole d'Oro«, eine vergoldete Göttergestalt, in Empfang nehmen durfte. Meine Wenigkeit durfte dann als Gegengeschenk mit Prinz Emanuel von Liechtenstein die EWI-Urkunde überreichen, und ich war froh, dieses Spektakel zumindest für unsere Gruppe damit beenden zu dürfen.

Alle waren über das Ende der etwas zu langen Zeremonie glücklich, lediglich eine Dame aus unserer Gruppe regte sich noch künstlich ob meines Aufzuges auf. Denn ich hatte wiederum einen royalblauen Anzug mit einer roten Samtkrawatte angezogen, was mir einen etwas revolutionären Anstrich gab und damit offensichtlich das Protokoll ignorierte. Doch ich konnte mir es offenbar als Protokollchef von Prinz Emanuel Liechtenstein leisten und wurde auch mehr fotografiert als die schlechtgelaunte Dame, die sich vergeblich in Pose warf.

Anschließend an die langatmige Zeremonie ging es zum Nobelrestaurant »Ci Theresa«, einem ausschließlich mit Möbeln im Louis X. Stil gehaltenen Gourmettempel, der einer hübschen blonden und geschäftstüchtigen Südtirolerin namens Theresa Kaslatter gehörte und in dem sich damals die römische Society traf.

Das war auch die letzte Gelegenheit, mit Marchesa Elena Maschera zusammenzutreffen und meinem Freund Hektor von Trautmannsdorf hatte ich es zu verdanken, mich bei dieser Gelegenheit mit Elena zu verabreden und einen gemeinsamen Trip nach Siena und zwar zum berühmten »Palio« festzulegen.

Fast wäre mir dabei ein Südtiroler Dolmetsch aus der EWI-Delegation in die Quere gekommen, der die Dame am laufenden Band hofierte. Seine sichtliche Eifersucht und seine Alkoholsucht brachten ihn jedoch bei der resoluten Piemontesin um einen Erfolg. Ich hatte eben das Glück, wobei mir mein damaliger blonder Lockenkopf, der inzwischen einer Glatze Platz gemacht hat, offenbar den Vorteil einräumte.

Beim Abschiednehmen war Hektor nicht zugegen und ich konnte mich von der Marchesa mit all meiner aufzubietenden Grandezza und ein paar italienischen Sprachbrocken verabschieden. Ich drückte dabei besonders überschwänglich meine Freude auf das baldige Wiedersehen in Siena aus.

Wahrscheinlich deshalb fiel der spontane Abschiedskuss intensiv aus und ich spürte dabei, dass die sonst forsche Marchesa wirklich anders als viele Frauen war, die ich im Laufe meines jungen Lebens kennengelernt hatte. Sie küsste mich in einer eigenartigen Vulkanität und fast mit einem Erobererttrieb, den man sich in dieser Art von einer adeligen Italienerin nicht erwartete und biss mir dabei heftig in meine Zunge.

Strafe muss eben sein. Man verabschiedet sich auch von einer adeligen Dame nicht mit einem Zungenkuss. Ich sah jedoch trotz weher Zunge unserem abgemachten Treffen beim traditionellen »Palio« in Siena mit freudiger Spannung entgegen. Denn aus einem solchen Kuss einer solchen Frau kann man vieles, um nicht zu sagen alles entnehmen, zumindest erhoffen.

Siena ist eine sehr schöne Stadt mit 60.000 Einwohnern, zwischen deren architektonischem Reichtum das Leben pulsiert, besonders beim traditionellen »Palio«, dem großen Reiterfest, das jeweils am 2. Juli und am 16. August mit einem wirklich brutal geführten Pferdrennen stattfindet, und neben den frenetisch feiernden Einheimischen Tausende Touristen anlockt.

Siena muss man gesehen haben und natürlich auch den »Palio«. Ich war mehrere Male dort und mit dabei. Wie ich erfahren hatte, war Marchesa Maschera hier keine Unbekannte. Sie hatte hier ein Weingut in der Nähe und war außerdem an einigen gut gehenden Hotels beteiligt.

Der »Palio« hat eine lange Geschichte, die im Jahre 1260 begann. Sienas Heer, wie die meisten Truppen italienischer Städte kriegerisch motiviert, stritt sich mit den Truppen aus Florenz. Die Truppen Sienas, durch deutsche Söldner und sarazenische Bogenschützen verstärkt, kämpften 1260 gegen eine florentinische Übermacht und drohten zu erliegen.

Während eines sienesischen Gegenangriffs gab es bei den Florentinern eine Meuterei und einige meuternde Soldaten hieben dem Standartenträger ihrer Truppe die Hand ab, die die Fahne trug. Kaum lag diese Fahne, »Palio« genannt, im Staub, flohen die Florentiner und wurden empfindlich geschlagen.

Seitdem gibt es den Reiterwettkampf, in dem die Bezirke von Siena gegeneinander antreten, eine Art sportlich-kriegerische Verherrlichung für einen historischen Sieg.

An den Tagen des »Palio« ist hier alles verändert. Die »Contrada« (Bezirke) brennen auf den Wettkampf, der mit allen Mitteln, außer dem Einsatz von direkten Waffen geführt wird. Die »Contrada« ist eine eingeschworene Gesellschaft und man gehört ihr ein Leben lang an. Alle halten hier zusammen wie Pech und Schwefel und man gehört als Mitglied auch den traditionellen Sportvereinen und typisch italienischen Orden an, die mit kunstvollem Fahnenschwingen und Trommeln die Tradition aufrechterhalten.

Es herrscht hier ein besonderes, beispielhaftes soziales Zusammengehörigkeitsgefühl. Interessant beim »Palio« ist, dass von 17 Bezirken nur zehn teilnehmen. Die sieben, die im Vorjahr fehlten, plus drei ausgeloste. Fremde gehören der »Contrada« nicht an. Sie ist eine eigene Institution, keine Touristenattraktion.

Schließlich geht der Reiterwettkampf nach vielen Zeremonien los und alles ist dabei außer sich. Die Geräuschkulisse ist unbeschreiblich, doch die Geruchsatmosphäre schlägt alles. Es riecht auf der Piazza del Campo nach Pferdemist, Schweiß, Wein, Tabak, teurem und billigem Parfüm. Und die tollkühnen Jockeys reiten auf ihren ungesattelten Pferden, was das Zeug hält und sind mit den edlen Rossen eine wahre Augenweide. Nicht zuletzt sind über dieses einmalige Event alle aus dem Häuschen.

Zu meinem Glück hatte ich den »Palio« von Siena schon einmal gesehen. Doch diesen »Palio«, zu dem mich Marchesa Elena eingeladen hatte, werde ich nie vergessen. Ich sah von diesem einmaligen Pferderennen nämlich absolut nichts und dennoch erlebte ich ein Zusammensein mit einer Frau, wie ich es mir absolut nicht erwartet hatte.

Sie hatte schon vorher in einem Hotel direkt an der Piazza del Campo ein Doppelzimmer für uns beide reserviert, das wir am Abend vor dem Rennen bezogen. Ich war ihr Gast, wir genossen den herrlichen Abend, unterhielten uns blendend und ich erfuhr einiges über sie von ihr selbst und sie von mir.

Zum Beispiel, dass sie älter war als von mir angenommen. Das hinderte sie nicht daran, wie sie mit einem sichtlich aufflackernden Glanz in ihren dunklen Augen und etwas heiser gewordener Stimme ausdrückte, auf ausgefallene erotische Abenteuer mit jungen Männern aus zu sein.

So ganz jung war ich auch nicht mehr, doch ich sah wesentlich jünger aus und nachdem wir uns beide an diesem Abend bei einem exzellenten Essen und etlichen Gläsern erlesenen Weines in einem der gediegenen Restaurants zusehends näher gekommen waren, stand eigentlich einer für mich aussichtsreichen Liebesnacht nichts im Wege.

Doch weit gefehlt. Ich hatte die Rechnung ohne den Wein, ohne den vollmundigen Lambrusco, übrigens ihre eigene Marke, gemacht.

Auf dem Zimmer angekommen, das direkt über der Piazza del Campo lag, legte ich mich weintrunken und plötzlich müde geworden, auf das gemachte breite Bett, während sie sich für die Nacht herrichtete. Dann kam sie zu mir und ich machte mich, wie ich es vorgehabt hatte, trotz des, wie ich selbst hilflos spürte, großen Weindusels daran, mir ihr zu schlafen.

Der auch schon absterbende Wille war wohl noch da, das Fleisch jedoch, es war schwach. Sie war trotz ihrer nicht mehr präsenten Jugendlichkeit sehr beweglich und schon beim ersten Kuss biss sie mich wieder in die Zunge, allerdings sanfter als beim ersten Mal und es entspann sich ein regelrechter Liebeskampf, der aufgrund meiner Trunkenheit immer mehr zu einem Liebeskrampf wurde. Und dann plötzlich, als ich oder mein Kopf mich anschicken wollte, mit ihr den ersehnten Beischlaf zu vollziehen, spielte mir der Lambrusco, dem ich viel zu viel zugesprochen hatte, einen bösen Streich und ich entschlummerte regelrecht unmännlich in ihren Armen.

Doch nachdem ich ihr Gast war, dem »Centro Europeo« nahestand und ihren Augen alles eher als ein typischer Teutone war, machte sie gute Miene zu meinem bösen Spiel. Es blieb ihr auch nichts anderes übrig, nachdem es ja die vielen Gläser ihres eigenen Lambruscos waren, die ihre Wirkung bei mir nicht verfehlt hatten und ich plötzlich schneller von der Bildfläche verschwand, als ich eigentlich vorgehabt hatte.

Sie hatte ja auch eine gewisse Freude daran gehabt, dass ich, obwohl ich die Lieblichkeit und Hinterhältigkeit dieses Weines kritisiert hatte, Glas um Glas lehrte, ohne dabei an die Wirkung zu denken.

Es war auf jeden Fall eine der eigenartigsten Szenen, ausgerechnet auf diese unmännliche Art in den Armen einer Frau einzuschlummern.

Umso überraschter war ich am nächsten Tag, als mich zärtliche Küsse aufweckten. Es war schon Mittag. Das Zimmer war von hellem Licht durchflutet, die Sonne schien durch das große, offene Fenster direkt aufs Bett, vor dem Elena in verführerischer Nacktheit stand und mir ihre stark behaarte Scham entgegenstreckte, die ich in erster Verwirrung wie ein Ertrinkender küsste.

Zuerst hatte ich gedacht, dass mich ein Trugbild narrte. Doch es war Wirklichkeit. Elena stand vor mir und ich hatte noch nie eine so stark behaarte Frau gesehen. Die schwarze, geringelte Haarwildnis begann unterhalb des Bauchnabels, bedeckte nicht nur die Scham, sondern zog sich ein langes Stück über die Innenseiten ihrer prallen Oberschenkel und sogar über die gesamte innere Po-Region.

Bei Männern ist dies keine besondere Seltenheit, doch bei Frauen stellt man sich so etwas nicht vor und trotzdem, bei Elena war es eine unumstößliche Tatsache, die ich nicht meinem noch etwas nachhängenden Weindusel zuschob, sondern wirklich wahrnahm. Und das mit zunehmender Erregtheit, die ich wohl oder übel niederkämpfen musste, da wir an diesem Nachmittag mit Freunden von Elena zu einem Streifzug durch das aufgewühlte Siena verabredet waren.

Eines nahm ich mir vor, nämlich an diesem Nachmittag mit dem Trinken vorsichtig zu sein, denn ich wollte unbedingt mit Elena schlafen. Dieser Wunsch beherrschte mich mehr als alles andere. Wer kennt als Mann nicht jene Gefühle, die nach einer durchzechten Nacht zwar das Gehirn zwischendurch benebeln, die Libido jedoch doppelt anfachen. Eine Erfahrung, die ich als junger, sehr potenter Mann oftmals mit großer Lust gemacht habe.

Draußen auf der Piazza del Campo war die Hölle los. Eine unübersehbare Menschenmenge bewegte sich durcheinander und es schien, als wüsste niemand, was hier eigentlich geschieht. Es war heiß, unheimlich heiß und es roch nach Schweiß, verschüttetem Wein, frischer Pizza, Pferdeäpfeln, billigem Parfüm, Tabak und aufgeheiztem Gemäuer.

Die Gäste von Marchesa Elena waren auch schon müde und nach einem mühsamen Durchkämpfen durch die Menschenmassen hatten wir uns schließlich wieder in die durch eine Klimaanlage einigermaßen auf erträglicher Temperatur gehaltene Hotel-Bar zurückgezogen. Doch auch hier ging es dementsprechend zu, man hörte nämlich kaum das eigene Wort. Schließlich verabschiedeten sich die Leute und wir blieben noch in der Hotel-Bar.

Das Vorprogramm zum »Palio« hatte bereits begonnen. Wir wollten ja das Spektakel von unserem Hotelzimmer aus ansehen, doch es gefiel uns vorderhand in der Bar so gut, dass wir hier blieben. Im schummrigen Licht nahm sich Elena unwahrscheinlich verführerisch aus. Ihre dunklen Augen hatten einen eigenen Glanz und ich wurde plötzlich nicht satt, sie anzusehen.

Stimmte es tatsächlich, dass diese Frau um 20 Jahre älter war als ich? Nun, ich war um die 35 und sie hatte mir am Vorabend ihr Alter gestanden und ihre Wünsche und Sehnsüchte.

Die Sehnsüchte einer Frau, die sich nach den Erfüllungen und Freuden der körperlichen, aber auch seelischen Liebe sehnt.

Männer sind schnell mit einem Beischlaf zufrieden, während Frauen meistens die tiefere, die seelische Erfüllung suchen. Elena bekam einen beinahe mütterlichen Ausdruck, als sie mit mir über diese Dinge sprach, die ich in dieser deutlichen Art noch nie von einer Frau vernahm. Kunststück – ich war auch nie zuvor einer solchen Frau begegnet. Ich sagte ihr das auch. Und ich teilte ihr auch mein überaus starkes Zärtlichkeitsgefühl mit, die Sehnsucht, Zärtlichkeit nicht nur zu empfangen, sondern vermehrt und vornehmlich zu vermitteln, zu geben und es zu genießen, wenn diese Zärtlichkeit ankommt. Ich steigerte mich so hinein, dass ich sie am liebsten in meine Arme genommen und ihr alle Arten von Zärtlichkeit an Ort und Stelle vermittelt hätte.

Sie blickte mich an und der Ausdruck der Mütterlichkeit war von ihr gewichen und hatte einer eher maskenhaften Miene Platz gemacht. Auch diese erregte mich und ich war nahe daran, die vielen Falten um ihre faszinierenden Augen zu küssen und ihr zu sagen, wie sehr ich mich danach sehnte, mit ihr zu schlafen.

Sie erzählte mir in der Folge offenbar schweren Herzens, dass sie an einem normalen Geschlechtsverkehr nichts mehr finde, sondern jene Männer vorziehe, die ihre abartige Art teilten, sich sexuell zu befriedigen. Doch leider gäbe es von denen wenige und auch diese hätten eine Macke. Sie würde dies verstehen, denn auch sie habe da eine, wie sie sagte, große unoperierbare Macke oder besser, Manie.

Dann erzählte sie mir, dass sie als junge Frau jahrelang von einem Onkel für dessen abartige sexuellen Wünsche missbraucht worden sei. Und das Schlimme daran sei, dass sie mit der Zeit auf diese Wünsche abgefahren sei und schließlich am normalen Sex keine Freude oder zumindest Befriedigung mehr gefunden habe. Auch der Beischlaf mit ihrem angetrauten Manne hätte daran nichts geändert und schließlich dazu geführt, dass die Ehe darunter litt und schließlich endete. Denn es hatte sich eingebürgert, dass der Beischlaf nach ihren ausdrücklichen Wünschen stattfand und das war nicht gut gewesen.

Ich hatte ihr aufmerksam zugehört und meine Begierde, mit ihr zu schlafen, war trotzdem größer als das Verständnis für ihre Einstellung zu abartigem Sex. Sie erklärte mir, dass auch sie mit mir schlafen wolle, doch sie hätte da eigene Vorstellungen, wie dies zu geschehen habe. Ich war zu verschossen in sie, als dass ich irgendwie dagegen protestiert hätte. Ich wollte nur eines, ich wollte es mit ihr treiben, so schnell wie möglich. Der »Palio« interessierte mich plötzlich nicht mehr.

Im Appartement war alles schon vorbereitet, damit wir vom großen Fenster aus die Szenerie bequem beobachten konnten. Auf dem Fenstersims waren weiche Decken ausgebreitet worden und neben dem Fenster stand ein Sektkühler mit einigen Flaschen Prosecco und im Sektkühler auf dem Tisch ruhten in Eis mehrere Flaschen des besten Lambrusco aus dem Hause der Marchesa. Auch für den Magen war mit diversen getrockneten Fleischköstlichkeiten und Käsesorten aus der Region gesorgt. Herz, was willst Du mehr.

Es ist eigentlich kaum möglich, das Folgende nachzuerzählen, geschweige denn nachzuempfinden.

Kaum waren wir in unserem Zimmer angelangt, entledigten wir uns in einer Hast sondergleichen unserer wenigen Kleidungsstücke. Elena warf mich in meiner Ahnungslosigkeit auf das Bett und band meine Handgelenke mit bereitliegenden Stoffbändern an die Bettpfosten. Ich ließ es irgendwie gerne mit mir geschehen, denn ich war zu allem bereit, so erregt war ich.

Sie machte sich dann über mich her und mir schien, als ob ich ihr Opferlamm wäre, das ich auch in gewisser Beziehung war. Mir wurde wiederum bewusst, dass sie die behaarteste Frau war, die ich je angetroffen hatte.

Ich lag da, die Hände an den Bettpfosten festgebunden und erwartete sozusagen mit aufgepflanztem »Bajonett« die körperliche Vereinigung mit ihr. Doch nichts dergleichen fand statt. Sie kam wohl über mich, aber nicht so wie ich erwartete. Sie kauerte sich über mich und drückte ihren aufgewühlten Körper an mein Gesicht.

Ich war wohl überrascht, doch meine Lust und mein Wunsch, Liebe und Zärtlichkeit zu geben, ließen mich handeln. Ich war unheimlich erregt, nicht zuletzt durch die starke Behaarung. Es war ein bisher unbekanntes Gefühl, ihre erotisierten Körperregionen im Gesicht zu fühlen und zu riechen.

Diese Art der außergewöhnlich praktizierten, exotisch empfundenen intensiven körperlichen Liebe – von besonders libidinös Veranlagten mit dem trefflichen Begriff »La Grotta« bezeichnet – war für mich ein Erleben, das einem Erdbeben glich, ja mehr noch, mit einem Vulkanausbruch und dessen glühenden Lavastrom zu vergleichen ist, der alles verbrennt.

Nicht einmal bei meinen Schäferstündchen mit meiner damaligen Liebeslehrerin Mimi in Wien hatte ich das auf eine so im wahrsten Sinne des Wortes eindrückliche Art erlebt.

Ich fühlte sie, wie ich noch nie eine Frau gefühlt hatte. Und vor allem machte mich der Geruch, ein Gemisch von Parfüm und erotisierenden Körpersekreten, fast wahnsinnig.

Es gibt nichts Schöneres, als eine liebende Frau auch zu riechen. Es machte mich regelrecht wahnsinnig vor Lust und ich konnte die körperliche Vereinigung kaum erwarten. Sie band mich schließlich los und warf sich auf das Fenstersims.

Von unten dröhnte der Lärm des voll in Aktion befindlichen »Palio« herauf.

Ich sah vom Bett aus ihren nackten, stark behaarten, einladenden Po und warf mich rasend vor Geilheit darauf. Sie erwartete mich. Ich vereinigte mich auf eine völlig andere Art, von einer fast geschrienen Kanonade ihrer Worte begleitet, die sie in ihrer Muttersprache ausstieß und von denen ich nicht wusste, ob es Ausdrücke des Fluchens, des Schmerzes oder der Lust waren. Ich war im ersten Augenblick geschockt, denn ich hatte noch nie eine Frau so genommen, spürte jedoch die meinen Schwanz umfangende Enge und Hitze ihres Inneren und wurde durch ihr offenbar anspornendes Geschrei und Gewimmer in eine undefinierbare Sinneslust versetzt, die ich spürbar zu ihrer Freude in heftigen Bewegungen manifestierte und dabei meiner Erregtheit nun ebenfalls stimmlich meinen Lauf ließ.

Ich spürte, dass ich ihr dabei sowohl weh als auch wohl tat. Ich werde den Augenblick nie vergessen, in dem wir unsere Lust gemeinsam aus dem Fenster schrien. Ich lernte durch Elena kennen, was das Leben und die Liebe alles an möglichen und scheinbar unmöglichen herrlichen Überraschungen auf Lager haben können.

Draußen auf der Piazza del Campo war die Hölle los, doch das Geschehen ging von uns unbemerkt vorüber. Wir hatten gerade unsere eigene Hölle, die uns Wonne und Schmerz gleichzeitig bescherte, durchlebt.

Als wir erwachten, brauchten wir beide lange, um uns in die Augen zu sehen. Vor allem in Elenas flackerndem Blick glaubte ich so etwas wie den Anflug von Scham über das zu entdecken, was sich am vergangenen Abend zwischen uns abgespielt hatte. Ich nahm sie in meine Arme, küsste sie und bemerkte die Tränen, die über ihre Wangen kollerten und drückte sie fest an mich.

Etwas später, als wir noch immer nebeneinander lagen, sagte sie mir, dass sie jedes Mal nach dieser Art von Liebesvollzug, der nach ihrem Willen stattgefunden habe, heftig leide und sich unheimlich schäme. Sie hätte oft versucht, diese Scham abzulegen, doch dies gelinge ihr nicht, wahrscheinlich deshalb, weil ihr abartig veranlagter Onkel stets große

Lust verspürte, wenn sie sich danach genierte. Er hatte sie offenbar psychologisch so gedrillt und hörig gemacht, dass sie sich jedes Mal schmutzig fühlte und trotzdem weiter nach dieser Art von körperlicher Vereinigung verlange. Sie habe schon oft versucht, diese, wie sie sich ausdrückte, Manie abzuschütteln, doch es sei ihr nie gelungen.

Ich war in der Folge sehr zärtlich zu ihr und wir schliefen nochmals miteinander. Dieses Mal allerdings so, wie ich wollte. Ich genoss dabei ihre große Zärtlichkeit, glaubte jedoch darin eher eine gewisse Mütterlichkeit zu verspüren. Doch auch das tat unwahrscheinlich wohl.

Vielleicht wäre es gut gewesen, Elena hätte ein oder mehrere Kinder bekommen. Vielleicht? Aber die Realität sah anders aus. Sie brachte mir diese Erkenntnis und schließlich wieder ein neues, anderes Frauenbild und bestätigte mir, dass Frauen ein trotz ihres Bestrebens, von uns Männern verstanden zu werden, für uns ewiges Rätsel bleiben.

»Französische Liebe« lombardischen Ursprungs

Dass Frauen in der Liebe seit Menschengedenken eine tragende Rolle spielen, ist an und für sich nichts Neues, wird jedoch immer wieder trotzdem aufs Neue bestätigt und macht sie in der Tat zum ewigen Rätsel.

Es gibt zahlreiche besondere, historisch fundierte Begebenheiten, die beweisen, dass es seit Bestehen der Welt eine nicht enden wollende Reihe von Frauen gab, die nicht nur in der Liebeskunst alle Register zogen und diese auf unvergessliche, außergewöhnliche Art zu praktizieren wussten, sondern damit auch jene Männer, die mit ihnen das Bett teilten, ganz in ihren Bann zogen.

Ja, sie beherrschten diese in jeder Phase durch ihre exzellenten und nachhaltig wirkenden Spiele auf dem Liebeslager, auf dem sich für diese oft das ersehnte Glück einstellte, aber auch Unfrieden, Elend und Kriege geschürt wurden. Dabei wurden – wie man weiß – Könige zu Bettlern und Bettler zu Königen ...

Die Geschichte lehrt uns, dass auf dem Spielfeld der Erotik so manches Außerordentliche passierte, von dem etliche Zeitgenossen meinten, es nach ihrem Gutdünken der Nachwelt erhalten zu müssen und es deshalb mit der Wahrheit nicht immer so genau nahmen. Deshalb entstanden rund um die Liebe und die Praxis der sogenannten Liebeskunst so manche Rätsel, aber auch Fehlinformationen, um nicht von Lügen sprechen zu müssen. Doch die Liebe und die Lüge waren nicht selten eine Einheit, denn das Eine schien oft ohne das Andere einfach nicht auszukommen.

Nun – »Lügen haben kurze Beine« lautet ein altes Sprichwort und birgt so manche, mitunter interessante Überraschung.

Und so ist das Leben voller Überraschungen, verbunden mit historischen Trugschlüssen, die auch in der Erotik im Laufe der Zeit zu Fehlinformationen auf diesem Gebiet ausufern konnten und interessanter Weise ihren, von angeblichen »historischen Insidern« gewollten, jedoch wesentlich anderen Ursprung hatten.

Die Rede ist von der berühmt-berüchtigten sogenannten »Französischen Liebe«, der man allgemein nachsagt, ihren weltweiten Siegeszug von Paris aus, der »Stadt der Liebe«, genommen zu haben.

Meine oftmaligen Aufenthalte in Italien – das ich seit dem Altertum, den Wirren der Völkerwanderung, dem Mittelalter, den Glanzzeiten der Renaissance, der Neuzeit und des Barocks bis in unsere heutige Zeit – für mich gesehen, als das »Mutterland der Liebe« bezeichnen möchte – konfrontierten mich nicht nur mit der historischen Entwicklung des Landes, sondern auch mit jener des gesellschaftlichen Lebens und besonders der Liebe, die hier ständig präsent war und weiter ist.

Und es fiel mir dabei etwas auf, das mich stutzig machte und das ich jedoch fern jedes tierischen Ernstes aufgezeigt haben möchte. Doch ich bin der Meinung, dass es gesagt werden soll, auch wenn ich dabei bei weitem nicht der erste bin, der davon spricht.

Wenn ich die Geschichte der Erotik zur Zeit der Renaissance speziell in Italien und Frankreich zurückverfolge, komme ich zum folgenreichen Schluss, dass die sogenannte »Französische Liebe«, die sich speziell auf orale sexuelle Kontakte gegenüber den althergebrachten Paarungsakten zwischen Mann und Frau ausdehnte, ihren Ursprung in der Lombardei in Italien hatte und damals zumindest in adeligen und kirchenfürstlichen Kreisen weit verbreitet war. Die Geschichte der Borghia-Dynastie spricht hier ja Bände.

Dass dabei die Frau und speziell ein gewisser Typ von Frau stets im Mittelpunkt stand, war Voraussetzung dazu und stellt das weibliche Geschlecht bezüglich seiner mit Raffinesse, Logik und berechnender Diplomatie gepaarten eigenen Gefühlswelt hoch über den vom angeblich ewigen Jagdtrieb besessenen Mann, der sich in allen Zeiten gerne als der Eroberer sah, der er in Wirklichkeit oft gar nicht ist.

Doch wie es immer schon war und durch eine Reihe von historischen Beispielen belegt wurde – man ließ dem scheinbaren Eroberer seinen Glauben, der ihn glücklich machte.

Dass dieses Glück bisweilen trügerisch war, steht auf einem anderen Blatt.

Wenngleich die sogenannte »Französische Liebe« mit ihrer speziellen Art des sexuellen Kontaktes – der lange zuvor schon in vorchristlichen und späteren Zeiten in der ganzen Welt gang und gäbe war – wie alte Steinzeichnungen und Reliefs bestätigen – sei hierbei der guten Ordnung halber erwähnt.

Historische Begebenheiten gerade in der Renaissance scheinen zu bestätigen, dass der lasziv-frivole Begriff der »Französischen Liebe« zu einer Zeit in Mode kam, als sich italienische und französische Fürsten und Herzöge im Rahmen des berüchtigten Absolutismus in ihren Eroberungskriegen in die Quere kamen oder durch geschickte Verträge gegenseitig die Bälle nahmen oder zuschoben.

Saverio Insalata, ein mit mir befreundeter, lange Zeit in der Schweiz lebender Journalist aus Mailand, der unter anderem für italienische Kunst- und Kulturzeitschriften schrieb, berichtete darüber und meinte, dass die wenigsten über den angeblich wahren Ursprung dieser erotischen Besonderheit wüssten und dass sich gerade die Franzosen als »Grande Nation« in ihrer oft sprichwörtlichen Arroganz in dieser Sache mit falschen Federn schmücken würden.

Er nannte mir einige historische Begebenheiten und Daten, die ich auf ihren Wahrheitsgehalt anhand entsprechender historischer Lektüre überprüfte und dabei zum Schluss kam, dass bezüglich des ominösen erotischen Begriffs wirklich nicht alles so zutraf, wie es die Franzosen als angebliche »Erfinder« dieser außergewöhnlichen Liebepraxis gerne in alle Welt posaunen.

Französische Historiker und Schriftsteller liefern allein bezüglich der berüchtigten »Bartholomäusnacht« und der politischen und erotischen Umtriebe von Katharina von Medici eindeutige Informationen zum Begriff der »Französischen Liebe«.

Auch Marchesa Maschera, jene piemontesische Adelige, die mir ein unvergessliches erotisches Intermezzo anlässlich des berühmten historischen »Palio« in Siena bescherte, hatte mir einiges und damit Zusammenhängendes über erotische Gepflogenheiten ihrer oberitalienischen Heimat erzählt.

Offenbar sind viele Menschen über den Ursprung dieses oft gebrauchten, jedoch zumeist hinter vorgehaltener Hand erwähnten erotisch-sexuellen Wunsch-Begriffs aufgrund mancher anderer Annahmen nicht richtig informiert oder manche Behauptungen von angeblichen historischen »Insidern« basieren auf Trugschlüssen.

In der Tat waren die erotischen Gepflogenheiten in Frankreich und gerade am französischen Hof bis zum Beginn der Renaissance nicht von außerordentlichem Ruf. Demnach hatte der vielzitierte frivole Begriff der »Französischen Liebe« seinen Ursprung unter dem französischen König Franz I., einem, dem lupenreinen Absolutismus frönenden, typischen Renaissance-Fürsten und erklärten Lebemann.

Höfischen und kriegerischen Glanz verbreitend, erhob er sein national ausgeprägtes Königreich Frankreich über alle staatlichen Gewalten und verkörperte seine Zeit und sein Land einzig und allein durch seine in erotischen und kriegerischen Abenteuern dominierende Person.

Gleichzeitig verpflanzte er die damalige ausufernde Hurerei und Völlerei – von ihm zugetanen »Zeitzeugen« heruntergespielt und als »sittliche Leichtfertigkeit« bezeichnet – auf den französischen Thron und machte das bislang lediglich unterschwellig aktive Maitressenwesen zur staatlichen Institution.

Nachdem König Franz I. von Frankreich die Eroberungspolitik seiner Vorgänger aufrecht erhielt, war er stets mit besonderer, von seiner Libido gelenkter Vorliebe auf Feldzügen in Oberitalien unterwegs, jagte unter anderem den stolzen Sforzas das Herzogtum Mailand ab, holte sich auch Genua und schloss mit Papst Leo X. – der selbst kein Freund von erotischer Abstinenz war – einen durchsichtigen Friedenspakt.

Der mit Vorliebe kriegführende König und Lebemann versuchte sich später mit Karl V. – dem späteren Habsburger-Kaiser, in dessen Reich die Sonne nie unterging – um die vakante Kaiserkrone anzulegen und zog dabei als kläglich scheiternder Feldherr und mit dem Kaiserthron vergeblich liebäugelnder Fürst den Kürzeren. Er wurde nämlich 1525 in der historischen Schlacht bei Pavia vernichtend geschlagen und geriet dabei in eine für ihn äußerst schmähliche und auch finanziell sehr teure Gefangenschaft.

Bösartige historische Berichterstatter schrieben damals, dass der schillernde Lebemann bei seiner Gefangennahme und damit verbundenen symbolischen Degenabgabe seine Häscher inständigst darum gebeten habe, man möge ihm wenigstens seinen Tross mit den ihn stets begleitenden lombardischen Liebhaberinnen und Maitressen lassen, was ihm angeblich auch erfüllt wurde.

Wieder in Paris, sorgte Franz I. dafür, dass an seinem Hof mehr denn je lebens- und liebeshungrige Damen aus dem lombardischen Adel und toskanischen Kreisen zugegen waren und ein Edelmann durfte dem großen und freizügigen Königshof nur angehören, wenn er nicht mindestens eine Maîtresse vorzuweisen hatte.

Historisch eindeutig nachgewiesen ist auch, dass die berühmt-berüchtigte Katharina von Medici, Königin von Frankreich, gleichzeitig aber auch Lebedame, politische Kulissenschieberin, Hugenotten-Massenmörderin und Giftmischerin, in ihrem Gesinde und am Hof eine Vielzahl von toskanischen und oberitalienischen Lebedamen »beschäftigte« und nicht zuletzt dadurch die französische Liebeskunst für ganz Europa und dessen Fürstenhäuser eigentlich salonfähig machte.

Der französische Hof war jedenfalls, was die öffentlich zur Schau getragene Lebenslust und Liebeskunst betraf, für die adeligen Kreise in ganz Europa wegweisend, wenngleich damit viele sittlichen Werte auf der Strecke blieben.

Auch dem Adel und den wohlhabenden Patrizierfamilien des Bodenseeraumes waren diese sittlich verkommenen Veränderungen der Renaissance nicht verborgen geblieben und man orientierte sich mit großem Interesse an außergewöhnlichen erotischen Gepflogenheiten in den gesellschaftlichen Zentren der nahen Lombardei und des Piemont.

Como und verschiedene andere Orte am Comersee, Lago di Garda und am Lago Maggiore waren damals die gerne aufgesuchten Plätze, an denen sich der sonst strenggläubige Alemanne weit weg vom Schuss sozusagen die eine oder andere erotisch motivierte »Auszeit« gönnte.

So traf sich hier alles, was damals Geld, Rang und Namen hatte, angefangen von Baumeistern über reiche Bürger, gelangweilte Adelssprosse und Hofschranzen bis hin zu klerikalen Repräsentanten, selbst katholischen Bischöfen, um sich in manchem »Lustspiel« an der hohen Liebeskunst der erfahrenen Damen südlich der Alpen zu erfreuen und zu ergötzen.

Es kam deshalb auch nicht von ungefähr, dass namhafte Vorarlberger ihre Spuren nicht nur auf dem Sektor des Bauwesens und der kunstvollen Stukkaturen in diesen Regionen hinterließen.

Wenn man das einzigartige, faszinierende Flair Oberitaliens kennt, liebt und im wahrsten Sinne des Wortes inhaliert und die wirklich angenehmen menschlichen Eigenarten in Kauf nimmt, kann man verstehen, dass hier auch die Liebe im

Allgemeinen und die stets lustbetonte Bereitschaft dazu zuhause sind.

Historisch gesehen fiel neben vielen anderen eben auch ein französischer König und typischer Renaissance-Fürst wie Franz I. dieser Gegebenheit zum Opfer. Die Borghias, die Medicis, die Sforzas und die Viscontis, die Strozzis und Pazzis sowie etliche Päpste, Kardinäle und Bischöfe wurden zu historisch-erotischen Merk- und Mahnmalen eines ausufernd zügellosen Lebens, das zwischendurch auch heute noch seine Auswüchse zeitigt und offenbar sichtlich und nachhaltig das Volk stimuliert.

Beispielsweise wie der bekannte und berüchtigte Milliardär und Politiker Berlusconi, den der oppositionelle »Blätterwald« ob seines ausschweifenden Lebenswandels kritisiert, der sich jedoch immer wieder bei großen Teilen des Volkes einer eigenartigen, rätselhaften Beliebtheit ob seiner offen zurschau getragenen Lebenslust erfreut.

Ich denke da an eine Begebenheit, die mir ob ihrer Eigenart in Erinnerung bleiben wird. Anlässlich einer meiner vielen Aufenthalte in Stresa am Lago Maggiore diskutierte ich gelegentlich am vormittägigen Stammtisch mit einheimischen Kaufleuten, Arbeitern und kommunalen Bediensteten über den damaligen Regierungschef Silvio Berlusconi. Und nachdem ich nicht mit handfester Kritik an diesem gespart und dabei die Zustimmung der Zuhörer vergeblich erwartet hatte, wunderte ich mich über das negative Echo auf meine Ausführungen und es kostete mich einige Prosecco-Runden, um etliche offensichtlich aufgebrachte Herren wieder zu beruhigen. Offenbar verstand es Berlusconi, sich trotz seiner kritisierten lockeren Lebensweise nach wie vor auch als ein Mann des Volkes in Szene zu setzen – eines Volkes, das ihn zweigeteilt einerseits liebte und andererseits hasste.

Nun, auch hier bewahrheitete sich der geflügelte Ausspruch »Geld macht nicht glücklich, aber es beruhigt«. In diesem Zusammenhang auch das Volk, das sich wie überall in der Welt kaufen lässt.

In der Lombardei wie überhaupt in Italien scheinen bezüglich der Lebensanschauungen andere Vorstellungen zu gelten. Hier bewahrheitet sich einmal mehr die dominierende Einstellung zur Lebens- und Liebeslust und daher zum oft belächelten Begriff des »Molto potente«.

So gesehen ist es nicht verwunderlich, dass diese Einstellung dank damaliger lombardischer »Gastarbeiterinnen in Sachen Liebe« den französischen Königshof in der Renaissance in Beschlag nahm und schließlich von Paris aus dann als berühmt-berüchtigte Frivolität Weltruf erlangte …

Flamenco bizarr

Eine Episode soll erzählt sein, weil sie aus einer Zeit stammt, in der ich wohl meinte, auf außergewöhnlichen Spuren zu wandeln, jedoch dann einsehen musste, dass dem nicht so war. Ich hatte einen neuen »Tick« bezüglich meiner Namensnennung und meinte auch hier etwas »Revolutionäres« zu schaffen. Ich nannte mich von einem Tag auf den anderen fortan G. J. Dabbelyou. Der Name Günther J. Wolf war mir für einen Schriftsteller zu wenig aufregend.

Ich war zwar mit vierzig Jahren auch nicht mehr taufrisch, aber meinte, immer noch genug mit jugendlichem Leichtsinn behaftet zu sein, um dann schließlich doch auf die Nase zu fallen, so wie im letzten Sommer.

Ich liebe Spanien und besonders die Regionen der Costa Brava und Costa Dorada. Spanien badete damals im Billig-Tourismus, mit ein Grund, jedes Jahr einige Wochen hier zu verbringen. Einmal in Gerona, dann wieder in Rosas, Malgrat oder Callela. An bekannten Adressen fehlte es mir nicht.

Callela hatte es mir besonders angetan. Hier pulsierte das Leben. Hier traf sich die Jugend und alles, was noch jung zu sein glaubte, so wie ich zum Beispiel. Von hier aus kann man auch ideal ausschwärmen, nach Barcelona, der herrlichen katalanischen Metropole und Weltstadt mit ihrer berühmten Einkaufsstraße, der Ramblas. Nach Gerona, der Provinzhauptstadt, nach dem in der Nähe liegenden Künstlerstädtchen Figueras, in dem der weltberühmte Cellist Pablo Casals zuhause war und der nicht minder berühmte skurrile Maler Salvadore Dalí. Ihn hatte ich übrigens anlässlich einer Vernissage in der bekannten Galerie Haas kennen gelernt und mein Freund und Besitzer der Galerie, Albert Haas, hatte mich mit ihm bekannt gemacht. Daraus war eine Beziehung entstanden, die insofern Früchte trug, als ich ihn einige Male in Figueras besuchte und einmal in Paris traf. Salvadore Dalí, ein in jeder Beziehung außergewöhnlicher Künstler und Mensch, war für mich eine Ausnahmeerscheinung, ja eine Lichtgestalt der Weltkunstszene, wie es sie nicht mehr geben wird. Und ich mochte Figuaras. Es war für mich ein Welt-Kulturpunkt und Treffpunkt der Sinne. Von hier aus konnte man in das interessante, abenteuerliche, vor Hitze flimmernde Landesinnere gelangen, dessen rote Erde mich immer wieder aufs Neue fasziniert. Ich habe diese Region und alle ihre malerischen Orte in mein Herz geschlossen, mit all ihrem Drumherum, wenngleich der Sommertourismus auch hier bisweilen auszuufern droht. Doch dafür ist es zur kühleren Jahreszeit umso ruhiger, aber gerade auch auf eine gewisse Art schön.

Doch was soll's. Ich liebte das Leben und besonders seine schönen Seiten hier; diese unbändige, stets wache Lebenslust, die die Urlaubsgäste sofort gefangen nimmt, die von Zuhause aus der eintönigen Tretmühle des Alltags ausbrechen, um hier zumindest für einige Zeit zu anderen, scheinbar unbeschwerten Ufern zu gelangen.

Ich liebe diese Gegensätze zwischen der Stille des Morgens, der noch etwas verschlafenen Stimmung des Vormittags, der backofenheißen Mittagszeit, der flutenden Stimmung des Nachmittags, und das zunehmend pulsierende Leben, das in den späten Abendstunden seinen absoluten Höhepunkt erreicht.

Manche mögen das nicht. Sie sind hier dann auch fehl am Platz. Hierher kommt, wer leben, erleben, sich ausleben will, getreu der Devise, der auch ich mich anschloss. Wenn es mir zu laut wird, dann haue ich einfach ab, verziehe mich in die nahen felsigen Klippen oder per Mietpferd in die stillen, jedoch wilden Teile im Landesinnern auf eine der gastfreundlichen, bewirteten Haziendas, auf denen es nachts ruhig ist und komme dann wieder zurück, wenn mir danach ist, mich wieder ins überschäumende Stadtleben zu stürzen. Ja, es ist eine der schönsten Regionen für mich, ein wunderbarer Platz zum Leben, zum Lieben, aber eben auch, um dann und wann dabei so richtig auf die Nase zu fallen.

Ich bin eben G. J. Dabbelyou und ich liebe das Leben und ich genieße es in vollen Zügen, wie ich es gewohnt bin, in den kleinen Bistros, den engen Stehkneipen, den verrauchten Bars, den schwülen Halbweltcafés der Bohemiens, in den überfüllten Flamenco-Kellern, aber auch in den noblen Restaurants.

Und ich war bisher auch immer wieder gerne bereit, an allen diesen Orten die Dinge des Lebens zu genießen, gute Drinks, gutes Essen, erlesenen Tabak und, was für mich immer schon zählte, die Nähe von Frauen.

Diese Nähe der Frauen bot offenbar immer wieder das Terrain dazu, dass der unverbesserliche spleenige G. J. Dabbelyou stets bereit war, sich auf prickelnde Abenteuer einzulassen, wenn sie auch dann und wann in Schieflage gerieten und daher manchmal mit einer Bruchlandung endeten. So geschehen im Trubel des letzten Sommers in Callela.

Dabei hatte sich das Ganze gar nicht so entwickelt, als dass man von vorneherein von einer heißen Affäre hätte sprechen können. Woanders hätte sich das alles auch sicher nicht so eingestellt oder zumindest nicht so spontan und intensiv. Doch Callela war anscheinend genau der Platz für eine spontane stürmische Liaison und das Auslösen eines erotisch-emotionellen Erdbebens inmitten einer wilden Flamenco-Nacht. Flamenco-Musik hatte auf mich immer schon einen besonderen Einfluss ausgeübt und meine Lebensgier entsprechend angeheizt.

Sie hieß Nina. Obwohl ihre Vorfahren, wie sie mir nicht ohne Stolz sagte, früher in Paris wohnhafte russische Emigranten waren, hielt man sie fast für eine Spanierin, weil sie die Landessprache so gut beherrschte. Sie war jedoch deutsche Staatsbürgerin und begleitete von München aus als Reiseleiterin in Drei-Wochen-Turnussen bayerische Touristen per Bus an die Costa Dorada.

Wir wohnten nicht im selben Hotel, doch sie kam hie und da zum Essen in dasjenige, in dem ich wohnte. Erstens weil das Essen hier besser war und zweitens, weil sie zwischendurch andere Gesichter sehen wollte und auch mancher zweideutigen Einladung aus dem Wege gehen konnte. Trotz ihres Charmes und eines gewissen Etwas schien sie mir eher kumpelhaft. Sie war auch keine ausgesprochene Schönheit, sondern eher ein interessanter, jugendlich wirkender Frauentyp. Doch sie gefiel mir. Und unverbesserlich zutraulich, wie ich nun einmal war, suchte ich ihre Nähe. Zuerst mit einer belanglosen Einladung zum Aperitif an der Hotelbar, dann zu einem gemeinsamen Ritt ins Landesinnere und schließlich zu einer Spätnachmittagssiesta am Strand bei kühlem Champagner. Wir hatten uns über Gott und die Welt unterhalten und gegenseitig einiges aus unserem Leben erzählt und, was mich mächtig freute, rasch entdeckt, dass wir uns eigentlich gut verstanden.

Der für uns beide erfreulich verlaufene, schöne Tag und die Wirkung des süffigen Champagners bewogen uns schließlich, auch den Abend miteinander zu verbringen. Dies noch dazu, wo sie am übernächsten Tag wieder abreisen musste, um den nächsten Trip nach Spanien zu managen.

Wir suchten zuerst das in Callela bekannte Restaurant »La Roda« auf. Hier servierte man einen hervorragenden Champagner-Sangria und die scharfen, würzigen, gegrillten katalanischen Hähnchen, die vorzüglich mundeten. Wir saßen im malerischen Lichthof des verrußten Lokals, das einem Katalanen gehörte, der jeweils im Herbst nach Tirol zum Jagen reiste und dessen Wildschweinschinken, der in vielen Varianten an den Gewölbedecken hing, zu den besten weit und breit gehörte.

Es war ein Vergnügen sondergleichen, in Gesellschaft dieser Frau zu sein und wir unterhielten uns ausgezeichnet. Nina war völlig gelöst und mitteilsam und so erfuhr ich unter anderem auch ihr Alter. Sie war 29 und hatte trotz ihres noch relativ jungen Alters auch schon einiges an positiven wie negativen Lebenserfahrungen gesammelt. Den Reiseleiterjob machte sie, wie sie mit einem bezaubernden Lächeln ausführte, sehr gern, weil er ihrer Unrast entgegenkam. Sie hatte ihr Studium abgebrochen, um diesen Job anzunehmen, weil er sie aus der Tretmühle des Uni-Lebens befreite. Vielleicht werde sie, wenn nichts besonderes dazwischenkomme, eines Tages doch wieder weiterstudieren, meinte sie lachend und lehnte sich dabei so vertraut an mich, dass mir das Blut in den Adern heiß wurde. Junge, Junge, fragte ich mich, was wird das wohl noch, wenn es so weitergeht?

Und hatte dabei auch schon mein Herz verloren, als sie mir tief in die Augen sah. Diese freundlichen graugrünen Augen in ihrem gebräunten Gesicht, der volle sinnliche Mund, die kaum merklichen, leicht geschwungenen Backenknochen, die ihre russische Abstammung verrieten, und ihr kurzes brünettes Haar verliehen ihr den Ausdruck einer begehrenswerten Frau. Dazu kam ihre leicht rauchige Stimme und das gurrende Lachen, das jedes Herz öffnen musste.

So schnell konnte mich also ein Frauenlächeln offenbar aus der Fassung bringen. Wir sahen uns tief in die Augen und ich spürte das Beben in ihr, als ich ihre Hand nahm und deren feine Innenfläche zart küsste. Schließlich bummelten wir dann durch die romantischen, engen, bevölkerten Gassen von Callela, das sich an diesem Tag natürlich von seiner besten Seite zeigte.

Es roch nach gegrillten Hähnchen, gebratenem Fisch, Thymian und Rosmarin, Zwiebel und Knoblauch, verschüttetem Sangria und anderem nicht sofort Definierbaren. Ich genoss dies alles und auch die Tatsache, dass sich Nina bei mir fest eingehakt hatte, damit uns niemand auseinanderreißen konnte. Wir besuchten auch einige Flamenco-Keller. Ich liebte den Flamenco sowohl als Musik wie auch als Tanz. Hier wurde zwar nicht überall der klassische Flamenco gespielt oder getanzt, doch dies tat dem allgemeinen Erlebnis und der Atmosphäre keinen Abbruch. Es zählte die Stimmung, die durch das Stampfen der Tänzerinnen entstand sowie durch den typischen nasalen Gesang, die Gitarren und die Kastagnetten. Ich bemerkte auch, dass Nina, die ja beruflich viel Zeit in dieser Gegend verbrachte, sich durch die Rhythmen dieser Musik stimulieren ließ und begeistert mitging.

Knapp vor Mitternacht aßen wir noch in einem besonders noblen Restaurant bei Kerzenlicht Langusten und gegrillten Fisch. Ich war jetzt nicht mehr G. J. Dabbelyou. Ich kam mir vor wie in einem alten Hollywoodfilm, in dem sich Clark Gable und Ava Gardner, die »Venus von Hollywood« gegenübersaßen. Oder wie Ernest Hemingway, der ja mit Ava Gardner in den 50er-Jahren angeblich »heiße« Stunden nach der berühmten Corrida in Pamplona verbracht hatte.

Jedenfalls fühlte ich mich wie Gott in Frankreich, auch wenn wir hier in Spanien waren. Zum Schlafen war jetzt um Mitternacht keine Zeit. Der Lärm aus den Kneipen, Bars, Discos und Flamencokellern sowie aus den vollen Gassen hätte das auch nicht zugelassen.

Nina und ich suchten deshalb einen dieser Flamenco-Keller auf, um uns von der begeisternden und faszinierenden Atmosphäre mitreißen und gefangen nehmen zu lassen. Das Lokal war total verraucht und zumindest zur Tanzfläche hin gefüllt. Es roch nach Sangria, schalem Bier, Weinbrand, billigem Parfüm, Schweiß, Leder und Tabak. Doch das störte hier niemanden.

Wir hatten Glück und saßen für uns allein an einem kleinen Tischchen mit Blick auf die Tanzfläche in einer erhöhten Ecke des Lokals. Lediglich eine zuerst ungewohnte Dunkelheit umhüllte uns, was uns jedoch bald zugute kommen sollte. Vino Tinto mit etwas Wasser trinkend, ließen wir uns von den Darbietungen begeistern. Die Tänzerinnen und Tänzer stampften und drehten sich im harten, pochenden Flamenco-Rhythmus. Das Stampfen und Steppen der Tänzer, die klappernden Kastagnetten und die Gitarrenklänge nahmen alle gefangen. Und es zeigte sich einmal mehr, dass der Flamenco, ganz gleich, ob nur als Musik gespielt, gesungen oder getanzt, eine einzige, absolute erotische Herausforderung darstellt.

Außer dem echten argentinischen Tango nimmt wohl kein anderer Tanz so stark Einfluss auf die Erotik und Libido der Zuhörer. Nina hatte sich eng an mich gedrückt und ich fühlte, wie ihr Körper durch die Flamenco-Musik aufgewühlt wurde, ihre Beine zwischendurch im Takt mitstampften und ihre Finger, wenn sie nicht enthusiastisch mitklatschte, sich in die Haut meiner nackten Arme gruben.

In meinen Adern rauschte das Blut und mein Körper vibrierte ebenfalls infolge dieses verlangenden Stampfens der Füße und das Schlagen der Finger auf die Gitarrenkörper. Ich betrachtete Ninas Gesicht, um dessen gebannten Ausdruck in mich aufzunehmen.

In der Dunkelheit sah ich jedoch nicht sehr viel, lediglich das Glänzen ihrer Augen und ehe ich mich versah, spürte ich ihre verlangenden feuchtwarmen Lippen auf den meinen. Mein Herz schlug wild, als sich unsere Lippen öffneten und unsere Zungen im Liebeskampf ein ähnliches Stakkato vollführten, wie die stampfenden Flamenco-Tänzer.

Wie abgesprochen, brachen wir urplötzlich auf, um in mein Hotel zurückzukehren, das sich einige Gassen weiter entfernt und auch ganz in der Nähe von Ninas Hotel befand.

Die ganze Stadt war immer noch erfüllt vom Lärm aus den Lokalen und den unverkennbaren Klängen aus den Flamenco-Kellern. Mein Hotel beherbergte ebenfalls einen solchen Keller und die Musik, das Steppen und Singen waren im Zimmer noch gut zu hören, als wir in diesem angelangt waren. Niemand hatte uns gesehen, die Hotelgänge waren wie ausgestorben, alle waren noch in der Stadt. Ich machte kein Licht. Die Lichtreklamen von der Gasse beleuchtete die Szenerie im Zimmer in verschiedenen Farben, was ungemein stimulierte. Wir sprachen nicht viel, als wir noch einen Drink nahmen.

Alles in und an uns war aufgewühlt und die Atmosphäre glich einem aufziehenden Gewitter, das jederzeit losbrechen und den ersehnten kühlenden Regen bringen konnte.

Nina war wunderschön, als sie sich auszog. Sie hatte eine richtig frauliche Figur mit all den Rundungen, die ich liebte, die sie jedoch trotzdem sportlich erschienen ließen.

Dann kam sie zu mir aufs Bett und wir fanden uns in einer nicht enden wollenden leidenschaftlichen Umarmung und schließlich inmitten der schönsten aller Spiele, die die Liebe kennt. Was ich dabei spürte, ließ mich an einer gewissen Stelle meines Unterleibes fast bersten. Es war das herrliche, mit krausem Haar bedeckte, sanft bebende, feuchte Vlies einer Frau, die für mich das pure Verlangen persönlich darstellte. Und als ich in sie eindrang, geschah dies mit dem gleichen ungestümen Fordern wie es aus der Flamenco-Musik herauszuhören war, deren Klänge aus dem Keller des Hotels zu uns heraufdrangen. Das Zucken unserer innig verschmolzenen Körper hatte, so schien es mir, den gleichen wilden Rhythmus.

Das Phänomen Flamenco hatte uns auf diese herrliche Art und Weise in seinen unbändigen Bann gezogen, in einen Exzess eingebunden und war überall, über uns, unter uns, in mir und in ihr, deren Schoß mich schamlos rotierend aufforderte, noch mehr zu geben.

Wir konnten nicht von einander lassen. Unsere körperliche Vereinigung mit all diesen außergewöhnlichen Liebkosungen wurde zum wilden, bizarren Akt. Das Stampfen und Pochen stachelte uns zu immer außergewöhnlichen Spielen und neuerlichen körperlichen Vereinigungen an. Und mitten in den Lärm vom Keller des Hotels und von der Gasse herauf verebbten die halberstickten, gurgelnden Lustschreie aus unseren Kehlen, als wir dort angekommen waren, wohin wir uns gesehnt hatten.

Es war schon hell, als Nina sich aus meinen Armen herausgeräkelt hatte, um mich zu verlassen und in ihr Hotel zurückzukehren.

Ihr Lächeln, das sie mir noch unter der Zimmertüre zugeworfen hatte und ihr gurrendes »Adieu«, ließen in mir den Wunsch entbrennen, sie unbedingt wiederzusehen.

Ich sah sie dann auch wieder, an einem Morgen, einige Tage nach unserer gemeinsamen Nacht, als ich sie, meinerseits unsterblich in sie verliebt, mit einem Strauß weißer Lilien in ihrem Hotel aufsuchen wollte. Die Lilie ist ja bekanntlich die Blume der Königinnen und sie war eine Königin.

Sie saß jedoch nicht allein am Frühstückstisch, sondern in Gesellschaft eines gut aussehenden Mannes. Wahrscheinlich eine Geschäftbesprechung dachte ich mir. Trotzdem hatte sich bei diesem Anblick in mir ein mulmiges Gefühl breitgemacht. Als ich mich beim Rezeptionisten des Hotels dann vorsichtig über Ninas Gegenüber erkundigte und erfuhr, dass es ihr Mann war, der gleichzeitig der Inhaber jenes Münchner Reiseunternehmens war, für das Nina die Touristen hierher begleitete, musste ich mich unwillkürlich setzen.

Ich stand noch an der Rezeption, als Nina mit ihrem Begleiter das Restaurant verließ. Sie warf mir einen Blick zu und ein Lächeln, das ich nie vergessen werde.

Da werde einer schlau aus den Frauen. Der gute alte und offenbar ewig unbelehrbare Schwärmer G. J. Dabbelyou war wieder einmal voll auf die Schnauze gefallen. Der Schock saß tief. Doch einige Minuten später erinnerte ich mich an meinen Vater, der mir einmal so bezeichnend gesagt hatte: »Das Glück ist wie ein Vogerl, das sich auf deine Hand setzt. Und ehe du es festhalten kannst, ist es schon wieder weitergeflogen.«

Ich stand da mit einem Lilienstrauß, den ich schließlich wortlos dem völlig überraschten Mann an der Rezeption in die Hand drückte, verließ das Hotel und suchte eiligen Schrittes die nächste Bar auf, in der ich mir einen doppelten Scotch einverleibte. Alles tat jetzt so verdammt weh, wie es vor kurzem noch so unsagbar schön war.

»Viva la muerte« oder »Der etwas andere Tod am Nachmittag«

Manchmal kommt es erstens anders und zweitens als man denkt. Und das in einem Leben und Erleben, das sich in einer kurzen Zeit gravierend änderte und zwar so, wie man es nicht erwartet hat und es sei mir verziehen, in eine Person zu schlüpfen, um jene Anonymität zu wahren, die allen Beteiligten zugute kommen soll. Dennoch stellt das Nachstehende eine der für mich gravierendsten Spurenverwischungen dar. Beginnen wir damit, dass Rolf Gärtner, der Name ist bewusst geändert, seines Zeichens als ein in die Jahre gekommener Verlagsmanager auf den Gedanken kam, mit seiner Familie Urlaub an der Costa Dorada in Spanien zu machen.

Dazu bot das malerische katalanische Städtchen Santa Susanna an der tourismusfrequentierten Costa Brava trotz des Ferienmonats August die Möglichkeit, in belebter, jedoch nicht überbordender Atmosphäre auszuspannen. Also in jener zwanglosen Atmosphäre, die er sich eigentlich gewünscht hatte. Wenn er absolut lärmendes Leben und Abwechslung wollte, konnte er entweder weiter nördlich nach Gerona oder südlich nach Calella oder besser noch in die katalanische Metropole Barcelona fahren. Alles lag ja in mehr oder weniger unmittelbarer, relativ schnell erreichbarer Nähe. Seine Frau Gerda war ständig mit ihren mitgereisten Freundinnen unterwegs, während sich die Männer bereits am Vormittag schon in der Hotelbar trafen, um frühzeitig ihren Aperitif einzunehmen. Für die Frauen gab es derweilen außer Geschäftebummel auch viel Gesprächsstoff, der nie ausging.

Rolf Gärtner fühlte sich trotz der drückenden Mittagshitze recht wohl, als er in Barcelona allein durch die »Ramblas« schlenderte, durch jene berühmte Einkaufsstraße, von der viele sagten, es sei die schönste Einkaufsstraße der Welt. Was soll's, jede Weltstadt behauptete von sich, die schönste Einkaufsstraße der Welt zu haben.

Gärtner war nach Barcelona gefahren, um sich hier am Nachmittag eine Corrida anzusehen. Es war sein erster Stierkampf und er hatte sich eigentlich nicht besonders darum gerissen. Doch einer seiner Freunde hatte ihm gesagt, dass man so etwas gesehen haben muss, damit man als Spanienurlauber dann zumindest zuhause mitreden konnte. Und mitreden wollte, ja musste Rolf Gärtner allemal, war er doch Manager eines bekannten deutschen Verlages und außerdem noch ein Ernest-Hemingway-Fan.

Bekanntlich war der gute alte »Papa Hem« ein erklärter Anhänger des traditionellen Stierkampfes, wie alle männlichen Stierkampfliebhaber in Spanien und Mexiko, die viel auf ihre Potenz und auch jene des Kampfstieres hielten. Und speziell in Spanien, dem Mutterland des Stierkampfes, hielt man seit jeher in der Männerwelt viel von Kampfstieren und der damit vermeintlich verbundenen sexuellen Potenz.

Also saß Rolf Gärtner an diesem heißen Nachmittag in Barcelona im steilen Rund der großen Arena. Die Sonne brannte unbarmherzig herunter und machte durstig. Er hatte vorgesorgt und labte sich aus einem Einkaufssack, in dem er vorsorglicherweise einige Dosen Bier bereit hielt.

Was ihm auffiel, war, dass relativ wenige Spanier unter den Zuschauern weilten, dafür umso mehr Deutsche, Japaner und Amerikaner. Von letzteren waren erstaunlicherweise viele Frauen anwesend, nicht mehr so junge, dafür sichtlich umso enthusiastischere, um es höflich zu sagen. Nach den nicht unbedingt erbaulichen blutigen Vorkämpfen war dann endlich der Hauptkampf im Gange, genauso begleitet vom Hauch des Todes wie die Kämpfe zum Auftakt.

Unwillkürlich musste Gärtner dabei an Hemingways berühmte Novelle »Tod am Nachmittag« denken. Er beobachtete das unerbittlich grausame Schauspiel, das für ihn zum

Wechselbad der Gefühle wurde und ihn zwischen Abscheu und Faszination hin und her riss. Doch schließlich nahm ihn die Atmosphäre gefangen. Sie war Wach-Albtraum und Faszination zugleich und er kam sich vor wie ein Kaninchen, vor dem sich eine hochgiftige Kobra aufgebaut hatte, um im nächsten Moment den blitzschnellen tödlichen Biss an ihm anzubringen.

Unten im sandigen Rund der Arena war der schwarze, vor Wut und Schmerz schnaubende Kampfstier, aus dessen wuchtigem, von Banderillos gespickten Nacken hellrot das Blut rann und der wütend mit seinen langen spitzen Hörnern nach der pinkfarbenen Mantilla stieß, mit der ihn der Torero, begleitet vom mächtigen »Olé« der Menge, reizte und hinter der letzterer arglistig den todbringenden, jedoch gleichzeitig auch von den Schmerzen erlösenden Degen versteckte, gleich einem Scharfrichter, der das Henkerschwert hinter dem Rücken verbarg, wenn er zum Delinquenten schritt, um sein blutiges Handwerk zu verrichten.

Auf den Rängen saß das Publikum wie einst im alten Rom und genau so erschreckend lüstern und grausam unerbittlich wie damals, wenn es galt, den Daumen als sichtbares Zeichen der Liquidation nach unten zu drücken. Und das chorartige frenetische »Olé« stachelte sowohl den Kampfstier wie den Torero gleichermaßen immer wieder aufs Neue an.

Das, was hier in Szene ging, war für Rolf Gärtner im Grunde kein fairer Kampf, sondern die Hinrichtung einer Kreatur, der von Anfang an sowieso keine Chance eingeräumt wurde. Trotzdem war es ein sogenanntes, wenn auch in letzter Zeit immer mehr umstrittenes kulturelles Relikt aus alten Zeiten, immer noch aktuell, weil es immer wieder Menschen gibt und geben wird, die »live« dabei sein wollen, wenn jemand öffentlich liquidiert wird, selbst wenn es in diesem Falle lediglich ein Tier war.

Die Spanier hatten in der Vergangenheit immer schon eine eigene enge Beziehung zum Tod und in all den überaus grausamen Kriegen, die dieses Land erlebte, besonders im langen blutigen Bürgerkrieg, galt der berüchtigte Schlachtruf »Viva la muerte« als untrügerisches Markenzeichen für einen Kampf bis zum bitteren Ende.

Im ersten Rang über dem weißen, jedoch mittlerweile blutgetränkten Sand der Arena hatte Rolf Gärtner schon seit einer Weile einige Frauen beobachtet, die sich besonders enthusiastisch gebärdeten. Sie hatten schon einige Zeit vor der Corrida hier Platz genommen, hatten selbst mitgebrachten Champagner getrunken, der nun offensichtlich zu wirken begonnen hatte. Sie johlten, schrien und kreischten frenetisch, als stünde in der Arena nicht der bisweilen arrogant wirkende, ähnlich wie ein Balletttänzer agierende Torero, sondern der damals gefeierte Sänger Julio Iglesias.

Endlich war das lange Leiden des Stieres zu Ende. Der erlösende Degenstich in sein Herz bewirkte das abrupte Niederbrechen der gequälten Kreatur. Der Tod am Nachmittag war zum x-ten Mal in die Arena getreten und wurde entsprechend gefeiert. Hüte, Blumen und Tücher flogen von den Rängen hinunter zum gefeierten Torero, der seinerseits unter frenetischem Beifall die inzwischen abgeschnittenen Ohren des toten Kampfstieres einer Dame im ersten Rang überreichte.

Die verzückten Amerikanerinnen warfen ebenfalls alles, was sie in ihren Händen hielten, zum Torero hinunter. Und als sie keine Hüte und Schals mehr zum Werfen hatten, flatterten einige kleine Etwas in rosa, schwarz, blassblau und weiß in das Rund der Arena. Eines von diesen Dingern hob der Torero auf, winkte chevaleresk damit und warf es dann zurück. Dann verließ er mit einer unübersehbaren Arroganz hocherhobenen Hauptes, geschwellter Brust und gemessenen Schrittes die Arena. Der Ballett tanzende Scharfrichter hatte sein grausames Werk fast mit der Präzision eines Chirurgen verrichtet. Viva la muerte – es lebe der Tod!

Rolf Gärtner verließ erst später die Ränge. Dabei interessierte ihn, was die enthusiastischen Amerikanerinnen zuletzt da so spontan dem Matador zugeworfen hatten, das nun unten im sandigen Rund lag und bereits vom Ordnungspersonal aufgelesen und in Müllsäcke gepackt wurde. Er begab sich hinunter, trat in den Sand, bückte sich und hob eines dieser herumliegenden Dinger auf. Was er in seinen Händen hielt, war ein Hauch von einem Damenhöschen und er musste unwillkürlich grinsen. Diese US-Ladies mussten offenbar ganz schön scharf gewesen sein. Doch was soll's, bekanntlich kennen der Enthusiasmus und die Leidenschaften keine Grenzen und auch das gehörte zu den Dingen des Lebens. Auch der gute alte Ernest Hemingway hatte ja seinerzeit geschrieben, dass sich manche stolzen Matadores und Picadores vor liebeshungrigen Verehrerinnen kaum retten konnten und manchmal auch nicht wollten.

Allerdings gab es andererseits auch etliche Caballeros, die liebeshungrigen Frauen aus aller Welt hier für harte Dollars so manche mehr oder weniger amüsante »Spanische Stunde« angedeihen ließen.

Unwillkürlich musste Rolf Gärtner dabei an Gerda, seine Frau, denken. Und es fiel ihm ein, dass sie, wie sie sagte, die »Metzgerei« in der Kampfarena nicht miterleben wollte und im Hotel geblieben war. Nun, dagegen war nichts einzuwenden. Was sie während seiner Abwesenheit wohl getan hatte, war plötzlich seine gedankliche Frage und damit hatte sich auch schon ein gewisser Argwohn in seinem Gehirn eingenistet. Denn es war ihm schon mehrfach aufgefallen, dass Gerda beim Essen im Hotel mit einem jungen attraktiven spanischen Kellner geflirtet hatte.

Er kannte Gerda oder besser, er glaubte sie zu kennen. Sie war noch nie ein Kind von Traurigkeit gewesen und Flirten war für sie immer schon eine besondere Sache. Sie liebte nun mal den heißen Tanz auf dem Vulkan. Die Frauen haben es doch irgendwo alle gleich, dachte er, die argwöhnischen Gedanken aus seinem Gehirn verscheuchend, während er sich im Taxi zum Bahnhof chauffieren ließ.

Der eben erlebte Stierkampf beziehungsweise dieser Nachmittag des von Menschenhand inszenierten Bullensterbens in der Arena gab ihm mehr zu denken als er ursprünglich angenommen hatte. Nun, die blutige Corrida war schlussendlich doch mehr als irgendein Fußballspiel, nach dem man wieder zur Tagesordnung übergeht. Immer mehr war sein Inneres zum Spielfeld der Gefühle geworden und er empfand auf eine unerklärliche Weise teilweise mit Ekel und dann wieder mit einem fast perversen Lustgefühl eine sonderbare Erregung in und an seinem Körper.

Ja, er hatte an diesem langen Nachmittag einer, ja mehreren Hinrichtungen beigewohnt, die ihn in dieses Wechselspiel der Gefühle manövriert hatten. Und er erschrak, im Fond des Taxis sitzend, unwillkürlich darüber, dass in ihm plötzlich ein libidinöses Verlangen erwacht war, das den Wunsch entstehen ließ, jetzt und sofort mit einer Frau zu schlafen und spontan lustvollen Sex zu erleben. Und er dachte dabei sofort an Gerda und beschloss, mit ihr zu schlafen, sobald er ins Hotel kam, auch wenn erst der Abend anbrach. Sollte das Abendessen doch einmal warten, umso besser würde es nachher munden.

Doch daraus wurde nichts. Gerda war am Nachmittag mit Hermann und Karl zusammengewesen. Sie waren, so erzählte sie, ausgiebig schwimmen und hatten es sich dann in der Hotelbar bei einem Plauderstündchen gemütlich gemacht.

Hermann war ein deutscher Polizist, der von seinem eigentlichen Posten in Dortmund als Leibwächter des Generalbundesanwaltes abkommandiert worden war. Sie hatten ihn beide am Beginn ihres Urlaubs zusammen mit dessen Polizeikollegen und Freund Karl im Hotel kennengelernt. Während dieser Karl ein ausgesprochen netter, zuvorkommender Mensch mit guten Manieren war, präsentierte sich Hermann als zynischer, von brutalem Denken eingenommener, menschenverachtender Machotyp, wenngleich auf den ersten Blick gar nicht so aussehend.

Gerda hatte zusammen mit Hermann und Karl an jenem Nachmittag auch beschlossen, dass sie gemeinsam einen abendlichen Trip von Santa Susana nach der bekannten Touristenstadt Callela machen wollten, um dort in einem der bekanntesten Restaurants zu Abend zu essen und sich anschließend in einigen der vielen Flamenco-Bars zu amüsieren.

Als Gerda ihm dies bei seiner Ankunft im Hotel im Beisein der beiden Polizisten unterbreitete, sagte er zu, obwohl er ursprünglich andere Dinge mit seiner Frau vorgehabt hatte. Doch seine Gefühle, die er noch vorher im Taxi zu verspüren wähnte, waren mit einem Male verebbt. Er empfand keine Lust mehr, mit einer Frau zu schlafen und schon gar nicht mit Gerda. Er war plötzlich müde und etwas verärgert. Die Hitze bei der Corrida und die Bahnfahrt zurück hatten ihm offensichtlich mehr zugesetzt als er wahrhaben und sich selbst gegenüber zugeben wollte.

Also fuhren die vier nach Callela, wo das Leben in den engen Gassen und in den vielen Restaurants, Bars und Kellern sicht- und hörbar pulsierte. Im »La Roda«, einem bekannten Kellerrestaurant, tranken sie Champagner-Sangria und aßen die köstlichen Grillhähnchen auf katalanische Art. Anschließend besuchten sie eine Reihe von randvollen, verrauchten und stickigen Flamenco-Bars. Es roch überall nach verschüttetem Sangria, billigem aufdringlichen Parfüm, Schweiß und Tabak. Die wilde Gitarrenmusik, das Rasseln der Kastagnetten, das rhythmische Händeklatschen, die hochstimmigen Zigeunergesänge und das Stampfen der gertenschlanken Flamencotänzerinnen, von denen manche fast strenge männliche Züge hatten, zogen Gerda und ihre drei Begleiter in den Bann.

Der in den Durst hinein getrunkene Champagner-Sangria, das viele Bier und einige Cuba Libres sowie der reichliche Vino Tinto taten schließlich das ihrige. Gerda war nicht mehr zu halten. Sie tanzte schlussendlich in einem dieser Lokale gemeinsam mit anderen Urlauberinnen mit den Flamenco-Tänzerinnen und Tänzern mit. Rolf Gärtner glaubte seine Frau nach vielen Ehejahren zu kennen. Doch er hatte sie in noch nie öffentlich so enthemmt erlebt. Gewiss, sie war immer schon eine temperamentvolle, leidenschaftliche Frau gewesen. Doch so hatte er sie noch nie in ihrem Element gesehen. Hermann und Karl, die beiden deutschen Polizisten, sahen der Szenerie und speziell Gerda fasziniert zu. Eine ältere bayerische Urlauberin mokierte sich über die Art, wie einige der tanzenden Frauen im Takt fasziniert ihre Röcke schürzten und fast exhibitionistisch intime Einblicke zuließen. Gerda war natürlich mit dabei. Sie war betrunken. Alle hatten zuviel getrunken. Deshalb störten auch die immer bissiger werdenden Kommentare einer offensichtlich neidischen Touristin niemanden. Zurück nach Santa Susanna ging es mit dem Taxi.

Gerda war blau. Sie trank sonst nicht so viel und das war der Grund. Aber auch die Männer hatten weit über ihren Durst Alkohol getankt. Trotzdem ließen sie sich vom dienstbeflissenen und trinkgeldbedachten Hotelportier noch ein Paar Flaschen Champagner ausfolgen, die sie dann im Appartement der beiden Polizisten leer tranken.

Rolf Gärtner entging dabei nicht, dass sich seine Frau offenbar mit Hermann mehr als nur gut zu verstehen schien. Es war ihm das im derzeitigen alkoholumnebelten Zustand aber gleichgültig. Sollten sich die beiden doch ein bisschen amüsieren. Er unterhielt sich mit Karl, dem anderen Polizisten, den es offenbar doch störte, dass sein Freund es mit

Gerda etwas zu gut konnte. Er sei sonst nicht so, meinte er zu Rolf. Doch seit sie beide in Spanien wären, hätte er sich völlig verändert. Vielleicht machte es der harte Dienst und die Tatsache aus, dass man als Polizist seines Kalibers doch eine Menge Scheiße im Leben sieht. Hermann hatte den Dienst als Bodyguard des neuen Generalbundesanwalts angetreten, nachdem der vorherige und dessen Leibpolizist bei einem Schusswechsel mit Terroristen ums Leben gekommen waren, Frauen und Kinder hinterlassend.

Am nächsten Tag machten die Männer einen Ausflug nach Figueras, dem malerischen Städtchen des großen unvergesslichen Cellisten Pablo Casals und des berühmten Malers Salvadore Dalí, der dort einmal in der Woche in seinem Museum Malunterricht gab, beziehungsweise durch einen seiner Lehrer geben ließ.

Die Fahrt mit der Bahn dorthin verlief beinahe schweigend. Besonders Hermann wirkte irgendwie abwesend und betreten. Alle drei hatten einen gewaltigen Kater, der sich erst verzog, als sie in einem kleinen, jedoch feinen, typisch katalanischen Restaurant herrliche, mit Zwiebel, Knoblauch, Safran und Paprika scharf gewürzte Muscheln aßen und kühlen Vino Blanco tranken.

Die Fahrt nach Figueras war ein ausgesprochener Reinfall, wie Rolf Gärtner schon vor der Rückfahrt resümierte. Er hatte jedoch in Rosas in der Nähe von Gerona einen Verlegerfreund, den er für eine Stunde besuchte.

Die beiden Polizisten vertrieben sich die Zeit inzwischen mit einem Bummel durch einige Lokale von Figueras. Dass sie mit deutscher Gründlichkeit, die sie dabei immer besonders betonten, gezecht hatten, bemerkte Rolf Gärtner sofort. Bier vertrugen die beiden jede Menge. Doch sie mussten immer wieder dazwischen einen Brandy und zu allem Überfluss auch noch den picksüßen Sangria trinken und das musste ja schließlich jedem höllisch ins Gehirn und in die Beine fahren.

Die Heimfahrt per Bahn war deshalb dann auch unterhaltsamer. Vor allem Hermann redete wie ein Buch und es schien Rolf, als wolle er ihm etwas Wichtiges mitteilen, ja er hatte den Eindruck, Hermann wolle etwas ihn Bedrückendes loswerden, was ihm jedoch nicht gelang.

Im Hotel angelangt beschloss man, sich an diesem Nachmittag an den Strand zu legen und im Schatten der Sonnenschirme den Kater auszuschlafen. Gerda war noch immer im Bett, ihr war der Vorabend in Callela besonders schlecht bekommen, wie man in regelmäßigen Abständen den gutturalen Tönen aus der Toilette ihres Zimmers entnehmen konnte. Aus dem Schlafen am Strand wurde jedoch nichts. Zwei junge Damen und deren Freunde, mit denen die Gruppe auch Bekanntschaft geschlossen hatte, wollten unbedingt zu einer nahen Insel vor der Bucht hinausschwimmen, auf der einst ein befestigter Leuchtturm stand, der im Spanischen Bürgerkrieg als Festung gedient hatte und schließlich gesprengt worden war.

Rolf Gärtner war sofort Feuer und Flamme für diese Schwimmtour. Denn schon bei früheren Aufenthalten in dieser Region war ihm diese kleine Insel ins Auge gestochen. Nur hatte er sich bis anhin nie getraut, allein dorthin zu schwimmen. Je nach Witterung sah es manchmal so aus, als läge diese Insel ganz nah an der Küste und manchmal schien sie sich weit draußen zu befinden. Heute wiederum schien sie fast zum Greifen nah.

Also schwamm die Gruppe plätschernd, lachend und lärmend auf dem ruhigen Meer hinaus. Die Strecke, die sie zu schwimmen hatten, zog sich jedoch beträchtlich. Eine der Frauen und ihr Begleiter waren bereits umgekehrt. Die anderen schwammen, allerdings wesentlich ruhiger geworden, weiter und erreichten nach einer guten halben Stunde die Insel mit der Leuchtturmruine. Das Besteigen der kleinen Insel war aufgrund der vielen Seeigel recht beschwerlich und auch gefährlich, denn ein eingefangener Seeigelstachel konnte schwere Komplikationen bringen.

Auf dem Plateau der Insel angekommen, legten sich alle wie einem unhörbaren Kommando folgend ermüdet nieder, um die wärmende Nachmittagssonne zu genießen und sich aufzuwärmen. Rolf und die beiden Polizisten spürten deutlich die Spuren des alkoholträchtigen Vorabends. Sie waren doch schnell ermüdet, wenngleich sie allesamt gute Schwimmer waren.

Rolf Gärtner dachte sich im Stillen, dass es ihm jetzt eigentlich lieber gewesen wäre, mit einem Boot zurückzufahren. Doch es war keines da. Und außerdem wollte er ja nicht ängstlich oder als Schwächling gelten. Eigenartigerweise hatte sich der Wind, der ihnen beim Hinausschwimmen nicht hinderlich gewesen war, plötzlich gewendet. Er war auch bedeutend kühler – um nicht zu sagen kalt – geworden und blies recht zünftig vom Festland her.

Die Leute auf der Insel, die sich sichtlich wortkarg verhalten hatten, begannen zu frösteln und man beschloss, der gefährlichen Seeigelstachel wegen, gleich von den Mauern der Ruine direkt ins Meer zu springen und wieder in Richtung Festland zu schwimmen. Rolf und den Polizisten war auch nicht entgangen, dass inzwischen kleine braunbeige Haie die Insel umkreisten, was ihre Schwimmlust doch etwas dämpfte. Denn man wusste ja nie, ob vielleicht aufgrund der nahe vorbeifahrenden Passagierschiffe nicht doch noch größere Haifische hier unterwegs waren.

Das Meer schien beim Eintauchen nach dem Sprung sogar wohlig warm gegenüber der plötzlich gesunkenen Außentemperatur. Eine der Frauen, ihr Freund und Hermann schwammen sofort, was das Zeug hielt. Dahinter schwammen Karl und zuletzt Rolf Gärtner.

Der Wind vom Festland her war inzwischen äußerst unangenehm geworden. Er erzeugte kleine kräuselnde Wellen, die den Schwimmern immer wieder salzig ins Gesicht spritzten.

Gärtner fiel das Schwimmen immer schwerer und er spürte plötzlich ein eigenartiges Gefühl in den Fuß- und Fingerspitzen, so als wären diese eingeschlafen. Er versuchte, mehr auf dem Rücken zu schwimmen, um sich zu entspannen und leichter atmen zu können. Dennoch überkam ihn immer mehr ein ungutes Gefühl. Die Hände und die Beine schienen immer mehr abzusterben, im Kopf begann es zu dröhnen und plötzlich fühlte er sich von unsichtbarer Hand wie im Walzertakt geschaukelt und phasenweise schien es ihm, als wären das Meer und die Küste in ein eigenartiges, flimmerndes Rot getaucht. Nur jetzt keine Panik bekommen, dachte er sich.

Diese hatte ihn jedoch bereits erfasst. Furchtbare Gedanken durchschossen blitzschnell sein Gehirn und er dachte, dass er das Festland wohl nicht mehr erreichen würde. Karl, der Polizist, schwamm einige Längen vor ihm. Rolf, der sich einen Moment wieder klar wähnte, wollte um Hilfe rufen, entschloss sich jedoch, Karl lediglich beim Namen zu rufen. Zu seinem Glück hörte ihn dieser und wartete etwas.

Das war der Augenblick, der Rolf wahrscheinlich das Leben rettete. Er rief Karl zu, dass er eine Schwäche verspüre und bat ihn, neben ihm zu schwimmen und mit ihm zu reden. Auch Karl antwortete ihm, dass er sich lahm und ausgepumpt fühle. Beide riefen sich in der Folge Ermunterungen zu, während sie wie in Trance weiter schwammen. Dies und die Tatsache, dass ihnen nun der Strand doch sichtlich näherkam, ließ die panikartigen Gefühle bei Rolf weichen.

Als sie den Strand erreicht hatten, krochen sie auf allen Vieren aus dem Wasser und ließen sich total erschöpft und wortlos in den warmen Sand des Strandes fallen. Auch die anderen, die vorausgeschwommen waren, hatten Ähnliches durchlebt. Die durchzechten Nächte, der übermäßige Tabakkonsum und der mangelnde Schlaf hatten in dieser Phase den

Kreislauf total durcheinandergebracht und es wäre beinahe zu einer Katastrophe gekommen.

Jedenfalls wurde es in der Folge ein ruhiger Abend, denn alle hatten sich überraschend früh in ihre Appartements verzogen.

Rolf Gärtner fühlte sich ausgelaugt und einsam. Er suchte die Nähe von Gerda und wollte sie fühlen, wollte von ihr festgehalten werden oder sie wenigstens halten, um nicht in einen drohenden Abgrund zu stürzen. Doch mit dem Festhalten wurde nichts. Gerda fühlte sich an wie ein Fisch, als er sie angriff und sich anschickte, mit ihr zu schlafen.

Es wurde in diesem Augenblick nicht nur ihm klar, dass dies eine einseitige Sache war. Gerda war hier nicht dabei und Rolf vollzog einen einsamen Liebesakt, der eher als Masturbation in einer weiblichen Scheide bezeichnet werden konnte und ihn schließlich in eine bodenlose Leere stürzen ließ.

Was war los? Mehrere Jahre waren sie beide auf ein paar Wochen oder Tage in diese schöne Region gefahren und hatten die Aufenthalte gemeinsam genossen und dieses Mal war offensichtlich etwas da, das sich zwischen sie gestellt hatte.

Trotz der ihn befallenden Müdigkeit konnte er nicht schlafen. Er stand auf, begab sich an den Strand und dachte nach. Eine Hilflosigkeit sondergleichen hatte ihn überfallen. Er erkannte plötzlich, dass sie sich beide die letzte Zeit lediglich etwas vorgemacht hatten. Beide waren, ohne es wahrscheinlich wissentlich zu wollen, ein Arrangement eingegangen und hatten keine Ehe mehr geführt, wie man sie sich allgemein vorstellte. Jeder konnte tun und lassen, was er wollte. Kinder oder andere Bindeglieder waren keine vorhanden. Jeder stand auf eigenen Beinen, sie sogar besser als er, der seit geraumer Zeit persönliche und berufliche Sorgen hatte, die davon herrührten, dass sich im Verlagswesen und damit im eigenen Verlag grundsätzliche Änderungen ergeben hatten, mit denen er nicht mehr richtig zurande kam und auch nicht mehr kommen wollte.

Ihm war die Art und Weise zuwider, neues Terrain für neue Trends aufzubereiten, die dahin gingen, die Gesellschaft durch belangloses Gedrucktes noch gefühlloser zu machen, als sie ohnehin schon war. Er fragte sich auch, ob er mit seinen 55 Jahren schon zu alt für diesen Job war, auf den Jüngere und Newcomer scharf waren.

Es war ihm auch nicht verborgen geblieben, dass seitens der obersten Bosse, die teilweise selbst als sogenannte Sesselkleber im Mittelpunkt mancher Kritik standen, seit einiger Zeit schon manches über seinen Kopf hinweg entschieden und unternommen wurde, was ihn auch maßlos ärgerte und demotivierte, eben, weil es hintenherum ging, wie neuerdings anderswo auch.

Mit Gerda konnte und wollte er darüber nicht mehr reden, weil sie eine knallharte Meinung der absoluten Konfrontation vertrat, die er wieder scheute, weil er solchen Dingen aufgrund seiner konservativen Erziehung bisher in seinem Leben immer schon auf seine verbindliche Art aus dem Weg gegangen war. Er wollte nicht in einer Atmosphäre leben und arbeiten, in der es laufend Aufregungen durch Auseinandersetzungen und Behauptungsstandpunkte gab. Er war es gewohnt, sich durch konstante Leistung zu behaupten, die anerkannt wurde. Mobbing und Arschkriechen bei den Mächtigen waren ihm ein Gräuel. Je mehr er darüber nachdachte, umso klarer wurde ihm, dass für ihn schwierige Zeiten angebrochen waren, Zeiten, in denen manche große Schnauze mehr zu zählen schien als solide Leistung. Darüber konnten ihm weder der Alkohol noch andere vermeintliche Ablenkungen, beispielsweise jene eines großstädtischen Nachtlebens mit all seinen Auswüchsen hinweghelfen.

In dieser Nacht wurde ihm plötzlich so richtig bewusst, dass er im Grund ein völlig falsches Leben geführt hatte, dass er keine richtige Vergangenheit und im Grunde genommen auch keine sonderlich aussichtsreiche Zukunft vor sich hatte.

Er war trotz seiner gesellschaftlich angesehenen beruflichen Position eigentlich ein Niemand, ein typischer Nobody, den man im Grunde genommen ruhig vergessen konnte. Dass er dabei war, auch von Gerda, seiner Frau, ignoriert und vergessen zu werden, wurde ihm jetzt auch immer klarer.

Daran war er selbst schuld und es schmerzte ihn jetzt über alle Maßen, dass er sich mit dieser Frau, die er immer noch großartig fand, eigentlich lediglich in einem Gewohnheitsdasein arrangiert und dadurch an den schönen Dingen des Lebens vorbeimanövrieret hatte. Doch diese Einsicht kam nun reichlich spät, wenn nicht zu spät.

Es war ein strahlend schöner Vormittag, als ihn Karl, der andere Polizist zu einem Bier in eine etwas abseits gelegene Kneipe einlud und ihm eröffnete, dass mit seinem Kollegen und Freund Hermann offensichtlich einiges nicht mehr stimmte und dass hier Gerda, seine Frau, eine alles eher als akzeptable Rolle spielte.

Karl war offenbar ein mit einer besonderen Beobachtungsgabe ausgestatteter Mensch, der erkannt hatte, was sich mit den beiden abspielte. Er erzählte Rolf Gartner mit sichtlicher Besorgnis von den ihm aufgefallenen Veränderungen an seinem Kollegen, von dessen weiter zunehmender Rücksichtslosigkeit anderen gegenüber und der Art und Weise, wie er sich offenbar an Gerda herangemacht und dann sich noch bei ihm damit gebrüstet hatte, sie so richtig aufs Kreuz gelegt zu haben.

Für Rolf Gärtner war dieses vertrauliche Gespräch nicht unbedingt eine Überraschung, aber trotzdem niederschmetternd und passte wie ein Stein in das Mosaik seines Schwanengesanges. Er verhielt sich relativ gelassen, als er Karl für diese wenig erbauliche Aufklärung dankte und diesen gleichzeitig um besondere Diskretion bat. Karl hatte ihn auch aufgefordert, dieser Affäre mit klarem Kopf ein schnelles Ende zu bereiten und Rolf Gärtner versprach es ihm. Irgendwie musste ja diese Sache ihr Ende finden, es fragte sich nur wie.

Dieser Scheißbulle, der auf alle Linksgerichteten und speziell auf Jean-Paul Sartre dauernd wüste Schimpfkanonaden abfeuerte, der im Rausch damit prahlte, wie er andere, ihm missliebige Leute fertiggemacht hatte, und bei jeder sich bietenden Möglichkeit davon sprach, dass es manches von heute im Dritten Reich nicht gegeben hätte, der vögelt meine Frau, dachte er bitter und von diesem Augenblick war etwas in ihm zerbrochen.

Rolf ließ sich beim gemeinsamen Mittagessen nichts von all dem anmerken, was ihm an diesem Vormittag widerfahren war. Im Gegenteil, er scherzte sogar oberflächlich mit, als seine Frau, ihr Beischläfer, dieser Scheißbulle Hermann und sein Freund Karl, der gute Bulle, ihre Gläser erhoben und auch zu den Nebentischen deutlicher als dort angenehm, auf das Leben und die schönen Stunden anstießen.

Er beobachtete Gerda und den Bullen, wie sie sich ansahen. Ja, er musste ein richtiger Trottel sein, dass er davon nicht schon früher etwas gemerkt hatte und ein Versager noch dazu. Doch das sollte sich ändern, dachte er bei sich und von da an lief alles wie in einem Film und mit einer unheimlichen Präzision ab, für die Rolf Gärtner nicht mehr selbst, sondern sein Unterbewusstsein und die ewige Kränkung des abgetakelten Platzhirsches verantwortlich waren.

Nach dem Essen beschloss die Runde, wie üblich an den Strand zu gehen, um dort im Schatten der Sonnenschirme Siesta zu halten. Rolf Gärtner hatte kurz vor dem Essen bemerkt, wie seine Frau Hermann eine Zeitschrift gegeben hatte und mit einem fast unauffälligen Augenzwinkern dabei so nebenbei bemerkte, dass da drinnen etwas zu lesen sei, was Hermann interessieren könnte. Der Bulle hatte dann postwendend die Zeitschrift auf sein Zimmer gebracht und war bestens gelaunt und fröhlich pfeifend zurück gekommen.

Gärtner war mit den anderen zum Strand gegangen, entfernte sich jedoch unter einem plausiblen Vorwand wieder und ging dann auf Umwegen zurück ins Hotel. Er lenkte seine Schritte direkt in das Appartement der beiden Polizisten, das auch nie abgesperrt war, weil dieser Macho-Bulle Hermann, wie er einmal genüsslich erwähnte, sich freuen würde, einen eventuellen Dieb so richtig in die Mangel zu nehmen.

Rolf Gärtner wusste genau, was er suchte und er fand es auch sofort auf dem Couchtisch. Es war ein beschriebenes Blatt Papier, das Gerda als Botschaft in die besagte Zeitschrift hineingelegt hatte.

Als er das vollgeschriebene Blatt las, drehte sich alles um ihn herum und er musste sich setzen. Nicht dieser verdammte Bulle hatte seiner Frau den Kopf verdreht und sie gefickt, sondern sie war es gewesen, die dem Bullen Hermann bewusst auf die Pelle gerückt war.

Hier, auf diesem Blatt stand es schwarz auf weiß und etliches andere unmissverständlich, was er nie von seiner Frau erwartet hatte. Was er jedoch zugleich aus dieser Nachricht herauslas, war die tragisch-komische Erkenntnis, hiezu selbst einen großen Teil beigetragen zu haben. Von da ab ging alles sehr schnell.

Nur kurz in Trance stand der solcherart gehörnte Ehemann auf und ging zum Bett des Bullen Hermann. Er wusste von Karl, dass Hermann seine Dienstwaffe in den Urlaub mitgenommen hatte, was er übrigens laut Karls Aussage immer tat, obwohl es strengstens untersagt war.

Gärtner zog die Nachttischschublade von Hermann heraus. Da steckte sie im hellbraunen Futteral des Schulterhalfters. Rolf nahm sie heraus. Sie war relativ kühl und lag schwer in seiner Hand. Seine Gedanken überstürzten sich. Eigentlich könnte er jetzt zum Strand hinuntergehen und diesen Scheißbullen, der seine Frau vögelte, aus nächster Nähe in den Kopf oder besser noch, in den Bauch schießen, damit dessen Ende entsprechend scheußlich und unheldenhaft würde. Ein Kopfschuss wäre in der Tat zu nobel für diese Ratte. Jedenfalls wäre das eine knallharte Konsequenz, die alle und besonders auch Gerda überraschen, ja sogar schockieren würde. Doch Rolf Gärtner, beziehungsweise sein Inneres entschied sich anders. Er entsicherte die Waffe, blickte in den drohenden Lauf, der immer näher kam.

Es war ein irgendwie faszinierendes, ja sogar erotisierendes Gefühl, als er den kalten Lauf der Waffe wie in Trance in seinen Mund einführte, ein Kuss, ja eine außergewöhnliche cool-geile Fellatio mit dem Tod. Und er stellte sich dabei bildlich vor, wie es danach sein könnte, wenn er den Abzugshahn der Pistole betätigen würde. Man würde am Strand vielleicht einen Schuss hören oder auch nicht. Jedenfalls würde man ihn hier im Zimmer dieser beiden Bullen, in seinem Blut liegend, finden. Er würde sicher nicht schön anzusehen sein und auch die Decke des Appartements nicht, an der die blutigen Reste seines Gehirns kleben würden. Ja, man würde das Zimmer eiligst neu ausmalen müssen. Der Tod am Nachmittag würde fast perfekt sein, fast wie in einer Story von Ernest Hemingway, Norman Mailer oder Truman Capote. Die Guardia Civil mit ihren schwarzen Lackhüten würde kommen und dienstbeflissen alle befragen, derer sie im Hotel habhaft werden konnte, während dessen Manager händeringend die »Santa Maria« anflehend, verstört herumrennen würde. Gerda, wie immer ungläubig verharrend und trotzdem über so viel Konsequenz ihres Mannes entsetzt, würde vom herbeigerufenen Arzt eine Beruhigungsspritze bekommen. Ihr Fickbulle Hermann würde wettern und die Feigheit eines Suizides lauthals herausfluchen. Der andere, gute Bulle, Karl, würde betreten dastehen und sich ernste Vorwürfe machen, etwas gesagt zu haben. Aber draußen am Strand würde wie immer das übliche Geschehen des Nachmittags ablaufen. Doch das Regiebuch des Lebens hatte etwas anderes vor.

Die Sonne knallte wie üblich erbarmungslos auf die katalanische Küstenlandschaft, auf die Rolf Gärtner gedankenverloren hinaussah. Das gleichmäßige Rattern des Schnellzuges und das Rauschen durch das geöffnete Fenster vermittelten ihm ein angenehmes, ja erleichterndes Gefühl, wie jedem anderen auch, der von einem Ort fortfährt, an dem er eine unangenehme Sache abgeschlossen hat. Der Zug verringerte plötzlich seine Geschwindigkeit. Rolf Gärtner wusste, warum. Die Bahnlinie führte über eine Baustelle an einer Brücke, die eine breite Flussmündung überspannte.

Er öffnete seine Aktentasche, holte aus einem Plastiksack eine Pistole hervor, die Dienstwaffe des Bullen Hermann, und warf sie in hohem Bogen in das braune, im warmen Wind kräuselnde Brackwasser des Flusses. Von jetzt an würden andere ihre Probleme haben. Nur nebenbei dachte er an Gerda, die bald seine Exfrau sein würde und an ihren Scheiß-Fickbullen, der große Probleme bekommen würde, seinen Vorgesetzten im Beisein seines wahrheitsliebenden Kollegen Karl den Verlust seiner unerlaubt in den Urlaub mitgenommenen und nun auf rätselhafte Weise abhanden gekommenen Dienstwaffe glaubhaft zu erklären. Nach Wiederaufnahme seiner Arbeit im Verlag würde es ihm schließlich eine Genugtuung sein, seinen Vorgesetzten bei der nächsten Auseinandersetzung mit breitem Grinsen unmissverständlich den berüchtigten Stinkefinger zu zeigen und ein schon längst fälliges »Fuck off« zu übermitteln und es wollüstig zu genießen, wie diese über die veränderte Art und Weise des bisher doch immer so zuvorkommenden Mitarbeiters erschüttert und geschockt sein würden.

Und er lehnte sich gemütlich zurück, zündete sich mit Genuss eine Zigarette an, nahm seinen Flachmann aus der Brusttasche, setzte diesen an die Lippen und genoss die Würze des guten spanischen Brandys.

Hier, in diesem Zugsabteil saß ein neuer Rolf Gärtner. Den alten gab es ab sofort nicht mehr, der war tot. Er war an einem Nachmittag, während einer blutigen Corrida in Barcelona oder an einem der Nachmittage am Strand von Santa Susanna gestorben, während ein von Geltungssucht und Komplexen geplagter Scheißbulle seine Frau gevögelt hatte.

Wie hieß doch der Schlachtruf der stolzen und leidenschaftlichen spanischen Freiheitskämpfer gegen die tödliche Übermacht von General Francos Falangisten? »Viva la muerte«!

Männer ohne Frauen

Man sprach früher oft von »Männern, die die Welt bedeuten«. Im Zeichen der Emanzipation der Frau hat sich vieles am Bild des Mannes geändert. Dennoch hat er nach wie vor seine Eigenheiten, die ihn mitunter in einem anderen Licht erscheinen lassen.

So war Albert Konrad Haas, Besitzer der renommierten Galerie in Vaduz im Fürstentum Liechtenstein, ja sogar der bekanntesten des gesamten Bodenseeraumes überhaupt, ein allseits geschätzter Mann. In den 1960er-Jahren war Liechtenstein ein gefragter Kunstplatz und die Galerien waren eine Zeitlang wie die Pilze aus dem Boden geschossen, weil viele dachten, sie könnten damit das große Geld machen, was in Wirklichkeit nicht der Fall war.

Lediglich Albert Haas hatte sich mit seiner Galerie im Städtle in Vaduz einen wohlklingenden Namen geschaffen. Ausstellungen von Jean Cocteau und dessen Intimfreund, dem Filmschauspieler Jean Marais, Salvador Dalí, mit Prof. Ernst Fuchs, Rudolf Hausner, Prof. Lehmden und anderen Vertretern der berühmten Wiener Schule des Phantastischen Realismus, Malern »Der Brücke« aus Deutschland und vielen anderen bekannten Künstlern aus ganz Europa trugen dazu bei, dass Albert Haas mehrere Jahrzehnte im künstlerischen Mittelpunkt stand, wobei auch das Fürstenhaus Liechtenstein das Seine dazu beitrug.

Die Galerie Haas war jedenfalls der Treffpunkt der künstlerisch orientierten internationalen Society in allen ihren Schattierungen. Darunter befanden sich viele Prominente, welche die renommierte Vaduzer Galerie zu ihrem Treffpunkt machten. Albert Haas hatte eine Reihe dieser Leute als persönliche Freunde, darunter die überall beliebte Landesfürstin

Gina von und zu Liechtenstein, die öfter die Galerie allein oder mit ihrem Gemahl Joseph II. aufsuchte. Auch die Mehrheit der liechtensteinischen Regierungsmitglieder und des Landtages traf sich regelmäßig bei ihm, um sich zu informieren.

Das Fürstentum Liechtenstein, damals in aller Welt als Steueroase und durch seine teilweise am Rand der Gesetze jonglierenden cleveren Treuhänder als absolut sicheres Land für Steuerflüchtlinge bekannt und berüchtigt, zog viele Prominente an wie das Licht die Motten. Magazine und Zeitschriften wie der »Spiegel«, »Capital«, »Stern« und die verschiedenen großen deutschsprachigen Tages- und Wochenzeitungen der Schweiz, Deutschlands und Österreichs, aber auch die ausländischen Top-Medien berichteten fast in jeder ihrer Ausgaben tendenziös provokativ über diverse Steuer-Affären mit oder in Liechtenstein. Besonders der »Spiegel« war hier überaus aktiv. Seine provokanteste Schlagzeile war beispielsweise »Vom Heuwender zum Treuhänder« und ließ die liechtensteinischen Anwälte und Treuhänder, wenn auch erfolglos, erbost auf die Barrikaden steigen.

Nun, der guten Ordnung halber muss gesagt werden, dass es eine Vielzahl namhafter Anwälte und Treuhänder gab, die ihm Rahmen der Gesetze tätig waren und lediglich einige sogenannte Schwarze Schafe, die das Land in Verruf brachten. Denn auch verschiedene steuergünstige Kantone der benachbarten Schweiz wurden von Ausländern steuertechnisch genützt. Wie dem auch sei, das Fürstentum Liechtenstein ragte damals jedenfalls deutlich aus der Liste der ideal nutzbaren Steueroasen heraus und verfügte über eine Reihe von darauf spezialisierten cleveren Fachleuten, die jegliche Art von Steuerflüchtlingen zum Unmut des jeweiligen Fiskus berieten und bedienten.

Auch Albert Konrad Haas, der prominente Vaduzer Galerist, übte solche Beratungen aus und war ein beliebter Mittelsmann in diesen Kreisen. Seine bekannte Galerie war eben nicht nur der Treffpunkt prominenter kulturell interessierter Mitglieder der damaligen Society, sondern auch vieler anderweitig Orientierter. So beispielsweise jener, die dem sogenannten »anderen Ufer« angehörten und das Kulturetablissement in ihr Netzwerk einverleibten.

Speziell mit den Ausstellungen von Jean Cocteau und Jean Marais war dies ruchbar geworden. Jean Cocteau war erklärter Homosexueller. Er und der bekannte Schauspieler Jean Marais, sein Freund und Lebensgefährte, machten aus ihrer gegenseitigen erotischen Zuneigung kein Geheimnis.

Es war in Liechtenstein in der sogenannten Society kein Geheimnis, dass Albert Haas kleinen Jungs nachstellte und seinen damaligen Bekannten und Freunden, den Schriftstellern Norman Douglass und Graham Greene in nichts nachstand. Doch während Douglass und Greene auf Capri ihrem Laster ungestraft nachgehen konnten und sich regelmäßig dort entsprechend auslebten, gab es für den Vaduzer Galeristen im Fürstentum Liechtenstein große Probleme, weil hier solche Neigungen schlicht und einfach verboten waren, was Haas in späteren Jahren auch mit dem Gesetz in Konflikt brachte. Dabei war dieser Mann keineswegs der Typ eines berechnenden oder gar gewalttätigen kriminellen Menschen. Im Gegenteil, der eher kleinwüchsige, stets hilfsbereite Albert war die Güte und Zuvorkommenheit in Person und wurde darob nicht nur von vielen seiner ausländischen Freunde für deren oft halbseidene Geschäften ausgenützt und schamlos benützt, sondern auch von skrupellosen Landsleuten.

Doch, wie bereits erwähnt, war der Galerist aufgrund seiner Veranlagung und seiner idealen Wirkungsstätte von cleveren Leuten in das Netzwerk jener eingegliedert worden, die dem sogenannten »anderen Ufer« angehörten.

Als redaktioneller Mitarbeiter einer renommierten Ostschweizer Wochenzeitung war ich damals dabei, eine Hintergrundreportage über den »Bodensee-Strich« zu machen, die sich mit der Prostitution in der Bodensee- und Rheintalregion sowie in der Ostschweiz befasste. Dabei stieß ich bei meinen Recherchen in Tanzclubs, Discos, Gaststätten und Saunaclubs nicht nur auf die Prostitution von Frauen, sondern auch auf den »Männerstrich«, der in dieser internationalen Region auch anzutreffen war, jedoch nicht in jenem Rahmen wie der erstere.

Doch ich erfuhr dabei etwas über die Problematik jener Männer, die aufgrund ihrer gleichgeschlechtlichen Veranlagung gerade in ländlichen Regionen Schwierigkeiten hatten, Kontakte zu knüpfen und ihre Interessen lediglich durch die Mitgliedschaft in einem Netzwerk von Gleichgesinnten wahrnehmen konnten. Denn obwohl man in einem Zeitalter lebte, indem vom Fallen gewisser Tabus die Rede war, im ländlichen Raum war und ist heute noch die Männerliebe nach wie vor gesellschaftlich verpönt, obwohl gerade in der sogenannten »Society« oft anzutreffen.

Nachdem ich als enger Freund von Albert Haas und gelegentlicher Mitarbeiter der Galerie stets nah am Geschehen war, beobachtete ich dies aufmerksam und stellte fest, dass sich hier ein Netzwerk etabliert hatte, das bestens funktionierte, allerdings mit Prostitution kaum etwas zu tun hatte. Lediglich der damalige Sekretär von Haas war dann und wann bestrebt, seinem Chef und anderen Herren den Kontakt zu Halbwüchsigen herzustellen, die sich, zumeist aus sogenanntem »gutem Haus« stammend, clever ein schnelles »Sackgeld« machten.

Die Bekanntschaft mit dem Netzwerk machte ich durch einen evangelischen Pfarrer, den ich anlässlich einer Vernissage in Vaduz kennengelernt hatte und der mir ein ganz anderes Bild von jenen Leuten zeichnete, die ihre gleichgeschlechtliche Veranlagung verbergen und trotzdem mit ihr leben mussten. Der Pfarrer, der mehrere Gemeinden im Kanton Appenzell Außerrhoden betreute und bei der Bevölkerung sehr beliebt und mit großem Erfolg auch kulturell tätig war, erzählte mir über die Höhen und Tiefen seines Lebens.

Er war aus dem Bündnerland und seine Jugendgeschichte hörte sich an, als hätte sie John Knittel geschrieben. Er war als Bub namens Carl in einem Dorf aufgewachsen und hatte in der Pubertät seine erste sexuelle Beziehung, allerdings nicht mit einem Mädchen sondern mit einem älteren Burschen. Diese Beziehung hatte ohne Unterbrechung bis zu seiner schulischen Weiterbildung in einem Graubündner Kloster angedauert und setzte sich dann dort fort, indem er einen Lehrer kennenlernte, der sich, gleich veranlagt, seiner annahm.

Carl betonte mir gegenüber, dass seine Homosexualität nicht etwa durch Verführung eines älteren Mannes zutage getreten sei, sondern lediglich durch die Tatsache, dass er als Bub nie Gelegenheit hatte, mit dem weiblichen Geschlecht in intimen Kontakt zu treten. Er sei in seinem Dorf lediglich nur mit anderen Buben zusammengewesen und da seien eben gleichgeschlechtliche Beziehungen, wenn auch nicht offen, an der Tagesordnung gewesen. Und in den Schulferien erst recht, denn da sei man auf die Alpe gesteckt worden und da hätte sich dasselbe abgespielt, weil meistens nur Männer anwesend waren und die Frauen bereits anderweitig vergeben.

Der Pfarrer machte auch seinen Eltern keinerlei Vorwürfe. Es seien rechtschaffene, streng religiös lebende Leute gewesen, denen offensichtlich seine Veranlagung, die er heimlich ausgelebt habe, gar nicht aufgefallen sei. Auch der Klosterschule und seinem Lehrer machte er keinen Vorwurf. Es sei ihm damals gut gegangen und mit seinem noch relativ jungen Lehrer, mit dem er eine gleichgeschlechtliche Beziehung hatte, hätte ihn eine innige Freundesliebe verbunden.

Ich konnte mir das alles nicht vorstellen, obwohl ich in meiner schulischen Vergangenheit mitunter haarscharf an einem ähnlichen Schicksal vorbeischrammte. Als ich dann später mit Pfarrer Carl auf dessen Einladung sein hoch in den

Bergen Graubündens gelegenes Heimatdorf besuchte, gingen mir die Augen auf.

Obwohl wir das Jahr 1970 schrieben, kam ich mir vor wie im vorigen Jahrhundert. Wir nahmen im einzigen Gasthaus des Ortes unser Abendessen ein. Wir saßen allein an einem Tisch und am Stammtisch hatten sechs Männer, offenbar Landwirte und deren Gehilfen, Platz genommen und tranken schweigend Bier aus Flaschen mit Drahtverschlüssen. Ich fragte Carl, ob die Männer immer so schweigsam wären. Er lachte hintergründig und sagte, ich solle noch eine Stunde warten.

Ich sah mir die Männer genauer an. Es waren lauter bullige Typen mit kurz geschorenem Haar, wilden Gesichtern, Stiernacken und breiten Handgelenken. Also Typen, mit denen ich nichts Unangenehmes zu tun haben wollte. Die Serviertochter, eine gestandene, vollschlanke Frau, servierte ihnen ein Bier nach dem anderen. Ich bemerkte, dass alle Männer auffallende Narben an ihren Nasen und Augenbrauen hatten und Carl lächelte wieder hintergründig, als ich ihn darauf ansprach und hieß mich noch etwas zu warten, dann bekäme ich den Grund für diese Narben zu sehen.

Inzwischen war es am Stammtisch schon lauter geworden. Das Bier zeigte bereits seine Wirkung und eine halbe Stunde später ging es in diesem Wirtshaus hoch her. Die Serviertochter kam mit dem Bierbringen kaum nach und die Typen am Stammtisch lachten laut, prosteten sich zu und fingen an, richtiggehend zu grölen.

Einige nahmen sich die Freiheit heraus, tätschelten der Bedienung den Popo und versuchten teilweise, ihr, anzügliche Bemerkungen machend, unter den Rock zu greifen.

Dann wurde mir klar, warum und woher die Männer ihre Narben hatten. Sie machten sich nämlich einen Sport daraus, die Drahtverschlüsse ihrer Bierflaschen zu öffnen, indem sie sich gegenseitig dieselben an den Nasenrücken und Augenbrauen aufschlugen und sich so Cuts zufügten, wie die Berufsboxer im Ring. Es war ein schauriges Spektakel, das sich da bot. Die betrunkenen Männer hörten nicht auf, an sich gegenseitig die Bierflaschen aufzuschlagen und das Blut aus den Wunden rann nur so über die Gesichter, die blutverschmiert und aufgequollen waren. Geschockt verließ ich mit Carl diese Stätte und jedes Mal, wenn ich Richtung San Bernardino nach Italien fuhr, kam mir diese Begebenheit in Erinnerung.

Ein junger Mensch, der in diesem Umfeld aufwuchs, hatte es wahrlich nicht leicht und man darf sich nicht wundern, wenn sensible Buben sich in ihrer Entwicklung erotisch und sexuell anderweitig als an Mädchen orientierten. Denn Weiblichkeit zu ergründen, hatte damals in vielen ländlichen Bergregionen kaum eine Chance und der Kontaktwunsch des männlichen Geschlechtes war mit wenigen Ausnahmen auf den Geschlechtsverkehr ausgerichtet. Es war nicht nur Carl, der Pfarrer, der mir seine homosexuellen Neigungen gestand. Da war noch ein junger Lehrer, der nach einigen Jahren seiner Tätigkeit in einer Berggemeinde nach Chur, dem Hauptort Graubündens, wechselte und dort eine Frau kennenlernte und dann heiratete.

Auch er hatte seinen ersten sexuellen Kontakt mit einem Mann. Er war auch regelmäßig in den Sommerferien auf der Alpe und hatte mit einem Älpler, der ihn bedrängte, den ersten Geschlechtsverkehr, dem dann regelmäßig weitere folgten und denen er sich erst entzog, als er das Mädchen in Chur kennen und lieben gelernt hatte. Doch es ging nicht jedem so, wie dem Lehrer, der in der Stadt ein Mädchen und damit ein anderes erotisches Spannungs- und Betätigungsfeld gefunden hatte. Viele andere Männer, die von ihrem Heimatort in die Stadt oder woanders hin kamen, blieben bei ihren Neigungen für die Männerliebe und fanden an gewissen Treffpunkten wiederum Gleichveranlagte. Carl, der evangelische Pfarrer, war so einer.

Er nahm eine Stelle im Appenzell an und betreute nicht nur seine Schäflein in der Sitzgemeinde, sondern auch in anderen Gemeinden und erfreute sich großer Beliebtheit bei Alt und Jung.

Freilich, seine Homosexualität war offiziell niemandem bekannt. Er verkehrte anonym in gleichgesinnten Kreisen, einem Netzwerk, das gut funktionierte. Aufgrund seiner engagierten kulturellen Tätigkeit lernte er stets neue Leute kennen, die wie er dachten und fühlten.

Wie dem auch sei, Carl war in der Tat ein großartiger Mensch. Bei ihm konnten sich alle ihr Herz ausschütten und er trat niemandem zu nahe. Im Gegenteil, er war ein Mann, der keine Dünkel gegen andere und trotz seiner Neigungen einen hervorragenden Ruf hatte. Carl und ich blieben in Verbindung und wenn wir uns nicht bei einer der vielen Ausstellungen in der Vaduzer Galerie Haas trafen, besuchte ich ihn in seinem Heim in Appenzellerland. In diesem Zusammenhang fällt mir ein, was ein Freund von Golo Mann, dem berühmten Historiker, der wie dieser ebenfalls in Kilchberg am Zürichsee wohnte, zu mir über das Thema Homosexualität einmal sagte.

Er sagte, dass jeder Mensch ein Recht auf Liebe und Sexualität und damit auf sexuelle Befriedigung habe. Wie und wo er sich diese Befriedigung hole, gehe niemanden etwas an, es sei denn, er missbrauche Minderjährige und wende physische und psychische Gewalt an, um sich abartig zu befriedigen. Dem war eigentlich nichts zuzufügen.

A propos Golo Mann. Ich lernte den berühmten Sohn von Thomas Mann kennen, als ich ihn zu den Bludenzer Literaturtagen 1978 einlud, er jedoch leider krankheitsbedingt absagen musste, mich jedoch persönlich zu sich nach Kilchberg einlud. Bei meinem Besuch bei ihm sprach er viel von Bludenz und der Nachbargemeinde Nüziders.

Nachdem er stets die Salzburger Festspiele besuchte und mit der Bahn von Zürich nach Salzburg reiste, machte er in

Bludenz Halt und stieg auf den Muttersberg, der als Hausberg von Bludenz und Nüziders auch sein Lieblingsberg war. Er bezeichnete ihn wegen seiner phantastischen Aussicht als den »Rigi Vorarlbergs«. Den Muttersberg hatte er durch einen Freund, der Verleger der »Neuen Zürcher Zeitung« war, kennen und lieben gelernt. Dieser verrichtete als Ferienhausbesitzer auf Latz, einer Parzelle der Gemeinde Nüziders, auf dem Muttersberg sogenannte Frondienste und nahm Golo Mann des Öfteren mit. Das alles teilte mir der bekannte Schriftsteller mit und wir bauten die Bekanntschaft miteinander weiter aus.

Dass Golo Mann homosexuell war, bekam ich durch unseren gemeinsamen Freund in Kilchberg am Rande mit und es war auch weiter keine sonderliche Neuigkeit. Einer, der Golo Mann und dessen Freund in Kilchberg ebenfalls kannte, war Walter Saxer, ein im Ruhestand befindlicher Mann, der wie Pfarrer Carl ebenfalls im Appenzellerland lebte und zwar in einem Dorf namens Wienacht.

Ich lernte diesen Mann ebenfalls bei Albert Haas in dessen Galerie kennen. Er war nämlich bis zu seiner Pensionierung Tanzlehrer in Hollywood und wie er mir sagte, auch Tanzlehrer des berühmten Charlie Chaplin gewesen. Seine Erscheinung war ehrfurchtgebietend. Er war sehr groß, immer braungebrannt, hatte schlohweißes Haar, war immer modisch gekleidet und fiel durch seinen fast schwebenden Gang auf, der ihm trotzdem nichts von seiner durchaus männlichen Ausstrahlung nahm. Besonders auffallend war jedoch sein etwas stechender Blick, der sich jedoch, wenn er jemanden mochte, zu einem freundlichen entwickelte, und seine etwas schnarrende, nasale Aussprache.

Er machte kein Hehl daraus, ein Männerliebhaber zu sein, im Gegenteil. Als ich ihm die Hand drückte, sagte er mir lachend, jedoch mit einer gewissen Bestimmtheit: »Wollen Sie mich tatsächlich kennenlernen, ich bin nämlich stockschwul und auch noch stolz drauf«.

Unwillkürlich war man etwas betreten ob einer solchen Bemerkung. Doch er, der schwule, ehemalige Hollywood-Tanzlehrer, bezeichnete sich selbst als »Veteran der Männerliebe«, war stets von Männern umgeben, sorgte jedoch mit seinem Charme und seiner Beredsamkeit auch bei Frauen für manche bewundernden Blicke. Er war eben, wo er auftrat, eine imposante Erscheinung.

Nachdem mich solche auffallenden Erscheinungen immer schon interessierten, nahm ich auch seine Einladung an, ihn im Appenzell zu besuchen, schon allein deshalb, weil ich noch nie in Wienacht war und es mich interessierte, wie ein ehemaliger Tanzlehrer von Hollywood-Stars lebte und wohnte.

Walter Saxer war in der Tat eine der auffallendsten Erscheinungen, mit denen ich zusammengekommen bin. Er bewohnte an der Straße im nahen Wald ein stattliches älteres Haus, das man fast als eine Villa bezeichnen konnte. Das Haus, durch das er mich führte, war nicht pompös, jedoch sehr gediegen und wohnlich eingerichtet. Lediglich neben dem Wohn- und Schlafzimmer war ein weiterer Raum, der bis auf eine Art hölzernes Pferd, einen groben Stuhl und eine breite Pritsche leer war. An dem grob gezimmerten Pferd fiel mir auf, dass dort, wo sich sonst der Sattel befinden sollte, ein relativ großes, hölzernes, penisartiges Gebilde aus dem Rücken herausragte. Saxer entdeckte meinen Blick und meinte, dass dies für besondere »Klienten« sei, die etwas Spezielles wollten und lachte dabei.

Wir ließen uns im Wohnzimmer nieder und bei exzellenten Brötchen und erlesenem Beerliwein erzählte er mir über sich und sein Leben. Er hatte viel zu erzählen. Dass er den Hollywood-Stars Cary Grant, Clark Gable, Gary Cooper und etlichen anderen Tanzunterricht erteilen durfte, verdankte er dem alternden Kapellmeister Freddy Stauffer und einem der prominentesten Hollywoodstars, nämlich Tarzan Johnny Weissmüller.

Seine Mitteilung, dass mindestens 70 Prozent der männlichen Stars schwul waren, überraschte mich nicht und auch nicht, dass er selbst mit etlichen dieser Kaliber ins Bett gegangen war. Über Charly Chaplin ließ Walter Saxer nichts kommen. Für ihn war er der wahre König der Kino-Stars. Chaplin war einer, der die Welt des Kinos und der Filme von Anfang an erlebte und etwas aus ihnen machte. Er war weder ausgesprochen schön noch körperlich überragend. Aber er war in jeder Phase ein begnadeter, verwandlungsfähiger Künstler, und das machte sein Person aus, auch wenn er ein nicht immer bequemer Zeitgenosse und diktatorisch veranlagt war. Bekannt geworden war durch Indiskretionen und die Regenbogenmedien, dass Chaplin angeblich sexuell unersättlich und bisexuell gewesen sei, was jedoch nicht bewiesen ist. Walter, der noch in Genf am Altersitz sein Gymnastiktrainer war, wollte sich dazu nicht äußern. Chaplin war jedenfalls für ihn eine nicht antastbare Person.

Während unseres Gesprächs klingelte laufend das Telefon, was mir bestätigte, dass Walter einen großen Bekanntenkreis hatte. Und nachdem er nicht mehr so gerne weit reiste, telefonierte er viel mit seinen prominenten Freunden. Manche besuchten ihn auch regelmäßig und etliche davon wollten lediglich den erotischen Kontakt, der ein eigentümlicher war und von dem er mir erst später erzählte, als ich ihn wieder einmal auf dem Rückweg von St. Gallen besuchte.

Damals wusste ich gleich, warum Walter, inzwischen redeten wir uns mit »Du« an, von einem eigentümlichen erotischen, beziehungsweise sexuellen Kontakt mit seinen mehrheitlich nicht mehr ganz jungen Freunden gesprochen hatte. Es war ein heißer Sommertag und Walter empfing mich völlig nackt, weil er auf der Sonnenterrasse gelegen hatte. Er war tatsächlich eine imposante Erscheinung, groß, muskulös, jedoch nicht überproportional und nahtlos braun. Interessant schienen mir die Tätowierungen an beiden Brustwarzen, deren Hof blau und deren Warzen knallrot waren. Es erinnerte mich an die englischen Spitfire-Jagdbomber während des Krieges, die an den Flügeln ähnliche farbige Hoheitszeichen getragen hatten.

Aber was ich dann sah, hatte ich bis anhin noch nie gesehen, nämlich einen überproportionalen Penis, der nicht etwa wie bei andere Männern herunterhing, sondern leicht erregt, halb in die Höhe ragte.

Walter quittierte mein Staunen mit einem Lachen, aus dem ich jedoch auch eine gewisse Bitternis herauszuhören glaubte. »Ja, mit diesem Riesenapparat gehöre ich eigentlich in den Zirkus. Denn was Du da siehst, ist nur ein Teil. Du solltest das einmal im erigierten Zustand sehen.

Viele Männer träumen davon, ein größeres Glied zu haben, doch das ist bei weitem nicht alles im Leben und in der Liebe. Und Walter berichtete, dass seine homosexuelle Veranlagung aufgrund dieses »Geburtsgeschenkes« zustande gekommen sei und sein ganzes Leben bestimmt habe. So habe er schon in der Tanzschule seine ersten homosexuellen Kontakte gehabt und auch später mit großen und kleineren Stars sowie Regisseuren und Filmbossen.

Die Männerliebe war in der US-Filmindustrie eine institutionelle Einrichtung und auch in den europäischen Filmstudios nichts Unbekanntes. Nachdem Walter hervorragend aussah und bekannt war für seine Neigungen, wurde er wie auf einem Präsentierteller herumgereicht und lebte ganz gut bis zu seinem frühzeitigen Ruhestand, den er zuerst in Genf, dann in Zürich und jetzt im Appenzellerland verbrachte.

Im Gegensatz zu manchen anderen hatte Walter seine schwule Veranlagung nie verleugnet und sich hier in seiner Heimat relativ früh geoutet. Nachdem er in Society-Kreisen bekannt war, besuchten ihn auch etliche großkalibrige Persönlichkeiten. Er nannte mir keine Namen, es war jedoch vom Großindustriellen über bekannte Politiker, Künstler und

Entertainer bis zum biederen Gemeindebediensteten alles dabei, was sich an ihm und in seinem Hause die nicht alltäglichen Gelüste stillte. Viele seiner Besucher waren verheiratet und hatten Kinder.

Einmal, so erzählte er mir, habe er ein großes Problem gehabt, als ihn nämlich Vater und Sohn eine Zeit regelmäßig besuchten und er schauen musste, dass beide nichts voneinander erfuhren oder sich gar bei ihm trafen. Er bezeichnete sich nicht ohne Stolz als »Veteran der Männerliebe«, war bei jedem öffentlichen Fest in den umliegenden Wirtshäusern und bei kulturellen Veranstaltungen anwesend und saß oft als Ehrengast an den Prominententischen.

Es hatte sich sogar herumgesprochen, dass er ein überdimensionales Glied hätte, was offensichtlich auch Frauen zu Ohren gekommen war. So kam es, dass Walter dann und wann auch Frauenbesuch bekam, beispielsweise von einer Wirtin, die regelmäßig aus dem Thurgau anreiste und sich der Qualitäten des ehemaligen Tanzlehrers erfreute. Ich fragte ihn, wie er denn das mit seiner schwulen Veranlagung vereinbaren könne, denn normal war es so, dass echte schwule Männer mit einer Frau sexuell nicht verkehren konnten. Walter verwies mich auf seine Erfahrungen in den USA, wo er des Öfteren auch mit Frauen aufgrund seiner auffallenden Körperlichkeit Geschlechtsverkehr hatte. Und er betonte auch, dass er kein Frauenfeind wäre und durch Kontakt mit einem Arzt und dessen Kunst auch als Homosexueller in der Lage sei, etwas mit einer Frau zu haben.

Mich interessierte das sehr, doch er gab in dieser Beziehung nicht mehr preis. Er war überhaupt keine sonderlich mitteilsame Person, wenn es darum ging, Namen oder Begebenheiten aus seinem ereignisreichen Liebesleben preiszugeben, die anderen schaden konnten. Wahrscheinlich war er deshalb in seiner engeren und weiteren Umgebung beliebt und auch ich schätzte ihn im Grunde und wir wurden Freunde, obwohl wir sexuell nichts miteinander hatten. Wir schätzten einander gegenseitig sehr, wahrten jedoch in mancher Hinsicht eine gewisse Distanz, wenngleich ein gewisses Knistern da war, wenn wir uns trafen.

So war ich irgendwie aufgeregt, wenn wir uns wie so oft in St. Gallen im Garten des bekannten und beliebten Café Seeger verabredeten und ich ihn schon von Weitem sah, wie er, hervorragend modisch gekleidet, dasaß und die Zeitung studierte und in Wirklichkeit auf mein Erscheinen wartete.

Er war wirklich eine Erscheinung, wie er so dasaß – weißhaarig und braungebrannt in seinem dezent karierten Sakko mit dem kecken Stecktuch, auffälliger Krawatte und der cremefarbenen Hose, jeder Zoll eine Gentleman, kurzum aussehend wie der leider allzu früh verstorbene Hollywoodstar und Frauenliebling Jeff Chandler.

Nun, Walter war an die 30 Jahre älter als ich und ich schätzte ihn als väterlichen Freund und er mich umgekehrt, nachdem er als Schwuler keine Kinder hatte, als eine Art Sohn. Wir verbrachten relativ viel Zeit miteinender. Ich liebte es, mit ihm lange Spaziergänge in der freien Natur zu machen und mit ihm über Gott und die Welt zu diskutieren. Wenn er auch offen über seine Homosexualität sprach, er war jedoch ein Gegner jeglichen showträchtigen Tuntentums und verabscheute Männer, die ihr Schwulsein in Gesellschaft oder bei öffentlichen Anlässen hinausposaunten. Er war auch ein Gegner von Männern, die in der Öffentlichkeit scheinheilig von Toleranz gegenüber Schwulen sprachen und sich hinter vorgehaltener Hand über diese lustig machten und die Homosexualität in pharisäerischer Art verurteilten. Wir beide kannten eine Reihe solcher Persönlichkeiten, die sich so aufführten, mit den Fingern auf andere zeigten und bei jeder sich bietenden Gelegenheit ihren eigenen schwulen Neigungen nachgingen. Doch was soll's, so etwas wird es immer geben.

Einen Satz meines schwulen Freundes Walter werde ich nie vergessen, weil er den Nagel auf den Kopf traf. Er meinte, dass sich jeder Mensch, wenn er es auch nicht zugibt, in der Seele nach Liebe sehnt, nicht nach der rein körperlichen Liebe, sondern jener des Herzens. Und es ist nicht nur die Sehnsucht, geliebt zu werden, sondern auch selbst jemanden zu lieben. Es sei völlig gleichgültig, ob diese Liebe zwischen Mann und Frau, zwischen zwei Frauen oder von Mann zu Mann zum Tragen komme. Es ginge einzig um die Liebe, die ihre Gefühle entwickelt und oft die für uns nicht immer gleich verständlichen, oft verschlungenen Wege geht. Was wir tun können, ja tun müssten, ist auf diese Gegebenheiten einzig und allein mit Toleranz zu reagieren.

Das waren Worte eines Mannes, der das Leben und die Liebe einer anderen Art kennengelernt und sie zusammen mit der nötigen Toleranz in seinem Herzen aufbewahrt hatte. Walter war übrigens ein leidenschaftlicher Anhänger der Tätowierkunst. So trafen sich viele tätowierte Männer bei ihm und seinem engsten Freund namens Hofmann.

Dieser Mann war am ganzen Körper tätowiert, ein begehrtes Fotomodell nicht nur für Schwulen-Postillen, sondern für namhafte Magazine. Als Walter gesundheitlich abbaute und ins Krankenhaus musste, übernahm Hofmann das Haus. Es war jedoch nicht mehr so wie früher, denn die Gäste hatten nicht mehr das Niveau, das sie unter Walter gehabt hatten.

Hofmann war es auch, der mich mit besten Empfehlungen mit einem bekannten Librettisten in Zürich zusammen brachte. In Zürich feierte man gerade das berühmt-berüchtigte »Sächsi-Lüta« und die ganze Stadt war im Fasnachttaumel. So auch der in die Jahre gekommene Librettist und sein ständiger Hausangestellter, Butler und fallweiser Lebensgefährte, sofern er keinen anderen schwulen Freund hatte. Ich war gegen Mittag in der Wohnung des Librettisten angekommen und traf beide Männer mehr als nur in Champagnerlaune.

Und weil es so launig war, köpften wir weiter einige Flaschen und der Champagner umnebelte auch bald meine Sinne. Mir war es gleichgültig, denn der Librettist hatte mich eingeladen, einige Tage in Zürich zu verbringen und ich hatte mich auch darauf gefreut.

Doch das Gastspiel nahm ein abruptes Ende, als sich der Gastgeber und sein Adlatus plötzlich anschickten, mich regelrecht zu vergewaltigen. Und das fand ich wirklich nicht nett, denn ich war als Journalist zum Besuch eingeladen und hatte vor, mit dem Librettisten ein Gespräch über den französischen Schriftsteller Paul Vernon zu führen, über dessen abenteuerliches Leben er ein Musical schreiben wollte.

Dazu kam es leider nicht. Denn nach einem regelrechten Handgemenge mit beiden gelang es mir, zu flüchten. Ich suchte einige Tage später diesen Herrn Hofmann auf und wollte ihm mein Erlebnis erzählen, erfuhr jedoch zu meiner Erschütterung, dass Walter inzwischen überraschend verstorben war.

Für mich brach damals wieder einmal eine Welt zusammen. Nicht weil ich in etwa für ihn schwule Gefühle entwickelt hatte, sondern weil er mir als Freund und Mensch sehr nahe gestanden hatte, näher als ich dachte. Jetzt erst verstand ich, dass ich als Mann auch einen anderen Mann lieben konnte. Und ich liebte Walter irgendwie und ich hätte viel darum gegeben, ihm das persönlich zu sagen. Die Tränen, die ich jetzt um ihn an seinem Grab vergoss, kamen zu spät. Auch Männer können eine Freundschaft haben, die schließlich in Liebe umschlägt. Es werden zwar weiterhin viele nicht verstehen, aber was soll's. Die Liebe lässt sich nicht kategorisieren und geht ihre eigenen Wege ...

Dorf ohne Wiederkehr

Es war ein viel zu kühler Septembermorgen, als ich, vom Dorf Gaschurn heraufkommend, den steilen ausgefahrenen Fuhrweg zum alten idyllischen Hochmontafoner Maisäß Ganeu und zum Garneratal verließ, um in das wilde dunkle Fengga-Tobel aufzusteigen. Die ganze Nacht über hatte es geregnet. Von den Bäumen und Sträuchern tropfte es ununterbrochen und doch beruhigend monoton. Der unbändige Garnerabach stürzte in weiß-grün-blauer Gischt an den nassen schwarzen Felsen vorbei, viele kleine Regenbogen zaubernd, tosend in die Tiefe, während ich schwitzend und keuchend mit nicht ganz sicherem Tritt über die glitschigen Felsstufen, es sollen derer über zweitausend sein, in das steile und für ungeübte Wanderer nicht ungefährliche Tobel hinaufeilte. Ich wusste nicht mehr genau, wie viele Male ich schon diesen wilden, mich immer wieder faszinierenden Tobel-Pfad mit seiner von der Natur geschaffenen, einer riesigen Felsschnecke gleichenden Wassermühle erklommen hatte.

Ich merkte lediglich, dass ich dieses Mal viel schneller als sonst unterwegs war und mich ein seltsames inneres Gefühl zu einer sonderbaren Eile anfachte, als würde ich etwas versäumen.

Die schweren weißgrauen Nebelschwaden lichteten sich, als ich den Rand der Schlucht erreicht hatte und vor mir das malerische Maisäß stand, von den ersten zaghaften Sonnenstrahlen liebkost, die sich mühsam durch den Nebel kämpften. Schnell war dann auch der alte Fußweg ins hintere Garneratal geschafft. Das Herz klopfte mir bis zum Hals und meine schweißnassen Schläfen pochten.

Es waren nicht nur das von mir gewählte höllische Tempo und die Anstrengung, die dies bewirkten. Es war vielmehr eine eigenartige Spannung, die mich ergriffen hatte. Die Spannung, was mich wohl erwarten würde, wenn ich jetzt aus dem Dunkel der regennassen Fichten in das Tal trat. Wusste ich doch, dass hier vor Tagen noch ein Dorf gestanden hatte, ein nicht herkömmliches alltägliches Dorf, das der bekannte Regisseur Josef Vilsmaier für seinen Film »Schlafes Bruder« nach dem nicht minder bekannten Roman des Vorarlberger Schriftstellers Robert Schneider extra naturgetreu hatte bauen lassen. Ein Dorf, das ich insgeheim »mein Dorf« nannte.

Schließlich war es soweit. Vor mir tat sich die faszinierende, dampfende grün-gelb-braune sumpfige Ebene der Garnera-Talsohle auf. Die tief hängenden Nebel, mit denen die Sonne kämpfte, krochen Schönwetter verheißend die steilen felsigen Hänge hinauf und gaben, wie ich mir einbildete, fast schadenfroh, die Sicht zu jener Stelle frei, an der das legendäre Filmdorf und etwas erhöht die außerhalb platzierte Kirche gestanden hatten.

An jenem Morgen war jedoch nichts mehr davon zu sehen. Das Tal präsentierte sich genau so, wie vor zehn Jahren, als ich es das erste Mal aufgesucht und als Filmliebhaber begeistert daran gedacht hatte, dass man hier einen Film drehen sollte. Ich hätte mir damals freilich nicht träumen lassen, dass sich hier heroben, nach einem relativ beschwerlichen Aufstieg, ein so schönes, wildromantisches Tal befindet.

Meine Begeisterung für dieses Hochgebirgstal hatte auch bei den vielen weiteren Besuchen desselben angehalten. An diesem Tag jedoch war von dieser Begeisterung eigenartigerweise nichts zu verspüren. Was ich jetzt empfand, waren eine plötzliche Müdigkeit und ein schales Gefühl im Mund, wie etwa nach einer sinnlos durchzechten Nacht.

Als ich an jener Stelle angekommen war, wo sich vor Tagen noch der wildromantische Dorfkern mit dem alten Mühlrad und dem großen Baum befunden hatte, umfing mich plötzlich eine fröstelnde Einsamkeit. Es stank immer noch nach Biosol, dem Begrünungsdüngemittel, das man eigens gestreut hatte, damit das Gras dort schneller nachwuchs, wo ein Jahr lang die Häuser des Filmdorfes gestanden hatten. Ich ging zum Bach hinunter und setzte mich auf einen Stein, den Blick in jene Leere gerichtet, die mich umfing.

Plötzlich hörte ich das leise Singen und Säuseln des Windes und dann sah ich sie, wie im Traum, die schimpfende Hebamme, die mit dem Jungen im Arm den Berg hinaufkeuchte.Die Luft war plötzlich voll von der Musik Hubert von Goiserns, die allein schon den Vilsmaier-Film zu einem unvergesslichen Erlebnis machte. Dieses Rauschen, dieses Orgeln, es dröhnte in meinem Kopf, um dann wieder zu verebben und dem Choral »Komm o Tod, du Schlafes Bruder« akustisch Platz zu machen, der sich in den steinigen Felshängen brach, in vielfachem Echo wiedergab, um schließlich im sanft plätschernden Bach zu versiegen. Ich blickte zu der Stelle, wo das Haus gestanden hatte, in dem Elias sein der Welt entrücktes Leben geführt hatte.

Ich selbst hatte aus seinen Fenstern praktisch zu jeder Jahreszeit hinausgeblickt, auf den Garnerabach, auf das hölzerne Mühlrad und auf den Morast des Weges, und meine Fotokamera war dabei stets ein alles festhaltender Zeitzeuge. Ich erinnerte mich auch an jenen eiskalten Wintertag, an dem endlich gedreht werden konnte, weil der heißersehnte Schnee gefallen war. Es war damals bitterkalt und Sepp Vilsmaier musste sich einige Male seine Hände am Gasofen wärmen, ehe er weiterdrehen konnte, jedoch nicht ohne seine berühmte krumme Virginier im Mundwinkel.

Ich sah ihn vor mir sitzend, Rauchringe in die Luft blasend, in Gedanken vertieft, ehe er mit einem Ruck aufstand, wieder ins Haus ging, um weiterzudrehen. Mein Blick fiel auf eine der gefrorenen Fensterscheiben des Hauses, hinter der sich das Gesicht eines Knaben abzeichnete, der an die Scheibe hauchend versuchte, nach draußen zu sehen. Es waren viele Kinder da, die meisten kahl geschoren und in Lumpen gehüllt. Sie hatten eine große Freude, in diesem Film mitzuwirken. Sepp Vilsmaier verstand es auch ausgezeichnet, mit Kindern zu drehen, nicht zuletzt deshalb, weil er Kinder gern hatte, auch behinderte. Ich habe als Reporter bei Filmdreharbeiten auch noch nie einen solchen Regisseur kennengelernt, der auch behinderte Kinder so trefflich in Schlüsselstellen seines Films mit einbezog, auf sie einging, mit ihnen arbeitete und sie, was das Wichtigste ist, absolut ernst nahm.

Allein für dieses sozial-menschliche Engagement hätte er einen »Oscar« verdient. Doch ich dachte, dass es ihm der Herrgott sicher einmal danken wird.

A propos Herrgott: Mein Blick eilte zu dem kleinen Hügel oberhalb des Weges, wo bis vor zwei Wochen noch die Kirche gestanden hatte, die zu einem Wahrzeichen dieses Filmdorfes geworden war. Sie war schon früher abgebrochen worden. Eine Staublawine hatte ihr Schiff zerfetzt. Niemand hätte bei ihrem Anblick geglaubt, dass sie lediglich aus verputzten Weichholzfaserplatten bestanden hatte und ihr von Anfang an keine lange Lebensdauer bestimmt war.

Unwillkürlich fiel mir der Friedhof ein, den man vor ihrem Eingang platziert hatte. Mich hatte dieser Friedhof, der in einer anderen Welt zu stehen schien, mit dem Rest seines schmiedeeisernen Tores, seinen wild in die steinige Erde gesteckten Grabkreuzen und schaurig wehenden Schleiern daran besonders fasziniert. Es war eine fast logische Schlussfolgerung, dass ich diesen nachgebauten Friedhof am Allerseelentag, an dem die feuchtkalten Nebel durch das Tal zogen, aufsuchte, um Fotos zu machen.

Ein realistischeres Allerseelen-Motiv gab es kaum und wird es aus diesem Tal auch nie mehr geben. Es waren jedoch nicht nur die düster-mystischen Stimmungen und Motive, die Regisseur Vilsmaier und mich verbanden, weil wir sie offenbar beide liebten. Dieses einsame Tal und sein Dorf zauberten damals zu jeder Jahreszeit und bei jedem Wetter Stimmungen, von denen man sofort in den Bann gezogen werden konnte. Ich freute mich und freue mich weiter, dass es einen Robert Schneider gibt und ich danke ihm für seinen großartigen Roman, denn ohne diesen hätte es das alles, diese Fülle an Erlebnissen und Begebenheiten in diesem Gebirgstal nie gegeben.

Ich erinnerte mich auch an einen heißen Sommertag. Während die Menschen im Tal unter der Gluthitze ächzten, war es hier heroben im Garneratal angenehm kühl. Sepp Vilsmaier war mit seinem Regieassistenten Hanus Polak jr., seiner inzwischen leider verstorbenen Frau, der Hauptdarstellerin Dana Vávrová und seiner Tochter Theresa heraufgekommen, um eine erste Regiebesprechung zu führen. Man sah ihm die Freude an, die ihm der Anblick dieses Dorfes bereitete, das unter der Bauleitung von Ernst Pfeifer, den genialen Plänen des Produktions-Designers Rolf Zehetbauer und der Unterstützung vieler Gaschurner Helfer gebaut wurde.

Auch Dana Vávrová, die die Hauptrolle der Elsbeth spielte, war begeistert. Wenn man sie so sah, machte sie hier heroben in diesem einsamen Tal, in diesem mystisch wirkenden Dorf, den Eindruck eines überirdischen Wesens, einer Fee.

Mein Gott, schien diese schöne Frau zerbrechlich, mit ihren hauchzarten Armen und Beinen, ihrer alabasternen Haut. »Ja, Sepp, du kannst mit den beiden viel Freude haben, wie du mit diesem Tal, diesem Dorf und deiner faszinierenden Arbeit hier viel Freude haben kannst« sagte ich zu mir. Viel Freude mit diesem Filmdorf hatte auch ich, und Sepp Vilsmaier sowie die Gaschurner mögen mir verzeihen, wenn ich es in Erinnerung an diese wunderschönen Eindrücke liebevoll als »Mein Dorf« bezeichnete. Hatte doch auch ich das Glück, wenn auch nur für wenige Stunden, mit meinen liebsten Menschen, meiner Tochter, meinem Sohn und jener Frau, die seit vielen Jahren mein unruhiges Leben teilt, hier in diesem märchenhaften Tal zu verweilen.

Aber auch in manch einer schweren Stunde weilte ich in diesem Tal, um dann und wann meinem Seelenschmerz freien Lauf zu lassen. Denn manchmal gehe ich auch in die Berge, um zu weinen. Und jedes Mal, wenn ich hier aufstieg, durchlebte ich alle diese hier erfahrenen und durchlebten Stationen nochmals. Ich dachte auch an die Nacht vor der Freiluft-Weltpremiere in Gaschurn, wo Bürgermeister Heinrich Sandrell, sein Freund Joseph Vilsmaier und ich bei strömendem Regen und eisiger Kälte fast zwei Flaschen Enzian getrunken hatten und am nächsten Abend bei klarstem Wetter und Vollmond der Premierenfilm vor einem begeisterten Publikum gespielt werden konnte.

Diese Bilder zogen an diesem Morgen an mir vorüber, ehe ich aufschreckte und mich der nüchterne Realismus des Alltags wiederhatte. Und der war hier, an einem der schönsten Flecken dieser Gebirgswelt, nicht nur nicht zu übersehen, sondern man roch ihn auch.

Dank dem Biosol-Dünger würde in spätestens vier Wochen wieder Gras über diese Sache gewachsen sein, dachte ich mit einem Anflug von grimmigem Zynismus gepaart mit wenig tröstendem Masochismus, der uns Österreichern gerne nachhängt. Ähnlich werden wahrscheinlich auch jene Kreise gedacht haben, die den Abbruch des Filmdorfes gegen den Willen vieler Einheimischer und Gäste vehement betrieben hatten und auch die zuständige Behörde, die den Abbruch des Dorfes, das zu einem weit herum bekannten malerischen Wahrzeichen des Tales und der Region geworden war, unbarmherzig anordnete.

Sein Anblick war für den Betrachter so, als ob es schon immer hier gestanden hätte, eben ein Wahrzeichen. Wahrzeichen müssen ja nicht immer uralt sein. Ich fragte mich damals und ich frage mich heute noch, ob das alles wirklich nötig war. Doch dem wurde nicht Rechnung getragen. Den Wünschen sogenannter Naturschützer, von denen manche paradoxerweise nicht einmal wussten, wo das Garneratal eigentlich lag, und anderer Interessensgruppen im Hochmontafon sowie der Anordnung einer nicht zu überzeugenden Behörde musste dem schmerzlichen Abbruch stattgegeben werden, wie es im Amtsdeutsch lautet. Gegen Gedanken- und Herzlosigkeit, Sturheit und Justamentstandpunkt-Denken sowie gegen die in unserem Computerzeitalter immer mehr auftretende geistige Armut mancher Menschen und vor allem mancher Lobbyisten war offenbar auch im überaus wild- und kräuterreichen Garneratal selbst kein Kräutlein gewachsen.

Das Dorf zum Film »Schlafes Bruder«, dessen Inhalt die Aussichtslosigkeit in vielen menschlichen und zwischenmenschlichen Belangen der damaligen Zeit heraushob, aber auch wie in diesem Fall auch heute noch vielfach seine Gültigkeit hat, war zum »Dorf ohne Wiederkehr« geworden.

Es war ein langer Tag des Nachdenkens und der Erinnerungen. Ich lenkte meine Schritte wieder in Richtung Talausgang, ohne mich umzudrehen. Ich wollte den Anblick dieser von Menschenhand wiedererzwungenen Ödnis, die sich hinter mir nun bot, nicht mitnehmen. Ich wollte die hier erlebten paradiesischen An- und Augenblicke in mir behalten, solange ich konnte.

Das leider abgerissene Film-Dorf, dessen Bestandteile und Balken später im Tal dahinmoderten, bot bis zu seinem gewaltsamen Ende durch hirnlose und dadurch verständnisarme bürokratische Menschen eben einen paradiesischen Anblick. Doch der Mensch, das Schöpferische vielfach nicht erkennend oder bewusst missachtend, verpasst immer wieder die Chance, seine Paradiese zu erhalten.

Africa mon amour

Es war Anfang der turbulenten Siebzigerjahre, als mich eine meiner ersten Reporterreisen in das Herz von Afrika, die Republik Tschad, führte. Die Republik Tschad war damals und ist auch heute noch das wohl ärmste Land Afrikas und stand völlig unter dem Einfluss Frankreichs, das als früherer Kolonialherr nun als sogenannte Schutzmacht fungierte.

Dennoch waren diverse Mächte bemüht, ihre Einflüsse im Tschad geltend zu machen, unter anderen Libyens Staatschef Muammar al-Gadaffi, der das Gebiet mit dem Tibesti-Gebirge schon geraume Zeit für sein Land reklamierte, weil man dort Uranvorkommen vermutete.

Desgleichen wurde auch über Erdölvorkommen im Landesinneren spekuliert. Die politische Lage des Landes war sehr angespannt und Staatschef François Tombalbaye, übrigens zweifacher Doktor der weltberühmten Sorbonne-Universität in Paris, hatte alle Hände voll zu tun, um das Land mit militärischer Hilfe der Franzosen einigermaßen unter seinem Einfluss zu halten, wobei es namentlich eine starke Truppenpräsenz durch Kompanien der berüchtigten Fremdenlegionäre war, welche die Rebellen im Norden in Schach hielt, wobei es jedoch immer wieder zu blutigen Scharmützeln kam. Es war ein offenes Geheimnis, dass die rebellierenden Stämme im Norden in der Tibesti, der gefürchteten Steinwüste, durch Gadaffis militärische Berater unterstützt und auch mit Waffen russischer Herkunft beliefert wurden.

Die Hauptstadt, die damals noch Fort Lamy hieß und nun in Ndjamena (was soviel wie »Ausruhen von der kolonialistischen Vergangenheit« bedeutet) umbenannt werden sollte, war eine wilde, heiße und laute, typisch afrikanische Stadt, deren farbenvielfältiges Bild bei Tag und deren mystischer Eindruck bei Nacht von zahlreich anwesendem Militär, darunter vielen Fremdenlegionären geprägt war. Einige, dem typisch afrikanischen Standard entsprechende Hotels für Touristen, ein großer Markt, ein Töpfermarkt und ein separater Viehmarkt in der Nähe einer alles überragenden Moschee, wo auch die traditionellen wilden Kampfspiele der »Tschadiennes« unter starkem Publikumsandrang stattfanden, waren sichtbare Kennzeichen des Landeszentrums und der Hauptstadt. Das Einkaufszentrum von Fort Lamy stellte die »Avenue du Président François Tombalbaye« mit einigen teuren Geschäften dar. Weitere Sehenswürdigkeiten waren die Kathedrale, der Regierungspalast, das Rathaus, das Lizeum Felix Eboue, die Nationalschule sowie die verschiedenen Viertel der Stadt, die sich besonders farbenfroh präsentierten, ganz abgesehen von den Ufern des Chari-Flusses mit seinen beachtlichen und für Touristen nicht ungefährlichen Flusspferd- und Krokodilpopulationen.

Nicht zu übersehen war die große Armut bei der Bevölkerung, die vor allem die vielen Kinder voll traf und die Politik jener Länder in der Welt anklagte, deren wohlhabende Menschen im Überfluss lebten und die Dritte Welt mit ihrer Armut links liegen ließen. Doch auch seitens der afrikanischen Regierungen und der Potentaten des Kontinents wurde vielfach wenig bis nichts getan, hier Abhilfe zu schaffen. Die Korruption stand eben überall an erster Stelle, vor allem bei jenen, die am politischen oder gesellschaftlichen Futtertrog standen. Es gab zwar immer wieder Revolutionen und Putsche, doch die neuen Herren, die vorher Demokratie und Gleichheit versprochen hatten, erinnerten sich plötzlich nicht mehr an ihr gegebenes Wort.

Doch zurück zur Republik Tschad und ihrer Geographie. Was das Landesinnere anging, war die bereits erwähnte Tibesti – ein Teil der Sahara – der abenteuerlichste und wildeste Teil des Tschad. Hier konnte man unter anderem die berühmten Felszeichnungen der Ureinwohner bewundern und den Emi Koussi, den mit 3.415 Metern Seehöhe höchsten Berg der Sahara.

Die Tibesti als gnadenlose Stein- und Felswüste war auch gekennzeichnet von wilden Schluchten und wuchtigen Erosionen. Gigantische Naturschauspiele boten hier wie auch in den Savannen die jeweiligen Sonnenuntergänge. Großes Aufsehen erregte tief in der Tibesti auch ein riesiges Natronloch, ein weiter, in gleißendem Weiß erstrahlender Krater von sechs Kilometern Durchmesser und 700 Metern Tiefe.

Eine absolute, weil nicht erwartete Besonderheit in der Tibesti ist der Knotenpunkt Bardai, ein alter ehemaliger muselmanischer Militärposten, wo sogar Wein angebaut wurde. Die islamische Bevölkerung, zusammengesetzt aus wilden, kriegerischen Stammes-Clans, verstand sich noch nie mit der Regierung in Fort Lamy und liebäugelte offen mit Libyen, seinem fundamentalistischen Führer Gadaffi, von dem sie auch jederzeit mit Waffen beliefert wurden, um ihre Unabhängigkeit dementsprechend zu unterstreichen.

Das tschadische Militär, von vielen Marodeuren durchsetzt, konnte oder wollte sich bisweilen, besonders wenn der Sold aus Fort Lamy ausblieb, nicht gegen die Rebellen des Nordens durchsetzen. Deshalb war die Schutzmacht Frankreich durch die Kompanien ihrer Fremdenlegion präsent, deren Kämpfer sich mit Härte und äußerster Rücksichtslosigkeit ins Zeug legten und den Rebellen aufgrund ihrer moderneren Waffen zumeist überlegen waren. Dennoch machte die berüchtigte Wespenstichtaktik der Rebellen auch den Legionären bisweilen zu schaffen und brachte immer wieder auch unangenehme Verluste.

Es war mein erstes Betreten des Kontinents Afrika, als wir, von Paris kommend, in der Nacht in Fort Lamy landeten. Ich vermeinte, ein feuchtheißes Handtuch um Gesicht und Ohren zu bekommen, als ich das Flugzeug zusammen mit der Delegation verließ, so übermannte mich die Tropenhitze. Dazu kam der eigenartige, fast betäubende, etwas moderartige Geruch nach Erde und Blüten, der mich faszinierte und später dann auch bei meinen weiteren Aufenthalten in Afrika nicht mehr los- und sogar zuhause in Europa davon träumen ließ.

Auf dem Flug hatte ich einen Berliner Journalisten kennengelernt, einen humorvollen und unterhaltsamen Mann, der für ein bekanntes deutsches Nachrichtenmagazin schrieb. Er wollte, wie er mir erzählte, eine gute Story über die politischen Zustände im Tschad, den Einfluss der Franzosen dort und die libyschen Einflüsse um die möglichen Uranvorkommen in der Tibesti schreiben.

Und natürlich wollte er, wie er mir nach etlichen Gläsern Champagner und der damit verbundenen, kollegialen Du-Wort-Zeremonie gestand, sich unter den Eingeborenenfrauen in Fort Lamy umsehen und sein erstes amouröses Abenteuer mit einer Schwarzen erleben.

Ich musste noch auf meinem Hotelzimmer darüber schmunzeln, wie er mich im typischen Berliner Dialekt gefragt hatte: »Haste schon mal mit'ner Nejerin jetechtelt?«. Als ich dazu lediglich grinste und ihm sagte, dass ich über meine amourösen und sexuellen Beziehungen nicht zu sprechen pflegte, meinte er: »Ick werd' mir die nächstbeste Schwarze angeln und mit ihr techteln, dass die Fetzen fliegen.«

Unsere Delegation und eine Reihe Journalisten, darunter auch mein Berliner Kollege Willy Köpke waren in der sogenannten OCAM untergebracht. Es handelte sich dabei um eine durch einen hohen Stacheldrahtzaun gesicherte Siedlung für Staatsgäste und Diplomaten, die aus relativ geräumigen und recht passabel eingerichteten Bungalows bestand. Ich sorgte dafür, dass Willy Köpke und ich zusammen in einem dieser Vier-Zimmer-Bungalows wohnen konnten.

Wir beide bekamen auch einen Fremdenlegionär zugeteilt, der Chauffeur, Aufräumer, Koch und Bodyguard zugleich war.

Unser Mann hieß Eric, war ein Elsässer aus Strasbourg, sprach gut deutsch und fiel durch sein gutes Benehmen, Aussehen und seine Gepflegtheit auf. Er war um die 30 herum und nach fast zehn Jahren Legion ein durchtrainierter, unerschrockener Typ, mit kurz geschorenem Haar und etlichen Tätowierungen auf seinen muskulösen Armen, was bei der Legion ja gang und gäbe und sozusagen ein Kult war. Wie sich in einem ersten Gespräch mit ihm herausstellte, war er, der aus einem guten Hause kam und aus reiner Abenteuerlust zur Legion gegangen war, auch recht gebildet. Von der eigentlichen Kampftruppe war er nach einer Verletzung im Indochina-Krieg zum Sanitäter ausgebildet worden, machte jedoch bisweilen auch Streifendienst bei der Militärpolizei in der Hauptstadt.

Nach einem ersten Tag der Empfänge, an dem uns die große Hitze sehr zu schaffen machte, wurde das Programm zusammengestellt. Willy und ich meldeten uns sofort für einen dreitägigen Trip an, der nach einem Flug nach Largeau, der im Norden des Landes gelegenen zweitgrößten Stadt, unter Führung eines Staatssekretärs und dem Schutz von Fremdenlegionären mit Bussen und Jeeps in die Tibesti an aktuelle Schauplätze führen sollte.

Am Nachmittag des Tages vor diesem Trip war jedoch Willy Köpke nicht zu halten. Er wollte unbedingt in die Stadt, um dort sein sehnlichst erwartetes erotisches Abenteuer mit einer Schwarzen zu erleben. Eric, der Legionär ging mit und wir suchten eine Reihe von Bars auf, an denen eingeborene Mädchen wie die Schwalben auf dem Telefondraht an den Tresen standen oder hockten und ihre Dienste feilboten. Willy angelte sich gleich zwei dieser Mädchen und wir gingen in eine uns ansprechende Hotelbar, wo wir einigermaßen von zudringlichen Straßenverkäufern und Dirnen abgeschirmt waren. Willy gab dabei einige Runden aus und Eric dolmetschte das Gequatsche von uns mit den ständig kichernden Mädchen. Während Willy vom Bier über den Champagner bis zum

Whisky alles in sich schüttete und auch ich, der ich nichts dergleichen wie Willy vorhatte, ganz schön becherte, trank Eric, der Legionär, immer nur Bier und Mineralwasser. Schließlich brach der Abend herein und der gute Willy war auf einmal blau wie ein Veilchen. Er begrabschte die kreischenden Mädchen, steckte ihnen Geldscheine in die Dekolletés und wähnte sich als der absolute King. Allerdings nicht lange. Denn urplötzlich stierte er uns mit glasigen Augen an und sackte auf der Ledercouch zwischen den beiden kichernden Liebesdienerinnen wie ein aufgeschnittener Kaffeesack in sich zusammen und schlief sofort ein.

Der Tag war damit auf seine Art gelaufen. Eric verscheuchte die Mädchen, die noch mehr Geld wollten, wie Hühner aus der Hotelbar. Wir hantelten uns Willy unter und schleppten ihn zum Dienstwagen von Eric, der uns schnell und sicher in unsere Unterkunft in der OCAM zurückbrachte. Dort verfrachteten wir den volltrunkenen Berliner ins Bett und Eric meinte mit leicht ironischem Kopfschütteln vorausahnend, dass Willy wohl für den Trip in die Tibesti am nächsten Tag ausfallen werde. Die später nachfolgenden Töne aus Willys Toilette und die ebenfalls durch die dünnen Wände hörbare Hilfe Erics unterstrichen diese Mutmaßungen. Die Klimaumstellung, die unwahrscheinliche Hitze in den Mauern der Stadt und der übermäßige Alkoholkonsum, von dem alle Ärzte in den Tropen dringend abraten, hatten Köpke vollends geschafft und er konnte froh sein, dass ihm ein Mann wie Eric so hilfreich zur Seite stand und ihn als Alkoholleiche fürsorglich die Nacht über betreute. Am nächsten Morgen bewahrheiteten sich Erics Vorausahnungen. Ohne Willy Köpke fuhr unsere Journalistendelegation allein los. Berlin war also nicht vertreten.

Der Trip verlief fantastisch wie abenteuerlich. Nach der Landung in Largeau und einer darauffolgenden langen Fahrt durch fast ausgedörrte Savannen mit armseligen Dörfern erreichten wir die Tibesti-Region. Diese erschlug uns förmlich mit ihren landschaftlichen Eindrücken und Naturereignissen aus älterer und jüngerer Vergangenheit. Vor allem die fast siedendheißen Steinschluchten mit ihren fantastischen Erosionsgebilden und den Höhlen mit ihrer jahrhundertealten, teilweise sehr erotisch anmutenden Felsmalerei und der am Ende der Fahrt angekündigte, berüchtigte riesige Natronkrater ließen uns alle nicht aus dem Staunen herauskommen. Und dann kam das mitten in dieser trostlosen Steinwüste wie eine Oase auftauchende Städtchen Bardai, in dem man sich wie vor Hunderten von Jahren oder sogar in biblischen Zeiten wähnte. Der Markt, an dem vor allem die wertvollen, lebenswichtigen Salzhüte gehandelt wurden und seine dunkelhäutigen, uns argwöhnisch betrachtenden Männer, viele davon schwer bewaffnet, faszinierten mich.

Abseits des Marktplatzes, auf einem abgelegenen und fast menschenleeren Platz erlebte ich dann eine Begebenheit, die mich und auch meine weißen Begleiter gewissermaßen schockte und zugleich verwunderte.

Mitten auf dem Platz, wohl unter einem kleinen Sonnenschutz, jedoch trotzdem in sengender Hitze, saß im Türkensitz ein dunkelhäutiger Mann in einem wissen Kaftan, mit einem markanten weißen Bart und einer hohen fezartigen weißen Kopfbedeckung. Sein monotoner Gesang und seine ebensolche Handbewegung fiel mir erst bei näherer Betrachtung auf und wir trauten unseren Augen nicht. Dieser Mann war offenbar und trotz der brütenden Bullenhitze in der Mittagszeit unbeirrbar dabei, unter monotonem, unverständlichem Sing-Sang zu masturbieren.

Es war unschwer zu erkennen, dass er seinen relativ großen Penis, gesanglich begleitend, unermüdlich mit seiner linken Hand frottierte, ohne von irgendjemandem Notiz zu nehmen. Zu unserer Überraschung war der, in der glutheißen Mittagszeit seinem einsamen Vergnügen nachgehende, öffentlich masturbierende Mann, nachdem wir vom Markt zurückgekehrt waren, immer noch da und scherte sich einen Teufel um uns. Ich hätte gerne gewusst, welche Bewandtnis es mit dieser eigenartigen Szenerie auf sich hatte und ob dieser Mann vielleicht nur geistig abnorm war. Doch seine saubere, ordentliche Kleidung und sein Gehabe sowie der monotone Gesang sprachen irgendwie gegen diese Annahme und eventuell für eine rituelle Handlung. Wir wollten schließlich mehr darüber wissen, doch die finster blickenden Männer, die unser Dolmetscher dann auf dem großen Marktplatz danach befragte, stellten sich dazu taub und stumm.

Es waren auch wenige Frauen in Bardai zu sehen und wenn, dann waren sie tief verschleiert, was auf die strengen islamischen Sitten und Gebräuche zurückzuführen war. Hier herrschte der fundamentalistische Islam, vermischt mit jenen Relikten aus alten Naturreligionen, die dem Islam ins Konzept passten und den Menschen hier wie anderswo in Nord-, West-, Ost- und Zentralafrika glaubensmäßig Halt gaben und ihnen eine Linderung ihrer leiblichen Nöte versprachen. Hier in der Tibesti gingen die Uhren völlig anders.

Hier herrschten raue und grausame Sitten und Gebräuche. Denn hier wurden neben den Knaben auch nach wie vor noch die Mädchen vor dem geschlechtsreifen Alter einem überaus grausamen und schmerzhaften Beschneidungs-Ritual unterzogen.

Dabei wurde dem armen Wesen von der ältesten Frau des Stammes-Clans mit einem Messer oder einer Rasierklinge die Klitoris ab- beziehungsweise herausgeschnitten und damit praktisch die ganze Scham verstümmelt, derweilen andere Frauen das vor panischer Angst und Schmerz schreiende Mädchen festhielten und ihm den Mund zuhielten. Bei dem vielen Schmutz, der hier herrschte und bei den alten, alles eher als sterilen Messern und Rasierklingen (was den Hohn dieses Frevels gegen die Menschheit lediglich verstärkte) musste man sich wundern, dass die Mädchen, aber auch die beschnittenen Buben diese menschenverachtende brutale Prozedur überhaupt ohne tödliche Infektion überlebten. Es war eine furchtbare Tortur, welche besonders die meisten Frauen ihr Leben lang psychisch zeichnete und ihnen ein furchtbares, menschenunwürdiges Dasein bescherte. Man konnte sich vorstellen, dass auch der später vollzogene Geschlechtsverkehr mit dem angeheirateten Mann alles eher als eine schöne, lustvolle Sache war.

Doch eine Frau hatte hier kein Recht, Lust zu spüren. Sie war der Acker, den der Mann umpflügte, um seinen Samen auszustreuen und dann die Ernte zu erwarten. Wer sich dagegen auflehnte, war der Verdammnis ausgesetzt. Hier und in anderen Regionen galten nur die Männer etwas und so kam es auch nicht von ungefähr, dass sich ein Mann, um seine sexuelle Lust, die er bei einer von ihm verachteten Frau aufgrund solcher schlimmen Riten und Einstellungen nicht fand, zu befriedigen, nicht selten einem jungen Mann und lieber noch, einem Jüngling näherte, um an diesem seine Lust zu befriedigen und den Beischlaf meistens mittels Analverkehr zu vollziehen.

Übrigens eine Gepflogenheit, die besonders in Nord- und Zentralafrika, jedoch auch im gesamten Orient und Asien schon seit Jahrtausenden, wie auch seinerzeit im alten Rom und in Griechenland, üblich war und in verschiedenen Regionen früher offenbar auch religiöse Rituale verkörperte, wie aus einigen Felsmalereien in den geschichtsträchtigen Höhlen der Tibesti-Schluchten zu entnehmen war.

Doch das alles geschah hier, wie uns der mitgereiste und uns überraschend wertneutral informierende tschadische Kulturexperte informierte, hinter verschlossenen Türen. Der masturbierende Mann am Platz war offenbar eine Ausnahme. In Bardai war von den Einwohnern jedenfalls nichts zu erfahren. Diese wichen uns entweder sofort aus oder hüllten sich in einen Mantel des mürrischen Schweigens.

Der ortskundige Führer, bedingt durch seinen einkommensabhängigen Job an und für sich recht mitteilsam, sorgte mit vielen Gesten und noch mehr Bakschisch dafür, dass man uns nach anfänglichem Misstrauen dann doch duldete und wir durch den geheimnisvollen Ort geleitet wurden und auch die sensationellen Weinreben zu sehen bekamen, von denen uns schon in Fort Lamy berichtet worden war.

Denn wie man wusste, war den Moslems der Genuss von Alkohol untersagt. Doch hier in dieser Wüstenregion, wie auch anderswo in feudalen islamischen Herrscherhäusern, war man sich gewiss, dass der große Glaubensvater Mohammed dann und wann auch mal ein Auge zudrückte. Und warum sollte er das auch nicht.

Unwillkürlich kam mir beim Betrachten von Bardai die glutheiße, historisch legendäre wie kulturell wertvolle, in der angrenzenden Republik Mali gelegene, heute durch die politischen Wirren wieder aktuelle afrikanische Kulturstadt Timbuktu in den Sinn, wo auch schon vor vielen Hunderten von Jahren Wein angebaut worden sein soll und eine interessante Hochkultur geherrscht hatte. Die Sahelzone barg und birgt weiter viele Geheimnisse und ihre alten, teilweise vergessenen und verfallenen Städte hätten viel zu erzählen.

Wir verbrachten dann eine Nacht in Zelten. Für mich, wie für viele andere, war es das erste Mal. Was wir untertags unter der trockenen Wüstenhitze gelitten hatten, froren wir in der Nacht umso mehr. Ich hatte schon oft davon gehört, dass die Nächte in der Saharazone bitterkalt sein sollten. Dass sie jedoch so kalt waren, hatte ich nicht geahnt und wir waren schlussendlich alle froh, am Morgen den heißen Tee schlürfen zu dürfen und genossen die ersten wärmenden Sonnenstrahlen.

Wir besuchten dann schlussendlich auch noch das berühmt-berüchtigte Natronloch, einen in seiner Größe kaum zu beschreibenden, weiß glänzenden Krater, dessen Ausmaße auch empfindungsmäßig gigantisch waren und uns bewiesen, welche Gewalten in der Natur arbeiteten und versteckt waren. Es war eine Stelle, an der ich trotz meiner skeptischen Ansichten über die Gegenwart Gottes vermeinte, diesem plötzlich nahe zu sein und ihn als den Schöpfer des Universums doch nicht so ganz in Abrede stellen zu dürfen. Unser Führer erzählte uns in einem Zusammenhang damit von grauenvollen Begebenheiten, bei denen Menschen hier ein kaum zu beschreibendes, furchtbares Schicksal ereilte. Dies ergab sich dadurch, dass die hier lebenden kriegerischen Stammes-Clans sich an diesem berüchtigten Natronloch ihrer missliebigen Kontrahenten entledigten, indem sie diese einfach in den Krater stürzten oder, was besonders grausam war, gefesselt an einem Seil die Abhänge hinunterließen, um sich dann von Stunde zu Stunde davon zu überzeugen, dass die Delinquenten auch wohl die ihnen zugedachten Qualen entsprechend hart durchlitten, ehe der Tod für sie als Erlösung eintrat. Und es war kein Geheimnis, dass auch die derzeit im Tschad agierenden Rebellen ihre Opfer vielfach hierher schleppten und gnadenlos am und im Natronloch umkommen ließen, wenn das geforderte Lösegeld nicht bezahlt wurde.

Ich stellte mir beim Begehen des Kraterrandes trotz brütender Hitze fröstelnd diese Martyrien vor und vermeinte auch kurze Zeit, die tierischen Schreie der in der Hitze verbrennenden und im Natrondunst ohnmächtig werdenden, langsam verdurstenden Opfer zu hören. In Erkenntnis dieser Gegebenheit sank einmal mehr meine Achtung vor den Menschen und es meldeten sich erneut meine Zweifel an Gott und an der, von seiner angeblich seligmachenden Kirche gepredigten, jedoch selten anzutreffenden Gerechtigkeit.

Doch das Leben ging weiter und die Zeit ließ wenig Platz für Sentimentalitäten. Wir waren hier, um eine spannende Story zu ordern und interessante Informationen aus dem Tschad und der Sahelzone zu sammeln. Dass hier vielfach

Hunger und Elend herrschten und kleine Kinder dahinsiechten und wie Fliegen starben, wusste die Welt ja, also galt es, sich anderen, offenbar interessanteren Dingen zuzuwenden, beispielsweise dem angeblichen Uranvorkommen in der Tibesti. Bezüglich dieser, von sogenannten Experten angenommenen Uranvorkommen erfuhren wir nichts. Ein ebenfalls mitgereister, immer dieselbe staatliche Informationslitanei wiederholender Kommissär aus dem Ministerium teilte uns lediglich mit, dass hier französische Fachleute dabei seien, entsprechende Erkundungen durchzuführen.

Doch an die Orte, wo dies angeblich geschah, dahin führte man uns wohlweislich nicht. Vielleicht gab es diese auch nicht. An höchster Stelle in Paris oder in Ndjamena oder auch in Tripolos wusste man wahrscheinlich mehr. Außerdem gab es ja auch Dinge, mit denen man die Welt, beziehungsweise deren Wirtschaft stets in Atem halten konnte. Es war schon immer wichtig, dass in der und über die Welt geredet wurde.

Also ging es zurück in Richtung Hauptstadt. Wir hatten das Tibesti-Gebirge schon fast hinter uns, als unser Fahrer nervös wurde und den Jeep anhielt. Auch die anderen Fahrzeuge hatten angehalten. Über Funk war die Meldung an die Fahrzeugkolonne gelangt, dass es 50 Kilometer südlich zu erbitterten Gefechten zwischen Rebellen und den tschadischen Regierungstruppen gekommen war, wobei eine Kompanie Fremdenlegionäre mit involviert war. Das bedeutete, dass wir, weil es offensichtlich zu gefährlich war, eine Nacht mehr im Freien und diesmal in der Savanne verbringen mussten. Es wurden wieder die Zelte aufgestellt und die tschadischen Soldaten schwärmten unter dem Kommando einiger Fremdenlegionäre aus, um das umliegende Terrain zu erkunden und unser Lager abzusichern.

Die im Lager verbliebenen Legionäre beruhigten uns und sprachen von einer Routine-Vorsichtsmaßnahme. Dass dabei der Begriff Routine lediglich ein Vorwand war, hörten wir eine halbe Stunde später in Form von entferntem Granatwerferlärm und Maschinengewehrsalven. Ich musste zugeben, dass ich mich dabei alles eher als wohl in meiner Haut fühlte und ich dachte an den zuhause gebliebenen Willy Köpke. Was der jetzt wohl tat? Nun, er war wahrscheinlich dabei, die Puffs von Fort Lamy aufzumischen oder er trank mit dem Legionär Eric gerade ein kühles Bier oder einen Wodka mit Eis vor einem feinen Nachtessen, auf das wir hier logischerweise verzichten mussten.

Hier gab es lediglich die letzten Dosen warmen französischen Biers, warmes Cornedbeef und eine Art Fladenbrot, das wir in Bardai gekauft hatten und das jetzt durch den Transport zäh geworden war. Doch wie schon das alte Sprichwort lautet: Hunger ist der beste Koch.

Schließlich war auch der Gefechtslärm verstummt. Es war Abend geworden und als wir uns bereits zum Schlafen in unsere Decken hüllten, hieß es, dass wir bei Tagesanbruch gleich losfahren würden. Die zweite Nacht war recht kühl, doch nicht mehr so kalt wie in der Tibesti. Und schon ging es weiter durch das karstige bis savannenartige Gelände, das von bizarren Termitenbauten durchsetzt war. In allen Fahrzeugen herrschten sowohl unter den Journalisten wie auch unter den Militärs gemischte Gefühle. Denn hinter jedem Hügel konnten Rebellen lauern und plötzlich hervorbrechen. Wenn man wusste, dass sie je nach Laune und Kampfeswut bisweilen keine Gefangenen machten, beziehungsweise die mitfahrenden Gäste als Geiseln nahmen und in die Tibesti verschleppten, so war dies alles eher als beruhigend. Wir passierten dann auch eine Stelle, wo es zu Kampfhandlungen gekommen war.

Es war kein erhebender Anblick. Es lagen leblose Körper herum, offensichtlich erschossene Rebellen und einige schwarze Soldaten waren dabei, verletzten Kameraden auf die LKWs zu helfen und die Waffen zu verladen. Wie ich hörte, waren keine Gefangene gemacht worden und die in großer Höhe kreisenden Geier über uns verhießen nichts Gutes. Unser Fahrer versuchte mich zu beruhigen, indem er mir über den Dolmetscher zu verstehen gab, dass die gefallenen Rebellen an Ort und Stelle begraben würden. Ich war damit wenig zufrieden, denn ich wusste, dass in der Nacht die Hyänen und Schakale die Leichen sicher ausbuddeln und fressen würden. Auch das war ein Gesetz der wilden Natur und ich befand mich nun mal nicht auf einer Alm in Bayern oder im Montafon, sondern in Afrika, einem unberechenbaren, heißen und wilden Kontinent.

Schließlich kamen wir gegen Mittag mit dem Flugzeug aus Largeau müde jedoch heil in unserem Domizil am Rande der Hauptstadt an. In unserem Bungalow war niemand anzutreffen. Entweder machten Köpke und der Legionär ein Mittagsschläfchen oder sie waren in der Stadt. Mir war dies auch völlig gleichgültig, denn ich war hundemüde. Was ich jetzt brauchte, war eine erfrischende Dusche, ein kühler Drink und dann ein Bett, um mich endlich mal wieder so richtig auszuschlafen.

Nach dem Duschen fühlte ich mich schon besser. Ich gönnte mir nach einem Dosenbier für den ersten Durst noch einen doppelten, eiskalten Gin mit Zitrone und Chininwasser, hängte das Nicht-stören-Schild vor meine Türe, schloss diese ab, nahm eine Schlaftablette, legte mich aufs Bett und war auch sofort eingeschlafen.

Ich musste so ungefähr bis zum Mittag des nächsten Tages geschlafen haben, als mich ein heftiges Klopfen an der Tür weckte. Es war Willy Köpke, der wissen wollte, was ich auf meinem Trip in die Tibesti erlebt und was er dabei aufgrund seiner argen Sauforgie versäumt hatte. Wir aßen zusammen Mittag, wobei uns der Legionär Eric Gesellschaft leistete. Ich merkte dabei, dass sich Willy und der Legionär inzwischen recht gut angefreundet haben mussten, denn sie schlugen sich des Öfteren kameradschaftlich auf die Schultern, was auch mich freute, denn Eric war ein freundlicher und Willy ein spontaner fröhlicher Typ, eben ein echter Berliner.

Ich erzählte von meinen Erlebnissen in der Tibesti und dann von der weniger erfreulichen Rückreise. Köpke hörte mir ganz hingerissen zu und sagte mir, dass am übernächsten Tag von der Regierung ein erneuter Trip in die Tibesti angesagt sei und dass er diesen unbedingt wahrnehmen wolle, weil er ja seiner Zeitschrift eine gute Story schuldig sei.

Der einzige Haken daran war, dass er mich unbedingt dabei haben wollte. Ich wehrte ab, doch er bat mich eindringlich, ja er bettelte förmlich und so sagte ich schließlich zu. Ich kannte Köpke zwar noch nicht lange, doch ich mochte ihn aufgrund seiner offenen, humorvollen und ansteckend optimistischen Art. Eric, der Legionär, bestätigte mich in meiner Zusage.

Denn als Willy auf die Toilette gegangen war, meinte er mit einem etwas nachdenklichen Lächeln, dass Willy mich hier brauche und ich auf ihn aufpassen sollte, weil er ein viel zu guter Mensch sei, ein Prototyp zum Ausnützen, wie er sagte. Köpke war nach meiner Zusage die Unrast persönlich geworden. Ich warf im Gespräch ein, dass auch ich unter anderem hierher gekommen war, um mich vielleicht unter den schwarzen Mädchen des Landes umzusehen und ein erotisches Abenteuer erleben wollte, das mir nun mit der erneuten Reise in die Tibesti entgehen könnte. Willy, meinte, dass ich das doch nachher tun könnte, da wir ja doch noch Zeit hätten. Und außerdem hätte dieses Thema ja nicht oberste Priorität bei unserem Tschad-Besuch und diese Weiber, die alle gleich seien, gäbe es auch nachher noch zuhauf und mir fiel unwillkürlich sein Blick auf, wie er dabei nicht mich, sondern Eric ansah.

Also ging es am übernächsten Tag nochmals auf dieselbe Tour und irgendwie gefiel mir das alles nicht mehr so sehr.

Wir hatten das Glück, zu zweit in einem Jeep zu sitzen und einen guten landeskundigen Fahrer zu haben, wie wir von dem uns verabschiedenden Eric hörten.

Willy Köpke war schon bei der Abfahrt bestens gelaunt und gut in Fahrt. Dennoch hatte ich das Gefühl, dass er irgendwie anders war wie sonst. Er hatte auch, wie ich feststellte, bereits etwas getrunken und ich lehnte ab, als er seinen Flachmann aus der Weste zog und ihn mir zum Trinken anbot. Wir fuhren ungefähr eine Stunde dahin, ohne ein Wort zu wechseln.

Willy Köpke sah gedankenverloren in die Savanne hinaus und holte schließlich erneut seinen Flachmann hervor, um einen Schluck daraus zu nehmen. Ich stieß ihn an und fragte ihn auch um einen Schluck. Ich glaube, er hätte mich am liebsten umarmt für diese Geste. Ich nahm einen großen Schluck und der Whisky tat mir wohl. Unwillkürlich kam ich mir vor wie der gute alte Humphrey Bogart in dem Film »Africa Queen« mit der unvergesslichen Katharine Hepburn im alten Kahn auf dem Kongofluss. Nur dass wir nicht in einem Boot, sondern in einem Jeep saßen und der Berliner Willy Köpke nicht die berühmte kühle Hepburn, sondern ein Verschnitt zwischen Harald Juhnke und Hardy Krüger war und mich einfach in jeder Beziehung entwaffnend angrinste.

Waren wir vor drei Tagen bei der Rückfahrt aus der Tibesti am Rande derselben durch ein Gefecht mit den Rebellen aufgehalten und gezwungen worden, in der Savanne ein Nachtlager aufzuschlagen, so blühte uns dies offensichtlich schon bei der Hinfahrt. Wir sahen wohl bereits die Gipfelkette des Tibesti-Gebirges, doch das inzwischen bekannte Granatwerferfeuer machte uns klar, dass hier eine Pause fällig wurde und wir sozusagen reine Luft abwarten mussten.

Wir blieben im Jeep sitzen, während unser schwarzer Fahrer, der sowieso kein Deutsch verstand, sich mit den anderen anschickte, die Vorbereitungen für das notwendig gewordene Lager zu treffen. Willy Köpke war interessanterweise gar nicht unerfreut über diesen erzwungenen Halt. Er holte seinen Flachmann erneut hervor, nahm einen Schluck und meinte, dass diese Pause ideal wäre, sich die Seele vom Leib zu reden. Und er tat dies auch, und wie.

Ich hatte nach meiner Rückkehr von meinem Tibesti-Trip bemerkt, dass irgendetwas um oder mit Willy Köpke vorgefallen sein musste. Denn er hatte sich, was zumindest mir aufgefallen war, in seinem Wesen irgendwie verändert, war plötzlich nachdenklich und im Artikulieren manchmal unsicher geworden und hatte in einer Art von Jungenhaftigkeit so reagiert, wie ein Schüler, der seine Hausaufgabe nicht gemacht hat und vor dem Lehrer das Hausaufgabenheft in seiner Tasche sucht, obwohl er weiß, dass er es vorsorglich zuhause gelassen hat.

»Ick muss dir wat sagen, ich muss es loswerden«, sagte er und dann ging es los wie bei einem Dammbruch: Während meiner Abwesenheit hatten sich Willy Köpke und der uns zugeteilte Legionär Eric angefreundet. Die fürsorgliche Betreuung, die Eric dem volltrunkenen Willy angedeihen hatte lassen, hatte offenbar den Ausschlag zu dieser plötzlichen Freundschaft gegeben. Wie mir Willy schilderte, hatte ihm Eric nach seinem fürchterlichen Rausch sogar eine warme Bouillon ans Bett gebracht und war erst von ihm gewichen, als er diese gegessen und dann eingeschlafen war. Am Abend des nächsten Tages hatten dann die beiden im stets gut besuchten Casino der OCAM-Anlage fein zu Abend gegessen und ihre junge Freundschaft besiegelt.

Nun, Willy Köpke hatte allen Grund, dem netten, stets zuvorkommenden Legionär dankbar zu sein, nach dem, was er in seinem Vollrausch alles geboten hatte. Köpke erzählte dies und hat mich dann fest und ohne sein sonst typisches unverdorbenes Grinsen angesehen.

»Kannste was vertragen, kannste en starkes Stück verdauen?«, hatte er mich gefragt und schon war es weitergegangen, wie bei einer abgehenden Mure nach einem schweren Gewitterregen im Gebirge. Was er mir berichtete, war in der Tat stark, auch wenn es mich im Grunde meines Herzens eigenartigerweise gar nicht so überraschte, wie Willy annahm. Er erzählte mir, wie er und Eric nach dem Abendessen gemeinsam im Appartement saßen, angeregt über alles und die Welt plauderten und fast eine Flasche Absinth austranken, was für die Situation nachher bedeutungsvoll und in diesem Zusammenhang nicht ohne eine gewissen Logik war. Ich glaubte Willy, dass er in dieser Nacht nicht so sternhagelvoll gewesen war, wie in der vorletzten Nacht. Aber ich kannte die Tücken des Absinthtrinkens.

Absinth ist mit seinen über 60 Prozent Alkohol ein anregendes, animierendes, bisweilen angenehm zu trinkendes, doch recht tückisches Getränk und führt nicht selten dazu, Menschen in den Zustand einer besonderen Anlehnungsbedürftigkeit zu bringen und deren Libido bisweilen überraschend enorm zu steigern. Nicht umsonst war seit der allgemeinen Mode des Absinthtrinkens, beispielsweise in Paris, aber auch anderswo bekannt, dass besonders die Prostituierten, die eine sogenannte fein-elegante Fellatio mit entsprechendem »Finish« feilboten, diesem hochalkoholischen und angeblich auch den Hunger stillenden Getränk den absoluten Vorrang gaben und schließlich von ihm Verderben bringend abhängig wurden.

Dass der Absinth auch Männer bisweilen in unerwartet hohe Regionen der Libido brachte, dazu bekannten sich auch namhafte Lebemänner wie ein Oscar Wilde, ein Jean Cocteau, ein William Sommerset Maugham, ein Ernest Hemingway, ein Graham Greene und etliche andere.

Wie dem auch immer war, für Willy Köpke hatten sich in besagter Nacht die Welt und seine Ansichten über die Liebe geändert und alles, was daraus auch immer resultieren mochte. Er erzählte mir ohne Umschweife davon, wie er in dieser Nacht von einem unheimlichen Durstgefühl aufgewacht war und die Toilette aufgesucht hatte. Die OCAM-Siedlung war nämlich nachts hell beleuchtet, sodass man kein Licht einschalten musste. Also tappte Willy Köpke auf die Toilette und dann in die Küche, um sich das dem Kühlschrank entnommene kühle Mineralwasser in den durstgeplagten Magen rinnen zu lassen. Als er dann die Diele betrat, traf er im Halbdunkeln auf Eric. Sie ergriffen sich beide wie Halt suchend, im Halbdunkeln und dann passierte es offensichtlich, wie Willy mir schilderte: »Ick wess nicht, wie mir geschah. Ick fasste Eric an und er mich. Und dann fielen wir uns in die Arme und küssten uns. Und ob du es globste oder nicht, ick war total belämmert und verrückt. Eric och. Und dann haben wir's miteinander getrieben. Ick wess nicht, wars in meinem oder seinem Zimmer. Ick wess nur, dat es wie ein heftiger Tropenregen aus einem Jewitter über uns beide hereinbrach.«

Er erzählte aufgeregt weiter, dass sie es dann auch noch den ganzen Tag über miteinander getan hatten und auch die Nacht darauf und solange, bis ich wieder zurückgekommen war. Ich musste ihm schließlich deutlich zu erkennen geben, dass mich die von ihm geschilderten Einzelheiten ihres gleichgeschlechtlichen Beischlafs nicht interessierten. In mir stiegen dabei immer wieder unterdrückte Erinnerungen an meine Schulzeit hoch, in der mich ein Religionslehrer, mehr als ich verkraften konnte, auf seine Weise gemocht und bedrängt hatte. Köpke war jedoch voll in Fahrt und ich fühlte, dass hier jegliches Aufhalten zu einer Katastrophe geführt hätte. Also ließ ich ihn weitererzählen:

»Ick wess nicht mehr, wo's lang geht. Ick wess überhaupt nicht, was ick tun soll. Ick bin hierher jekommen, um 'ne tolle Story zu schreiben und mit'ner Schwarzen zu techteln. Und wat tu ick, ick sauf mir einen an und mach's statt mit ener Schwarzen mit'nem Fremdenlegionär und dat hat mir och noch Spass jemacht – oh ick wess nicht, wo mir der Kopp steht. Bin ick jetzt schwul oder nicht?«

Dann begann er wie ein Kind zu weinen. Ich legte meinen Arm um seine bebenden Schultern und sagte vorderhand nichts, weil man in solchen Situationen Gefahr läuft, manches zu zerreden. Ich klopfte ihm auf die Schultern, die von Weinkrämpfen geschüttelt wurden.

Plötzlich richtete er sich auf und sprang aus dem Jeep, um in die bereits einsetzende Dunkelheit zu torkeln. Ich holte ihn ein und versuchte, ihn aufzuhalten. Er schlug dabei wie ein Berserker um sich, schrie wirres Zeug, sodass einige Soldaten der Begleitmannschaft herbeieilten und mir halfen, den Ausgerasteten zu bändigen. Dann wurde Willy wieder von Weinkrämpfen erfasst. Eine ihm von einem Sanitäter verabreichte Schlaftablette sorgte schließlich für die erwünschte Ruhe.

Denn jetzt, inmitten des Rebellengebietes und der Gefahr einer Konfrontation, konnte man alles eher als einen durchdrehenden Weißen gebrauchen, der sich ausgerechnet im Busch damit auseinandersetzte, ob er schwul war oder nicht. Die Nacht verlief ruhig, doch das nahe Granatwerferfeuer am Morgen und die auftauchenden, über uns dahinbrausenden Kampfflugzeuge ließen nichts Gutes erahnen. Denn wenn hier Kampfjets eingesetzt wurden, dann brannte, wie man auch in der Legion zu sagen pflegte, der sprichwörtliche Hut.

Und dementsprechend wurde unsere Aktion abgebrochen und es ging wieder zurück nach Largeau und dann per Flugzeug nach Fort Lamy. Mir war es gleichgültig, ich sorgte mich lediglich um Willy Köpke, der doch unverrichteter Dinge wieder zurückmusste und über seinen Tschadbesuch soviel wie nichts berichten konnte. Willy hatte die Nacht gut überstanden und einige Beruhigungstabletten sorgten dafür, dass ihn die gespannte Sachlage nun über einige Stunden nicht sonderlich berührte. Es stellte sich lediglich das Problem, dass wir am übernächsten Tag bereits wieder Richtung Paris abflogen. Ich sagte auf der Rückfahrt zu Willy, dass er sich keine Sorgen bezüglich seines Berichtes machen solle und ich ihm eine Kopie meiner Reportage überlassen würde, aus der er das für ihn Nötige abschreiben könne.

Außerdem versprach ich, ihm Abzüge von Fotos zukommen zulassen, von denen ich in der Tibesti reichlich gemacht hatte. Bezüglich der heiklen Angelegenheit mit Eric riet ich ihm, wie auch immer, eine Entscheidung zu treffen, da für ihn einiges auf dem Spiel stünde und er sich bekennen müsse, wohin er zu tendieren gedachte. Um ehrlich zu sein, ich hätte ihm auch keinerlei Ratschläge erteilen können, weil ich davon zu sehr betroffen war und sich mir die stets verdrängten Bilder aus meiner Schulzeit wieder aufdrängten. Ich war froh zu wissen, dass auf mich in Europa jemand wartete, der meinem Herzen nahestand.

In der OCAM-Siedlung angekommen, machte ich mich frisch und fuhr dann sofort in die Stadt, um dort den Abend problemlos zu verbringen. Ich hätte mich von Eric, dem Legionär in die Stadt bringen lassen können, doch ich nahm bewusst den allgemeinen OCAM-Bus.

Ich blieb lange im Vergnügungsviertel von Ndjamena, weil ich nicht erfahren wollte, wie Willy und der Legionär Eric diesen Abend im Appartement gestalteten. Eine Militärstreife brachte mich schließlich knapp vor Morgengrauen zurück und ich schlief bis in die späten Vormittagstunden, ehe ich mich daran machte, einen Rohentwurf meiner Reportage zu schreiben, die ich Willy als Unterlage für seine Story versprochen hatte. Ich vermied es auch, das Mittagessen zusammen mit Eric und Willy einzunehmen. Die beiden hatten sich allerdings bereits verzogen und ich konnte mich ohne Aufhebens den Vorbereitungen zur Abreise am nächsten Morgen widmen. Nicht entziehen konnte ich mich allerdings dem gemeinsamen Abendessen, das für unsere Reisegruppe und unsere Betreuer gegeben wurde.

So saßen wir doch noch beieinander, Willy, sein Freund der Legionär und ich, und es wurde wider Erwarten ein durchaus schöner Abend, bei dem ich das Auftreten von Eric bewunderte.

Entweder war er ein guter Schauspieler oder ein Mann mit unwahrscheinlichen seelischen Nehmerqualitäten. Während Willy Köpke sich in Anbetracht der Lage eher zurückhaltend gab, brillierte Eric mit Charme und Witz und sorgte dafür, dass wir uns bis zum Ende des Abends gut unterhielten. Auch bei der Verabschiedung bewies der Fremdenlegionär Stil.

Während Willy mit einem deutschen Kollegen sprach, kam Eric auf mich zu. Wir umarmten uns, wie es in diesem Lande Sitte war, unsere Wangen berührten sich dabei und ich höre heute noch die Worte Erics in meinen Ohren, wie er mir zuraunte, dass ich zumindest in der nächsten Zeit gut auf Willy aufpassen solle. »Legionäre«, sagte er mir dann »dürfen, auch wenn sie möchten, nicht lieben, sie müssen dienen. Es ist jedoch für mich schön zu glauben, jemandem einen, wenn auch kleinen Teil von Afrika, auf nicht alltägliche Art besser nähergebracht zu haben, als irgendjemand, der für Geld Afrika nur sinnestäuschend zu vermitteln vorgibt.«

Diese Feststellung sagte alles aus, was geschehen war. Ich sah diesen Eric an und musste an meine Besuche in Straßburg, Colmar, Riquewihr und Freiburg denken, an jene Orte, die für diesen aus dem Elsaß stammenden Fremdenlegionär ein vielleicht schmerzlicher Begriff erlebter Heimat waren.

Es war keine leere Geste, als wir uns in die Arme nahmen und sich unsere Wangen berührten. Als ich dann später, durch das Geschehene aufgewühlt und hellwach auf dem Bett lag, musste ich an den Jugendfreund meiner Heimatstadt Bludenz denken, der in Zürich als Friseur Karriere gemacht hatte, sich dort unglücklich in einen Mann verliebte, und in scheinbarer Ausweglosigkeit dann zur Fremdenlegion ging, in Nordafrika ausgebildet wurde, um dann einige Monate später in Indochina in der blutigen, berüchtigt-historischen Schlacht um Dhien-Phen-Phu zu fallen. Ich erinnerte mich auch an seine aus dem Trient stammende, ihn über alles liebende weißhaarige Ziehmutter, und daran, wie sie erfuhr, dass er beim ersten Angriff Hände und Füße verlor und beim zweiten Angriff, fast einer Erlösung gleich, getötet wurde.

Mein Vater hatte sie damals tröstend in seine Arme genommen. Ihre Schmerzensschreie waren herzzerreißend gewesen und unvergesslich für alle. Ich erinnerte mich an den Tag, an dem ich mit meinem gesamten Taschengeld von Feldkirch aus, über Buchs nach Basel fuhr, um von dort aus, wie ich durch einen ehemaligen Fremdenlegionär wusste, nach Mulhouse im Elsaß zu gelangen, wo eine Anmeldestelle der Französischen Fremdenlegion war. Ich hatte damals riesige Probleme in der Schule und auch ein Versuch, in einem Kolleg Erfolg zu haben, in dem mein Vater tätig war, war gründlich fehlgeschlagen.

Für mich gab es damals nur eine Lösung, nämlich zur Fremdenlegion zu gehen und deshalb die geplante Fahrt nach Mulhouse in Frankreich. Doch die Schweizer Grenzpolizei machte schon während der Zugfahrt von Feldkirch nach Buchs meinem Abenteuer ein Ende, weil ich noch zu jung war. Ein mir nahestehender Jesuitenpater hatte dafür gesorgt, dass meine Eltern die richtigen Schlüsse zogen. Vielleicht oder wahrscheinlich hat die Schweizer Grenzpolizei mir mein Leben gerettet, wer weiß?

Ich erzählte dies auch Willy Köpke auf dem Rückflug von Ndjamena nach Paris. Wir hatten uns auf seinen speziellen Wunsch über den Fremdenlegionär Eric und seine Beziehung zu ihm unterhalten und dabei einiges geklärt. Willy schien sich, wie mir schien, jedenfalls gefasst zu haben und mit der Landung in Paris, dem pulsierenden Leben dieser Weltstadt und nach einem letzten gemeinsamen Essen und einem Besuch im berühmten »Lido« schien die Welt für uns beide wieder in Ordnung zu sein. Das schien sie auch etliche Jahre später, als wir uns am Flughafen in Prag zufällig trafen.

Dazwischen hatte sich in der Welt und in Afrika allerdings einiges getan und speziell auch im Tschad. Der korrupte Präsident François Tombalbaye konnte es mit der Regierung in Paris nicht mehr gut und hatte eigene, ziemlich undurchsichtige Wege für den nun zur Scheinrepublik umfunktionierten Tschad eingeschlagen.

Auf das stete Buhlen hin und in Empfangsschuld des Geldes aus der Hand des libyschen Staatschefs Muammar al-Gadaffi war er zum islamischen Glauben übergetreten. Als auch dieses Abenteuer in die Hose ging, sah der inzwischen in der afrikanischen Politik erfolglose Tombalbaye sein persönliches und des Staates Heil in einer allgemeinen und von ihm verordneten Rückkehr zum vielfach wiederentdeckten traditionellen afrikanischen Natur- und Fetischglauben. Minister wurden dem Vernehmen nach über Nacht abgesetzt, gefangen genommen und schließlich auf das Geheiß Tombalbayes in riesige Trommeln aus abgezogenen frischen Nilpferdhäuten eingenäht und dann förmlich zu Tode getrommelt.

Schließlich wurde der offensichtlich wahnsinnige Potentat bei einem Putsch getötet und ein unrühmliches Kapitel um den ärmsten Staat Afrikas fand ein Ende.

Das war ein Teil unserer angeregten Unterhaltung am Flughafen Prag. Dabei waren uns einige heimische Hostessen nicht entgangen, die an uns fröhlich lachend vorbeischlenderten und mit ihren unübersehbaren Reizen absolut nicht geizten. Ich sah Willy an und wir grinsten beide über das, was wir dabei gedacht hatten und kamen auf das Leben und die Liebe zu sprechen. Er erzählte mir, dass es ihm gut ginge und er mit einer schönen lieben Frau aus dem Rheinland verheiratet und glücklicher Vater von zwei Kindern sei.

Als wir uns dann verabschiedeten, fragte ich ihn so eher beiläufig, ob er noch hie und da auch an Afrika dachte. »Ja, ick denke oft an Afrika«, sagte er und fügte dann so nebenbei, jedoch nicht zu überhören hinzu: »und manchmal auch an Eric«, und ich bildete mir ein, dass sein Blick dabei einen etwas abwesenden Ausdruck bekommen hatte. So war eben das Leben.

Gazelle noire

Am Pool des Nobelhotels »De la Paix« in Lomé nahmen die ersten Gäste ihre Plätze zum Mittagessen ein. Mir brachte der Kellner gerade eine Flasche Mineralwasser und eine Tasse fettloser, jedoch stark gesalzener Bouillon. Daran, irgendeine feste Nahrung zu mir zu nehmen, war in den nächsten Tagen laut behandelnder Ärzte nicht zu denken. Ich war froh, überhaupt etwas zu mir nehmen zu können, ja noch zu leben, und mit mir noch einige andere Leute in diesem Hotel, die den Linienflug mit der »Air Afrique« von Abidjan, der Hauptstadt der Elfenbeinküste, nach Lomé, der Hauptstadt der Republik Togo, mitgemacht und auch von der im Jet servierten, vorzüglich mundenden Straßburger Gänseleberpastete gegessen hatten, die stilgerecht mit Champagner Taittinger serviert worden war.

Zu unserem späteren Leidwesen war die Pastete infolge einer der vielen Stromausfälle in einem der von der »Air Afrique« angeflogenen westafrikanischen Flughäfen verdorben, was in diesen tropischen Breiten sehr schnell und kaum erkennbar vor sich gehen konnte.

Dabei hatte dieser erste Tag in Lomé so gut und verheißungsvoll begonnen. Wir residierten im besagten Hotel »De la Paix«, direkt am Strand des Atlantiks, einem in jeder Beziehung beachtenswerten, in einem gefälligen, modernen afrikanischen Baustil gehaltenen Luxushotel.

Und wir mussten uns nicht wie die togolesische Bevölkerung des Morgens um sechs Uhr durch den wortgewaltigen Präsidenten der Republik, General Eyadema, wecken lassen, der um diese Uhrzeit über Fernsehen und Rundfunk jeden Morgen seinen Bürgern unmissverständlich mitteilte, dass sie alle zu faul seien und ab sofort mehr für ihre Republik arbeiten müssten. Kein unbedingt zu verurteilender Appell, wenn sich nicht auch hier wie anderswo in Afrika der Regierungschef, seine Familie und seine Lobby schamlos am Volkseigentum vergriffen und bereichert hätten. Auf dem Papier war Togo als ehemalige deutsche Kolonie eine sogenannte demokratische Republik, die jetzt unter der französischen Schutzmacht wirtschaftlich wie viele andere westafrikanische Länder lediglich so schlecht und recht dahinwurstelte.

In Wirklichkeit regierten hier ein Diktator und dessen zahlreiche Clique, kräftig unterstützt von selbsternannten, teilweise französischen »Beratern«, die als skrupellose Abzocker im Guinnessbuch der Rekorde sicher ihren Platz gefunden hätten. Anlässlich einer Sendung des togolesischen Fernsehens hatte ich die Gelegenheit, in einem Interview mit General Eyadema über die innenpolitische Situation des Landes beziehungsweise über etwaige politische Gegner zu sprechen und über die Art, wie manche in anderen afrikanischen Ländern mundtot gemacht würden.

Der General – ein ehemaliger Boxer – sagte mir damals mit breitem Grinsen, dass in Togo keine politischen Schauprozesse gemacht würden. »Kriminelle politische Individuen«, wie er unliebsame Gegner und Kritiker zu bezeichnen pflegte (zumeist Studenten, die ihr Gedächtnis auch zum politisch demokratischen Denken zu benützen wagten), würden umgehend die Gelegenheit bekommen, sich im Ausland mit demokratischen Spielregeln bekannt zu machen, indem man sie ohne Rückflugbillett in einen Düsenklipper nach Paris setzte. Auch eine Art, sich bequem, unblutig, aber doch nachdrücklich despotisch aus der Affäre zu ziehen. Doch das störte Françoise – eine ebenholzfarbene, zarte, zierlich gewachsene Eingeborene nicht.

Sie verkaufte am Strand vor dem Hotel »De la Paix« in Lomé die üblichen Souvenirs – afrikanische Schnitzereien und Schmuck, farbenprächtige Tücher, Bubus und Kaftane und trieb sich abends mit anderen Mädchen entweder an der Bar des Clubs »Aldiana« oder vor dem Hotel herum, um weiße Touristen anzumachen. Ich lernte sie an einem Abend im Club »Aldiana« kennen, als sie mit anderen schwarzen Mädchen an der Bar saß. Es war irgendwie ein faszinierender Anblick, wie diese dunkelhäutigen Mädchen die Barhocker inmitten der lediglich von bunten bengalischen Lichtern magisch erleuchteten afrikanischen Nacht zierten.

Und wie sie dann, wenn weiße Barbesucher auftauchten, ausschwärmten, um diese zu einem gemeinsamen Drink zu bewegen. An diesem Abend war besonders wenig los und die Zahl der Mädchen an der wenig besetzten Bar überwog deutlich jene der Gäste.

Der Tag im Busch war sehr heiß gewesen und so hatten einige aus unserer Delegation beschlossen, nach einem kurzen Happen im Hotel den Durst bei gutem kühlen deutschen Bier im Club zu stillen. Wir hatten die einladende, mit Afro-Livemusik ausgestattete Bar im Freien kaum betreten, da waren sie auch schon da. Es waren durchwegs attraktive Mädchen, zumeist in knappem Weiß bekleidet, was das Schwarz ihrer Haut noch mehr zur Geltung brachte. Und ehe ich mich versah, hatte sich – wie ich merkte – etwas Zartes, Gelenkiges und Anschmiegsames bei mir eingehakt und ihr breites weißes Lächeln und die sinnliche Art, wie sie mich anflüsterte, ließ jegliche vorgefasste Widerrede in mir erst gar nicht aufkommen. Also setzten wir uns an die Bar.

Ich bestellte beim Keeper ein Bier und für sie ein Glas Champagner, doch sie wollte partout auch ein Bier trinken, was mir sympathisch war, denn ansonsten bestellten diese Mädchen meist den überbezahlten sündteuren Champagner oder nicht minder teure Long Drinks. Ich musste an diesem Abend offensichtlich ein Glückskind gewesen sein. Denn meine soeben kennengelernte Partnerin sprach außer der französischen Umgangssprache auch noch etwas deutsch. Und nachdem ich außer einigen, dem Nahrungserwerb oder dem Anmachen von Frauen dienenden Brocken so gut wie kein Französisch sprach, kam mir dies besonders gelegen.

Françoise – wie sich mir dieses unkomplizierte schwarze Wesen vorgestellt hatte – hatte ihre Deutschkenntnisse von ihren Großeltern erlernt, denn Togo war einmal eine deutsche Kolonie und die Deutschen waren dort recht beliebt gewesen – beliebter als heute vielfach die Franzosen.

Ich kam an diesem Abend kaum zum Reden, was mich auch nicht besonders störte. Françoise redete und lachte und ihre fröhliche, ja fast kindliche Art riss auch mich mit und als wir eng umschlungen tanzten und ich ihren zarten geschmeidigen Körper an mich drückte und den Zwillingsdruck ihrer kleinen Brüste spürte, beschloss ich, völlig in Geber- aber auch Nehmerrolle, mit ihr den weiteren Abend und nach Möglichkeit auch die Nacht zu verbringen. Dabei dachte ich an eine besondere Nacht, würde Françoise doch die erste schwarze Frau sein, mit der ich zu schlafen gedachte. Die Übernachtung im Hotel »De la Paix« würde kein Problem sein. Die schönen Appartements waren nach französischem Komfort mit breiten französischen Betten, Schminktischen und Bidets ausgestattet und wie ich von einem Bekannten erfahren hatte, wurde am nächsten Tag seitens der Rezeption die Übernachtung einer zweiten Person ohne viel Worte diskret zugerechnet.

Also beschloss ich, dieses mir sympathische Wesen für den Rest des Abends und die Nacht als meinen Sondergast einzuladen. Ich machte mir dabei nichts vor. Dieses Mädchen, das untertags am Strand Souvenirs verkaufte, verkaufte am Abend ihre Liebe und ihren Körper und davon lebte nicht nur sie, sondern auch ihre große Familie, die viele hungrige Mäuler aufwies.

Und diese freie Liebe, der viele Mädchen damals in ganz Afrika nachgingen und immer noch nachgehen, war so selbstverständlich wie nirgendwo und man kaufte und konsumierte sie, wie man Zigaretten kaufte.

Und viele Männer – die sich die Liebe hier gekauft hatten und weiter kauften und mit denen ich darüber gesprochen hatte – bestätigten mir fast ausnahmslos, dass diese Art der Liebe trotzdem schön und aufregend für sie war und alles eher als anrüchig, wie anderswo und in manchen uninformierten verklemmten und bigotten Kreisen in europäischen Breiten angenommen wurde.

Afrika war, ist und bleibt eben anders. In Afrika war und ist auch heute noch alles anders – das Leben, die Liebe und der Tod. Ich hatte mir jedenfalls in den Kopf gesetzt, mit diesem ebenholzfarbigen Mädchen zu schlafen, koste es, war es wolle. Und ich wusste auch, dass ich, wenn ich mit einem solchen Mädchen auf natürliche herkömmliche Art ohne Schutzmittel schlief, damit rechnen musste, unter Umständen eine Geschlechtskrankheit aufzulesen. Wenn es auch damals noch kein Aids gab, ein afrikanischer Tripper oder eine ausgewachsene Syphilis waren auch nicht ohne und konnten nach einem Seitensprung so manches Leben oder manche Bindung verpfuschen.

Doch all diese Aussichten hielten mich nicht von meinem Vorhaben ab, es mit dieser jungen Frau zu tun. Schließlich war ich als relativ weitgereister Mann aufgeklärt genug, gewissen unangenehmen, aus erotischen Abenteuern resultierenden »Souvenirs« entsprechend zu begegnen.

Diese Gedanken waren mir durch den Kopf gegangen, als ich mich mit Françoise über Gott und die Welt unterhalten, mit ihr wie ein Junge geschäkert und getanzt hatte. Ihr ganzes fröhliches Wesen, ihre gazellenartigen Bewegungen und ihr ebensolcher geschmeidiger junger Körper animierten mich dazu, sie zum Abendessen ins Hotel einzuladen und ihr zu sagen, dass ich sie fortan meine »Gazelle noire« – die Schwarze Gazelle – nennen würde. Sie quittierte meine Huldigung mit einer flüchtigen und doch vielsagenden Umarmung, einem von ihren vollen, sinnlichen Lippen aufgedrückten Kuss und einem der schönsten Lächeln, die ich bisher bei einer Schwarzen gesehen hatte. Und sie blickte mich sichtlich glücklich mit ihren großen Kulleraugen an und ich stellte mit Entzücken fest, dass nicht nur ihr Körper, sondern auch ihr Antlitz und ihre typische Haartracht faszinierend schön und für mich absolut klassisch afrikanisch waren. Ich wollte sie gleich zum Abendessen ins Hotel »De la Paix« mitnehmen, doch sie bestand darauf, sich in ihrer Bleibe zu erfrischen und umzuziehen. Wir verabredeten uns schließlich zu einem Treff in der Hotelbar.

Auf dem Weg ins Hotel fragte ich mich, ob ich das alles wirklich wollte, was ich mir vorgenommen hatte und ich fragte mich auch, ob ich mich in dieses schwarze Mädchen plötzlich verliebt hatte. Ich brauchte mir keine Antwort hiefür zu geben. Mein in einer eigenartigen Erregung sichtlich einseitig gestutzter Schnauzbart und eine Schnittwunde von der allzu hastigen Rasur sprachen genauso für sich, wie zwei verschiedenfarbige Socken an meinen Füßen. Doch was soll's. Ich war wirklich wie vom Blitz getroffen, süchtig nach dieser schwarzen Frau und voller Erwartung eines hoffentlich großartigen Abenteuers.

Es war mir auch völlig schnuppe, dass dieses reizende Mädchen – meine »Gazelle noire« – bisher nicht nur am Strand Souvenirs verkaufte, sondern auch an den Abenden im Club »Aldiana« männliche Touristen anbaggerte und dann mit ihnen schlief. Was sollte sie auch anderes tun? Es brachte ihr das Geld, mit dem sie ihre Familie unterstützen konnte. Mit dem Erlös aus dem Souvenirgeschäft allein – das ihrem »Beschützer« gehörte – konnte sie nicht leben, wie sie mir offen erzählt hatte. Und eine andere Arbeit fand sie nicht, zumal sie – wie auch die vielen anderen Mädchen – so gut wie nichts gelernt hatte und auch in den von französischen

Eigentümern dominierten, einen Hungerlohn zahlenden T-Shirtfabriken nicht unterkam, wo man die Arbeiterinnen nicht nur materiell, sondern auch sexuell brutal und menschenverachtend ausbeutete. Man konnte und kann sich auch heute so etwas in Europas Wirtschaftsstaaten gar nicht vorstellen.

Für mich stand an diesem Abend fest, dass meine »Gazelle noire« für mich die »Belle de jour« war und damit ein absolutes Objekt der Begierde, um die für mich faszinierende Sprache des berühmten spanischen Filmregisseurs Luis Bunuel hier zu gebrauchen, der sich bekanntlich gerne tabak- und alkoholumnebelt in allen möglichen Bars herumtrieb und dabei in der Gesellschaft käuflicher Frauen wohlfühlte.

Und ich erinnerte mich dabei an eine Nacht, die ich in einem der berüchtigten Berliner Revolutionsjahre mit einer bereits gereiften Liebesdienerin in einer Bar im Kreuzberger Viertel verbrachte, ohne dass ich mit ihr geschlafen hatte. Wir hatten uns die ganze Nacht bis zum frühen Morgen über das Leben und die Liebe unterhalten und dieses Gespräch hatte mir mehr gebracht als jenes, diesem Tag vorangegangene mit den damaligen Kult-Revolutionären Rudi Dutschke und Fritz Teufel für eine Schweizer Zeitung. Nun, Revolutionen spielen sich eben auch auf anderen, nur scheinbar niedrigeren Ebenen ab, jedoch genauso eruptiv.

Doch nun zurück nach Lomé, zurück zu Françoise, meiner »Gazelle noire«. Wir hatten uns an der Bar des »De la Paix« verabredet. Ich musste nicht lange warten und hätte sie beinahe nicht erkannt, so hatte sie ihr Äußeres verändert. Ich hatte einen etwas aufreizenden Auftritt in einem Sexy-Outfit (wie er um diese Uhrzeit in den Bars üblich war) erwartet.

Françoise erschien jedoch in einem züchtigen türkisfarbenen Bubu mit einer Art gleichfarbigem Turban auf ihrem schönen Haupt und lediglich ihr Ohrgehänge war auffallend. Sie musste an meinem Gesicht abgelesen haben, dass ich mir von ihr eigentlich einen anderen Auftritt erwartet hatte.

Sie rutschte auf den Barhocker neben mir, sah mich mit ihren großen Augen an und sagte: »Du hast mich heute deine »Gazelle noire« genannt und als solche werde ich mit dir den heutigen Abend verbringen, stolz als Afrikanerin und in der Kleidung meines Volkes. Ich trage diese Kleidung nie, wenn ich mich mit anderen Männern im Club treffe. Ich trage sie nur bei besonderen Anlässen und heute für dich, denn du bist anders als die andern.»

Ich weiß nicht, wie ich dazu äußerlich reagierte. Ich weiß nur, dass ich über alle Maßen verblüfft, vom Barhocker geglitten bin und sie wahrscheinlich wie das achte Weltwunder angesehen hatte, die Arme dabei hilflos herunterhängend, obwohl aus meinen Augen die Sehnsucht, mit ihr eins zu werden, floss. Sie war die Fassung persönlich, als sie mir zuraunte »Du kannst mich ruhig in deine Arme nehmen. Gerade von dir mag ich das nämlich.« Obwohl ich mir im Umgang mit Frauen nie sehr schwer getan hatte, kam ich mir jetzt wie ein Primaner vor, den seine angebetete Lateinlehrerin überraschend zum Tanz aufgefordert hatte.

Und dann nahm ich sie in meine Arme und küsste sie. Es war mir völlig egal, was die noblen Gäste rundum dachten, ich fühlte nur ihre weichen wulstigen Lippen und den mir schon bekannten, fast vertrauten Zwillingsdruck ihrer Brüste und genoss es, wie ihre Finger meinen Nacken streichelten. Und wie in Trance führte ich sie dann zu dem Tisch, den ich schon vorher für uns bestellt hatte. Ich war hingerissen von ihrem natürlichen Wesen und ihrem Charme, aber auch von ihrer für mich unterschwellig leicht arrogant scheinenden Art, wie sie beim dienstbeflissenen Kellner unser – von mir gewünschtes – gemeinsames afrikanisch orientiertes Dinner bestellte. Sie trank dabei kaum Alkohol und auch ich bemühte mich desgleichen. Dennoch fragte ich sie bei einem Glas Champagner nach dem letzten Gang – obwohl es für uns beide in unserem Innersten bereits feststand – ob ich sie zum Digestif in mein Appartement einladen dürfe. Ich war hingerissen von dieser jungen schwarzen Frau, die jetzt nicht mehr so viel redete oder besser ausgedrückt – fortan ihr Afrika sprechen ließ.

Wir tranken in meinem Appartement guten französischen Cognac, sogen, miteinander gemütlich auf der Couch liegend, gemeinsam an einer Zigarette, ehe sie sich ins Bad begab, um mich dann – als sie wieder ins Zimmer trat – mit ihrer natürlich dargebrachten und von einer faszinierenden Schamlosigkeit begleiteten Nacktheit vollends in ihren erotischen Bann zu ziehen.

Ich konnte mich nicht satt sehen an ihrem makellosen Körper mit seinen zierlichen festen Brüsten, ihrem ebensolchen, wohlgeformten Po und der spärlich behaarten, lusterweckenden, gewölbten Scham. Und dann kam das erotisch geballte, sich heftig entladende Ereignis Afrika über mich, ähnlich einem Tropenregen nach einer langen Trockenzeit und ich wusste nicht wie mir geschah und ließ mich von der Leidenschaft treiben.

Ich genoss diesen fantastischen Hautkontakt, der mich förmlich elektrisierte. Françoises ebenholzfarbene, warme, fast schlangenartig-weichschuppige und doch glatte Haut erzeugte in mir das Gefühl, unter sinnesbetäubenden Stromstößen zu stehen. Was mich dabei besonders erregte, war der betörende, unwahrscheinlich antörnende Geruch ihrer Haut, der sich mit ihrem nur zart bemerkbaren Parfüm zu einem fast den Verstand raubenden Duft entwickelte, den ich gierig in mich einsog, weil ich so etwas noch nie erlebt hatte. Und ihre Art zu lieben und in einer natürlichen, herrlich schamlosen Selbstverständlichkeit den eigentlichen Akt überaus zärtlich am ganzen Körper vorzubereiten, raubte mir fast die Sinne.

Schon ihre diskrete, überaus zärtlich-sinnliche, erregende Art und Weise, wie sie mir das Kondom überstreifte, ließen mich am ganzen Körper beben und ich musste alle meine Konzentration aufbieten, um nicht durch ein vorzeitiges Kommen meinerseits das Liebesspiel vor der Zeit zu beenden. Und dann dieses erste Eindringen in einen kraushaarumrahmten, äußerlich dunkelhäutigen, innen fast himbeerfarbenen afrikanischen Schoß, in dem tausende von verzehrenden Feuern zu brennen schienen. Ich wurde gefangen genommen und verzaubert durch ein Wesen, das ein irrsinnig aufreizendes, ja exzessives Wechselspiel mit und an mir inszenierte – Afrika unten, Afrika oben, Afrika von vorne, von unten, von der Seite und von hinten und damit Libido total bis zur entladenden gnadenlosen vulkanähnlichen Explosion mit ungemein heftigen Eruptionen und phasenweiser Geistesaufgabe.

Françoise ließ mich in dieser Nacht jedenfalls die berühmte französische Redewendung bzw. die erotische Bezeichnung von »La petite mort« auf afrikanisch begreifen lernen. Und es war in jeder Hinsicht ein »Kleiner Tod«, mit dem wir es beide zu tun bekamen. Das faszinierende Mädchen schlief dann bis in die frühen Morgenstunden bei mir, ohne dass ich sie spürte. Ich erfuhr erst später, dass diese Mädchen, deren Heimatdörfer sich oft Hunderte von Kilometern von deren Aufenthaltsort befanden, oft auch deshalb mit einem Mann schliefen, um endlich wieder einmal in einem ordentlichen Bett schlafen zu können.

Ich erlebte so etwas später auch einmal in der senegalesischen Haupt- und Hafenstadt Dakar. Sie musste eine innere Uhr in sich gehabt haben, denn wie ich schlaftrunken feststellte, stand sie um zirka vier Uhr früh auf, zog sich an, kniete sich neben mich auf das Bett, küsste mich und streichelte zärtlich mein Gesicht. »Die Sonne geht bald auf, deine »Gazelle noire« muss jetzt weiter, die Herde und die Leitböcke warten. Es war schön, dir ein Stück Afrika zu zeigen.«

Und ehe ich mich aufraffen konnte, war sie entschwunden, ohne irgendeinen Liebeslohn verlangt oder sich (wie man es anderswo tat) genommen zu haben.

Ich stand schließlich auf, ging ins Bad und dann wieder ins Zimmer. Der Duft ihres dezenten Parfüms und der die Sinne raubende Geruch ihres Körpers lagen noch in der Luft. Und dann brach die Katastrophe herein und es ging plötzlich los wie ein Ungewitter. Furchtbare Bauchschmerzen traten von einer Minute zur anderen auf, verbunden mit heftigem Brechreiz und Durchfall, der Kreislauf brach zusammen und ich meinte, meine letzte Stunde sei gekommen. Zum Glück wies die Toilette sowohl einen Sitzabtritt als auch ein Bidet auf, die ich beide notgedrungen nützte und ich meinte, mir meine Seele aus dem Leibe zu kotzen, während das andere in beängstigenden Sturzbächen unter heftigen Schmerzen hinten meinen von Spasmen geschüttelten Körper verließ.

Vielleicht eine Stunde oder auch zwei – ich wusste es nicht – währte dieses schmerzhafte Schreckensszenario, das bei mir noch durch Blut im Stuhl zusätzliche Panik erzeugte, ehe ich in letzter Konsequenz den Hotelflur aufsuchend, unter der Türe zum Appartement zusammenbrach, wo mich das Personal fand. Ich wollte nur eines nicht, in diesem verdammten Appartement in Afrika allein verrecken, denn als Sterben würde man so etwas nicht bezeichnen können.

Nachdem es mehrere Leute unserer Delegation erwischt hatte, wurde ein Arzt gerufen. Dessen Injektion half nur kurzfristig, und so war es einem eingeborenen Arzt vorbehalten, den Brechdurchfall und die furchtbaren Schmerzen durch ein auf die Zunge geträufeltes Medikament – und wie mir der Arzt erklärte – ein Serum aus Schlangengift, innerhalb kurzer Zeit zu stoppen. Ich vermeinte jedenfalls, diesen katastrophalen Morgen nicht zu überleben und Europa, meine Lieben und alles was ich schätzte, nicht mehr wieder zu sehen.

Als sich der Durchfall, die Blutungen und der Brechreiz schließlich gelegt hatten und ich wieder klar denken konnte, fragte ich mich aufgrund gewisser eher unterschwellig auftauchender moralischer Rückschlüsse, ob nicht vielleicht mein abendlich-nächtliches Abenteuer als möglicher Fehltritt diese Konsequenz auf den Plan gerufen hatte. Denn irgendwo machten sich trotz aller möglichst bewusst gelebter Freizügigkeit die Erziehung und vor allem die in den Schulen eingetrichterten religiösen Ge- und Verbote bemerkbar, auch wenn ich mich dagegen immer entgegenstemmte. Doch die Information der Delegationsleitung, dass dieser Zwischenfall einzig durch den Genuss einer verdorbenen Gänseleberpastete im Flugzeug hervorgerufen worden war, beruhigte mich. Mit der berauschenden Nacht mit Françoise hatte das jedenfalls nichts zu tun. Dazu waren die unvergesslichen Geschehnisse dieser Nacht zu schön, zu zärtlich, zu ehrlich und zutiefst menschlich. Und ich machte die Augen zu und sah sie vor mir – meine »Gazelle noire« – und vermeinte, ihr gurrendes Lachen, ihre unendliche Zärtlichkeit und ihre ausgeprägte, alles verbrennende Libido zu spüren.

Das Schlimme daran war, dass ich sie wohl nicht mehr sehen würde und mich auch nicht mehr von ihr verabschieden konnte, weil unsere Delegation in einigen Stunden weiterreiste.

Eine unheimliche Sehnsucht nach ihr und damit nach dem in dieser Nacht entdeckten anderen Leben packte mich plötzlich. War das heute Nacht alles? Hatte mich das Schicksal heute Nacht lediglich genarrt oder nur einen kleinen Blick in eine anderes Paradies werfen lassen, um mich herausfordernd darauf aufmerksam zu machen, dass es bezüglich der körperlichen Liebe noch vieles andere gab und das eben Erlebte zu jenen Dingen des Lebens zählte, auf die es im Dasein wirklich ankommt? Ich wusste es nicht, die Gefühle übermannten mich förmlich und machten mich gnadenlos und nicht mehr um mich wissend zu ihrem Spielball.

Ich warf mich aufs Bett, schnappte das Kissen, auf dem sie gelegen hatte und das noch nach ihr roch, vergrub verzweifelt meinen verwirrten Kopf darin und begann unaufhaltbar in seelischer Hilflosigkeit hemmungslos zu weinen. Afrika konnte schön, aber auch grausam sein.

Der behandelnde Arzt bestätigte mir schließlich später eine schlimme, trotz der rechtzeitigen Impfung aufgetretene typhusverdächtige Attacke, die meine Bauchspeicheldrüse empfindlich angegriffen hatte und mich etliche Jahre später bei einer akuten, nekrotisierenden Entzündung derselben fast das Leben kostete.

Seither bin ich gezwungen, auf die Launen meiner Pankreas, die in Afrika als die »Kobra im Leib« bezeichnet wird, besondere Rücksicht zu nehmen. Auf diese Weise werde ich fallweise – sollte mein Durst beispielsweise nach besonders harten Getränken zu groß gewesen sein – auf diese Art immer an mein Intermezzo mit der afrikanischen »Gazelle noire« in Lomé erinnert.

Doch zurück zum damaligen Schauplatz, an dem das Leben weiter ging. Am Tag der Abreise aus dem für mich unvergesslichen schicksalsträchtigen Hotel »De la Paix« erkundigte ich mich dann an der Rezeption nach Françoise.

Man kannte sie hier wohl als angenehmen Gast, stellte jedoch fest, dass sie zuletzt weder hier noch im Club gewesen war und ich übergab ein Kuvert für sie mit der Aufschrift »Pour Françoise – La Gazelle noire«, beinhaltend einen als Geschenk gedachten Geldbetrag – bezüglich dessen ich hoffte, dass sie dies im Sinne unseres Zusammenseins entsprechend auffasste – und eine Karte, auf die ich lediglich mit einer mir bisher unbekannt gewesenen Wehmut geschrieben hatte: »Merci Mademoiselle Afrique, merci ma Gazelle noire …«

Napoleon auf afrikanisch

Es war wohl eine der sonderbarsten Reisen, die mich beruflich oder auch nicht, nach Afrika – genauer nach Zentralafrika geführt hatte. Gegen Ende des Jahres 1977 sollte, ja musste aufgrund einschlägiger Interessen der berüchtigte zentralafrikanische Potentat, General Jean Bedel Bokassa unter der jahrzehntelangen »Obhut« der Schutzmacht Frankreich zum Kaiser gewählt werden. In Bangui, der Hauptstadt der bis anhin zentralafrikanischen Republik, liefen im Oktober und November die Vorbereitungen zu dieser spektakulären Krönung, dem übrigens auch bisher wahrscheinlich größten Nonsens in der afrikanischen Geschichte.

Sogenannte »Berater« aus Frankreich, Abenteurer und Geldhaie aus allerlei Ländern und ein weltbekanntes französisches Mode- und Parfümhaus hatten – unterstützt von überaus geschäftstüchtigen Managern und Firmen aus ganz Europa – die Idee aufgegriffen, den mit französischen Unterstützung gekürten zentralafrikanischen Diktator Bokassa zum Kaiser eines der ärmsten Landes inmitten Afrikas zu machen, als ob es dort nicht schon genug Armut und Elend gab. Doch es war bekannt geworden, dass es in der Zentralafrikanischen Republik eine Menge Bodenschätze und andere Möglichkeiten gab, die man auszubeuten gedachte und das mit Hilfe des Analphabeten Bokassa, der, was die Behandlung und Eliminierung seiner politischen Gegner betraf, ein der Welt bekanntes Schreckensregiment führte.

In seinem Land herrschte brutalster Terror, seinen politischen Gegnern wurden keine Prozesse gemacht, sie wurden kurzerhand in den krokodilreichen Bangiu-Fluss geworfen, deren Frauen und Töchter vergewaltigt und ihr Eigentum konfisziert. Als Anhänger des Islams wollte er noch moslemischer als alle Moslems sein und verordnete menschenunwürdige, drakonische Maßnahmen, wie sie heute noch in etlichen arabischen und anderen moslemischen Staaten an der Tagesordnung sind. So wurden unter anderem ertappten Dieben die Ohren abgeschnitten und andere Kriminelle sowie Ehebrecherinnen mit Hunderten von Stockhieben eingedeckt.

Dafür hielt sich Bokassa, der spottweise vom Volk »Papa Bok« genannt wurde, offiziell selbst 30 jederzeit abrufbereite Frauen, von der jede einzelne anlässlich seiner Krönung vor der Kathedrale »Notre Dame« in Bangui einen eigenen Marktstand führen durfte. Was mit den daraus entsprossenen Kindern des Diktators passierte, wusste niemand so richtig. Dies und einen aufwändigen Lebensstil, den übrigens auch seine schöne wie geldgierige Hauptfrau Katherine mit ihm teilte, konnte sich Bokassa nur deshalb leisten, weil es die Schutzmacht Frankreich mit ihren im Lande stationierten Fremdenlegionären gab, die in heiklen Fällen auf ihre bekannte berüchtigte Art für Ordnung sorgten.

Jean Bedel Bokassa war in Frankreich kein Unbekannter. Für seinen tollkühnen, kämpferischen Einsatz im unseligen Indochina-Krieg – er haute persönlich mit einigen Fremdenlegionären einige hohe französische Generäle aus der umzingelten Festung Dien Phen Phu heraus – machte ihn der legendäre spätere Staatspräsident General Charles de Gaulle zum höchstdekorierten Soldaten der französischen Armee.

Und so kam es, dass einige clevere »Insider« auf den Gedanken kamen, dass man sich bei Bokassa doch irgendwie für dessen Einsatz revanchieren und ihn zum Kaiser im Herzen Afrikas krönen sollte.

Und nachdem das Land über Bodenschätze wie Diamanten, Gold, Kupfer und andere verfügte, sehr wildreich und überdies reich an Heilpflanzen und Kosmetikrohstoffen war, fand die Idee, den Diktator zum Kaiser zu machen, in Pariser Regierungskreisen und deren Freunden in der Wirtschaft immer mehr Unterstützung und man begann, zu Taten zu schreiten. Der bereits genannte einflussreiche Mode- und Kosmetikkonzern übernahm zusammen mit anderen französischen Wirtschaftskreisen und auch solchen aus den Benelux-Staaten und dem Fürstentum Liechtenstein die Initiative.

Die französische Regierung unter Staatspräsident Giscard d'Estaing schien zwar offiziell nicht unterstützend auf, doch der Halbbruder des Staatspräsidenten, François d'Estaing und seine Berater sowie der damalige Staatssekretär für afrikanische Fragen im francophonen Bereich konnten nach Belieben schalten und walten.

Rückblickend kam mir das ganze wahnwitzige Unterfangen versinnbildlicht wie ein Passagierschiff vor, dem aufgrund seines im Meer entsorgten Küchenabfalles die Haie in Schwärmen folgen, um bequem Nahrung aufzunehmen und sich schadlos zu halten. Und es gab etliche solcher Haie, die ihre Stunde gekommen sahen und damit auch ihr Geschäft witterten. So kam es auch, das ein Zürcher Modeatelier in Kooperation mit dem im Bodenseeraum bestbekannten und bei den internationalen Maßschneider-Weltkongressen als Mode-Avantgardisten gefeierten Couturier und Vorarlberger »Modezar« Engelbert Ott von »Ott Couture Schlins« einen Krönungsmantel für den neuen afrikanischen »Kaiser« à la Napoleon anfertigen sollte, ohne zu wissen, dass schon einer aus einem weltbekannten Modehaus Frankreichs existierte.

Erst später stellte sich heraus, dass der Vorarlberger Couturier davon gar nichts wusste. Die Intervention dazu kam von Werner Walser, dem zentralafrikanischen Konsul in Liechtenstein. Und nachdem das französische Modehaus bereits einen kaiserlichen, hermelinverbrämten Krönungsmantel für Bokassa angefertigt hatte, war das Unterfangen, dem Potentaten einen sogenannten »Audienzmantel« unter oder in diesem Falle über die Weste jubeln zu wollen, doch recht fragwürdig.

Hinter diesem eigenartigen Ansinnen, dem sowohl der Zürcher Stadtschneider als auch der Vorarlberger Star-Couturier (der unter anderem auch für das liechtensteinische Fürstenhaus schneiderte) auf den Leim gingen, steckte ein wenig sympathischer, mit Haiaugen ausgestatteter, fettleibiger, ungepflegter, ewig schwitzender Bankrotteur und Hasardeur, der sich das Vertrauen des liechtensteinischen Konsuls erschlichen hatte, diesen clever ausnützte und fortan seine Fäden zog.

Ich erinnere mich noch – als Journalist und PR-Mann von Konsul Walser beauftragt – an den ersten Flug nach Bangui und die Anprobe der Krönungsrobe von »Modezar« Ott im Domizil von Jean Bedel Bokassa und seine stupide Art, dutzende Male »Merci, merci, merci ...« zu stammeln.

Mochte dieser seinerzeit als Soldat im Indochinakrieg die Anerkennung seiner militärischen Courage erworben haben, hier in Bangiu bot er bei der Anprobe des an zweiter Stelle rangierenden Audienzornates ein Bild jämmerlicher Lächerlichkeit.

Die Szene des Anprobierens verlief ähnlich wie das Anprobieren eines viel zu langen Hemdes bei einem geistig behinderten Kind. Ich versuchte, diesem Mann fest in seine Augen zu schauen. Doch was mich anblickte, war mit dem Ausdruck fortgeschrittener Demenz oder kranker Stupidität gleichzusetzen. Und später erfuhr ich, dass Bokassa an fortgeschrittener Syphilis litt, die sich bekanntlich auch auf das kleinste Gehirn auswirken kann. Dennoch war dieser Mann, wie viele andere afrikanische Potentaten – mochten sie noch so tierisch agieren – zu einer Art Mythos avanciert beziehungsweise von cleveren Geschichts-Tatsachenfälschern dazu gemacht worden.

Er war – und ich musste es anerkennen ob ich wollte oder nicht – eben diese Art von afrikanischem Häuptling, der auch den politischen Erfolg hatte, bevor er als totalitäres, menschenverachtendes Scheusal aus dem Schatten seines Ichs trat. Und das konnte – nachdem es Hitler und Stalin seinerzeit in Europa schon geschafft hatten – zumindest auch im damaligen Afrika schon irgendeine Art Faszination oder besser gesagt menschliche Vereinnahmung bewirken. Denn die menschenverachtende Phalanx der afrikanischen Potentaten konnte trotz ihrer Regime einfach nicht übersehen werden. Und da riefen sich Namen der mit Blut geschriebenen Geschichte Afrikas in Erinnerung, wie z. B. ein Tombalbaye aus dem Tschad, Mubutu aus dem Kongo, Idi Amin aus Uganda, Felix Houphouet-Boigny aus der Elfenbeinküste, Staatschef al-Gadaffi und andere.

Andererseits wiederum sprachen ein Afrikaner wie Felix Eboue, ein Dichter und Staatspräsident wie Leopold Sédar Senghor von Senegal, ein bis in den Tod engagierter Staatspräsident Sadat von Ägypten, der unvergessliche Revolutionär Yomo Kenyata von Kenia und Südafrikas großer Nelson Mandela und ein Julius Nyeryere eine andere, wegweisende, leider oft bewusst überhörte Sprache Afrikas.

Wie dem auch immer war, Ende November, Anfang Dezember 1977 stand die Krönung Jean Bedel Bokassas zum Kaiser à la Napoleon von Zentralafrika auf dem Programm. Und die französischen Berater und die mastdarmakrobatische Kunststücke vollführenden Hofschranzen des syphiliskranken Potentaten waren voll in Aktion. Und so kam es, dass sich eine illustre Gruppe am Pariser Flughafen Charles de Gaulle zusammenfand, um einen der drei bereitstehenden, nicht mehr taufrischen Düsenklipper der inzwischen nicht mehr existierenden Klagenfurter »Air Montana« zu besteigen und direkt nach Bangui zu fliegen.

Captain Stickert, ein ehemaliger Toppilot der Austrian Airlines, konnte mir bei einem Besuch im Cockpit eine interessante Liste sowohl des »Technischen Bordpersonals« als auch der prominenten Gäste vorlegen. Interessant waren die

Namen der »Bordmechaniker«, unter denen der bekannte Gesellschaftsjournalist und »Adabei« Roman Schliesser vom »Kurier« und der inzwischen verstorbene Ing. Alfred Worm, damals beim »Profil«, später Herausgeber des »News«-Magazins, fungierten.

Nun, auch ich war bezüglich meiner Funktion anlässlich dieser Reise nicht ganz »koscher«: Ich wurde wohl als PR-Chef des Europäischen Wirtschaftsinstitutes EWI in Liechtenstein und Protokollchef dessen mitgereisten EWI-Vorstandes Prinz Emanuel von und zu Liechtenstein in der Gästeliste geführt, war jedoch bereits vom deutschen Stern-Magazin über einen Mittelsmann für die Verfassung einer Titelstory über diese Krönung angeheuert worden.

Von meiner agentenähnlichen Tätigkeit für die seinerzeit in Paris, Madrid und Zürich domizilierte internationale Hintergrundinformations-Organisation »CODE« (Conföderation Organisch Denkender Europäer) durfte überhaupt niemand etwas wissen. Denn wie viele andere kritisch berichtende deutschsprachige Medien war auch das bekannte deutsche »Stern-Magazin« in Zentralafrika zum unerwünschten Medienorgan erklärt worden. Deshalb auch die Funktion der österreichischen Journalisten Roman Schliesser und Alfred Worm als »Bordmechaniker«.

Bei der Kaiserkrönung in Bangui hätte ein falsches Wort von mir unter Umständen für diese beiden mutigen Journalisten eine mitunter lebensgefährliche Situation herbeiführen können, zumal ich als Protokollchef von Prinz Emanuel von Liechtenstein – der beim Krönungsmahl neben Bokassa saß – in die Sicherheitsvorkehrungen involviert und über die Namen etwaiger missliebiger Journalisten informiert war.

In Anbetracht meiner eigenen Doppelfunktion war auch ich froh, dass die Bordliste bzw. die Liste der technischen Mitarbeiter der »Montana Air« keinen Anstoß bei den zentralafrikanischen und französischen Sicherheitsleuten fand und meiner Wenigkeit ein köstliches Amüsement über diese bunt zusammengewürfelte Schar von offiziellen Ehrengästen, wichtigtuerischen Adabeis, Salon- und Möchtegern-Prominenten bescherte.

Interessant waren aber auch einige Utensilien im Rumpf der Maschine, die dem neuen »Kaiser von Afrika« als Krönungsgeschenke zugedacht waren, so ein Laib Schweizer Käse mit dem überlebensgroßen Konterfei Bokassas von Konsul Gerber, dann eine Rolle Stacheldraht und eben die beiden »Krönungsmäntel« des französischen Parfümhauses und jener des Vorarlberger Modeateliers »Ott Couture«. Als Beigabe zum Ottschen Krönungsmantel hatte die seinerzeitige Firma Schuhprinz aus Bregenz noch zwei schneeweiße, kniehohe Lederstiefel spendiert und mitgeschickt – wie sie früher auch der größenwahnsinnige Napoleon Bonaparte, das angehimmelte Vorbild von Bokassa, getragen hatte.

Jedenfalls war damit gewährleistet, dass der durch seine Syphilis bereits restgehirngeschädigte Potentat damit durch den gesellschaftlichen Sumpf einer fraglichen Society und das Blut seines Volkes waten konnte ohne schmutzig zu werden. Der Flug oder besser ausgedrückt, die fliegende Champagner- und Whisky-Party nach Bangui verlief bis auf die ständigen Toilettenaufenthalte des belgischen Attachés und anderer, die des gesellschaftlichen »Kampftrinkens« offenbar nicht kundig waren, zwischenfallfrei.

Am nächsten Tag fand dann in der Kathedrale »Notre Dame« von Bangiu eine eigene Krönungsmesse statt, wo der Diktator mit seiner gutaussehenden Frau Katherine sogar an der Kommunion teilnahm – der größten Gotteslästerung, an der ich zugegen war, derweilen draußen vor der Kathedrale an ihren Marktständen die rund 30 Nebenfrauen an diesem Tage Krönungsgeschenke anboten. Man hatte sie aus katholischen »Beweggründen« verständlicherweise als Volks-Marktfrauen »neutralisiert«.

Im neuen Basketball-Stadion von Bangui fand dann die feierliche Krönung Bokassas zum Kaiser statt, die der Bischof von Bangiu hätte vornehmen sollen. Doch wie schon seinerzeit bei der Krönung Napoleons, kam es auch diesmal anders. Denn auch hier nahm Jean Bedel Bokassa in napoleonischer Manier plötzlich dem Bischof die Krone aus der Hand und setzte sie unter dem scheinheiligen Beifall der mehreren tausend Festgäste (es gab allerdings auch solche, die dabei nicht klatschten) auf sein vom Alkohol schon aufgeschwemmtes Haupt.

Es war wohl eines der lächerlichsten und dazu noch schlecht inszenierten politischen Spektakel, die je in Afrika über die Bühne gingen. Aber man freute sich offensichtlich darüber. Und dass dabei ausgerechnet französische »Berater« am Werk waren und der berühmte Franzosenkaiser Napoleon dazu herhalten musste, war nicht nur für den Kontinent Afrika, sondern auch für die »Grande Nation« Frankreich im Grunde genommen eine Schande. Prominenteste, gespielt spontan gratulierende Gäste waren François d'Estaing, der schillernde Halbbruder des damaligen französischen Staatschefs und späteren Schöpfer der EU-Konvention, Valéry Giscard d' Estaing, und der Päpstliche Nuntius aus Rom, der dem Tyrannen Bokassa seinen Segen und sogar einen widerlichen Wangenkuss gab.

Unwillkürlich musste ich – da ich die finanziellen Hintergründe des kurzfristigen Glaubenswechsels Bokassas vom islamischen zum katholischen Glauben kannte – bei dieser für mich widerlichen Szene an den Kuss des Judas denken, den dieser Jesus am Ölberg zu dessen Erkennung und Gefangennahme durch die jüdischen und römischen Häscher gegeben hatte. Der Unterschied dabei war, dass sich Judas seiner Verfehlung bewusst wurde und sich aus Reue und Verzweiflung anschließend erhängte (und offenbar doch noch irgendwo Charakter zeigte), während der Nuntius dann wieder nach

Rom jettete und dort von der Heimkehr des »Verlorenen Sohnes« in den Schoß der Kirche berichtete. »Kurier-Adabei« Roman Schliesser, Alfred Worm und ich erlebten diese Szene inmitten der Journalisten- und Reporterdelegation. Schliesser und Worm schüttelten dabei deutlich geringschätzig ihre Köpfe, sodass ich einen Augenblick befürchtete, dass sie diese unter bekannten unguten Umständen – wenn sie weiter so negativ agieren würden – durchaus nicht mehr lange auf ihren Schultern tragen könnten ... Denn es war bekannt, dass Bokassa selbst und seine Schergen hier mit unliebigen Medienleuten dann und wann kurzen Prozess machten. Im Bangui-Fluss wimmelte es bekanntlich nur so von riesigen Krokodilen, die weißes Fleisch sicher genauso schätzten wie schwarzes.

Ein besonderes Erlebnis war dann der Krönungs-Gala-Abend im sogenannten »Kaiser-Palast« in Bangui. Weit über 1.500 geladene Festgäste aus allen afrikanischen Ländern, aus Europa, den arabischen Ländern, ja sogar aus den USA, China und Russland sowie der damaligen DDR und Kuba, nahmen daran teil. Die Farbenpracht der festlichen Trachten und Kleider, die geschmückten, reich gedeckten Tische, die vielen bengalischen Feuer und die typische afrikanische Musik des Afro-Musikstars Manu Dibangu zauberten den Hauch eines Festes in der Manier von »Tausend und einer Nacht« herbei. Als sogenannter »Protokollchef« des Prinzen Emanuel von und zu Liechtenstein – der von Anfang an in erstaunenswerter, jedoch diplomatischer Art und Weise auf Distanz zu Bokassa gegangen war, jedoch trotzdem als sein Tischnachbar fungierte – hatte ich die Gelegenheit, in der Nähe des »Kaiserlichen« Tisches, direkt neben der damaligen Regierungschefin von Mauritius zu sitzen – einer dunkelhäutigen, intelligenten, sehr gesprächigen, übervoluminösen Frau.

Es war ein Abend, wie ihn viele und auch ich noch nie erlebt hatten und wie er nur in Afrika stattfinden konnte. Nach einer Stunde war ein Fest im Gang, das kaum zu beschreiben ist. Trotz Sprachschwierigkeiten schienen alle miteinander zu kommunizieren und der Champagner floss in Strömen, die vielen bereitgestellten Flaschen explodierten förmlich in der Nachthitze, die ich so auf ca. 35 Grad Celsius schätzte und es gab kaum einen Gast, der infolgedessen auch äußerlich noch trocken blieb.

Große Sorge bereiteten mir und etlichen anderen Journalisten die Gardisten Bokassas, die mit ihren umgehängten Schnellfeuergewehren mit aufgepflanzten Bajonetten, sich mit Whisky-, Gin- und Wodkaflaschen die Taschen ihrer Hosen füllten, nebenbei den Alkohol direkt wie Wasser aus der Flasche tranken und immer mehr betrunken wurden.

In diese Phase bewunderte ich jedoch gleichzeitig wieder einmal mehr die Intelligenz, die Disziplin und Moral der Fremdenlegionäre, die sich – ebenfalls bis an die Zähne bewaffnet – jedoch diskret an verschiedenen Punkten aufgestellt hatten, um die Fete und ganz besonders Bokassas betrunkene Söldner im Auge zu behalten. Dennoch fröstelte mich trotz der Hitze, wenn ich daran dachte, dass einer dieser betrunkenen Gardisten in seinem Freudentaumel durchdrehte, mit dem Gewehr in die Luft schoss, wie es zum Beispiel in Nordafrika bei großen Festen gang und gäbe war.

Doch es passierte nichts und der nächste Tag stand im Zeichen einer Pressekonferenz, die Bokassa mit seinen Marionetten-Ministern gab. Mit dabei waren wieder François d'Estaing und ein französischer Entwicklungsminister. Bokassa unterzeichnete dabei an einem Tisch, auf dem eine große Glasschüssel voll mit Rohdiamanten stand, etliche Verträge mit durchwegs französischen Firmen und angeblichen Regierungsbeauftragten aus Paris.

Böse Zungen behaupteten damals in den Medien, dass der Analphabet Bokassa mit drei Kreuzchen unterzeichnet habe. Das stimmte natürlich nicht. Der zentralafrikanische

»Kaiser auf Zeit« (wie bereits in Insiderkreisen gemunkelt wurde) hatte sich einen, allerdings unkenntlichen Schriftzug angeeignet, mit dem er die Dokumente unterfertigte und dabei immer wieder sein stupides »Merci, merci, merci …« grunzte.

Jetzt waren die Geschäfte gelaufen. Die diversen französischen Firmen hatten ihre Verträge und Schürfrechte und François d'Estaing, der Halbbruder des französischen Staatspräsidenten, war der Präsident des »Kaiserlichen Jagdclubs«, Mitnascher und Abzocker bei etlichen Abkommen. Wie ich dabei erfuhr, gedachte man sich in Sachen »Kaiserlicher Zentralafrikanischer Jagdclub« des bekannten ehemaligen Vorarlberger »White Hunters« und späteren Tierverhaltensforschers Walter Fend zu bedienen, um den Club international aufzumöbeln. Zum Glück für den inzwischen nicht mehr unter den Lebenden weilenden Werner Fend, mit dem ich befreundet war und der offenbar den Braten gerochen hatte – bevor ich ihm darüber ausführlich berichten konnte –, kam keine Kooperation zustande. Wahrscheinlich weil er beim ZDF unter Vertrag war.

Doch zurück zum Geschehen: Am Nachmittag dieses geschäftigen Tages gab es dann für die liechtensteinisch-schweizerisch-luxemburgische Delegation um den neuernannten Zentralafrikanischen Konsul Werner Walser und Prinz Emanuel ein Mittagessen, das wohl allen – die es mitbekamen – ewig in Erinnerung bleiben wird. Das hervorragend mundende mehrgängige Menü wies einen interessanten Hauptgang auf, der auf der Menükarte mit »Cous-Cous & Bœuf à la Cousin« angeführt, lebhaft und gut gewürzt war und mit Maniok serviert wurde. Das Fleisch – etwas größer als unser Gulaschfleisch geschnitten – war relativ dunkel, sehr zart, saftig und leicht süßlich. Ich tippte sofort auf Jungpferdefleisch, wobei auch gleich so manche Nase in prominenter Runde gerümpft wurde.

Doch die heiklen Nasenrümpfer sollte es noch härter treffen, als beim abschließenden Digestif auf Nachfrage bekannt wurde, dass wir alle zusammen zwei »Cousins« verspeist hatten und damit ein nicht unbeliebtes Gericht, das in Zentralafrika, aber auch in anderen afrikanischen Ländern aus einer Gattung meerkatzenähnlicher Affen zubereitet wurde. Bedel Bokassa, der frischgebackene Kaiser liebte es seit jeher, solche Späße mit seinen angeblichen »Freunden« zu treiben. Umso weniger groß war dann am Abend im Kaiserpalast anlässlich des Empfanges des kongolesischen Staatschefs Mubutu der Appetit unserer Delegation.

Hier ging es nach dem Essen rund, als plötzlich das Licht ausging. Man hörte raunende und zischende Befehle, Gläser klirrten, metallische Geräusche von Waffen und dann herrschte Stille. Ich hatte mich sofort vorsorglich in Deckung unter den Tisch begeben, wo ich mich mit meiner gegenübersitzenden, nun zitternden Tischdame traf. Unter anderen Umständen hätte ich mich bei dieser Gelegenheit vielleicht anderweitig schadlos gehalten, doch in dieser Situation war mir nicht nach irgendwelchen Annäherungsversuchen, geschweige denn sonst irgendwelchen verlockenden erotischen Fingerspielen.

Irgendwo saß uns allen die Angst im Genick und wir waren heilfroh, als wieder das Licht anging. Die Plätze von Kaiser Bokassa und Präsident Mubutu sowie einiger Minister am kaiserlichen Ehrentisch waren freilich leer und blieben es auch, denn im Kongo gärte es und Mubutu hatte, wie auch Bokassa, große Angst vor möglichen Putschversuchen.

Meine Mission war damit beendet. Ich hatte mit einem Fotografen, der auch inkognito für das deutsche Sternmagazin hier weilte, jedoch bereits abgereist war, vereinbart, von Zürich aus einen Sonderbeitrag an die Redaktion des »Stern« zu faxen. Also flog ich mit dem nächstbesten Jet von Bangui via Paris nach Zürich, um meiner Aufgabe nachzukommen. Außerdem hatte es durch gewisse Eifersüchteleien eine kleine Missstimmung in der Delegation gegeben und schon die kleinste Bemerkung über meine Doppelrolle und dem Geheimreport hätten für mich ungut ausgehen können. Denn obwohl ich etwas abstehende Ohren hatte, wollte ich diese nach Möglichkeit genauso behalten wie auch andere weghängende Gliedmaßen, deren grausame Abtrennung bei Feinden in Afrika geradezu ein Ritual waren und immer noch sind.

Und schlussendlich hatte ich die Nase gestrichen voll, als mir vor dem Besteigen des Düsenjets im Flughafen Bangui auch noch die Hose meines Reiseanzugs geplatzt war und ich, in jeder Hand eine Reisetasche, mit teilweise entblößtem Hinterteil mich ohne Abdeckung über die Gangway quälte. Eine charmante Stewardess der »Air Afrique« nahm sich dann schließlich meiner zerrissenen Hose an, brachte mir zunächst eine Decke, einen doppelten Whisky und später dann auch wieder die händisch reparierte Hose.

In Zürich angekommen, faxte ich aus dem Hotel International sofort meine Reportage an die Stern-Redaktion nach Hamburg, um mich dann für einige Stunden auf meine Ohren zu legen, derer ich mich hinsichtlich anderer bekannter, weniger guten Aussichten im Lande Bokassas doch erfreute.

Was dann einige Tage später im »Stern« stand, war weniger erfreulich. Mein Bericht war wohl übernommen, jedoch offensichtlich in revanchistischem Stil umgeschrieben worden. Und unter dem Report stand auch nicht – wie vereinbart – mein Name, sondern schlicht und einfach der Name Klaus Liedke. Dieser Herr war damals beim »Stern« einer der leitenden Redakteure. Lediglich die von mir kreierte Titelzeile »Kaiserschmarren auf afrikanisch« hatte er mir – nachdem ihm offenbar auch da nichts Besseres eingefallen war – großzügig in vollem Wortlaut gelassen. Ich dachte beim Lesen meines entstellten Reports unwillkürlich mit Wehmut an den unvergesslichen »Stern«-Chefredakteur Henry Nannen, der eine besondere Handschlagqualität sein Eigen nannte.

Auch im Journalismus hatten sich manche Sitten geändert. Wer den Schaden hat, braucht für den Spott nicht zu sorgen. Und so deckten mich meine Bekannten und Freunde, die ich für meinen Report im »Stern« doch etwas zu erwartungsvoll gestimmt hatte, mit ihren »Tröstungen« entsprechend ein, während sich meine Gegner in unverhohlener Genugtuung freuten. Beim »Stern« zu reklamieren, kam für mich nicht in Frage. Für mich war die Sache gelaufen. Und ich erwartete mir in diesem Sinne auch kein Honorar, das dann jedoch doch noch zu meiner Überraschung mit einem damit verbundenen Dank der »Stern«-Redaktion für meine Dienste schließlich einlangte und zufriedenstellend ausgefallen war. Nun, der Journalismus hat eben viele Gesichter und im Übrigen sollte man sich selbst einfach nicht zu ernst nehmen.

Was dann in der Folge der Zeit mit Kaiser Bokassa passierte, ist schnell erzählt. Er wurde nach einem Jahr katastrophal-chaotischer »Regentschaft« nach einem Putschversuch eines seiner Cousins (was jedoch nichts mit dem bereits geschilderten ominösen Speisegericht zu tun hat) aus dem Lande gejagt, nachdem vorerst seine Frau Katherine mit seinem Geld (angeblich 30 Millionen Dollar) nach Genf durchgebrannt war. In Paris gewährte man ihm nach anfänglichem Augenzudrücken schließlich – nach dem er kein Geld mehr hatte – kein Asyl mehr.

Für Staatspräsident Giscard d'Estaing und dessen schillernden Halbbruder François war die zentralafrikanische Kartoffel schließlich zu heiß geworden. Lediglich der Präsident der Elfenbeinküste, Houphouet-Boigny, inzwischen vom früheren Präsidenten der französischen Nationalversammlung zum gefürchteten Diktator und Menschenschinder geworden, gewährte ihm als einziger afrikanischer Staatschef noch Asyl. Doch auch dieses endete nach einem erfolgreichen Putsch gegen Houphouet-Boigny und so wurde Bokassa an die Republik Zentralafrika ausgeliefert, wegen seiner Verbrechen vor Gericht gestellt und in völlig debilem Zustand bis zu seinem Tode in Haft gehalten.

Fazit dieser Geschichte: Das Land ist nach wie vor arm, in der Politik herrschen weiter Korruption und Vetternwirtschaft und Europa und die Christenheit sehen weiter (mit wenigen Ausnahmen) untätig zu, wie sich auch hier der fundamentalistisch orientierte radikale Islam breit macht und damit einen Kontinent weiter erobert, den man besser der Urbevölkerung, deren Lebensgewohnheiten und Religionen überlassen hätte, anstatt ihn kaputt zu zivilisieren und krank zu missionieren.

An der Wiege der Menschheit

Es war ein gutes Jahr. Mein Sohn Klausjürgen war schon an die zwei Jahre als Repräsentant einer Schweizer Garnfarbenfirma in Kenya erfolgreich tätig. Er bereiste dabei ganz Ostafrika. Der Schwarze Kontinent hatte uns offenbar beide in seinen Bann gezogen. Nun, Afrika ist in jeder Hinsicht ein einziges großes Abenteuer. Wer einmal dort war und seinen intensiven feuchtwarm-erdigen, von Blüten und exotischen Pflanzen angereicherten Geruch geatmet hat, kommt nicht mehr davon los. Bei mir ging und geht immer noch die unerklärliche Sehnsucht nach dem Schwarzen Kontinent bisweilen so weit, dass ich sogar in meinen Schlaf- und manchmal auch Wachträumen des Öfteren den Geruch dieses Erdteils, seine Musik und seine knisternde Allgegenwart zu verspüren wähne. Ich hatte in den 1970er-Jahren als Journalist, Fotograf und konsularischer Medienbeauftragter mehrmals Afrika und im besonderen die Länder Tschad, Senegal, Gabun, Elfenbeinküste sowie Togo bereist.

So lernte ich damals zur Genüge den westlichen und zentralen Teil des Schwarzen Kontinents, seine Völker und seine mehr oder weniger korrupten und bisweilen blutrünstigen Beherrscher sowie das schamlose, menschenverachtende Agieren der westlichen, europäischen, östlichen und fernöstlichen »Berater« im Netz einer internationalen Polit- und Wirtschafts-Mafia kennen. Später dann – in den Neunzigerjahren in Ostafrika – machte ich dieselbe Erfahrung und kam zur erschütternden Erkenntnis, dass unsere Gesellschaft in Wahrheit als morbide Schicki-Micki-Multi-Kulti-Konsumgesellschaft sich offenbar in einem Harakiri-Stadium befindet, weil sie im Dollar-Raffgierdenken den Nabel zu jenen Rohstoff-Ländern abschneidet, die sie morgen möglicherweise einmal dringend brauchen wird. Schätzen und lieben lernte ich im Gegensatz dazu die einfachen schwarzen Menschen im Busch und auf den Äckern und jene wenigen Europäer, die sich als echte Missionare oder auch Privatpersonen für dieses Land engagierten.

Doch auch bezüglich der afrikanischen Missionarszenerie machte ich meine eigenen Beobachtungen, wobei ich mich manchmal fragte, ob jener Gott, den wir alle – ganz gleich ob Christen, Moslems, Buddhisten oder andere – anrufen, eigentlich noch am Platz war.

Was soll's – meine Lieblingsregion Afrikas wurde jedenfalls Ostafrika, hauptsächlich Kenya mit seinen weiten Savannen, Bergen und Tälern sowie seiner Traumküste. So war ich hocherfreut, als mich mein Sohn einlud, für einige Wochen zu ihm nach Kenya in die Hauptstadt Nairobi zu kommen, um mit ihm auf Safari zu gehen und zwar nicht auf eine der dort üblichen Massen-Ausflugs- und Fotosafaris, sondern auf eigene Faust per Jeep und zu Fuß alle Teile dieses herrlichen Landes zu erkunden.

Und so fuhren wir an die 6.000 Kilometer kreuz und quer durch dieses faszinierende Land. So kamen wir unter anderem an den riesigen Tee-Plantagen vorbei zum Lake Victoria mit seinen riesigen Flusspferd- und Krokodilpopulationen; nach Kisumu, der heißesten und für mich nach Mombasa faszinierendsten Stadt Ostafrikas, zum ebenfalls krokodilreichen Lake Barengo, an dessen Gestaden wir bei einem Fotoshooting gemeinsam einen überraschenden Annäherungsversuch eines ausgewachsenen Krokodils er- und auch überlebten und uns bei unserem Reißaus vor allem von dessen unglaublicher Angriffslust und Fortbewegungsschnelligkeit an Land überzeugen konnten.

Weiter ging's dann ins berühmte Rift-Valley an den Schauplatz des weltbekannten Spielfilmes »Out of Africa« mit Robert Redford und Klaus Maria Brandauer, dann an den Fuß des weltberühmten Kilimandscharo in das Amboseli-Reservat, wo ich sprachloser Zeuge eines elementaren Kampfes zweier Elefantenbullen und eines unguten Eingeschlossenseins in einem Auto inmitten einer Herde von ca. 40 beunruhigten Elefanten und anderer Abenteuer wurde. Und ich bewundere heute noch die Kaltblütigkeit und Ruhe meines Sohnes bei dieser Szenerie, bei der wir bis zum Einbruch der Dunkelheit in unserem Jeep von unruhigen, den Fremdkörper Auto inspizierenden Elefanten umgeben, fast eine Stunde ausharren mussten. Jegliches Starten des Motors oder Einschalten des Lichts hätte für uns eine Katastrophe bedeuten können, zumal wir bisweilen die »Tuchfühlung« des einen oder anderen Elefanten spürten, wenn der Jeep dann und wann durch die Berührung mit dem Tier etwas schwankte. Zum Glück – wie ich feststellte – war ich vorher bereits auf die »Busch-Toilette gegangen.

Tage darauf erklommen wir den höchsten Berg des Landes, den 5.200 Meter hohen Mount Kenya, der nicht nur von den Eingeborenen als der »Heilige Berg« und als die »Wiege der Menschheit« bezeichnet wird.

Und schließlich ging es in einem einzigartigen Abenteuer mit dem Ostafrica-Express von Nairobi 700 Kilometer nach der berüchtigten Hafenstadt Mombasa an die Bamburi-Beach, wo wir tauchten und schnorchelten und ich neben der Bekanntschaft mit einer hochgiftigen Muräne – und meiner daraus plötzlich begonnenen Abneigung gegen das Schnorcheln – dann beim abenteuerlichen Hochseefischen sogar einen großen »Kingsfish«, einen barracudaähnlichen Raubfisch fing.

Bei dieser Gelegenheit erfuhr ich, dass der berühmte amerikanische Schriftsteller Ernest Hemingway hier schon Mitte der Dreißigerjahre seinem Lieblingssport, dem »Deepseafishing« nachging und auch längere Zeit ca. 80 Kilometer oberhalb von Mombasa eine Wohnung hatte, die ich dann, viele Jahre später, mit meinem Freund Andreas Seeburger für neue Recherchen aufsuchte. Jede einzelne Safari war ein absolutes Abenteuer und wäre eine eigene Story wert gewesen.

Ich begriff einmal mehr, warum der gute alte Ernest Hemingway so an diesem Kontinent, dessen Wildnis und dessen unendlichen Savannen hing und geradezu unerbittlich in deren Bann gezogen wurde. Ein besonderes grandioses Abenteuer blieb mir – weil ich unter anderem auch ein absoluter Trekking- und Bergliebhaber bin – besonders in Erinnerung:

Eine Safari durch den überwältigenden Regenwald mit seinen berüchtigten schwarzen Berg-Wasserbüffeln hinauf zum Mount Kenya, wo die würzige afrikanische Luft dünn wird und das Blut in den Adern zu rauschen beginnt. Es ist jener Berg, dessen wolken- und dunstumhangenen Gipfel man nur selten sieht und um den viele Schwarze aufgrund seiner Mystik und seiner Legenden ehrfürchtig und bisweilen sogar furchtsam einen Bogen machen.

Er, der Berg der Götter – der stolze Mount Kenya – wurde für mich sozusagen zum »Berg der Versuchung«. Es ist schon ein eigenartiges Gefühl, von Zürich aus dem mit minus 15 Grad Celsius frostigen Alpenwinter zu entfliehen und acht Stunden später in den feuchtschwülen, afrikanischen Morgen der kenyanischen Hauptstadt Nairobi bei 25 Grad einzutauchen. In jene pulsierende Stadt, die in 1.800 Meter Seehöhe liegt und laut ihrem schön klingenden Namen soviel wie »Klare Luft« bedeutet, obwohl sie sich aufgrund des Verkehrs und der angesiedelten industriellen Betriebe vielfach unter einer wenig umweltkonformen Dunstglocke befindet und ihrem angestammten Namen eigentlich wenig Ehre macht.

Die Temperatur betrug ungefähr 25 Grad, als ich an einem Jännermorgen das Flughafengebäude von Nairobi verließ, von dem mich mein Sohn und seine damalige, aus Bregenz stammende Freundin Sabine abholten, die mir als unvergessliches Begrüßungsgeschenk einen echten, von Massais handgewobenen Baumwollschal überreichte, den ich heute noch bei meinen Trekkingtouren trage und mich dabei manchmal dem bewusst akzeptierten, jedoch schönen Trugschluss hingebe, dass er immer noch nach Afrika riecht. Obwohl ich im Flugzeug durch das Passagiermanko infolge der allgemeinen Kriegsangst durch den gerade schwelenden Golfkrieg viel Platz vorfand, hatte ich kaum geschlafen.

In der Wohnung meines Sohnes holte ich dies nach, ehe wir zur Berg-Safari in das Naniuki-Reservat am Rande des Regenwaldes unterhalb des Mount Kenyas aufbrachen. Schon die Fahrt mit dem Jeep erwies sich als ein Abenteuer, wobei das Abenteuerliche zum größten Teil aus der Fahrweise der einheimischen Schwarzen resultierte, die mit ihren alten, überfüllten, nach Diesel stinkenden Groß- und Kleinbussen und PKWs – den sogenannten »Matatus« – auf den mit tiefen Schlaglöchern versehenen Straßen in einem Höllentempo mal links, mal rechts überholten, mit den Händen unverständliche Zeichen gebend und dabei laut hupend, bisweilen mörderische Fahrmanöver vollführten.

Auf 300 schlaglochübersäten Straßenkilometern ging's durch riesige Kaffeeplantagen, über ein mit herrlichem Licht durchflutetes romantisches Hochland, dann wieder durch teilweise ausgetrocknete gelbbraune Savannen, die von Antilopen und Geiern bevölkert waren, bis wir die im altenglischen Kolonial-Holzbaustil errichtete Nara Moru River Lodge erreichten.

Die Bewirtung in dieser Lodge fand im akzeptablen Stil eines altenglisch-kolonialen Lunches statt. Wir tranken das kenyanische »Tusker Beer«, an das ich mich zuerst gewöhnen musste, das dann jedoch von Flasche zu Flasche besser schmeckte. Hervorragend waren dabei die großen Sandwichs mit kleinen Hühnerfleischwürfeln, vermischt mit gehackten Eiern, Cornichons und einem Gemisch aus Senf, Curry und Mayonnaise. Wir waren die einzigen Gäste in dieser wildromantischen Lodge und ich dachte daran, wie sich hier wohl

»Papa Hemingway« gefühlt haben mochte, als er das erste Mal Mitte der 1930er-Jahre hier abgestiegen war und dann noch einmal im Jahre 1954 – allerdings in einer anderen, bedauernswerten Verfassung im Vergleich zum ersten Mal.

Hier waren übrigens auch die Hollywood-Filmstars wie der körperliche und geistige Koloss Orson Welles, der smarte William Holden, die Rauhbeine Robert Mitchum und Lee Marvin, der »Ewige Deutsche« Hardy Krüger und der Frauenheld und Whiskyfan Erol Flynn abgestiegen sowie die berühmte, stets kokette französische Chansonette Juliette Greco und der englische Charakter-Filmschauspieler und trinkgeeichte Trevor Howard, die hier im später berühmt gewordenen Film »Die Wurzeln des Himmels« von Romain Gary – der wie übrigens auch der englische Erfolgsschriftsteller Graham Greene hier weilte – ihre auf den Leib geschneiderten Lebensrollen spielten.

Berüchtigt waren dabei vor allem die ausgelassenen, trotzdem von sinnreichen Zitaten gekennzeichneten Trinkgelage dieser Mimen, von denen heute noch unter den Zeitzeugen von damals, den alten »White Huntern«, erzählt wird.

Nach dem Lunch und einem »Gedenkwhisky« an die vorgenannten prominenten Gäste dieser Lodge warfen wir einen Blick auf die Landkarte und stellten fest, dass wir unserem Ziel, dem Mount Kenya, schon bedeutend näher gekommen waren. Ich hatte mir immer schon gewünscht, einen der höchsten Berge Afrikas – entweder den Kilimandscharo, den Mount Kenya oder den Ruwenzori – zu besteigen. Nachdem ich jedoch einen TV-Film über den Mount Kenya gesehen hatte und mich mein Sohn hierher nach Kenya eingeladen hatte und der Mount Kenya als heiliger Berg und die Wiege der Menschheit bezeichnet wurde, war die Wahl schnell getroffen. Dies noch dazu, wo mir ein bekannter Bergsteiger und Afrikakenner diesen interessanten Bergkoloss empfohlen und den doch berühmten Kilimandscharo hingegen als einen riesigen, eisbedeckten »Geröllhaufen« bezeichnet hatte, was etwas abwertend und ungerecht ausfiel.

Doch zurück zu unserem Aufenthalt in der »Naru Moru River Lodge«. Nach dem Kaffee holten wir in einem entlegenen Dorf unseren Führer und zwei Träger ab, was mich auch recht abenteuerlich dünkte. Vor einer großen Hütte standen zum Teil recht wilde Gestalten herum und boten sich als Bergführer an. Mein Sohn Klausjürgen hatte jedoch schon einige Tage vorher hier sondiert und entsprechend geeignete und wenigstens einigermaßen bergtauglich adjustierte Eingeborene angeheuert.

Nun begann das eigentliche große Abenteuer mit einer wilden Jeepfahrt durch den Mount Kenya Nationalpark, wo wir uns an der Grenze dazu einer für dieses Land typischen afrikanischen Billett-Löseprozedur unterziehen mussten – natürlich mit entsprechendem »Bakschisch« in eine sichtlich offene, himbeerfarbene Innenhand unter der Tischkante. Derweilen hatte ich Gelegenheit, mit der Wildnis Kontakt aufzunehmen, die sich in Form einer großen Zahl von rings um uns herumstreunenden, neugierigen und schnell zugreifenden, »diebstahlerfahrenen« Pavianen offenbarte.

Dann ging's endlich weiter in den fantastischen, feuchtheißen Regenwald. Die Straße, die anfangs noch erträglich war, verwandelte sich jedoch immer mehr in ein rötlich-lehmiges Rinnsal. Sie stieg immer stärker an und Klausjürgen musste oft halsbrecherische Fahrmanöver mit seinem schweren, jedoch starken Nissan Patrol vollführen, damit wir nicht abglitten, umkippten oder stecken blieben, was das abrupte Ende dieser Safari bedeutet hätte. Ein paar Mal glaubte ich wirklich, dass wir nicht an unserem Ziel ankommen würden und ich bewunderte die Reaktionen meines Sohnes, mit denen er diesen schweren Allradjeep auf dem Weg hielt, der in Wirklichkeit eher eine Mischung zwischen Bachbett und Sumpfloch war. Schließlich erreichten wir das erste Camp. Es lag auf einer Seehöhe von 3.300 Metern und bestand aus drei Blockhütten, die an jene eines Wildwestfilms erinnerten.

Sie waren sauber und mit hölzernen Stockpritschen, einer kleinen Feuerstelle und einem Holztisch ausgestattet und hatten auch eine Art Veranda. In unserer Hütte hatten sich bereits ein älterer bärtiger Kanadier und ein junges amerikanisches Studentenpaar häuslich eingerichtet, so gut es eben ging. Wir taten dies ebenfalls und kochten uns eine Suppe, aßen Brot und gut gelagerte Kärntner Rohwurst dazu, die ich mitgebracht hatte und die selbst in Afrika bei heißen Temperaturen noch einigermaßen haltbar und genießbar war. Draußen hatte es sich eingetrübt und zu regnen begonnen und es wurde auch angenehm kühler.

Ich war nach Kenya gekommen, um Abenteuer zu erleben. Das sollten mein Sohn und ich dann auch gleich bekommen. Wir bewegten uns nach dem Essen etwa 150 Meter von unserer Blockhütte weg zu einem Brunnen, um unser Essgeschirr zu waschen.

Die Dämmerung, die in Kenya sehr früh und erstaunlich schnell vonstatten geht, brach augenblicklich herein, gefördert durch dicke feuchte Nebelschwaden. Die Umgebung war hügelig und von starkem Bambusdickicht durchdrungen, dazwischen wuchsen die typischen, großen und hohen Regenwaldbäume. Ich blickte den Abhang hinunter auf eine Lichtung etwa 150 Meter unter mir und bemerkte einen merkwürdigen, sich auf uns zu bewegenden, dunklen Klumpen. Auch Klausjürgen hatte dies bemerkt. »Büffel«, raunte er mir zu und plötzlich sahen wir sie und es waren deutlich mehr geworden. Eine kleine Herde kam relativ zügig den Hang herauf und in unsere Richtung, sodass wir uns hastig auf den Rückweg zur Hütte machten.

Wir waren kaum in Sicherheit, da waren die Kolosse auch schon vor der Hütte. Sie hatten es zwar offensichtlich nicht auf uns abgesehen, doch wir wussten um die Neugierde dieser Tiere und um deren leichte Reizbarkeit, besonders, wenn man zwischen ein Muttertier und deren Junges gerät. Über tödliche Unfälle von Unerfahrenen aber auch Unverbesserlichen wurde ja in den Zeitungen Kenyas täglich berichtet.

Schließlich brach die Nacht herein. Während sich der Kanadier und das amerikanische Studentenpärchen zum Schlafen richteten, standen wir interessiert und innerlich doch etwas aufgeregt an den vergitterten Fenstern und beobachteten die rund um das Blockhaus äsenden Büffel. Der Regen hatte inzwischen aufgehört und zwischen den feuchten Nebelschwaden blitzte der fast volle Mond durch und warf gespenstische Bilder in die Hütte und ins Dickicht. Man sah dabei lediglich zwischendurch die wuchtigen Köpfe mit den riesigen Hörnern und hörte das monotone Geräusch des Äsens, des Hufstampfens und das Brechen der Äste im Bambusdickicht. Ich hoffte, dass ich nicht den Drang verspüren würde, auf die Toilette zu müssen, denn die Hütte hatte keine und man musste sein Geschäft im Freien verrichten und hier nahm gerade eine Herde von nicht ungefährlichen schwarzen Berg-Wasserbüffeln ihre Nahrung ein, bei der jede Störung von außen mit einem katastrophalen Angriff begonnen und geendet hätte. Ich legte mich schließlich auf die oberste Pritsche, denn hier oben fühlte ich mich einigermaßen sicher, falls ein solches Vieh – man wusste ja nie – aus purer Neugierde die Türe eindrücken würde. Denn mit diesem Gehörn und der Kraft eines Büffels wäre dies leicht möglich gewesen.

Das monotone Geräusch der Büffel, das Krachen der am Boden liegenden Äste und das verhaltene Schnauben eines Bullen sowie die relativ kühle Nachttemperatur ließen die Mitbewohner der Hütte in tiefen Schlaf fallen. Auch Klausjürgen war inzwischen eingeschlafen, nur ich lag noch wach.

Der Regen hatte aufgehört, die Wolken rissen plötzlich auf und der Mond – fast ganz voll und so nahe am Äquator riesig groß – warf sein helles milchiges Licht durch das Fenster herein, direkt auf die Holzpritsche, auf der es sich das junge amerikanische Pärchen bequem gemacht hatte, beziehungsweise der Bursche, der, in seinem Schlafsack vergraben, zu meinem Ärgernis laut schnarchte. Das Mädchen schlief noch nicht und schickte sich an, für die Nacht etwas Wärmeres anzuziehen.

Sie wähnte sich – weil sie alle schlafend glaubte – unbeobachtet und merkte nicht, dass auch ich noch nicht schlief und sie mit Wohlgefallen in ihrem Tun beobachtete, weil es unter anderem nichts Anmutigeres und erotisch Anregenderes für mich gab, als einem sich unbeobachtet wähnenden Mädchen beim Ausziehen zuzusehen.

Sie war von der Figur her eher ein zarter, fast knabenhafter Typ, mit schlanken Beinen, wenig Po und kleinen Brüsten und verkörperte nicht zuletzt deswegen durch das hereinfallende Mondlicht etwas Faszinierendes, ja Elfenhaftes. Der große afrikanische Vollmond, die durch sein Licht inszenierte mystische Szenerie und die natürliche Nacktheit dieser jungen Frau verfehlten ihre Wirkung bei mir nicht. Auch sie war von der gespenstisch-schönen Szenerie und dem Spiel des Mondlichts offensichtlich angetan. Sie hatte ihren Pullover und ihr Shirt ausgezogen und durch dieses Naturschauspiel selbst in den Bann gezogen, das für die Nacht bereitgelegte Kleidungsstück noch nicht übergestreift, obwohl es merklich kühler geworden war.

Sie sah, von den Geräuschen der Büffelherde animiert, gebannt nach draußen, kniete auf der Pritsche unterhalb ihres schnarchenden Freundes und streichelte gedankenverloren, ja hingebungsvoll ihre zarten Arme, ihre Schultern und ihre, kleinen Pyramiden gleichenden, jedoch mit großen, aufgrund der Kühle und der inneren Erregung über dieses Schauspiel stehenden Warzen versehenen Brüste.

Ich verhielt mich ganz still und bemerkte, wie sie wohlige Schauer durchfuhren, wie ihre graziösen feenhaften Bewegungen verrieten. Auf ihrem nackten Oberkörper vollführten das gleißende Mondlicht und die Schatten der vom Nachtwind bewegten Blätter der Bäume vor der Hütte ein zärtliches, reizvolles, ja erregendes Schauspiel. Draußen ästen die Büffel. Das Reißen an den Bambusstangen, das regelmäßige Schnaufen, zwischendurch mit einem respekteinflößenden Schnauben und Hufescharren, gaben diesem fantastischen Schauspiel eine die Erregung steigernde akustische Untermalung. Man konnte im Gleißen des Mondlichtes die massigen, dampfenden Körper der Büffel erkennen, mit ihren gewaltigen Hörnern. Dazu kam der für Afrika typische Geruch des Regenwaldes, ein Gemisch aus frischer Erde, stark duftenden Blüten, Gräsern, Sträuchern und der stets präsenten Fäulnis. Kurzum, es war ein herrlicher, fast betäubender Geruch, der durch die Fenster hereindrang.

Das Mädchen und ich, wir waren in dieser Hütte kaum einige Meter voneinander entfernt. Ich bemühte mich, so ruhig und leise wie nur möglich zu atmen und mich nicht zu bewegen, um dieses faszinierende Schauspiel, das sich da bot, nicht zu stören. Ich sah jetzt nur noch zu ihr hinüber und dacht mir: »Mein Gott, was ist plötzlich los mit dir, alter Knabe. Bist du mit deinen bald 60 Jahren schon so weit, dass du beim Anblick eines nackten Mädchenkörpers schon anfängst, feuchte Hände und Herzklopfen zu bekommen und schneller atmen musst?«

Zugegeben, ich hatte bei diesem Anblick unwillkürlich daran gedacht, wie es wohl sein mochte, mit ihr hier und jetzt zu schlafen. Doch das war der unwillkürliche Gedankengang eines Mannes, der ja von Natur aus Mann und von Natur aus nicht unbedingt für die Monogamie geschaffen ist. Es war jedoch auch der ewige Wunschdrang des Stieres, des Bullen und seiner, wohl durch die gesellschaftlichen Regeln gedämmten, jedoch immer wieder durchbrechenden Natur im männlichen Wesen. Und hier war rund um uns herum pure Natur, die sich unerbittlich nahm, was sie brauchte.

Wie ich nun dieses elfenhafte Mädchen mit seinen zierlichen Pyramidenbrüsten so betrachtete, haderte ich innerlich mit mir, ob ich nun wirklich mit ihr schlafen oder sie nur einfach ansehen oder besser noch – mich an ihr satt sehen wollte.

Es war wirklich faszinierend und unheimlich erotisierend, wie sie sich selbst zärtlich und genießerisch zugleich über die Arme und die elfenbeinernen kleinen Brüste strich und ich verwarf – wenn auch im Grunde nicht ganz ehrlich zu mir selbst – den Wunschgedanken, mit ihr hier und jetzt zu schlafen. Vielleicht auch deswegen, weil es hier in dieser Hütte aufgrund der plötzlich erwachenden Mitbewohner auch gar nicht möglich gewesen wäre. Dieses sexuell motivierte Ansinnen, welches mich über die Zeit meiner Beobachtungen wohl gedanklich beschäftigte, war genauso schnell, wie es gekommen war, auch wieder gewichen und hatte auf einmal einem unwahrscheinlich schönen, ja beinahe ästhetischen und doch erotischen Gefühl Platz gemacht. Einem Gefühl, das ich seit langem nicht mehr empfunden hatte und in mir kam die Sorge, dass es nun wie eine Fata Morgana entschwinden könnte. Es war das Gefühl eines Mannes, der ob dieser zarten Regung nicht wusste, wie ihm geschah und der mit seinen bald 60 Jahren plötzlich wieder das berauschende Gefühl der Jugend in sich verspürte, in Form einer geistigen und körperlichen Erregung, wie sie ihn einst als Primaner übermannt hatte, als sich die Englischlehrerin vor ihm auf den Pult gesetzt hatte und dabei – bewusst oder unbewusst – ihre Beine so lasziv übereinandergeschlagen hatte, dass er für Sekundenbruchteile ihre Strapse und ihr knappes Höschen sehen konnte und daraufhin nächtelang nicht gut schlafen konnte.

Wie dem auch immer war, ich genoss jedenfalls das nicht alltägliche, mich faszinierende wie erregende Schauspiel in dieser fremden Umgebung inmitten des afrikanischen Regenwaldes. Und plötzlich hatte ich das eigenartige Gefühl, als ob dieses Mädchen zu mir herüberblickte und dabei ein einladendes Lächeln über sein Gesicht huschte. Vielleicht bildete ich mir das in meiner Erregung auch nur ein. Doch es war ein für mich unvergessliches Lächeln, das im Mondschein ihr Feengesicht verzauberte und mich auf seine Art ansprach. Eine Wolke, die sich plötzlich vor den Mond geschoben hatte, ließ sowohl das Mädchen als auch mich aus unserer Gedankenwelt erwachen.

Vorbei war mit einem Schlage für uns beide diese Träumerei inmitten des afrikanischen Regenwaldes. Es war für eine kurze Zeit stockdunkel geworden, was genügte, dass sie sich – wie ich am Rascheln des Stoffes hörte – ihr Kleidungsstück für die kalte Nacht überstreifte und damit auch das faszinierende Schauspiel ein abruptes Ende fand.

»The Party is over«, raunte ich leise in meinen Bart, legte mich zurück auf meine Pritsche und schloss gedankenverloren meine Augen. Sie war inzwischen hörbar in ihren Schlafsack geschlüpft und ihr dabei erwachender Freund auf der Pritsche über ihr, murrte etwas vor sich hin, um dann gleich wieder weiter zu schnarchen.

»So ein Arsch«, dachte ich mir. »Da fröstelt diese reizende junge Frau und dieses Greenhorn, dieser lahme Sack, lädt sie nicht einmal ein, zu ihm in den warmen Schlafsack zu kriechen, um sich anwärmen zu können. Eigentlich sollte ich jetzt aufstehen, zu ihr hinübergehen und ihr leise ins Ohr flüstern, dass sie sich bei und an mir, in meinem Schlafsack wärmen könne.«

Ich war noch hellwach, der Weiblichkeit nie abhold und außerdem – wie ich nach diesem mondnächtlichen Intermezzo verspürte – durchaus in Geberlaune. »Doch was soll's, alter sündiger Knabe«, dachte ich mir – »morgen ist ein anderer Tag, der Mount Kenya wartet und verträgt keine solchen Weibergeschichten, die sowieso nie gut ausgehen. Es galt schließlich, gescheiter diesen Berg zu erobern, als im Zustande des Alterns einem jungen Mädchen nachzuhängen. Eigentlich bist du ein alter Esel, dass du über dieses blutjunge, kleinbrüstige Mädchen so ins jugendliche Schwärmen gerätst und dabei auch noch einen Ständer bekommst.«

Und ich verspürte in diesem Augenblick zum ersten Mal, dass ich mich zwar nicht mit Riesenschritten, aber immerhin einem gewissen Alter näherte, das trotz aller sportlichen Fitness, hellwachen, geistigen Beweglichkeit und immer noch präsenter männlicher Potenz nicht weggeleugnet werden konnte. Und zu meiner weiteren eigenen Überraschung hatte mich eine eigenartige, bittersüße Wehmut, gepaart mit einer unwahrscheinlichen Sehnsucht nach einer erfüllten, jungen Liebe befallen. »Ja, mein süßer Vogel Jugend«, dachte ich mir »nun bist du gerade weggeflogen und mir bleibt nur noch die Erinnerung an dich. Doch es war schön mit dir ...«

Ich richtete mich von meinem Lager auf und sah auf die Uhr. Es war drei Uhr morgens und in zwei Stunden wollten wir wieder weiter auf den Trail zum Mount Kenya. Ich griff in die Außentasche meiner Jacke, holte den Flachmann heraus, schraubte den Deckel ab und nahm einen großen Schluck. Der Whisky wärmte mich wohlig. »Die Nacht geht und Johnny Walker kommt«, raunte ich grimmig und zugleich selbstwitzig über mich und diese, mich offenbar ein wenig aus der Fassung gebrachte Szenerie und legte mich wieder hin.

Alles in allem konnte ich mit meinem Leben zufrieden sein. Die kurze Episode dieser Nacht in dem Blockhaus war jedenfalls eine Bereicherung für mein Leben, das bisher reich an Erlebnissen, Abenteuern und auch einigen Affären verlaufen war.

Es war eigenartig. Es hatte mich nichts mit diesem Mädchen hier in der Hütte verbunden. Wir hatten uns bei der Ankunft lediglich kurz begrüßt und mein Sohn hatte sich darüber amüsiert, als ich sie ihm gegenüber als etwas Schmalbrüstiges bezeichnete, das mir nie gefährlich werden könnte. Und dann folgte ausgerechnet in dieser Fast-Vollmondnacht dieses Erlebnis, das ich, obwohl dabei nichts passierte, als besonders erotisch empfand und das von einer ungeahnten Zartheit, ja fast jungfräulichen Reinheit getragen wurde und wahrscheinlich deshalb auch so eindrucksvoll für mich verlief.

Und interessanterweise musste ich in diesem Zusammenhang an meine geliebte Tochter Claudia, meinen Sonnenschein denken, die mich mit ihrem weizenblonden Haar, ihren hellen fröhlichen Augen und ihrer Anmut immer in ihren Bann zog, auf ihre einfache, offene und sonnige Art glücklich und fröhlich machte, auch wenn mir nicht immer danach zumute war. Ja, ich liebte sie, wie überhaupt ein Vater seine Tochter nur lieben kann und es war beglückend, gerade jetzt an sie zu denken.

Unwillkürlich fiel mir dabei ein Gespräch ein, dass ich für eine Zeitschrift einmal rein zufällig mit einem der größten Rauhbeine Hollywoods hatte, nämlich mit dem leider zu früh verstorbenen, unvergesslichen Lee Marvin. Das Interview war eigentlich eher oberflächlich verlaufen, bis auf einen Satz, den ich nie vergessen werde und in dem der brillante Darsteller von Schurken und zwielichtigen Typen, der übrigens für eine skurrile Westernrolle einen durchaus verdienten Oscar bekam, durch den Song »I was born under a wandering star« mit seiner whiskyrauhen Stimme berühmt wurde und mehrmals verheiratet war, eine kaum vermutete sensible Seele zeigte.

Denn auf meine Frage über die Liebe und sein Verhältnis zu Frauen antwortete er wie aus der Pistole geschossen, dass die Frau, die er am meisten liebe und abgöttisch verehre, seine Tochter sei. Für mich als Vater eine berührende Aussage und die für alle Väter ratsame Erkenntnis, dass man seinen Kindern nicht nur sichtlich jegliche Zuneigung zukommen lassen, sondern ihnen auch offen sagen sollte, dass man sie liebt.

Und es gibt kaum etwas Schöneres als diese reine, aus tiefstem Herzen kommende Liebe eines Vaters zu seiner Tochter, der das Heranreifen vom Mädchen zur Frau – ganz gleich aus irgendwelcher gegebener und gebotener Distanz – mit Freude, Hoffnung, Anteilnahme und Sorge beobachtet und bisweilen, auch wenn es viele Väter verdrängen und nicht zugeben, dabei tausend kleine Tode durchlebt. Ja, ich liebte meine einige tausend Kilometer entfernt lebende Tochter und ich liebte auch meinen Sohn, der ein Bettlager unter mir friedlich schlief. Und ich war mächtig stolz auf meine Kinder und ich dankte im Geiste auch deren Mutter, mit der ich in Liebe diese Kinder gezeugt hatte und von der ich jedoch schon viele Jahre getrennt und in einer neuen Liebe mit einer anderen Frau zusammenlebte, dass sie mir diese herrlichen Wesen geboren hatte. Und ehe ich weiter darüber nach sinnieren konnte, hatte mich auch schon der späte Schlaf übermannt.

Unausgeschlafen hatte ich den neuen Tag begonnen. Die Sonne war noch nicht aufgegangen. Es herrschte herrliches, klares Wetter, jedoch bei empfindlicher Kälte. Zu unserem Erstaunen lag dicker Reif am Boden und sogar die Büffellosung der letzten Nacht war angefroren. Wir machten uns auf den Weg, der uns eine Stunde durch den morgendlichen Regenwald führte, was allein schon ein Erlebnis war. Wir bewegten uns sehr vorsichtig, denn unser Führer hatte uns aufgeklärt, dass vor Sonnenaufgang dann und wann noch äsende Büffel – besonders gefährliche Einzelgänger – unterwegs sein könnten. Wir scheuchten auch prompt und erschrocken ein solches Getier auf, doch dieses flüchtete glücklicherweise krachend ins dichte Unterholz.

Bald wurde der Baumwuchs immer spärlicher. Nur noch wilde, jedoch schön gewachsene Koniferen und üppiges hüfthohes Büffelgras bestritten hier die in 3.800 Metern Seehöhe liegende Vegetation des imposanten Mount-Kenya-Massivs. Einen sichtbaren Weg gab es nicht mehr, nur noch Trampelpfade von Büffeln und ein rot-weiß-roter Pfahl hie und da in der Erde ließ wissen, dass es hier über stetig ansteigendes Gelände in Richtung nächstes Camp unterhalb des Gipfelmassivs des Mount Kenya ging. Herrlich blühende, bis zu drei Meter hohe Lobelien, wie Kakteen aussehend, luden zum Fotografieren ein. Auch die 2.500 Meter weiter unten liegende Tiefebene war zu sehen und bot einen faszinierenden Anblick.

Zu meiner Überraschung tauchte plötzlich nach einer Biegung das amerikanische Studentenpaar auf. Die beiden hatten offensichtlich aufgegeben und den Rückweg angetreten, auf dem sie uns entgegenkamen. Nun – der Mount Kenya war schließlich ein Respekt einflößender Berg mit zirka 5.200 Meter Seehöhe und nur über einen langen Anmarschweg erreichbar und nur eine Sache für geübte Bergsteiger. Wir blieben stehen und wechselten ein paar scherzende Sätze. Ich sah das Mädchen in ihrem viel zu großen Flanellhemd an, unsere Blicke trafen sich und ruhten einige Zeit aufeinander. War es Tatsache oder nicht? Ich bildete mir jedenfalls ein, von ihr einen schelmischen, wissenden Blick aufgefangen zu haben und ein kurzes Lächeln, das mich erahnen ließ, dass sie wusste, dass ich sie in dieser Vollmondnacht auf ihrem Schlaflager beobachtet hatte, während ihr Freund und all die anderen tief geschlafen hatten.

Dieses Lächeln machte mich etwas unsicher, weil ich wusste, dass Frauen in ihren Gedankengängen, Vorhaben und Handlungen nie wirklich ergründet werden können und manchmal ein – wenn auch fiktives Doppelleben führen, was die Erotik, ihre Fantasien, Vorstellungen und Wünsche dazu betrifft. Ich sah ihr fest in ihre wasserhellen freundlichen Augen und beobachtete dann den blitzschnellen Wechsel ihres Gesichtsausdruckes, aus dem ich einen etwas wehmütigen, sehnsüchtigen und – um die Jägersprache zu gebrauchen – irgendwie waidwunden Ausdruck zu erkennen glaubte.

Ich hätte in diesem Augenblick viel darum gegeben, mit ihr darüber zu sprechen oder sie zumindest dazu zu befragen. Ja, ich hatte sogar plötzlich das Gefühl, sie in meine Arme nehmen und an mich drücken zu müssen. Doch wir hatten leider keine Zeit dazu und unser Scout blickte bereits demonstrativ auf seine Uhr.

So war eben das Leben, manchmal hundsgemein. Also wird dieses stille, nur dieses Mädchen und mich betreffende Intermezzo nie eine entsprechende Klärung erfahren, dachte ich mir – es sei denn, sie schreibt ihre Eindrücke daraus irgendwo nieder wie ich, in ihr Tagesbuch oder als eine Story für die Nachwelt. Wer weiß?

»Vaya con dios« sagte ich zu ihr und ich hätte sie am liebsten fest an mich gedrückt und geküsst. So aber reichten wir uns lediglich die Hände, wobei ich erneut mit plötzlich heiserer Stimme »Vaya con dios« zu raunte und ihr nachsah, wie sie in der Wegbiegung verschwand, ihrem wortkargen Freund folgend. Und dabei klang die in den 50er-Jahren weltberühmte Vaya-con-dios-Melodie als Tituntermalung aus einem der ältesten Cinemascope-Filme, nämlich »Das Höllenriff« in meinen Ohren. Diese Melodie eines alten Liedes stimuliert mich heute noch. Ich wunderte mich über meine Gedankengänge und den spanischen Gruß, der hier eigentlich eher fehl am Platz war.

Nun, auch auf uns wartete ein Höllenriff, das allerdings nicht im Meer lag, sondern wild in den Himmel ragend, erobert werden wollte. »Dummer Kerl«, dachte ich über den Begleiter des Mädchens, als die beiden aus dem Blickfeld verschwunden waren, »du hast vergangene Nacht inmitten eines herrlichen Landes und einer unwahrscheinlich faszinierenden Naturkulisse wahrscheinlich eine der schönsten Stunden deines Lebens versäumt und möglicherweise ein aussichtsreiches, erfülltes Liebesleben, falls du dieses Mädchen zu deiner Frau machst.«

Diese von einer gewissen Wehmut getragenen Gedanken und die fantastische Morgenstimmung ließen mich diesen Kontinent noch mehr lieben und einmal mehr an Ernest Hemingway denken sowie an seinen sinnreichen wie wahren Ausspruch über Kenya: »Ich liebte dieses Land und ich fühlte mich hier zuhause. Und wo ein Mann sich außerhalb seiner Heimat zuhause fühlt, dorthin sollte er gehen …«

Es war in der Tat ein herrliches Gefühl, hier in diesem paradiesischen Land zu sein. Wir schritten vorwärts und die Vegetation wechselte urplötzlich wie in einem Science-Fiction-Film. Riesige Kakteen, wie Palmen aussehend, beherrschten zum Teil sogar in waldähnlichen Gruppen die Landschaft in 4.000 Meter Seehöhe. Nebelschwaden zogen träge dahin. Wir durchquerten die kakteenübersäte und von neugierigen murmeltierähnlichen Nagetieren beherrschte Landschaft und kamen in das Telehi Valley. Von hier aus sahen wir bereits das vom Nebel befreite stolze Dreiergipfelmassiv des Mount Kenya, der stark dem Gipfelmassiv des Patteriol oberhalb des Schönverwalltales an der Grenze Vorarlberg-Tirol gleicht.

Wir überquerten dann den Northern Maru-Muru-River, einen herrlich sprudelnden Gebirgsfluss, der mich an die Ill in der Silvretta erinnerte und marschierten auf der Maru-Muru-Route weiter in Richtung des Mac Kinders Basis Camps auf 4.200 Meter Seehöhe, das wir nach acht Stunden Aufstieg schließlich müde aber froh erreichten. Dem Kanadier, der mit uns genächtigt hatte und den wir eingeholt hatten, machte das letzte Stück dieses beschwerlichen, über Geröll führenden Steiges zu schaffen. Wir waren dabei an einem Wegweiser vorbeigekommen, auf dem geschrieben stand »MacKinders Camp 200 Meter«. In Wirklichkeit hatten wir noch zwei Kilometer zu gehen. Schließlich hatten wir das Camp erreicht.

Während mein Sohn im spartanisch eingerichteten Camp – es bestand lediglich aus einer mit Blech bedeckten großen Steinhütte mit alten hölzernen Pritschen – unsere Sachen verstaute, marschierte ich auf dem riesigen Hochplateau weiter und konnte mich dabei nicht genug an den vielen Eindrücken hier heroben satt sehen. Ich fühlte mich im wahrsten Sinne des Wortes plötzlich richtiggehend berauscht, sah das mächtige, bizarre Massiv des Mount Kenya aus nächster Nähe, das sich mit seinen drei Gipfeln in all seiner Pracht im hellen Sonnenschein präsentierte.

Dann durchquerte ich in ungefähr zwei Stunden eine fantastische Hochebene und machte viele Fotos, so fasziniert war ich. Doch das berauschende Gefühl in mir kam nicht von ungefähr. Ich war vom Höhenrausch befallen, hatte so etwas noch nie erlebt und wollte es auch nicht wahrhaben. Ich war völlig in den Bann dieses Berges geraten und es erfüllte mich eine unheimlich starke Hochachtung vor diesem Massiv, aus dessen ewigen hellgrün-blassblau strahlenden, kalbenden Gletschereis riesige Schollen ob der starken Sonneneinwirkung tosend in die Tiefe stürzten. Es war ein gigantisches Schauspiel, das mich nicht losließ. Ich sah auch die Route, die wir hinaufzusteigen hatten. Sie war sehr steil und voll Geröll und Fels. In mir regten sich plötzlich Zweifel, ob wir da überhaupt hinaufkommen würden, obgleich ich wusste, dass ich durchtrainiert und trotz meines Alters immer noch leistungsfähig war. Doch in Anbetracht dieses fantastischen Anblickes gab es keine andere Wahl – ich musste diesen Berg besteigen, koste es was es wolle. Unter diesem Aspekt kehrte ich zum Camp zurück, in dem mein Sohn auf einem kleinen Gaskocher ein Risotto gekocht hatte, zu dem wir wieder getrocknete Rohwurst aßen und mit Genuss die letzte Flasche »White Cap Beer« tranken.

Inzwischen war das Camp, das eher einem Flüchtlingslager glich, gestoßen voll von abenteuerlichen Typen, darunter auch Frauen, die eher eine Art magere Mannweiber waren, mit hageren, lederhäutigen Gesichtern, gletscherwasserfarbenen Augen, sehnigen Armen, Beinen und Oberkörpern ohne sichtbare Brüste. Es herrschte hier die absolute Atmosphäre puren Abenteurertums, fast wie auf einem anderen Planeten. Unser Führer teilte uns mit, dass wir bei Vollmond um drei Uhr morgens aufsteigen würden. Ich machte mir dabei einige Sorgen, wie wir auf den Gipfel überhaupt hinaufkommen sollten. Da war unter anderem eine wahnsinnig steile 500 Meter lange Geröllhalde, die wir durchqueren mussten, wobei auch hier untertags alle Augenblicke Felsbrocken und Steine herunterdonnerten. Eine Gruppe italienischer Bergsteiger mit einem Pfarrer hatte sich bereits angeschickt, den Rückmarsch anzutreten. Der Monsignore und einige andere hatten heftiges Nasenbluten zu verzeichnen.

Kein Wunder, hatten sie sich doch am gleichen Nachmittag per Helikopter zum Camp fliegen lassen und den großen Höhenunterschied unterschätzt. Wir legten uns früh auf unsere Pritschen, um zu schlafen, doch einige der zurückgebliebenen Italiener machten die Stille des Camps zur lauten Szenerie gleich der römischen Via Veneto, was sich am nächsten Tage rächen sollte, weil allen hundeschlecht und an einen Gipfelsturm nicht zu denken war.

Auch ich hatte die Höhe hier offensichtlich unterschätzt. Ich konnte nicht einschlafen, weil mich fürchterliche Kopfschmerzen befallen hatten. Ich hätte mich nach der Ankunft im Camp zuerst etwas ausruhen sollen, statt mit der Fotokamera auf dem Hochplateau herumzustiefeln. Dies rächte sich jetzt in Form der Höhenkrankheit. Als harter Nehmer und ans Hochgebirge gewohnter Alpenbewohner verkraftete ich schlussendlich das Ganze mit Unterstützung durch meine in vielen Fällen bewährten Aspirin-Tabletten. Um drei Uhr morgens ging's dann los. Es war sehr kalt – minus 20 Grad Celsius – und der Boden war steinhart gefroren. Jetzt wusste ich auch, warum echte Insider hier so früh aufstiegen.

Der Aufstieg durch die steile Geröllhalde war beschwerlich, doch der festgefrorene Boden machte sie relativ gut begehbar. Wir machten manche Rast auf den steilen Serpentinen und während wir mühsam verschnauften, staunte ich darüber, weil unser Führer und die beiden Träger trotz der schweren Rucksäcke sich bei jedem Halt eine Zigarette anzündeten und diese offensichtlich noch mit Genuss rauchten. Vielleicht wollten sie uns nur imponieren und uns Weißen deutlich machen, wie schwächlich wir waren. Abenteuerlich war auch deren Fußbekleidung. Sie hatten alte amerikanische Militär-Schnürschuhe an, jedoch keine Socken, sondern sogenannte Fußtücher, wie man sie früher auch bei uns in den Alpenländern als sogenannte »Fußfetzen« getragen hatte.

Der Aufstieg war wirklich ein besonderes Erlebnis und bot ein faszinierendes Bild. Der Vollmond, hier direkt am Äquator riesengroß, leuchtete die gespenstische Felslandschaft richtiggehend fast taghell aus. Endlich und mühsam hatten wir die Geröllhalde durchquert. Ein Ausrutschen oder Sturz hätte den sicheren Tod bedeutet, so steil fiel diese ab. Dazu kam noch die immer dünner werdende Luft. Schließlich ging es mehr oder weniger sozusagen auf allen Vieren hinein in den brüchigen Fels. Etwa in der Höhe von 4.800 Metern Seehöhe erreichten wir den Grat vor den drei Gipfeln des Mount Kenya. Es war bitterkalt und mein mitgeführtes Thermometer zeigte minus 30 Grad an. Während mein Sohn und unsere Träger sowie der Kanadier, der sich uns angeschlossen hatte, in einem von österreichischen Bergsteigern errichteten festen Biwak, dem sogenannten »Austria Hut«, Unterschlupf fanden, machte ich auf dem eisigen Grat Fotos vom beginnenden Sonnenaufgang. Die Szenerie war gigantisch. Hinter mir stand noch, knapp über dem höchsten der drei Gipfel des Mount Kenya zu sehen, der zu verblassen beginnende Vollmond, während sich vor mir entgegengesetzt, die Sonne – bereits in beachtlicher Größe – anschickte, aus dem Horizont über dem Tiefland der Savanne ihre ersten Strahlen auszuschicken und die ganze Gegend in ein bezauberndes Licht aus einer Mischung aus Orange, Blau und Violett zu tauchen. Die enorme Kälte vereitelte beinahe mein fotografisches Vorhaben. Ich konnte lediglich drei Aufnahmen machen, dann versagte die Elektronik beziehungsweise die Batterie und manuell ging daher auch nichts mehr.

Im »Austria Hut«, einem festen Biwak aus Wellblech, das, wie erwähnt, von österreichischen Bergsteigern errichtet worden war, erwärmte ich mich. Ich hatte meinem Sohn Klausjürgen meine hochalpinen Trekkingschuhe geliehen und war nur mit meinen dünnen Safariboots unterwegs, was mir arg frierende Zehen einbrachte. Doch im Gegensatz zu unserem Führer und den Trägern, deren Fußbekleidung bei dieser Kälte geradezu eine Herausforderung war, hatte ich noch »warme« Schuhe an. Neben dem Biwak, in dem es mich nicht lange hielt, befand sich ein riesiger Krater, über dem sich das Eis türmte und an dessen unterstem Rand sich ein tiefgrüner Eissee befand, in den das Gletschereis hineinragte und in dem das Wasser meiner Annahme nach zufolge innerer vulkanisch bedingter Erdwärme nicht zufrieren konnte. Darüber spannten sich in einem unvorstellbaren Farbenspiel und fast in gotischer Form Eis und Felsen, was zum bezeichnenden Namen »Dom« geführt haben mochte und für mich imposanter als manches der Sieben Weltwunder wirkte.

Inzwischen war die Sonne ganz aufgegangen und wir machten uns auf den Weg, einen der drei Gipfel des Mount Kenya, den »Point Lenana«, zu erklimmen. Dieser war knapp 5.000 Meter hoch gelegen. Die beiden anderen höheren Gipfel waren nur unter schwierigsten Bedingungen und nur von absolut alpin versierten Kletterern mit Seil und Haken zu bezwingen. Wie ich vernahm, hatten schon etliche auch erfahrene Alpinisten ihren Wagemut beim Gipfelsturm mit dem Leben bezahlt – nicht zuletzt deshalb, weil hier die Erosion aufgrund der Temperaturbedingungen das brüchige Gestein zur Todesfalle werden ließ. Auch auf den »Point Lenana« mussten wir – wenn auch ohne Seil – klettern, doch wir schafften es. Oben angekommen, umarmten wir uns und freuten uns wie Kinder über diesen Gipfelsieg, derweilen sich die Begeisterung bei unserem Führer und den Trägern in Grenzen hielt. Die Temperatur war mit der beginnenden Sonneneinstrahlung etwas erträglicher geworden.

Unser Führer ermahnte uns jedoch in diesem Zusammenhang, schleunigst den Rückweg anzutreten, denn wir mussten ja wieder die steile, gefährliche Geröllpassage hinter uns bringen, in der das Material unter der begonnenen Sonneneinstrahlung aufbrach und weich wurde. Der Abstieg wurde jedoch schneller und unproblematischer bewältigt als ich angenommen hatte und wir erreichten das Camp relativ frisch. Dort angekommen, erfuhren wir, dass die lauten Italiener wieder per Helikopter abgeholt worden waren. Die meisten von ihnen waren von der Höhenkrankheit befallen worden. Wir legten uns eine Stunde auf unsere Lager, ehe wir den Rückweg antraten, der am Anfang noch Spaß machte, dann jedoch mit Fortdauer der enormen Sonneneinstrahlung und der teilweisen absoluten Weglosigkeit – nur durch einzelne Pfähle dann und wann markiert – durch die vielen Bergmoorlandschaften zu einer Strapaze wurde. Lediglich mein Flachmann und der darin befindliche »Johnny Walker« waren unser Dopingmittel. Doch wie alle Flaschen, so hatte auch diese bald einen trockenen Boden und dann begann die gefürchtete Auseinandersetzung mit der Frage, was wohl trockener war – die Zunge oder der Gaumen.

Endlich, nach neun Stunden – insgesamt waren es vom Gipfel des Mount Kenya gerechnet elf Stunden – kamen wir wieder im Ausgangsbasislager an, wo der Jeep meines Sohnes stand. Die letzen Kilometer hatten wir kein Wort miteinander gesprochen und jeden Augenblick glaubte ich, mich hinsetzen zu müssen, um dann keinen Schritt mehr weiterzugehen. Der Durst quälte uns. Die wenigen, zumeist ausgetrockneten oder infolge des Brackwassers unakzeptablen Trinkwasserstellen und die zunehmende Hitze sowie die hohe Luftfeuchtigkeit machten uns enorm zu schaffen. Selbst Klausjürgen, ein absolut durchtrainierter Sportler, hatte zu kämpfen und ich wunderte mich eigentlich über meine Konstitution und die Tatsache, dass ich diesen harten Trail so gut meisterte. Hier erwiesen sich meine Touren als hilfreich, die ich jahrelang in den Tälern des Rätikons, der Silvretta und des Montafons durchführte und bei denen ich mich allein in sämtlichen Tälern die Fluss- und Bachläufe von der Mündung bis zum Ursprung empor schaffte und vielfach auch quälte – und mir erst am Ziel eine Erfrischung gönnte. Jedenfalls schafften wir unseren harten Weg zurück.

Beim Jeep angekommen, fielen wir uns glücklich in die Arme. Wie hatten es geschafft. Doch sofort wurden wir insofern ernüchtert, als wir sahen, dass in einem der Reifen kaum noch Luft war und sich der Reservereifen nicht aus seiner diebstahlgesicherten Halterung lösen ließ, weil ein Spezialschloss dies verhinderte, beziehungsweise das Fehlen des Schlüssels dazu, der gute 300 Kilometer weiter – in Nairobi in irgendeiner Schublade lag. Also musste das schwere Gefährt vorsichtig gesteuert werden, was bei diesen Wegverhältnissen ein Wahnsinn war. Jedenfalls war es den Fahrkünsten meines Sohnes und einem Mechaniker irgendwo in einem Dorf am Rande des Busches zu verdanken, der über eine vorsintflutliche Druckluftanlage verfügte, dass wir weiterkamen und am Nachmittag des vierten Tages unserer Safari in der letzten noch altenglischen ostafrikanischen Militärniederlassung eintrafen, wo wir nächtigten.

Es war einer der schönsten Abschlüsse einer von mir in Afrika erlebten Safari. Wir badeten in großen viktorianischen Badewannen mit ebensolchen Armaturen, deren Wasser in alter Manier auf hölzernen Hochbehältern vor den Häusern aufgeheizt wurde. Es war jedenfalls herrlich, im warmen Wasser zu liegen und sich vollends zu entspannen und ich musste höllisch aufpassen, dass ich vor Wonne und Müdigkeit nicht in dieser herrlichen viktorianischen Badewanne einschlief. Anschließend gab es kühles englisches Bier und ein riesiges, typisch englisch gebratenes, saftiges Roastbeef mit viel Salat. So gut hatte mir noch nie ein Roastbeef gemundet. Es war wirklich ein Safariabschluss wie im Bilderbuch. Die typische altenglische Atmosphäre in dieser Garnison, in der eine Kompanie englischer Fallschirmjäger Dienst machte, wurde für mich unvergesslich.

Diese bestens organisierte und durchtrainierte britische Truppe war seitens der Republik Kenya in einem Abkommen mit Großbritannien hier stationiert und zugleich als Bergungs- und Überwachungstruppe des Mount-Kenya-Reservats zusammen mit der heimischen Polizei eingesetzt. Wir plauderten in dieser Garnison am letzten Abend unseres erfolgreichen Trips entspannt an der heimeligen, im typischen Kolonialstil gehaltenen Bar bei Bier und Whisky sowie gefälliger, diskreter Piano-Barmusik und fühlten uns fast wie in dem Film »Out of Africa«.

Und bevor ich völlig ermüdet einschlief, fiel mir erneut Ernest Hemingways feinsinniger Spruch ein, zu dem auch ich mich nach etlichen unvergesslichen Afrikaaufenthalten ausnahmslos genauso bekennen konnte: »Ich liebte dieses Land und ich fühlte mich hier zuhause. Und wo ein Mann sich außerhalb seiner Heimat zuhause fühlt, dorthin sollte er gehen ...« Und auch ich liebte dieses Land über alles und ich konnte mir sogar – nachdem es auch als die Wiege der Menschheit bezeichnet wird – durchaus auch vorstellen, hier einmal zum allerletzten Mal diesen betörenden Geruch Afrikas tief in meine Lungen zu ziehen und dann meine Seele über die Savannen ziehen zu lassen ...

Jenseits von Mombasa

Afrika hat etliche Hafenstädte, die aufgrund ihrer geografischen Lage, ihrer bewegten historischen Vergangenheit und ihres pulsierenden Lebens international bekannt sind. Doch keine ist für den Völkerschmelztiegel des Schwarzen Kontinents und seine Kultur typischer als Mombasa.

Mombasa genau zu beschreiben, ist ein Unterfangen, das in letzter Konsequenz und aufgrund der vielschichtigen Bevölkerungs-, Kultur- sowie wirtschaftlichen Entwicklungen kaum befriedigend ausfällt. Mombasa muss man erlebt haben, in jeder Phase seines Daseins, seines wild pulsierenden Lebens, bei Tag und bei Nacht, mit all den vielfältigen Einflüssen seines stetig wachen, allgegenwärtig anzutreffenden afrikanischen Rhythmus', seiner Buntheit, seiner Mystik und seiner ausgeprägten Lebenslust und Lasterhaftigkeit, seiner dunklen Geschäfte in und um die verruchten Bars, aber auch seiner versteckten, auf die bitteren und unbeschreiblich leidvollen Sklavenmarktzeiten zurückzuführenden Traurigkeit.

Mombasa kann auch als die erotischste Hafenstadt Afrikas bezeichnet werden, mit seiner förmlich allgegenwärtigen Einladung zur – wenn auch zumeist käuflichen – freien Liebe. Doch auch diese selbst strahlt mit ihrer natürlichen, ja entwaffnenden Offenheit eine eigene Faszination aus, nämlich die Faszination der typisch schwarzafrikanischen libidinösen Erotik, die sinnliche Menschen aufregend abenteuerlich, erregend lasziv und voll von Überraschungen in den Bann ziehen kann. Nicht umsonst nahmen in Mombasa mit seinem wilden Hafenviertel und der an alten Bauten reichen Altstadt sowie dem malerischen Markt immer wieder berühmte Persönlichkeiten und Abenteurer ihren Aufenthalt, so die englischen Schriftsteller und Lebemänner Graham Greene,

William Sommerset Maugham und Literatur-Nobelpreisträger Rudyard Kipling, die amerikanischen Schriftsteller Ernest Hemingway (ebenfalls Literatur-Nobelpreisträger) und Pulitzer-Preisträger Norman Mailer, Romain Gary, das in jeder Beziehung kolossale Filmschauspieler- und Regisseur-Genie Orson Welles, die für ihre schauspielerischen Glanzleistungen, aber auch ihren Whisky- und Gin-Konsum bekannten Filmschauspieler Trevor Howard und Erol Flynn sowie etliche andere ähnlichen Kaliber. Jedenfalls spielte Mombasa in der Geschichte Ostafrikas immer schon eine in jeder Hinsicht bedeutende Rolle.

Auf einer Koralleninsel aufgebaut, erlebte die Stadt seit dem 10. Jahrhundert (damals unter Herrschaft eines persischen Sultanates) eine wechselvolle, oft mit Blut und Elend geschriebene Geschichte, nicht zuletzt durch die Tatsache, dass Mombasa nicht nur als Handelsknotenpunkt an der Küste bekannt und geschätzt war, sondern auch durch den Sklavenhandel, der Jahrhunderte hindurch und bis ins frühe 19. Jahrhundert ein trauriger, jedoch einträglicher Eckpfeiler der Wirtschaft war.

Noch heute ist im Alten Hafen der Platz zu sehen, auf dem Hunderttausende von Sklaven verkauft und nach Europa und Übersee unter den schlimmsten Bedingungen eingeschifft wurden. Der Platz wird übrigens auch der »Platz der Schreie« genannt. Eine treffliche, wenn auch furchtbare Bezeichnung, wenn man bedenkt, wie viele verzweifelte Schreie hier in höchster Not aus den Seelen und ausgedörrten Kehlen gepeinigter Körper zum Himmel drangen, ohne dass sie dort erhört worden waren.

Man erinnert sich auch der schicksalhaften Landung des berühmten portugiesischen Weltumseglers Vasco da Gama im Jahre 1498 und den Kontakt mit dem damaligen lusitanischen Weltreich – wirtschaftlich, politisch und strategisch enorm wichtig. Die Türken lieferten auf ihren, der Verbreitung des Islams mit Feuer und Schwert dienenden, Eroberungszügen durch Afrika den Portugiesen blutige Gefechte um Mombasa. Denn dieser Hafen war ja der Knotenpunkt für die Verschiffung Tausender von Sklaven in aller Herren Länder. Das Wahrzeichen der Stadt, das imposante Fort Jesus, kündet noch von dieser blutigen Zeit. Schließlich wurde die wichtigste Hafenstadt Ostafrikas nach wechselnden Besatzern und Herrschern dann doch islamisiert.

Heute gilt Mombasa als eine wichtige islamische Bastion im Osten Afrikas. Im Jahr meines letzten Besuches, im Sommer 2002, wurden allein 18 neue Moscheen zu den bisherigen alten islamischen Gotteshäusern errichtet. Nun, die einen tun etwas, die anderen schauen zu. Mombasa ist dank seinem modernen Flughafen und dem Hauptbahnhof der Ostafrikanischen Bahn von hier nach Kisumu am Viktoriasee auch nach wie vor der Ausgangspunkt vieler Reisen und Safaris ins Landesinnere sowie der malerischen Ostküste Afrikas. Eine Reise mit der Ostafrikanischen Bahn von Nairobi nach Mombasa, die als Ugandabahn gebaut wurde, zählt für mich, aber auch viele eingefleischte Afrikaliebhaber und -kenner heute noch zu den ganz besonderen Reiseerlebnissen.

Die ostafrikanische Metropole Mombasa war auch 2002 der Ausgangspunkt für eine faszinierende Leserreise, die ich als Redakteur der Bezirkszeitung »Bludenzer Anzeiger« miterlebte. Mustergültig organisiert und betreut (was für Afrikareisen enorm wichtig ist) wurde die Reise, die unter dem Motto »Auf den Spuren von Ernest Hemingway« stand, von meinem Freund Andreas Seeburger, der damals mit viel Einsatz die Freizeit-Redaktion betreute. In mehr als drei Wochen standen die überwältigenden klassischen Safaris in die Reservate Massai Mara, Kimana, Tsavo East und ein wunderschöner Trip der Küste entlang nach dem malerischen Malindi, wo Hemingway sich während seiner Kenyaaufenthalte in den Jahren 1935 und 1954 immer aufgehalten hatte, auf dem Programm.

Unsere 18-köpfige Gruppe, vom überaus versierten wie kompetenten einheimischen Reiseführer Ramos Mwachiru exzellent informiert und beispielhaft durch Land und Busch geführt, speiste sogar in der ehemaligen Wohnung von Ernest Hemingway, die zum Gourmet-Fischrestaurant mit dem Namen »The old Man and the Sea« umgestaltet worden war.

Den Höhepunkt dieses denkwürdigen Trips stellte dann ein Besuch im »Hemingway Resort« in Watamu dar, wo sich die Reichen dieser Welt zum Hochseefischen (dem Lieblingssport Hemingways) treffen. Hemingway hatte hier unter anderem Mitte der Dreißigerjahre anlässlich seiner ersten Afrika-Safari ein Camp aufschlagen lassen und campierte hier auch 1953 während seiner zweiten Safari zum letzten Mal auf schwarzafrikanischem Boden – jedoch leider immer mehr der Trunksucht und dem bisweilen undefinierbaren fiktiven Fabulieren verfallen. Hier in dieser grandiosen paradiesischen Gegend kann man heute noch um viel Geld die berühmten Merline (Schwertfische) fangen und pro Nacht um runde 175 Englische Pfund logieren.

Wir stießen in Kenya praktisch überall auf Hemingways Spuren. In der Altstadt von Mombasa war es die berühmt-berüchtigte alte »Kilindini Bar«, die in ihrer Einrichtung und ihrem Zustand seit dem letzten Besuch »Papa Hems« nicht verändert worden war. Die Wirtin, eine gepflegte, schon sehr alte indische Dame, erinnerte sich aus ihrer Mädchenzeit noch mit leuchtenden Augen an den Whisky trinkenden, bulligen Ernest Hemingway und die vielen brutalen Schlägereien, die es damals in den Bars von Mombasa gegeben hatte, weil sich Matrosen aus aller Herren Länder und einheimische Zuhälter zumeist wegen der vielen Huren und falschem Kartenspiel in die Haare geraten waren.

Die wildeste Bar – die »Old Mombasa Bar « – unweit der »Kilindini Bar« von »Papa Hem« gelegen, hatte sogar hinter dem Tresen ein dickes schmiedeeisernes Gitter, hinter dem die Barmixer die Drinks mixten und diese erste durch eine enge Lücke mit einem Fallgitter versehen, reichten, wenn das Geld in ihrem Besitz war. Das Gitter schützte die Barkeeper nicht nur vor den randalierenden Betrunkenen und den vielen Kriminellen, sondern bei den Massenschlägereien auch vor den Gläsern, Flaschen, Stühlen und Tischen, die mit anderem Gerät durch den Raum flogen.

Die Schlägereien in diesen alten Bars von Mombasa – so erzählte man sich in Seemanns- und Safariabenteurerkreisen – zählten zu den wildesten der Hafenstädte der Welt. Und wie ich mir erzählen ließ, wird auch heute noch in diesen Bars »anständig zugelangt«.

Auf einer der verschiedenen Safaris ins Landesinnere war es im Kimana-Reservat dann die »Buffalo Bar«, in der wir den als besonders erfahrenen Scout tätigen Inder Diwan Singh kennenlernten, dessen Vater den amerikanischen Schriftsteller und Abenteurer als persönlicher Fahrer durch die Savannen chauffierte und mit ihm einiges erlebte.

»Mr. Diwan« – wie er von seinen Schützlingen liebevoll genannt wurde – war damals neun Jahre alt und erinnerte sich noch gut an den überaus trink- und schießfreudigen amerikanischen Schriftsteller, der damals – wie von seinem Freund, dem berühmtesten »White Hunter« und Safariführer Philip Percifal bestätigt wurde – jedoch schon immer mehr der Trunksucht verfallen war und der, je länger die Safari andauerte, körperlich wie geistig erschreckend stark abgebaut hatte. Das Kimana-Reservat entpuppte sich übrigens zur damaligen Jahreszeit als das wildreichste in Ostafrika.

Ich hatte in dieser Region noch nie einen solchen Tierreichtum festgestellt. Für meinen erklärten Safarifreund Andreas Seeburger (der übrigens auch selbst als erprobter Pilot tolle Flüge über die Wildreservate absolvierte) und meine Wenigkeit, waren dies unwiederbringliche Eindrücke. Bezeichnend dafür war eine Szene, wie man sie im wilden Afrika nur selten erlebt, nämlich das Aufeinandertreffen einer Büffel- und einer Elefantenherde. Es war faszinierend und aufregend zugleich zu beobachten, wie eine Herde von ungefähr 30 Büffeln inklusive mächtiger Leitbullen von einer aus dem Dickicht hervorbrechenden Elefantenherde Meter um Meter aus dem Äsungsbereich verdrängt wurde. Eine Szenerie, wie man sie in diesem Ausmaß nur selten erlebt und die sehr viel Geduld abverlangt.

Auch in der berühmten Massai Mara stießen wir immer wieder auf die Spuren des großen Schriftstellers, Jägers und Abenteurers, dessen Herz offensichtlich für Afrika immer offenstand und der sich inmitten dieser wilden Savannen bei glühender Hitze im weizengelben, hüfthohen Büffelgras im Anblick des berühmten Kilimandscharo nach dem winterlichen Montafon, dem ewigen Schnee der Silvretta, den einsamen Skitouren im wildromantischen Gauertal und den wilden Trinkgelagen mit den einheimischen Jägern im jahrhundertealten Gasthof »Löwen« in Tschagguns sehnte.

Unvergesslich für mich waren die mir bereits bekannten, faszinierenden Eindrücke der Massai Mara, ob im Lager am jungen Mara-Fluss, an seinen späteren riesigen Windungen oder in den urtümlichen Massai-Dörfern, wo wir besonders gastfreundlich empfangen wurden. Als begeisterter Fotograf fand ich immer neue Motive, wobei die Risikofreudigkeit ständig zunahm. So schoss ich auch so manches Topfoto, beispielsweise eine stolze Löwin aus der nicht ungefährlichen Entfernung von nur drei Metern. Doch die Löwin, die stolz von einem Hügel aus ihr Jagdrevier kontrollierte, nahm keine Notiz von mir, in meiner männlichen Eitelkeit doch ein Fragezeichen nach der Vergänglichkeit meiner Person zu hinterlassen, hätte sie zugeschlagen.

In der Mara war ich auch Zeuge eines Erlebnisses, dem man in Afrika einen hohen Glückswert beimisst – nämlich dem Anblick eines Albino-Flusspferdes. Inmitten von etwa 20 riesigen Flusspferden an einer Biegung des Mara-Flusses entdeckte ich ein großes hellrosafarbenes Tier, das in der ruhenden Herde offenbar auch einen Sonderstatus einnahm.

Die Jäger und Scouts wünschen dem Entdecker jedenfalls nach einem solchen seltenen Zusammentreffen Glück und Gesundheit für die Zukunft. Ein besonderes Erlebnis in der Massai Mara war auch ein historisch nachgestelltes wie nachempfundenes altenglisch-viktorianisches Lager am Mara-Fluß, mit altenglisch servierendem Personal, kolonial-englischem Menü und Geschirr, in entsprechender Atmosphäre und unter einem großen Sonnensegel. Wären »The big white hunter« Philip Percifal und sein damaliger Schüler Ernest Hemingway in den Schatten dieses nachempfundenen Lagers getreten, hätte sich kaum jemand gewundert, so originalgetreu war die gelungene Szenerie.

Unwillkürlich erinnerte ich mich dabei an eine der besten Afrika-Stories, die Hemingway nach seiner ersten Safari 1936 mit anderen Geschichten (darunter auch »Schnee am Kilimandscharo«), gesammelt unter dem bezeichnenden Titel »Die Ersten und die Letzten«, geschrieben hatte. Sie lautete »Das kurze glückliche Leben des Francis Macomber« und beschrieb eine Löwen- und Büffeljagd, die ein auseinandergelebtes amerikanisches Millionärsehepaar anlässlich einer Safari arrangiert hatte. Bei dieser nahm der Mann der stets Abenteuer suchenden, extravertierten Frau vor einem angeschossenen Löwen unter deren Augen Reißaus und der berufsmäßig angeheuerte, begleitende Großwildjäger musste mit einem Kunstschuss die Riesenkatze erlegen, um Schlimmeres zu verhindern. Die ihren Gatten darob als Feigling verachtende Gattin verließ in der darauffolgenden Nacht das gemeinsame eheliche Lager, um den Berufsjäger in dessen Zelt aufzusuchen und mit diesem zu schlafen. Als sie ihr Gatte bei der Rückkehr zur Rede stellte, ließ sie seine Vorwürfe kalt abblitzen. Die Geschichte endet damit, dass sie ihn am nächsten

Tag bei einer aufregenden Büffeljagd während einer heiklen Situation im Beisein ihres Beischläfers mit einem Kopfschuss tötet. Hemingway ließ dabei offen, ob die Frau – nach diesem unseligen Vorfall übrigens zur Millionenerbin geworden – ihren Gatten vor dem heranschnaubenden Bullen wirklich retten oder mit einem gezielten Schuss auf die Seite schaffen wollte.

Man muss sich dabei vor Augen halten, dass es sich hier nicht um irgendeine fiktive Story handelt, sondern um einen realen »Jagdunfall«, der seinerzeit die Boulevardblätter weltweit beschäftigte. Und nachdem der in Afrika damals berühmteste »Whitehunter« Philip Percifal diese schicksalhafte Safari geführt hatte, rückte diese Story in den Mittelpunkt und brachte durch Hemingway einiges aus der damaligen High-Society und damit aus dem wilden Leben dieses bekannten amerikanischen Ehepaars im wahrsten Sinne des Wortes zum Vorschein.

Eindrückliche Erlebnisse in Schwarz-Afrika und speziell in Kenya waren für mich stets das Zusammentreffen mit den Massais, jenem Nomadenvolk von eingeborenen Bewohnern Ostafrikas, die sich auch heute noch nicht durch Landesgrenzen und diverse Gesetze auseinanderdividieren lassen, einen von früheren Zeiten herrührenden kriegerischen Ruf genießen und inzwischen teilweise sesshaft zu einer Touristenattraktion ersten Ranges geworden sind, die sich für sie auch wirtschaftlich niederschlägt. Über ihre Gebräuche und Lebensgewohnheiten wurde und wird viel berichtet, so unter anderem, dass sie die Farbe rost- bis purpurrot für ihre Kleidung bevorzugen, sich teils von der Milch und dem Blute ihrer Kühe ernähren, neuerdings Ackerbau betreiben, dass sie ihre Dörfer aus Lehm und Kuhmist errichtet werden. Und dass ihre Söhne erst dann vollwertig zu Kriegern erklärt werden, wenn sie – nur mit einem eisernen Kurzschwert und einem scharfen Speer bewaffnet – einen Löwen erlegt haben.

Wie dem auch immer sei, ich lernte die Massai von der ersten Stunde der Begegnung kennen und lieben.

So war es in der Amboseli-Serena-Lodge unterhalb des mächtigen Kilimandscharo-Massivs, wo ein großgewachsener Massai-Krieger vor meinem Unterschlupf Wache hielt. Wie ich in einem Gespräch mit ihm erfuhr, war er dabei, auf anderer Ebene sein Examen vorzubereiten.

Apropos Examen. Ich konnte mich inmitten der Massai Mara vom absoluten Lernwillen der an und für sich überaus intelligenten Massais überzeugen. So besuchten viele Massai-Kinder die vereinzelten Schulen inmitten der Savanne. Dabei hatten sie durchschnittlich an die 15 bis 20 Kilometer zu Fuß von ihren Dörfern zu den Schulen zurückzulegen. Und sie taten dies nicht etwa in unserem europäischen Gehtempo, sondern in einem – sie als typisches Fußvolk ausweisenden – verblüffend schnellen Laufstil, wobei sie immer in Gruppen anzutreffen waren. Dabei führte ihr Weg nicht selten durch Savannen- und Buschgebiete, in denen auch Löwen und anderes Wildgetier jagend anzutreffen waren.

Schließlich wurde unsere Gruppe zu einer Besichtigung eines typischen Massai-Dorfes unweit des Mara-Flusses eingeladen. Junge, gutaussehende Krieger in ihrer farbenprächtigen Kriegsadjustierung erwarteten uns innerhalb des hohen Dornenzaunes, während die Frauen vor den Hütten ihre kunstvoll handgearbeiteten Souvenirs feilboten. Die Wohnhütten waren ein Erlebnis für sich – nicht nur wegen des eindringlichen Geruches nach Kuhmist, der mit Lehm verarbeitet zum Bau der Hüten diente – sondern durch die Offenbarung einer eigenen, peinlichst genau geregelten Wohnordnung. Allerdings hielten wir es in diesen völlig dunklen Hütten infolge des beißenden Rauches der Feuerstellen – die nach Massai-Brauch nie ausgehen durften – und des bereits erwähnten Kuhmistgeruchs nicht lange aus und sogen draußen gierig die würzige Savannenluft in unsere gereizten Lungen.

Derweilen waren die Bewohner des Dorfes nicht untätig gewesen und nachdem unser Besuch für sie doch recht lukrativ ausgefallen war – weil wir nicht nur einiges an Souvenirs eingekauft, sondern auch Geschenke in Form von Schreibzeug für die Kinder mitgebracht hatten – veranstalteten sie nach alter Tradition ein Fest für uns. Dabei war es Sitte, dass der »Anführer« der Gäste symbolisch mit einem Massai-Mädchen verheiratet wurde. Dabei fiel die Wahl auf mich. Offenbar, weil ich durch mein abgetragenes, afrikaerprobtes Busch-Outfit, mein Jagdmesser an der Hüfte, meine Reporterkamera und mein fast »Massai-like« kurz geschorenes, an und für sich schon sowieso teilweise fehlendes Haupthaar aufgefallen und als scheinbar »alter weißer Bwana« apostrophiert worden war.

Andererseits hatte Andy Seeburger, mein Freund und Organisator dieser fantastischen Safari auf seine unnachahmliche satirisch-humoristische Art entsprechend dafür »Wind« gemacht. Also nahmen mich die jungen Massai-Krieger in ihre Mitte und stülpten mir den farbenprächtigen Hochzeitsschmuck über meinen Kopf und auf meine Schultern. Dann führten sie meine Wenigkeit als Bräutigam zu einem dunkelkupferfarbenen, gertenschlanken Massai-Mädchen, das als meine Braut – ebenfalls großartig für die Hochzeit geschmückt – auserkoren worden war. Man stellte uns nebeneinander und eine ansehnliche Gruppe von Massai-Frauen und Mädchen umringten uns lachend und tanzend, während die Massai-Krieger ihren inzwischen weltberühmten Hüpftanz zu meinen Ehren zum Besten gaben.

Ich hatte in Sachen Folklore in Afrika schon einiges erlebt und gesehen. Doch diese Art, uns urtypisch afrikanisches Volksbrauchtum und Naturreligion näherzubringen, war schon etwas ganz Besonderes, zumal hier ein großer Aufwand und – wie man allgemein merkte – absoluter Ernst und altes Ritual dahintersteckten.

Entsprechend überrascht – um nicht zu sagen übermannt – ließ ich diese Zeremonie über mich ergehen und stand da wie eine Statue. Denn ich wollte alles, nur keinen Fehler in dieser Situation machen. Denn gerade in solchen Regionen Afrikas und besonders unter solchen Völkern wie den Massais ist es angebracht, sich ausgewogen zwischen den Themen zu verhalten, wo der für alle Seiten akzeptable Tourismus und das Brauchtum enden und die naturreligiöse Volkstradition mit ihren unumstößlichen Gesetzen beginnt. Meine blutjunge Braut – sie mochte sicher an die 45 Jahre jünger als ich sein – las offenbar unsichtbar in meiner Seele oder zumindest in meinen Gefühlen und hatte meine Betroffenheit ihrerseits trefflich geortet. Sie, die ja inzwischen meine Frau geworden war, ergriff mit einem weichen, ja zärtlichen Druck meine rechte Hand und sah mir lächelnd in die Augen. Ich bildete mir ein, in, ja durch diese dunklen Augen zu blicken – in die unendliche Weite der Savannen, in das Reich der Massais, in das wilde Herz Afrikas. Und wie in Trance erlebte ich die Szenen dieser Hochzeit weiter – mochte sie wie auch immer noch so arrangiert und gespielt oder ernst sein.

Ich drückte das Mädchen unwillkürlich an mich. Sie war biegsam wie das Büffelgras der Savanne und erwiderte für mich überraschend deutlich den Druck meines Beckens. Ihre rechte Hand ergriff meine linke und führte diese unter ihrem farbigen Umhang mit dem reichen Hochzeitsschmuck darüber, an sich empor.

Die Empfindung nach der Berührung ihrer Haut war mir zwar nicht neu, ließ in mir jedoch den unbändigen Wunsch aufkommen, mit ihr zu schlafen, zumal ich plötzlich ihre zierlichen festen Brüste fühlte, deren Warzen hart und fordernd davon zeugten, dass sich in ihrem Körper die Erregung breitmachte. Meine Sinne befanden sich dabei offenbar auf einem anderen Planeten – dem Planeten Massai – und ich wartete nur noch darauf, dass die uns umringenden, singenden und umtanzenden Massai-Frauen und Massai-Krieger mich und meine eben angetraute blutjunge Massai-Frau in eine der dunklen, nach Rauch und getrocknetem Kuhmist riechenden Hütten drängen würden.

Doch wie das ganze Geschehen als kultur-folkloristisch gedachte, vor naturreligiösem Hintergrund arrangierte Schauspiel begann, so endete es wie ein Spuk. Die Trommeln und die Gesänge wurden leiser, die berühmten Hochsprünge der Krieger wurden kleiner und schließlich stand ich mit meiner jungen Massai-Frau allein im weiten Kreis.

Aus der Hochzeitsnacht mit diesem reizenden Massai-Mädchen – ich wäre aufgrund dieser einem Voodoo-Zauber ähnlichen Szenerie gar nicht abgeneigt dazu gewesen – wurde offenbar nichts, es sei denn, ich würde hier im Dorfe bleiben. Doch unsere Fahrer drängten uns zum Aufbruch, sie wollten noch vor Dunkelheit ins Camp zurückkehren, was in dieser wilden Gegend durchaus verständlich war.

Ich sah das Mädchen an. Der Blick ihrer großen Augen – so bildete ich mir jedenfalls ein – hatte einen fragenden, etwas traurigen Ausdruck. Vielleicht hatte sie an meiner Seite geträumt – unbeschwert an der Seite eines weißen Mannes zu leben, mit ihm vielleicht dessen Heimat kennenzulernen, mit ihm ohne Hunger das gemeinsame Essen zu teilen, sein Lager zu bereiten und mit ihm – dessen zärtlich tastenden Finger sie heute gefühlt hatte – die Gefühle einer außergewöhnlichen Liebe zu erleben. Ich musste zugeben, dass ich vom Geschehen dieses ereignisreichen Tages sehr beeindruckt war.

Nun, die Show war eben zu Ende gegangen und da stand dieses bezaubernde, dunkelkupferfarbene Massai-Mädchen neben mir und lächelte mich etwas verlegen und zugleich fragend an. Schließlich fasste ich mir ein Herz, drückte sie ein letztes Mal an mich, küsste sie auf ihre Wangen und gab ihr – nachdem ich einen Horror vor bordellverdächtigen Geldgeschenken hatte – ein in Mombasa erstandenes Amulett, das sie deshalb sichtlich freute, weil sie es auch tragen konnte. Einer der Massai-Krieger, ein Sohn des Dorfhöchsten, der als einheimischer Scout schon seit unserem ersten Trip den Marafluss entlang immer dabei war, war anschließend zu mir gekommen, um mir für den weiteren Reiseverlauf Glück zu wünschen. Er dankte für den Besuch im Dorf und schenkte mir eines der typischen Massai-Armbänder aus Kupfer, Messing und Eisen mit den in gebrochenem englisch gehaltenen Worten »Only for you. You are a white Massai« …

Die Nacht nach diesem Erlebnis in dem Massai-Dorf verlief fast schlaflos. Das Volk der Massai übte auf mich eine besondere Ausstrahlung aus und ich hatte die Massais seit meiner ersten Kenyareise in mein Herz geschlossen. Die an diesem Tage im Massai-Dorf erlebten Eindrücke ließen mich nicht los. Und über den ereignisreichen Tag nachdenkend, kam mir unwillkürlich wieder Ernest Hemingway in den Sinn und sein zum 100. Geburtstag erschienenes Buch »Die Wahrheit im Morgenlicht«. Das Manuskript zu diesem Buch, das sein Sohn Patrick Hemingway herausgab, hatte Ernest nach seiner zweiten und letzten Afrika-Safari verfasst. Darin schilderte er in überschwänglicher Manier und eher aufschneiderisch neben seiner Zuneigung zu den Massais auch seine besondere Liebe zu einem Massai-Mädchen, in das er sich verliebt hatte und mit der er – wie er schrieb – trotz des Beiseins seiner vierten Frau Mary, Sex gehabt haben wollte. Doch Mary dürfte ihren Mann, der dann und wann zur Aufschneiderei neigte, gut gekannt haben und über die »Wahrheit im Morgenlicht« und ihren kranken, durch den übermäßigen Alkoholgenuss zu früh alternden Ehegatten mehr gewusst haben als alle anderen. Der berühmte »White Hunter« Philip Percifal relativierte außerdem als Freund und Augenzeuge dann jedoch die überbordenden Aussagen des amerikanischen Schriftstellers, der damals wohl mehr dem Whisky als der Liebe zugesprochen hatte und bei dem sich nicht zuletzt deshalb ein bedauerlicher Niedergang abzuzeichnen begonnen hatte.

Nun, in Afrika begann die große Zeit Ernest Hemingways und in Afrika endete sie dann schlussendlich unwiderruflich und auf tragische Art. Ja, wem die Stunde schlägt ...

Nach dieser unvergesslichen Safari in die Massai Mara besuchten wir nördlich von Mombasa auf Höhe der Stadt Kilindi den Busch im Landesinneren, darunter ein Busch-Krankenhaus, mitten in einem Malariagebiet gelegen, und eine typische, jedoch von engagierten Lehrern erstaunlich gut organisierte und geleitete District-Buschschule, deren Schul-Motto bezeichnenderweise »Succes aprize for hard work« lautete.

Die Zustände des Saint-Lukes-Krankenhaus in Kilindi waren erschreckend. Es gab keinen Strom und kaum Medikamente, weil kein Geld da war. Unsere Reisegruppe legte zusammen, um zumindest für einen Monat finanzielle Abhilfe sicherzustellen. Des weiteren wurde ein Hilfsprogramm erstellt, das Organisator Andreas Seeburger und seine Lebensgefährtin Nikola, eine engagierte Diplom-Krankenschwester betreuten und das auch einen erfreulichen Erfolg zeitigte.

Desgleichen verhielt es sich mit der bereits erwähnten regionalen Buschschule – der »Pingilikani Primary School« im District Kilindi, deren Leitung im Beisein der zuständigen Behörde beim Besuch mit großer Freude Schreibpapier und Schreibzeug für die erstaunlich vielen Schüler entgegennehmen konnte.

Ein auch hierfür erstelltes Hilfsprojekt zeitigte dank des Duos Seeburger – Fritsche einen enormen Erfolg, nämlich den weiteren, nochmals so großen Ausbau dieser für die Buschregion wichtigen Schule. Doch nach wie vor zeigte sich bei diesem Besuch im Busch die große Armut der Bevölkerung, jedoch deren Fleiß und erstaunliche Lebensbejahung und ich konnte feststellen, dass es besonders auch Frauen waren, die hier die Geschicke in die Hände nehmen mussten, beispielsweise für den Bau einer Wasserleitung.

Schließlich wieder für einige Tage nach Mombasa zurückgekehrt, zeigte sich erneut die klaffende Schere zwischen Arm und Reich, als wir einen Abend im international bekannten Gourmet-Restaurant »Marineland«, das mit manchem bekannten europäischen Gourmet-Tempel durchaus konkurrieren konnte und einem alten, aus dem Kanton Graubünden stammenden »Afrika-Haudegen« gehörte, und an einem der schönsten Creeks mit sündteuren Luxusjachten lag. Hier bestätigten sich auf kulinarische Weise wieder einmal mehr die Dinge des Lebens und zwar in einer typischen ostafrikanischen Küche, die an der Küste bekanntlich von vorzüglichen Fisch- und Meeresfrüchte-Gerichten dominiert wird. Beispielsweise von einem trotz der Vielfalt wenig belastenden, drei Stunden dauernden 14-gängigen Menü inmitten einer herrlichen, kaum zu beschreibenden Pflanzen- und Blütenpracht und dem unverwechselbaren wie unvergesslichen typischen Duft Afrikas.

Mombasa, die »Schwarze Perle Ostafrikas«, präsentierte sich jedenfalls als jene vielfältige Gesichter aufweisende Hafenstadt, die unsere Reisegruppe – von meinem Kollegen und Freund Andreas Seeburger bestens betreut – inklusive der von hier aus gestarteten beeindruckenden Safaris in alle Teile Kenyas nie vergessen wird, wie auch von mir nicht.

Mombasa war und bleibt für mich trotz der beachtlichen anderen Hafenstädte Afrikas wie Dakar, Abidjan, Dar-es-Salaam die geheimnisvollste und abenteuerlichste und sie eroberte sich in meinem Herzen einen ganz besonderen Platz. Sie wartete für mich auch bei jedem Besuch mit neuen Eindrücken, Abenteuern und Erlebnissen auf und ich ließ keine Gelegenheit aus, in meinen freien Stunden nach diesen geradezu süchtig Ausschau zu halten.

So auch anlässlich dieses Safari-Aufenthaltes unserer Reisegruppe. Wir waren im gut geführten Shanzu Beach Hotel unweit von der Stadt Mombasa untergebracht. Das Hotel – in dem der frühere, umstrittene Staatspräsident Arab Moi sogar ein ständiges Appartement für sich reserviert hatte – war in unmittelbarer Nähe des Dorfes Shanzu Village, eines Dorfes, das aus teils festen modernen Bauten im afrikanischen Stil, vermischt mit den typischen Hütten der Einheimischen bestand und in dem immer ein reges, auf den Tourismus und die täglichen Geschäfte ausgerichtetes Leben herrschte.

Neben den mehr oder weniger gut frequentierten Kleinhotels, den Bordellen, den kleinen Bars und Restaurants, den berühmt-berüchtigten Kosmetik-, Frisier- und Massagesalons verfügte Shanzu Village auch über ein gut frequentiertes, interessantes Kultur-Dorfzentrum, das mich sehr beeindruckte und das ich in diesem Ausmaß und dieser Reichhaltigkeit nicht vermutet hätte.

Hier, aber auch im Geschäfts- und Unterhaltungszentrum an der Hauptstraße abseits der großen Hotelareale, pulsierte das durch den Tourismus angekurbelte alltägliche Leben. An einem großen Platz zwischen zwei Hotels mit Restaurants und Bars sowie einem Bordell, einem Unisex-Haar- und Massagestudio sowie etlichen Souvenirläden spielte sich unter den eingeborenen Bewohnern und ausländischen Touristen das bewegte Leben von Shanzu Village ab.

Hier war auch der mich sehr berührende, wie auch auf seine Art faszinierende Schauplatz der Schicksale von vier eingeborenen Frauen.

Evelyn, Charlotte, Mirjam und Rachel waren vier gutaussehende Kenyanerinnen, die typisch für viele Frauen dieses Landes für ihre Familien sorgen mussten, einen schlecht bezahlten oder gar keinen Job hatten und sowohl von ihren Arbeitgebern als auch ihren wenig arbeitsbegeisterten Männern materiell wie sexuell ausgebeutet wurden und sogar auf deren Geheiß der Prostitution nachgehen mussten. Wobei es zu bemerken galt, dass es andererseits doch auch andere Männer gab, die gerne bereit waren zu arbeiten, jedoch aufgrund der grassierenden Arbeitslosigkeit zur Untätigkeit und der daraus resultierenden Resignation, verbunden mit Alkoholexzessen, Rauschgifthandel und Kriminalität verurteilt waren.

Mirjam und Charlotte arbeiteten in einem dieser sogenannten Unisex-Haar- und Massagestudio und Evelyn, die keine Arbeit hatte, ging notgedrungen auf den Strich, wie viele andere hier in Shanzu Village auch. Im Vergnügungsviertel mit seinen Bars, Hotels, Restaurants, Puffs sowie Mode- und Souvenirläden traf man bei den eingeborenen Frauen und Mädchen mehrheitlich auf Repräsentantinnen des horizontalen Gewerbes. Schon am ersten Tag nach der Ankunft machte ich Bekanntschaft mit Charlotte, einer der genannten Damen.

Nicht dass ich etwa auf ein erotisches Abenteuer aus gewesen wäre, sondern mein Freund und Berufskollege Andreas Seeburger und ich hatten beschlossen, zusammen mit anderen unserer Gruppe das Kunst-Viertel des Dorfes zu besuchen, um anschließend ein Bier zu trinken.

Dabei mussten wir am größten Frisier- und Massagesalon in einem großen Bau vorbei, unter dessen Arkaden eine Reihe von gutaussehenden Frauen und Mädchen ihre Frisier- und Massagedienste anboten. Infolge der großen Hitze bei hoher Luftfeuchtigkeit und des ständigen Kopfschwitzens entschloss ich mich kurzerhand, meine spärlichen Haare von einer der Damen ganz kurz schneiden zu lassen.

Eine vollschlanke, besonders dunkelhäutige Frau nahm mich sofort in Beschlag, stellte sich als Charlotte vor und hieß mich, ihr zu folgen. Ich wollte aus gewissen Vorsichtsmaßnahmen nicht allein sein und so begleitete mich mein Freund Andreas, seines Zeichens Reiseleiter und Buschflieger. Wir kamen nicht aus dem Staunen heraus, denn besagte Charlotte, führte uns – mit einem großen Schlüsselbund mehrere

Schlösser aufsperrend – durch ein Labyrinth von Gängen und Stiegen in die höchste Etage des Hauses.

In einem fast leeren Zimmer stand ein alter Schminktisch mit einem halben, fast blinden Spiegel und einem alten Plüschsessel davor. Ich sah zu meinem Erstaunen sowie leichtem Erschrecken weder Friseurhandwerkszeug noch Wasserschüsseln, noch Haarkosmetik. Miss Charlotte kam dann gleich zur Sache. Mit einer kleinen alten Schere und einem Kamm ging sie forsch ans Werk, so dass ich einige Male um meine Ohren fürchtete. Doch sie machte in Anbetracht des alten Handwerkzeuges ihre Sache recht gut und ich konnte mich sogar sehen lassen, wenngleich ich relativ kahl den Sessel verließ, in dessen Polsterung ich allerlei Ungeziefer vermutete. Mein Freund Andreas, der auch um meine Ohren gebangt und mir schon nach einem durchaus einkalkulierbaren möglichen Schnitt in die Kopfhaut die ärgste Blutvergiftung vorausgesagt hatte, hatte nach einigen »Tatbestandsfotos« bereits vorher den Rückzug angetreten.

Ich bezahlte Charlotte ihren Dienst, wobei sie mir auch gleich ein Super-Massage-Package inklusive dem international bekannten schnellhändischen »Finish« anbot, das ich jedoch ablehnte. Mit viel Beifall wurde ich dann – wie ein vom Mond zurückgekehrter Astronaut – wieder in unserer Runde empfangen und wir genossen interessiert und amüsiert das Treiben am »Catwalk« von Shanzu Village und tranken dabei gemeinsam den Rest aus einer Johnny-Walker-Flasche, die ich Trottel ungeschickt zu Boden hatte fallen lassen und die dabei halb zu Bruch gegangen war.

Es sah alles so leicht und locker aus, wie sich hier die Menschen die Zeit vertrieben, ihre Waren feilboten, einkauften, miteinander aßen, tranken und kommunizierten. Selbst die Strichmädchen boten ihre Dienste mit einem Charme gepaart aus schamloser Natürlichkeit und burschikoser Schlitzohrigkeit an, dem so mancher Tourist erlag. Kurzum, diese Szenerie hatte zu jeder Tageszeit ihren eigenen Reiz, wobei am Abend ein Hauch abenteuerlicher Verruchtheit dazu kam.

Von Berufs und des mir anhaftenden leidenschaftlichen Beobachtens wegen an solchen Szenerien immer schon interessiert, war ich in den Tagen zwischen den jeweiligen Safaris des Öfteren allein hier anzutreffen. Und nachdem ich von Natur aus keinerlei Berührungsängste kannte, kam ich auch hier bestens zurande. So lernte ich einen aus Linz gebürtigen Hotelbesitzer kennen, der seit über 20 Jahren hier neben seinem Safari-Hotel auch ein gut gehendes Restaurant und eine Bar betrieb und nebenbei auch ein Bordell diskret sein Eigen nannte. Er war auf mich aufmerksam geworden, weil ich an einem Vormittag – ohne es zu wissen – in seiner Bar einige seiner »Ladies« und Bodyguards zu einem Drink eingeladen hatte, um mit ihnen über Kenya, seine politische Zukunft und das Leben hier zu diskutieren. Manche von ihnen sprachen neben Englisch sogar einige Brocken Deutsch.

Meine Geste diesen Leuten gegenüber blieb nicht ohne Folgen. Denn fortan hatte ich, sobald ich in Shanzu Village auftauchte, einige unsichtbare Schatten in meiner Nähe, darunter drei Massai-Krieger, die als Touristenattraktion und Leibwächter auf der Lohnliste des Linzer Hoteliers standen und mich offenbar aufgrund meiner Anerkennung für sie und ihr Volk in ihr Herz geschlossen hatten. Und so konnte ich mich relativ unbehelligt in diesem Vergnügungsviertel bewegen und das faszinierende Treiben am Hauptplatz bei einem kühlen Drink beobachten. Schließlich ließ ich mich auch zu einer dieser angebotenen Massagen bewegen, wobei ich die Adresse meines Haarschnittes wählte. Hier war besagte Charlotte nicht anwesend und ich durfte mit Mirjam, einer schlanken schwarzbraunen Masseuse mit einer begeisternden Rasta-Frisur vorlieb nehmen. Zu meiner Überraschung erlebte ich durch sie – die mich nackt und schön, wie Gott sie schuf, behandelte – eine Massage mit allen Feinheiten und

Extras, wie ich sie noch nie genossen hatte und dazu noch um einen Spottpreis.

Ich lud sie anschließend zu einem Drink ein und sie erzählte mir über die Rolle der Frau in Kenya und über mannigfaltige, mehrheitlich traurige Schicksale von Frauen. So teilte sie mir auch mit, dass meine Friseurin Charlotte, nicht in den Dienst kommen konnte, weil ihr arbeitsscheuer, gewalttätiger, trinkender und herumhurender Mann, mit dem sie außer ihren außerehelichen zwei Kindern noch zwei Kinder hatte, ein blaues Auge geschlagen hatte. Sie, die für die Familie aufkommen musste, würde von ihm ständig verprügelt und missbraucht. Mirjam selbst hatte wiederum zwei Kinder, einen netten gebildeten Mann, der jedoch vergebens Arbeit suchte und deshalb psychisch angeschlagen war, weil er wusste, dass sie nicht nur als Masseuse tätig war, sondern auch ihren Körper verkaufte. Ich fragte sie, wie sie und ihr Mann dies alles wegstecken würden. Sie lächelte mich etwas gequält an, zuckte mit den Achseln und meinte, ihr Mann habe sich damit abgefunden. Und was die Freier anbelangte, meinte sie, mit einem Mann wie ich einer sei, der sie als Frau behandeln würde, wäre das Liebemachen kein Problem, ja manchmal sogar anregend, doch es gäbe leider viel zu viele von der anderen Sorte. Schließlich suchte ich das nächste Mal auch die bemitleidenswerte Charlotte auf, um mich auch von ihr massieren zu lassen. Ihr blaues Auge war noch nicht ganz verschwunden. Ich dachte dabei an diesen brutalen Kerl – ihren Mann – und wäre er jetzt aufgetaucht, ich glaube, ich hätte versucht, ihm die Fresse zu polieren, so brachte mich diese Brutalität und Ungerechtigkeit, die dieser Frau widerfuhr, in Rage.

Dabei hatte diese Frau und Mutter von vier Kindern, wie ich später trotz allem mit einer gewissen Wonne feststellte, unheimlich fingerfertige, einfühlsame, ja zarte Hände, die ich nie an ihr vermutet hatte und als ich ihr deutlich mehr als den normalen Preis für die herrlich entspannende

Massage zahlte, gab sie mir mit einem glücklichen Lächeln spontan einen Kuss auf die Wange. Das Erlebnis beschäftigte mich den ganzen Tag über und ich war frustriert darüber, dass sich hier praktisch auch weiterhin nichts ändern würde, zumal durch das stete Vordringen des Islam auch in diesen ostafrikanischen Breiten die Rolle der Frauen in ihrer Entfaltung eher eingedämmt als einer möglichen Entfaltung zugeführt würde.

Ja, Afrika konnte grausam sein, ganz besonders auch zu seinen Frauen. Dann lernte ich in meiner Stamm-Bar im Safari-Hotel Evelyn kennen, eine schöne bronzebraune Frau – irgendwo dem Model Naomi Campbell ähnlich – kennen. Nun, sie war um einige Pfunde reicher und runder als die Campbell, dafür nicht zickig, sondern ein überaus freundliches, ja charmantes Wesen, mit dem man sich auch über andere Dinge als die üblichen unterhalten konnte. Es war an einem Vormittag, als wir an der kaum besetzten Bar im Freien saßen.

Im Gegensatz zu den anderen Mädchen etwas solider gekleidet, schien sie alles eher als eine Vertreterin des hier heimischen Gunstgewerbes zu sein. Aber sie war es doch, wie ich am Gespräch des Barkeepers ihr gegenüber zu erkennen und im Tonfall herauszuhören glaubte.

Nun, mir war dies nicht gleichgültig und ich gab ihm deutlich zu verstehen, dass Miss Evelyn mein Gast war und ich ihr gegenüber einen anderen Ton wünschte. Dabei hatte sich meine Stimme verstärkt und er entschuldigte sich auch sofort. Ich hatte auf meinen bisherigen Afrikareisen gelernt, dass man, sobald man einen stärkeren Ton beim Reden anschlug und den Blick entsprechend schärfte, mit seinen Vorhaben wesentlich besser durchkam als mit sanftem, höflichen Gerede. Weichheit wurde hier oft mit Schwäche gedeutet.

Ich hatte dies vor allem in den francophonen Ländern Westafrikas festgestellt und ein Fremdenlegionär – der durchaus kein Rassist oder Schwarzenhasser, sondern ein abgeklärter, sogenannter Berufs-Realist in Sachen Afrika war – hatte mich darüber auch entsprechend unterrichtet und mir an einigen Beispielen diese Wirkung drastisch vorgeführt. Und was Kenya bzw. Ostafrika betraf, so hatten die Engländer hier als gerne scharf befehlende Kolonialisten ähnliche Sitten eingeführt.

Interessant war, dass sich auch die vielen in Ostafrika lebenden Inder – die sich gesellschaftlich und geistig um Klassen höher als die eingeborenen Schwarzen fühlten – gerne beim Sprechen einer schärferen Tonart bedienten und daher nicht sonderlich beliebt waren.

Doch wieder zu Miss Evelyn und ihrer Person. Ich hatte mich inzwischen damit abgefunden, hier in Shanzu Village in Sachen Frauen lediglich mit solchen in Kontakt zu kommen, die dem horizontalen Gewerbe haupt- oder nebenberuflich angehörten und diesem mehr oder weniger notgedrungen nachgingen. Auf einem Kontinent wie diesem war irgendwo aufgrund der grassierenden Arbeitslosigkeit und der daraus resultierenden Armut, aber auch der Aussichtslosigkeit und Lethargie bis auf wenige Ausnahmen den Mädchen und Frauen dieser traurige Weg vorgezeichnet, auch wenn das bei uns in Europa oft nicht verstanden wird. Und darüber konnte auch der achselzuckend gemachte islamische Ausdruck »Kismet« nicht hinwegtäuschen oder gar die Sache entschuldigen.

Und Evelyn war offenbar ein Paradefall hierfür. Ich beobachtete sie, auch berufsbedingt vorbelastet, aus meinen Augenwinkeln und erkannte ihre Professionalität auch darin, dass sie bei unserem Gespräch immer wieder verstohlen nach einem Barhocker neben ihr sah, auf dem ein weißer Tourist saß und gierig eine große Portion Schinken mit Ei und Bohnen verschlang und mit sichtlichen Wohlbehagen ein kühles Bier dazu trank.

Sie hatte wahrscheinlich schon seit einiger Zeit entweder keinen Freier mehr gehabt, vielleicht auch nichts mehr Anständiges gegessen und ich vermeinte, ein verdächtig lautes Knurren ihres Magens gehört zu haben. Grund genug, beim nun sichtlich dienstbeflissenen Keeper einen schönen Tisch zu ordern, diesen decken zu lassen und Miss Evelyn zu einem ordentlichen warmen Essen einzuladen, das schließlich Firmlingscharakter annahm, so groß war ihr Zuspruch. Während des Essens hatten wir uns recht gut unterhalten, wobei sie mich fragte, ob ich mich allein hier in Kenya aufhielt und falls ich wollte, würde sie mir gerne in jeglicher Art behilflich sein und sie machte auch keinen Hehl daraus, mir als Frau auch den »African way of love« zu zeigen. Worauf ich ihr zu verstehen gab, dass ich in meiner Funktion als Journalist und Schriftsteller hier sei, nicht um irgendwelche schnelle Liebe zu praktizieren und zu konsumieren, sondern um Eindrücke und Begebenheiten zu sammeln. Und wenn Liebe oder besser Sex aus irgendeiner Laune heraus ins Spiel kommen sollte, dann würde ich sicher einen längeren, gepflegt zelebrierten »Way of love« bevorzugen. Sie zeigte oder heuchelte dafür zumindest Verständnis, beharrte jedoch darauf, dass ich mit auf einen Drink in ihr Appartement kommen müsse, das sie in einem Haus neben dem Safari-Hotel bewohnte und das mich von seiner einfachen, jedoch geschmackvollen afrikanisch gehaltenen Einrichtung und Sauberkeit her überraschte und mir sagte, dass diese junge Frau versuchte, ihrem Dasein irgendwie eine gewisse Lebensqualität abzuringen – von abgewinnen konnte man da ja nicht reden …

Und dann erzählte sie mir bei einem ausgedehnten Drink – ich hatte eine Flasche Gordons Gin und Indian Tonic Water mitgenommen – aus ihrem Leben als Frau, sofern man dieses aufgrund ständig angetaner Gewalt, begleitender Angst davor sowie bewusster Demütigung, brutalen sexuellen Missbrauchs seit Kindesalter und menschenverachtender Ausbeutung noch als Frauenleben bezeichnen konnte.

Ich hatte ihr fasziniert und teilweise auch geschockt über die Realität zugehört und manchmal auch verwundert darüber den Kopf geschüttelt, in dem sich aufgrund der Drinks und der eigenartigen, prickelnden Atmosphäre in diesem Appartement einiges zu vernebeln drohte. Dazu klang aus Evelyns Kassettenrecorder, der sowohl mit moderner Rockmusik als auch mit Oldies gespeist war, die Stimme von Nat King Cole, der zu meinen Lieblingssängern gehörte. Und so kam es nicht von ungefähr, dass bei seiner »Mona Lisa« und seinem »As Time goes by« mein Sinne zu tanzen begannen und wieder einmal »Afrika pur« in geballter Ladung auf mich zukam. Evelyn war eben dabei, sich – wie eine Taube gurrend lachend – auf ihre Art mit einer Massage »à la maison« bei mir zu bedanken und ich wusste nun nicht mehr – und es war mir auch gleich – wer die besseren einfühlsameren, jeden Nerv ortenden Massagehände hatte – sie, Charlotte, Mirjam oder Rachel, die ich dann einige Tage später kennenlernen sollte. Rachel war total das Konträre sowohl zu Charlotte als auch Evelyn. Sie war die am besten angezogene Dame des Unisex-Frisuren- und Massagesalons und die rechte Hand des Besitzers.

Charlotte und Mirjam mussten ihr von mir erzählt haben und ich selbst wollte – nachdem die Abreise aus Mombasa nahte – zum Abschluss noch einmal eine Massage von kundiger Hand erfahren, wobei ich auch an Rachel, die Geschäftsführerin dachte, die mir beim Vorbeigehen immer mit einem breiten Lächeln ein wissendes Augenzwinkern zuwarf. Diese kam meinem Wunsch, ohne dass ich ihn groß aussprechen musste, gerne entgegen.

Während der Massage gestand sie mir, dass sie aufgrund der Mitteilungen der beiden Frauen schon für sich beschlossen hatte, mich zu massieren, falls ich im Salon vorbeikommen sollte und das war eben der Fall. Rachel war eine interessante, ebenholzfarbene und wohlproportionierte Frau, die – wie sie mir erzählte – mit einem moslemischen Mann aus

Mombasa verheiratet war und zwei Kinder hatte. Ihr Mann hatte zwar als Automechaniker Arbeit, verdiente jedoch zu wenig, um seiner Familie ein entsprechendes Auskommen zu gewährleisten. Die Kinder besuchten eine für sie teure Privatschule, die von einer moslemischen Institution getragen wurde und den Schülern wenigsten eine warme Mahlzeit angedeihen ließ.

Ihr gemeinsames Ziel war es, soviel Geld zu sparen, dass er sich mit einer Autowerkstatt selbstständig machen konnte. Doch die Tatsache, dass sie in diesem Salon mehr verdiente als er und er auf ihre Tätigkeit und den lockeren Umgang mit ihrem Chef – mit dem sie, wie ich aus ihrem Erzählen schloss, auch schlief – eifersüchtig war, bescherte beiden des Öfteren heftigen Streit und kaum zu kittende Zerwürfnisse. Und nachdem ihr Mann – wie sie in fast resignierenden Ton sagte – bekennender Moslem war und wie viele dieser, seit einiger Zeit zum totalen und fanatischen Fundamentalismus neigenden Religion gewisse Freiheiten und die Gleichberechtigung der Frauen total in Abrede stellte, schien ihr die Lage in der Tat aussichtslos. Sie war eigentlich die erste Schwarze in diesem Lande, mit der ich über das Thema »Frauengleichberechtigung in Afrika« – wenn auch während der in einer emotionell sehr aufgeladenen Atmosphäre verabreichten Massage – ohne Wenn und Aber sprechen konnte. Und sie tat mir leid, weil sie als denkende, gebildete, berufstätige Frau, Ehefrau und Mutter mit ihren Wünschen und Hoffnungen ohne jede Aussicht auf deren Erfüllung zwischen den gesellschaftlichen, fundamentalistisch glaubensbedingten und familiären Fronten aufgerieben zu werden drohte.

Sie war, wie ich aus ihr heraushörte, zumindest innerlich politisch engagiert und durch und durch Afrikanerin. Und ich musste ihr Recht geben wenn sie der Meinung war, dass die sogenannten Missionierungen seitens der westlichen Kirchen und des Islam dem Kontinent Afrika im Grunde wenig gute Dienste erwiesen hatten. Bei näherer Betrachtung ergab sich sogar nicht zu Unrecht der Vergleich mit einem neuen Kolonialismus unter dem Deckmäntelchen einer Religion. Als Koptin hatte Rachel wohl ihre Vorstellungen von einer geordneten Welt der Nächstenliebe, wie viele andere in der Welt, doch sie konnte – wie sie sagte – nicht mehr so recht daran glauben.

Schlussendlich kamen wir gemeinsam zu der Erkenntnis, dass keine Religion der Welt ein geistiges und seelisches Abhängigkeitsverhältnis ihrer Gläubigen schaffen darf. Als sie mir dann beim Anziehen half und ich ihr Angesicht zu Angesicht gegenüberstand, konnte ich nicht umhin, sie fest in meine Arme zu schließen und zu halten. Ich spürte, wie sie dies in ihrem Zustand des seelischen Aufgewühltseins brauchte und fühlte auch das Beben ihres Körpers. Und ich wusste nicht, warum ich sie nicht auf den Mund küsste, sondern lediglich fast väterlich auf ihre Wangen und Stirne und ich sah ihr dann tief in ihre unergründlichen, großen, dunklen Augen, die für mich – um die Sprache des Jägers zu gebrauchen – einen waidwunden Ausdruck zu haben schienen.

Und es waren einmal mehr diese Augen Afrikas, die unendlich viel Glut unter der Asche erahnen ließen und in mir spontan den Wunsch manifestierten, dass diese Glut einen Flächenbrand entfachen sollte, der den Frauen des Schwarzen Kontinents schließlich doch wie ein reinigendes, der Regeneration dienendes Buschfeuer eines Tages ihre Wünsche nach gesellschaftlicher Anerkennung und Gleichstellung bringen möge. Jedenfalls waren es gerade diese Begebenheiten und Erlebnisse dieser letzten Reise, die meine Liebe zu Afrika noch tiefer in mir verwurzelte.

Ich gebe deshalb die Hoffnung nicht auf, dass nach den vielen Sünden, die im Laufe der Jahrhunderte von uns Weißen – die wir hier im Zeichen des Kreuzes manipulierten, aber auch von jenen aus dem arabischen Raum, die ihren Glauben mit Feuer und Schwert und neuerdings mit Bomben und Terror zu manifestieren glauben – frevelhaft dem Schwarzen Kontinent und seinen Menschen angetan wurden, doch wieder denkende und fühlende Menschen kommen, um im Zeichen der Nächstenliebe den zerstörten Regenbogen zwischen den Völkern wieder herzustellen. Dafür gilt es zu kämpfen. Und wenn alles vorbei ist, begrabt mich jenseits von Mombasa …

Darüber darf nie der Mantel des Schweigens gebreitet werden

Die Welt ist voll von Dingen, die in der Vergangenheit geschehen sind. Darunter Schönes und weniger Schönes. Der Mensch neigt dazu, weniger schöne Dinge aus der Vergangenheit einfach zu streichen. Aber wie es so trefflich heißt, früher oder später wird man von der Vergangenheit eingeholt, ob man will oder nicht. So wie es ist, ist es eben und es ist auch gut so.

Denn es gibt Vorkommnisse, die nie passieren hätten dürfen, die der Menschheit wahrlich nicht zur Ehre gereichen, deren Spuren nie verwischt werden können, ja niemals dürfen und über die niemals der Mantel des Schweigens gebreitet werden darf. Und damit dies niemals geschieht, muss das seinerzeitige furchtbare Geschehen und die Mitschuld der Menschheit immer wieder in Erinnerung gebracht und vor Augen gehalten werden.

Es handelt sich dabei um den Holocaust, jene Massenvernichtung menschlichen Lebens, besonders jenes der Millionen von jüdischen Mitmenschen während des Nationalsozialismus.

Die sogenannte europäische Hochkultur tat sich durch vorchristliche Despoten und spätere angeblich rechtmäßige Monarchien wie die Habsburger und andere Herrscherhäuser immer wieder negativ hervor, wenn es darum ging, die Juden zu drangsalieren und zu verfolgen. Das Christentum und speziell die Katholische Kirche glaubten lange, mit der Judenverfolgung vom Mittelalter an über die Renaissance bis weit in die Neuzeit der Menschheit nach ihrer Version einen Dienst zu erweisen, waren es ihrer Meinung doch die Juden, die von sich behaupteten, das auserwählte Volk zu sein und die Jesus Christus, den fleischgewordenen Sohn Gottes ans Kreuz schlagen ließen. Dass dies eigentlich ein unverzeihlicher Vorwand war, Macht und Habsucht auszuüben, ist heute allen ehrlich gläubigen Christen klar. Doch es waren und sind immer nur Vorwände, wenn es darum ging und heute noch geht, Menschen zu verfolgen und zu vernichten. Und die Juden waren immer die Opfer, wenn es darum ging, sich unliebsamer Mitmenschen zu entledigen.

Der Glaube und die nicht genehme Zugehörigkeit zu einer anderen Religion waren lediglich oft ein Vorwand, geschäftstüchtigen Juden aus irgendeiner Art ihr Geld und Vermögen abzunehmen, wobei auch der Neid auf die Geschäftstüchtigkeit oft eine Rolle spielte. Manchen Menschen war eben jedes Mittel recht, gerade die Juden mit einer Akribie sondergleichen zu verfolgen.

Adolf Hitler und seine Schergen taten sich dabei grauenhaft mit ihrer sogenannten »Endlösung« hervor, doch auch der nicht weniger blutige russische Diktator Joseph Stalin stand ihm nicht viel nach und die fanatischen, stets Gewalt verbreitenden islamistischen Fundamentalisten pochen nach wie vor auf die Ausrottung der Juden und ihres Staates Israel.

Und dem gilt es entgegen zu wirken. Denn es darf nicht sein, dass man irgendeiner Gattung Mensch das Leben in einer Welt abspricht, die für alle da ist. Es gab jedoch eine Zeit, in der ein Regime, nämlich das der in Deutschland und Österreich an die Macht gekommenen Nationalsozialisten jüdischen Mitbürgern das Recht zu leben absprach und diese schließlich in jedem Land verfolgten, das sie mit brutaler Gewalt ins »Deutsche Reich« einverleibten, nachdem ihr sogenannter »Führer« den »Totalen Krieg« ausgerufen hatte. Er und etliche seiner pervertierten Schergen verfielen immer mehr dem Vernichtungswahnsinn, dem nicht nur Abermillionen Juden zum Opfer fielen, sondern auch andere Menschen, die kein sogenanntes arische Blut nachweisen konnten. Es gab in der Weltgeschichte viele Gräuelphasen, in denen Völker unterjocht und teilweise fast ausgerottet wurden. Die von den Nazis installierte und erbarmungslos arbeitende Vernichtungsmaschinerie stellte jedoch alle bisherigen Gräuel und Verbrechen an der Menschheit in den Schatten. Und das Traurige und gleichzeitig Gefährliche daran ist, dass es heute noch Leute gibt, welche die Massenvernichtung der Juden unter den Nazis – den Holocaust – verneinen und abstreiten, obwohl dies durch Originaldokumente, Filme, Aussagen von Zeitzeugen und Überlebenden aus den damaligen Konzentrationslagern nachhaltig grauenhaft bewiesen ist.

Es muss das oberste Gebot der gesamten Menschheit sein, dass so etwas nie mehr passiert und deshalb darf auch über das furchtbare Vorgefallene niemals der Mantel des Schweigens gebreitet werden, wie viele fordern und vor allem jungen Menschen muss dies immer wieder vor Augen gehalten werden – nicht in einer Schuldzuweisung à la Erbsünde, sondern präventiv gegen den Antisemitismus gesehen. Denn es zeichnen sich immer wieder aufs Neue weltweit antisemitische Strömungen ab, beispielsweise durch rechtsgerichtete Gruppen und sogar in beklemmender Offenheit durch gewalttätige islamistische Fundamentalisten, deren Terror die Welt schockt, genauso wie die Politik sogenannter »Gottesstaaten«, welche die erklärte Ausrottung des Staates Israel propagieren.

Es muss hier einmal gesagt werden, dass sich der Islam, der wie alle anderen Religionen ein Recht zur Ausübung seines Glaubens hat, zurücknehmen muss, indem er jegliche Gewalt und jeglichen Terror durch seine sogenannten »Gotteskrieger« nicht nur verurteilt, sondern sich entgegenstellt.

Und das gilt besonders für jene Islamisten in Europa, die durch Lippenbekenntnisse in den berechtigten Verdacht geraten, lediglich Alibifunktionen auszuüben. Es muss die Aufgabe jedes Vertreters eines Glaubens sein, jeglichem psychischen und physischen Terror und jeglicher Gewalt gegenüber anderen Mitmenschen entgegenzutreten. Liebe und Toleranz wären hier die Schlüssel zum Frieden, den sich im Grunde des Herzens jeder ehrliche Mensch wünscht.

Dass dem jedoch nicht so ist, beweisen uns die täglichen Lageberichte der Unstimmigkeiten in unserer Welt und die stete Gegenwart des Bösen. Diesem Bösen müssen wir überall entgegentreten. Und dazu braucht es das Wissen und die Erinnerungen an Zeiten, in denen Finsternis und Schrecken herrschte, beispielsweise durch den Holocaust, den die Nazis auf den Plan gerufen hatten und ihre heute nach wie vor im Untergrund wirkenden Sympathisanten leugnen. Und es sind derer nicht wenige, die fordern, dass über die furchtbaren Geschehnisse und über den Holocaust nicht mehr geredet wird und man endlich dieses schreckliche Kapitel im Buch der Geschichte hinter sich lassen sollte.

Einer, der sich im Verein mit Gleichdenkenden mit dieser Art des Vergessens nicht anfreunden konnte und wollte, war der leider inzwischen verstorbene Vorarlberger Landtagspräsident Manfred Dörler. Er organisierte eine Studienreise des Vorarlberger Landtags nach Polen mit dem Ziel, Auschwitz, das schrecklichste aller Nazi-Konzentrationslager, zu besichtigen, damit sich die Vorarlberger Landespolitiker einmal an Ort und Stelle ein realistisches Bild vom Holocaust und der furchtbaren Tötungsmaschinerie der Nazis machen konnten. Es war wohl eine der denkwürdigsten, wenn nicht schockierendsten Reisen des Landtags. Manfred Dörler hatte es mir damals ermöglicht, den Landtag als berichtender Journalist auf dieser denkwürdigen Studienreise zu begleiten. Und jeder Politiker, ja jeder Mensch – vor allem junge Menschen – sollten einmal im Leben Auschwitz oder zumindest eines der vielen Konzentrationslager besuchen, in welchen die Nazis sich mit teuflischer Akribie ihrer »Endlösung der Judenfrage« widmeten.

Auch den Islamisten wäre ein solcher Besuch zu empfehlen. Die Menschheit würde sich vielleicht – aber nur vielleicht

– eines Besseren besinnen, als sich gegenseitig abzuschlachten. Jedenfalls, der Besuch in Auschwitz mit der Besichtigung der Gasöfen in denen Hunderttausende lebendig vergast wurden, der berüchtigten Hinrichtungswand, des Galgens, unter dem bei jeder Hinrichtung eine Häftlingskapelle den damals modernen Schlager »Komm zurück« spielen musste und des elektrischen Zaunes, an dem viele verzweifelte Flüchtende ihr Leben aushauchten, hinterlässt bei jedem einen unauslöschlichen Eindruck.

Noch schlimmere Eindrücke hinterlassen die Einblicke in die Versuchslabors, in denen seelenlose Nazi-Ärzte furchtbare, ja bestialische Versuche ohne jegliche Betäubung an jüdischen Kindern, Frauen und Männern unternahmen und die Opfer unter furchtbarsten Schmerzen litten und schließlich nicht starben, sondern wie Tiere elendig verendeten.

Es ist furchtbar, wenn man bedenkt, dass jeder Arzt normal den »Hippokratischen Eid« im Sinne der Nächstenhilfe leistet. Auch hier haben die Repräsentanten der helfenden Medizin einiges gut zu machen – zumindest in Anbetracht von sogenannten »Kollegen« in totalitären Staaten und willfährigen, geldgierigen Wissenschaftern, die ihr Know-how in den Dienst der Vernichtung menschlichen Lebens stellen.

Nachdem ich auf meinen Reisen vieles und auch sehr viel Elend gesehen hatte und etliche Male auch dem Tod begegnete, war ich einiges gewohnt – was nicht stimmte, denn das redete ich mir lediglich ein.

Dennoch, ich werde den Anblick der Riesenmenge gesammelten Kinderhaares, der kleinen Kinderschuhe und der Kinderspielsachen nicht vergessen, die in Auschwitz »ausgestellt« werden, damit man sich ein Bild von den unmenschlichen Begebenheiten in Zusammenhang mit der grausam Nazi-Tötungsmaschinerie, dem zielstrebig ausgeübten Antisemitismus und der menschenverachtenden Politik in Richtung »Endlösung Judenfrage« machen konnte. Nicht auszudenken, wenn die Kriegsverbrecher und Massenmörder Hitler, Eichmann, Goebbels, Himmler, Heidrich & Co. nicht durch die Übermacht der Alliierten in ihrem Ansinnen gestoppt worden wären. Beim Gedanken daran kommen mir einmal mehr die Grausbirnen und der Wunsch, nicht mehr unter den Lebenden weilen zu müssen. Diese Gedanken beschäftigten auch andere. Und so kam es nicht von ungefähr, dass wir uns am Abend auf dem herrlichen, von vielen jungen Leuten bevölkerten Platz in Krakau anderen Themen zuwandten, aber dennoch nicht ganz loskamen.

Ich werde nicht vergessen, wie wir uns – ein einflussreicher Politiker aus meiner Heimatstadt Bludenz und einer aus Lustenau – dabei menschlich sehr nahe kamen. Der Bludenzer Politiker, ein als Antinazi bekannter, zum Leidwesen anderer immer eigene Wege gehender und damit erfolgreicher Typ mit Trentiner Abstammung, sprach mir damals aus dem Herzen, dass das, was die Nazis während ihrer Schreckensherrschaft angestellt hatten, nicht mehr geschehen darf. Und wir schworen gemeinsam – trotz Champagnerlaune – dass wir, sogar wenn man uns alle Schreibmöglichkeiten wegnehmen würde – nötigenfalls mit »Kacke« gegen solche Entwicklungen schreiben würden.

Unvergesslich war für mich der Besuch einer Synagoge in Krakau, verbunden mit einem tiefgehenden Gespräch mit einem Rabbiner über das Miteinander von Juden und Christen. Alles ist möglich, doch in der Welt gibt es auch Menschen, die das Miteinander von Menschen und Religionen nach wie vor mit allen Mitteln bekämpfen. Das kommt nicht von ungefähr. Etliche Jahre nach meinem Auschwitzbesuch, klagte mich ein »Ewig Gestriger«, den ich in einem Kommentar der Verbreitung »Faschistischen Gedankengutes« bezichtigt hatte und verlor Gott sei Dank mit Pauken und Trompeten den durch ihn angestrengten Prozess gegen mich. Dennoch, dass ein wegen faschistischer Umtriebe einschlägig Vorbestrafter einen unbescholtenen Staatsbürger wegen so einer Sache, die sogar den Richter überrasche, klagen kann, hätte mich eigentlich nachdenklich stimmen müssen. Tat es mich aber nicht. Denn was mir in Sachen Recherchen über den bekannten amerikanischen Schriftsteller, Literatur-Nobelpreisträger und Pulitzer-Preisträger Ernst Hemingway im angeblichen christlichen Heimatland Vorarlberg passierte, geht – wie man so schön zu sagen pflegt – auf keine Kuhhaut.

Im Jahre 1999 erschien mein Buch »Paradies ohne Wiederkehr« über den Aufenthalt Ernest Hemingways, seiner Frau Hadley und seines Schriftstellerfreundes John Dos Passos im Montafon. Der rührige Direktor von Montafon Tourismus, Arno Fricke, hatte mich in meiner Absicht, darüber ein Buch zu schreiben, bestärkt. Für Montafon Tourismus als Herausgeber war ich mit dem Buch bei der Frankfurter Buchmesse 2000 dank der Unterstützung des Pietsch-Verlages in Stuttgart, einem der größten deutschen Sachbuchverlage und Veranstalter der renommierten Silvretta-Rallye, erfolgreich vertreten. Insgesamt berichteten weltweit 160 Zeitungen, Rundfunk- und TV-Anstalten darüber und das Buch war schließlich vergriffen. Der touristische Werbewert allein für das Montafon ist gar nicht zu überschätzen.

Das große Echo ließ in mir und einigen Hemingway-Fans in der Talschaft Montafon den Entschluss reifen, in Schruns ein Denkmal für Hemingway in Form einer Büste aufzustellen.

Mit Hilfe und Dank des Bludenzer Künstlers und Dipl.-Päd. Reinhold Schmidt entstand bald ein sehenswertes Denkmal, das am Schrunser Kirchplatz aufgestellt werden sollte. Die Gemeinde stand dahinter, doch einige Alt-Nazis, Ewig-Gestrige und Neo-Nazis sowie Neider und missgünstig Gestimmte liefen dagegen Sturm und so kam es, dass das Denkmal ein Jahr später dank der Geschäftsführerin des renommierten Löwen-Hotels an einem anderen Platz in Schruns, nämlich neben dem »Haus des Gastes« aufgestellt wurde, wobei ich heute noch froh bin, dass es so kam. Das Theater um die Aufstellung des Denkmals zeigte einmal mehr, dass sich im »gelobten, subra Ländle« Vorarlberg nach wie vor ultrarechte, nazifreundliche Kreise in einem raffinierten Netzwerk umtrieben und etliche Politiker nicht den Mumm hatten, hier Fraktur zu sprechen. Hemingway wurde als erklärter Nazi-Feind fälschlicherweise des Mordes an deutschen Wehrmachtsangehörigen bezichtigt und verleumdet. Auch in den wenig darüber unterrichteten Medien konnte sich dank unwissender Redaktionen sogenannte Leserbriefschreiber in ihren ungerechten und wenig sachbezogenen Leserbriefen gegen Hemingway und sich austoben. Lediglich der ORF verhielt sich vorbildlich informierend.

Gott sei Dank ging ich auf die miesen Leserbriefaktionen nicht ein. Schließlich gelang es mir, mit Hilfe der Universität Hamburg und dem Leiter der Fakultät für Geisteswissenschaften, Departement Sprache, Literatur und Medien, Prof. Dr. Hans-Peter Rodenberg, ein fundiertes wissenschaftliches Gutachten zugunsten des verleumdeten Nobelpreisträgers Hemingway zu erreichen. Prof. Rodenberg hatte selbst eine Hemingway-Biografie verfasst, in der einiges diesbezüglich nachzulesen war. Nach der Veröffentlichung dieses Gutachtens herrschte dann etwas Ruhe und das Denkmal konnte anlässlich eines erhebenden Aktes im Beisein prominenter Persönlichkeiten aufgestellt werden. Es erfreut sich heute eines besonderen touristischen Zuspruchs. Doch die entstandenen Dissonanzen dazu und das Reagieren offensichtlich ultrarechtsgerichteter Kreise zeigte einmal mehr, dass manche in Vorarlberg wohl ein grünes Jäcklein tragen, dessen Futter allerdings nach wie vor braun ist.

Als besonders schlimm zeigte sich ein Vorfall, bei dem Unbekannte eine Gedenktafel für den Schweizer Polizeihauptmann Paul Grüninger von ihrem Standort an der Brücke zwischen Hohenems und Diepoldsau gewalttätig herunterrissen und ins Wasser warfen.

Paul Grüninger rettete als Schweizer Polizeihauptmann während des Nazi-Regimes über 3.000 Juden insofern das Leben, als er sie über die Grenze in die Eidgenossenschaft flüchten ließ. Dafür wurde ihm in der eigenen Heimat der Prozess gemacht und er wurde verurteilt, degradiert, mit Festungshaft bestraft und ihm alle bürgerlichen Rechte aberkannt. Erst lange Jahre später erfuhr er – besser gesagt seine Witwe – eine Rehabilitation durch die Eidgenossenschaft. Diese neuerliche Begebenheit um die gewaltsame Entfernung der Gedenktafel für einen christliche Nächstenliebe beweisenden Menschen zeigt deutlich auf, wie blinder Hass und Missgunst gegenwärtig sind.

Es gibt immer wieder Anzeichen, dass rechtsradikale Kräfte in der Rheintal- und Bodenseeregion ihr Verbreitungsgebiet haben und ein gut funktionierendes Netzwerk sowohl in Vorarlberg, im Fürstentum Liechtenstein, der Ostschweiz und in Süddeutschland installiert haben. Sie sind in der Lage, sich innerhalb kurzer Zeit zusammen zu schließen und jede x-beliebige Aktion zu starten.

Beispielsweise jenen Vandalenakt, bei dem sie das Erinnerungsschild von Paul Grüninger an der Rheinbrücke Hohenems – Diepoldsau herunterrissen und in den Rhein warfen. Eigenartigerweise betonten die Schweizer wie Vorarlberger Sicherheitsbehörden, dass es nicht »erwiesen« sei, dass es sich dabei tatsächlich um Rechtsgerichtete gehandelt habe. Es gibt in den erwähnten Regionen jedoch auch behördliche Institutionen, die das Agieren Rechtsgerichteter seit einiger Zeit mit Sorge verfolgen.

Ob sie es jedoch aufmerksam genug tun, scheint fraglich und auch die Medien machen mehrheitlich den Fehler, über rechtsradikale Aktionen so zu berichten, dass diese den Status »Bad news are good news« erhalten und ins interessante

Rampenlicht gerückt werden. Und es scheint, als ob auch die Exekutive sich gegenüber Rechtsradikalen und Neofaschisten viel zu abwartend und lasch verhält und die zuständigen Politiker sich aus Feigheit, die Dinge beim richtigen Namen zu nennen, bequem heraushalten, wie damals, als die Nazis an die Macht gelangten.

Die Szenerie ähnelt immer mehr jener, wie sie in den 1930er- und 1940er-Jahren war, in denen die Leute an einem Leiden erkrankten, das sich beim Grüßen durch eine eigenartige Versteifung des Ellenbogengelenks bemerkbar machte.

Wie dem auch immer sei, es gilt – wie Bert Brecht in seinem berühmten Song von »Mackie Messer« so trefflich schreibt: »Wir müssen wach sein« und immer wieder alles tun, um gewissen Anfängen zu wehren ...

Schicksalsschläge

Der Mensch hält eigentlich unheimlich viele schlimme Dinge aus, wobei es bisweilen auf irgendeine Art wunderbar, ja faszinierend ist, was vor allem die Liebe zwischen zwei Menschen bezüglich dieses Aushaltens alles vermag. Diese Erkenntnis und viele verwandte Gedanken gingen mir durch den Kopf, als ich an einem sonnigen Spätsommernachmittag nach einem Arztbesuch in der Ostschweizer Metropole St. Gallen einmal nicht in der bekannten »Seeger-Bar« am Oberen Graben, sondern in der zu den Geschäftszeiten stark bevölkerten idyllischen Spisergasse an einem meiner Lieblingsplätze, einem der Tischchen des Cafés neben »Bernie's«, dem wohl renommiertesten Modegeschäft der Ostschweiz saß und mit Genuss einen »Weißgespritzten« trank, wie ich ihn hier besonders schätzte.

Er erinnerte mich dabei unwillkürlich an einen typisch ungarischen Drink, den »Fröcss«, einen im Verhältnis zwei Teile Weißwein zu einem Teil mit Soda gespritzten, erfrischenden Getränk, das man in vielen Restaurants und Kneipen Ungarns in hohen achteckigen konischen Gläsern seit der k.u.k.-Zeit wegen seiner Bekömmlichkeit gerne trinkt.

Unwillkürlich dachte ich dabei – wenn auch mit etwas Wehmut – an die herrlichen, glücklichen und unbeschwerten, ja direkt bacchantischen Urlaubstage, die ich seinerzeit Dank meiner so begnadeten wie unvergesslichen Künstlerfreundin Christine Nyirady gegen Mitte der Siebziger Jahre in dem kleinen ungarischen Dörfchen Revfülöp bei Balatonfüred am Plattensee – damals noch mit meiner Familie und lieben Freunden – verbrachte. Die lebendige, illustre Kulisse der Spisergasse und ein offenbar betrunkener Mann, der an meinen Tisch gestoßen war, holten mich wieder in die Wirklichkeit zurück. Was den Weißgespritzten hier betraf, wurde er als Westschweizer Chardonnay in einem hohen großen Kelchglas – wie in einer der berühmten Tagesbars an der Côte d'Azur – mit Eis und einer dünnen Scheibe Zitrone – serviert, was das Ganze wirklich zu einem erfrischenden, harmonischen Ganzen werden ließ. Und nicht zuletzt deshalb war der »Gespritzte« hier in der romantischen St. Galler Spisergasse anders, irgendwie nobler und internationaler, wie auch die hier lebenden Leute, die unter den vielen Touristen an den Tischen des Cafés vorbeischlenderten oder vorbeieilten. Für die St. Galler schien – wie mich immer schon dünkte und was speziell die Mode betraf – das geflügelte Sprichwort »Noblesse oblige« zu gelten.

In den vierzig Jahren, in denen ich die Ostschweizer Modemetropole ständig besuchte und in der ich auch einige Zeit bei zwei Zeitungen tätig war, hatte ich selten so viele gepflegte und gut gekleidete Leute gesehen wie hier. Vor allem waren es die vielen attraktiven, viel Selbstbewusstsein ausstrahlenden, modebewussten Frauen – ganz gleich, ob in die Sinne betörender, mädchenhaft jugendlicher oder begehrenswert raffiniert fraulicher und Charme verbreitender reiferer weiblicher Repräsentanz – die der liebenswerten Ostschweizer Metropole neben ihren baulichen Sehenswürdigkeiten das Prädikat »Besonders besuchenswert« verliehen.

Kunststück, gab es doch hier eine Vielzahl von exklusiven Modefachgeschäften, darunter auch den bekannten Modetempel »Bernie's«, in dem ich mich – immer schon ein Modefreak – in meinen sogenannten Glanzzeiten eingekleidet hatte und nicht zuletzt deshalb fallweise als einer der bestangezogenen Journalisten der Bodenseeregion gehandelt wurde und mir manchmal heimlich den Neid einiger meiner Kollegen zugezogen hatte, die mich bisweilen nicht unberechtigt als Dandy bezeichneten. Doch das war mir völlig schnuppe und auch schon lange vorbei.

Bei meinem diesmaligen Besuch hatte ich mir lediglich – meinen neuen, bescheideneren Verhältnissen angepasst – im Ausverkauf besonders günstig einen lavendelfarbenen italienischen Blazer zugeeignet, dem man in modisch bewanderten Kreisen jedoch seinen Ursprung und die Qualität sogleich ansah. Irgendwo war ich doch ein bisschen der Dandy und der modische Narziss geblieben, was soll's! Ein Grund mehr, unter dem Motto »Man gönnt sich ja sonst nichts« hier neben »Bernie's« einen noblen Gespritzten zu trinken und eine gute Zigarre zu rauchen, auch wenn es keine »Davidoff« war. Und meine Beobachtungen mischten sich mit meinen Gedanken, die zurück in die Vergangenheit schweiften – eine sehr glückliche Vergangenheit. Mein neuerlicher Aufenthalt in St. Gallen sollte, mit den vielen Besuchen vorher verglichen, diesmal unter einem anderen, besonderen Aspekt stehen.

Dazu gab eine liebenswürdige ältere, sehr gepflegte Dame den Ausschlag, die sich an meinen Tisch gesetzt und einen Espresso bestellt hatte. Die Zigarette dazu, die sie in einem sehenswerten Zeremoniell aus einem silbernen Etui genommen hatte, hatte ich ihr als Kavalier selbstverständlich angezündet. Dabei musste ich unwillkürlich etwas gezittert haben, denn sie hielt helfend meine linke Hand ruhig, damit das brennende Streichholz ihre Zigarette zum Erglühen bringen konnte.

»Sie haben da einen schönen Ring«, stellte sie in ihren Dank einflechtend fest und deutete anerkennend lächelnd auf meine Linke. »Ein Opal, ein ganz besonderer«, meinte sie, offenbar eine Schmuckkennerin, wie ich auch sofort an ihren teuren Ringen und Armbändern feststellen konnte. »Ja«, sagte ich und fügte hinzu, dass dies für mich ein sogenannter Schicksalsring wäre. Weiter konnten wir uns leider nicht unterhalten, denn ihr eben an den Tisch getretener Mann, hatte sie zum Aufbruch gemahnt und so blieb uns nur noch ein freundliches »Ciao«.

Doch in meinem Inneren und vornehmlich im Kopf spielte sich ab sofort Einiges ab. Ja, dieser handgearbeitete, goldene Ring mit dem einen dezenten und doch attraktiven Schleier aufweisenden, azurblauen, cabochonartig geschliffenen Opal, war für mich zum höchsten und größten Zeichen einer Liebe geworden, die alle Höhen und Tiefen er- und durchlebt hatte. Schon die Art, wie er in meinen Besitz gelangte, war eine eigene Geschichte und hing eng mit einer meiner Lieblingsregionen zusammen, in der ich unter anderem auch länger beruflich tätig war und viele bedeutende Persönlichkeiten kennengelernt hatte, nämlich die »Bündner Herrschaft« mit ihren Weinorten Malans, Jenins, Maienfeld und Fläsch sowie dem auf der anderen Seite des Rheins gelegenen, berühmten Nobelkurort und Golf-Eldorado Bad Ragaz.

Bad Ragaz und die »Bündner Herrschaft« waren dann auch später eine von mir immer wieder gern besuchte Gegend, die ich nach wie vor liebte. Hier war ich auch mehrfach mit meiner Tochter Claudia zu Gast, deren Schönheit und Charme auch bei so manchen großen Anlässen mit prominenten Gästen im Kursaal des renommierten Hotel Quellenhof den offen ausgedrückten Wunsch nach einem Kennenlernen laut werden ließ, was mich als Vater mächtig stolz machte. Bad Ragaz war es auch, in das dann – einige Jahre später – mein erster zaghafter Ausflug mit meiner schwer verunglückten Lebensgefährtin führte.

Ingeborg war nämlich bei einer Radfahrt auf dem Walgau-Radweg von Bludenz nach Nenzing infolge eines schweren Sturzes und unschuldigerweise von einer Minute zur anderen fast zu Tode gekommen und ein Pflegefall geworden. Lediglich der Ersten Hilfe eines zufällig dahergekommenen Radfahrers, verdankte sie ihr Leben. Eine schlimme Kopf- und Gesichtszertrümmerung mit einem offenen, komplizierten Schädelbasisbruch und Verletzung des Gehirns sowie sich nach Aussagen von Fachärzten daraus ergebende bleibende Schäden waren das brutale Fazit. Vier Wochen Koma, ein ständiger Kampf mit dem Tod, Komplikationen im arg lädierten Gehirn, Lähmungen in Armen und Beinen und eine Erblindung am linken Auge waren die furchtbaren Dinge, mit denen ich mich jeden Tag, an dem ich sie besuchte, aufs neue auseinanderzusetzen hatte. Während einige Fachärzte für ihr Leben oder zumindest für ein einigermaßen akzeptables Überleben keinen Pfifferling gaben, hatte ich an sie und unbeirrbar an ihr Durchkommen geglaubt. Ich weiß heute nicht mehr, wie ich das alles schaffte und ich würde auch meinem ärgsten Feind nicht das wünschen, was mir in dieser Zeit das Leben zur Hölle machte und mich auch ernstlich daran denken ließ, gemeinsam unserem Leben ein Ende zu bereiten. Dazu gesellte sich dann auch noch dieses furchtbare Loch der Einsamkeit, in das ich trotz der gutgemeinten und tröstlichen Teilnahmebezeugungen von allen Seiten stürzte. Doch die Gedanken und der Glaube an ihr mögliches, wenigstens teilweises Genesen und an meine über alles geliebten Kinder und Nahestehenden hielten mich schlussendlich davon ab.

Dazu kam noch die hellwache Erinnerung an einen schweren Autounfall, den auch meine Tochter Claudia einige Jahre zuvor hatte. Sie lag damals mit einem schweren Schädel-Hirntrauma im Feldkircher Krankenhaus an derselben Stelle wie Ingeborg in der Intensivstation und dann später wiederum an derselben Stelle in der Überwachungsstation des Landeskrankenhauses Rankweil. Ich hatte damals viel mehr gelitten und um sie gebangt, als es nach außen hin den Anschein hatte. Doch was wissen andere von solchen Zuständen? Viele Menschen ahnen ja gar nicht, was sich in einem solchen Falle in cinem abspielt.

Über den furchtbaren Unfall meiner Lebensgefährtin – ich weilte damals ohne es zu wissen zirka 500 Meter vom Unfallort entfernt – war ich in meiner Seele zutiefst betroffen, schockiert und verzweifelt. Denn immerhin hatte sie gerade auch mehr als ein schlimmes Jahr mit einer Operation sowie Chemo- und Strahlentherapie infolge eines bösartigen Brustkrebses hinter sich gebracht und sich einigermaßen psychisch und körperlich erholt. Und dann passierte das unverständliche Unglück mit dem Radunfall. Und ich verstehe auch heute noch nicht, wie Gott so etwas überhaupt zulassen konnte, so liebe, unschuldige Menschen so zu malträtieren, derweilen andere – menschenverachtende, sich wie Schweine aufführende Individuen – ungestraft in Unmaßen leben, trotz ständiger himmelschreiender Schweinereien auch noch alt werden und dann, fast frevelhaft – angeblich »geläutert« – im Zeichen des Kreuzes sterben. Mehrere Geistliche sprachen zu mir – selbst hilflos – von Prüfungen, die sich Gott für mich ausgedacht hatte.

Nun, es war wirklich eine harte Zeit für mich. Denn auch um meine Gesundheit war es auf einmal durch einen aufgetretenen Hautkrebs am Kopf schlecht bestellt. Und in dieser Zeit – in der ich trotz allem meinen Job als Redakteur einer in Schwierigkeiten geratenen Zeitung nicht vernachlässigen konnte – erfuhr ich alles, was ein Mensch erfährt, der aus dem letzten Loch pfeift: Ich weinte oft vor Seelenschmerz und Ohnmacht, betete inbrünstig, fluchte, stellte verzweifelt Gott in Abrede, verfluchte jene, die diesen Unfall verschuldet hatten, betrank mich sinnlos, brach zwischendurch, von furchtbaren Halluzinationen gepeinigt und genarrt, in unserer gemeinsamen Wohnung, nervlich am Ende, zusammen und wollte mir sogar das Leben nehmen, raffte mich dann jedoch wieder auf, weil ich immer mehr erkannte, dass sie nur überleben konnte, wenn ich an ihrem Bett weilte und wenn sie spürte, dass ich sie nicht im Stich lassen würde.

Und so hielt ich es auch, bis sie dann nach einem Jahr übers Wochenende nachhause durfte. Und da wagte ich es eines Tages, sie trotz ihres Rollstuhldaseins und allerlei anderer Handicaps, mit dem Auto nach Bad Ragaz zu entführen. Und ich fuhr mit ihr im Rollstuhl durch die Gassen und wir schauten uns die Schaufenster der schönen und noblen Geschäfte an und ich bemerkte plötzlich wieder dieses Leuchten in ihren faszinierenden, liebkosenden und sich doch ewig nach Liebe und Herzenswärme sehnenden honigfarbenen Augen. Und diese Augen waren es, die mich gefangen nahmen, schon beim ersten Mal, als wir uns trafen und die mich dann nicht mehr losließen. Bad Ragaz – was hatten wir doch hier für schöne Zeiten verbracht!

Ich erinnerte mich – während die Bedienung des Cafés in der Spisergasse inzwischen einen neuen »Gespritzten« serviert hatte – an unser erstes gemeinsames Abendessen im renommierten Gourmetrestaurant »Äbtestube« des Hotels »Hof Ragaz«. Ich hatte damals zum Auftakt neben dem üblichen Champagner-Aperitif zarte, fein geräucherte »Appenzeller Mostbröckli« mit Kiwischeiben und etwas frischer junger Kresse bestellt. Dann wurde unser beider Frühlings-Lieblingsgericht – frischer französischer Spargel an einer würzigen Sauce tartare – serviert und zum Nachtisch gab es frische Erdbeeren an Champagner und Cointreau.

Und nach dem Abschluss mit Espresso, Grand Marnier und Feinbackwerk hing der Himmel abwechslungsweise einmal nicht an der schönen blauen Donau, sondern am jungen Rhein voller Geigen.

Die knappe Zeit des Kurzurlaubs aus dem Krankenhaus und der doch noch labile Gesundheitszustand von Ingeborg ließen bei diesem neuerlichen Ragaz-Besuch zwar kein Gourmet-Menü zu, doch einen Abstecher in die von uns so geliebte »Universum-Bar« des mondänen, im alten Stil wieder errichteten Grandhotels Quellenhof. Ich musste mich mit aller Kraft beherrschen, um nicht aus ohnmächtiger Wut und Verzweiflung in Tränen auszubrechen, als ich hilflos beobachten musste, wie meine Lebensgefährtin tapfer versuchte, ihren geliebten Bellini mühsam und hustend hinunterzuschlucken. Aufgrund des Unfalles mit den schweren Gehirnverletzungen hatte sie nämlich zusätzlich schlimme Schluckbeschwerden, wie man sie sich in diesem Ausmaße gar nicht vorstellen konnte. Mehrere Lungenentzündungen mit Spitalaufenthalt waren die Folge davon. Doch auch dies wurde von ihr trotz vieler, verzweiflungsbepackter Rückschläge mit unbändigem Willen und entsprechenden Therapien auf den Weg der Besserung gebracht, sodass wir ein halbes Jahr später im Frühling in der »Äbtestube« des Hotel »Hof Ragaz« wieder unseren geliebten Spargel zu uns nehmen konnten. Schließlich wagte ich mit ihr – nachdem sie den Rollstuhl verlassen konnte – weitere Ausflugsfahrten in die »Bündner Herrschaft« und nach Bad Ragaz.

Wir besuchten dort unsere alten Lieblingsplätze – in Malans den »Ochsen« oder die »Krone«, in Jenins das herrlich in den Weinbergen gelegene Landgasthaus »Bündte« mit der Statue des legendären französischen Herzogs von Rohan, in Maienfeld das Burgzimmer im Restaurant des Schlosses Brandis – verbunden mit einem obligaten Abstecher zum Grabe des bekannten Schriftstellers John Knittel (»Via Mala«) – und auf St. Luzisteig den dortigen heimeligen und beliebten Landgasthof mit seiner mehr als tausendjährigen Kirche.

In Bad Ragaz waren wir des Öfteren an dem bekannten Goldschmiede- und Juweliergeschäft Benovici vorbei gegangen, das durch seine besonderen Unikat-Schmuckstücke in seiner Auslage auffiel.

Und, ich weiß nicht wie oft, stach sowohl mir als auch Ingeborg dort ein Goldring mit einem eigenartigen blauen Stein ins Auge, der uns und ganz besonders mir gefiel. Sie wusste aus meinen Erzählungen über meine jahrelange Beziehung und die daraus entwachsene Liebe zu dieser Region sowohl aus beruflicher als auch anderweitiger Sicht. Und sie wollte mir auch für meine Unterstützung in den vergangenen schweren Zeiten und dem, was noch nachfolgen würde, ihren besonderen liebevollen Dank aussprechen und bezeugen.

Und so passierte es, dass nach mehreren Betrachtungen unsererseits dieser unter den anderen Schmuckstücken durch seine besondere Farbe und Eigenart auffallende Ring zu einer Art Schicksalsring wurde und plötzlich eines Tages am Ringfinger meiner linken Hand steckte. Viel dazu beigetragen hatte allerdings auch das Faktum, dass dieser eigenwillige Ring mit dem azurblauen Opal, als Unikat geschaffen, der begeisternd künstlerischen Hand einer jungen attraktiven Frau, nämlich jener der Tochter des Ragazer Goldschmiedes Lorenz Benovici, entsprang. Seither begleitet mich dieser Schicksalsring überall hin und jedes Mal, wenn wir in Bad Ragaz und in der »Bündner Herrschaft« in einer der dortigen heimeligen Gaststätten verweilen und ich ein Glas des herrlichen heimischen Beerli-Weines gegen das Licht halte, findet für mich ein wunderlich schönes Schauspiel statt – nämlich die Symbiose eines farblichen Intermezzos zwischen dem rubinrot funkelnden Wein mit dem faszinierenden Schimmern des blauen Opals als Sinnbild einer zu den Dingen des Lebens zählenden, großen, schicksalhaften Liebe.

Das dröhnende Abendgeläut der nahen Kirche weckte mich schließlich aus meinen Gedanken und mahnte mich zum Aufbruch. Mein Glas war leer, die Zigarre abgebrannt und die Sonne hatte sich hinter die Giebel der Spisergasse-Häuser zurückgezogen. Wie gerne hätte ich sie jetzt bei mir gehabt, wäre mit ihr wie früher in eines der heimeligen Restaurants zum Abendessen gegangen. Und die Sehnsucht, gepaart mit einem Hauch Tristesse war in mir hochgestiegen und ich musste mich beherrschen, nicht lauthals in meinem Schmerz loszuheulen. Ich bezahlte und stand auf. Die Gassen der malerischen Altstadt waren plötzlich erfüllt von einem ungemein pulsierenden Leben.

Nun, es war Donnerstag, da hielten die Geschäfte bis 21 Uhr offen und da ging jedes Mal sozusagen die Post ab. Und innert kurzer Zeit war auch bei mir die Tristesse verflogen.

Die vielen fröhlichen jungen Menschen rissen mich irgendwie mit. Wahrscheinlich weil ich wusste, dass ich in einer guten Stunde wieder bei ihr war – bei ihr am Krankenbett – bei ihr, die mir heute so sehr gefehlt hatte und die über jenes »Herz wie ein Bergwerk« verfügte, das der österreichische Popsänger Reinhard Fendrich so trefflich besingt.

Marseillaise

1977 benutzte ich beim Zwischenaufenthalt in Paris anlässlich meiner Reise zur spektakulären und weltweit kritisierten Kaiserkrönung des zentralafrikanischen Potentaten Jean Bedel Bokassa von Frankreichs Präsidenten Giscard d'Estaings Gnaden. Als Undercover-Reporter für das deutsche Stern-Magazin, das in Zentralafrika mit einem Reportageverbot belegt worden war, hatte ich durch meinen Zwischenaufenthalt in Paris die Gelegenheit, mich wieder einmal in der sogenannten Stadt der Liebe umzusehen. Ziel war diesmal der berühmte »Père-Lachaise-Friedhof«, der eigenartigerweise für Liebende zu einer Art historischen Kultstätte geworden war.

Ein französischer Journalist hatte mir erzählt, dass auf diesem Friedhof der mutmaßliche Urheber der blutigen Revolution 1870/71 in Paris, der Redakteur und Schriftsteller Victor Noir begraben liegt. Im blühenden Alter von nur 22 Jahren war dieser in einem angeblich heldenhaften Duell, bei dem er die Ehre der berühmt-berüchtigten, revolutionären und antimonarchistischen Pariser Zeitschrift »Marseillaise« verteidigt habe, von Pierre Napoleon Bonaparte, einem Onkel des damaligen französischen Kaisers Napoleon III., erschossen worden. Dieser Duelltod des blutjungen, engagierten Journalisten Victor Noir soll der historischen Überlieferung nach die blutigen Wirren der damaligen Zeit ausgelöst und die spätere Abdankung des größenwahnsinnigen dritten Napoleons bewirkt haben.

Wie mir der Pariser Journalist weiter erzählte, ist besagter Victor Noir als politisches Opfer seitdem zu einem Mythos und sein Grab zu einer Pilgerstätte, vor allem für Frauen, geworden.

Als stets wacher Spurensucher durch das Erzählte neugierig geworden, besuchte ich diesen Friedhof und die Grabstätte des jungen Revoluzzers. Nach einigen Nachforschungen wurde mir zu meinem Erstaunen bekannt, dass an die hunderttausend Französinnen und Franzosen im Jahre 1870 zur Sensation der damaligen Presse und Gesellschaft, der Beerdigung des getöteten jungen Redakteurs beigewohnt hatten, darunter auch erstaunlich viele Adelige und vor allem – man höre und staune – deren Gemahlinnen. Auf dem Friedhof wurde mir beim Anblick des Grabmals von Victor Noir der Grund der damaligen Sensation sofort augenscheinlich: Der Pariser Bildhauer Dalan hatte den Marseillaise-Redakteur angeblich so nachgebildet und in Bronze gegossen, wie dieser, im angeblichen Duell tödlich getroffen, auf der Erde gelegen haben soll. Lediglich die Rose in seiner rechten Hand erschien mir etwas ungewöhnlich und kitschig, war jedoch eine den tragischen Tod des jungen Revolutionärs versinnbildlichende künstlerische Geste des Bildhauers.

Dafür machte ich eine andere Entdeckung, die offensichtlich für die seinerzeitige Sensation bei und nach der Beerdigung Victor Noirs gesorgt haben dürfte. Die cleveren Verleger der »Marseillaise« und politische Aktivisten hatten es offensichtlich verstanden, den Tod des jungen Redakteurs entsprechend zu aktualisieren, indem sie die Installierung einer Bronzestatue des Journalisten noch vor dessen eigentlichen Beerdigung in Auftrag gegeben hatten. Der Bildhauer hatte in seinem künstlerischen Eifer zum Detail nicht vergessen, eine von Naturwissenschaftern mehrfach bestätigte letzte Erektion des Gliedes eines tödlich Verletzten beim Eintritt des Todes durch eine deutlich sichtbare Ausbuchtung der Hose darzustellen. Und das war wohl einer der Hauptgründe, warum damals so viele Menschen der Beerdigung beiwohnten und auch später durch ihre zahlreichen Besuche den Mythos Victor Noir schufen.

Denn in der Tat war es weniger der tragische und sinnlose Tod dieses jungen revolutionären Journalisten, der als Sensation ausgeschlachtet worden war, sondern die nicht zu übersehende Detailbesessenheit eines Bildhauers, die heute noch ihre Nachwirkung zeigt. So wird erzählt, dass sich heute noch – 140 Jahre später – libidinös gehemmte frigide Frauen von der Berührung dieser bronzenen Ausbuchtung der Hose Victor Noirs eine »Heilung« erhoffen. Manche sollen sich sogar in unbemerkt wähnenden Augenblicken auf die am Boden ruhende Bronzefigur gelegt haben, um mit ihrem Becken einen Kontakt mit der erwähnten Hosenausbuchtung herzustellen. In der Tat ist an dieser Stelle der Bronzefigur offensichtlich durch ständige Berührungen keine Patina entstanden wie an den anderen Teilen derselben, wie ich feststellte. Soweit die historische Begebenheit um den jungen französischen Schriftsteller und Revoluzzer, der seine Seele auf tragische Weise auf Pariser Erde ausgehaucht hatte.

Die wahre Geschichte um den gewaltsamen Tod des Marseillaise-Redakteur Victor Noir war jedoch weit weniger aufsehenerregend, sondern eher tragisch-sinnlos. Noir starb, weil der damalige Verleger der »Marseillaise«, der spätere Minister Henry, Marquis de Rochefort und sein Chefredakteur Paul Grousset zu feige waren, sich mit dem als gewalttätig bekannten Napoleon-Onkel wegen eines beleidigenden Artikels in einer monarchistischen Konkurrenzzeitung persönlich auseinander zu setzen. Sie manipulierten skrupellos die Meinungen zweier junger Redakteure ihres Stabes und hetzten diese zum Haus des gefürchteten Streithahns, Raufboldes und Duellanten Pierre Napoleon Bonaparte.

Es kam nicht – wie später politisch motiviert verbreitet wurde – zu einem »heldenhaften« Duell, sondern zu einem brutalen Mord. Denn während des Streitgesprächs mit Victor Noir und dessen Begleiter nahm Bonaparte eine Pistole aus seinem Schreibtisch und erschoss kurzerhand den Redakteur

Noir, während dessen Berufskollege namens Fonvielle aus Angst und Schockwirkung kreischend das Weite suchte. Soweit die politisch manipulierte Geschichte über eine damals als »rühmlich« bezeichnete Begebenheit um die scheinbare Ehre der Presse, der Verleger, Redakteure und Journalisten. Heute – 140 Jahre später – im Zeitalter der Dauerrevolutionen, der weltweiten Gewalt und dem manipulierbaren Auf- und Zudeckungs-Journalismus, werden Journalisten nicht mehr auf die Art wie Victor Noir auf dem »Schlachtfeld der Ehre« gefällt, sondern mit anderen Methoden zur Strecke gebracht oder einfach manipuliert.

Das berufliche Schreiben findet damals wie heute – wie ich nach 50 Berufsjahren mit Bedenken feststelle – mehr denn je unter dem brutalen Druck einer gnadenlosen Umwelt statt. Der Schreibende – vor allem der sich mit dem Tagesgeschehen um ihn herum und in aller Welt auseinandersetzende – ist bei seiner Tätigkeit einer Vielfalt von Einflüssen ausgesetzt, mit denen er sich objektiv bezüglich seiner Entscheidungen auseinanderzusetzen hat. Er ist in dieser Situation absolut allein, ausgesprochen einsam. Und es mangelt auch nicht an dies bestätigenden Stimmen prominenter Persönlichkeiten aus den Sektoren Presse und Schriftstellerei. Paul Schulmeister, ehemaliger Chefredakteur der renommierten österreichischen Tageszeitung »Die Presse«, hat einmal festgestellt, dass der Journalist während des Schreibens zu den einsamsten Menschen der Welt gehört.

In der Tat, wenn er seriös arbeitet – und das ist bei dieser Betrachtung Voraussetzung – ist er wirklich verdammt einsam. Bezeichnend dazu ist auch die Feststellung Ernest Hemingways in seinem Dankschreiben anlässlich der Verleihung des Literatur-Nobelpreises 1954 (er war persönlich nicht zugegen), das der amerikanische Botschafter verlas: »Schreiben bedeutet jedenfalls ein einsames Leben. Organisationen für Schriftsteller mildern des Schriftstellers Einsamkeit, aber ich bezweifle, dass sie sein Schreiben verbessern. Verzichtet er auf seine Einsamkeit, so gewinnt er an öffentlichem Ansehen, häufig verliert er aber dann sein Werk. Denn arbeiten muss er doch allein. Und wenn er ein guter Schriftsteller ist, muss er der Ewigkeit oder dem Vergessen jeden Tag ins Auge blicken.« Hemingways Leben und tragischer Tod bestätigen dies.

Schreiben für die Öffentlichkeit bleibt – auch wenn es in jeder Beziehung aufregend, ja faszinierend ist – wirklich eine einsame Sache. Und nachdem kaum jemand für die Schublade schreibt, bedarf es einer gewissen Beharrlichkeit, ja Besessenheit für diese erwartungs- und gleichzeitig verantwortungsvolle Funktion. Der oder die Schreibende, der Autor bzw. die Autorin, muss der Funktion als Berichterstatter, Erzähler, Kommentator, Kritiker, Meinungsbildner, objektiv und fortschrittlich denkend, in jeder Phase seiner Tätigkeit gerecht werden. Ein Autor darf sich durch Emotionen und trügerische Motive nicht verleiten oder hinreißen lassen (wie der eingangs erwähnte ermordete Pariser Marseillaise-Redakteur Victor Noir). Kurzum er sollte, um das vielzitierte strapazierte Modewort »cool« zu gebrauchen, überlegt und über den Dingen stehend agieren. Denn das einmal gedruckte Wort wirkt immer und ist nicht mehr wirklich rückgängig zu machen, besonders dann, wenn es negative Auswirkungen zeitigt.

Der für die Öffentlichkeit Schreibende nimmt mit seiner Tätigkeit nicht selten die Funktion eines Tormannes beim schicksalhaften Elfmeter-Strafstoß ein. Macht er dabei einen Fehler, so bekommt er ein Tor und beschert sich und seinem Team einen Nachteil. Peter Handkes »Angst des Tormannes beim Elfmeter« könnte hier als Zitat angebracht sein. Das Schreiben in der Tages- oder allgemeinen Schriftstellerei unter dem Druck äußerer und innerer Einflüsse zwingt den Autor nicht selten in die Position eines Seiltänzers ohne

Netz. Gravierende Fehler dabei bedeuten den unweigerlichen Absturz.

Diese Erkenntnis ging mir durch den Kopf, als ich mich am Père-Lachaise-Friedhof von Victor Noir, dem blutjungen journalistischen Heißsporn und Schriftsteller, verabschiedete.

Er hatte versucht, im Alter von erst 22 Jahren und voll Tatendrang, bekannt, ja berühmt zu werden und der französischen Revolution 1870/71 sowie deren medialen »Machern« einen persönlichen Dienst zu erweisen, den er allerdings mit seinem tragischen und sinnlosen Tod bezahlte. Nun, er wurde auch für kurze Zeit berühmt, indem der brutale Mord an ihm medial als »heldenhafter Duell-Tod« manipuliert wurde und ein detailbesessener Bildhauer von ihm eine Bronzeskulptur anfertigte, an der ein angeblich erotisierendes Detail dafür sorgte, dass Hunderttausend Pariser damals der Beerdigung beiwohnten und das Grab fortan zu einer Pilgerstätte für viele Frauen wurde.

Die christliche Glaubenslehre aber auch andere Religionen künden – und hier scheinen sie sich ausnahmsweise einig zu sein – von der Unsterblichkeit der Seele. Demnach müsste diese nach christlicher Version irgendwo im Kosmos auf das sogenannte »Jüngste Gericht« warten, bei dem angeblich alle Seelen der Verstorbenen und auch von den noch Lebenden vom Schöpfer zur Rechenschaft gezogen werden. Auch jene von Victor Noir, der sich Zeit seines jungen, kaum richtig gelebten und erfahrenen Lebens der Revolution verschrieben hatte. Victor Noir schrieb damals für die Zeitschrift »Marseillaise« und er starb auch für sie.

Und immer, wenn ich irgendwo Frankreichs historisch so bedeutsame und wirklich revolutionär melodisch-rhythmische »Marseillaise« höre – eine der für mich schönsten nationalen Hymnen – muss ich unwillkürlich an Victor Noir denken und seine, am Boden des Pariser Père-Lachaise-Friedhofs liegende, bronzene Skulptur, mit der eigenartig patinafreien Ausbuchtung des Hosenschlitzes und gleichzeitig an die Sinnlosigkeit und Brutalität, mit der damals (wie sie es auch heute noch ohne Skrupel tun) Medienmächtige einen blutjungen Menschen auf dem nationalistisch scheinheilig apostrophierten »Schlachtfeld der Ehre« opferten und heute noch, wenn auch auf andere Art, weiteropfern …

Klopfzeichen

Es war wahrscheinlich schon der 136ste oder vielleicht doch schon 237ste Brief, der gerade den Drucker seines Computers verlassen hatte. Was soll's, es kam ja schließlich auch gar nicht auf die Zahl an. Und außerdem, wer sollte sich daran stoßen, diese seine Schreiben – ursprünglich handgeschriebenen, inzwischen aus E-Mails bestehend – kamen ja sowieso nicht mehr oder selten an und wenn, dann ohne besonderes Echo. Nicht, dass sie etwa an niemanden gerichtet gewesen wären. Im Gegenteil – sie waren immer an jemanden, teilweise sogar an ausgesuchte Adressaten versendet worden.

Da waren alle Gattungen von Schreiben vertreten: Briefe über mehr oder weniger erfreuliche Ereignisse, Mails an geliebte Menschen und Freunde, inständige Ersuchen um ein klein wenig Gehör, Mitteilungen über Sorgen und Ängste. Schließlich aber auch versteckte und offene Drohbriefe, welche allerdings eher Konglomerate aus Verzweiflung, Hilflosigkeit, Ohnmacht und Zorn über Dinge waren, gegen die man sich nicht wehren konnte, die weh taten, jedoch nicht zu ändern waren.

Doch wen oder was kümmerte dies schon? Die Abgestumpftheit und das Bestreben vieler Menschen, alles einfach ohne nähere Betrachtung von sich abzublocken, feige abzuwimmeln, eiskalt zu ignorieren, waren bisweilen frustrierend und erschreckend. Bezeichnend der modische Spruch vieler: »Das geht mir einfach am Arsch vorbei …«

Es waren auch nicht immer Briefe, die er, wie er sich einredete, in stiller Abgeschiedenheit vorgefasst und dann durchdacht verfasst hatte. Und er redete sich mit jedem Tag mehr Dinge ein, als sein wirrer Kopf und sein übersensibles Gemüt verkraften konnten. Das Einreden war zur Manie geworden –

zur Manie eines, von einer Art des intellektuellen Protests besessenen Eremiten. Es waren bunt zusammengefasste Texte, für Außenstehende schwer verständliche, fein verästelte literarische Kunstwerke, manchmal auch verschlüsselte Botschaften, die aus seinem Innern heraus über die Computertastatur auf das Papier geflossen waren. Manchmal spontan und überschäumend wie Champagner oder wild wie ein über eine Felswand tosender Wasserfall, dann wieder leise und verspielt murmelnd wie ein Feldbächlein und manchmal zaghaft, ächzend und ruckartig wie ein schweres Gefährt, das sich mühsam über einen holprigen, steinigen Weg bewegt.

Und manchmal waren diese Texte auch wie ein Gebet – ohnmächtig, verzweifelt, inbrünstig und hilfesuchend. Oder auch wie ein grässlicher Fluch, schockierend, erschreckend degradierend, alles anzweifelnd und frevelhaft verwünschend. Es waren aber auch viele Briefe dabei, aus denen die Liebe sprach – eine flammende, fordernde, unerfüllbare Liebe – nur an eine einzige Adresse geschrieben, sehnsüchtig, Zärtlichkeit verstrahlend und nach Zärtlichkeit heischend, überquellend in fast schwulstig erotischen Bezeigungen, enthemmter Leidenschaft und dann wieder brennend vor Eifersucht und daraus entstandener abgrundtiefer Hassliebe.

Extrem schwankende Stimmungen – himmelhoch jauchzende und dann wider zu Tode betrübte – gaben sich auf dem bedruckten Papier ein spezielles Stelldichein und wechselten sich in bunter Reihenfolge auf den beschriebenen Blättern ab, gleichzeitig wie die meist wirren, aber manchmal auch klaren Dinge im Kopf und das Innerste einer, von immenser Unrast und ständiger Flucht gekennzeichneten Seele widerspiegelnd.

Ja, es waren in der Tat überaus ungewöhnliche Briefe und Mails, die aus seinem stets unruhigen Innersten heraus durch seine, von Gehirn und Seele gelenkten Händen verfasst worden waren. Es waren allesamt sogenannte abstrakte Seelenwanderungen, wie er sie selbst bezeichnete. Und er erinnerte sich – in einer seiner wenigen ruhigen Phasen darüber nachdenkend – unwillkürlich an den großen Arthur Schnitzler, der einmal so trefflich und immerwährend aktuell geschrieben hatte: »Die Seele ist ein weites Land ...« Wie weit dieses Land doch war und wie einsam dazu der Schreibende ...

Doch waren Schreibende nicht immer schon einsam und auf ihre Art Eremiten? Nun ja – wie die Literaturgeschichte vielfach bestätigt – waren engagiert Schreibende in der Tat immer schon einsam und bleiben es auf ihre Art. Mit ihm verhielt es sich jedenfalls so. Nicht, dass man ihn als Verfasser unzähliger Briefe, nach außen hin ausgesprochen als einsam bezeichnen hätte können. Er hatte eine Familie – auch wenn sie auseinander gebrochen und in der Folge als nicht mehr intakt bezeichnet werden konnte. Er hatte Freunde und Bekannte und solche, die ihm auch sonst nicht schlecht gesonnen waren. Und er hatte natürlich auch solche, die man nicht gerade als Freunde, aber auch nicht als Feinde bezeichnen konnte, die ihm halt einfach weniger Sympathien entgegenbrachten.

Doch sie alle waren seit geraumer Zeit weit, weit weg von ihm, auch wenn er sie manchmal überfallsartig anschrieb. Was soll's. Es ging ihm in dieser Beziehung einfach genauso wie vielen anderen.

Was ihn jedoch – auch wenn er es ursprünglich nicht einkalkuliert hatte und später nicht wahrhaben wollte – im Grunde belastete, war seine Einsamkeit. Eine Einsamkeit, die er bewusst vorgefasst, schlussendlich selbst gewählt hatte. Durch einen Ausstieg, mit dem er versucht hatte, sich aus einem Leben der Verantwortung und den täglichen Verpflichtungen in ein Leben ohne lästigen Ballast – wie er es zu nennen pflegte – hinüber zu schwindeln.

Dass dem schließlich jedoch nicht so war und dass man dem Leben nicht x-beliebig ausweichen oder von einem Leben in ein anderes überwechseln kann, wurde ihm erst später immer mehr klar.

Dennoch war er im Kopf und in seinem Inneren nicht bereit, diese Erkenntnis zu akzeptieren und schon gar nicht, sich einzugestehen, hier möglicherweise einen Holzweg beschritten zu haben. Was gab es da einzugestehen? Er war niemandem und nichts Rechenschaft schuldig. Auch sich selbst nicht, wie er meinte und wie er mir einmal am Telefon sagte, als ich ihn auf sein Leben und die Sorgen seiner Mutter – die ich gut kannte und der ich sehr nahestand – anzusprechen versuchte.

Wir waren früher – als er, wie meine, mit ihm befreundeten Kinder noch im Schüleralter steckte – des Öfteren zusammen, verlebten einmal sogar miteinander einen unvergesslichen Urlaub am Plattensee. Ich erinnere mich an unsere Zuneigung, die wir eigentlich vom ersten Tag unserer Bekanntschaft an zueinander spürten und eigenartigerweise an das gemeinsame Interesse an der Geschichte der nordamerikanischen Indianer, wobei uns die Stämme der Comanchen und Apachen besonders interessierten.

Er war sehr stolz darauf, von mir als »Comanche« bezeichnet zu werden, weil die Apachen in den gängigen Geschichten aus dem Wilden Westen als besonders räuberisch und grausam und die Comanchen – obwohl auch räuberisch und grausam – als edler und stolzer bezeichnet wurden.

Ich mochte ihn damals sehr, weil er ein humorvoller, lebendiger und doch sensibler, sehr intelligenter Junge war, mit dem man über alles reden konnte. Kreativ, hochbegabt und überall durch sein gewinnendes Wesen gleich beliebt, trug er sich damals schon mit dem Gedanken, eine musische Ausbildungsrichtung anzupeilen. Seine um die Familie stets bemühte, jedoch durch viele Probleme überlastete Mutter – dazu noch eine großartige, begnadete Künstlerin – förderte in der Folge wohl sein Talent, schaffte es jedoch nicht, ihn nach der Reifeprüfung und dem Scheitern ihrer Ehe auf einem ordentlichen Weg der Weiterbildung zu halten. Und seinem ultraegozentrischen Vater, der stets anderes als seine Frau und seine Familie im Kopf hatte und den Problemen in und mit der Familie – die auch ihn überforderten – aus dem Weg ging, war er in seiner direkten, unbequemen Art unheimlich geworden.

Schließlich hatte ich den dem Jünglingsalter Entwachsenden durch meine beruflich bedingte Absenz aus den Augen verloren und hörte dann nur noch, dass er in zweifelhafte Gesellschaft geraten war und – anstatt zu studieren – von Gelegenheitsjobs und sogenannten schnellen Geschäften lebte.

Nun, er wollte partout nicht studieren und sich schon gar nicht Lern- und Ausbildungspflichten unterziehen, sondern wie viele andere, ebenfalls falsch liegende Lebenstraumtänzer »einfach Cash machen«. Er sah sich auch ohne Ausbildung bereits als ausgereifter Künstler, wollte als solcher leben und tat es – soweit es sich machen ließ – auch in vollen Zügen und mit Drogen und Alkohol. Dennoch ging es vorderhand noch ohne tieferen Absturz ab und er kam einigermaßen über die Runden. Nun, er war intelligent, gutaussehend, beredt und ein Organisationstalent. Als fotografischem Talent war ihm die Szene zur damaligen Zeit offen gestanden, wie auch als Model, Reiseleiter etc. Und er war auch ein Tausendsassa mit viel Wissen in der elektronischen Kommunikationsbranche, mit dem er sich finanziell über Wasser hielt, wenn das Geld seiner, durch seine ständigen Eskapaden stets beunruhigten Mutter – die er abgöttisch liebte, jedoch selten richtig an sich heran ließ – nicht reichte. Da waren auch verschiedene kleinere, halbseidene Deals mit seinesgleichen, über die man jedoch besser nicht spricht. Doch war da wirklich auch noch etwas anderes?

War da wirklich noch eine Chance, aus einem selbst gewählten Ghetto heraus zu kommen, Anschluss an ein positives, pulsierendes Leben zu finden, mit Forechecking in ein neues Leben einzusteigen, Nägel mit Köpfen zu machen?

Jetzt, nach den Jahren des Abstiegs und einer erfolgversprechenden Entwöhnungsphase und dann plötzlichen Rückkehr in die Szene war da im Grunde nichts mehr. Er war zwar erst 48 Jahre alt, wog jedoch bei 1,80 Meter Körpergröße lediglich noch knapp 48 Kilo, war so schwach auf den Beinen, dass er einen Stock und fallweise sogar aufgrund eines schlecht verheilten Oberschenkelhalsbruches einen Gehbock benützen musste. Und aus dem Spiegel grinste ihm morgens ein zahnloser, übelriechender Mund entgegen, der ihm nicht einmal mehr ermöglichte, ordentlich mit anderen Leuten zu kommunizieren. Das war nun die brutale, immens schockierende, nackte Wirklichkeit, die aus einem trügerischen Versuch resultierte, ein Leben ohne Ballast zu führen. Aber dennoch schaffte es unser Künstlerfreund, sich dank seiner außergewöhnlichen Fähigkeiten in der elektronischen Kommunikation und dem Schreiben noch eine Zeitlang mehr schlecht als recht über Wasser zu halten.

Was ihm jedoch immer mehr zu schaffen machte, war trotz verbliebenen Kontakten mit der Mutter die zunehmende, ihm immer mehr bewusst werdende Einsamkeit – welche einerseits die nackte, unbarmherzige Einsamkeit eines gesellschaftlichen Außenseiters war, andererseits auch jene, nicht zu unterschätzende des Schreibenden. Nun, es sind nicht nur Männer, die sich im Grunde ihrer Seele anderen mitteilen wollen und deshalb den Weg des Schreibens wählen, weil man mit geschriebenen Worten Dinge doch wesentlicher kundtun konnte, als mit gesprochenen. Frauen, die sich anderen mitteilen wollen, schreiben – so ist oft zu hören – wesentlich mehr und intensiver.

Frauen schreiben noch mehr als Männer aus den mannigfaltigsten Anreizen und Gründen. Sie schreiben, um sich einfach dem oder der anderen über ihr Leben, ihre Glücksgefühle und Empfindungen mitzuteilen. Sie schreiben auch – und dann besonders intensiv – wenn sie sich nicht verstanden und einsam fühlen. Und es sind viele Briefe und Nachrichten von Frauen, die übrigens auch nie ankommen – ganz gleich, ob sie nur fiktiv verfasst, im Herzen aufbewahrt bleiben oder tatsächlich geschrieben werden, um auf Akzeptanz zu stoßen. Doch wer wird schon immer verstanden – in einer Zeit der gelebten Beziehungslosigkeit und schädlichen Reizüberflutung, in der Nachrichten an den Nächsten ohne zwischenmenschliche Beziehung per Computer und im Internet übermittelt werden. In einer Zeit, in der das Mobiltelefon mit seinen SMS-Nachrichten für manche zum Kommunikationsersatz avancierte.

Und Hand aufs Herz – wer bemüht sich heute noch ehrlich und ernstlich, den oder die andere(n) wirklich zu verstehen oder wenigstens zuzuhören, in einer Epoche des absoluten Egoismusdenkens, der stetig zunehmenden Beziehungskrüppel, in der die TV-Reklame für Hundefutter weit wichtiger erscheint als jene der Babynahrung, derweilen anderswo in der Welt Hunderttausende Kinder elend an Hunger krepieren.

Doch es ging und es geht in der Welt weiter nicht ums Zuhören und Verstehen. Und woher soll man heute auch noch aufgrund der Anreize der Umwelt und des täglichen Geschehens die Zeit und Konzentration hernehmen, dem Anderen zuzuhören, geschweige denn zu versuchen, ihn zu verstehen? Oder gar auf seine leiblichen oder seelischen Nöte einzugehen?

Und was stellt bei all den leiblich empfundenen Problemen schon die Seele dar? Sie wird immer mehr zum strapazierten Begriff, von Leuten verwendet, die geschäftlich das Manipulieren anderer Menschen auf ihre Fahnen geschrieben haben. Und in den Augen atheistischer Globalisierungsfanatiker und menschenverachtender Multis ist sie altmodisch, lästig und passé. An ihre Stelle ist der Bauch getreten. In ihm beginnt alles – auch wenn es laut natürlichem Ablauf schlussendlich banal endet. Doch wie heißt es denn heute immer und überall so scheinbar schön und trefflich: Gefühle müssen aus dem Bauch kommen.

Vielleicht liegt es auch an diesem Begriff, dass unsere Gesellschaft auf dem Weg ist, sich immer mehr wie menschlicher oder tierischer Kot in eine gefährliche Kloake spülen zu lassen.

Denn vieles, was aus dem Bauch kommt, nimmt bekanntlich den Weg dorthin. Viele Gedanken beschäftigten nach wie vor das Gehirn und die Seele unseres Schreibenden, während dieser eben dabei war, seinen 367sten Brief zu verfassen. Oder war es inzwischen gar schon der 437ste?

Er war müde geworden. Müde der endlosen Versuche, an andere heranzukommen, diese von seinen Ansichten zu überzeugen, dass der Mensch ein sensibles Wesen ist, der ein Recht und die Pflicht hat, auf seine und die Gefühle anderer zu pochen, um damit die Wichtigkeit des Seelenlebens zu unterstreichen und das Leben lebenswert zu gestalten. Oder war dem nicht so? Denn immerhin waren seine Briefe, sein Schreiben zu Papier gebrachte Gedanken und Gefühle eines Menschen, eines von der Schöpfung geschaffenen Individuums, das sich hier daraus das ihm eigentlich zustehende Recht nahm, sich anderen mitzuteilen. Doch ist hier und heute noch Platz für Gefühle, Platz für die Seele?

Und immer mehr kam ihm zum Bewusstsein, dass seine Briefe, seine E-Mails eigentlich Mitteilungen eines lediglich Mitteilungsbedürftigen waren – Mitteilungen eines Eingeschlossenen. Und was machen Eingeschlossene, die raus aus ihrem Gefängnis – in seinem Falle aus einem Ghetto – einfach nur nach draußen wollen? Sie schreien. Und wenn ihre Schreie nicht gehört werden und ihnen schließlich die Stimme versagt, dann bleibt ihnen nur noch das Pochen und Klopfen an den Wänden, sogenannte Klopfzeichen, wie man sie aus den furchtbaren Begebenheiten rund um eingeschlossene, langsam erstickende Bergleute kennt.

Klopfzeichen sind die eindringlichsten Möglichkeiten, auf sich aufmerksam zu machen. Sie sprechen für Erhörung, Erkennung, Hoffnung, Optimismus, Hilfe und Erlösung, aber auch Warten, Hoffnungslosigkeit, Verzweiflung und Ende. Auch aus seinen Briefen sprachen diese Empfindungen. Es waren die Mitteilungen eines Eingeschlossenen – nämlich wirkliche Klopfzeichen. Wieweit sie bewusst oder unbewusst überhört wurden und vergeblich waren, das spielte jetzt sowieso keine Rolle mehr, wo er dabei war, diese Sache auf seine Art zu bereinigen und abzuschließen. Er war auf seine Art ein Malefiz und irgendwo hatte ich ihn trotz seines Treibens sehr lieb.

* * *

Man fand seinen leblosen Körper mit fast gebetsartig verschränkten Armen wie schlafend auf dem Rücken liegend. Sein wie Wachs durchsichtig-blasses Gesicht, von den langen weißen Kopfhaaren und dem schneeweißen Bart umrahmt, vermittelte direkt friedliche Züge. Lediglich die eingetrocknete Blutspur von den Mundwinkeln beiderseits über das Kinn verlaufend und die große Blutlache, in der er lag, ließen ungeklärte Fragen nach seinem Tod offen. Dazu kam die klaffende Wunde am Hinterkopf. Der friedliche Ausdruck in seinem klassisch wirkenden Antlitz vermittelte im Gegensatz dazu den Eindruck eines Mannes, der nicht rücklings gestürzt, sondern am Boden gerade eingeschlafen war, nachdem er eine Sache zu seiner scheinbaren Zufriedenheit erledigt hatte. Der herbeigerufene Polizeiarzt hielt den Toten aufgrund dessen extremer Zartheit zuerst für eine Frau, ehe er dessen Bart bemerkte. Lediglich der gesicherte Computer und dessen Drucker waren noch eingeschaltet.

Seine Wohnung war sorgfältig aufgeräumt, die Grünpflanzen in den Vasen hatten noch frisches Wasser bekommen, der Kühlschrank war mit Lebensmitteln gefüllt. Für Verwunderung sorgte auch die Tatsache, dass Unmengen von Medikamenten verschlossen und unbenützt im Kasten lagen. Der Tote hatte offensichtlich für sein Dahinleben eine freiwillige sogenannte totale Raum-Askese gewählt, inmitten eines hohen Nikotin- und Alkoholkonsums mit gefährlichem Bewegungsmangel und ohne jegliche Einnahme von inzwischen notwenig gewordenen Medikamenten. So war das Ende vorprogrammiert. Wie der Polizeiarzt weiter feststellte, war der völlig abgemagerte und körperlich schwache Mann aufgrund negativ veränderter Innenorgane an einem plötzlichen Blutsturz gestorben und am eigenen Blut erstickt, nachdem er zu Boden gestürzt war. Der Unglücksfall musste unerwartet eingetreten sein, denn es gab keine Anzeichen irgendeines Hilfesuchens des Verstorbenen. Auch die Nachbarn hatten den Vorfall nicht bemerkt. Doch wer bemerkt heute in einem vielbewohnten Haus in einer Großstadt noch einen solchen Vorfall. Dass es ausgerechnet seine ihn über alles liebende Mutter war, die ihn fand, war offenbar eine schlimme Laune des Schicksals.

Sie war übrigens der einzige Mensch, mit der er wirklich noch Kontakt hatte. Einen Kontakt, der über lange Jahre ein extrem nervenaufreibender war und lediglich von ihm, ihrem leiblichen Sohn bestimmt und gestaltet wurde und über den nur engste Freunde von ihr annähernd, wenn überhaupt, Bescheid wussten. Was sich wirklich zwischen den beiden in dieser Tragödie – die sie sich mit Ausnahmen des persönlichen Treffens lediglich im E-Mail-und Telefon-Bereich abspielte – wusste im Grunde niemand. Es waren förmliche, von Hilflosigkeit und Ohnmacht gekennzeichnete Terror-Anschläge auf seine Mutter, die er täglich – offensichtlich in Panik geraten – startete, manchmal sogar mehrmals am Tag.

Später – als die Mutter nicht in seinem Sinne reagierte und auch nicht reagieren konnte, jedoch immer Haltung bewies – bezog er ihren zweiten Mann und einige ihrer engsten

Freunde in seine schlimmen Vorwürfe und Beleidigungs-Kanonaden ein, die er im Grunde gar nicht wirklich wollte. Das eigenartige an dieser abartigen Szenerie war die Tatsache, dass er die Mutter nur selten voll an sich heran ließ, um sich wirklich helfen zu lassen. Das wollte er in seinem offenbar sadomasochistischen Wahn partout nicht. Er wollte sich offensichtlich in den Qualen, die er sich und anderen bewusst und vorsätzlich zufügte, weiterhin weiden.

Grund hiefür – so stellte sich für mich als langjähriger Beobachter die tragischen Situation dar – war Liebe, total vernarrte, abgöttische Liebe zur Mutter, welche diese trotz ihres lieben und gütigen Wesens und ihrer großen Liebe zu den Kindern in diesem überfordernden Umfang nicht und nie wiedergeben konnte. Und er – er wollte nur eines, das er schon als kleines Kind offenbarte – nämlich seine Mutter ganz für sich allein besitzen.

Nachdem dies logischerweise trotz vieler Zuwendungen derselben an ihn nicht möglich war und auch niemals möglich werden konnte, spezialisierte er sich – zumindest kam es mir so vor – mit fortlaufendem Alter auf einen Ersatz, auf eine sadomasochistische Schiene, auf der er sich schlussendlich festfuhr. Solche Entwicklungen sind gar nicht so selten und bei manchen heranwachsenden, sensiblen Kindern zu erkennen, legen sich jedoch dann bei behutsamer Behandlung meistens wieder. Hier, in diesem speziellen Fall, war es anders.

Bedenklich wird es auch, wenn die Ehepartner nicht harmonieren und es zur Trennung der Eltern mitten im Kindesalter kommt, wie es im vorliegenden Fall leider zutraf. Diese Vorkommnisse waren für den Verstorbenen mit beeinflussend, sich in seine eigenwillige Lebensnische zurückzuziehen und zu versuchen, auch seine Mutter in diese, von ihm gewünschte eremitische Lebenskonstellation einzubinden. Und sie, die um seinen sensiblen und für Lebensstürme negativ anfälligen Charakter wusste, versuchte, ihm immer wieder beizustehen, damit er über die Runden kommen würde. Und in den wenigen klaren Phasen, die er hatte, dankte er ihr.

Wenn man hier von einer wirklich großartigen Frau sprechen kann, dann wirklich von seiner Mutter. Sie tat praktisch alles für ihn, um im zu helfen. Bis zuletzt hatte sie versucht, ihm beizustehen. Und es gab ihr irgendwo Trost und eine Art Beruhigung, dass gerade in den letzten Tagen zwischen ihnen eine neue Ebene der Kommunikation und des Sehens der Standpunkte eingetreten war. Er war auf einmal nicht mehr so aggressiv und bösartig verletzend zu ihr gewesen, hatte am Telefon ruhiger und überlegter als sonst gesprochen, ja sogar liebevoll. Sie krümmte sich in heftigen Weinkrämpfen, die sie bei den Gedanken an dieser Veränderung überfielen. Sie war zeitweise schon so müde, ja mürbe, dass sie irgendwelchem Zorn, diesen seinen Schrei nicht mehr richtig hören konnte. Obschon sie wusste, dass sie ihm Spiegel und Reibebaum zugleich war und ihn immer wieder hinein ins Leben predigen wollte, wozu er in seinem längst hoffnungslos zerrissenen Innersten nicht mehr bereit war oder gar keine Kraft mehr dazu verspürte. Es war ja so furchtbar und es tat so weh …

Es tat auch so weh, als der polnische Franziskanerpater mit sehr viel Einfühlungsvermögen in der Klosterkirche seiner ehemaligen Heimatstadt zusammen mit einer überraschend großen Trauergemeinde den Gedenkgottesdienst für ihn hielt. Seine sterbliche Hülle war bereits am Tag vorher fern dem Todesort in einem alten Verwandtschaftsgrab beigesetzt worden. Außergewöhnlich dabei war – wie ich vernehmen konnte – der Lärm eines Einsatzes von mehreren Rettungsfahrzeugen, die mit Blaulicht und lautem »Tatü-Tata« am Friedhof vorbeigebraust waren und auf die ernsten Mienen seiner ehemaligen Schulkameraden ein verschmitztes Lächeln gezaubert hatten, weil diese um die Vorliebe des Verstorbenen für solche Krawalle bei ernsten Veranstaltungen wussten.

Der Gedenkgottesdienst, den seine Mutter in seiner Heimatstadt veranstaltete, war für mich insofern überraschend, weil die Klosterkirche bis auf den letzten Platz mit Trauergästen besetzt war, unter denen sich sehr viele junge Leute befanden und weil hier ein erfreuliches Zeichen christlichen Zusammengehörigkeitsdenkens gesetzt wurde. Es war eine schlichte, würdige, jedoch für mich trotzdem tiefgehende Abdankungsfeier für einen, der ein Leben lang viel sagen wollte und auch viel zu sagen gehabt hätte. Und schließlich musste ich der schwer geprüften, jedoch gefassten Mutter etwas widersprechen, die sich mit einem erschütternden, tiefgehenden Gedicht von ihrem Sohn verabschiedete, in dem der Satz »Ohne Vorwarnung bist Du gegangen« vorkam. Dem war nämlich nicht so und sie wusste es auch, wie ich es wusste …

In den letzten Wochen vor seinem Ableben waren in seinen Nachrichten etliche Vorwarnungen und Ankündigungen eines geplanten »Gehens« enthalten. Eines musste man ihm lassen: Er verstand es, sich bis zum bitteren Ende entsprechend in Szene zu setzen. Er wurde allerdings mit seinem Botschaften immer undeutlicher. Sie waren durch Vorhaltungen und dann wieder Zuwendungen zugleich bis zur Unkenntlichkeit verschlüsselt und daher schwer verständlich.

Das Schicksal nahm jedenfalls so oder so seinen Lauf. Kurzum, es war eine Verabschiedung für einen der vielen unbekannten, ungehörten und ungelesenen Schrei(b)enden – für einen Eingeschlossenen, der offensichtlich Klopfzeichen gegeben hatte, die wir trotz ihrer Dringlichkeit und Deutlichkeit nicht hörten oder nicht hören wollten und die daher vergeblich waren. Für mich war es jedenfalls ein mich innerlich sehr aufrührendes Abschiednehmen von einem schlussendlich trotz oder gerade aufgrund seiner geliebten und ungeliebten Eigenheiten gemochten Menschen, der gelebt und geendet hatte, wie eine Kerze, die von beiden Seiten her abbrannte.

An den Grabmälern des sogenannten »Unbekannten Soldaten« in aller Welt werden immer wieder Kränze niedergelegt. Vielfach wird Trauer als Grund dazu angegeben, richtig wäre oft jedoch eher ein schlechtes Gewissen.

An den Gräbern der unbekannten Schrei(b)enden hingegen wird mehr oder weniger achtlos vorübergegangen. Ausnahmen bestätigen die Regel, wenn die Grabmale Namen wie Stefan Zweig, Heinrich Mann, Ingeborg Bachmann oder Thomas Bernhard tragen, um nur einige zu nennen, die »freiwillig« aus dem Leben schieden oder einfach auch ohne eigene »Nachhilfe« gehen wollten, wie unser Freund aus Wien.

Der sogenannte »Freitod« beziehungsweise das bewusst gewollte »Gehen« – wenn auch nicht durch Suizid – aus unserer immerwährend maroden Gesellschaft ist keine lässige »coole« Sache. Es ist eine Konsequenz aus welcher Situation auch immer, die unserer Gesellschaft nach wie vor ein Armutszeugnis ausstellt und die vielfältige Armut unserer Seelen offenbart, die eigentlich nicht sein sollte.

Unser Freund war nun einmal gegangen. Er hatte mehr oder weniger spektakulär die große Reise ins Jenseits, ins unendliche Universum angetreten. Ein altes Sprichwort lautet: »Reisende soll man nicht aufhalten«. Es ist – wenn auch oft als »geflügelt« bezeichnet – im Sinn vorgenannter Betrachtung kein sehr treffliches Sprichwort ...

Es wäre angebrachter, auf jene Klopfzeichen zu achten, welche auf der Reise befindliche Seelen von Schreibenden aussenden, die schlussendlich zu wenig oder gar nicht gehört und oft völlig unbeachtet in der donnernden Weltenbrandung verebben und schließlich als Seelenasche im Nichts zerstäuben.

Wenn ich heute in einer stillen Phase über das Geschehen nachdenke, stelle ich fest, dass ich in meinem bisherigen Dasein großes Glück – oder wie man oft zu sagen pflegt – viel Schwein hatte, um mich mehr oder weniger unbeschadet durchs Leben zu schlängeln. Ja, es war ein Schlängeln, ein Ausweichen gegenüber Konfrontationen, solange es möglich war, ein relativ geschicktes Spurenverwischen und dennoch – es ging mir wie vielen anderen – die Vergangenheit holte mich immer wieder ein. Und ich konnte dabei unangenehme Begegnungen nicht einfach verdrängen oder nicht zur Kenntnis nehmen. Die Begegnungen waren handfest, von unheimlicher Realität getragen. Beispielsweise mit jemandem, der mich – wie auch alle andern – ständig wie ein Schatten begleitet, in einer Art Sicherheitsabstand, in einer Anonymität, aus der er bisweilen blitzschnell heraustrat, um »in Action« zu treten – der Tod. Wenn man voll im Leben steht, voller Vorhaben und Ziele steckt, denkt man nicht an ihn. Doch wenn man das größte Stück des eigenen Daseins durchschritten hat, ihm mehrfach begegnet ist und ihm glücklicherweise ausweichen konnte, sieht das wesentlich anders aus.

Allerdings nicht mehr so schrecklich, sondern durch die inzwischen stattgefundenen Begegnungen eher durch die Erkenntnis des Unausweichlichen geläutert. Dies kam mir während des Gedenkgottesdienstes für unseren Freund in den Sinn und zog in Bildern – wie in einem Film – an mir vorüber. Ich war in meinem bisherigen Leben einige Male dem Tode nahe. So nach einem Ausritt mit einem neuen Sportauto, als ich alkoholisiert nach einer durchzechten Nacht im Auto eingeschlafen und von der Straße abgekommen war, zwischen einer dicken Eiche und einem Stahlträger durchdonnernd ein Bachbett überquerte und mit zertrümmertem Auto dann ohne eine Schramme zum Stehen kam. Oder bei meiner erwähnten Bauchspeicheldrüsen-Operation, bei der mein Herz aussetzte oder bei einem doppelten schweren Nierenversagen nach einem Training zum legendären »Iron Man«, einem gefürchteten Berglauf auf die Silvrettahöhe. Aber auch im Kampf gegen den Hautkrebs, der mich am Kopf befallen hatte und dessen Folgen ich heute noch spüre. Und ganz zu schweigen von meinem bedrohlichen Zustand meines Blutfettstoffwechsels, der mein Herz angriff, einen Herzschrittmacher nötig machte und schließlich für ein Blutgerinnsel sorgte, das zu einem Schlaganfall im Gehirn führte und mich zu einem sogenannten Risikopatienten machte.

Doch schließlich sind wir alle sogenannte Risikopatienten. Manche weniger und manche mehr. Das erfuhr auch die Mutter des zu früh aus dem Leben Geschiedenen. Sie wurde von einem rücksichtslosen Radfahrer mitten in der Stadt niedergefahren und so schwer verletzt, dass sie bleibende Schäden zumindest insofern davontrug, dass sie bei Wetterumschwung regelmäßig an Kopfschmerzen litt und eigenartigerweise auch dann, wenn sie an ihren verstorbenen Sohn dachte.

Sie erzählte mir in diesem Zusammenhang, dass ihr des Öfteren ein Rabe erschien, der sich am Fenstersims niederließ und sie mit schief gehaltenem Kopf ansah. Und wenn sie nicht am Fenster war, dann passierte es, dass er sich durch Klopfzeichen mit seinem Schnabel an der Fensterscheibe bemerkbar machte. Sie glaubte fest daran, dass der Rabe die unruhige Seele ihres Sohnes wäre, die sich auf diese Art bemerkbar machte. Seit sie ihm jedoch Aufmerksamkeit geschenkt und mit ihm gesprochen habe, hätte er seine Besuche am Fenstersims nur mehr sporadisch gemacht und auch seine Klopfzeichen eingestellt.

Mir fiel dabei der Südtiroler Künstler Paul Flora ein, der für seine exzellent gezeichneten Raben bekannt war und mit dem ich mich einmal über die Bedeutung dieser Vögel für sein künstlerisches Schaffen unterhalten hatte. Ich teilte ihm mit, dass ich die eigenartige Vorstellung hätte, dass Raben die Seelen von Verstorbenen darstellen könnten. Diese Vorstellung nistete sich in meinem Gehirn ein, als mir eines Tages eine große Anzahl von Raben aufgefallen war, die sich auf einem abgemähten Kornfeld niedergelassen hatten.

Der begnadete Künstler sah mich lange an, wiegte sein weises Haupt und meinte, dass meine Vorstellung gar nicht so abwegig wäre. Jedenfalls wäre erwiesen, dass diese schwarzen Vögel über besondere, sozial sehr ausgeprägte Eigenschaften verfügen.

Wieweit die Klopfzeichen des besagten Raben an der Fensterscheibe mit dieser Eigenschaft eine eigene Bewandtnis hatten oder auch nicht, sei dahingestellt. In diesem besonderen Falle hatten sie jedenfalls eine Wirkung, die einen Denkprozess über die mögliche Funktion der menschlichen Seele auslöste …

Lido der Pfaue

»Die Welt ist so voll von so vielen Dingen, dass ich sicher bin, wir sollten alle glücklich wie die Könige sein. Wie glücklich sind Könige?« Dieses Zitat mit der sinnigen Zusatzfrage von Philip Stevenson schrieb der amerikanische Schriftsteller Ernest Hemingway in einem Brief vom September 1926 aus Paris an den ebenfalls weltbekannten Autor F. Scott Fitzgerald (»Der große Gatsby«).

Eigenartigerweise fällt mir dieses Zitat jedes Mal dann ein, wenn ich mit dem Auto am Parkplatz vor dem Hotel »Milan« in Stresa am Lago Maggiore halte, aussteige, die herrliche Seeluft tief in mich einatme. Und ich erinnere mich an den berühmten amerikanischen Schriftsteller, der einige Male hier war, das herrliche Klima, die Spaziergänge am Lido der berühmten Leute – am Lido der Pfaue – genoss und etwas machte, was er sonst nicht tat, sich nämlich an bewegte, aber auch schöne Zeiten zu erinnern. Doch Hemingways Stresa-Aufenthalte kamen nicht zufällig zustande. Sie verbanden ihn nämlich mit einer längst vergangenen Zeit, die sich etwas weiter weg, in den schneebedeckten Bergen der Silvretta im Montafon abspielte.

Hinter Hemingway lagen dabei zwei längere Winteraufenthalte im Montafon (1925 und 1926), wo er zusammen mit seiner Frau Hadley, seinem Sohn »Bumby«, seinem Schriftstellerfreund John Dos Passos und weiteren Freunden in Schruns im Hotel Taube logierte, aber auch im Posthotel Rössle in Gaschurn sowie im legendären Madlenerhaus auf der Bieler Höhe in der Silvretta-Hochgebirgsregion übernachtete. Und er schrieb weiter in seinen vielen Briefen aus Schruns unter anderem: »Es hat zwei Tage geschneit. Ungefähr zweieinhalb Fuß Schnee. Kalt. Die Luft schön dicht. Es ist verdammt schön, die Berge wiederzusehen«, oder: »Ich erinnere mich, wie der Schnee auf der Straße unter den Schuhen knirschte, wenn wir mit unseren Skiern und Skistöcken auf den Schultern in der Kälte nach Hause gingen, wie wir nach den Lichtern ausschauend dann schließlich die Häuser sahen und wie jeder auf der Straße artig »Grüß Gott« sagte.«

Zwei Winter verbrachte Ernest Hemingway – seines Zeichens stets engagierter Journalist, Schriftsteller und Dichter, Nobelpreisträger für Literatur, Pulitzer-Preisträger, passionierter Weltenbummler, draufgängerischer Großwildjäger und Fischer, aber auch Potenzprotz, Raufbold und Säufer – im Montafon. 1925 begleitet von seiner ersten Frau Hadley und 1926 sogar mit zwei Frauen, nämlich mit Hadley und seiner damaligen Geliebten und späteren zweiten Frau, Pauline Pfeiffer.

Diese fiktive Rückkehr in sein Paradies fand schließlich des Öfteren in seinen persönlichen Erinnerungen und in jenen seiner Romanhelden statt. Hemingways Aufenthalte im Montafon waren die schicksalhaftesten in seinem unruhigen Leben. Hier begann sich sein internationaler Durchbruch als großer Schriftsteller abzuzeichnen. Hier schrieb er auch etliche gute Stories und an seinem ersten berühmten Romanwerk »Fiesta«. Hier im Montafon tauchte auch das Lebensschicksal in Form seiner bereits erwähnten späteren zweiten Frau Pauline Pfeiffer auf, die sein Leben grundlegend veränderte und in ganz andere Bahnen lenkte.

Diese Montafon-Aufenthalte hinterließen bei Hemingway einen tiefen Eindruck. Denn nur so ist zu erklären, dass seine Reminiszenzen an das Montafon, dessen gigantische Gebirgswelt, dessen Bewohner, dessen Naturschauspiele wie Föhnsturm und Lawinen, Schnee, Kälte und Eis nicht in formaler nüchterner Berichterstattung ihren Niederschlag fanden, sondern in kraftvoller Sprache und guter, überaus spannender, lesenswerter Literatur. Und so ist es auch nicht anders zu erklären, dass Ernest Hemingway im Südvorarlberger Landesteil Montafon, der in der Tat eine der schönsten, ja fantastischsten Hochgebirgsregionen darstellt, nicht nur während seiner Aufenthalte, sondern auch viele Jahre danach und speziell vor seinem Lebensende ein, nämlich »sein Paradies« sah, in das er in seinen vielen Erinnerungen immer wieder – wenn auch nur fiktiv – zurückkehrte. Denn nach seinen Schruns-Aufenthalten begann neben Hemingways schriftstellerischem Ruhm aber auch die empfindsame persönliche und literarische Auseinandersetzung mit gefährlichen Abenteuern, Krieg und turbulenten zwischenmenschlichen Gesellschaftsverhältnissen, die schließlich auch an diesem weltberühmten Autor nicht spurlos vorübergingen, wie auch die in seinen späten Jahren immer mehr auftauchenden Depressionen und Zweifel an sich selbst, die schlussendlich zum – hier ist ein Anführungszeichen berechtigt – unausweichlichen »Freitod« führten.

Es ist heute müßig, darüber zu rätseln, ob nicht ein erneuter Montafon-Aufenthalt Hemingways in dessen letzten Jahren dem schwerkranken und alternden Schriftsteller ein völlig neues Lebensgefühl gegeben und ihn vor dem Suizid bewahrt hätte. Vielleicht wäre es für ihn eine tatsächliche und nicht heimlich ersehnte Rückkehr in sein Paradies gewesen – die Rückkehr in ein Tal, in dem die Menschen früher artig zueinander »Grüß Gott« sagten, gemütlich am Stammtisch saßen und in dem auch heute noch so mancher seine Skier außerhalb des nach wie vor boomenden Skitourismus abschnallt, an eine Hüttenwand lehnt, »Berg Heil« sagt, den Rucksack ablegt, um sich zu den anderen zu setzen, so wie es »Papa Hem« einst so lebensnah beschrieb.

Die Stammtischler des bekannten Hotel »Taube« in Schruns oder die trink- und rauflustigen Jäger im weit herum bekannten Tschaggunser Gasthaus »Löwen« hätten sich sicher über die willkommene Abwechslung gefreut, den bärtigen Weltenbummler nach vielen Jahrzehnten wieder in ihrer Runde vorzufinden, in der dann wieder Unmengen von Bier, Montafoner Kirsch und Enzian bei so mancher Spielkartenrunde oder im Austausch von alten Erinnerungen geflossen wären. Vielleicht wäre es dann auch nicht zu jenem tragischen Morgen des 2. Juli 1961 in Ketchum (Idaho) gekommen. Ich weiß es nicht …

Nachforschungen meinerseits haben ergeben, dass sich Ernest Hemingway durchaus mit dem Gedanken getragen hat, dem Montafon nochmals einen Besuch abzustatten. So weilte er bekanntlich in den 50erJahren mehrmals zum Forellenfischen am Lago Maggiore, wo er immer im weltbekannten Nobelhotel »Grand Hotel et des Îles Borromées« in Stresa residierte, das nach dem Ersten Weltkrieg als Soldaten-Lazarett gedient hatte und in dem auch der damals unbekannte, in eine Rot-Kreuz-Uniform geschlüpfte Kriegsbericht-Korrespondent Ernest Hemingway seine Kriegsverwundung auskurierte und sich auch gleich in eine Krankenschwester adeligen Geblütes namens Agnes von Kurowsky unsterblich verliebte. Es war für ihn eine unglückliche Liebe, denn die bildhübsche Krankenschwester erwiderte seine Liebe nicht. Sie wollte mit dem um zehn Jahre jüngeren, wenn auch gut aussehenden Hemingway keine sie einengende intime Verbindung eingehen. Seinen glühenden brieflichen Liebeserklärungen begegnete sie eher reserviert.

Nach langem vergeblichem Werben machte er schließlich die bitterste Erkenntnis seines Lebens, als er erfuhr, dass sich Agnes von Kurowsky in einen jungen neapolitanischen Adeligen verliebt hatte und dessen Werben schlussendlich erlegen war. In der Tat vergaß Hemingway diese Enttäuschung seiner ersten Liebe nie und dieses Ereignis sollte sich später stets als eine Art Trauma auf seine Frauenbeziehungen auswirken. Denn erstaunlicherweise hatte Ernest Hemingway immer eine Frau in petto, wenn seine gegenwärtige Beziehung nicht klappte oder einem Ende entgegenging. Seine unglückliche unerwiderte Liebe zu Agnes von Kurowsky bewirkte wahrscheinlich auch, dass der Schriftsteller einige Male an den Lago Maggiore und nach Stresa zurückkehrte und mit Wehmut an diese Zeit und damit an seine große Liebe zurückdachte.

In einem Gespräch meinerseits mit dem greisen, inzwischen verstorbenen Hauspianisten des Grandhotels, der in den 50er-Jahren in der Bar für den trinkfreudigen amerikanischen Schriftsteller aufspielte, kam zutage, dass Ernest Hemingway hier des Öfteren auch seine Aufenthalte im Montafon erwähnte, vom seinerzeitigen Skifahren in der Silvretta schwärmte und sich danach erkundigte, wie es dort inzwischen aussähe. Und der greise Pianist erinnerte sich, dass damals unter anderem über zwei Stauseen und über eine hohe Staumauer gesprochen wurde, die sich vor dem legendären Madlenerhaus in den Himmel reckte und das einst offene Tal absperrte. Wieweit Hemingway über die Meldung dieser Veränderung erbaut war oder nicht, war allerdings nicht mehr zu eruieren. Er soll sich lediglich darüber erkundigt haben, ob in den Silvretta-Stauseen die Möglichkeit bestand, Forellen zu fischen. An mehr erinnerte sich der Bar-Pianist nicht und Ernest Hemingway hatte es offensichtlich vorgezogen, seine Erinnerungen an sein Paradies in der Silvretta beim alten zu belassen und nicht durch neue, andere Eindrücke zu verändern.

Stresa und der Golf von Verbania am Lago Maggiore boten damals viel Abwechslung und es waren eine Reihe von berühmten Persönlichkeiten aus aller Welt, die sich hier am »Lido der Pfaue« – so bezeichne ich die Gegend um Stresa – trafen und das Leben in vollen Zügen genossen. Vor allem die herrlichen Borromäischen Inseln hatten es vielen angetan und waren ein Ausflugsziel par excellence.

Da war die»Isola Bella«, die größte, blütenübersäte Insel mit ihrem phantastischen Schloss, dann die »Isola Pescatore«, die Insel der Fischer mit ihren exklusiven Fischrestaurants und schließlich die kleinste, die »Isola Madre«, weltbekannt durch ihre riesige Pfauenkolonie, die die Reichen und Schönen anlockte. Deshalb meine Bezeichnung »Lido der Pfaue«, denn hier flanierten die Adeligen, Musiker, Künstler, Schriftsteller, Schauspieler und alle, die es sich damals leisten konnten, in den großen, teuren Hotels zu residieren.

Neben Literatur-Nobelpreisträger Ernest Hemingway waren hier auch zwei weitere weltbekannte Schriftsteller und Nobelpreisträger zu Gast, nämlich der berühmte irische Dichter George Bernard Shaw und der amerikanische Autor John Steinbeck (»Von Mäusen und Menschen«, »Straße der Ölsardinen«, »Jenseits von Eden«). Sie wohnten beide im Grand Hotel »Regina Palace«. Das »Regina Palace« strahlt heute noch das Flair von damals aus – einer Zeit, die nie mehr wiederkommt, von der man jedoch heute noch träumt. Jedenfalls stimmen Landschaft und Gebäude heute immer noch und das zählt und wird eines Tages vielleicht wieder zählen. George Bernard Shaw hatte hier immerhin über ein halbes Jahr residiert.

Interessant war, über die »Isola Madre« zu lesen, dass diese damals eine Schlangen-Invasion erlebte. Heute ist sie das Zentrum der legendären Pfaue, die sie bevölkern und berühmt machen. Sie ist für mich trotz ihrer relativen Einfachheit gegenüber den andere Inseln die wichtigste. Denn auf dieser konnte sich meine Lebensgefährtin Ingeborg nach ihrem furchtbaren Radunfall das erste Mal ohne Rollstuhl frei bewegen. Der Golf von Verbania war immer schon der Treffpunkt großer Persönlichkeiten. Ich gab diesen Ufern am Lago Maggiore mit den Städten Verbania-Intra, Pallanza, Baveno und Stresa und deren malerischen Flanier-Meilen den vielsagenden Namen »Lido der Pfaue«.

Nicht zuletzt, weil sich hier ein Teil der prominenten Männlichkeit den Pfauen auf der Isola Madre gleich ein historisch überliefertes, vielbeachtetes Stelldichein gab und weiter gibt. So wohnte auch der berühmte englische Premierminister Sir Winston Churchill hier mehrmals in der Nachbargemeinde Baveno.

Baveno war ursprüngliche die bedeutendste Niederlassung im Golf von Verbania. Hier hatte die berühmte britische Königin Viktoria eine Residenz für sich und ihr Personal bauen lassen, das spätere exklusive Hotel »Lido Palace«, in dem Churchill einen Teil seiner Hochzeitsreise verbrachte und später dann mehrere Male abstieg und auch mit seinem Schriftstellerfreund William Somerset Maugham zusammentraf. Maugham war bekannt dafür, dass er nicht nur zu den bedeutendsten Schriftstellern der Welt zählt, sondern er war auch bekannt dafür, die besten und schönsten Ecken der Welt zu kennen und Baveno und das Hotel »Lido Palace« gehören dazu – von dessen Parklage und der exzellenten Küche ganz zu schweigen.

In diesem paradiesischen Hotel, in dem ich viele Jahre mit Ingeborg herrliche Urlaube verbrachte, treffen sich auch heute noch Ruhe suchende Gäste aus ganz Europa. Heute ist diese malerische Gegend zwar nicht mehr der erklärte Treffpunkt der internationalen Prominenz, die sich woanders – jedoch oft unbefriedigt – absetzt. Aber dennoch genießen viele Menschen das milde Klima hier und ergötzen sich an den landschaftlichen Schönheiten, die kaum eine andere Region bietet. Ich bin trotz gegenteiliger Annahmen überzeugt, eines Tages wird hier wieder der Jubel und Trubel vergangener Zeiten herrschen.

Nicht zu vergessen ist dabei Verbania, die große lebendige Bezirksstadt – Verbania-Intra, verbunden mit Pallanza – ein Traum von Baulichkeiten, Einkaufs- und Verweilmöglichkeiten, die man sonst nicht so schnell in Oberitalien findet. Ich denke dabei an die lauschigen Vormittage beim Prosecco-Aperitif am Ufer des Lago in Pallanza unmittelbar beim imposanten Campanile. Nirgendwo erfuhr ich soviel menschliches Entgegenkommen wie in Verbania-Intra, im kleinen Hotel »Intra«, wo man meiner Lebensgefährtin im Rollstuhl trotz räumlicher Beengtheit so großartig entgegenkam, und deshalb sei der Direktion des Hotels »Miralago« an dieser Stelle gedankt. Denn ich achte sehr auf solch zwischenmenschliches Entgegenkommen, das gefragt ist, jedoch leider immer seltener wird. Für Verbania – übrigens eine sehr schöne, sehenswerte und vor allem für seine vielen modischen Topgeschäfte berühmte Einkaufs- und Verweilstadt – die beste Reklame ...

Doch nun wieder zurück zu Stresa und Ernest Hemingways Erinnerungen an diese Stadt. Ernest Hemingway war immerhin dreimal hier und fand offenbar niemanden, der ihn für einen Kurzbesuch in die Alpen, in sein »privates Paradies«, wie er das Montafon einmal nannte, motivierte. Hemingway war dafür bekannt, dass er, je älter er wurde, immer jemanden brauchte, der ihn zu einer Tour sowohl überredete und auch begleitete. Jedenfalls kehrte der weltberühmte Schriftsteller nicht mehr in sein »privates Paradies« inmitten der Alpen zurück.

Dazu stellt sich die Frage, was er heute über das Montafon schreiben würde – über ein Montafon, das er sicher nicht überall gleich wiedererkennen würde, wie er es in Erinnerung hatte. Der Schnee würde vielleicht nicht mehr unter seinen Füßen knirschen, weil man inzwischen mit dem Auto oder dem Bus nachhause fährt. Auch würde nicht mehr jeder so artig wie damals »Grüß Gott« sagen. Und was würde er sagen, sähe er jetzt die vielen Menschen auf den zahlreichen Skipisten mit ihren supermodernen Aufstiegshilfen, die hochklassigen Hotels und Restaurants, die vielen Autos auf den Parkplätzen und die Blechschlangen in der Skisaison auf der Montafonerstraße? Würde er mit diesen modernen »Errungenschaften« zurande kommen? Man weiß es nicht.

Man könnte höchstens erahnen, wie »Papa Hem« eventuell reagieren würde. Dass er den modernen Erschließungen im Skitourismus aufgeschlossen gegenüberstand, ist ja erwiesen. Denn schließlich dachten er und sein Schriftstellerkollege John Dos Passos schon 1926 in Schruns laut darüber nach, von München aus per Doppeldecker in die Silvretta zum Skifahren und Tourengehen zu fliegen.

Hemingway würde sicher schon aufgrund seiner Neugierde und Abenteuerlust mit einem Skilift in die Höhe fahren, um sich umzusehen. Wieweit er jedoch mit den stark bevölkerten Skipisten zurande käme, wäre abzuwarten. Er würde mit entsprechendem Respekt abfahren, dann jedoch am nächsten Tag seine Tourenskier packen und mit einem erfahrenen Tourengeher die Weite suchen, die es mit ihrer Stille in abgeschiedenen Höhen und Hochtälern immer noch gibt.

Und dann würde er zurückkehren ins Madlenerhaus in der Silvretta, ins Posthotel »Rössle« nach Gaschurn und an den Stammtisch im Schrunser Hotel »Taube«, in den »Löwen« nach Tschagguns oder neuerdings auch ins renommierte Schrunser Löwen-Hotel, ins Gasthaus »Kreuz« in Schruns mit seiner gediegenen »Hemingway Bar«, in die heimelige Bodega »Angel«, in das renommierte Café Frederick der Konditormeister-Familie Senn, wo es die berühmten Senn-Pralinen à la Hemingway und die besten Gourmet-Lachsbrötchen mit einer raffinierten Unterlage aus feinster Kresse gibt, oder auf einen Sprung ins Schrunser In-Lokal »Wädle« (Montafoner Begriff für »schnell«), um hier mit »da Ihemischa« kühles und gutes Bier zu trinken, dazwischen eine Runde Silbertaler Enzian oder Kirschwasser. Und nach mehreren Runden wäre es vielleicht wieder so wie damals.

Doch dieses Damals gibt es nicht mehr, wie es auch »Papa Hem«, den »schwarzbärtigen Christus« (wie ihn die Einheimischen damals ehrfürchtig nannten) nicht mehr gibt. Es gibt jedoch nach wie vor das Montafon. Sicher nicht mehr so wie damals, sondern von der Abnützung durch die Jahre mit manchen Scharten und Flecken versehen. Jedoch – und das muss an dieser Stelle gesagt werden – genauso liebenswert und ans Herz gewachsen, weil es für viele ein Stück Heimat und für andere eine Bereicherung des Herzens darstellt. Und wer des Morgens – ganz gleich zu welcher Jahreszeit – die Täler durchschreitet, die Bergmatten quert und die Höhen ersteigt, dem tut sich nach wie vor ein Fleckchen Erde auf, auf dem es sich lohnt zu leben oder es zumindest einmal im Leben besucht zu haben. In der Tat ein Paradies, das, wie Ernest Hemingway einst schrieb, wir alle, Einheimische wie Besucher, zu erhalten bedacht sein müssen. Denn Paradiese kehren nicht mehr zurück – es sei denn, man nimmt sie Zeit, sie selbst wieder neu zu entdecken.

Zum Beispiel Stresa – jene Stadt, die dem Lago Maggiore neben den anderen Uferstädten jenes geschichtliche Gepräge gegeben hat, das ihn auch historisch wertvoll zu einem der schönsten Seen der Alpenregion gemacht hat. Stresa ist nach wie vor ein Treffpunkt – nicht mehr wie einst der politischen Prominenz, aber immer noch der inkognito auftretenden und teilweise auch der wirtschaftlichen, die sich dann und wann in den herrlichen, immer noch baulich beachtlichen »Hotelburgen« ein Stelldichein gibt, wie ich feststellen konnte.

Stresa ist ein Juwel, das man zuerst entdecken muss. Ich weilte des Öfteren in dieser Stadt, in der sich unter anderem Leute wie ein deutscher Bundeskanzler bei Brioni einkleideten. Heute findet das nicht mehr statt, was jedoch auch nichts ausmacht. Heute nimmt man es gelassener. Man legt wieder mehr Wert auf die herrliche Umgebung und die einladenden Ausflugsziele. Wer sich gut einkleiden will, hat dennoch am Lago Maggiore viele Möglichkeiten, beispielsweise in Arona oder Verbania-Intra.

Die Borromäischen Inseln mit der »Isola Bella« mit dem prächtigen Schloss, der »Isola die Pescatore« mit den einladenden Fischrestaurants und der »Isola Madre« mit den Pfauen und den romantischen Spazierwegen sprechen für sich. Und dann kommt das Städtchen selbst. Was gibt es Schöneres, als seine engen Gässchen zu durchschreiten und dann in den zahlreichen Restaurants, Cafés und Gastgärten einzukehren. Wer gerne regionale Gourmet-Küche mag, findet sie im »Ristorante Piemont«. Und wer gerne Unterhaltung liebt, den bunten Alltagstrubel und die typisch italienische Lebensart liebt, findet alles im »Caffè Torino« am Dorfplatz, der »Piazza Cadorna«. Wenn ich in Stresa bin, liebe ich es, dort den Aperitif zu genießen und mich fallweise den Spezialitäten der italienischen Küche zu widmen. Unvergesslich bleibt dessen typisches Ambiente, nicht zuletzt verkörpert durch das unübersehbare, fast adelige Auftreten der charmanten Wirtin Domenica – für mich einfach die erklärte »Miss Stresa«, ob sie's will oder nicht. Die Chefin des legendären »Caffè Torino« ist nämlich jenes Aushängeschild weiblichen Italiens, das unsereinem aus den nördlicher gelegenen Regionen das Dasein erhellt, nicht zuletzt durch ihre interessante Erscheinung und durch den Ausdruck ihrer dunklen Augen.

Italien hat seine vielfältigen Eigenheiten und Stresa am Lago Maggiore hat eben sie – Donna Domenica …

Amour fou

Eigentlich eine verrückte Hommage an ein von unbekannter Hand geschaffenes steinernes Antlitz, das mich fasziniert, weil es für mich ewige Sinneslust ausstrahlt. Zugetragen in einer mondhellen Föhnnacht unter einem ausladenden Lorbeerbusch im eigenen, leicht verwilderten englischen Garten am Ufer eines Flusses, zwei Tage vor der Implantation eines Schrittmachers in einem Herzen, das sich trotz seines Alterns und seiner Abnützung und seinem unerhörten Wunsch nach einem endlichen Zu-Ruhe-Kommen, und dennoch auf eine eigenartige, nicht zu eruierende Weise nach außerordentlicher Zärtlichkeit und Erfüllung mannigfacher ungestillter Triebe und Lüste sehnt. Diese Begebenheit ist wie das Leben – einfach verrückt. Und es war mir bisher und ist mir heute noch vielmehr als vorher gleichgültig, wie verrückt das Leben ist.

Ich bin es auch. Ich bin, war und bleibe irgendwo immer außer der Norm, also nicht normal, sondern mehr oder weniger deutlich von der üblichen Lebensart und von jeglicher Geisteshaltung abgerückt, mit einem Wort – ver-rückt. Und es ist mir auch völlig wurscht, was die Menschen um mich herum denken und reden, wenn ich mir so etwas einfach vom Herzen schreibe.

Doch es muss geschrieben werden, weil erlebte, aber auch herbeigesehnte Empfindungen, Beobachtungen und Erfahrungen ganz gleich welcher Art, einfach niedergeschrieben werden sollten, ja werden müssen. Sie müssen raus aus dem Bauch, bevor sie als schmerzhafte physische oder psychische Blähungen auftreten, um sich schussendlich dann einmal als unsichtbarer Seelenballast irgendeines, um sein gar nicht so selbstverständliches Dasein Kämpfenden im Kosmos zu verflüchtigen – unbemerkt ins Nichts ein- und untertauchen.

Der Ursprung dieser hier erzählten Begebenheit war – wie sollte es anders sein – nicht irgendwo, sondern in meiner geliebten Landschaft im Montafon – im Valleu, meiner Landschaft der Sinne. Irgendetwas war mit mir nicht mehr in Ordnung. Ich fühlte mich müde, ausgebrannt, antriebslos und darüber verzweifelt. Immer, wenn sich bei mir solche oder ähnliche Zustände ankündigten und eintrafen, gab es für mich nur eines, nämlich vehement dagegen anzukämpfen. Mein Hausarzt stellte neben meiner chronisch unstimmigen Blutdrucksenkung auch einmal mehr fest, dass meine Blutarmut stärker geworden war und ich bekam Infusionen, die mir gut taten, jedoch nicht sehr lange, wie ich anhand aufkommender nächtlicher Schlafstörungen, verbunden mit Depressionen, feststellte. Und in der Nacht ist bekanntlich alles ärger und scheint oft unüberbrückbar. Und so galt es für mich, das zu tun, was ich gewöhnlich immer machte, nämlich dem Unwohlsein entsprechend entgegen zu wirken.

Geistig und körperlich mit einer einem Gewaltakt zu vergleichenden Anstrengung – eben mit einer Gewalttour in die Berge, in diesem Falle aufs Valleu. Das Valleu mit seinem Bergkirchlein, der lawinensicheren Wendelinskapelle am Anfang des Montafons gelegen, war nur durch einen wildromantischen, jedoch Körper und Geist fordernden, langen, teilweise steilen Weg erreichbar. Wenn man diesen Weg in einem Durchziehen geschafft hatte und hoch über dem Tal bei der Kapelle angekommen war, war man irgendwie geläutert. Wenn man dann wieder zurück im Tal angelangt war, hatte man dann das Gefühl, so etwas wie eine Wiedergeburt erlebt zu haben. Zumindest bildete ich mir das jedes Mal ein.

Und so war es auch diesmal. Jedoch nur scheinbar. Denn am nächsten Tag waren die Zeichen der physischen Ermattung und der inneren Unordnung genauso wieder da und zwar noch stärker und durch eine bisher nicht gekannte, zeitweise auftretende Sehschwäche und sehr starken Schwindel beängstigend angereichert. Ein erneuter Arztbesuch mit Kopfröntgen brachte nichts. Dafür eine Magnetresonanz jedoch wesentlich mehr, nämlich die Erkenntnis, gleich mehrere Schlaganfälle im Kleingehirn hintereinander überstanden zu haben, hervorgerufen durch ein im Herz entstandenes Blutgerinnsel. Drei Wochen Zwangsaufenthalt in der Neuroabteilung des Landeskrankenhauses Rankweil mit der Aussicht auf einen Herzschrittmacher waren die Folge. Denn es hatte sich herausgestellt, dass mein Herz besonders in Ruhephasen einen fehlerhaften Rhythmus aufwies und angeblich öfters aussetzte. Ob es tatsächlich Rhythmusstörungen in Ruhephasen und nicht auch Folgen übertriebenen Lebens- und Liebeshungers waren, bleibt dahingestellt und den Fachärzten sowie der Nachwelt überlassen.

In der Zeit dieses Spitalsaufenthaltes hatte ich jedenfalls genug Zeit, über vieles und auch mich nachzudenken. Mir selbst – zumindest behauptete ich dies – wäre es gleichgültig gewesen, wenn ich die Schlaganfälle nicht überlebt hätte. Ich hatte mich ja eigentlich genug ausgelebt und musste niemandem gegenüber darob neidisch gesinnt sein. Doch mehrere, für mich überaus wichtige, Dinge waren da noch: Zuhause wartete eine Lebensgefährtin, die durch ihre Behinderung auf mich angewiesen war. Aber auch meine mir sehr ans Herz gewachsenen Kinder – ein Sohn und eine Tochter – waren da und ich wollte sie um keinen Preis missen.

Ingeborg, meine langjährige Lebensgefährtin, war ein großartiges Wesen und ich brauchte sie. Wir liebten uns – was in der heutigen schnelllebigen Zeit nicht mehr so selbstverständlich ist – nämlich noch nach langen Jahren unseres Zusammenseins nach wie vor. Der Aufenthalt im Krankenhaus war für mich infolge der ärztlichen und auch pflegerischen Betreuung meines Gebrechens hervorragend, jedoch trotz der gut gemeinten Therapien etwas eintönig und ich überbrückte ihn zwischen den Therapien durch Schreiben und ausgedehnte Spaziergänge in der schönen, dicht bewaldeten Umgebung, nachdem ich Gott sei Dank keine sichtbaren Schäden davongetragen hatte.

Ich kannte diese Rehabilitationsanstalt recht gut. Denn hier war vor fast zwanzig Jahren meine Tochter nach einem schweren Autounfall zur Rehabilitation eingeliefert und mehrere Monate behandelt worden. Es läuft mir heute noch kalt über den Rücken und ich erlitt damals einen Schock, den wohl niemand bemerkte, weil ich ihn einfach überspielte, der mich jedoch innerlich nie loslassen wird. Genauso wie jener Schock, den ich zehn Jahre später erneut hinnehmen musste, als meine Lebensgefährtin nach ihrem Radunfall von ihren schweren Gehirnverletzungen einer Genesung entgegensah, die körperlich leider nur teilweise eintreffen sollte.

Fast jeden Tag hatte ich sie besucht und war mit ihr im Rollstuhl in der Umgebung unterwegs gewesen. Wenn sie ihre zahlreichen Therapien abwickeln musste, nützte ich die Zeit, auch allein herumzustreifen. Dabei war ich auf den Anstaltsfriedhof gestoßen, der abgelegen, jedoch idyllisch – sofern man bezüglich eines Friedhofes den Begriff idyllisch wählen darf – am Waldrand lag. Nachdem das nunmehrige Landeskrankenhaus für Neuro- und Psychiatriepatienten lange Zeit bis zu seiner Adaptierung eine reine Anstalt für geistig Behinderte war und auch als sogenannte Narrenanstalt berüchtigt, wurden viele darin Verstorbene – vorwiegend Geisteskranke – auf diesem Friedhof beerdigt. Dementsprechend bestand er auch teilweise aus eher zu erahnenden Gräbern, auf denen schlichte, inzwischen verblichene Holzkreuze mit kaum noch leserlichen Namen standen – mehr nicht. Was aber diesen abgelegenen, trotzdem romantisch anmutenden Friedhof für mich so besonders interessant und aufsuchenswert machte, waren die siebenunddreißig Gräber russischer Soldaten und jene von sechs Zivilisten aus Russland, die 1945 zu Ende des Zweiten Weltkrieges fern der Heimat mehr oder weniger unbekannt gestorben waren. Wie sie tatsächlich verstarben oder fielen, darüber war auf der Tafel an einem aufgestellten, für mich simplen Denkmal nicht zu erkennen. An diesem war lediglich der für mich zu allgemein gehaltene, oberflächliche, klischeehafte Spruch zu lesen: »Im Osten gefallen, ihr Söhne der Heimat, habt Frieden gefunden in fremder Erde. Weiter lebt ihr in unseren Herzen.« Trotz der rhetorisch versuchten angeblichen Würdigung eine unverfrorene Lüge ehemaliger Nationalsozialisten.

Die hier begrabenen Russen waren auf jeden Fall sinnlose Opfer eines unseligen Krieges, den das menschenverachtende Nazi-Regime – das sich in unserer Region einer besonders starken Verankerung in der Bevölkerung erfreute – angezettelt hatte. Für mich verging jedenfalls damals keine Woche, in der ich dem Friedhof mit den Russengräbern nicht meinen Besuch abstattete und sogar trotz meines Freigeistdaseins das eine oder andere Gebet sprach. Es muss für die Opfer furchtbar gewesen sein, im Feindesland so fern der Heimat zu sterben. Und es war für mich, da in meinen Adern mütterlicherseits russisches Blut floss, irgendwo fast eine Selbstverständlichkeit, hierher zu pilgern.

Es gab jedoch noch etwas, was mein ganz besonderes Interesse erweckte und mich wie magnetisch an sich zog. Es war ein großer Stein, der fast unbemerkt im schmutzigen Grase lag, so als hätte man ihn einfach achtlos weggeworfen, was wahrscheinlich aufgrund seiner Lage auch der Fall gewesen war. Ich sah ihn mir eines Tages näher an und bemerkte mit großem Erstaunen, dass er auf der einen Seite, die im Gras lag, bearbeitet war. Es waren unschwer die Umrisse eines offensichtlich weiblichen Gesichtes zu erkennen, die in diesen scheinbar unwichtig gewordenen, weggeworfenen groben Steinklotz eingearbeitet worden waren.

Und jedes Mal, wenn ich bei meinen Besuchen auf dem Friedhof diesen sichtlich mit künstlerischem Vorhaben bearbeiteten Stein betrachtete, kam mir vor, dass er die Züge jenes Frauentyps hatte, dem ich im Leben dutzende Male an allen möglichen und unmöglichen Orten begegnet war und der mir unauslöschlich in Erinnerung blieb. Es war schon eigenartig, wie mich der Anblick dieses behauenen Steines fesselte und dazu brachte, mich an die mir in meinem Leben begegneten Frauen zu erinnern und überhaupt an die Frau als solche zu denken. Nun, es war auch eine Zeit, in der das Schicksal mehrmals unbarmherzig in mein bisheriges Leben eingegriffen hatte und mich schließlich Resümee über dasselbe ziehen ließ.

War schon meine geliebte Tochter nach ihrem schlimmen Unfall hier lange Zeit gelegen, so lag nun meine Lebensgefährtin nach etlichen Operationen an ihrem zertrümmerten Kopf und ihrem verletzten Gehirn in der Neurologischen Abteilung des Landeskrankenhauses Feldkirch auch nachfolgend in einem Rehabilitations-Bett des Landeskrankenhauses Rankweil, wobei die für sie sowohl in Feldkirch als auch in Rankweil überaus engagierten und um ihr Leben kämpfenden Ärzte und ich damals nicht wussten, ob sie je wieder auf die Beine kommen würde. Schwere körperliche und geistige Gebrechen wurden in Aussicht gestellt und vieles deutete darauf hin, dass sie ein absoluter Pflegefall bleiben würde, wenn sie am Leben bliebe.

Die Aussicht, nie mehr mit ihr eine normale Beziehung haben zu können, geschweige denn eine körperliche Liebesbeziehung, bedrückten mich überaus und brachten mich zeitweise in die Nähe von gefährlichen Gedanken, mich nämlich in tiefste Verzweiflung vom Leben zu verabschieden. Von einem Leben, von dem ich gerade in diesem Augenblick nicht wusste und auch heute noch nicht weiß, ob ich es richtig gestaltet und ordentlich gelebt habe. Ich hatte immerhin eine Familie gegründet, diese dann jedoch wegen einer anderen Frau – nämlich dieser, mit dem Tod Kämpfenden – verlassen. Und da waren sie plötzlich wieder, diese Gedanken und Bilder: Die verlassene Familie – eine Frau, die ich einmal sehr geliebt hatte und die zwei Kinder, auf die ich so stolz war und die ich im Grunde meines Wesens über alles liebte und heute noch liebe. Und da war diese damalige Entscheidung zwischen zwei Frauen, die nur mancherorts für akzeptabel, vielerorts jedoch für bedenklich und falsch bezeichnet wurde, die mir allerdings ein anderes Leben brachte und mich von Zwängen befreite, aus denen ich nie herausgekommen wäre. Und niemand hatte mir damals geholfen und helfen können. Und dazu kam auch noch meine Tochter mit ihrem späteren, schockierenden Unfall. Und das alles zusammen war wie ein schlimmes Omen. Das alles beschäftigte mich jetzt. Die Vergangenheit hatte mich wieder einmal eingeholt. Und dazu kam noch die Frage: War das die Strafe für dieses Fremdgehen, für einen, aus einem, wenn auch starken Bauchgefühl heraus entstandenen bilderbuchmäßigen Ehebruch? Niemand konnte mir helfen.

Nun, das war immer schon so, bei allen Schwierigkeiten in meinem Leben musste ich mich selbst aus dem Schlamassel ziehen. Ich schien es irgendwie zu verkraften. Nicht jedoch meine Seele …

Und da war auch diese Frau, um die es ging, die dann diesen schicksalhaften Radunfall hatte, die wochenlang mit dem Tode rang und von der man nicht wusste, ob sie jemals aus dem Spitalsbett herauskommen würde. Und auch sie hatte sich oft mit der Frage beschäftigt, wie weit es richtig oder falsch gewesen war, sich mit mir – einem verheirateten Mann – einzulassen. Sie litt – wenn sie auch nicht darüber sprach – unter ständigen Schuldgefühlen, die ihr wahrscheinlich ein tückisches Brustkrebsleiden brachten, das sie Gott sei Dank, überwand.

Doch sie hatte im Grunde wenig Schuld. Denn ich war der treibende Keil, weil ich das mit ihr so wollte und auch zielbewusst lenkte. Ich trachtete – obwohl ich verheiratet und Vater zweier liebenswerter Kinder war – damals wie besessen nach ihr. Sie wollte als gute, sich nach Liebe sehnende Frau – die mehr oder weniger immer nur für ihre Familienmitglieder und für ihre alte Mutter stets da war – einfach nur glücklich sein und wer wollte ihr dies verwehren? Und diese Frau lag nach ihrem, zudem nicht einmal selbstverschuldeten Fahrradunfall hier zwischen Sein und Nichtsein. Es war nicht die Frage »Sein oder nicht sein«, sondern fleischgewordene Tatsache und eine zusätzlich quälende Erkenntnis, dass hier die brutale Realität alle Träume eingeholt und zerstört hatte. Und ich stand hier dazwischen, mit der Erkenntnis, hier etwas Kleines, wirklich Unbedeutendes im schicksalhaften Geschehen zu sein, das wohl fühlte, jedoch im Grunde unendlich hilflos war.

Selbst die Gebete und Hilferufe zu Gott in der sonst wohltuenden Stille einer Kirche oder einer Kapelle konnten mir nicht helfen und jener Trost, den ich dort zu finden hoffte, währte nur kurz. Irgendwo suchte ich nach etwas, wie ein Ertrinkender nach einem Strohhalm. Ich war die Unruhe persönlich und ich wusste, dass diese Unruhe gefährlich war. Gefährlich, weil ich, trotz aller Unruhe innerlich müde, die restlose Ruhe, die absolute Stille suchte, die eigentlich nur der Tod bieten konnte. Und so waren meine Besuche auf diesem Friedhof verbunden mit der Suche eines im Grunde Hilflosen, den in Wirklichkeit nur noch das Weiterleben mit einer am Leben Bleibenden interessiert. Wahrscheinlich hatte mich alles bisher Erlebte und das jüngste Geschehen psychisch so sensibilisiert, dass ich – wie man so schön zu sagen pflegt – »das Gras wachsen hörte«. Und ich hörte tatsächlich fast das Gras wachsen, zumindest fiel mir der unförmige behauene Stein auf, der da wie achtlos weggeworfen lag, neben den Gräbern, im schmutzigen Gras, wie aus diesem gewachsen.

Als ich ihn erneut in meine Hände nahm, vermeinte ich, dass die auf der abgekehrt gelegenen Seite eingearbeiteten Züge des Frauengesichtes Leben bekommen hatten und mich ansahen, als wollten sie mir sagen: »Schau mich genau an. Ich spreche für alle die liebenden Frauen dieser Welt. Bitte liebe mich um der Liebe willen.« Diese Erkenntnis wurde dann auch unterstützt durch den Anblick meiner schlafenden Lebensgefährtin im Spital. Ich verließ sie nach meinen Besuchen oft erst, wenn sie eingeschlafen war. Dann wies ihr Antlitz irgendwie eine gewisse Ähnlichkeit mit jenem des bearbeiteten Steinklotzes auf dem Anstaltsfriedhof auf. Zumindest bildete ich mir das ein. Menschen in einem gewissen psychisch angeschlagenen Zustand sehen oft die skurrilsten Bilder. Doch der in mir fest verankerte Eindruck bezüglich des steinernen Frauengesichtes kam für mich nicht allein beim ersten Mal, sondern auch im Lauf meiner vielen Besuche auf diesem Friedhof, der für mich eine besondere Bedeutung bekommen hatte – wegen der hier begrabenen russischen Soldaten und Zivilisten und dann immer mehr wegen diesem behauenem Stein.

Und so wurde dieser Friedhof für mich zu einer Pilgerstätte – schon als meine Tochter im nahegelegenen Spital die Rehabilitation nach ihrem Autounfall hinter sich brachte und solange später dann meine Lebensgefährtin hier lag, wie auch dann, als ich nach einer Hüftoperation zur Rehabilitation hier weilte. Und auch jetzt, etliche Jahre später, als ich nach meinem Gehirnschlag hier eine Zeitlang verbringen musste, war der alte Anstaltsfriedhof ein steter Ort des Besuchs für mich.

Dazwischen waren viele Jahre vergangen und es störte mich ungemein, dass dieser behauene Stein immer noch achtlos im schmutzigen Gras lag. Man hatte ihn offenbar wirklich nur achtlos weggeworfen, ohne seiner künstlerischen Bearbeitung Beachtung zu schenken. Denn ich nehme nicht an, dass ihn jener Kreative, der den Stein als Gestaltungsstück übungsweise oder auch aus einer Laune heraus künstlerisch behauen hatte, sich desselben auf eine solche Art entledigt hatte.

Irgendetwas ging im Laufe der vielen Besuche in mir vor. Man konnte diesen behauenen Steinklotz doch nicht einfach hier im Dreck liegen lassen. Das wollte und musste ich ändern, zumal ich mehr und mehr von dem steinernen Frauenantlitz fasziniert war.

Beim ersten Hinsehen gab das steinerne Gesicht etwas Negroides wieder. Es erinnerte mich an ein Bildnis der einst berühmten, im Pariser Nacht-Etablissement »Moulin Rouge« nackt und nur mit einer Straußenfeder im Popo bekleidet aufgetretenen farbigen Tänzerin Josephine Baker sowie an die mannigfaltigen afrikanischen Holzmasken, die ich einmal im Kunstmuseum in Dakar sah und von denen eine in prachtvoller Ausführung in unserem Wohnzimmer hing.

Beim genaueren Betrachten glaubte ich jedoch einen besonderen Ausdruck in dem steinernen Frauenantlitz festzustellen, der mich unwillkürlich an unvergessliche Augenblicke erinnerte, die ich mit Frauen erlebte, mit denen ich in meinem steten Verlangen nach Liebe und Zärtlichkeit das Bett geteilt hatte und deren Gesicht mich im Augenblick des Höhepunktes ihrer Lust immer so faszinierte. Und je länger ich in das steinerne Gesicht sah, umso mehr wurde ich in meinem Eindruck bestärkt.

Was ich hier sah, war die in Stein nachgebildete ewige Sinneslust einer sich der körperlichen wie seelischen Liebe hingebenden Frau in Erwartung des ersehnten Höhepunktes. Und es war schon so: Die von zahlreichen, auch sehr prominenten Männern verehrte Josephine Baker vermittelte seinerzeit mit ihrer Schauspielkunst bei ihren Auftritten diesen Eindruck.

Unwillkürlich kam mir dabei auch der vulgäre Ausspruch in den Sinn, den der berühmt-berüchtigte amerikanische Schriftsteller und Lebemann Henry Miller einmal in sturzbetrunkenem Zustand von sich gegeben hatte, in dem er davon sprach, »dass manche Frauen ihre Fotze oft im Gesicht tragen«. Wenn ich beispielsweise an eine mir vor vielen Jahren in Basel über den Weg gelaufene, sich in der Society herumtreibende, altersgereifte und trotz ihrer Rundungen ansehnliche, für einen Chemie-Konzern tätige PR-Managerin und die wilden Nächte mit ihr zurückdenke und an manche, auf ihre Art attraktive Nutten im Kreuzberger Viertel in Berlin, am berüchtigten Wiener Naschmarkt und an jene Damen, die ich beispielsweise in den Freudenhäusern von Mombasa und anderen Puffs gesehen habe, fiel mir dieser für den legendär-berüchtigten Henry Miller typische vulgäre Ausspruch unwillkürlich ein.

Gleichzeitig und im Gegensatz dazu dachte ich an den wahren und sinnreichen Ausspruch der unverwüstlichen Gertrude Stein, die im Paris der 1920er-Jahre in ihren Salons die damaligen angehenden und bereits bekannten Literaten und Künstler wie James Joyce, Ezra Pound, Francis Scott Fitzgerald, Jean Cocteau, John Dos Passos, Pablo Picasso, Joan Miró sowie den aufgehenden Literatenstar Ernest Hemingway um sich scharte.

Unter diesen war auch Henry Miller, der für seine vulgäre Ausdrucksweise bekannt und berüchtigt war. Nicht zuletzt deshalb bezeichnete Gertrude Stein diese Gesellschaft von ausgesprochenen Hedonisten (Anhänger der reinen Sinneslust) als »lost generation« (verlorene Generation). Henry Miller war der Prototyp eines solchen Hedonisten und einer der auffälligsten und beispielhaftesten Vertreter dieser »verlorenen Generation«, die damals die sogenannte kreative Szene bevölkerte und aufgrund ihres pervertierten Lebenshungers verzweifelt nach dem wahren Sinn des Lebens suchte. Auch ich war ein solcher Hedonist. Und mit meiner Feststellung über den erotischen Ausdruck des in Stein gehauenen oder geschliffenen Frauengesichtes hatte dieser vulgäre Ausspruch Millers auf irgendeine Art doch etwas zu tun, wenn auch der Ausdruck der Lust, beziehungsweise der sinnlichen Erwartung des nahenden Orgasmus in diesem Zusammenhang alles eher als vulgär, sondern eher – ich gebrauche einfach diesen Ausdruck – als ästhetisch lustvoll zu bezeichnen und für mich daher eher erbaulich war.

Und so beschäftigten mich fortan die Gedanken an diesen behauenen Stein, der für mich etwas Besonderes, etwas Außergewöhnliches, ja etwas erhaltenswert Künstlerisch-Erotisches darstellte. Interessanterweise dazu fiel mir dazu auch eine Fernseh-Dokumentation über die weltberühmte Büste der ägyptischen Königin Nofretete ein, deren steinerne Rohgestaltung des Gesichtes eine Ähnlichkeit mit jener des behauenen, nicht fertig gestellten steinernen Antlitzes hier aufwies. Diese Eigenart musste der Nachwelt erhalten bleiben.

Und ich machte mir auch unentwegt Gedanken darüber, was man – was ich – mit diesem angeblich wertlosen Stein anfangen könnte, ja sollte und an welchen Ort ich diesen bringen und ihm einen Standort geben konnte, damit er zukünftig an einem ordentlichen, ihm meiner Meinung nach zustehenden Platz wäre. In diese Gedanken mischte sich plötzlich auch das Verstehen jener Kulturen in der Welt, die sich lange vor Christi Geburt und auch nachher steinerne Bilder schufen, zu denen sie ehrfürchtig aufsahen und die sie auch anbeteten. Und ich stehe auf dem Standpunkt, dass niemand das Recht hat, anderen Menschen den Glauben und ihre Gottheiten zu nehmen, zu denen sie beten. Jeder Mensch hat das Recht, nach seinen Vorstellungen und seinem Glauben glücklich zu werden. Es gibt für mich keine Heiden, die Götzen anbeten, denn Gott hat viele Gesichter. Nicht tolerierbar ist lediglich die Verbreitung eines Glaubens unter Gewalt und Schmerz. Doch damit sollten sich beispielsweise zwei Weltglaubensgemeinschaften wie Christentum und Islam auseinandersetzen …

Nicht zuletzt aufgrund dieser Überlegungen machte ich mir ernsthafte Gedanken darüber, für den behauenen Stein einen ordentlichen Platz und eine Bleibe zu finden. Ich sprach deshalb auch einen Mann, der das Gras auf dem Friedhof mähte und hier aufräumte, auf den behauenen Stein an. Dieser zeigte kein sonderliches Interesse für mein Anliegen, diesem hier einen ordentlichen Platz zuzuweisen, schüttelte den Kopf und meinte, dass hier kein geeigneter Ort dafür wäre. Er meinte sogar, dass man diesen Gesteinsbrocken, trotzdem er an einer Stelle oberflächlich bearbeitet sei, am Rande der Straße gegenüber dem Friedhof auf einem Altschutthaufen deponieren solle, damit man ihn mit dem Schutt abholen und irgendwo deponieren – oder wie er sagte »entsorgen« – könne. Und als ich ihn aufforderte, das in den Stein gearbeitete, offensichtliche Frauengesicht genauer anzusehen, meinte er danach nur, was ich damit wolle; das Gesicht sage nicht viel und außerdem sei die Nase beschädigt, was leider auch stimmte. Ich bemerkte daraufhin ihm gegenüber, dass er trotzdem mit irgendeiner zuständigen Stelle über eine Verwendungsmöglichkeit sprechen solle. Sollte niemand daran Interesse haben, würde ich den behauenen Stein zu mir nehmen und ihm einen angemessenen Platz bei mir zuhause geben.

Die von vorneherein sichtlich vage Zusage des Mannes, mit einem seiner Vorgesetzten darüber zu reden und seine vielsagende Mimik dazu sagten mir jedoch, dass hier nichts geschehen würde. Und so war es auch. Gut eine Woche danach, als ich den Friedhof wieder aufsuchte, lag der Stein immer noch verwaist an derselben Stelle. Nun, ich hatte eigentlich auch nichts anderes erwartet, doch es ärgerte mich, dass Menschen offensichtlich gegenüber einem Gebilde, das durch Menschen- eventuell sogar Künstlerhand entstanden war, so gleichgültig sein konnten. Also packte ich schließlich den Stein ins Auto und nahm ihn mit nachhause.

Es waren gerade zwei Tage, bevor ich die Kardiologische Station des Landeskrankenhauses Feldkirch aufsuchte, um mir einen nach den Schlaganfällen notwendig gewordenen Herzschrittmacher implantieren zu lassen. Ich hatte in unserem Englischen Garten – nahe dem Ufer des vorbei fließenden Flusses gelegen – in einer Nische unter einem Lorbeerbusch einen quaderförmigen Steinsockel aufgestellt, auf dem ich den Gesteinsbrocken mit dem eingearbeiteten Antlitz am späten Abend desselben Tages anbrachte. Dafür musste allerdings eine andere Büste – jene eines typischen Gartenprinzen – weichen.

Es war ein warmer, föhniger Mondabend und ich war voll Spannung und seltsam berührt, als ich das bewerkstelligte. Die Wärme der beginnenden Sommernacht, der Blütenduft in der Luft, das Rauschen des nahen Flusses und das fahle Licht des Mondes auf dem steinernen Antlitz sorgten für eine eigenartige mystische Stimmung. Ich wusste es nicht – vielleicht wurde diese Stimmung auch von den Auswirkungen meiner Schlaganfälle in meinem Gehirn auf irgendeine Art verstärkt. Es war alles so eigenartig, fast unnatürlich. Doch auch noch Tage danach war mein Denken und Fühlen dasselbe. Irgendetwas hatte es jedenfalls auf sich. Es war fast Mitternacht und die Stimmung sowie meine schon den ganzen Tag andauernde eigenartige persönliche Erregtheit sorgten urplötzlich für entstehende skurrile Bilder und ich wähnte mit einem Mal, in dem steinernen Antlitz erneut eine Veränderung festzustellen, die einem verführerischen, mystischen Lächeln glich und mich förmlich in eine völlig andere, bisher nie gekannte Sphäre entrücken ließ.

Das mondbeleuchtete steinerne Gesicht mit seinem sphinxhaften Lächeln – ja, es war wirklich ein sphinxhaftes Lächeln – fesselte mich förmlich und ich erschrak selbst über den unwiderstehlichen Zwang, der mich plötzlich erfasste und mich förmlich veranlasste, mich zu ihm herunterzubeugen, um es sanft und trotzdem in einer Art mir bisher unbekannter Sinnlichkeit zu küssen – einen Stein, dem scheinbar Leben eingehaucht worden war – unerklärliches Leben. Ein Eindruck, der mir offensichtlich für kurze Zeit das Gedächtnis raubte und in mir eine ungeahnte sinnliche Lust und zugleich unendliche Sehnsucht nach Zärtlichkeit wachrief und mich gleichzeitig auf eine, wenn auch vergebliche erwidernde Regung warten ließ.

Gleichzeitig erschrak ich über diese Regung. Vor mir lag dieses steinerne Gesicht mit dem sphinxhaften Lächeln, das ich eben geküsst hatte. War es überhaupt ein Frauengesicht, das da vor mir im fahlen Mondschein mit seinem unerklärlichen Lächeln auf dem steinernen Sockel lag? Die Sphinx mit ihrem geheimnisvollen Lächeln war ja ein altes ägyptisches Steinbild in Löwengestalt, meist mit Männerkopf; laut Lexikon Sinnbild des Sonnengottes oder des Königs aber auch rätselhafte Person oder Gestalt. Demnach könnte das rätselhafte steinerne Gesicht auch einem Mann gehören, schoss es mir plötzlich durch den Kopf und das verstärkte meine offenbare Konfusion. Doch selbst wenn es so war, der Gedanke daran verminderte meine Faszination und meine Gefühle nicht. Im Gegenteil, ich akzeptierte dieses steinerne Gesicht vor mir und meine Hand streichelte unwillkürlich darüber.

Unwillkürlich sah ich eine, wenn auch skurrile Parallele zu Leonardo da Vincis weltberühmter »Mona Lisa« im Pariser Louvre, die von Millionen Besuchern bestaunt wird, und über deren unerklärliches Lächeln sich heute noch nicht alle Kunstexperten einig sind, ob es nicht das Lächeln eines Jünglings ist, das sie berühmt machte. Es war mir gleich, was damit wirklich war, in was ich mich damit auf ein offensichtlich für mich unbekanntes Terrain begeben hatte, das vielleicht auch mit unterschwelligem Götzendienst zu tun hatte oder mit der Verleugnung jenes Gottes, zu dem zu beten und ihn zu fürchten man mich einst auf alle Arten gelehrt hatte. Nun, ich verspürte keine Furcht.

Das mit der Gottesfurcht war für immer schon immer ein Märchen gewesen. Gott war für mich einfach ein Gott der Liebe und dabei bleibt es. Ich verspürte lediglich die unwahrscheinliche Faszination, die von diesem steinernen Gesicht ausging, das für mich doch weibliche Züge hatte. Und selbst wenn es sich anders damit verhalten würde, war es mir völlig egal. Ein Franzose – beispielsweise der lebensverrückte Schauspieler Gérard Depardieu – würde dazu vieldeutig sagen, das ist eben »Amour fou« – verrückte Liebe.

Das helle Signal einer Lokomotive vom nahen Bahnhof und ein plötzlich vorbeifahrendes Auto beendeten den Spuk und riefen mich in die Gegenwart zurück. Gedankenverloren starrte ich noch eine Weile auf das steinerne Frauenantlitz im Mondenschein. Vielleicht oder sogar offenbar hatten mir meine Fantasie und das Wachrufen der Gedanken an meine Erinnerungen sowie mein offensichtlich doch noch angeschlagener psychischer Gesundheitszustand einen Streich gespielt. Wer weiß ...?

Aber ich konnte es drehen und wenden wie ich wollte – der Eindruck, den ich ja schon wesentlich früher bezüglich des Ausdrucks dieses steinernen Gesichts empfunden hatte, blieb derselbe: Der Ausdruck dieses in Stein gehauenen Antlitzes blieb für mich immer derselbe, nämlich der des entrückten Gesichtsausdruckes einer liebenden Frau beim Liebesakt – eben einer Göttin der Liebe in der Erwartung des alles überwältigenden Höhepunktes.

Dieser Eindruck war auch noch Tage und Wochen nach diesem Geschehen derselbe und ist es auch heute noch. Und meine Auffassung darüber bestätigte sich auch, als ich Wochen später – obwohl ich nicht mehr der Katholischen Kirche angehöre und weiter als Christ nicht an die »Jungfräuliche Geburt« Mariens glaube und mich gegen die Selbstherrlichkeit mancher sogenannter Repräsentanten der Kirche wehre, frisch geborene Kinder einfach der Taufe unterzuordnen, bevor sie aus eigenem Willen über ihren wahren Glauben entscheiden können – meiner Lebensgefährtin zum Geburtstag eine echte handbemalte und mit Blattgold belegte, original orthodoxe Ikone mit der Muttergottes und dem Jesuskind am Arm schenkte, die für mich trotz meiner Glaubenseinstellung persönlich eine besondere faszinierende Ausstrahlung hat.

Und so eine Ausstrahlung hat für mich ebenso der behauene Stein mit dem faszinierenden rätselhaften, negroid scheinenden Gesicht, im Garten unter dem Lorbeerbusch, zwischen zwei Hortensienbüschen eingebettet.

Und so wird es bleiben, so lange meine Augen noch offen sind. Ich schätze mich glücklich, dieses steinerne Antlitz zu besitzen und es – wann immer ich will – aufzusuchen und mit ungeteilter Freude und Faszination anzusehen, ja sogar zu streicheln und mit ihm Zwiesprache zu halten. Auch wenn mich manche für verrückt halten, was ich auch bin.

Doch dieses Ver-rückt sein – das Wertvollste was wir heute in der Welt der »Gläsernen Menschen« noch unser eigen nennen können – sollten wir alle gegenüber anderslautenden Meinungen behalten und wenn wir es nicht haben, danach trachten, es uns so schnell wie möglich anzueignen. Denn es sagt uns allen, die wir uns dazu bekennen, dass es kein schöneres, faszinierenderes und doch rätselhafteres Empfinden gibt, als die er- und durchlebte Sinneslust einer Liebe, welche die Franzosen »Amour fou – Verrückte Liebe« nennen.

So wie es ist, ist es eben

Doch nicht nur die Liebe, sondern auch das Leben hat laufend seine Verrücktheiten. Und dennoch endet es mit etwas, vor dem sich die meisten fürchten, obwohl sie im Grunde genau wissen, dass sie ihm – dem Unausweichlichen, dem Gnadenlosen, aber hie und da auch Gnädigen – nämlich dem Tod – nicht entkommen. Und je mehr sie an Gut, Geld und Macht besitzen, umso mehr fürchten sie ihn und tun alles, um ihm so lange wie nur möglich aus dem Wege zu gehen, sein Eintreffen, die unausbleibliche Konfrontation mit ihm mit allen Möglichkeiten hinauszuzögern.

Wissenschaftler aus aller Welt sind und werden beauftragt, diese Konfrontation – so lange es geht – hinauszuzögern und diese bemühen sich wohl, aber im Grunde vergeblich ... Dieses vergeblich steht am Ende. Denn vielen ist – und allen wird am Schluss klar, dass hier eine höhere Macht dem Dasein menschlichen Lebens früher oder später ein ausgleichendes Ende setzt – den Reichen wie den Armen, den scheinbar Gescheiten wie auch den als solche bezeichneten Dummen.

Und so ist es, dass niemand von seinem Vermögen auch nur den winzigsten Teil ins Jenseits mitnehmen kann. Ganz gleich, ob man ihn in einem Jutesack irgendwo verscharrt oder er in exklusiver modischer und teurer Kleidung mit viel Tam-Tam zu Grabe getragen wird und ein besonderes Grab mal bekommt – das letzte Hemd hat nun mal keine Taschen ...

Es ist alles relativ und dennoch gebärden sich viele Menschen sonderbar, indem sie das erklärte Ziel haben, ihr Leben so auffallend und vielbeachtet wie nur möglich zu durchschreiten und möglichst alles er- und auszuleben. Manche bezeichnen solche Typen unter anderem als »Malefiz« – Leute, die sich mehr oder weniger unbeschadet durchs Leben schlängeln.

Auch ich selbst war phasenweise einer von diesen Typen, obwohl ich an den Lebensspuren vieler anderer eine gewisse Sinnlosigkeit ihres Tuns mitverfolgen konnte.

Nun, erst wenn er sich – wie eingangs des Niedergeschriebenen erwähnt wurde – bewusst aus allen Bindungen jeglicher Tradition sowie der ihn einengenden Schein-Ordnung des alltäglichen Lebens und einer stets zu hinterfragenden »Offenen Gesellschaft« gelöst hat und mit der Unordnung sowie den Katastrophen seiner Zeit vertraut ist – sich also mit den ihn auf Erden begleitenden Dingen oder Undingen, nämlich mit Gott, der Sünde und dem Teufel, aber auch den Mitmenschen auseinandergesetzt hat – kann der Mensch wirklich Bilanz aus den von ihm durchschrittenen Gezeiten ziehen.

Eine aufregende Erkenntnis für ein Dasein, die ich von meiner und nur von meiner Warte aus über einige Episoden in meinem Leben gemacht und niedergeschrieben habe und von der ich nicht weiß, wie weit sie tatsächlich erwähnenswert sind oder nicht.

Sie bestätigen allerdings, dass das Leben – das Erleben, das Leben-wollen und das Leben-müssen, verbunden mit den steten Fragen nach seinem eigentlichen Sinn – eine einzige Herausforderung ist.

Eine Herausforderung, die ich angenommen habe – weil ich sie annehmen musste – und die mich schlussendlich zwang, den Versuch zu wagen, aus der schützenden Haut zu schlüpfen in ein Nacktsein, das einerseits eine gewisse Schutzlosigkeit bedingt, andererseits eine schonungslose Wahrheit offenbart, die darüber Aufschluss gibt, wie weit mir der Versuch gelungen ist, mich als Spuren Suchender, Spuren Erkennender, Spuren Verfolgender, aber in gewisser Art auch als Spuren Verwischender erfolgreich zu betätigen.

Wie auch immer, das Schicksal, dem niemand entrinnen kann, spielt überall mit und hatte auch für mich stets Überraschungen parat, mit denen ich nicht gerechnet hatte. Dennoch wartete irgendwo am Schluss eine Art ausgleichende Gerechtigkeit auf alles.

Ich denke in diesem Sinne oft an Ferdinand Raimunds Theaterstück »Der Verschwender« und an das berühmte Hobellied, in dem es über das Ende eines reichen und jenes eines armen Bürgers so trefflich heißt: »Das Schicksal setzt den Hobel an und hobelt alle gleich.«

Es ist, wie es ist, und es ist gut so …